脂城四卷

西门行

XiMen Xing

郭明辉 / 著

时代出版传媒股份有限公司
安徽文艺出版社

图书在版编目(CIP)数据

西门行/郭明辉著.—合肥:安徽文艺出版社,2016.6
ISBN 978-7-5396-5709-7

Ⅰ.①西… Ⅱ.①郭… Ⅲ.①章回小说-中国-当代
Ⅳ.①I247.4

中国版本图书馆CIP数据核字(2016)第069060号

出 版 人:朱寒冬
责任编辑:岑 杰 韩 露　　　　　装帧设计:丁 明

出版发行:时代出版传媒股份有限公司　www.press-mart.com
　　　　　安徽文艺出版社　www.awpub.com
地　　址:合肥市翡翠路1118号　邮政编码:230071
营 销 部:(0551)63533889
印　　制:合肥创新印务有限公司　(0551)64456946

开本:700×1000　1/16　印张:23.25　字数:300千字
版次:2016年6月第1版　2016年6月第1次印刷
定价:39.00元

(如发现印装质量问题,影响阅读,请与出版社联系调换)

版权所有,侵权必究

目 录

卷一

第 一 回　秋老虎热炸仨葫芦　读书人梦断功名路 / 003
第 二 回　老秀才有心踩花船　俏船娘无意进良言 / 012
第 三 回　痴情人夜读茶花女　洋教士化解千千结 / 017
第 四 回　众秀才戴孝大游行　俏船娘助威引骚乱 / 023
第 五 回　冯鞠元积劳患肾虚　陈依玄妙语嘲国病 / 030
第 六 回　莲官非避难上海滩　无奈何辞别有缘人 / 036
第 七 回　辣小姑任性上女学　娇嫂子撒火摔饭碗 / 043
第 八 回　芝麻官巧施官场术　风尘女甘为替罪羊 / 051

卷二

第 九 回　鞠元返家奉莲生子　鞠平献计鞠元开奶 / 059
第 十 回　陈家千金好比豌豆　冯家小儿取名毓秀 / 064
第十一回　安福寺仙芝求菩萨　礼拜堂依玄访牧师 / 070
第十二回　偶遇旧友鞠元得助　情有所衷鞠平抗婚 / 076
第十三回　奇方医女毒手大爱　兄长逼婚至情伤人 / 082
第十四回　狠兄长乱点鸳鸯谱　辣小妹怒做洋尼姑 / 090
第十五回　贪小利仲之惹祸端　融中西依玄定霍乱 / 097
第十六回　陈依玄自嫌拒同房　安牧师讲经遭绑票 / 104
第十七回　尚文赌气设计私晤　鞠平仗义冒死赴约 / 111
第十八回　蒋仲之西门捡面子　陈依玄省城探凤仪 / 118

001

卷三

第 十 九 回	毓秀断奶煞费周章	心碧照相口吐莲花 / 129
第 二 十 回	刘半汤巧设谢民宴	蒋仲之抗捐做干爹 / 138
第二十一回	着新衣奇服惹非议	放河灯神火烧倭船 / 148
第二十二回	寂寞少妇替夫纳妾	西门杂家自烹乌鸡 / 156
第二十三回	依玄遇险生死未卜	仙芝贪杯红杏出墙 / 165
第二十四回	表至情鞠平剪秀发	识时务半汤揭屋瓦 / 174
第二十五回	风雪夜依玄回西门	腊月八仙芝现喜脉 / 182
第二十六回	陈依玄暗施堕胎方	冯鞠元明定娃娃亲 / 192
第二十七回	依玄隐居迫于无奈	奉莲小产事出有因 / 202
第二十八回	肉婆子贪吃害怪病	褚仙芝忍痛诞心瑶 / 211
第二十九回	树威风老妻训小妾	平纠纷老蒋施小计 / 222
第 三 十 回	怀身孕鞠平伤风化	施家法鞠元下毒手 / 232
第三十一回	设酒宴依玄泯恩怨	伤别离鞠平赠青丝 / 242

卷四

第三十二回	长大成人毓秀乖张	豆蔻年华心碧花痴 / 251
第三十三回	仙芝劝婚以情动人	鞠平还乡惹是生非 / 260
第三十四回	陈依玄初见小摩西	刘半汤求助蒋仲之 / 268
第三十五回	一封信依玄解心结	两家媒半汤逞能耐 / 277
第三十六回	毓秀抗婚冯家大乱	凤仪归来风生水起 / 285
第三十七回	喜期将至毓秀逃婚	兵临城下尚文发难 / 292
第三十八回	因旧故仲之遭讹诈	被释放鞠元害大病 / 301

卷五

第三十九回	鞠元初愈性情大变	心瑶长大省城读书 / 313
第 四 十 回	得银票仲之心病消	失夫君凤仪斗志涨 / 318
第四十一回	遇兵痞心碧遭污辱	报恩情结巴娶痴女 / 322
第四十二回	遭天灾脂城遇饥荒	抢官仓鞠元被缉拿 / 329
第四十三回	过大年心瑶添心事	返西门毓秀养洋猪 / 333
第四十四回	叹如今无知结孽缘	悔当初有意埋怨根 / 337
第四十五回	慈母训女有苦难言	严父教子无计可施 / 342
第四十六回	谋私奔情定脂河湾	遭通缉避难蜡烛山 / 347
第四十七回	劫案未了旧邻结怨	人生失意鞠元疯癫 / 354
第四十八回	杀洋猪脂城祈甘霖	断后路依玄出西门 / 361

【卷一】

第一回　秋老虎热炸仁葫芦
　　　　读书人梦断功名路

　　从巢湖来的花船陆续停靠西津渡的时候,处暑已过,白露未到,秋老虎却来了。一时间,脂城如同蒸笼,大清早城墙下的樟树叶子就打了卷,燎过似的了无生气。西门外西津街官亭巷冯家天井里葫芦架上结了三个胖葫芦,老嫩不一,清早热炸一个,晌午前又炸一个,吃罢晌午饭,最后一个老葫芦也熬不住了,索性裂成两瓣,剜去瓢子可以当瓢了。

　　这是清光绪三十一年(1905)八月的一天,时近傍晚。冯鞠元从城里老丈人卫先生家回来,过西门城门洞时,遇上一帮人嚷着去看花船,说今年的花船不仅来得早,还来得多,船娘也比往年的风骚。冯鞠元心里有事,正烦着,自然无心打听,裹一身馊味软沓沓地回到家。妹妹鞠平早把晚饭端上桌,老三样。冯鞠元看也不看一眼,便进了书房。妻子奉莲正害伢,胃口不纳,歪在凉床上一阵阵地干呕。呃儿——呃儿——一声接着一声,乍听有丝丝痛苦,细细品味却带着快慰和矫情。许是天热,月亮也早早出来透气,明晃晃挂在树梢,越发显得白炽。远近树上的秋蝉以为天亮了,长一声短一声相跟着叫得死欢。冯鞠元坐在书房里,一手摇扇,一手捉手巾,两只手忙不歇,汗还是揩不尽。这时又传来奉莲的呃儿呃儿声,冯鞠元实在受不了,顾不上秀才的斯文,把粘着皮肉的汗衫子扒下来,赤膊来到天井葫芦架下,舀起一盆井水,兜头浇下去,随之软沓沓地靠着葫芦架子,弄得毛竹搭就的葫芦架哗哗直响。

　　奉莲正在干呕,自然无心关注冯鞠元,倒是厢房里的鞠平发觉了。那时候,鞠平摇着扇子,正在灯下偷偷读一本书。那书是从西门礼拜堂洋牧师安德森老婆罗丝那里借来的,书名叫《巴黎茶花女遗事》,说的是一对洋人男女,男的不能爱,女的爱不成,纠结缠绵,要死不得活的。本是一纸荒唐言,在鞠平看来却如同发生在自己身上一般,流了不少同情泪,心事也勾出来了。书里书外,一中一西,两个女子的烦恼都压在她一个人心头了。十八九岁女子的心事众所周知,无非是惦着心上人,想瞒都瞒不过。不要说在西门,就是在脂城,像鞠平这个年纪的女子,在家奶伢的多的是,没定亲的更是凤毛麟角。以鞠平的模样,自然不愁没人提亲,只是每每媒人登门,鞠平都摇头。媒人心眼灵光,晓得冯家这丫头心里有人,于是不再自讨没趣。鞠平心里着实有人,不过这个人她不该惦着。惦着一个不该惦着的人,会把自己耽误的。可鞠平偏偏要惦着,仿佛一条根扎在心里,不能自拔了。说起来也不能怪她,若能管得住十八九岁女子的心,古往今来,天底下便不会有那么多伤感动人的故事了。

鞠平正想着心事,忽听见天井里葫芦架哗哗地响,以为起了风,推开纱窗伸头向外,露出一段白嫩的肩膀,一试,风没一丝,却见哥哥鞠元赤膊靠在葫芦架下,葫芦藤筛出片片月光,落在他身上斑驳一片,如同穿了花褂子似的。鞠平本以为鞠元是出来纳凉的,又隐约听见呜呜的哭声,便探出头来问:"哥?"冯鞠元赶紧抹去眼泪,又舀了一盆井水兜头浇下去,瓮声道:"热!"说罢便转身回房里去了。鞠平盯着鞠元的背影,甚是不解,小声嘀咕一句:"天还能把人热哭?秀才娇很!"

照实说,冯鞠元不是娇气的人。别说是遇到秋老虎,就算架到火上烤,怕是也不会轻易哭的。男儿有泪不轻弹,秀才晓得这道理。既然冯鞠元哭了,一定遇到了伤心事,鞠平当然不晓得。鞠平关上纱窗,躲在暗处,望着天井的月光,最先猜想的是哥嫂两口子吵嘴了,可又一想嫂子正在害伢,不会有意去惹哥哥,不过也说不准,两口子吵嘴有时不要原因,有一个人心里不快活,就能接上火。再一想,哥哥是秀才,嫂子是秀才家的千金,都是知书达理的斯文人,怕是不会轻易惹是生非。

正这时,冯鞠元抱着一大摞书,三两步便来到天井正中,双手一张,噼里啪啦,丢烂白菜似的把书撒了一地。书是读书人的命根子,鞠元却如此粗鲁地对待书,一定是出事了。鞠平赶紧趿着鞋跑出来,说:"哥,书怎惹你了?就不怕孔夫子罚你!"说着,赶紧弯腰去捡书。冯鞠元上前把她推开,端来油灯,拔出灯捻子,将一灯壶的洋油全浇到书上,然后划根洋火,把一堆书点着了。鞠平吓一跳,大叫:"嫂子,快来看呀,我哥烧书呢!"奉莲闻声捂着肚子跑出来,见天井里生起一堆火,吃惊不小,顿时不再干呕了,抄起一把扫帚就来扑火。冯鞠元大喝一声:"住手!"奉莲没有住手,依然去扑火,鞠平也随手抄起一只筲箕,帮着奉莲扑火。冯鞠元跨步上前,一手捉住一个,往后一拽,鞠平噔噔地连退几步,差一毫没有跌跤,奉莲身子弱,腿脚不灵,一屁股坐在地上,蹾得结实。鞠平赶紧把奉莲扶起来,奉莲一手捂着肚子,一手捂着屁股,边哭边说:"鞠元啊,那书跟你有仇啊?烧了书,明年你还考不考?"冯鞠元看了看火堆,咬着牙说:"考!考鸡巴!"只这一句话,奉莲和鞠平都不吱声了。奉莲和鞠平都没想到秀才能说出这般粗俗的话来,你看我我看你,然后一起看冯鞠元。冯鞠元紧跟着又说了一句:"考个鸡巴毛!"

这一声比那一声更高,还多了一个"毛"字。此类带毛和不带毛的粗话,西津渡码头上的粗人常挂在嘴上,街头巷尾也能随处听到,并不十分刺耳。可从冯鞠元这个秀才嘴里吐出来,就让人膘得慌,奉莲和鞠平顿时羞得脸发烧了。冯鞠元似乎很过瘾,呼呼地喘着气,拍了拍手,不晓得是为自己焚书的壮举鼓掌,还是清理手上的灰尘,总之拍得响亮。奉莲和鞠平傻站在葫芦架下,披一身银子似的月光,哑巴似的竟不敢再说话了。冯鞠元转身回房穿好衣裳,一声不吭,直直走向大门。奉莲紧跟几步,问:"你去哪里?"冯鞠元答非所问:"不要等我。"说着,便摔门而去。

月上树梢头。冯鞠元心乱如麻,步子迈得凌乱无章,深一脚浅一脚,醉汉似的出了巷口,朝香炉岗方向走去。香炉岗是脂城西南蜡烛山的余脉,矮墩墩地守在脂河西湾上头,一向是西门人的坟地所在,冯家的祖坟也在那里。走上旷野小径,便有阵阵热风从脂河方向吹来,带着一股糟泥的腥味,又湿又黏,糯米粥似的裹在身上。香炉岗不过二三里,不多时就到了。

一抹淡云遮过，月光淡了许多，坟地里的一切依然看得清楚。清明时冯鞠元新包了爹娘的坟头，一个夏天过来又生出一蓬乱草，添了几分荒凉。此时，两个秀才，一老一少，一死一活，一个躺在土里，一个站在坟前，隔着一蓬乱草默然相对。月光下，冯鞠元仿佛看见他爹的秃头隐约可触，那条干枯的假辫子正在摇晃。冯鞠元不禁打个冷战，双腿一软跪了下来，哞的一声便哭起来，惊了周边杂树上夜宿的鸟扑棱棱飞去。冯鞠元擤一把鼻涕，冲着坟头大喊："爹啊，朝廷真把科考废了！"

冯鞠元所说属实。光绪三十一年八月初九，和花船一起来到脂城的，除了炙人的秋老虎，还有朝廷颁布的废止科举的诏书，自丙午（1906）科为始，所有乡试、会试一律停止。也就是说，从今往后，秀才们别再指望进京赶考，别再妄想金榜题名了。其实，早前，同窗好友陈依玄就捕到风声，说朝廷要废止科举，冯鞠元当时不信，以为纯属小道消息。陈依玄一肚子杂学，素来神道，说他算了一卦，明确这事八九不离十了。为此二人争得脸红脖子粗。冯鞠元原本自有道理：起于隋文帝，行了近1300年的科举，说废就废了？废了科举，朝廷如何选拔人才？没有人才，大清天下哪个来管治？还有天下的一干读书人怎么办？难道要逼着读书人造反？当今天子岂能开玩笑！陈依玄说："老天都会开玩笑，何况天子！你等着瞧，天子要么不开玩笑，要开就是大玩笑！"如今果然被陈依玄言中，朝廷会开玩笑，不是跟他冯鞠元开玩笑，是跟天下所有的读书人开了个玩笑。孔圣人啊，您瞧瞧，朝廷这鸡巴玩笑开得也太大了！

这个玩笑确实大，比天都大。那天，全县老老少少一干秀才童生在文庙候诏。得知此事，或唉声叹气，或哭哭啼啼，蒋仲之等几个老秀才当场就晕了过去。韩尚文等几个脾气不好的，当场就骂人，不再用之乎者也，张口便是日妈弄娘的。完了！十年寒窗的辛苦白吃了，光宗耀祖的抱负泡汤了！毒日当空，冯鞠元心里冰凉彻底，鼻子里像是塞进了两丸硫黄，若不是怕一旁的陈依玄笑话，怕是当场就哭出来了。

如实而论，冯鞠元之所以如此伤心，如此失落，跟冯家三代在功名上的执着有关。冯家祖上本是脂城的木匠，手艺人家，日子好过之后便向往书香门第。从他曾祖开始，盼望出个人物，改换门庭。他爷是家里第一个丢下斧头拿起书的男人，考到头发花白，腰弯背驼，还是个童生。无奈之下他爷一心培养他爹，他爹一路考来，腰没弯背没驼，头却考秃了，辫子都扎不成，只好在头上盘一条马尾编的假辫子，最后还是没考中秀才。他爹自知无望，便去开染坊，辛辛苦苦攒起家业，一门心思供养冯鞠元。可是，轮到冯鞠元，腰没弯背也没驼，发没白头也没秃，终于中了秀才，朝廷却宣布废止科考了，干干脆脆把冯家的文脉斩断了。说起来，在冯鞠元的心里，最对不起的是他爹。他娘走得早，他爹一个人把他们兄妹拉扯大确实不易。去年腊月，他爹突然中了风邪，久治不愈，临终前已不能说话，含着老泪拉着冯鞠元的手，哆哆嗦嗦，先在他手心里写了"进"字，之后又看了看鞠平，在他手心里写了个"出"字，写完一"进"一"出"，老人家身子一挺，撒手西去。冯鞠元当然明白他爹写这两个字的意思，给他的"进"字，就是让他进一步科考，最好中个头名状元。至于给妹妹鞠平的"出"字，意思更明白，一定要把这丫头嫁出去。然而，事到如今，他的"进"字算是黄了，鞠平的"出"字能不能实现，一时也没底了。

  话又说回来，冯鞠元虽然秉承祖训，一心追求功名，却不是一块读书的好材料。远的不说，单是与陈依玄相比，冯鞠元就显得天资不足，灵性差强，这一点冯鞠元自己也晓得。自开蒙到县学，冯鞠元一直跟陈依玄同窗，每每先生教授功课，陈依玄撒泡尿的工夫就领悟了，他冯鞠元还云里雾里分不清东西南北，等到他明白过来，陈依玄不是在打瞌睡，就是在钻研他的杂学了。但是，冯鞠元也晓得勤能补拙笨鸟先飞的道理，下苦功要比陈依玄高出一筹，虽没有用上头悬梁锥刺股的古法，青灯夜读寒暑不辍却都做到了。他们的先生，也就是冯鞠元的老丈人卫秀才，曾给他们两人预言："依玄依天资，鞠元鞠自力；日后若腾达，命中有天意。"话说得明白，两人都有腾达的可能，依玄天资优，鞠元肯勤奋，天资和勤奋都是腾达所必需，二者缺一不可，至于成或不成，还要看各自的命格。两个人孰优孰劣，且不好说。不过，单从日后把丫头奉莲嫁给冯鞠元来看，卫秀才似乎更偏爱刻苦的人。

冯鞠元在他爹娘的坟头前哭了个饱，又磕了头，起身往回走，一路上心中空荡荡的。走上西津路，过了礼拜堂，远远地看见如意巷陈家的后窗亮着灯光，便想去找陈依玄说说心里的苦处。

在西门，他可以推心置腹的也只有陈依玄了。冯陈两家算是旧邻，隔着一条西津街，透过两排蓬乱的洋槐和樟树，晚上能看见对家的灯火，白天能闻到对家的菜香。那时候，陈家经营布业，冯家开办染坊，家业殷实比肩，门第高低相当，向来过从甚密。陈依玄和冯鞠元同庚，自小就在一起玩闹，情同手足，亲如兄弟，六岁时投在同一个师门下启蒙，光绪二十九年（1903），二十二岁那年春天，经过县府院三考，又中了同科秀才，于是便有了人人称道的"西门三同"之说。因为出了秀才，冯陈两家自然要热闹一番，西门人也爱凑热闹，此等难得一遇的事，自然也要热闹了一阵子。热闹总是赶着热闹来，就在这一年，冯陈二人喜上加喜，先后完婚。冯鞠元娶了县学卫先生的女儿卫奉莲，陈依玄娶了表妹褚仙芝。

在脂城这帮书生中，冯鞠元最佩服的是陈依玄。陈依玄聪明过人，看上去对什么都漫不经心，可什么又都玩得熟稔。从小到大，只要两个人在一起，无论遇上大小事，陈依玄总是最后拿主意的人，冯鞠元对他自然放心。当然除了佩服，冯鞠元对陈依玄还有几分羡慕，不过因为面子，所以放在心底，一般不会显露出来。近年来，陈家的日子好过，又起了一幢新房，在西门算是实实在在的大户人家了。相比之下，冯家这些年来一直走背运，他爹去世之后，城里的买卖也盘了出去，一家人坐吃山空，眼看着日子越过越紧巴，用人厨子也不敢用了。本想刻苦读书，将来混个一官半职，重振家业，没承想科举一废，这条路算是到头了。

来到陈家敲门，开门的是陈家厨子老沈的儿子小结巴。小结巴不过十来岁，说话不利索，脑瓜却精明，手脚也麻利。平日里，小结巴在冯陈两家之间经常往来，跟冯家人熟络。一见冯鞠元，小结巴二话不说，便领着冯鞠元来到上房客厅候着。冯鞠元急着要见陈依玄，小结巴拦住不让，说大少爷有交代，他在书房配方子，没有允许，哪个也不能去打扰。冯鞠元晓得陈依玄有这怪脾气，只好让小结巴去通报，自己坐下来候着。陈依玄自幼喜欢杂学，尤爱钻研医术偏方，时不时会弄出一个方子，四处找人验证。为此卫先生没少打他手心。卫先生曾说，依陈依玄的天资，如用功读书，将来中个状元极有可能，但江山易改本性难移，陈依玄对中状元兴趣不大，读不惯四书五经，沉迷于杂学之中，乐此不疲。若不是怕伤了家人的心，怕是连秀才他都懒得考。无奈之下，卫先生直呼小子暴殄天物朽木不可雕也，遂送他一绰号"西门杂家"。不过，陈依玄领了先生的封号，并不失落，对他的杂学更是用心，尤其在偏方上，更是花费大量心血，遍览历代医家名著，查考各地民间验方，尝百草，访名师，竟然有些成果。前年腊月，脂城突发"老人瘟"，三天死了十几个，城里城外的医家都挠头，县衙无奈悬赏降瘟。陈依玄不慌不忙，拿出一剂"黑芝麻桑葚汤"的方子，呈给县衙。县衙不敢乱用，陈依玄以命相赌，签字画押，县衙只好死马当作活马医，命人按方施药，没料想果然奏效。从此，陈依玄在脂城名声大振，"西门杂家"成了"西门神医"。俗话说，秀才行医，罩里捉鸡。有了神医之名后，陈依玄并不挂牌应诊，悬壶济世，一旦有人慕名前来求医问药，能出方子就出，不能出方子，马上劝病家另寻高医，落个自由自在，由此又挣了个"散淡人"的名声来。不过，这些他都不在乎，只是自己玩得越发痛快了。

　　陈家的客厅清凉，想是用了冰砖。陈依玄素来懂得享受，吃喝玩乐，没有不在行的。就说这冰砖，不是什么人家都舍得用的，陈依玄舍得。每年夏天，陈依玄都会让厨子老沈到城里的冰窖去买冰砖，贮在自家六尺深的冰窖里，随用随取。据说那冰砖是用船从北方送来的，价比肉贵，陈依玄不在乎，年年夏天都要喝冰酸梅汤，吃冰镇西瓜。陈依玄之所以胆敢享受，还是仰仗着他老丈人的家业。这一点西门一带都晓得。陈依玄的老丈人不是别人，正是他的亲娘舅——脂城大名鼎鼎的富商褚云鹤。褚云鹤家业大，在城里有茶庄米店当铺，乡下还有几十顷上好水田。陈依玄娶了褚家的独生女仙芝，褚家那份家业迟早都是他陈依玄的。就这一点，冯鞠元就没法跟陈依玄相提并论了。人比人气坏人，不能比的不比，这是道理。

　　冯鞠元坐了一会儿，不见陈依玄，也不见仙芝。大热天，晚上不便，仙芝怀着伢，许是早早歇下了。想到仙芝，冯鞠元心里不禁涌上一阵莫名的酸楚。论起来,仙芝算是冯鞠元心底里最早的相好。当年,冯、陈、褚三家,在西门外称得上三门鼎立,三家交好,伢们从小就在一起玩耍。鞠元生得高大憨实,力气也大,孩子间吵嘴打架都是他冲在前,因此深得褚家丫头仙芝的喜欢。依玄生得瘦弱,爱耍聪明,虽是表兄,仙芝却看不上眼。大多时候,都是冯鞠元和仙芝在一起,有说有笑。仙芝喜欢鞠元驮着她跑,鞠元也乐意,一口气能跑到西津渡去,手上的汗浸湿了仙芝的屁股,也不觉得累。等到长大后,虽说不便常在一起,二人心里却一直不觉得生分,见了面还有一种亲热。两家人都看得出来,陈依玄也晓得。有一年,冯家曾托人跟褚家提过亲,被褚家回绝,后来才晓得陈褚两家定了亲。姑表亲,亲上亲,肥水不流外人田,这在脂城并不少见,外人也能理解了。只是冯鞠元心里一直打个结,且待日后慢慢化解了。

又过了一会儿,小结巴来请冯鞠元去书房。冯鞠元来到书房门前,扑鼻而来一股草药味,抬头一看,陈依玄果然正在灯下专心摆弄一堆药丸。冯鞠元进得门来,陈依玄闻听响动,头也不抬,说:"晓得你会来!"冯鞠元问:"你怎晓得?"陈依玄微微一笑,这才抬起头来,说:"鞠平刚刚来过,你们前脚撵后脚。"冯鞠元听罢一瞪眼,声音马上也粗了,说:"这个疯丫头,大晚上到处跑,看我回去教训她!"陈依玄摇摇头,说:"你真是狗咬吕洞宾,不识好人心!你在家发疯,烧了书就出门了,奉莲担心,让鞠平来看看你在不在我家。"说着又把冯鞠元上下打量一番,见他鞋上有土,膝上沾着草末,说:"可是去坟地跟令尊大人诉苦去了?"冯鞠元一怔,低头拍打身上的草屑。陈依玄偷偷一乐,说:"鞠元啊鞠元,何必打扰他老人家呢?这回倒好,怕是老人家在九泉之下也不得安生了。但愿阎王爷那里科举没有废止!"冯鞠元无奈地摇头,说:"你还有心思开玩笑,这么大的事,难道你心里一点也不难受?"陈依玄眉毛一扬,微微一笑,说:"说实话,我一点也不难受!要不是朝廷废了科考,我哪有工夫专心弄这秘方!"说罢一指桌上的药丸。冯鞠元叹道:"依玄,你果真淡泊,佩服佩服!"陈依玄哈哈一笑,突然正色道:"难道非得像你那样挂着苦瓜脸?"冯鞠元一时语塞,半天无言以对。

正在这时,又听得有人敲门,不多时,小结巴便领着一个人进来。借着灯光一看，原来是老秀才蒋仲之。蒋仲之是脂城有名的老秀才之一。此公二十岁那年中了秀才，科科都考，却屡试不进，屡败屡试，竟弄得家徒四壁，险些揭不开锅来。亏得膝下无儿无女，不然那日子够他应付。他老婆赵氏倒是现实，见夫荣妻贵无望，还是吃饭要紧，便下了狠心，在城里老菜市街开了一间卖肉铺子，从早到晚快刀霍霍，倒是挣回两个人的口粮。赵氏身高体胖，嗓门洪亮，自从手里有把快刀，腰杆也越发地硬，当面背后从不给秀才相公面子，因此，蒋仲之越发地怕她，惧内的名声自然不胫而走。论起来，蒋仲之做秀才近二十年，可是他却不服老，讨厌晚生尊称他前辈，坚持兄弟相称，每与晚辈一起，主动称兄道弟。脂城秀才圈里私下有一句妙评："蒋公天下皆兄弟，仲之此生无尊长。"脂城人都晓得他忌讳，有意回避。因为他在家排行老二，都叫他蒋二先生。

依仗都是熟人，甫一坐定，蒋仲之便喷着满口的酒气，叫嚷去西津渡踩花船。陈依玄说："正好仙芝傍晚回了娘家，说走就走！"说着，转过身对冯鞠元说，"一起去散散心吧！"冯鞠元有些迟疑，蒋仲之一把搂住他的肩，说："鞠元老弟，想开些吧，如今朝廷把科举废了，自己不能把做男人的乐趣也废了！"冯鞠元眨眨眼，突然大手一挥，说："奉陪！"

第二回 老秀才有心踩花船
　　　　　　俏船娘无意进良言

　　迎秋来花船,在脂城已有些年头了。渐渐地,没有花船来,脂城人好不习惯,尤其是脂城的男人。没有花船,仿佛菜里少盐,寒冬缺棉,日子难熬。每年迎秋,花船停靠西津渡,赶在入冬河水枯前转往南方,来年秋天再转回来。往年,花船经长江入巢湖再进脂河,一路辗转,到脂城西津渡大都在中秋之后了。不过,来得正是时候。花船的老板晓得,过了中秋,西津渡往来的粮船货船就多起来了,这时候,脂城人最清闲,荷包也最鼓。

　　西津渡始于宋代或更早时候,最初只是一个南北渡口,明末建成一座集散竹木粮食的小码头。自从大清咸丰年间闹起了太平军,脂河成为通江达海的交通要道,官船私舫,千帆竞渡,舟楫如麻,终日不绝。西津渡因扼入湖达江之门户,因时得势,相继扩建了上码头和下码头。上码头停泊客货官船,下码头作为货场。为方便军粮运输,官府把粮仓搬到西津渡,一座座粮仓大蘑菇似的矗了一大片。由此,一向沉寂的西津渡热闹起来。来凑这份热闹的不仅有草民百姓,还有美国福音堂的大鼻子。那洋人眼光独到,在西津路边上建起西门礼拜堂,三层洋楼四合院落,周周正正,单是房顶上那副十字架,看上去就高人一等。

　　西津渡的花船分为两个帮,一是芜湖帮,一是扬州帮。与往年相比,今年花船不仅来得早,而且来得多。往年不过四五条,此番却来了十来条,单桅双桅的都有。每条船上的船娘都比往年多,也更妖冶。船娘这称呼,本是花船上的叫法,脂城本地人叫卖唱的。许是觉得卖唱的这称呼叫着不顺口,慢慢地脂城人也跟着叫船娘了。不过,嘴上叫船娘,心里还想着卖唱的。花船带到脂城来的不仅有船娘,还有船歌和船菜。女人、玩乐和吃,这三样都是拿住男人七寸的东西,男人自然乐此不疲,女人却恨。不过,脂城的女人后来发现,恨船娘有道理,对于船歌和船菜却不应该恨,因为无论如何,这两样都是好东西,船歌悦耳,船菜爽口。后来脂城的女人渐渐学会了唱船歌,也学会了烧船菜,只是依然拴不住男人的心,没良心的东西,得闲就往花船上跑,一毫法子都没有。

在脂城这些没有良心的男人中,西门的冯鞠元无疑是个例外。说起来旁人不信,此番竟是冯鞠元第一次踩花船。往年,冯鞠元在西津渡远远地看过花船,高高的楼船,雕梁画栋,船头挑着一排大红石榴灯笼,船尾挂着一排菱角旗子,船娘衣着华丽,浓妆艳抹,倚在船栏上,或抛媚撒娇,或搔首弄姿。花船是男人玩乐的天地,这一点冯鞠元自然晓得。但是,冯鞠元没有踩过花船,不是他不想,是不敢。在他的心里,冥冥之中仿佛总有一双眼在盯着他,那是他爹的眼。从小他爹就教他一心读书为功名,不得贪恋女色。往年,每到迎秋,陈依玄等人都要拉冯鞠元一起踩花船,冯鞠元心里痒得虫爬似的,却总会找个借口推辞。

此时,陈依玄迈着方步,不急不躁。冯鞠元打定主意要破例,跟在他后面,一声不吭,心却抑制不住地狂跳,及至看见花船上明亮的灯火,听到船娘婉转的歌声,那颗心差点就蹦到嗓子眼了。来到脂河边,但闻人声嘈杂,琴声悠扬,十条花船一字摆开,头尾相衔,船与船之间搭上了跳板,任人往来,如履平川。卖瓜果零食的小船穿梭其间,高声叫卖,犹如白天的街市般热闹,浑然不像半夜的河道。

陈依玄率先走上跳板,沿着船街,轻车熟路,来到一条花船前。抬头一看,船桅上的灯笼上赫然三个大字:"芸香舫"。蒋仲之问:"依玄,是老相识吧?"陈依玄笑而不答,低头上了船,正要喊人,便从灯影里窜出一个女子来,高声叫道:"真是说菩萨菩萨到,刚刚话才落音,陈爷就来了!"陈依玄笑了笑,说:"凤仙老板,这两个朋友,好好服侍!"那迎客的女子双目盈笑,顾盼生风,说:"陈爷放心,到了芸香舫,就是到家了!"陈依玄环顾船舱,说:

"赶紧备些酒菜,再叫几个唱船歌的来!"凤仙答应着,急忙去张罗了。不多时,凤仙领来两个船娘,年纪都在十七八岁,个个水灵灵的。凤仙一一介绍,一个叫梅兰,一个叫荷香。蒋仲之早就乐不可支,任由梅兰挽着。冯鞠元有些拘束,手脚放不开,瞄了一眼陈依玄,陈依玄摆摆手,意思让他尽可放心。蒋冯二人各自寻了方便,陈依玄问凤仙:"这一趟她没来?"凤仙心眼灵光,晓得他问的是自己的结拜妹妹凤仪,便笑道:"晓得你要来,正在后头梳洗打扮呢!"陈依玄笑了笑,便跟着凤仙朝后头去了。

三年前,陈依玄与凤仪相识,正是在这条花船上。那时候,陈依玄虽与仙芝订婚,却依然不改好玩的闲情,每有花船来,必登船,扔几个钱,听几支曲子。当其时,只一眼,陈依玄便断定凤仪不是一般的风尘女子。凤仪二十出头,姿色并不出众,但娴静素雅,低眉回首,眼波流转间,仿佛有诉不完的愁怨;举手投足讲究分寸,沉静中透着几分聪慧。再细看,身材算得上一流,亭亭玉立,蛮腰修肢,素色长裙之下,有一双没有裹过的大脚,一看便知,小时候多得爹娘娇宠。在花船上漂荡多年,凤仪身上竟没有一丝风尘气,陈依玄在踩过的花船上还没见过,于是越发敬佩了。

来到船尾,见已挑起桅灯,一群大大小小的蛾子,嘤嘤嗡嗡地围着灯光,时不时有几只撞到脸上。不一会,酒菜摆上来,凤仪便款款而至,一番寒暄后,便陪坐下来。这时,冯鞠元由荷香挽着,蒋仲之搂着梅兰,相跟着来了,纷纷落座。蒋仲之发现陈依玄身边的凤仪,忙问:"依玄老弟,这位是……?"陈依玄说:"凤仪姑娘,好嗓子。"蒋仲之伸着颈子凑近凤仪看了看,没有说话,饮下一杯酒才说:"这姑娘不俗!"陈依玄笑而不答,示意安心听曲。

凤仪并不拘谨,怀抱琵琶,指尖轻轻一划,琴声如水一般流淌,一段过门之后,亮晶晶的嗓音便唱起来,先唱的是一曲《鲜花调》。一曲终了,头一个叫好的便是蒋仲之,冯鞠元也跟着叫好,陈依玄却没有,只是静静地看着凤仪。凤仪没有听到陈依玄的叫好,便问:"陈爷,是不是唱得不好,脏了你的耳朵?"陈依玄说:"好倒是好,不是最妙。总觉得这《鲜花调》不是你最适合的。所谓'我口唱我心',依你的嗓音和心境,凄婉的曲子怕是更适合些。"凤仪点点头,放下琵琶,换了一把弦子。蒋仲之一拍桌子,对陈依玄说:"这凤仪多才多艺,果然是个好角色!"凤仪试弓几下,之后,弦音突然迸出,接着唱道:

"送情人,直送到花园后。禁不住泪汪汪,滴下眼梢头。长途全靠神灵佑。逢桥须下马,有路莫登舟。夜晚的孤单也,少要饮些酒。"

唱的是《送别》,对陈依玄来说并不新鲜。但只这头几句,凤仪便唱出了妙味,那五声调子,哀怨深情,凤仪也突然变了个人似的,陈依玄不禁提起神来,跟着她的曲调,在腿上打起拍子。

"送情人,直送到城隍庙。叫道人,开庙门就把香烧。深深下拜低低告。情人儿在心上转,签筒儿在手内摇。若得到底的团圆,菩萨,你便把上上的签来缴。"

凤仪悲凉的嗓音,在星月下脂河上空回荡,连同那河中的点点灯光,一起变得陌生起来。陈依玄挪了挪身子,似乎怕错过了每一句唱。灯光之下,凤仪的颈子极美,每当提调时,颈子上的筋脉微微颤动。凤仪穿着荷叶领的裙子,颈窝在衣领里若隐若现,令陈依玄不禁浮想联翩。这一曲唱罢,陈依玄头一个叫好。凤仪似乎也很满意,放下弦子,端起酒来与陈依玄共饮。按花船上的规矩,第一杯花酒,由船娘先喝一半,然后递给客人喝一半。凤仪喝了一口杯中酒,刚要把杯子送到陈依玄的嘴边,只听背后有人叫道:"老远就听到这边好不热闹,原来是你们在这里尽兴!"陈依玄不禁一惊,回头一看,原来是韩尚文,赶忙起来招呼。韩尚文也不客气,就在当中坐了下来。

韩尚文与冯陈二人年纪相仿,又是同科的秀才,家住西门里,生得五大三粗,自幼习武,性子也躁。几杯酒下肚,韩尚文开始大发牢骚,说朝廷废了科举,等于是把我等撂在半路上,不上不下,如何是好?将来如何过日子?本来,若不提这茬,吃喝玩乐,高高兴兴,一提这话,老秀才蒋仲之肚子里的火也撩起来了,跟着抱怨。冯鞠元一肚子不满,自然也要发泄。于是你一句我一句,满座唾沫星子乱飞。陈依玄一直没吭声,等他们说得差不多了,就劝他们牢骚多了易生肝火,肝之木性,恶阻郁结,郁结化火,是会害病的,不如平静下来,好好享受。韩尚文已有酒意,说:"依玄啊,你站着说话腰不疼!你财大气粗,美美地过日子,好好享受,我们不能。"其他人跟着应和,陈依玄没承想,好心换来驴肝肺,自知无趣,便不再多嘴,心头刚刚积攒的乐趣也荡然无存了。

这时候,一旁的凤仪看得清楚,突然说:"各位大爷,能不能容我插嘴说两句?"蒋仲之说:"有话请讲。"凤仪说:"难怪人家都说秀才造反十年不成,光在这发牢骚没有用!依我看,既然都不满,何不合起一条心,去游行请愿,好歹也讨个说法!"韩尚文听罢,率先站起来,一拍桌子,说:"对呀,怎么就没想到这一层上!"蒋仲之捋着山羊胡子说:"前些年,京城里不是还闹过公车上书吗?"冯鞠元说:"好!把全县的秀才串联起来,一起去官府请愿,总比一声不吭要好!"陈依玄本来不想掺和,大伙逼着他拿出看法,便说:"反正没事做,试试瞧吧。"韩尚文是个急脾气,说:"这事说干就干,你们先在这里尽兴,我这就去别的船上找人去!"冯鞠元说:"别的船上还有?"韩尚文说:"读书没用了,在家生急,秀才呀童生呀能来的差不多都来了!"蒋仲之哈哈大笑,说:"好啊,如今这帮读书人都不装斯文了!"

不一会,韩尚文回来了,身后还跟着一群秀才、童生,本来冷清的芸香舫一下子热闹起来。凤仙一见大喜,晓得生意来了,越发地殷勤。陈依玄本想来花船上寻欢,没想到遭遇此事,又不便退缩,便耐着性子陪着。一干人你一言我一语,说到关键处,要推举一个人出来主事,张罗游行请愿,一番交头接耳后,一致推举陈依玄,理由是陈依玄足智多谋,在脂城人缘又好。陈依玄本不情愿,自然再三推托。凤仪对陈依玄说:"陈爷,你若主事,我凤仪也带上姐妹陪你们上街,给你们助威!"冯鞠元接着凤仪的话,说:"依玄,就算是为这帮读书人做点善事吧。晓得你怕麻烦,我来给你打下手,跑前跑后的事,不让你烦神!"陈依玄见实在扛不过去,便勉强答应了。接着,众人一起把联络办法和请愿的日子一一敲定,见时辰不早,便纷纷散去。

第三回　痴情人夜读茶花女
　　　　　洋教士化解千千结

　　秋老虎还没走,奉莲她爹卫老先生却病倒了。一大早,有人从城里捎信来,让奉莲赶紧回娘家一趟。那时候,鞠平正在厨房里忙早饭,支着耳朵捎带听上几句,好像说老秀才得知科举废了之后,一病不起,寻医问药都无效,几天水米不进,满嘴尽是胡话。奉莲一听,当下就急哭了,没等早饭做好,便由冯鞠元陪着匆匆进城去了。

　　天热,鞠平也没什么胃口,一个人守在灶后囫囵吃了几口,便接着读那本《巴黎茶花女遗事》。这本书借来好几天了,因为哥嫂在家,只有晚上偷偷看,昨天看到后半夜,还剩下几页,实在熬不住就睡了。睡下之后又做梦,一篇连一篇,尽是男男女女恩恩爱爱,似乎跟自己都有关,有的记得清,有的记不清。记不清的不提,记得清的,回头想一想脸都红了。

　　看完最后一页,鞠平长长地叹了一口气,为那书中可怜的茶花女感慨不已,洋人也是人,也有这样的伤心事。越想越多,自然又想到自己身上来,丢了魂似的呆了半响,之后匆匆收拾一番,出门去礼拜堂还书。

　　在西门,鞠平最喜欢去的地方算是礼拜堂了。说起来,鞠平头一回去礼拜堂还是陈依玄带去的。那时候,脂城谣传洋人是洋鬼子,专摄人的魂魄,西门一带没有几个人敢进去。只有陈依玄不怕,常去礼拜堂跟洋牧师一边喝茶,一边谈天说地。鞠平也想进去看看,可是她哥鞠元不许她去,陈依玄就偷偷带她去了。有了头一回,就有第二回,鞠平慢慢地胆子大了,一来二去,居然成了那里的常客,她哥冯鞠元想管也管不住了。礼拜堂里面有好多稀罕,各种各样的书,各式各样的糖和饼干,还有一架风琴,放在东山墙高高的花窗下,用脚踩着才能弹响。琴身漆面亮得能当镜子,琴键黑白相间,摸上去滑溜温润,听说是象牙做的,买它怕是死贵。逢上做礼拜,那架风琴就会响起来,琴声从礼拜堂的花窗里传出来,充满西门外的大小巷子,这时候伢们会去偷偷地看,鞠平自然也要去。鞠平最眼馋的是,罗丝坐在高高的花窗下弹琴时的样子。那时候,阳光正香喷喷地透过花窗,罗丝盘起头发,一袭黑裙拖地,白丝镶边高领烘托脸颊,细长的手指在黑白键上跳来跳去,简直美得令人心颤。伴着罗丝的琴声,安牧师领着一群教友唱,曲子好听,不似花船上的船歌,也不似脂城的小七戏,说是赞美诗,听了让人心里顿生崇高。鞠平学会了几段,心烦的时候偷偷唱,唱着唱着,心里平和好多。

不过,鞠平最喜欢的还是礼拜堂里的书,一本一本借来看。在西门,像鞠平这样识字的女子不多。好多故事,不识字的女子只能听。听人家讲故事,耳朵跟着人家的心,故事从人家嘴里出来,如同吃人家嚼过的饭,没有味道。鞠平不听,捧着书自己看,自己的眼连着自己的心,想看什么就看什么,愿想什么就想什么。鞠平读过好多书,《红楼梦》《西厢》《聊斋》这些旧书是从陈依玄那里借来的,洋书也读过几本,都是从礼拜堂借来读的,以包天笑和林纾译著的为多,比如《迦茵小传》,她就很喜欢。尤其书中迦茵和亨利分别时,迦茵剪下一绺自己的头发,亲了亲,赠予亨利,亨利接过来也亲了亲,这才收起来。这般的男女深情,想想让人心都酥了。书看多了眼界就宽了,心也深了,似乎天地也大许多。如此想来识字真是福气,多亏她爹当年用心教她,不然如今她不仅是个没爹没娘的苦丫头,还是一个糊里糊涂的睁眼瞎子。当然,鞠平也喜欢安牧师两口子。两口子虽是洋人,但都能说一口脂城话,虽不地道,却能听明白。他们待人和善,治病不收钱,用的是西药,一小片片一煎一碗汤药都管用。最近礼拜堂正在筹办"女学",鞠平早就想好要入学,只怕哥哥鞠元到时候又要板起脸来阻拦。不过,话又说回来,她现在做什么哥哥都会板起脸,怕是只有她答应马上嫁人,哥哥才会露出笑脸来。可是,正是这一点,鞠平做不到。要是能做得到,还会等到今天?

一出巷口,见小结巴甩着两条麻秆似的细腿跑过来。往常,这时候小结巴应该在陈家厨房里给他爹沈厨子打下手,不会跑出来疯。这会儿跑出来,一定有要紧的事。鞠平跟小结巴最熟悉,之所以熟悉,是因为鞠平经常给他买米花糖,之所以给他买米花糖,是因为鞠平常常向他打探陈依玄的事。见小结巴跑得越来越近,鞠平赶紧躲到一棵樟树荫里,扇着手绢等着小结巴经过,一待小结巴跑到面前,鞠平只咳了一声,小结巴马上刹住脚,呼哧呼哧喘着气,小胸脯风箱似的一起一伏。鞠平招招手,让小结巴走到树荫里,问:"狗撵着似的,你往哪跑?"小结巴抹一把汗,指着西津渡的方向,说:"西西西……"鞠平忍住笑,抢过话来:"西津渡?"小结巴点点头,鞠平说:"去搞什么?"小结巴拍拍汗褂子的口袋,说:"信信信……"鞠平说:"哪个给哪个的信?"小结巴舔了舔嘴唇,摇摇头,鞠平说:"给我看看。"小结巴又摇头,鞠平走上前要亲自动手,小结巴突然转身跑开,鞠平追了几步没追上,便有意啪啪地跺脚,吓得小结巴头也不敢回,伸着颈子拼命跑,疯鹅似的,可笑又可气。

鞠平一路往礼拜堂走。因为日头毒,专挑阴凉处走。有树荫走树荫,有房荫走房荫,七拐八绕,闪闪展展,像戏台上青衣云步一般。本来,从家到礼拜堂并不远,如此一折腾,就颇费些工夫了。不过,鞠平心甘情愿,这样她才有工夫想心事。鞠平的心事,是小结巴口袋里的信勾出来的。她料定那信是陈依玄写的,写给哪个却不好猜。陈依玄交游广泛,可以写信的人自然很多。可是在西门一带,要是有什么事,不如捎个口信方便,犯得上写信送信这般麻烦?看来那信里一定有要紧的事。果真是要紧的事,又是送往西津渡,那又会送给什么人呢?男的还是女的?要是给男的,小结巴怎不让看信呢?要是给女的,又会是哪个?西津渡是码头,想来没什么人跟陈依玄有往来,难道是花船上的船娘?西门人都晓得陈依玄喜欢踩花船,鞠平也晓得,男人踩花船没什么大不了的。在西门,踩花船的男人多的是,没男人踩,花船早就不会来了。要命的是你踩就踩吧,玩罢乐罢,回来就安生过日子,还牵肠挂肚地送什么信呢?!

鞠平想到这里，便想起陈依玄对自己越来越疏远，不禁伤感。在脂城，在西门，能让鞠平如此伤心的人，只有陈依玄了。人与人的亲近，并非一定要有血脉维系。鞠平自小就觉得跟陈依玄亲，跟自己的亲哥鞠元反倒有些生分。鞠元对鞠平一向严厉，时时对她指手画脚，陈依玄脾气好，把鞠平看作孩子，没大没小地在一起玩，这让鞠平觉得亲近。陈依玄一肚子杂学，天上地下，前后五百年的事，无不知晓，鞠平听得五迷三道，整天跟在屁股后面，玄哥长玄哥短地缠着讲故事。渐渐长大后，有了男女分别，陈依玄心里也许有了戒备，鞠平心里却没有，一直把她的玄哥当作亲人。当初，听说陈依玄要娶仙芝时，鞠平气得几天没睡好，凭什么这样，怕是她自己也说不清。这样下去，会把自己耽误了，鞠平晓得，却心甘情愿。

说起来，若这算是一份孽缘，作孽的是鞠平那一双大脚。因为她娘死得早，她爹忙生意顾不上，鞠平的脚没裹几天就放开了。一般说来，城里不比乡下，乡下丫头因为将来要下田，不裹脚的多，城里丫头不裹脚的却稀罕。在脂城，像鞠平这样出身的丫头，有一双大脚的实不多见。一个丫头有一双大脚，又欠爹娘管束，总是闲不住。鞠平天生活泼，整天爬高上低死疯，为此没少挨她哥鞠元的训斥。有一回，鞠元实在气不过，拿着浆过的裹脚布，满院子追着要把她的脚裹起来，恰好被陈依玄撞见，替她打圆场，说天生之身，何必拘束，由她去吧。一晃几年过去了，鞠平自由倒是自由，再想裹脚也裹不成了。十五岁那年三月的一天，鞠平疯劲上身，爬到陈家院外树上折柳枝，一不留神跌下来，把那双大脚崴了。恰好陈依玄路过，便把她扶回家。在陈家天井里一棵桃树下，鞠平靠在石桌旁的竹椅上，一抬眼正看见一树桃花开得正欢，蓬勃的花枝一直摸到厢房的屋檐，几只蜜蜂正在花丛中嗡嗡地飞。那时候，她的两只脚平放在陈依玄的腿上，白得刺眼。陈依玄先在她脚上抹了一层药油，然后轻轻地揉。那药油颜色怪，味道也怪，一时间把满鼻的花香淹没了。陈依玄的手时轻时重，鞠平先是觉得有点疼，后来有点痒，再后来有一种从未有过的舒畅。不知不觉，鞠平竟然迷迷糊糊睡着了。之后，鞠平天天来，还是坐在那桃树下的竹椅上，陈依玄给她揉脚,一连揉了六天,眼见着那一树桃花将将落尽,鞠平的脚伤也好了。令鞠平没有想到的是,连她往常的痛经也好了。这一下可不得了,从此,鞠平就有了心事。心事如种子,落在心田,生根发芽,随着年岁一年一年地长,再长怕是心里便装不下了。

因为冯陈两家的世交,也因为哥哥鞠元和陈依玄交好,鞠平的心事从来没敢说过,就放在心底藏着。为此,鞠平恨过自己的脚,要不是她娘死得早,她的脚也会裹着。不早早放脚,就不会爬高上低地死疯,就不会崴了脚,就不会让陈依玄碰自己的脚,就不会相跟着生出这么多烦恼。可是,天底下没有后悔药,陈依玄揉过她的脚,还不是一回,是六回。我的老天爷啊,脚又不是心,怎就把一个人的好处记得那么牢靠呢?!想至此,鞠平竟委屈得眼泪汪汪。

不过,鞠平的心事并不是没人晓得。礼拜堂的罗丝就晓得。罗丝晓得不是鞠平跟她说的,是罗丝自己猜出来的。罗丝问过鞠平,鞠平不说是,也不说不是,只是歪着脑瓜笑。罗丝就笑了,叫一声上帝啊,鞠平就晓得罗丝晓得了。不过,鞠平并不觉得难堪,相反很释然。心事就是秘密,秘密能交换同情。罗丝说得好,若是一份负担,有一个人分担,总比自己独担要轻松;若是一份喜悦,多一个人分享,总比自己独享更美好。洋人说话就是在理,简直说到鞠平心坎上了。从此跟罗丝更加亲近。在西门,单从走路上看,罗丝和鞠平就跟其他的女人不一样,因为她们都是大脚。小脚女人走路含胸撅屁股,两腿夹得死紧,一走就是一串小碎步。罗丝和鞠平的脚大,走起路来挺胸扭胯子,步子大劲头也大,脚下自由,人显得更自由。因此,西门人私下给她们起了绰号,罗丝叫罗大脚,鞠平叫冯大脚。大脚就大脚,多了这一层,洋女人罗丝便成了鞠平的贴心人。女孩子在没嫁人前,最好有个贴心人,或她娘或她姐。鞠平没娘也没姐,便把罗丝又当娘又当姐,有事无事,就往礼拜堂跑。

鞠平来到礼拜堂时,睫毛未干,泪光还在眼波里闪。罗丝一眼就看见,心疼得不得了,一把将鞠平揽在怀里抱着,又拍了拍她的背。这样一来可不得了,鞠平心里的委屈忍不住了,索性伏在罗丝的肩上哭起来。罗丝也不劝她,由着她哭,等她哭够了,帮她擦干眼泪。两个人手拉着手,相视而笑。然后,没等罗丝问,鞠平就把遇见小结巴送信的事说了,也把自己的想法说了。罗丝看着鞠平难受,说了声可怜的孩子,便也跟着难受起来。

鞠平说:"这不死不活的,我该怎么办呢?"罗丝说:"去跟他说吧,说出来会好受些。"鞠平低下头,又摇了摇头,不停地翻手里的书,哗哗哗哗,一遍遍地翻,就是不说话,似乎要从书页里找寻一根丢失的头发。罗丝说:"《圣经》上说,神所配合的,人不可拆分。如果是上帝的人,就要按照上帝的吩咐做。不过,你还不是上帝的人,可以大胆地去追求,上帝会原谅你!"鞠平说:"上帝能原谅,老天爷不能!老天爷在看着!"罗丝一时不知如何回答了。鞠平又说:"听说朝廷把科举废了,会不会也把男女的规矩也废了,让相好的人能在一起?"罗丝笑了,说:"这事太大,只有万能的上帝才能做主。"鞠平说:"大清的天下,就是朝廷做主。"罗丝犹豫一下,说:"也许会,也许不会。"鞠平说:"要是会多好啊!"

正这时,门外响起脚踏车的响声,抬头见安牧师进了院子。安牧师戴着一顶大草帽,浑身上下汗得精湿,没等安放好车子,便嚷开了,说:"上帝啊,太有意思,秀才们要游行了!"鞠平和罗丝赶紧迎出来,见安牧师手里捏着一张传单。传单上写着,号召全县的秀才一起参加请愿游行,落款处签着几个发起人的名字,冯鞠元的名字在,陈依玄的名字也在。鞠平看罢,长长地出了一口气,突然笑了。安牧师和罗丝愣住,望着她的眼神,似乎她就是个唯恐天下不乱的家伙。鞠平把传单递还给安牧师,附在罗丝的耳边,悄声说:"晓得了,小结巴送的信,一定是为这事!"

第四回　众秀才戴孝大游行
　　　　　　俏船娘助威引骚乱

　　一场暴雨来临,秋老虎跑了,天也凉了下来。
　　这几天陈依玄和冯鞠元在为游行请愿的事谋划。谋划这件事,最好的去处当然是西津渡的芸香舫了。有凤仪陪着,陈依玄脑瓜分外灵光。有冯鞠元和韩尚文等打下手,陈依玄只需动动嘴,跑腿张罗的事自有人办理。游行请愿,择日子不能随便,陈依玄自然要动用八卦。因是由陈依玄牵头主事,测卦时当然参考他本人的生辰八字,最后定在八月二十一。这一天是乙巳年乙酉月辛酉日,断定当日宜举事聚会。本来,头天晚上连阴雨还下着,有人担心不利,陈依玄却坚持。冯鞠元相信陈依玄的卦,其他的秀才童生也跟着相信了,因此不再有异议。鸡叫三遍时,下了几天的秋雨果然停了。
　　天一亮,陈依玄起床,走到天井举目一望,碧空如洗,秋高气爽,顿时觉得精神许多,就势在天井里练了一趟五禽拳,收势之后,略一思忖,今个游行怕是要说不少话,话多劳肺,肺燥生痰,还是先做预防为好。于是,走到厨房门前,隔着窗子对老沈吩咐,先煮一碗银耳百合羹,外加两片梨。老沈隔窗答应着,不一会儿,灶间里风箱呼嗒嗒地响起,厨房后的烟囱里便升起袅袅炊烟。
　　自从怀上伢后,仙芝闻不惯陈家一屋子的药味,进房就想吐,索性带着用人阿金住在娘家。这样也好,陈依玄倒落得自由自在,衣食住行,想早就早,想迟就迟,无人干涉。喝过银耳百合羹,吃过早饭,陈依玄沏上一壶"陈氏三泡",这是习惯。"陈氏三泡"自然也是陈依玄的发明,此方博采古人《内房有子方》之精华,药设九味,滋阴养精,提神益寿,每日一饮,三盏为宜。沏这三泡,茶具也有讲究,以紫砂为上,薄瓷次之,至于釜瓦之类便没意思了。陈依玄是个讲究的人,自然用紫砂。

陈家有一套传家的紫砂,一壶四盏,一直是陈依玄的最爱,每每必用。这天,陈依玄从橱子里取紫砂的时候,突然一只猫从上面跳下来,陈依玄一惊,手上一时不稳,一只盏子落下来,啪嚓,茶盏应声而碎。陈依玄心疼得牙直颤,定了定神,没有去撵着打猫,蹲下身来查看青砖地上的紫砂碎片。碎片有三,一片落在东南,一片落在正北,一片落在西南。陈依玄在脑子里马上排出卦象,以为大吉,于是转忧为喜了。

陈依玄换了一套薄瓷,沏上三泡,刚刚饮下头一盏,冯鞠元急匆匆地来了,进门就说:"依玄呀依玄,全县的秀才童生都集合在文庙前,就等着你这个主事的去发话呢,你还有心喝茶?!"陈依玄晓得冯鞠元是个急脾气,不慌不忙,从怀里掏出金表来看一眼,说:"定下辰时,这会儿还早,坐下一起喝一盏。"冯鞠元一脸无奈,欠半个屁股坐下,一副随时出发的样子,三口两口便喝了一盏。陈依玄又给冯鞠元斟上一盏,说:"你近来颧红目赤,急躁易怒,症似肾阴虚,喝上三盏,准有好处。"冯鞠元拗不过,只好又喝了两盏,最后一盏喝得急,不留神烫了舌头。这时候,陈依玄不慌不忙地去上茅厕,在茅厕门口宽衣解带时,偷眼一看,冯鞠元急得笼中狗似的在天井里一圈圈地转,不禁摇头,暗叹:肾阴虚,虚很!

说起来,陈依玄如此从容淡定自有原因。一是他本来就对游行请愿的事不感兴趣,若不是怕驳了一帮秀才童生的面子,他才懒得做什么主事,当然船娘凤仪在这事上多少也是起了作用;二是陈依玄晓得,什么游行请愿屁用没有,早一点迟一点都没什么大不了。秀才就是秀才,也不好好想想,自古及今,君无戏言,皇上说一句话就是一句话,岂能随便更改的?就凭几个秀才一起哄,朝廷马上恢复科举,那皇上做得太没威严了!罢罢罢,游行也好,请愿也好,只当是一起哄一哄,大伙借机撒撒气消消火,哄罢闹罢,各回各家,各找各妈,各人的日子各自过吧。

陈依玄从茅厕出来,洗了手,拿上一把檀木扇,和冯鞠元一起朝文庙走去。走到西城门洞,陈依玄停下不走,摇着折扇,翘首西望,说要等凤仪。冯鞠元急得直搓手,说:"依玄,读书人的事,让船娘掺和进来,不仅掉价,也没什么意思!"陈依玄一边踮着脚尖张望,一边说:"话可不能这么说!如今读书人跟船娘肩膀一般高,好比一个席上一个地上,差不了多少。再者说,读书人办事,斯文酸腐,远没有船娘的真性情。依我看,这事船娘掺和进来才有意思,不信你等着瞧!"冯鞠元说:"呔!这帮船娘夜里死疯,说不定还在睡觉呢,怕是不会来了!"陈依玄心里有底,说:"换作别人,我不敢说,凤仪不会!"正说着,只见从西津渡方向呼扇呼扇来了几顶小轿,陈依玄用折扇点着一数,一共六顶,说:"乖乖,来了不少!"不多时,小轿来到城门洞前落下,轿帘揭起,依次钻出六个船娘来。凤仪在,梅兰在,荷香也在。陈依玄看罢,笑眯眯地拍着手,说:"好!"冯鞠元脸上也有了喜悦之色。话不多说,冯陈二人前头带路,小轿紧随其后,呼扇呼扇煞是招眼,沿途引着街上百姓像看戏一般。

来到文庙,蒋仲之、韩尚文等一干秀才、童生早早候在那里,老老少少,高高低低,三个一伙,五个一团,萎靡不振,逃了三年荒似的。凤仪和几个姐妹下了轿子,引起一阵不小的骚动。蒋仲之本来躲在角落里吃早点,一见几个船娘来了,马上把饭团丢了,抹着嘴挤上前去,凑到梅兰面前,叫了声:"梅兰!"梅兰早就看见了他,举起小手在他身上捶了几下,蒋仲之故作夸张状,像被锥子戳了似的直叫,引出一阵欢笑,自不用提。

按事先的安排,所有参加此番游行的人,无论老少,一律换上孝服。同时备一口白茬棺材,上写"科举"二字,这正是陈依玄的主意。道理当然有:行了一千多年的科举废止了,就是一个终结,终结就是死亡。再有,科举废止相当于要了读书人的命,命都没了,还不该穿孝服?一身孝服,既是纪念,也是抗议。其实,陈依玄嘴上这么诌,心里却想,反正都是玩,要玩就玩得有意思些,不然还不如去踩花船呢!

这时候,日头已升到文庙的房顶,陈依玄掏出金表一看,对冯鞠元说:

"时辰已到!"冯鞠元登上台阶,振臂一呼:"开始!"话音刚落,老老少少的秀才童生纷纷换上准备好的孝服,凤仪和她几个姐妹也不例外,只在头上多系了一根红绸带罢了。不一会儿,文庙门前一片雪白,宛如一群冬日里圈中的绵羊。

光绪三十一年(1905)八月二十一日即乙巳年乙酉月辛酉日辰时,秋高气爽,艳阳高照,脂城的一干秀才童生身穿孝服,抬着白棺,浩浩荡荡,从文庙出发,一路打着标语,喊着口号,开始游行。标语如林,上书"科举废止,心之将死""还读书人公道"云云。队伍中,六个如花似玉的船娘,一身缟素,越发地显得俏丽,让脂城百姓大开眼界。一哨雪白的队伍行进在脂城老街上,像是出殡又像唱戏,似丧事却又嘻嘻哈哈,这等怪事脂城有史以来绝无仅有,空前怕是也将绝后。古城一下子热闹起来,百姓出户,店家关张,都来看这难得一见的奇景。往常于街头巷尾耍奸斗滑的地痞二流子也收了心,跟着队伍走,口号也喊得响亮。平日里流浪的野狗也不再躲人,穿行在队伍中,时不时来一两声狂吠,很是烘托气氛。

游行的线路是事先定好的。除了三纵四横几条老街,脂城素有七拐八角九弄十五巷之说。如此之多,走遍实属妄想,不仅花费精力,亦太荒唐。按事先的计划,游行在主干道进行,从文庙出发,过西大街,转南大街,经城隍庙绕到东大街,由东大街穿三井巷,绕过八大会馆,最后到县衙递交万言书。万言书已由众秀才合议写就,洋洋万言,字字含泪,句句带血,夹叙夹议,有理有据,以期打动朝廷,扭转乾坤。陈依玄摇着扇子走在其中,不时向身边的冯鞠元和韩尚文点评一二,甚感满意。

若是按照计划,此次游行应该相当顺利。问题是刚走到南大街街口,队伍走不动了。陈依玄赶紧丢下冯鞠元和韩尚文,挤到前头,一查问才晓得,原来看热闹的百姓越聚越多,有人认出凤仪等几个船娘,把她们团团围住,非要她们唱几支船歌来听,不然就不放行。凤仪不知如何是好,陈依玄听罢,笑得眼眯成一条缝,连说:"好!好!"凤仪说:"队伍走不动,你还说好,赶紧拿个主意吧!"陈依玄要的就是热闹,说:"百姓爱听,你们就唱,与民同乐嘛。就当这里是花船,说不定你们的名声从此大震了!"凤仪略一思考,点点头,劝说几个姐妹唱船歌。第一个站出来唱的是荷香,唱的是《春》。一曲歌罢,人群中有人起哄,嚷着这曲太素,听得耳朵寡淡,没什么意思,还是来段荤的听过瘾。这个提议极为煽动,顿时众人响应,各种嗓门齐嚷道:"荤的,荤的!"荷香差点被吓着,连连后退几步,转脸望着凤仪,凤仪又望着陈依玄,说:"瞧瞧这帮人,耳朵比嘴都馋!"陈依玄笑,说:"那就给他们煞煞馋。跟姑娘们说,尽管大胆唱,唱完了有赏,权当我陈某请客了。"话音一落,梅兰胸脯一挺,站到前头,张口就唱道:"俏冤家,约定初更到。近黄昏,先备下酒与肴。唤丫鬟,等候他,休被人知觉。铺设了衾和枕,多将兰麝烧。熏得个香香也,与他今宵睡个饱。"

梅兰唱腔虽不如凤仪的圆熟,却也有七八分的韵味,听得那一帮秀才童生竟忘了此行的责任,勾颈引项,边听边议,引经据典,之乎者也,不亦乐乎。蒋仲之一听便知是《五更天》,眯着眼一边摇头晃脑,一边打着拍子,那撮山羊胡时不时抖一抖,几入无人之境。正这时,人群中一阵骚动,只见一个人高马大的妇人排山倒海一般挤了进来,陈依玄定睛一看,正是蒋仲之老婆赵氏,晓得大事不好,正想提醒如醉如痴的蒋仲之,不承想那赵氏胖而不拙,尚还有三分灵活,扭臀垫步挤到蒋仲之的背后,探手一把薅住蒋仲之的辫子,大叫一声:"老娘终于捉到你了!"想必那赵氏常年捉刀,手劲不小,蒋仲之疼得大叫一声,双手护着辫子,扭头一看是自家老婆,顿时吓得脸色煞白,腿也抖个不停,不住地连声求饶。人群中有人认得赵氏,也晓得蒋仲之一向惧内,见其可怜赶紧劝和。赵氏并不放手,瞪着眼问:"姓蒋的,你在这搞什么?"蒋仲之龇牙咧嘴,说:"请愿!"赵氏手上一紧,蒋仲之牙一龇,说:"游行!"赵氏手又一提,蒋仲之痛得受不了,腾出手来一指陈依玄,说:"不信,你问依玄,他是主事!"

陈依玄上前笑道:"嫂子,是这么回事,朝廷废了科举,秀才们想……"刚说到这里,赵氏寒着脸插话道:"陈秀才,我来问你,朝廷大还是秀才大?"陈依玄说:"朝廷大!"赵氏说:"朝廷说了算,还是秀才说了算?"陈依玄说:"朝廷!"赵氏说:"朝廷都说不考了,你们还起什么哄?"陈依玄说:"不是起哄,是游……"赵氏抢过话头,说:"游什么游?听我卖肉婆说一句,游(油)

没肉贵,再游(油)也盘不成肉价钱!"说罢,扯着蒋仲之的辫子挤出人群,生生把陈依玄晾在那里。

这时,人群中又嚷道,接着唱接着唱,才到三更,后面的事还没做成呢!凤仪问:"还唱吗?"陈依玄眨眨眼,说:"唱,接着唱,不唱不是把这些人的兴致撂在半路上了?"想了想又说:"况且,四更五更才有味道呢!只可惜,蒋兄听不见了。"

唱完这一曲,日头已上中天。时候不早,围观者却兴致正浓。有人又嚷道,这《五更天》半荤不素,老油渣似的,不如来一曲《十八摸》过瘾。这一声不要紧,顿时撩得人声沸腾,非要听《十八摸》不可。凤仪怕是晓得《十八摸》的荤腥,顿时涨得脸红,决意不唱,对陈依玄说:"没见过这般不识相的,拿我们姐妹当什么?要听《十八摸》,叫他们花钱找人去唱!"这一句话,让陈依玄对凤仪起了敬意,原来船娘也有底线,不是什么事都愿做的。于是想起自己的责任,朝着看热闹的百姓拱了拱手,说:"各位父老,求求你们了,时候不早了,我们的正事还没办完呢。朝廷不给我们读书人路走,你们给我们一条路吧!"言语恳切,众百姓这才依依不舍地让开一条道,游行的队伍这才走上了正路。此时,凤仪等姐妹称已尽了责任,跟陈依玄告了别,便雇了小轿,先行回西津渡的花船上去了。

本来士气高涨的队伍,因凤仪等船娘缺席,加之蒋妻赵氏的搅扰,突然没了生气,稀稀拉拉,慢慢吞吞,打了老瘴似的,到了县衙门前已是响午时分。上前一打听,衙役说刘知县去南京办事了,陈依玄只好把那份万言书托付给师爷。师爷也是读书人,答应一定呈报刘知县,于是一干人像松了筋的驴,软沓沓地坐在县衙门前歇脚。陈依玄突然觉得没有趣味,想找冯鞠元商量,让大家早散伙算了,可左右都寻不见。陈依玄只记得半途中二人走散,本以为他落在后头,没想到这时还不见人影,跟韩尚文一打听,才晓得冯鞠元中途被他妹妹鞠平叫走了,慌慌张张地,怕是有什么急事。正在这时,只见鞠平火急火燎地跑来了,一见面就大叫不好,喘了半天才说:"卫老先生走了!"

陈依玄听罢心头一震,半天没有说话,突然想起早上打碎茶盏的事,那卦象显示大吉，与这般乱象风马牛不相及，难道是哪里出了岔子？陈依玄望着天空，掐着指头暗暗推算，心里有点发虚，抬头一望，一群鸽子正从县衙上空飞过，朝西门而去。鞠平跺着大脚，扯了他一下，说："玄哥，我哥让你快去呢！"陈依玄看了看鞠平，抻了抻衣襟，却忽有所悟，原来今个这一身孝服没有白穿，这一干人游行也没有白游，只当提前给卫老先生送终了。于是顿觉释然，赶往卫家凭吊去了。

第四回　众秀才戴孝大游行　俏船娘助威引骚乱

第五回　冯鞠元积劳患肾虚
　　　　陈依玄妙语嘲国病

　　九月十一是寒露,也是老秀才卫先生的"三七"。脂城的风俗,"三七"是大奠,子孙后辈亲朋故交都要前往坟地祭拜,习俗里叫作"送茶"。其实,脂城人也晓得,入土的人喝不了茶,送的只是活人的一片心意罢了。既然重要,就要有人张罗。一个女婿半个儿,更何况还有师生情谊,因此冯鞠元自然卖力。头天晚上,冯鞠元图方便,跟奉莲一起住在卫家。自从卫先生去世,冯鞠元等于卖给了卫家,跑前跑后,迎来送往,没少出力。奉莲怀着伢,身子沉,冯鞠元晓得心疼,凡事不让她沾手,天天都要忙到三更才得歇息。毕竟是秀才身子,本来没有做过事,这些日子忙下来,眼看着冯鞠元就瘦了一圈。

　　一夜无话。第二天五更鸡唱,冯鞠元爬起来,腰酸得直不起来,脚一着地,一阵晕眩,顿时眼前金星乱飞,耳畔铮铮地似弹弦子。难道真让陈依玄说中,得了肾虚症?冯鞠元稳了稳身子,定了定神,陈依玄这个怪才可不是浪得虚名,看来真得弄些"陈氏三泡"喝一喝才好。

　　天光渐亮,远近的亲朋故交陆续到来。陈依玄做为门生,来得也早,眼见的活,能搭上手的就搭把手,冯鞠元轻松不少。日上三竿,亲朋到齐。按规矩行仪式,一起去坟上祭拜。卫家的坟地也在西门外的香炉岗,卫先生自然埋在那里。一行人浩荡而行,显得很是热闹,老先生若地下有知当倍感安慰。到了坟前,献上茶,又烧了纸,再磕头作揖,过程就算结束了。冯鞠元陪着众人往回走,走过岗坡拐弯处,一抬头望见自家的坟地,想起自己的爹来,不禁黯然,想那两个老亲家若在地府相聚,说不定还会谈起科举废止的事,那情景想必伤感,不想也罢。这时候,陈依玄走到身边来,冯鞠元突然想起自己的症状,跟陈依玄悄悄一说,陈依玄果断地结论,肾虚绝对没错,但是肾阴虚,不是肾阳虚,肾阴虚和肾阳虚不是一回事。冯鞠元不想知道什么阴虚阳虚的区别,只说赶紧给准备些"三泡",陈依玄当即点头,让他随时去家里取,保证三五天便见效果。

  吃过响午饭,亲朋各自离去,到了后半响,卫家的事也基本忙完,冯鞠元如释重负。这些天,冯鞠元忙得脚底板不着地,奉莲都看在眼里,疼在心里,便让冯鞠元一个人回家好好歇着。奉莲孝顺,留下陪她娘,暂时不回。冯鞠元得了这话,便回西门了。来到家,见四门紧闭,叫两声鞠平,没有应声。这疯丫头怕是又去礼拜堂了!一想到鞠平,冯鞠元不禁叹气,他爹临终前写过一个"出"字,就是让他把鞠平嫁出去,如今八字没有一撇。想一想,真是无颜面对他那秃头的爹!一个将近二十岁的丫头不思婚嫁,如何是好?冯鞠元晓得鞠平心里惦着陈依玄呢!我的孔圣人啊,这个疯丫头胆子比脚还大,什么事都敢想,也不好好掂量掂量,人家陈依玄娶了仙芝,那是亲上加亲,怎能容得下你鞠平呢?退一万步说,就算陈依玄将来纳妾,仙芝也答应,你又愿意做小,那也得等到陈依玄四十以后。男人过四十才能纳妾,这是脂城的规矩。你掰着指头算一算,还有十多年,到那时你这个疯丫头不就成了老丫头?!

  冯鞠元换身衣裳,出门去陈家取"陈氏三泡"。来到陈家,书房里传出一阵咯咯咯的笑声,冯鞠元一听头就大了,只凭那没心没肺的傻笑,不是鞠平还能是哪个?!冯鞠元紧走几步来到书房门前,一推门正看见鞠平,鞠平也看见了他,四目一对,鞠平显得有点慌张。陈依玄马上站起来,说:"瞧瞧,果然是亲兄妹,一个前脚来,一个后脚到。正好,刚刚上市的徽州贡菊,坐下来一起尝尝吧!"冯鞠元没有坐下,眉毛拧着,瞪了鞠平一眼,鞠平眼皮活泛,晓得哥哥生气,马上站起来,说:"寒露过了腌萝卜。昨天买了一篮子,趁着天好,赶紧去洗了切好晾起来。"说着,扭身出门了。

  鞠平走后,陈依玄看着冯鞠元笑,等冯鞠元坐下来,才说:"鞠平来说件事。"冯鞠元没接话茬,陈依玄接着说:"礼拜堂要办'女学',鞠平想去,晓得你不同意,又不敢跟你开口,就来走我的后门,让我跟你求情呢!"冯鞠元也听说礼拜堂办女学的事,但是没料到鞠平想去,喝了一口菊花茶,还是没说话。陈依玄说:"依我看,这是好事,让鞠平去吧。鞠平本来就识字,又有上进心,多学点总比不学好!"冯鞠元说:"休想!"说着,把茶盏一蹾,残茶溅到对面陈依玄的脸上。陈依玄揩一把脸,还是笑,说:"你呀你,不仅肾阴虚,心更虚!"冯鞠元直直地看着陈依玄,问:"什么意思?"陈依玄站起来,来回踱了几步,说:"鞠元,你为鞠平嫁人着急,这我晓得。但是,鞠平的脾性你也晓得,想到哪做到哪,江山易改,禀性难移啊!与其闹得不快活,还不如走一步看一步!况且,世道在变,不晓得将来会变成什么样来?"冯鞠元说:"再变,也不能变了章法!"陈依玄说:"那不一定!科举是行了一千多年的章法,不是说废就废了吗?废了科举,要兴新学,兴了新学,新东西会不断,一切都会变!"冯鞠元说:"照你这么讲,只能等着变了。"陈依玄说:"《周易》你也晓得一二,洋洋大观,不过说了一个字,变!盘古开天,阴变阳,阳变阴,阴阳互变,变来变去,就变成眼下这个样子了!"冯鞠元说:"那怎么办?"陈依玄说:"与其看不惯,不如接受的好!"冯鞠元沉默半天,突然压低声音,说:"依玄,你说这大清朝会不会变?"陈依玄说:"当然,变是早迟的事!听说最近革命党闹得凶很,年初朝廷为什么要查禁《支那革命运动》《革命军》?怕谋反!"冯鞠元当然晓得这事,不过没有多想,说:"谋反的事多了,结局怕是和当年闹太平军一样!"陈依玄说:"这一回跟历代的谋反都不同。为什么?这一回叫革命!谋反谋反,大不了把原来的反过来,革命可不同,革命是什么?革命就是要命,咔嚓,砍脑瓜子!这是其一。其二最为关键,历代造反的不是乡下人就是绿林人,没有大抱负。革命者可不同,他们大都是读书人,比如孙文,你是晓得的。那帮人都是留过洋的人,见过世面,晓得朝廷的死穴。三是时代也不一样了。闹太平军那时候,朝廷腰杆还有几分硬实,能撑得住,眼下怕是撑不下来了!"冯鞠元来了精神,问:"大清近三百年的江山也不是纸糊的,难道撑不下来?"陈依玄扶着冯鞠元的肩,说:"此一时,彼一时也。打个比方,如今的朝廷跟你一样,害了肾阴虚,放个屁眼前都冒金星,无奈何也!要补没良方,不补只好衰下去,如此一来,结局便可想而知!"冯鞠元张着嘴想了半天,觉得有理,又很审慎,问:"这事你可测过卦?"陈依玄点点头,冯鞠元问:"如何?"陈依玄摇摇头,冯鞠元明白了,咂咂嘴,倒吸一口凉气,不禁想到自己身上来,说:"快把'三泡'给我吧!"陈依玄拿出一个蓝布包递给冯鞠元,冯鞠元接过来,放在鼻底闻了闻,说:"我这就回家沏上。"陈依玄拦住他,问:"鞠平入学的事,你就答应吧。"冯鞠元挠了挠头,说:"等我想想再说!"

正在这时,小结巴突然噔噔地跑进来,脸色煞白,手指着门外,说:"官官官……"陈依玄迈着方步来到天井朝外一看,四个官差正走进来,为首的是个胖子,脂城人称肥爷。肥爷一见陈依玄和冯鞠元,笑着说:"二位秀才爷正好在一起,省得我多跑腿了。走,一起去趟县衙吧!"陈依玄不慌不忙,问:"什么事?"肥爷说:"去了就晓得了!"冯鞠元说:"不说什么事,凭什么让我们去?"肥爷一亮手中的令牌,说:"走吧,多亏二位是秀才,不然还得让我们兄弟动家伙!"冯鞠元正要上前理论,激动之下眼前金星一片,陈依玄拦住他,说:"去就去吧,大不了见见刘知县!"

陈依玄和冯鞠元被带到县衙已是傍晚时分,知县刘半汤早已等候在公堂。

刘知县系河南人,五十开外,早年及第,却一直候补,后来补缺来到脂城,虽说也有一肚子的不如意,总算赶上最后一席。不过刘知县为官还算清廉,百姓的口碑不差。尤其这位县太爷从不摆官架子,常常一个人跑到巷口小摊上吃馄饨,吃完了必加半碗汤,因此才有"刘半汤"的雅号。说起来,刘半汤跟陈依玄算是熟悉,一是他是褚家的常客,二是因为陈依玄在脂城的大名,三是他曾经服过陈依玄的偏方,且对疗效甚为满意。毕竟是读书人,刘半汤尤其尊重读书人,来到脂城,跟卫老先生一直谈得来,卫先生生前对他赞赏有加。

刘半汤命肥爷等一干差人退下,公堂里顿时静了下来。大清有规矩,秀才见县官可以不跪,但是毕竟是父母官,冯陈二人先给刘半汤行了秀才礼，然后垂手而立，听候发问。刘半汤长了副娃娃脸，下巴光光没有胡子，遇事心烦总爱揪耳朵，一替一只揪，揪了这只揪那只，两只耳朵终日通红，如卤过一般，切切可以下酒了。刘半汤揪了一会耳朵，终于说话了。刘半汤说："二位秀才，可知道为啥叫恁俩来？"冯陈二人摇头。刘半汤说："本县就直说吧，恁俩可谋划秀才游行哩？"冯陈二人点头，刘半汤说："噫嘻！就知道有恁俩。那谁是主事？"陈依玄上前一步，说："回大人，是我。"刘半汤一拍大腿，说："噫嘻！就知道是你。你呀你，可给本县惹了事了！"刘半汤说着，开始揪耳朵，边揪边说，等到刘半汤的耳朵揪得不忍看了，冯陈二人方弄明白其中缘由。

八月二十一游行那天，刘半汤并没有去南京办事，而是躲到乡下去了。之前，刘半汤早就捕到秀才们要上街游行的风声，因理解秀才们的心情，不想过问，但也晓得上头对游行肯定不满，因此选择回避，万一追究起来，也好有个借口。本来，那天的游行请愿，尽管弄得热闹，也只是在脂城而已，没什么大不了的，刘半汤睁只眼闭只眼，事情就算过去了。可巧的是，当天有几个去南京的洋人路过脂城，正好碰上。按说碰上就碰上，大不了让洋人看个笑话，偏偏那些洋人里有一位是香港一家报馆的主笔，把这事写成文章，发给报馆，报纸把这事给刊了出来，标题是《脂城奇观：秀才游行，妓子助阵》。报纸一刊登，这事就长了腿，风也似的传到朝廷那里。本来，朝廷也没把这当回事，可是更凑巧的是，没过两天，京城火车站出了一档大事，一个姓吴的革命党揣着炸弹，化装后上了火车，把正要出洋考察的几个大臣炸伤了。这真是小巧碰大巧，大巧碰见巧婆婆，巧到一起了。那位姓吴的革命党偏偏也是江淮人士，家离脂城不远，这样一来，事情就有玄机了，有好事的大臣参了一本，认为这两件事之间必有联系，朝廷因此发话要认真查办。金口玉言，经州过府逐级传到脂城县，刘半汤只好马上查办。

刘半汤说到这，两只耳朵已揪得通红，说："你看看你看看，这事叫我咋办？"陈依玄说："刘大人，请容学生解释，脂城秀才此番游行，目的只是为了请愿，请朝廷为天下读书人想一想，绝无别的企图，这一点有万言书为证。"刘半汤一甩脑瓜，说："噫嘻，游啥行，请啥愿，朝廷天天忙得跟啥样，哪有工夫管这事!"冯鞠元上前一步说:"天下读书人不是一两个,是好几茬人,无论如何,朝廷也该给个说法才是!"刘半汤说:"俺的大秀才哟,恁那书白念哩!天下事,比这大的多得很里很,样样都要说法,朝廷日子就不能过哩!"冯鞠元说:"这么说,这事就没有个说法?"刘半汤板起脸来,说:"说法有!说法就是,朝廷叫俺法办恁们!"说着,拿出一份公文朝桌上一拍,二人这才晓得刘半汤不是开玩笑,顿时有些害怕了。刘半汤叹口气说:"恁这群秀才呀,真不让人省心,明明知道俺好不容易做回知县,上来就弄恁大个屎屁股给俺擦!"陈依玄和冯鞠元还要辩解,刘半汤摆摆手,又开始揪耳朵,说:"都是读书人,都不容易,看在卫老先生的面子上,本县放你们一马。不过,丑话说在前头,俺放过,不等于朝廷放过。二位赶紧到外头躲一阵儿,等到风头过去再回来,这边的事俺想办法交代,中不中?"冯陈二人傻了半天,连忙说:"中中中!"刘半汤叹口气,说:"赶紧回家收拾收拾,趁早跑,跑越远越好!"陈依玄上前一躬到地,说:"刘大人,给您添麻烦了,晚生一定铭记您的大恩大德,日后定做回报!"刘半汤揪了揪耳朵,说:"说啥大恩大德,也不要日后回报,把你上回给俺使的药再弄几服来就中了。俺那老毛病又犯了!"陈依玄说:"好!回去就做安排,明个让人送到府上!"刘半汤说:"噫嘻!真麻烦,不如现在把方子写给俺,俺让人去抓药,省事!"陈依玄犹豫一下,有点不愿意,毕竟那是自己的秘方。刘半汤看出来了,笑笑说:"噫嘻!你看你,舍不得是不是?看来俺这面子……"这句话有点刺耳,陈依玄一挥手,咬咬牙说:"刘大人对陈某有恩,陈某岂敢吝啬,拿笔来!"刘半汤拿来纸笔,陈依玄提笔饱墨,一挥而就。刘半汤看罢,揪着耳朵说:"中!中!"

　　天色已晚,二人出了县衙,匆匆往西门外走。途中,陈依玄突然问冯鞠元:"你可晓得刘半汤有什么毛病?"冯鞠元说:"不晓得。"陈依玄说:"国病!"冯鞠元问:"国病是什么病?"陈依玄说:"跟你一样!"冯鞠元叹道:"国虚则民虚!"陈依玄苦笑:"举国肾阴虚!"

第六回　惹官非避难上海滩
　　　　无奈何辞别有缘人

　　仙芝在娘家住得舒心,吃得对味,不觉间脸长圆了。怀上伢后,一天三顿知不饱,吃过上顿想下顿,灶台还没干,马上又饿得心慌,天天睡前还要加一餐,饿狼似的。得味的是,仙芝吃惯了阿金烧的饭菜,娘家的厨子一沾手,她就能闻出来,挑咸拣淡的,嘴不晓得有好刁。这下可忙坏了阿金,从早到晚围着灶台转,手脚忙得不得歇,才顾上仙芝那张嘴。她娘笑,说她肚子里怕是藏着两个馋嘴小子。仙芝不晓得是丫头还是小子,只晓得饿!

　　那天后晌,仙芝挺着大肚子,由阿金陪着去城隍庙听了一回"小七戏",戏是老戏《休丁香》,班子是草台班子,唱功不精,水词水调,阿金都听不下去,仙芝却一身劲,从头听到尾,嘴也不闲着,嗑了半斤瓜子。晚上回来,仙芝的腿有点肿,想早早吃过睡前饭上床歇着。可是,刚捧上碗时,小结巴打着灯笼慌慌张张地来了,一进门就说:"回回回……"仙芝晓得小结巴的意思是让她回西门家里,就说黑灯瞎火回去有什么事?小结巴憋得脸通红,急得直跺脚,指着门外说:"快快快……"仙芝晓得家里出事了,也不再跟小结巴啰唆,便放下饭碗,带上阿金往西门赶。阿金陪着仙芝坐轿子,小结巴腿脚趯,提着灯笼在前头跑,不大工夫就出了西城门。

　　仙芝晓得陈依玄迟早要出事,只因他太聪明,也太散淡,自小到大,受不了一点拘束。表兄妹从小在一起长大,何况如今又做了夫妻,仙芝对陈依玄摸得透。说心里话,与陈依玄这桩婚姻,不是仙芝的理想,怕也不是陈依玄的理想。仙芝不理想,不是因为别的,就是不喜欢陈依玄的性情,聪明，散淡，除了他的杂学，没有能让他上心的事。之所以说陈依玄不理想，是因仙芝晓得自己不是陈依玄喜欢的女子，至于陈依玄喜欢什么样的女子，怕是三言两语也说不明白。婚后，仙芝总觉得她和陈依玄不像夫妻，更像兄妹，遇到不顺心的事，虽不至于争得脸红脖子粗，各自的心里却都有一本账，总之两颗心是贴不到一起的。不过，婚姻也是命，小两口不理想，不代表两家长辈不理想。陈依玄父亲去世早，他母亲寡妇熬儿，又要操心家里的买卖，苦自然吃过不少，为的就是儿子依玄成家立业。褚云鹤也是苦水里泡大的人，当年姐姐供养他念书，又把他送到商行里做学徒，那份恩情褚云鹤一直记在心上。褚云鹤是吃过苦的人，把家业看得比命都重。仙芝读过书，也有自己的主见，对这桩婚姻也曾反对，但是她的反对被她爹的眼泪打败了。俗话说，人的命天注定，若是当年褚云鹤不出那一档事，也许就不会有这桩婚姻。仙芝六岁那年，褚云鹤去杭州贩茶，途经巢湖遇上湖匪，为了保住货款，被湖匪打坏了身子，从此不能生育。仙芝自小就听她娘说她爹要纳妾，到最后也没纳成，怕是他爹自己也晓得纳了也是白纳，断不会再给褚家续上香火了。正因为延续香火无望，褚云鹤才想到这桩亲上加亲的婚姻，既报了姐姐的恩，也能守住这份辛苦挣来的家业。仙芝也晓得，爹疼爱她这个独生女，只是那份疼爱成了仙芝心头的疼，怕是一时难以拂去了。

回到家，仙芝急匆匆来到书房，陈依玄正在灯下津津有味地品茶，看不出一丝一毫着急的样子来。仙芝劈头便问："叫我回来有事？"陈依玄说："我要出趟远门。"仙芝一愣，忙走近他问："可是摊上大事了？"陈依玄说："也不算什么大事！上回游行，让朝廷晓得了，官府要抓人，刘半汤开恩，让赶紧出门躲几个月。"仙芝惊得手直抖，说："乖乖！都惊动官府要逮人了，还说事不大，难道非得天塌才叫大啊！"陈依玄淡淡地说："不就躲几个月嘛！"仙芝晓得陈依玄就这么个人，嘴上什么事都不当回事，其实心里未必不慌，说："今晚就走？"陈依玄说："喝完这壶茶就走。"仙芝晓得说什么也没用，叹口气，说："我帮你收拾。"陈依玄说："收拾好了。"仙芝走过去看了看，地上有一个蓝布包袱，一只黄藤箱子。仙芝不放心，打开箱子，一股怪味呛得她差点呕吐，定睛一看竟是大包小包的草药，再打开包袱看，是一堆乱七八糟的杂书。仙芝说："说冷就冷了，出门也不带上几件衣裳！"陈依玄抖了抖身上衣裳，说："都穿上了！"仙芝扭头一看，陈依玄身上里里外外穿了好几层，又是单又是夹的，像唱戏的一般，气也不是，笑也不是，只好忍着去找几件过冬的衣裳打进包袱。

陈依玄喝了最后一盏茶，从书桌抽屉里拿出一张锦笺递给仙芝，仙芝接过来一看，上头就写两个字：心碧。不晓得什么意思，抬头望了陈依玄一眼。陈依玄说："一进腊月，你该临盆了，到时候我怕回不来。这是给伢起的名字，你收着吧。"仙芝眼波一闪，说："心碧，这分明是丫头的名字嘛！"陈依玄说："就是丫头！"仙芝不高兴，说："我一直喜欢吃酸的，逢人见了都说我怀的是小子，照我娘的说法，还是俩小子呢，怎么会是丫头？"陈依玄双手背在身后，说："我搭过你的脉，也测了卦，是丫头。"转过身来，又说："小子好，丫头好，成人就好！"这话听上去像是给仙芝出的上联，仙芝不说话，长长地出口气，心里一下凉了半截。

这时候，大门一响，小结巴领着冯鞠元进来了。深秋夜寒，冯鞠元却一头汗，跨进门就嚷："要命啊要命，奉莲死缠着不让走！"陈依玄皮笑肉不笑，说："怕是你不想走吧？！"冯鞠元抖着手说："不是我不想走，是奉莲不让，哭鼻子抹泪的，好说歹说，就是听不进去！"陈依玄说："你要是真想走，别回家去，我们这就走！"冯鞠元一愣，看看陈依玄，又看了看仙芝，说："这……这不好吧，总得跟奉莲辞别吧。"陈依玄说："奉莲不让你走，你跟她辞什么别，索性不辞而别！"仙芝这才晓得陈依玄跟冯鞠元结伴，便放心一些，插话道："不辞而别不好。奉莲缠你也有道理，你们男人出门，女人总不放心。我去劝劝奉莲吧。"冯鞠元如同找到了救星，马上领着仙芝回家去劝奉莲。

两家只隔一条街，仙芝挺着大肚子不敢迈大步，路上多走了一会儿。仙芝问冯鞠元："你们犯的事不小吧？"冯鞠元说："不小。要不怎会跑出去躲！"仙芝说："躲到什么时候是个头呢？"冯鞠元说："刘半汤说几个月，小半年吧。"仙芝说："那要到明年开春了。"冯鞠元说是。这时候，仙芝脚下一时不稳，绊了一下，冯鞠元眼疾手快，一手正好搭在仙芝腰上，仙芝捂着肚子站稳,冲冯鞠元笑了笑,冯鞠元也笑了笑,抬眼一看,已到冯家门口。

一进冯家的天井,就听见奉莲嘤嘤地哭,鞠平一声高一声低地劝着。奉莲一边哭,一边叫爹呀爹。仙芝觉得好奇怪,这事跟她爹有什么瓜葛呢?进了门,奉莲一见仙芝来了,哭得更凶。仙芝不劝她,抚着肚子坐下来,先没说话,看着她哭,这么一看,她倒不哭了。这时,仙芝才慢慢地说话了:"奉莲,你可是不舍得鞠元走?"奉莲抽抽搭搭,点点头。仙芝说:"我也不舍得依玄走。可是,我得让他走!他要是不走,万一被官府捉去坐牢,这肚子里的伢一落地就见不着亲爹了!"说罢,抚着肚子往外走,头也不回。奉莲傻乎乎地看着仙芝的背影,捂着自己的肚子,突然明白过来似的,对鞠平说:"鞠平呀,赶紧给你哥收拾东西,过冬的衣裳都带上!"

出冯家时,冯鞠元看了仙芝一眼,冲她一笑,仙芝会意,也一笑,没再说什么便回家了。一进门,便对陈依玄说:"好了,你们赶紧走吧!"陈依玄问:"这么快就劝好了?"仙芝抚着肚子,说:"没劝她,吓她!奉莲自小就那样,越哄越犟,一吓就乖很!"陈依玄笑了笑,上前拉了拉仙芝的手,说:"我走了。"仙芝说:"常来信。"陈依玄说:"晓得了。"然后就走出大门。

仙芝没有送陈依玄,倚着房门,看着他走出天井,然后就不敢看了,隔着窗子喊阿金,赶紧下厨煮一碗阳春面,说这一会心里慌得很,不晓得是不是饿的。

陈依玄和冯鞠元商定当夜前往上海,投奔学兄杨乐山。

去投靠杨乐山,是陈依玄的主意,冯鞠元自然赞成。说来也怪,从决定出逃那一刻起,陈依玄第一个想到的便是杨乐山。回到家中,陈依玄马上摇了一卦,得的是巽卦。八卦之中,巽主隐伏,五行属木,居东南。对脂城来说,上海正在东南方位,而他们去上海确实为了隐伏,且杨乐山姓杨,杨即木。条条对应,严丝合缝,陈依玄不禁暗暗窃喜,果然大吉。

杨乐山家在脂城西乡,曾是卫老先生的学生。此人聪明好胜,为人侠义,脾气也倔,认准的事,撞了南墙也不回头。可是聪明未必命好,倔强未必得志,杨乐山十八岁就中了秀才,考到二十八岁还是秀才,一怒之下自费去日本留学两年,拿了优等文凭。这一回总算走了运,赶上朝廷颁布《奖励游学毕业生章程》,回来朝廷赐了个举人出身。出身有了,却没官做,只好自谋生计。年初来信说,在上海一家报馆做事,干得有声有色。说到上海,陈依玄跟杨乐山一起去过。那年陈依玄十九岁,见识了上海滩上十里洋场的繁华,眼界大开,回来后对所谓的功名更没有一丝兴致了。按说,两个人趣味相投,多是脾气性情一致,可是怎么看陈依玄和杨乐山都不是一路人,一个激进,一个散淡,一个点火就着,一个火烧屁股都懒得挪窝,但陈依玄跟他却极投缘。陈依玄也不晓得是什么原因,只是觉得跟杨乐山天上地下,山南海北地谈论有趣味。若是非得把杨乐山和冯鞠元相比,陈依玄觉得,跟冯鞠元是幼年的至交,如兄似弟的亲情,是一点一滴养出来的情义,而他跟杨乐山却是在骨子里的情分,天然地趣味相投,不管什么时候什么话题,也不管扯得多远,到最后总能达成一致。

去上海走水路方便,从西津渡坐小船进巢湖,在巢湖再换小火轮到芜湖,由芜湖换去上海的大轮。厨子老沈租好了小船,船家早早就等在西津渡码头。在去西津渡的路上,冯鞠元不停地回头看,仿佛生离死别似的,堂堂大男人一毫也不洒脱,陈依玄很看不上眼。照理说,毕竟远走他乡小半年,奉莲有孕在身,冯鞠元依依不舍也是人之常情,而像陈依玄这般的淡漠反倒显得少情寡义了。话又说回来,陈依玄本来就是那样的性情,并非有意装着洒脱,就算马上把他拉出去砍脑瓜,怕是也不会露出黏糊糊的小情小调来。

当然,对陈依玄来说,之所以这般洒脱,还有一个潜因,那就是这次出逃暗合了他的心意。在脂城混了二十多年,陈依玄早就厌倦了。就是在跟仙芝成婚之后,这种厌倦也没消除。换句话说,仙芝没有给他带来多少新鲜和快乐。正因为如此,他才一头扎进那些杂学里,沉浸其中。有时候他想,假若没有那些杂学,这寡淡的日子该怎么消磨!早在十几岁的时候,陈依玄就生出浪荡一番的想法,只是没有借口。如今机会来了,不需要借口,生生逼着赶着要他出门,岂不快哉!这样想来,游行搞对了,主事做对了,官府要查办也对了!陈依玄不禁感慨,阴阳转换,祸兮福所倚,八八六十四卦相生相克,总之,凡事不可定论。

不过,人跟人不一样,事跟事也不一样。陈依玄跟仙芝的辞别平淡如水,走得义无反顾,不等于他没有别的牵挂。其实,一出家门,陈依玄就在寻思,该不该去见一见凤仪。这个想法一闪现,便不可回避。依陈依玄的性情,去是自然的。逃亡前,跟一个船娘作个辞别,当是新鲜的事,或许还会有其他乐趣。

来到西津渡,陈依玄把行李放到船上,拉着冯鞠元一起上花船。冯鞠元心里正为与妻辞别难受,不愿意去,陈依玄也不勉强,便一个人朝花船走去,留下冯鞠元站在秋夜的凉风中独自忧愁。

自从凤仪领着姐妹参与了秀才游行,在街头唱过船歌,芸香舫的名声大振,生意便火爆起来。陈依玄来到芸香舫,凤仙正迎来送往忙得不可开交,一见陈依玄,马上笑脸迎上,说:"大贵人来了,今天我得好好谢谢你!"陈依玄说:"凤仪在吗?"凤仙说:"不急嘛,先坐下品品茶再说。"陈依玄说:"茶就不品了,带我去见她吧。"凤仙见陈依玄口气有些紧,便不再啰唆,领着陈依玄朝里走,刚挑开帘子,就听凤仪叫道:"陈爷来了!"凤仙见了凤仪,便使了个眼色,凤仪领会,挽着陈依玄进了自己的绣房。

凤仪问道:"陈爷,今个怎么一个人来了?"陈依玄说:"见你本来就是我一个人的事。"凤仪笑里含羞,低头说道:"原来陈爷还记着凤仪说过的话,这回是来讨债了。"陈依玄笑了笑,说:"不。我是来辞别的!"凤仪一愣,忙问:"辞别?有急事要出门?"陈依玄点点头,说:"马上就走。"凤仪显然有些失落,说:"看来,陈爷今天又要做君子了!"陈依玄也叹口气,说:"在你面前,我怕是永远都要做君子了!"

说罢,陈依玄就走,凤仪没再挽留,陪他一起往外走,出舱时正好碰见凤仙。凤仙怕是吃惊陈依玄这花船踩得太快,说:"陈爷,你是来点卯,还是来踩花船啊?这一会工夫就要走?"陈依玄一笑,拱一拱手,说:"告辞!"凤仙一头雾水,不解地摇头,叮嘱凤仪把陈依玄送好。

秋夜风起,飒飒有声,颇有几分萧瑟之意。天上的星斗低垂,映在脂河的水波里,碎银散玉一般透着凄凉,看了寒人的心。凤仪把陈依玄一直送上岸,从怀里掏出一样东西塞进陈依玄的手里,陈依玄用手一摸,有背有齿,竟是一把暖暖的梳子,质感温润,断是和田玉质。陈依玄收了梳子,觉得应该回赠一物才妥,古时士子与妓子分别都有这般情状,于是在身上摸了半天,只摸到怀里那只金表,便摘下来递给凤仪。凤仪接在手里掂了掂,又递还过来,说:"这金表能把握早晚,出门用得着,还是带上吧。"陈依玄说:"总要回赠你一样才合适。"凤仪嗔道:"本以为陈爷不是俗人,没想到也是一脑子俗念,非得做个有来有往!"陈依玄一时语塞,想了想,说:"好吧,我就收起俗念。不过,给你留几句话吧。"凤仪说:"是不是酸溜溜的诗?"陈依玄说:"不是酸诗,是提醒,你最近怕是有官非!"凤仪笑了,说:"我一个船娘,用心伺候客人,不招人不惹人,能有什么官非?"陈依玄拍了拍她的削肩,说:"这是卦上说的,信不信由你。若是信,尽快离开这里!"

这时候,船家等得生急,在船上喊了一嗓子。陈依玄马上转身踏上跳板,跨上小船。船家执篙点岸,船轻轻离开,接着大橹一摇,哗哗的水声响成一片。小船渐行渐远,岸上一个黑影,朦朦胧胧,若有若无。陈依玄站在船头,不停地朝岸上招手。冯鞠元站在陈依玄的身后,略带嘲讽道:"没曾想你也懂得儿女情长啊!"陈依玄没有应声,依然朝岸上招手,河面上的风把他的衣襟吹得扑啦啦地响。冯鞠元缩着脖子,不咸不淡地说:"好一个'举手长劳劳,二情同依依'。黑黢黢的,招不招手都一样,反正都看不见。"陈依玄说:"不一样!人看不见,老天能看见!"

说话间,船家使出浑身的把式,桨声咿呀,搅起阵阵水腥,一叶小舟箭一般地,朝着深不可测的夜色刺去。

第七回　辣小姑任性上女学
　　　　娇嫂子撒火摔饭碗

冯鞠元和陈依玄逃往上海之后,奉莲整天眼眶不得干。前半个月,鞠平天天劝,奉莲听不进去,越发地娇。鞠平烦了,也不再劝。姑嫂毕竟不是姐妹,年纪又差不多,一个锅里使勺子,低头不见抬头见,一个不快活,另一个怕也不得舒坦。说到底,都是自小养成的性子,又没人在中间调剂,日子久长,这嘴仗迟早要打起来。

时近立冬。头晚,西北风号啕一夜,转天清早天井的水缸里结了一层麻沙沙的冰。奉莲怀上伢后,身子懒,瞌睡多。天冷下来之后,更不想离被窝。这天,奉莲本想多睡一时,可是天刚亮又来了尿,忍也忍不得,起来一看马桶里满满当当,蹲不下来,不得已只好提着马桶去茅厕。秀才娘子身子弱,一时不慎,马桶磕在门槛上,隔夜的黄汤,泼了一地不说,还溅了奉莲一身。奉莲当时就哭了,越哭越委屈,蹲在茅坑上还唏唏嘘嘘的。从茅厕回来,奉莲也不清扫,扒下臊哄哄的外衣就上了床,躲在被窝里暗自流泪,那份伤心自不用提。

奉莲的委屈,鞠平当然不晓得。鞠平醒来的时候,日头已上房顶。这些日子,鞠平也着实累了。礼拜堂的女学正式开办,鞠平如愿以偿去上学了。说起来,鞠平这学上得也不容易。本来,鞠平以为哥哥鞠元不在家,她去上学便没人打坝子了,没承想就在她要报名时,奉莲晓得了,把她叫到堂屋,寒着脸说,爹不在兄为大,你上学的事要经你哥点头的。鞠平说,哥不在家,我哪里去找他点头?等他回来点头,人家就罢学了。奉莲说,罢不罢学我不管,总之你哥不点头,你不能去。这是规矩!鞠平晓得,奉莲明摆着打坝子。若是别的事,说不定鞠平会忍着,依了奉莲这个做嫂子的,可是上学的事她不能依。鞠平说,什么规矩不规矩,规矩也不是一成不变的!我去上学又不是偷人抢人,碍着别人什么事,还非得别人点头?不是什么规矩都是好规矩,哪有好规矩压着不让人抬头的!奉莲晓得鞠平嘴巴厉害,不想争论,就说,要不你写信给你哥,他回信让你去,我也不拦你!鞠平说,信我不写,学我先上着,等他回来,要打要骂随他,就是拿绳勒我颈子,我也承着!说罢,扭头就出了门,甩着大脚上学去了。奉莲脚小,撵也撵不上,心里气不过,去礼拜堂找到安牧师两口子,逼着他们让鞠平退学。安牧师当然不干,拒绝很委婉,说,你父亲当年就是教书的,哪有教书的把学生往外推的?不过,这里正缺学生,如果你来,我可以考虑把鞠平退了。奉莲听出这话里的意思,没想到洋人滑头很,无奈何只好作罢,看着鞠平天天往礼拜堂跑,心里暗自生气。

这天一早,鞠平匆匆忙忙起床,伸头看了看,见奉莲的房门关着,以为她还没起,便连忙梳洗之后,赶紧烧早饭。平日里,鞠平手脚勤快,又照顾奉莲怀伢的身子,一日三餐都承办下来了。鞠平提着水桶去井台打水,突然闻到一股臊味,四下一看,见堂屋门槛前湿了一片,马桶歪在一旁,马上晓得臊从何来,走过去把马桶扶起,推了推门,却推不开,喊了两声,奉莲也不应。鞠平恼火了,想:真把自己当作秀才娘子了,马桶倒了都不扶!于是,早饭也不想烧了,出门到巷口买了二两锅贴一碗辣糊汤,吃了喝了,便去礼拜堂上学去了。

且说奉莲躺在被窝里哭,哭着哭着就累了,迷迷糊糊睡去后,做了一串梦,先是儿子生下来了,一转眼就长大了,长得跟冯鞠元一模一样,坐在书房里摇头晃脑地读书,得意很。就在这时候,儿子突然变成了冯鞠元。冯鞠元从上海回来了,坐着四人抬的绿呢大轿,官差骑着高头大马鸣锣开道。冯鞠元下了轿,一进门就把疯丫头鞠平一顿饱打,扯她的头发,敲她的大脚,只把那大脚丫头疼得呜呜地哭。打罢鞠平,冯鞠元带她去吴兴记吃鸭油包子,一气点了十几笼,码在她面前足有一人多高,她吃呀吃,一口一个,三嚼两咽,吃得顺着嘴角流油,也顾不上揩。要命的是,不管怎么吃,就是吃不饱,还是饿得发慌,她着急呀,这一急不要紧,醒了,摸一下自己的脸,嘴角湿乎乎的,不是油,却是口水,这才晓得是生生饿醒了。奉莲起床后对着镜子一照,两只眼睛红肿着,鲜桃似的。来到厨房一看,冰锅冷灶,一口热水都没有,更别说早饭了。鞠平这丫头心野了,连早饭也不烧!奉莲气得又冒出眼泪来,只是肚子里的伢不争气,闹着要吃,要不还钻进被窝哭去。

按照梦里的启示,奉莲去对面斜街上的吴兴记,要了两笼鸭油汤包,一碗鸭血汤。在脂城吴兴记的鸭油包子是出了名的,前些年又在西门外开的分店,跟城里的老店一样,生意兴旺。奉莲从小就喜欢吃鸭油包子,长大了还喜欢。刚嫁到冯家时,冯鞠元常常把包子买回去,两个人偷偷在书房里吃。有一回,他们正在吃着,鞠平追着香味推门进来,当下两口子很难堪,包子噎在嘴里没法咽。鞠平倒没发火,只是说,你们好好吃吧,要是吃噎着就喊我,我给你们倒茶喝。这个大脚丫头,鼻子尖,嘴巴更毒,句句话都不饶人。从那以后,冯鞠元再买包子回来,都要给鞠平留两个,鞠平无所谓,吃着包子看着他们两口子坏坏地笑。

奉莲吃饱喝好,又想到恼人的鞠平,早饭也不烧,实在太过分了,我给他们冯家怀伢辛辛苦苦,图的又是什么?!她这么想来,心里的火气越烧越旺,若是不把这火气撒掉,便觉得这日子不能过了。可是这火气撒给哪个呢?想来想去,只有撒给冯鞠元!哪个让他不在家呢?哪个让他是自己男人呢?哪个让他是肚子里伢的爹呢?哪个让他是大脚丫头鞠平的哥哥呢?好歹也是老秀才的丫头新秀才的娘子,略通笔墨,于是回到家,铺纸研墨,给冯鞠元写信。提笔在手,百感交集,信短恨长,由着性子,铺陈了一纸的怨气,心里果然舒坦不少。

那个初冬的上午,风有些冷,日头却很好。奉莲披挂整齐,锁了家门打算把那封信寄走,刚走上西津街,老远就见官仓巷口围着一堆人,接着噼里啪啦炸爆竹,那阵势像是新店开张。奉莲走近了,抬头一看果然是新门脸,高头挂着一块簇新的招牌,上写:"馋秀才卤味"。新奇!秀才就是秀才,多少要装装斯文,怎么能把秀才和馋字连在一起,明明白白写在招牌上呢?不过,细细一品,这名字还蛮有意思,看来店家老板不是一般的人!正想着,见店门里走出一个人操着扫帚扫爆竹纸,从背影看有点熟悉,等他转过脸来,竟是蒋仲之。

蒋仲之一身短衣,腰间扎着一条白围裙,扫地的样子很勤勉。这个老秀才,怎么能放下架子做这种小买卖呢?奉莲正在寻思,蒋仲之抬头正好看见,扶着扫帚喊她,奉莲走上前去,一时不知该说什么,便明知故问:"蒋二先生,你在这里做什么?"蒋仲之丢下扫帚,在围裙上揩一揩手,指了指店门上的招牌,笑道:"做买卖!"说罢哈哈一笑。奉莲也笑,说:"你这老秀才,怎能屈下这个身子?"蒋仲之摇摇头,说:"呔!秀才不值钱,弯不下身子就得饿肚皮哟!"说着冲奉莲招了招手,"进来看看我这小店,往后多来捧场!"奉莲走进店里,顿时一股卤香扑鼻,店内逼仄,倒是干净,迎门一个三尺小柜台,旁边支着一只炭炉,炉上架着一口锅,锅上焐着几只竹笸,盛着卤好的猪大肠、肚子、心肺、猪尾、猪脚等杂碎,热气腾腾,光泽鲜亮。奉莲看着看着,口水淹了舌头。奉莲说:"蒋二先生,真想不到你还有这一手,看着都眼馋!"蒋仲之咂咂嘴,说:"说出来不怕你笑话,这都是我家那肉婆子逼的!不过,这样也好,她开肉铺,我做卤味,一生一熟,有冷有热,这就叫比翼双飞,我这腰杆也能硬起来!"说着,在清水里洗了手,戴上护袖,把竹笸里的卤味一样各撵一小块,用油纸包好,递给奉莲说:"赏光,赏光!尝尝我馋秀才的手艺。"奉莲咽着口水,却不好意思接,说:"不要,不要!你是正经做生意,我哪里好白吃?"蒋仲之说:"你不尝怎晓得好坏?尝了好,就替我传一传,让人家都晓得,我这生意才好做嘛!"奉莲拗不过,便接了那一包热乎乎的卤味,心里也热乎乎的。又说了一会话,奉莲转身要走,蒋仲之突然小声问:"鞠元最近可来信说何时回来?"奉莲叹口气,说:"信来过,可不晓得什么时候回来。"说罢,眼圈又红了。蒋仲之说:"不急不急!风头总会过去的!"奉莲又叹口气,出了店门,蒋仲之送到门口,说:"奉莲,等鞠元回来,好好劝劝他,别折腾了,赶紧找个吃饭的门道吧。"

奉莲从蒋仲之的店里出来,寄了信,又折转回家,尝了蒋仲之的卤菜。

这"馋秀才"果然解馋。只是卤味往往偏咸，都是荤腥，奉莲便泡一壶茶来解腻。肚饱瞌睡来，索性上床躺下，不一会儿便香喷喷地扯起呼来。

礼拜堂办的"女学"是义学，不收学钱，头一期叫初级班，招了十一个女子，岁数参差不齐，最小的十三，最大的三十，鞠平不大不小排在中间。按安牧师的安排，"女学"里教识字、算术、英文和编织。安牧师教算术，罗丝教英文和编织，识字由秀才韩尚文教。韩尚文是安牧师请来的，按天算钱。韩尚文本来不想来，可是科举废止，进学无望，只好骑驴找马，先谋个饭碗再说。鞠平晓得韩尚文，五大三粗，不拘小节，过去常来找她哥鞠元谈天说地，乍看起来蛮有学问，就是身上一股狐味熏人，指甲老长也不剪，不剪就不剪吧，也不把里面的脏物剔干净，还动不动拿它掏耳抠鼻孔，恶心很。

鞠平本来就识些字，又看不惯韩尚文的邋遢，所以不上识字课，只学算术、英文和编织，安牧师也同意。鞠平脑瓜灵光，在十一个女子里学东西最快，深得安牧师和罗丝的喜爱，每每都会当众夸她，把她夸得脸红，心里扑腾扑腾地跳，暗地里越发用功了。照实说，鞠平最喜欢的是编织，说到底是喜欢毛茸茸的线绕在手指上的那份缠绵。因为喜欢，学得上心，成绩就超人一等，不到半个月，鞠平学会了使直针和钩针，学会了六种花式，头巾围巾自不用提，毛衣毛裤也能织得像模像样，连最难的手套也学会了。鞠平织的头一样是一条米白色的围巾，毛线是托罗丝从南京买的。这条围巾五尺五，两头编了流苏。她在自己身上试过，围一圈流苏垂到膝盖，围两圈流苏垂到大腿，围三圈流苏垂到腰间。她满意很，打算把围巾寄给陈依玄。可是一想到陈依玄跟哥哥在一起又犯难了。想了想，花两天工夫又织了一条一模一样的，两条围巾一起寄去，这样才心安了。

这一天清早，鞠平来到礼拜堂时，安牧师和罗丝愁眉苦脸地在院子里一圈圈地转，一打听才晓得韩尚文突然辞工，识字班的课没人教了。据说韩尚文经亲戚介绍，投到脂城西乡团练去吃军饷了。鞠平觉得韩尚文走了更好，免得天天闻他身上的狐臭。不过，见安牧师两口子发愁，鞠平心里也不安了。安牧师两口子办的是义学，不图钱不图利，这般发愁实在看不下去。鞠平脑瓜灵光,胆子也大,走过去跟他们说:"要是实在没法子,识字课我来代。"安牧师一愣,没有马上答应,罗丝却高兴得直跳,搂着鞠平亲了又亲,之后对安牧师说:"上帝啊,她能把汉译的《巴黎茶花女遗事》顺利地读完,教识字班没问题!"鞠平接过话来说:"我看的书多着呢,《红楼梦》《西厢》《聊斋》《水浒》,还有洋故事《迦茵小传》我也看过!"安牧师点点头,对鞠平说:"试试吧,如果可以,工钱跟韩秀才一样!"鞠平摇了摇头,说:"我不要工钱!"罗丝说:"用你的工,就要给钱!"鞠平说:"你们办学不收钱,我怎好拿你们的钱?"罗丝说:"办学的钱是教会给的,你的工钱也是教会给的。"鞠平不晓得教会是个多大的财主,财主的钱不拿白不拿,想了想,说:"反正我不要钱,要不然到时帮我买两斤毛线吧,要红的。"罗丝说:"为什么不要钱?"鞠平说:"明年开春,我嫂子就临盆了,我这当姑姑的,给伢织件毛衣当作见面礼!"罗丝又把鞠平搂在怀里,说:"啊,我的上帝,你太善良,太可爱了!"安牧师也笑了,连忙说:"上帝保佑!"

头一回当先生,鞠平心里并不怯。她晓得自己比识字班的学生识的字多,识字多的就可以教识字少的,天底下就是这个道理,要不怎么有一字之师的说法呢?识字班的学生都来自西门一带,熟人熟面,都晓得冯家这个大脚丫头的厉害,无论大的还是小的都不敢造次,恭恭敬敬地叫她女先生。虽说鞠平没有当过先生教过学生,可记得她爹当年怎样教她,还记得陈依玄如何给她讲故事。人若是聪明,凡事容易贯通,鞠平一上来就进入了先生的角色,教得很是认真,学生听得也认真。安牧师和罗丝偷偷在窗外看了几回,见鞠平很有先生的样子,便放心了。一个上午教下来,鞠平没觉得累,只是因为话说得多,口渴得很,实在等不及了,就从礼拜堂的水缸里灌了一气凉水。想,怪不得当先生的手里都离不了茶壶,容易口渴嘛,回家要备一把才好。

放学后,鞠平回到家,见奉莲的房门还关着,赶紧到厨房烧饭。头一回当先生,心里高兴,手脚越发地麻利,灶上灶下,添水加柴,如行云流水一般忙得有条不紊,嘴上还哼着从礼拜堂学来的赞美诗。不一会,饭菜好了。鞠平去喊奉莲吃饭,推了推门,门闩着,就敲门,一边敲一边喊:"嫂子,吃饭了!"喊了好几声,才听到房里有动静。鞠平以为奉莲起来了,就回到厨房,没等奉莲,先自盛了饭菜坐在灶后吃了。等到鞠平吃完了,奉莲才慢腾腾地从房里走出来,走一步等两步,生怕踩死蚂蚁似的。鞠平心里高兴,话也多,奉莲进厨房盛饭的时候,就跟奉莲开玩笑,说:"嫂子,你一觉睡到晌午头上,就不晓得饿?是不是又在房里偷吃包子了?"奉莲的饭刚盛到碗里,一听这话,脸马上冷下来,抬手把碗掼到地上,说:"你这丫头,说什么偷吃不偷吃的,偷吃又不是偷人,八百年前的事,如今成了你的话把子!"说罢,饭也不吃,扭身就走。鞠平半天说不出一句话来,心里委屈:这秀才娘子,越来越娇气,一句笑话都经不起。当嫂子的不晓得承让,当面摔碗,还不如直接打人脸呢!鞠平心里一口气顺不过来,锅也不刷,回房拿上毛线和针子,便去礼拜堂了。

　　奉莲在房里哭了一会,觉得在冯家不能待了,打了个包袱打算进城回娘家去。走到巷口雇小轿时,见仙芝挺着肚子慢腾腾地走过来,阿金跟在后面,拎着大包小包,估计都是好吃的。仙芝娘家有钱,怀上伢嘴巴怕是没吃亏,不然不会长得白白胖胖的,水豆腐一样。一想到这,奉莲就觉得委屈,自己委屈也就罢了,捎带着也委屈了肚子里的伢。从小一起长大的女子,人家仙芝就过得随心顺意的,自己却在冯家怄气,人比人真能气死人!

　　因为眼睛红肿,奉莲本打算躲开仙芝,不料阿金眼尖,喊了一声奉莲,仙芝一抬头也看见了。奉莲见躲不过,就上前两步跟她们说话。仙芝说:"正吃晌饭,拎着包袱去哪里?"奉莲说:"我妈身子不好,不放心,想去看看。"仙芝说:"那是应该。"见奉莲有意低着头,又说:"你眼睛怎红得跟兔子似的?"奉莲扁了扁嘴,说:"风大,眼里进了灰,揉狠了。"仙芝笑了笑,也不再追问。接下来,各自打探对方肚子里的动静。仙芝怀伢比奉莲早两三个月,肚子比奉莲大许多,可说的事自然也比奉莲多。奉莲可说的不多,就支着耳朵听仙芝说,听着听着,心里快慰许多。

　　正在这时,一行人大呼小叫地由西津渡方向来了,县衙的肥爷走在前头,后头几个官差押着一个女子。那女子年纪轻轻,衣着打扮不俗,有几分姿色。街边的闲人一下子堵住了路口,叽叽喳喳议论纷纷。那女子头仰着,没有一毫怯意,嘴角还挂着笑,好像被官差押着是件荣光的事。真是一个奇女子!仙芝说:"这女子面生,怕不是西门一带的人。"奉莲更是好奇,挤到人堆里打听,不大工夫折转来,神秘兮兮地跟仙芝说:"哎呀,原来是个船娘!"仙芝也好奇了,这么多年官府没有管过花船,为什么这回要捉一个船娘呢?奉莲也这么想,又挤到人堆打听,再折转回来,却变得紧张了,嘴张得好大,把仙芝拉到一旁,悄悄说:"哎呀,不得了!那船娘是跟他们游行才惹的官司!"仙芝吃一惊,不禁打了一个空嗝,抚了抚肚子,淡淡地说:"阿金,赶紧回家吃饭,我心里慌很,怕是饿的!"

第八回　芝麻官巧施官场术
　　　　　　风尘女甘为替罪羊

　　凤仪是在被押下花船时才想起陈依玄分别时留下的那句话的,只可惜为时已晚。
　　凤仪被捉到县衙,并没有马上过堂。从差役的口中,凤仪打听出缘由,明白自己成了替罪羊。不过,凤仪并不害怕,不是因为胆大,而是因为她已经不是第一次被抓进官府了。
　　正如陈依玄所判断,凤仪绝不是一般的风尘女子。凤仪原名孙幼芳,本是扬州一孙姓盐商第四妾周氏所生。周氏年轻貌美,知书达理,幼芳聪明懂事,天真无邪,自然深得孙某偏爱,因而遭到其他妻妾妒忌。正所谓天有不测风云,人有旦夕祸福,忽一日孙某暴病而亡,家道败落,妻妾和子嗣为瓜分家产明争暗斗,周氏遭到排挤。周氏心高气傲,受不了闲气,便带着幼芳离开孙家,在城里靠典当苦熬日子。幼芳十四岁那年,周氏改嫁到扬州乡下一李姓货郎家。李家虽不是大富大贵,日子还能过得去。一晃过了两年,幼芳十六岁,出落成亭亭玉立的小美人,上门提亲的自然不少,幼芳一一拒绝。这年的夏天,幼芳的母亲得了重病,请了几个郎中都医不好。李货郎见周氏的病医治无望,不想再白白地花钱,便不再请郎中,周氏只好躺在床上叹息母女俩命运不济。眼看母亲一天天地等死,幼芳于心不忍,一再求李货郎拿钱给母亲看病,李货郎百般推脱,就是不肯,私下里却打起了幼芳的主意。一天晚上,幼芳躺在院中纳凉,因为伺候母亲太累,不觉竟迷迷糊糊睡去。夜半时分,李货郎醉醺醺地回到家,见幼芳睡着,顿生歹念,借着酒劲,要占幼芳的便宜。幼芳惊醒后,奋力抗争,可是哪里是李货郎的对手,眼看着衣服被扯下来了,幼芳情急之下用力一蹬,正中李货郎的裆部,李货郎惨叫一声倒地,后脑勺不偏不倚磕在一块砖头上,哼哼几声,便一命呜呼。此时,周氏惊醒,撑起身子出来一看,晓得幼芳闯下大祸,便让幼芳连夜逃走,但幼芳晓得人命关天逃也逃不脱,便留下来。当夜,幼芳把族人召集起来,把事情经过一说。那李货郎本来就有不正经的恶名,族人早就厌恶,自然称快。第二天,幼芳自己去了县衙投案,知县不是糊涂官,把事情经历弄清楚,又找来族人证明,人证物证齐备,便断下案来,虽说李货郎举止不良罪有应得,但幼芳防卫过当致死继父,难脱犯上的罪责,从轻判决,将幼芳关押半年。周氏得知后,病情加重,不过一个月就撒手而去。族人同情幼芳母女,联名具保,让幼芳回家葬母,知县开恩允准。幼芳回到家中,无钱葬母,向族人求援,借了一笔债务,终于让周氏入土为安。之后,幼芳又被解回县衙关押。刑满后,幼芳一个弱女子,身无长技,何来收入还债?刚开始,有人给幼芳提亲,男家愿意代为还债,幼芳思来想去,叹一回命苦,便答应下来。

　　按理说,嫁人之后,幼芳虽不甚满意,从此总该过上安稳日子了。可是,没料想那男人却是一个赌棍,有钱赌,没钱借钱赌,幼芳苦口婆心不知劝了多少回,却劝不回那颗赌心。有一回,那男人在城里大赌,因无赌本,竟写下文书把幼芳押上,结果又输。那男人赌运不佳,赌德尚好,愿赌服输,赢家拿着文书上门来要人,他二话没说,便让赢家把幼芳带走。可怜幼芳哭天天不应,叫地地不灵,想撞墙求得一死,却被人拦住,不由分说被带走了。若是到此苦尽也还罢了,问题是那赢家听说幼芳犯过命案,又坐过牢,认定幼芳是个破家命,做妾也不要,当晚就把幼芳卖到花船上。苍天有眼,走到这一步,幼芳总算交上好运。到了花船上,正好碰上了鸨母凤仙。凤仙本是苦出身,二人都姓孙,辈分也相当,便结拜为干姐妹,幼芳改名叫凤仪。从此后,花船上便多了一个叫凤仪的船娘,也多了一段段风尘故事。

　　一个人一个命,凤仪认了自己的苦命,做起船娘来便也心安了。毕竟读过些诗书,又有几分姿色,凤仪很快在花船上有了名,前来捧场的男人如蜂而至,可是凤仪只对读书人情有独钟。至于后来又遇上陈依玄,却是凤仪无论如何也没想到的。这时候,凤仪还不敢奢望陈依玄能让她托付终身。不过,仅几次交往,凤仪就认定陈依玄是难得的知音了。在牢里,凤仪不止一次想起陈依玄临别时的赠言。陈依玄是怎么知道她会有官非呢?难道真像他说的,是测卦测出来的吗?凤仪将信将疑。若是,没有听他的话离开脂城,就是自己的不对,枉负了他的一番好意;若不是,那就是陈依玄早就知道。那么他是从哪里知道的?难道陈依玄去上海跟此事有关?凤仪想,若是如此,能为陈依玄当一回替罪羊,也是值得的。只是陈依玄为什么当时不跟她明说呢?

知县刘半汤缉拿凤仪也是迫不得已。当初,刘半汤之所以胆敢放走陈冯二人,是因为他觉得秀才游行一事不值得查办,一帮酸秀才上街起哄,能有什么大不了的?你朝廷断了读书人的后路,还不兴人家喊两嗓子?杀猪不让猪叫唤,自古也没这样的道理。再说你朝廷也不是闲着没事,洋人借款,革命党谋反,立宪变法,日俄东北开战,等等等等。哪一桩不比这事大,忙都忙不过来,还为一帮穷秀才上街操心烦神,真是分不清轻重缓急!想归想,事归事,刘半汤替朝廷着急,可没人替他着急,不给朝廷一个交代,这一关怕是过不去。别看当个芝麻官,刘半汤对官场那一套烂熟于心。这类事情,要想省力,就得软泡硬拖,直拖到更大的事情出来,朝廷一忙大事,就把小事忘了,事情也就过去了。再者说,即便是把秀才们拿下杀了剐了,也未必能对朝廷有什么好处。不过,刘半汤没有想到的是,省府催得死紧,隔几天就过问一回,好像这事不办好日子就不得过似的。眼看实在扛不过去,他那两只可怜的耳朵自然又要倒霉了。

话又说回来,刘半汤也可以不伤这个脑筋,即使放走了陈依玄和冯鞠元,全县参加游行的秀才多的是,随便捉两个来交差也不是说不过去。问题是,刘半汤坚守自己的底线,读书人不为难读书人,秀才们本来就可怜,再让他们吃官司,于心不忍。这一天,刘半汤一大早去巷口吃馄饨,刚吃了两口,听旁边有人在议论游行的事,提及那次秀才游行是西津渡一个船娘的主意,不禁豁然开朗,大叫一声:"有了!"当时,那人正将一只香喷喷的馄饨送往嘴里,被刘半汤这一叫惊得不轻,一碗馄饨打翻在地。刘半汤付钱赔了摊主,一把拉上那人直奔县衙,前前后后一盘问,马上命人前往西津渡把那凤仪捉来。

来脂城上任不久,刘半汤对脂城风土民情已了然于胸,对西津渡的花船自然也不陌生。作为父母官,刘半汤曾有驱赶花船的想法,但是后来渐渐发现,花船成为脂城人过日子的调味,百姓似乎离不了了。况且,所有前任都没驱赶过花船,也没管过船娘。都是芝麻官,不管一定有不管的道理,于是他也不想管了。不过,这一回不能不管,若是不管,就不能交差,乌纱帽怕是保不住。报上明明说,秀才游行,妓子助阵,拿下船娘来抵挡自然说得过去。以刘半汤判断,省府也好,朝廷也罢,不就是要一个说法吗?捉一个船娘来,应该可以交差。至于那个船娘,只好委屈她了。

凤仪被关押之后,刘半汤没有马上提审。他打听出来,这个叫凤仪的船娘曾是陈依玄力捧的人。陈依玄是个聪明人,他力捧的人断不是一般角色。这一天,刘半汤亲自到牢里提审凤仪,一见果然不俗,当下狠狠揪了几下耳朵。按常规,先问家世出身,凤仪触景生情,双目含泪,把自己的过往一一叙述,只说得刘半汤心里酸酸的,暗叹自古红颜多薄命,而今又见一人。不过,别看凤仪是船娘,明事理,看得开,既然如此,不妨把事情说得明白些,也让她心里有个底。

刘半汤问:"孙氏凤仪,可知本官为啥逮你?"凤仪说:"参与秀才游行。"刘半汤说:"参与游行的多得很,为啥只逮你?"凤仪说:"因为我是船娘!"刘半汤说:"参与游行的船娘也不是你一个,为啥只逮你?"凤仪说:"大人,你是想让我说,我是怂恿游行的主犯!"刘半汤一拍大腿,说:"噫嘻,明白人!"凤仪冷笑,说:"明白得太迟了!"刘半汤说:"不迟!你说你是苦命人,要我说,命再苦也是命,认了这个命吧。实话实说,本县拿你来自然有拿你的道理!"凤仪说:"我明白!大人放心,这事我认了!"刘半汤说:"你救了一帮秀才哩!"凤仪说:"大人让我吃亏都咽得明白!"刘半汤笑了笑,说:"都是明白人!"

提审过凤仪,刘半汤命人把礼拜堂的安牧师请来,邀请他参加对凤仪的会审,目的是请他旁听,事后写一篇洋文,记录会审情况,最好寄到外国报纸去。安牧师要给女学生上课,本来不想去,刘半汤一再央求,安牧师才勉强答应,不过事先声明,写文章可以,不过要实事求是,做假文章他是不干的。至于寄不寄给外国报纸,他就不管了。刘半汤想了想,也罢,先有一篇洋文再做安排。

三天后,刘半汤升堂会审,整个过程顺顺利利,不到半晌便断了案:经过多方查证,扬州船娘孙氏凤仪,唆使脂城秀才若干,游行犯乱,伤风败俗,适被洋人觑得,公于报端,贻笑异邦,有辱国名,证据确凿,不容饶恕,依大清律例判刑一年,报请州省核准后,即日发往省府罪犯习艺所。凤仪诚然领罪,不再上诉。当天,刘半汤把案宗并安牧师的洋文三页一起封存,呈往省府交差去了。

凤仙来牢里看凤仪那天,脂城下了那年的头一场雪。雪不大,细盐一般。凤仪被关在牢里没看见,凤仙跟她说了。凤仪一向喜欢下雪天,可惜这场雪她看不成了。姐妹见面,自然都会难过。凤仙一直哭,洒香的手帕一直在腮上揩来揩去,捎带着把鼻子也擦红了。凤仪也想哭,却忍住了。要是想哭,天天都能哭,那样在牢里日子就没法过了。

姐妹俩说了一会贴心的话,凤仪突然托凤仙办一件事,凤仙想了想,觉得为难,但还是答应了。凤仪说:"凤仙姐,如果这事办好了,我心里就安生了,别说坐一年牢,就算死在牢里也心甘了!"凤仙说:"凤仪,这事真有那么要紧吗?"凤仪说:"我只是想知道,做女子的,到底有没有可以相信的男人!"凤仙说:"我的傻妹妹哟!"凤仪说:"要是能换个明白,傻也划得来!"凤仙叹口气,说:"要是换不来明白,你也心安了?"凤仪点点头,说:"心安了!"

探监时限到了,临别之际,凤仙突然转过身来对凤仪说:"花船明天就往回走了!"凤仪说:"我晓得。冬天来了,河水要枯了。"凤仙说:"明年秋天再来。正好接你回扬州过年!"凤仪说:"谁晓得明年会是什么样子呢?!"

【卷二】

第九回　鞠元返家奉莲生子
　　　　鞠平献计鞠元开奶

　　早在腊月,有消息陆续传到上海,说脂城"秀才游行案"业已了结,但没有提及凤仪做了"替罪羊"。后来从报上得知,知县刘半汤把"秀才游行案"操办成了"妓子怂恿案",顺利交差,凤仪已被投入省府罪犯习艺所服刑了。陈依玄为此难过了好些天。

　　将到年根,冯鞠元急吼吼地要回脂城。奉莲早前来信提到跟鞠平闹了别扭,姑嫂积怨日久,没人调停,冯鞠元担心会生出大乱子。陈依玄也想回,仙芝已经生产,来信说果然是个丫头,白白胖胖,七斤二两,模样姣好,可心可意,宛如碧玉,心碧这名字起得恰如其分。可是,就在二人准备买船票时,杨乐山极力挽留,让他们在上海过完年再走,一是见识一下上海滩的年味,另外还有要事商量。清廷废止科举后,举国提倡新学,杨乐山因时就势,打算在脂城办所新学,想请陈依玄和冯鞠元一起合作。日子过得飞快,转眼正月十五已过,杨乐山带他们去上海几所新学参观访问,实地考察,为将来回脂城办学积累经验。接着,又一起谋划办学的具体事宜,一一敲定,一晃便快到二月底了。陈依玄和冯鞠元这才买好船票,辗转回到脂城,但见远近桃红柳绿,春风染了脂河两岸。

　　冯鞠元回来的时候,正是奉莲生下孩子的第三天。那天,船到西津渡时正是傍晚,冯鞠元心急火燎地从西津渡下了船,刚到自家巷口,就见大门前"挑红"一闪。脂城的风俗,凡家里添丁进口,必"挑红"示之。若是添了男丁,在大门左首挂一副竹制弓箭,染成红弓红箭;若是添了女儿,在门右首挂一块绣花手绢,当然也须红色。这里面的学问有二:一是弓箭预示男孩子日后有所作为,红手绢则祝福女孩将来心灵手巧;二是告知行人,尤其是货郎、铁匠等行当,经过门前放轻手脚,以免惊扰母婴。冯鞠元当然晓得这些,三步并作两步来到门前一看,一副红弓红箭挂在大门左边,顿时高兴得心头一颤:儿子!这一声险些叫出来,遂小跑着进了天井,只听见清亮亮一声婴啼。冯鞠元扔下行李,急匆匆往屋里走,迎面正碰上鞠平。鞠平一见哥哥回来,高兴得不得了,说:"哥回来了!"冯鞠元只想尽快看一眼儿子,没承想却被鞠平拦住,说是接生婆有交代,满月以内,凡从外回来的人,要先拿桃枝把周身上下打一遍,驱走邪气才能进里屋的门。冯鞠元本不信这规矩,但是鞠平却执行得严格,只好出门到院外去找桃树。冯家院外有三株桃树,两大一小,满树的粉蕊开得正欢。冯鞠元来到桃树下,伸手去折桃枝,粗手重脚地,惊得一片片花瓣纷纷落下,洒在头上肩上,雪花似的。按照鞠平的要求,冯鞠元用桃枝噼里啪啦把自己周身上下抽打一遍,这才转身进屋。

　　已是掌灯时分。奉莲扎着红头巾,躺在帐子里,面色焦黄,一脸的疲惫。许是鞠平已经通风报信,奉莲见到冯鞠元进来并不吃惊,眨了眨眼,一句话没说,嘴一撇便哭将起来。冯鞠元晓得她心里委屈,一时倍感愧疚,走过去拉着她的手,说:"你辛苦了!"奉莲不睬他,手由他握着,脸却扭过去,由着性子哭,越哭越伤心。鞠平在一旁插嘴,说:"嫂子,哭多了伢没奶吃!"冯鞠元瞪了鞠平一眼,鞠平吐了吐舌头,转身出去了。冯鞠元就势坐在床沿上,搂着奉莲的肩摇一摇,奉莲这才止住哭,伸手在冯鞠元的脸上狠狠拧了一下,疼得冯鞠元牙直龇。这时候,婴儿突然醒来,大声啼哭。奉莲且饶了冯鞠元,忙着去伺弄孩子,等把孩子哄睡了,奉莲脸上也有了笑意,说:"你看伢长得多像你!"冯鞠元端起灯,伸着头看,说:"不像我就麻烦了!"奉莲被逗笑了,又在他脸上拧一把,这回手上轻了许多,然后说:"你猜他有几斤?"冯鞠元说:"七八斤!"奉莲苦笑一下,十分惭愧,说:"没有哟,才六斤一两!"冯鞠元不相信,说:"怎么可能才六斤一两?仙芝生个丫头还七斤二两呢!我家儿子……"奉莲脸马上寒下来,说:"哼!你还有脸说这话,有六斤一两就算伢的福气了！你可晓得人家仙芝怀伢天天吃什么？山珍海味！想吃就动动嘴，前后有人服侍。再看我呢，别说有人侍候山珍海味，有时连顿早饭都没得吃！"说着，眼泪又下来了，接着说："我倒无所谓，也不馋那一口，只是连累伢跟着吃亏！"冯鞠元想起奉莲信中说过的事，晓得她在告鞠平的状，于是安慰道："鞠平这丫头真不懂事，这一回我不饶她！"奉莲叹口气，抚着孩子的小脑瓜，说："事情都过去了，不提也罢。只要伢好好的，比什么都好！"冯鞠元受了感动，说："都是你的功劳！"奉莲得了夸奖，话也多了，说："六斤一两就六斤一两，不管怎说，总归是个儿子。有生不愁养，有吃有喝，将来照样能长得高高壮壮的！"冯鞠元说："那是一定。有我这个爹，有你这个娘，儿子准保长得高人一等！"奉莲越说越高兴，突然说："你这个大秀才，可把儿子名字起好了？"冯鞠元一拍脑瓜，说："怪我，怪我！这事竟忘了。回头我去找侬玄帮忙起个名字，再好好合一卦！"奉莲说："这是大事，要尽快定下。"冯鞠元说："我晓得！"

　　已到吃晚饭的时候，突然婴儿醒来，哇哇地哭个不停。奉莲以为伢饿了，便俯身把奶头送到孩子嘴里，孩子张开小嘴唧两下就丢开，接着哭。奉莲慌了，捧着奶瓜挤了挤，竟没挤出奶水来。冯鞠元赶紧弄些红糖水喂孩子，没承想小毛伢嘴刁很，一口也不吃，只是哇哇地哭。孩子一直哭，奉莲也哭，冯鞠元急得一头汗。鞠平闻声从厨房跑过来，晓得奉莲奶出不来，便对冯鞠元说："头一季奶难下，要大人吸下来，开了奶伢才好吃！"一个未出嫁的丫头竟说出这种话来，奉莲和冯鞠元都愣住了。冯鞠元问："哪个来吸？"鞠平说："还有哪个，你！"冯鞠元瞪了鞠平一眼，说："胡闹！"鞠平说："这怎么是胡闹呢？不开奶，伢吃什么？"奉莲抹着眼泪，没说话。冯鞠元又瞪了鞠平一眼，鞠平说："看把小毛伢饿得哇哇叫，真心疼人！"说罢转身就走，出门后轻轻把门带上。这时，奉莲悄悄地把贴身的衫子撩起来，露出一对白生生的奶瓜。那本是一对熟悉的宝贝，此时似乎突然变得狰狞可怖起来，冯鞠元抓耳挠腮，不知所措。奉莲忍不住了，说："快来吧，你不怕饿坏了伢啊！"冯鞠元深深吸了一口气，赴汤蹈火般，慢慢把头伸进奉莲的怀里。

说起来,鞠平这些天实在尽心尽力了。从奉莲即将临盆,鞠平心里就做好了打算。脂城的规矩,女子嫁了就是婆家人,讲究的人家女人生伢,只到满月那天,娘家人才来看望,侍候月子自然是婆家的事。自家有人自家人侍候,自家没人花钱雇人侍候,娘家人断不能指望。眼看奉莲就要生了,爹娘都不在世,哥哥远在上海不得回来,以眼下家里的经济,雇人当然不能,只有靠她这个小姑子了。不过,鞠平不仅不怕,还满心好奇,期待着小侄子出世。别看早前姑嫂俩闹得不愉快,奉莲还当面摔过碗,可她毕竟是嫂子,她生的是冯家的孩子,这是道理,鞠平晓得。本来,这些是心里话,鞠平忍不住,悄悄跟罗丝说了,罗丝对鞠平很赞赏,介绍鞠平进了教会医院办的妇产护理班。鞠平正有一颗好学的心,当然尽心尽力,加上聪明伶俐,手脚勤快,学得很快,连教护理课的洋先生都冲她竖大拇指。那天,一大早奉莲就说肚子疼,鞠平马上做准备,烧热水、洗纱布、买红糖,一样一样都办妥了,还是不放心,又请来罗丝帮忙。可是,奉莲说什么也不干,坚持让鞠平去城里请接生婆,鞠平本来以为自己学的本事够用了,劝奉莲相信她,奉莲哪里肯相信,见鞠平不听她的,扯着嗓子喊:"鞠元啊鞠元,你这个没良心的,你不在身边,叫我怎么办啊!"鞠平听出这话是在怪自己,无奈之下,忍着一肚子的气跑到城里请来接生婆。当天傍晚,羊水破了,奉莲大呼小叫地喊肚子疼,接生婆见多识广,并不当回事,由着她叫,还说做女人就得疼一回。罗丝看不下去,握着奉莲的手,找些话来分她的神,东一扯西一拉,奉莲平静下来。老天保佑,不该奉莲遭罪,尽管是头胎,生得却很顺当,鸡叫三遍,孩子降生,母子平安。接生婆揣上两块大洋和两斤红糖回家了,剩下的事全由鞠平包办了。话在人说,事在人做,鞠平一上手,事事都安排得妥当,奉莲也就放心了,与鞠平过往的不和也就淡了。再说,冯鞠元业已回来,鞠平轻松许多,奉莲也心安许多。

晚上临睡前,鞠平给奉莲做了一碗糖水鸡蛋,还加了胡椒。胡椒事先用文火焙过,擀成了末儿,用细布包着,煮出味,不留渣。生孩子损血纳寒,离不了红糖鸡蛋滋补,也离不了胡椒祛寒,这是脂城人的习惯。鸡蛋是荷包蛋,一共四个,奉莲吃了两个就吃不下了,剩下两个让冯鞠元吃了。冯鞠元把空碗送到厨房,鞠平正在灶前灶后忙着,锅里呼呼地冒着热气。冯鞠元把碗放下并不走,看着鞠平,欲言又止。鞠平一抬头,问:"哥,奶通了吗?"冯鞠元有些尴尬,点点头。鞠平却一本正经,说:"通了就该有奶了,伢怎么还在哭闹?"冯鞠元挠挠头,说:"通是通了,就是奶水少。"鞠平说:"头一季奶就是少,伢越吃越多。"冯鞠元又点点头,转身出门。鞠平又说:"跟嫂子说,有空多揉揉奶瓜,奶水会多些。"冯鞠元停下来,转过身来,皱着眉头问:"鞠平,你一个未出阁的姑娘,怎么懂得这么多?"鞠平说:"学来的。"冯鞠元问:"从哪里学来的?"鞠平说:"学堂。"冯鞠元说:"礼拜堂的女学还教这些?"鞠平说:"这是护理课,教会医院开的。"

冯鞠元哦了一声,慢慢沉下头,若有所思。鞠平见哥哥沉默不语,以为他在生气,低下头,说:"哥,我上学的事情,你不在家,没跟你打招呼,是我不对。当时我想,上学又不是坏事,等你回来再跟你说也不迟。"说到这里,仰起头来,"哥,反正学我上了,愿打愿骂,你来吧,我承着!"冯鞠元盯着鞠平半天,突然笑了,说:"你这死丫头!"说着转身走了。鞠平晓得哥哥没有生气,就壮着胆追到天井里,问:"哥,我给你织的围巾可好看?"冯鞠元故作生气状,随口道:"丑很!"鞠平明明晓得哥哥说反话,有意撒娇,说:"人家可是一针一线织的,手都磨出血泡了,你竟还说丑!"冯鞠元说:"要是只有我一条就好看了!"鞠平晓得哥哥怪她给陈依玄也织了围巾,便低下头来,不敢再撒娇,转身要跑。冯鞠元把她叫住,问:"你学没学过,奶水不足怎么办?"鞠平说:"没学过,但听说过。明个一早我去买些猪脚来,再到玄哥家要些通草,放一起炖汤。猪脚通草汤催奶!"冯鞠元顿了顿,说:"猪脚你去买,通草我去找依玄要,你就不要去了!"鞠平晓得哥哥烦她见陈依玄,随便应了一声,快快地回厨房去忙了。

第十回　陈家千金好比豌豆
　　　　冯家小儿取名毓秀

西门城楼上住着一群鸽子,常年往返于西门和脂河西湾之间。陈家堂屋高大,挑檐叠瓦,又恰在鸽子往来的路线上,屋脊便成了鸽子们歇脚的驿站。不论什么时候,凡经过总要逗留一时半会儿,梳羽抖翅,嬉戏交喙,咕咕轻唱,自由自在。多年来,坐在天井里一边品茶一边赏鸽,成了陈依玄的一大乐趣。鸽群中青白杂色均有,各色有各色的妙处。白色纯洁有余,厚重不足,淡于一览无余;杂色虽然俏丽,少了稳重,难免色艳惹俗。唯有青色含蓄深沉,最合陈依玄的心意。鸽子喜静,生性胆怯易惊,怕是只有陈依玄有那份耐心,与鸽相濡以沫。可是,自心碧出生,陈家热闹起来,鸽群不再于陈家的屋脊上歇脚了,从天井里仰望,一方天空依然湛蓝,只是再也不见鸽子们的羽翅划过。

陈依玄头一眼看见心碧,果然如仙芝信中所说,心碧生得白白胖胖,模样姣好,看不出有什么异常,便长长地舒了一口气。这口气刚刚舒过,陈依玄却发现不对劲。仙芝奶水足,心碧吃得也欢,吃饱就睡,倒是乖,不哭不闹,这份沉着实在令人不安。人来世上是遭罪的,呱呱坠地,头一声就是哭,哭得越响越好。可是据仙芝说,她生下心碧,跟下个蛋差不多,无声无息,接生婆子在她小屁股上拍了两巴掌也没听她哭一声。让两口子揪心的是,心碧不仅不会哭,更不会笑。眼看心碧就满四个月了,从没见她笑一回。阿金从早到晚拿出各种花样来哄,心碧还是不笑。人生不过哭哭笑笑,不哭不笑,还是人吗?陈依玄慌了神,当天就查遍各种医典,也没找到解释,心里不禁发虚。

其实,从上海回来之前,陈依玄心底就有些怕,不是怕别的,怕见心碧。按说,当爹本是高兴的事,可是陈依玄却高兴不起来,不是因为仙芝没有生出儿子,而是因为读了一本书。自到上海后,冯鞠元因为所带盘缠不足,又不想给家里增添负担,便托杨乐山在一家报馆找了份打杂的事做,既能糊口,也很充实。陈依玄的荷包足,隔三岔五地,仙芝就会打钱过来,也就不愁吃穿的事,平日里除了闲逛看戏,便是躲在房里读书。杨乐山家藏书甚丰,大多是从日本带回来的,天文地理,奇谈新说,正合了陈依玄这个杂家的品味,读得自然津津有味,像《天演论》《物种起源》之类,反复研读,大开眼界。有一回,陈依玄偶然间发现杨乐山从日本带回来的一本手抄小册子,名字叫《孟德尔遗传定律大要》,甚是好奇。陈依玄读书历来以奇为上,因此如获至宝。这本小册子以豌豆为例论及遗传,其中的分离规律,提示近亲繁殖的弊端。正所谓不看不知道,看过吓一跳,陈依玄从豌豆马上想到了人。假若人是豌豆,那么他娘和仙芝爹就是同株上的豌豆,他和仙芝就是同株二代豌豆,心碧就是两粒同株豌豆结出的三代豌豆。按孟氏的定律,同株三代豌豆极有可能成为瘪豌豆,也就意味着心碧将会有不测!陈依玄是个聪明人,晓得人不是豌豆,但人是生物。草木比人,万物皆通啊!《左传》有云:男女同姓,其生不蕃。他和仙芝虽不是同姓,按书上的说法,表兄妹却是同株豌豆,陈依玄心里不禁生出一丝不安。不过,陈依玄又反过来想,孟氏定律只说有极大的风险,并没说一定有风险。以他的见闻,像他和仙芝这样同株豌豆成亲,结出三代豌豆的人家,在脂城也不是一个两个,有的确实出了毛病,有的也跟常人无异。想至此,陈依玄依据心碧的生辰八字,当即测了一卦,卦象吉,这才稍稍心安了。如今,四个月的心碧不会笑,又让陈依玄不安起来,难道心碧真成了三代瘪豌豆?

天气晴好,春光明媚。吃过早饭,陈依玄喝过"陈氏三泡",拿出一大包草药,药有三味,茯苓、当归和红参,都是陈依玄常用的药,平日存放仔细。春天潮大,隔三岔五要出出风。晾药讲究多,陈依玄一般用铜盆。那只铜盆是祖母当年的陪嫁,陈依玄一直视为珍宝,擦得铿明瓦亮,光可鉴人。陈依玄把三味药在铜盆里摆好,放在天井的石桌上。石桌在一株桃树下,桃花正开得灿烂,时有片片花瓣飘然而下。陈依玄坐在旁边的石凳上,赏了一会桃花,忽见蓝天之下一群鸽子翩翩而来。鸽子们一如往常,在陈家屋脊上落脚后,抖翅梳羽,咕咕交喙,情浓意浓,那份情致怕是只在春天才会有的。一只青色鸽子有些孤独,缓缓迈着方步,踩在飞檐的瓦楞上,目视东方,半张翅膀,欲飞不飞的样子,仿佛一位出世的大师临崖修行。陈依玄觉得甚是有趣,想看看它到底干些什么。这时候,阿金抱着心碧出来晒太阳,也坐在石桌旁的石凳上。阿金一坐下来,就逗心碧,说:"心碧乖乖,快给爹爹笑一个!"心碧不笑,睁着一双黑黑的大眼睛,不晓得她在看什么。陈依玄扭过头来,冲心碧淡淡一笑,阿金以为陈依玄很失望,隔衣挠心碧的小肚皮,说:"笑一个,笑一个,笑一个!"心碧还是不笑,还是睁着大眼,目空一切。阿金不妥协,又挠心碧的小肚皮,比上一回挠得更欢,"笑一个,笑一个。"正挠着,一不小心把石桌上的铜盆打落,哐的一声,草药散落一地,阿金吓得不轻,低头一看,怀里的心碧却咧着小嘴笑了。阿金大声喊:"心碧笑了,心碧笑了!"陈依玄扭过头一看,果然心碧在笑。仙芝正在梳妆,听说心碧笑了,裹着衣裳忙不迭地跑出来,等她跑过来,心碧已敛起宝贵的笑。仙芝便很失望,问:"阿金,怎么把心碧逗笑的?"阿金说:"我也不晓得。你看,我挠她,她不笑,我再挠她,她还不笑,就这样,一不小心把铜盆打掉了,哐的一声,再一看,她笑了!"仙芝眨了眨眼,望着陈依玄,陈依玄倒是沉着,弯腰捡起铜盆,冲着心碧用力敲一下,哐的一声,心碧笑了。仙芝高兴得眼泪都出来了,忙说:"再敲,再敲!"陈依玄又敲一下,哐的一声,心碧又笑了。陈依玄哐哐哐连敲几下,心碧的小嘴咧得越来越大,笑如花开一般。仙芝从陈依玄手里夺过铜盆,试了两下,响一声,心碧笑一下,响两声,心碧笑两下,像是有意跟他们做戏一样。

仙芝脸上的笑突然僵住了,扭过头呆呆地看着陈依玄,陈依玄的心早凉了半截,说:"往后,这只铜盆有大用处了!"说罢,仰面一看,屋脊上的鸽子早已没了踪影,于是叹一口气,背剪双手回书房去了。

响午饭，陈依玄没吃，仙芝也没吃。陈依玄本想把孟德尔的"豌豆"规律说给她听，又一想即便是说了，她也未必理解，于是便不说了。仙芝晓得陈依玄在为心碧发愁，也不追问，叹着气回房躺着去了。陈依玄独自坐在书房里，看书也看不进去，茶喝得胃肠寡淡，一趟趟地往茅厕跑。隔壁房里，阿金有一下无一下敲着铜盆，一声声如锤般敲在陈依玄的心头。可以想见，一声盆响，一定有心碧嫣然一笑。心碧的笑真是好看，只是那笑是铜盆敲出来的，陈依玄想到这，浑身发麻，真想一头撞到墙上去。

　后半晌，冯鞠元上门来了，听见屋里哐哐地响，不知何故，便问小结巴，小结巴说不明白，只是说："笑笑笑……"冯鞠元晓得他说不明白，也不再问，见了陈依玄说："这屋里哐哐哐地打锣，玩把戏呢？"陈依玄苦笑一下，说："不是戏，胜似戏，怕是一出苦戏啊！"一句感叹，把自己说得悲从心起。冯鞠元被说得更是糊涂，见陈依玄脸色沉郁，便低声问询原因。陈依玄实不相瞒，把对心碧的担忧一说，冯鞠元连叹可惜，遂安慰陈依玄道："伢还在长，说不定长大就好了！"陈依玄叹道："但愿啊！"

　冯鞠元来找陈依玄有两件事，一是要些通草给奉莲催奶，一是给儿子起名。通草陈依玄家里备着，本想给仙芝用，没曾想仙芝奶水旺，不催自涌，一天到晚胸前湿出两团乳痕，水墨丹青似的，害得她一天换几遍衣裳。孩子的名字，冯鞠元心里打了草稿，说出来由陈依玄把关。冯鞠元一共备了三个名字，本人倾向于其中的"毓秀"二字。冯家三代单传，代代一枝独秀，一个名字简直凝聚一部家史。冯鞠元报出孩子的生辰八字，陈依玄合了一卦，意为大吉，于是便定了下来。

　得了通草和"毓秀"的名字，冯鞠元并不马上走，跟陈依玄说起办新学的事，兴致极高。陈依玄本是个怕麻烦的人，再有心碧的事相烦，对办学也提不起兴趣，因不好扫冯鞠元的兴，便支着耳朵听。冯鞠元从鞠平学妇产护理得到启发，建议在新学里开设一个这样的班，将来可利用这些人才，再开办像上海那样的医院。冯鞠元越说越兴奋，差不多把一百年后的着落都预设妥了。陈依玄只是不停地点头，其实也没听进去几句。在上海躲难几个月，相比之下，冯鞠元的变化要比陈依玄大，这一点毋庸置疑。过去冯鞠元话少，现在像得了话痨；过去冯鞠元不拿主意，现在主意一个接一个；过去冯鞠元看新事物看不惯，现在追着新事物跑。当然，冯鞠元对办学有兴趣，陈依玄也能分析出若干原因。科举废了，入仕无望，冯鞠元作为一家之主，总得有事做，况且以冯鞠元的家境，独立做事怕是难，合作当然是最好的选择。再则，毕竟是读书人出身，办学正好对上路子，正正经经的事情，体体面面的名头，人前人后说起来自然有面子。尤其是冯家三代对书香门第孜孜以求，传到他更有大的抱负。至于陈依玄，除了他的杂学，实在没有什么能提起他的兴趣，更何况办学这种烦琐的事。在陈依玄看来，旧学也好，新学也罢，世道不变，办什么学都是白搭。时代新了，办什么学都是新的。在上海时，杨乐山劝他参与办学，他未置可否，不是他犹豫，而是碍于情面。不过，陈依玄也有打算，若是杨乐山需要他参与，他也不会拒绝，至少要出些资本，不掺和其中，也算帮朋友一把。

就在冯鞠元说得一身是劲的时候，鞠平慌慌张张地来了，一见面就埋怨："哥，你看你，猪脚早炖稀烂了，就等你这通草，你却在这闲扯淡，让嫂子晓得，又要气得哭！"冯鞠元这才想起通草催奶的大事，马上跟着鞠平一起出门。陈依玄送他们兄妹到大门口，鞠平偷偷看了陈依玄一眼，陈依玄突然想起来围巾的事，便对鞠平说："鞠平，那围巾织得好很，谢谢你啊！"鞠平身子一扭，脸有点红，嘟着嘴说："我哥说丑很！"陈依玄安慰道："你哥是老古董，不懂新事物！"冯鞠元应和着笑一笑，反倒催促鞠平："快些回吧，你嫂子的奶催不下来，饿着了毓秀可不得了！"

送走冯鞠元兄妹，陈依玄回到书房，只听得隔壁房里阿金还在敲着铜盆，心里一阵阵地烦躁，便走过去对阿金摇了摇手，阿金见陈依玄寒着脸，便把铜盆放下，抱着心碧找仙芝去了。陈依玄来到天井里，仰面向天，一方碧空没有鸽子，只有几丝淡淡的云，突然觉得如此孤独无助。天将傍晚，一柱炊烟升过屋脊，厨子老沈已生火准备晚饭了。陈依玄走到厨房门口，隔窗说："老沈，晚上多烧两个菜，我想喝几杯。"老沈隔窗问："要荤要素？"陈依玄说："无所谓。"老沈又问："酒可要温？"陈依玄说："无所谓。"老沈就不再说话，只听得灶间里案板一阵乒乒乓乓。

晚饭六个菜,三荤三素,比往常多了一荤一素。酒摆上两壶,一壶温了,一壶没温,可见厨子老沈用了心。陈依玄酒量不好,平日里在家吃饭并不沾酒,既然要酒喝,怕是遇上烦神的事了。坐下来后,一口菜没吃,陈依玄先喝了一杯没温的,接着又喝了一杯温的,酒入口后,没觉得有大分别。一连喝了几杯,陈依玄头有点晕,仙芝劝他不要喝了,他不依,还要喝,仙芝不再劝,只是说:"明个一大早,我想带心碧去城里安福寺烧香!"陈依玄一时没有搭话,又喝下一杯酒,说:"那就去吧。"说罢,放下酒杯,起身回房睡下了。

第十回　陈家千金好比豌豆　冯家小儿取名毓秀

第十一回　安福寺仙芝求菩萨
　　　　　礼拜堂依玄访牧师

　　春天里,鸟总比人起得更早,叽叽喳喳地叫,长一声短一声,吵嘴似的。天蒙蒙亮,暖风挟着一院子的花香,穿窗而入。仙芝急忙起来梳头洗漱,阿金犯春困,听见仙芝的动静,也只好硬撑着爬起来,先给心碧穿好衣裳,打好襁被,再去服侍仙芝梳头。这时候,仙芝的头发快梳好了,不要帮忙,便让阿金去天井里折一根桃枝,插在心碧的襁被上。桃枝辟邪,小毛伢出门是离不了的。

　　阿金来到天井,忽见桃树下坐着一个人,不禁吓一跳,仔细一看是陈依玄。阿金打了招呼,正要去折桃枝,陈依玄站起来,把折好的桃枝递过来,一共三根,根根带花,朵朵凝露。阿金拿着桃枝回到房里,仙芝见了有些不快,说:"一根就够了,多折两根少结几个桃不说,可惜了那些花。"阿金没睡好,气也不顺,回了一句,说:"辟邪嘛,三根总比一根强。"仙芝没想到阿金会顶嘴,说:"死丫头,照你这样讲,把那棵桃树锯了扛上岂不更好!"阿金也委屈,把陈依玄早起折桃枝的事一说,仙芝隔窗望了望桃树下的陈依玄,长长叹口气,什么话也不说了。

　　烧香有规矩,讲究心净身净口净,如此才算得上虔诚。仙芝洗漱已毕,收拾停当之后,才想起还没雇轿子,命阿金赶紧去办。一出天井,见陈依玄和小结巴站在大门外,有两顶小轿已经候在那里了。阿金回头看了看仙芝,仙芝没说话,晓得陈依玄一夜没睡,本想劝他回房歇着,话到嘴边又咽了回去。陈依玄嗓子沙哑,对仙芝说:"趁早去吧!"仙芝抱着心碧和阿金分别上了轿子,陈依玄对小结巴摆摆手,于是小结巴跟在后面一路朝安福寺而去。

安福寺在四牌楼后街,是脂城最古的寺庙,因有镇寺之宝"玉佛",名声远播,香火一直很旺。说起来,仙芝跟安福寺的缘分起于她六岁那年。那年春天,她爹外出贩茶,个把月没有音信,把她娘急得起了一嘴的燎泡。有一天夜里,她娘做了一个梦,梦里她爹被土匪打劫,钱财被抢,人也被捉住,五花大绑,吊在一座庙门前,被打得浑身是伤,血顺着裤裆往下滴。当时,她娘就被吓醒了,醒了之后,抱着仙芝哭,仙芝问娘为什么哭,她娘把梦一说,仙芝也吓哭了,问她娘那座庙在哪里,赶紧去救爹。她娘说就看见是座庙,没看清是哪座庙。后来,仙芝迷迷糊糊睡着了,梦中也续了她娘的梦,梦里仙芝看清了那座庙是城里的安福寺,还听见他爹让她去求菩萨,于是她就求菩萨,菩萨果然显灵,他爹乘着祥云回家来了,仙芝高兴,一下就笑醒了。仙芝醒了之后,再没睡着,天快亮的时候,仙芝把她娘摇醒,缠着娘带她去安福寺烧香求菩萨,她娘被她缠得心烦,就带她去了安福寺。来到安福寺,六岁的仙芝像个小大人似的,烧了香,磕了头,在菩萨面前祷告了半天。许是心诚则灵,在安福寺拜过菩萨之后的第三天,他爹果然回来了,虽说受了伤,好歹命却保住了,钱财也没丢。从那以后,仙芝就信了安福寺的菩萨,逢年过节,就去烧香磕头。她跟陈依玄定亲之后,仙芝心里总是疙疙瘩瘩的,也去拜过菩萨,菩萨托梦给她,说亲上加亲,扯骨连筋,认了吧,于是,她就认了。成亲之后,仙芝也来过,求菩萨送儿送女来,果然不久就怀上心碧了。

从西门外到安福寺不过五里路,一路上仙芝嘱咐轿夫,要在日出之前赶到。轿夫腿脚趱,行将起来也不费事,到了安福寺门前,东方天际才现一抹红晕。毕竟香火旺,前来烧香拜佛的人陆续到了。仙芝下了轿子,把心碧交给阿金抱着,去庙前香烛铺子请了上好的香烛,由小结巴提着,一起进了安福寺。来到大殿前,仙芝嘱咐阿金和小结巴在外候着,自己抱着心碧走了进去。

仙芝此行是为心碧祈福而来,自然要在菩萨面前祷告。一夜的忧思,早已在仙芝心里酿得熟透,怕是能当作戏文来唱了。仙芝来到菩萨面前,先把心碧放在旁边的蒲团上,然后恭恭敬敬跪下,三叩九拜之后,俯在蒲团上,心里默默念道:

菩萨啊,仙芝素来信菩萨,不敢兑水不掺假,认了那门亲上亲,去年出阁到婆家!菩萨啊,仙芝明白一句话,生身已是女人家,为儿为女为个家,如今仙芝作了难,望您显灵救救我那苦命的伢!我的伢,降生落地孤单单,她爹躲难上海不在家,我的伢,她生得白白胖胖像朵花,公家爷家真心真意喜爱她。菩萨啊,仙芝不图儿女大富贵,只求她平平安安能长大。会哭会笑会说话,能亲亲切切喊声爹妈。菩萨啊,我伢前世若有罪,由我今生来赎罪,让伢好生做回人,千万千万饶过她!菩萨啊,大慈大悲的观音菩萨啊……

不知过了多久,腰腿麻木了,仙芝抬起头来,早已泪流满面。日头已升上树梢,仙芝一出大殿,竟觉得日头晃眼,阿金赶紧过来抱心碧,仙芝不让,把心碧紧紧搂在怀里,怕人抢了去似的。阿金只好跟在后面走,走着走着,阿金发现一只蜜蜂一直跟着,绕来绕去,不弃不离,仔细一看,原来是心碧褓被上插着的桃枝带花,蜜蜂才不放过。因怕蜜蜂蜇了心碧,阿金就挥着手帕赶,手都挥酸了,还是没赶走,便由它去了。三人出了寺门,仙芝抱着心碧坐前面一顶轿子,阿金坐后面一顶,小结巴跟在后面,忽忽闪闪,朝西门而去。

事到如今,陈依玄不得不承认,心碧是个孬子。孬子是脂城人对痴呆、傻瓜的叫法。一个伢,不会哭不会笑,不是孬子是什么?不过,陈依玄铁了心要让心碧会哭会笑。人生在世,风风雨雨,苦辣酸甜,说到底,不过就是哭哭笑笑。不哭不笑,来世间走一遭还有什么意思?!按说,这算是世上当爹的人最低的盼望,然而对陈依玄来说却有千般不易。昨夜,陈依玄把家里的医类杂书都翻了出来,《内经》《难经》《医经》《千金方》《肘后备急方》《集验方》《小品方》《医心方》等等,一本一本细心查阅,凡与心碧症状有关的均做笔记,做到心中有数。陈依玄是个有眼界的人,不会只把眼光放在中医上,在仙芝带着心碧去安福寺烧香的时候,便去礼拜堂找安牧师,打听打听西医的情况。

　　来到礼拜堂,安牧师正在给女学上课,陈依玄闲等无聊,在院子乱转,转到耳屋前一扫眼,看见鞠平正在教一群女子识字。这鞠平果然不一般,脚大胆也大,竟敢当先生了!陈依玄很是好奇,轻轻走到窗前仔细看,鞠平竟一板一眼,一毫也不含糊,很有先生的样子。当其时,日头越过礼拜堂的尖顶照耀耳屋,鞠平的身上披着阳光,举手投足间,浑身上下生机勃勃。陈依玄顿时心里一亮:鞠平已不再是黄毛丫头。其实,从小到大,因为两家关系亲密,加之与冯鞠元友好,陈依玄一直把她当作自己的妹妹一样看待。鞠平活泼任性,满脑子里装满好奇,这一点跟陈依玄很合得来。鞠平出落成了大姑娘后,对陈依玄动了情,陈依玄也能感觉到,只是有意回避罢了。就说寄到上海的围巾,陈依玄当时就猜到,鞠平一定是怕她哥冯鞠元多心才有意织了两条。当时,陈依玄还跟冯鞠元开玩笑,说是沾了他这个当哥的光,冯鞠元叹口气,回了一句:还不晓得哪个沾哪个的光哟。这句话仿佛成了话塞子,堵住两个人的嘴,两人都不吱声了。后来,冯鞠元主动跟陈依玄谈起鞠平的事,话里话外都是提醒陈依玄,不能耽误了鞠平,陈依玄不傻,当然听得出来。照实说,陈依玄真没有想耽误鞠平的打算。虽说陈依玄是颗风流的种子,却不是随便在哪家田里都播种的,这一点陈依玄自己清楚,冯鞠元怕是也明白。不过,话虽这么说,剃头挑子一头热,这样的事情自古以来就有,那任性的鞠平认了死理,一时半会儿怕是也摆脱不了。

　　陈依玄正暗自琢磨,忽听一声:"玄哥!"不要看便晓得是鞠平。鞠平笑嘻嘻地跑过来,说:"玄哥,你来有事?"陈依玄说:"找安牧师。"鞠平一听,比陈依玄还急,马上就去找安牧师,陈依玄喊都喊不住。不一会儿,鞠平回来了,说:"安牧师一会就来,请你进去坐。"说罢,像主人似的领着陈依玄往礼拜堂走,陈依玄只好跟着。走着走着,鞠平突然转过身来,说:"玄哥,你脸色不好,病了?"陈依玄摇摇头,说:"没睡好。"鞠平一听,马上站住了,问:"为什么没睡好?"陈依玄不想说是为了心碧的事,就说:"春天燥很!"鞠平认真了,说:"春天犯春困,睡不够才对,你怎么会睡不好呢?"陈依玄就怕鞠平这个认真劲,随便找了个理由,说:"肚子不舒坦。"鞠平看了看陈依玄,说:"你家厨子老沈烧菜油大,还死咸,要跟他说说,春天口味要淡。还有,你不是会配方子吗,配个方子吃吃,老睡不好伤人很!"陈依玄不敢再递话,只好点着头唯唯诺诺。这时候,恰好安牧师下课了,总算把陈依玄从鞠平的关心中解救出来。

在西门,安牧师这个洋人的朋友不多,要数跟陈依玄的交情最深。安牧师是学医出身,来脂城前在南京开过几年教会医院,跟陈依玄见面也有话说。陈依玄多次向安牧师推荐他的偏方,安牧师不拒绝,用了之后总给陈依玄几句表扬。安牧师还曾跟陈依玄学过针灸刮痧拔火罐,陈依玄悉心传授,安牧师一口一个陈先生,这让陈依玄十分受用。陈依玄生性好奇,对西医里的名堂有疑就问,安牧师有问必答,还借给陈依玄几本医书,可惜都是洋文,陈依玄只看懂书中的图画,洋字码一个也不认识,后来发誓要跟安牧师学英文,学了一阵子"爱比西地"的洋字码,甚是枯燥,远没有杂学得味,于是便作罢了。

听罢陈依玄的来意,安牧师瞪着蓝莹莹的眼睛连声惊呼上帝啊上帝,好像上帝就住在隔壁。据安牧师说,心碧目前这种症状,在西医里叫作智障,如不医治,随着年龄的增长,这种病会越来越严重。其病因多多,治疗的方法也不少,只是效果都不理想。陈依玄听罢顿感失望,不过,安牧师紧接着说,他在南京时,曾遇到一个老中医,用针灸治疗效果不错,虽不能根治,却能缓解并稳定病情。陈依玄马上问那位老中医住在哪里,安牧师想了半天,却记不起来,陈依玄也就不再问了。

从礼拜堂出来,陈依玄的神情有些恍惚,刚出巷子,抬头看见鞠平堵在巷口,怀里抱着一个蓝包袱。陈依玄晓得鞠平在等他,勉强笑了笑。鞠平把那个蓝包袱递过来,陈依玄没接,问:"这又是什么?"鞠平说:"拿着就晓得了。"说罢,把包袱往陈依玄的怀里一塞,转身就跑。陈依玄晓得这个包袱不拿是走不掉的,于是拎着包袱往家走,边走边打开包袱,竟是一只枕头,全新绸子枕套,就近闻一闻,一股柏叶的清香。柏叶安神醒脑,脂城人也拿它辟邪。看来,鞠平果真以为他睡不好,特意装了这只枕头。陈依玄停下来，掂了掂包袱，突然觉得好沉好沉。

  阳春风暖，人也越发地懒，陈依玄脚步沉重，双脚仿佛灌了铅一般，来到自家大门前，竟觉得后背冒了一层汗。正这时，只见两顶小轿忽闪闪而来，小结巴跟在后面跑得正欢。陈依玄晓得，仙芝从安福寺烧香回来了。轿子轻轻落定，阿金先下了轿，跑到前头的轿子前，撩开轿帘，从仙芝手里把心碧接过来。陈依玄站在门前一直没动，阿金把心碧抱到陈依玄跟前，让陈依玄看一眼。陈依玄接过来，在心碧的小脸上亲了一下，这时候，一只蜜蜂飞过来，绕了两圈，陈依玄扬手赶了一下，以为蜜蜂飞走了，又在心碧的脸上亲一下，突然，那只蜜蜂嗡的一声直扑过来，陈依玄正要伸手去赶，蜜蜂一下子叮在心碧的额上，只听心碧哇的一声哭了出来。仙芝刚刚从轿子里下来，听见心碧终于哭了，如闻天籁，高兴得大叫："菩萨显灵啊！我伢会哭了，我伢会哭了！"

  陈依玄却没笑，看着心碧额上蜜蜂留下的一珠红点，心中暗叹，苦命的伢啊！

第十二回　偶遇旧友鞠元淂助
　　　　　情有所衷鞠平抗婚

　　吃过毓秀的满月酒，冯鞠元为办新学的事忙了起来，南询北问，东奔西跑，一天到晚脚底板不着地。不过，冯鞠元跑得有劲，除了不负杨乐山的重托，还藏着一份私心，不为别的，为了毓秀。毓秀如今成了冯家光宗耀祖的接班人。自从晓得心碧不会哭笑，冯鞠元和奉莲天天睡前都要逗毓秀笑。毓秀乖，一逗就笑，小嘴咧开，露出嫩红的牙床和小舌头。两口子高兴得要死，认定毓秀是个好苗子，免不了对毓秀的将来展望一番。这天一大早，奉莲两眼一睁就说她爹托梦给她，老秀才说毓秀生在丙午春月，乃为马年之首，一马当先，是块状元的料子。可巧的是冯鞠元也做了一个梦，梦里他爹说毓秀先天沾了奎星的光，奎星主文昌，北斗七星之魁首，定能保佑毓秀为冯家光耀门庭，扬眉吐气。冯鞠元晓得只是个梦，可心底里却当成真事一样。科举废了不要紧，新学又出来了，说到天上去，哪朝哪代也离不了读书人。如今自己办学，培养自家孩子，总归方便些！

　　生源师资暂时可缓，只是校址选择让冯鞠元大伤脑筋。本来，冯鞠元想拉着陈依玄一起跑一跑，又一想陈依玄为心碧的事正犯愁，不忍打扰，于是便自己去找。在脂城东西南北门跑了一遍，冯鞠元最中意西门外官仓巷后面的老木器场。老木器场独门独院，方方正正，偏居脂河护堤边上，幽静开阔，院后和两侧各有一排樟树，粗可比腰，院门正对脂河，站在院中，举目可见千帆竞渡，百舸争流，颇有几分诗情画意。不过，老木器场是城里大户孙乡绅的家业，虽废弃多年，却不愿出让，冯鞠元去谈过两次，人家就是不同意。孙乡绅在脂城是有头有脸的人,他的弟弟在京城做个小官,上上下下都能打通,因此若没人能搭上话,事情是很难办的。冯鞠元不是聪明人却是执着的人,认准的事,一心想办成。本来冯鞠元想动用陈依玄老丈人褚云鹤的关系,可是经多方打听得知,因为生意上的事,孙乡绅跟褚云鹤曾有过节,这事陈依玄怕是使不上力了。不过,又听说孙乡绅跟知县刘半汤处得近乎,两个人常在一起泡澡堂,要是刘半汤出面说句话,怕是有用。要跟刘半汤说上话,还得请陈依玄出面妥当。

来到陈家,仙芝正在天井里抱着心碧晒太阳,阿金一边敲着铜盆,一边喊:"心碧笑一个,心碧笑一个!"若是不晓得内情的人会觉得好笑,冯鞠元晓得内情,不禁心酸。见冯鞠元来了,仙芝把心碧交给阿金抱回房去,站在天井里跟冯鞠元说话。虽说还带着产后肥,但仙芝看上去却很憔悴,胸口前两片湿晕,眉头锁着,脸上却没了过去的神采。冯鞠元问:"依玄在吗?"仙芝摇摇头,说:"一早就出门了,说是去南京。"冯鞠元问:"这时候去南京做什么?"仙芝又摇头,说:"只说去南京,没说做什么。"以往,冯鞠元和陈依玄,无论哪个出门都会事先告知对方,这一回陈依玄悄然出门,连仙芝都不晓得,怕是有不便说的事,冯鞠元也就不见怪了。陈依玄不在家,面对仙芝,冯鞠元突然觉得有点别扭,本想安慰她几句,话到嘴边却说不出口,于是便讪讪地出了陈家。

从陈家出来后,冯鞠元脑瓜里有点乱,总觉得仙芝那眼中无尽的幽怨与自己有关。凭什么这样想,他自己也不晓得。仙芝生下心碧,本该是一喜,没想到却给陈家带来晦气。日子好坏都能过,可伢身上有毛病,心里总是过不去。当年冯家曾托人向褚家提亲,褚家拒绝。若是仙芝果真跟他冯鞠元成亲,就不会有这档子事。人生在世,话说不尽,事也看不尽,是福是祸,就是一转眼的事,哪个也说不准。想到这些,冯鞠元觉得自家的毓秀真是争气,越发地喜欢起来。

走到巷口,迎面来了一匹马,马上一人,身穿团练服,老远就喊他,冯鞠元抬头仔细一看,竟是韩尚文。从上海回来后,听说韩尚文在西乡团练做了师爷。西乡背山临河,历来多匪患,团练办了多年,据说已有千人之众。

说到底团练就是一帮打打杀杀的混家。冯鞠元不相信韩尚文一个秀才能混出什么名堂，怕是只为了饭碗罢了。这时，韩尚文来到近前下马，两个人站在巷口说了会话，韩尚文非要请冯鞠元一起去西津渡吃酒叙旧。冯鞠元不好拒绝，就跟韩尚文一起朝西津渡走。本来韩尚文身上味就重，再添了马身上的臊气，熏得冯鞠元连打几个喷嚏。二人边说边走，抬头一看来到蒋仲之的"馋秀才"卤味铺子前，韩尚文提议不如把老蒋一起喊上，冯鞠元也同意，于是二人就来到"馋秀才"门前。蒋仲之正忙着买卖，抬头看见韩尚文和冯鞠元，马上放下手里的活，迎了出来。韩尚文让蒋仲之关上铺子，一起去西津渡吃酒，蒋仲之头摇得像拨浪鼓，用油纸包了一包杂碎递过来，接着去忙了。韩尚文摇头感叹，这个老秀才一晃成了奸商，一晌的买卖都不错过。

　　冯鞠元捂着鼻子跟着韩尚文来到西津渡富春园酒楼，进了楼上的雅间。雅间临着脂河，推窗而望，可见舟楫点点，帆影绰绰。韩尚文点好酒菜，不多时酒菜布上，二人开始推杯换盏。一上来，自然要说到秀才游行，韩尚文对冯鞠元和陈依玄背了责任出逃小半年甚是抱歉，冯鞠元代表陈依玄表示为大家做事，担责任也是应该的。酒过三巡，韩尚文话多起来，无须发问，便把自己如何入了团练，如何得到赏识，如何过得滋润，都一五一十地说了。说完了自己，就问冯鞠元有何打算，冯鞠元心里有打算却不能说，只淡淡地说受朋友之托，正在筹办一所新学，相中一处校址，却遇到麻烦。韩尚文一听冯鞠元遇上麻烦，马上来了精神，让他说来听听。冯鞠元就把孙乡绅不愿出让木器场的事一说，韩尚文听罢，在桌上蹾了蹾筷子，说："好大事嘛，包在我身上了！"冯鞠元以为他是酒话，没当回事，随便敷衍一句，没再说话。韩尚文虽然酒多了，心里明白，便说："鞠元，你可是以为我说酒话？我韩某好歹是个读书人，晓得君子言而有信，我说包在我身上就包在我身上。你要是不信，天把两天，我让孙家人主动找你，如何？！"冯鞠元见韩尚文认真了，不好扫兴，便说："感谢尚文，今个这酒我请了！"韩尚文说："酒不用你请，自有人请，你我就痛快地喝吧。"

　　不知不觉，二人喝到日头偏西。冯鞠元酒量大，只是稍稍有点头晕，倒没妨碍。韩尚文已至半醉,下楼时东倒西歪,由两个跑堂的搀扶着才没跌跤。走出酒楼,冯鞠元才想起没有结账,便朝柜上去,韩尚文看见了,硬着舌头说:"鞠元,你的钱使不掉,使不掉!"果然,掌柜说什么也不收钱,赔着笑脸送到门外,打躬作揖,目送半天。

冯鞠元想,看来韩尚文混得果然不一般了。

出了月子,天渐渐暖和,洗洗涮涮,奉莲手能沾水,鞠平算是卸下一个大包袱,去礼拜堂上学就少了牵挂。如今女学的人数增加不少,加起来有三四十人,编成三个班,鞠平是个特别角色,在识字班当先生,在其他班当学生。安牧师和罗丝两口子对鞠平越来越有信心,打算正式聘她进女学当先生,当然也劝她最好入教会,鞠平觉得这是大事,得跟她哥鞠元商量,没敢马上答应。在西门,信洋教的并不多,鞠平晓得她哥鞠元对洋教有看法,不会同意她入教。其实,在鞠平看来,只要教人积德行善,不教人学坏,入什么教都可以。

安牧师和罗丝两口子喜欢吃荠菜,一有空就挎着篮子去挖,回来让鞠平教他们做荠菜圆子。荠菜圆子是脂城的一道土菜,安牧师两口子吃得如山珍海味一般。鞠平手把手教过几回,两口子却怎么也学不会。鞠平就笑他们,说洋人终究是洋人,骨子里沾不上这土东西。这一天下午不上课,罗丝约上鞠平一起去脂河西湾挖荠菜。两个人来到西湾,边说边笑,不知不觉间挖了大半篮子,然后肩并肩坐下来歇息。

春天的西湾算得上脂城一景。河滩由香炉岗脚下铺陈开来,直达河湾,河湾里,深处芦苇,浅处蒲草,绿叶紫茎,茂密丛生,如同一幅纱幔。夕阳下,脂河由西南天际而来,从湾里扭身流过,远远看去,宛如一弯新月。罗丝连声感叹这一湾的美景,却没在意鞠平陷入沉思。对二十岁的姑娘来说,春天和美景自然会让她想到男欢女爱,鞠平也不例外。此时此刻,鞠平想起的自然是陈依玄。从上海回来后,陈依玄突然像变了一个人,脸上常有的洒脱笑容一下子不见了。鞠平从哥嫂平时的话里得知,因为心碧,陈依玄正备受煎熬。这事搁在哪个身上也受熬煎,鞠平可以想见。若是别的事,鞠平也许能帮得上,可是孩子的事,鞠平实在无能为力了。正因为无能为力,鞠平才觉得心里沉重,欠了陈依玄好多似的。这时候,罗丝拍了一下鞠平的肩,说:"又在想你的亨利吗?"亨利是《迦茵小传》中迦茵的心上人,鞠平晓得罗丝所说的亨利是指陈依玄,这怕是只有她们两人才明白的暗语。"其实,爱情是权利,但需要运气,"罗丝望着夕阳说,"当然更需要勇气!"鞠平点点头,站起身来,扑了扑身上的草屑,说:"不早了,回吧。"

从脂河西湾到西门有两条路,顺着香炉岗脚下走近一些,沿着河堤走远一些。鞠平走在前面,选了走河堤。河堤上长满了花花草草,踩上去暄腾腾的,脚下软和,心里也跟着软和起来。此时,夕阳染得远近的河水胭脂一般。下了河堤,上西津路,这时候,从西门方向过来几个人,有说有笑,近了才看清,她哥冯鞠元在,蒋仲之在,韩尚文也在。鞠平紧走两步,想跟他们搭话,可是一转脸他们走过去了,鞠平倒省了两句话。这些人怕是又去吃酒,哥哥鞠元从上海回来以后,也变了个人似的,鞠平想这些男人实在搞不懂。

回到西门,鞠平没回家,跟罗丝一起去礼拜堂,教罗丝做荠菜圆子。安牧师两口子住在礼拜堂后面的厢房里,鞠平常来常往,跟在自己家一样。洗切拌,三个人各司其职,说着笑着,不急不忙,一笸子荠菜圆子做好了。吃过饭,又说了一会话,时候不早,鞠平这才回家了。

一进天井,就听奉莲轻轻哼着:"小板凳,两头翘。爹爹叫我捉虼蚤。虼蚤一蹦我一蹦,爹爹讲我不中用。"鞠平隔窗望一眼,奉莲正在灯下哄毓秀睡觉,于是便轻手轻脚进来打招呼,顺便把捎回来的荠菜圆子送给奉莲吃。奶伢的女人胃口好,茶饭大。奉莲见了荠菜圆子馋得口水直淌,因抱着毓秀分不开手,让鞠平一个一个喂她吃,边吃边叫好。日久见人心,自从鞠平侍候奉莲坐了月子,姑嫂关系大为改善,亲亲和和,如同姐妹一般。奉莲一口气吃了四个荠菜圆子,突然一惊,说:"糟了!不晓得荠菜会不会短奶?"这一下把鞠平也问住了。鞠平想了半天,说:"听说过韭菜短奶,没听说荠菜也会,怕是不要紧。"奉莲想了想,说:"还是不吃好,万一短了奶,毓秀可就伤心了!"鞠平自不再劝,便把余下的荠菜圆子收了起来。接下来,姑嫂俩坐在灯下说闲话,句句话离不开毓秀,说得奉莲心花怒放。

这时候,大门响动,不多时,冯鞠元裹着一身酒气进来,非要亲一口毓秀,奉莲嫌他酒气重,不让他挨。冯鞠元倒是自觉,扭头看见鞠平,说:"鞠平呀,正好要跟你说件事。"鞠平说:"哥,有事就说吧,我听着呢。"冯鞠元说:"你也不小了,该选个人家了!"说到这,咂咂嘴,打了一个饱满的酒嗝,"当着你嫂子的面,我说这话,可不是撵你出冯家的门。"奉莲插话道:"男大当婚,女大当嫁。是该论到这事了。再说,就是出嫁了,这里还是你家!"鞠平低着头,没有接话。冯鞠元接着说:"当初爹临终前,给你写了一个字,你还记得吧?"鞠平点点头。冯鞠元说:"记得就好。你可晓得那个'出'字是什么意思?"鞠平不吱声,低头摆弄手指头。冯鞠元突然很激动,嗓门也大起来,说:"'出'字的意思,就是出嫁,出阁,出门,出这个冯家!晓得吧?"鞠平还是不吱声。奉莲看不过去,对冯鞠元嗔道:"你怕是八老爷不在家,九(酒)老爷当家。扯着嗓门死叫,也不怕把毓秀吓着!"冯鞠元眨眨眼,又打个酒嗝,于是放低声音说:"鞠平啊,不管你怎么想,哥嫂都是真心为你好。这些天,我帮你寻了一个人家,说起来你也晓得。"鞠平没吱声,奉莲却忍不住了,问:"哪一个?"冯鞠元说:"韩尚文。"奉莲说:"韩秀才啊,高高大大的,人蛮好!"鞠平听说是韩尚文,鼻子里马上就有一股狐味,脸色顿时变了,腾地站了起来。冯鞠元说:"坐下,听我把话说完嘛。尚文这个人呢,大是大几岁,也不是大好多,家境还说得过去。不管怎么说,人家好歹是个秀才,虽说科举废了,那学问还在肚子里。如今尚文被西乡团练请去了,做了那里的师爷,做人也灵光,世面混得好,别说在西门一带,就在脂城也吃得开!话又说回来,你这个岁数,再等就……"鞠平没等他说完,两步跨出门去。冯鞠元追到天井葫芦架下,说:"这事不能耽误,你好好想想!"鞠平说:"不用想,我不干!"说罢,急走几步,回到厢房,砰的一声把门关上了。过了一会儿,只听冯鞠元隔着窗子说:"鞠平,有的事不能惦着,有的人也不能惦着,该放下就放下吧。"鞠平晓得哥哥话里有话,有的事和有的人专有所指,就是不吭声。这时,冯鞠元的影子贴到窗上,平心静气地说:"鞠平啊,这事真不能依你,不然,我对不起爹娘!"

第十三回　奇方医女毒手大爱
　　　　　　　兄长逼婚至情伤人

　　陈依玄从南京回来,已是半月之后。那时候,脂城的槐花开得一片雪白。陈依玄带回六只箱子,不是什么宝贝,是蜜蜂。从西津渡把那六箱蜜蜂运回西门的途中,落霞似锦,一群蜜蜂嗡嗡地跟在陈依玄身后,前呼后拥,千军万马似的,甚是壮观。脂城周围多的是花花草草,养蜂的却少。往年,每到开春之后,会有外地放蜂人来,直到入秋再往南走。这事若是旁人做出来,西门人肯定觉得奇怪,陈依玄做了,都不以为怪。在西门人看来,陈依玄本来就是个奇怪的人,不做出怪事来,那就真的奇怪了。至于陈依玄为什么买回六箱蜜蜂,不得而知,也没人打探。其实,别说外人不晓得,就连仙芝也不晓得。仙芝晓得的是,陈依玄想做什么是拦不住的,由他去了。

　　陈家后院宽敞,平时是陈依玄散心怡情打五禽拳的地方,沿墙根种满了花花草草。厨子老沈不仅厨艺不错,还会侍弄花草,从春到秋,一院子生机盎然。蜂箱运回后,自然摆在那里,有花有草,又添了一群飞来飞去的活物,僻静的院子更是自然生趣了。

　　这一趟南京之行,把陈依玄累着了。本来就瘦,回来之后,眼睛都陷进眼眶里了,怕是抠都抠不出来,一气躺了两天才算缓过劲来。第三天一大早,陈依玄顾不上去茅厕,趿着鞋先去后院,把蜂箱一一看过,这才放心。吃过早饭,陈依玄照例要喝"陈氏三泡"。头两泡喝过,忽听阿金哐哐地敲起铜盆,喊着"笑一个",陈依玄脑瓜顿时一阵嗡嗡地响,像被雷劈了似的,起了一身的冷痱子,索性最后一泡也不喝了。如今,陈依玄最怕的就是听到敲铜盆,似乎是敲在他的心上。陈依玄回到房里,戴上丝网头盔和手套,然后来到后院。这时候,日头已经出来,陈依玄打开蜂箱,捉了几只蜜蜂扣在一只青花茶盏中,回到前院天井,在石桌旁坐定之后,让仙芝去把心碧抱来。仙芝见陈依玄寒着脸,不晓得他要做什么,便喊了一声阿金,阿金一手拎着铜盆,一手抱着心碧出来了。陈依玄伸手把心碧接过来,抱在怀里。阿金晃了晃手里的铜盆,问:"可是要心碧笑一个?"陈依玄摇了摇头,说:"回房里!"这句话说的声音很沉,口气很硬,不容置疑。阿金以为他们两口子要说私房话,转身离开,仙芝却没动。陈依玄又说了句:"回房去!"仙芝指了指自己,说:"我,也回?"陈依玄说:"你也回!"仙芝慌了,看了看他怀里的心碧,问:"你想干什么?"陈依玄有些不耐烦,板着脸说:"不要问!"仙芝突然有些怕,伸手要抢回心碧,陈依玄不给,突然吼道:"回房去!"仙芝愣了一下,嘴一撇就哭了,边往房里走边说:"依玄,你不能啊,她好歹是条命啊,你不能啊!"

　　日头已上树梢,阳光漫过了高高的屋脊,充满整个天井。心碧睁着一双黑黑的眼睛,似凝视远方,又似目空一切。心碧的眼睛随了陈依玄,大而黑,鼻子和嘴巴小巧,都随了仙芝。说起来,陈依玄头一回这么静静地看着心碧,朦胧之中,仿佛从心碧身上看到了自己的影子。那影子从遥远的过去慢慢走来,跌跌撞撞,穿云越雾,开始有些恍惚,渐渐地越来越清晰,如同镜子一般推到面前。这就是血脉相连?这就是代代相传?老天啊,心碧本该是多好的伢啊!陈依玄长长叹口气,不觉间流出两行泪,泪珠滴在心碧的小脸蛋上,小脸蛋动了一下,陈依玄轻轻把那颗泪珠揩去,绵绵地说:"心碧乖,心碧晓得爹是为心碧好,是不是?心碧晓得的。心碧呀,不要怪爹心狠,爹现在心不狠,将来你要多遭罪啊!"心碧依然目空一切,偶尔眨一下黑黑的眼睛,小刷子似的睫毛轻开轻合,不晓得算不算是给陈依玄的回答。陈依玄的心怦怦地跳着,许久静不下来。"心碧乖啊,"陈依玄轻轻把心碧在腿上放平,说,"爹要动手了!"

　　陈依玄拿起蘸了胭脂的毛笔,在心碧的头上把四神聪、神庭和本神三个主穴一一圈定,再把辅穴百会圈定。笔迹鲜艳,心碧的头上仿佛朵朵桃花绽放。稍后,陈依玄把那只青花茶盏的盖子轻轻移开一条缝,一只蜜蜂钻出来,陈依玄手指一转,轻轻捏住蜜蜂的头,蜂翅震动,陈依玄的手却抖得厉害。"心碧乖啊!"陈依玄默默念叨,额头不禁沁出汗来,定了定神,腾出一只手来按住心碧的头,将蜜蜂尾部对准心碧头上的四神聪穴,轻轻一触,蜜蜂尾巴一勾,蜂针便蜇进心碧细嫩的皮肉。陈依玄闭上眼,仿佛蜂针刺进心碧皮肉的声响,震耳欲聋。这时,只听心碧哇的一声哭了出来,藕节似的手脚跟着舞动。仙芝闻声跑过来,见陈依玄正用蜜蜂蜇心碧,疯兽似的扑过去要抢心碧,陈依玄瞪了她一眼,用手一指,吼道:"回去!"仙芝不敢上前,拍着大腿,急得眼泪直淌,大叫:"她是条命啊!她是条命啊!"陈依玄冷着脸,从从容容地由青花茶盏中捉住蜜蜂,把蜂针对准心碧的神庭穴、本神穴和百会穴一一蜇过,每蜇一下,心碧必哭一次,后来索性大哭不已。仙芝远远站着,不忍看,也不忍听,捂着耳朵,躲在阿金的怀里嘤嘤地哭。陈依玄倒是越来越平静,灵巧苍白的手指仿佛绣花一般,又用蜜蜂把心碧头上几个穴位一一蜇一遍,然后长长地松了口气。这时候,心碧哭得差点憋气,小脑瓜上鼓起了粒粒红包,樱桃似的。陈依玄心疼,紧紧把心碧搂在怀里。仙芝早就忙不迭地跑过来,抱着父女俩一起哭。阿金站在一旁,不晓得该不该劝,只晓得跟着抹眼泪。

让心碧遭受蜂蜇之苦,实属无奈。当蜜蜂蜇心碧的时候,陈依玄心里也像被蜂针刺了一样痛。可是,陈依玄明白,为了心碧,必须下此毒手。唯有以毒克毒才有效。那天在礼拜堂,安牧师偶然提到南京一老先生用针灸治疗小儿痴呆症效果奇好,陈依玄就记在心里了。说到针灸,陈依玄并不陌生,从十几岁开始,他就熟读经络腧穴阴阳调和之说,尤其对银针之神奇更是着迷,常在自己身上试针,颇有体会。不过,银针虽小,事关重大,自然不敢盲从,还得寻师习艺。虽说安牧师记不起那位老先生住在南京何处,但陈依玄相信只要有张嘴,不怕找不到人。到了南京,陈依玄花了三天工夫,终于在新街口一条老巷子口找到了那位老先生。见面之后,陈依玄据实相告,此行拜师,专为救女,老先生深为打动,欣然答应。因陈依玄本来的底子厚实,经老先生一番点拨,几天的工夫就掌握了其中诀窍。老先生见陈依玄习艺心诚,天资机灵,便把自创的一套蜂针疗法传授给他。蜂针治病,兼针、药、灸三效,古书中早有记载,虽不新鲜,却未曾见识。毕竟蜂针有毒,非同儿戏,陈依玄怕伤了心碧,先在自己身上尝试,确认无大妨碍才算放心。于是,陈依玄辞别老先生,从南京城外买了六箱蜜蜂便回来了。蜂针疗法当然算奇法,奇法往往有奇效,陈依玄自然对此深信不疑。不过,这只是开始,可怜的心碧免不了要遭罪了。

冯鞠元得知陈依玄回来,却不得闲去见一面。原因有二,一个是筹办新学琐事缠身,另一个是鞠平这个犟丫头让他烦神。办新学的事,虽说忙,却有了眉目。果然如韩尚文所说,没过几天,孙乡绅就派人来找冯鞠元,答应把旧木器场出租,价钱也可坐下来商量。冯鞠元自然满意,虽不晓得韩尚文施了何种高招,却对韩尚文佩服得很。正因为有这一层,冯鞠元觉得欠了韩尚文一个好大人情。不过,这个人情刚背上没几天,韩尚文便托蒋仲之来提亲,冯鞠元当时觉得韩尚文先施人情,再来提亲,做法未免有些功利。蒋仲之却不以为然,自从做上买卖之后,蒋仲之眼光越发地务实,说韩尚文与鞠平实则是天生的一对地设的一双,两边的条件一摆,冯鞠元也觉得确实如此,当下就应允了。冯鞠元之所以应允,除了双方大体般配,再有就是他一直担心,鞠平心里总惦着陈依玄,天长日久,说不定会弄出大事来,还是尽快把她嫁出去,免得留下后患。

话又说回来,毕竟是兄妹,冯鞠元早料到鞠平不会轻易答应。那大脚丫头识得几个字,又读过几本杂书,心野很。不用说,她喜欢陈依玄,就不会喜欢韩尚文。陈依玄和韩尚文,除了都是男人,里里外外,再找不到一样相似的。一个是清清秀秀,干干净净,一个是五大三粗,邋邋遢遢。单从这一点看,高下自然分明,更不用提其他了。不过,冯鞠元打定主意,这回无论如何也不能由着鞠平的性子,哪怕软硬兼施,一定把鞠平嫁出去。不然,对不起他爹临终前写的那个"出"字。

这些天,冯鞠元给奉莲分派了一桩事就是劝鞠平。有些话,当嫂子的总比当哥的好说。奉莲平日里除了奶伢,正无事可做,欣然从命,一有机会便跟鞠平说,韩秀才长韩秀才短的,没完没了,哪怕从上茅厕说起,都能扯到韩尚文身上。鞠平晓得奉莲当上了说客,也不恼,由她说,一只耳朵进,一只耳朵出,全不当回事。几天下来,奉莲见鞠平油盐不进,有些泄气。冯鞠元马上鼓励,说精诚所至,金石为开,鸭子再老也能炖烂,关键是火候,火候到了,自然水到渠成。

端午前头一天,小结巴送来五斤糯米、一包枣泥和一包莲蓉。冯陈两家走得近乎,逢年过节,你送我还,是常有的事。当时鞠平正好在家,当着冯鞠元和奉莲的面,拦住小结巴,非得问是哪个让送来的。小结巴说:"大大大……"鞠平就说:"大大大……大少爷,还是大小姐?"小结巴脸憋得通红,急得脚在地上死蹭,还是说:"大大大……"鞠平说:"大少爷?"小结巴点点头,鞠平笑了,这才放小结巴走。奉莲正坐在门槛内奶毓秀,看了一眼冯鞠元,冯鞠元晓得奉莲的意思,无奈地摇摇头,没吱声。鞠平哼着小曲去井台打水来,将糯米泡到瓦缸里。奉莲无意问道:"鞠平,你怎晓得糯米是依玄让送来的?"鞠平信口说道:"他晓得我喜欢吃粽子。"奉莲又看了看冯鞠元,冯鞠元再也压不住火,对鞠平说:"狗屎你都喜欢吃!"鞠平愣了一下,眨巴眨巴眼,突然笑了,说:"他要是让人送狗屎来,我就吃!"冯鞠元脸腾地红了,哼了声:"死丫头!"说罢,转身出门了。鞠平并不生气,双手放在缸里搓米,一把轻一把重,跟绣花似的。奉莲赶紧说:"别当真,你哥跟你开玩笑呢!"鞠平直起身来,甩了甩手上的水,笑着对奉莲说:"他是我哥,我还不晓得?!"说罢,扭身回厢房了。

端午那天,鞠平一早就去西湾里打了一捆粽叶,清水洗过,摆在井堰上沥水。吃过早饭,鞠平张罗着包粽子,冯鞠元一见她心肝宝贝似的摆弄糯米就来气,脸沉得怕是要掉下来。奉莲怕他又说难听话,就打发他早早出门去了。鞠平心情极好,先把泡发的糯米淘净,又把麻线洗净,这才把枣泥和莲蓉拿出来,放在鼻子底下闻一闻,说:"好香!"奉莲说:"陈家吃的用的都讲究,怕是不会差!"鞠平用筷子一样挑一点,尝一尝,说:"好甜!"说着,一样挑一团送到奉莲嘴边。奉莲怀里抱着毓秀,转身不便,勾着颈子张嘴接着,咂咂嘴,说:"又香又甜!"于是,姑嫂俩就笑了。

包粽子是个细致活,奉莲抱着毓秀插不上手,坐在旁边掌眼。粽子要小,一两一个,好煮也好入味。鞠平手巧,卷粽叶装糯米填馅儿缠麻线,不过三五下,一个粽子就有角有形了。奉莲旁边看着,自愧弗如,由衷地赞道:"鞠平呀,就凭你这双巧手,韩秀才娶了你,真是天大的福气!"鞠平说:"他没这福气!"奉莲笑,说:"跟嫂子说话还绕弯带拐的,韩秀才没那福气,哪个有?"鞠平说:"哪个都没有!我不嫁人!"奉莲说:"鞠平,可别说赌气的话,该嫁还得嫁。凭良心说,有你这小姑子,我真舍不得你嫁出去。可是,男大当婚,女大当嫁,不然人家会说闲话!"鞠平说:"嘴长在人家身上,人家嘴痒,我也管不着!"奉莲不是那种能说会道的人,又想说出点道道,想了半天才说:"鞠平,跟嫂子说实话,你可是看不上韩秀才?"鞠平说:"说不上看上看不上,没缘分!"奉莲说:"那你跟哪个有缘分?"鞠平停下手中的活,看了看奉莲,说:"有缘人!"奉莲的话头一下被卡住,半天没接上话,正好毓秀一泡尿把她怀里弄得精湿,于是借机抱上毓秀回房换衣裳去了。

鞠平包完粽子,上锅煮了,不多时屋檐下便飘出粽香。已是响午时分,冯鞠元回到家里,一家人围在一起吃端午饭。鞠平把粽子端上来,热腾腾地飘一屋清香。鞠平和奉莲吃着赞着,那馋劲比糯米还黏。冯鞠元却不吃,奉莲把粽子剥好递到他手上,还是不吃。一人向隅,举座不欢,何况一家之主!一顿饭吃得疙疙瘩瘩,将吃完的时候,鞠平正要收拾桌子,冯鞠元突然说:"鞠平,我跟你说一声,喜日子择好了,六月初六!"鞠平慢慢转过身来,看着冯鞠元,说:"我不嫁!"冯鞠元寒着脸,说:"这事不能依你,不嫁也得嫁!父母不在,长兄为大,这事我说了算!"鞠平说:"我自己的事,我说了算!"冯鞠元一拍桌子,喝道:"死丫头,没大没小,你眼里还有我这个哥吗?!爹临终时写的那个字就不管用吗?"鞠平低着头,浑身发抖,抬起头时已满眼盈泪:"哥,爹写的字管用。"冯鞠元说:"管用就好!这事就这么定下了,过天把让你嫂子陪你去城里看看嫁妆!"鞠平摇摇头,突然说:"哥,爹写的是不是个'出'字?"冯鞠元不耐烦,说:"是!出嫁的出!"鞠平说:"不!那不是出嫁的出!"冯鞠元说:"那不是出嫁的出,是什么出?"鞠平突然冷冷一笑,说:"出家的出!"说罢,抹着眼泪跑出门去。奉莲放下毓秀,赶忙去追,追到门外四下一看,已不见鞠平的踪影。

冯鞠元气得实在够呛,站在天井葫芦架下叹了一会气,噔噔地出了门。冯鞠元不是去找鞠平,而是去找陈依玄。鞠平惦着陈依玄,陈依玄不呆,怕是早就晓得。冯鞠元明白事理,这事怪不得人家陈依玄,只怪自家妹妹死脑筋,剃头挑子一头热。俗话说,解铃还须系铃人,既然鞠平心里惦着陈依玄,就让陈依玄出面劝劝她,或许能让那大脚丫头死了这条心。

来到陈家,陈依玄刚刚放下饭碗,正剔着牙准备喝茶。冯鞠元进来不由分说,便把陈依玄拉到后院。陈依玄见惯了他急火火的样子,也不奇怪。冯鞠元把鞠平的事前前后后一说,陈依玄没吱声,蹲下身来摆弄蜂箱。冯鞠元也跟着蹲下来,说:"依玄,我晓得,你一直把鞠平当亲妹妹一样看。这回,你得出面,好好劝劝鞠平,六月初六就把她跟韩尚文的婚事办了。她不小了,再等就成了老姑娘,到时连韩尚文这样的人家都找不着!"花池拐角结了一张蜘蛛网,一只蜜蜂粘在上面挣扎,陈依玄起身把它救下,慢吞吞地说:"韩尚文有什么好?"冯鞠元一愣,支吾半天,说:"依玄,你什么意思?"陈依玄说:"韩尚文配不上鞠平!"冯鞠元没料到陈依玄也会反对这门亲事,双眼瞪得溜圆,说:"依玄,你我亲如兄弟,你可不能害鞠平啊!"陈依玄看上去很平静,说:"鞠平自小没娘疼,心里够委屈了,如今你又逼她嫁人,岂不让她委屈一辈子?!"冯鞠元一时有点糊涂,说:"依玄,我本来是请你劝鞠平,不承想你倒先劝起我来了!"陈依玄说:"别的事,我可以劝她,这事,我不劝!"说罢转身就走。冯鞠元有点恼火,快步追到窗下,一把抓住陈依玄的胳膊,说:"你给我说清楚,你心里到底有什么打算,是不是……"陈依玄慢慢回过头,眯起眼来,指着自己的鼻子,压低声音,说:"有什么打算?你看看我如今过的是什么日子,就晓得了!"冯鞠元一下被震住了,呆呆地张着嘴。一只蜜蜂飞来,不偏不倚,正叮在嘴角,冯鞠元忙用手去赶,蜜蜂屁股一勾,冯鞠元"哎呀"一声,虎口处顿时起了个红包。

这时候,前房后窗帘突然撩开,仙芝探出头来,问:"拉拉扯扯地,干什么呢?"陈依玄淡然道:"鞠元上火了,要我用蜂针给他蜇一蜇合谷穴。"仙芝笑了笑,说:"上火喝菊花呀,非得挨那蜂子蜇?"陈依玄笑了笑,说:"你还不晓得他这人,自小就犟!"仙芝摇摇头,说:"该蜇!"说罢,悠悠地放下了帘子。

第十三回　奇方医女毒手大爱　兄长逼婚至情伤人

第十四回　狠兄长乱点鸳鸯谱
　　　　　辣小妹怒做洋尼姑

　　新学进展顺利,旧木器场租了下来,价格也还公道。杨乐山抽空从上海回来一趟,看了校址非常满意,对冯鞠元颇为赞赏。杨乐山回来,自然要跟陈依玄和冯鞠元商议新学的下一步进展。因为要给心碧治病,且怕麻烦,陈依玄明确表态出资入股,但是平时不管事。冯鞠元荷包干瘪,拿不出钱来入股,愿意出力。各有难处,杨乐山表示理解。三人初步商定,新学由杨乐山和陈依玄出资筹办,日后根据实际发展逐渐吸纳股东,冯鞠元代理学校校长之职,当务之急是抓紧筹办,不误秋季开学。办学如同做买卖,招牌是少不了的,杨乐山留过洋,希望新学的名字不要老一套,陈依玄费了一晚的工夫,起了一个名字:"天择新学",取"物竞天择,适者生存"之意,合了卦,以为大吉,杨乐山觉得好,冯鞠元也觉得好,于是便定下了。

　　冯鞠元做了校长之后,印了西式的名帖,装在杨乐山送他的洋皮包里,逢人就散,脸上着实风光。自此,西门人见面,不再称呼他冯秀才,渐渐改口喊他冯校长了。这一天傍晚,冯鞠元正在旧木器场督促泥瓦工修缮房子,忽闻一阵马蹄声脆,抬头一看,韩尚文已在门前下马,于是迎上前去。自从托蒋仲之做媒把话说开之后,韩尚文便把蒋仲之撇开,直接跟冯鞠元谈他和鞠平的婚事。本来都是熟人,少了中间人,沟通起来倒是更为方便了。隔三岔五,韩尚文便会跟冯鞠元见一面,扯东唠西,喝酒闲逛,却只字不提婚事。冯鞠元不傻,晓得韩尚文不提婚事,不等于不想,只字不提比话挂在嘴上还要逼人。端午那天,鞠平负气跑到礼拜堂住了几天,那大脚丫头脾气倔,冯鞠元也怕把鞠平逼出什么事来,这才把鞠平出嫁的事撂一撂,回头跟韩尚文解释,韩尚文倒是沉着,说姑娘家一时想不通,也在情理之中,让她再想想,等想通了再办也不迟,一年三百六十五天,吉日子多得很,不一定非得六月六,从长计议吧。话虽这么说,从长计议当然是好,夜长梦多也不能不防,总之冯鞠元免不了着急。和以往一样,这一回,韩尚文还是只字不提跟鞠平的婚事,只说一起吃闲酒。韩尚文如此放松,在冯鞠元看来却成了一种大度,于是对这个未来妹夫更加认可。这样一个豁达明理的男人,鞠平若不嫁他简直太糊涂了。

　　本来,冯鞠元提议把蒋仲之叫上,多一个人喝酒多份热闹,韩尚文不同意,说老蒋那奸商只晓得挣钱,还是不打扰他吧。天气炎热,候到将近日薄西山,二人乘着凉爽,一路奔西津渡而去,来到富春园酒楼,选了靠窗的雅间坐定,不多时酒菜一一布上,二人举杯共饮。欢饮正酣,掌柜亲自端上一只南瓜状黄釉瓦罐,赔着笑脸,说:"小店新上一道特色菜'锦囊妙计',请韩师爷尝尝。"韩尚文眼皮都不抬一下,说:"什么'锦囊妙计',不就是猪肚子包鸡吗?"掌柜说:"韩师爷果然见多识广,那就不打扰了。"韩尚文摆摆手,掌柜便哈着腰退了下去。冯鞠元头一回听说这菜,随手揭开瓦罐,顿时浓香扑鼻,一团热气飘过,但见靓汤之中浮着一只猪肚,鼓胀如球,用筷子轻轻一划,猪肚即裂,露出一只黄澄澄的鸡身来,再把鸡身一划,鸡头鸡翅鸡爪连同鸡心鸡肝鸡胗,如菊花绽放般次第展露出来。冯鞠元不禁赞叹,好一个锦囊妙计!韩尚文一副见多识广的派头,耷拉着眼皮,端起杯子独自呷酒,冯鞠元一时显得很无趣,于是也端起酒来。

　　到这时,冯鞠元突然想到一个问题,这掌柜的凭什么对他韩尚文这般巴结?由此不禁联想到,那大名鼎鼎的孙乡绅又为什么给他韩尚文面子?这两个问题碰到一起,最终成了同一个问题:一个团练的师爷,凭什么混到如此境界?想至此,冯鞠元举起杯,说:"尚文,你这个师爷做得果然厉害,看来入团练这一步算是走对了。"韩尚文说:"对不对且不说,日子过得还算舒心,你都看见了,走到哪里都有人买账,足矣!"说罢,举杯一饮而尽。"就凭这,已经不容易了!"冯鞠元放下酒杯,伸着颈子,说,"不过,我就想不通,你刚入团练不到一年,何以混得有里有面的?这酒楼掌柜对你恭恭敬敬且不说,连城里的孙乡绅都买你的账!"韩尚文淡淡一笑,欲言又止,端起酒来又放下,如此两三回之后,压低声音说:"那老家伙不是买我的账,是买'青皮帮'的账!"冯鞠元当下一惊。那"青皮帮"是脂城一带有名的帮会,总堂设在蜡烛山里,吃拿卡要,绑票打劫,什么事都干得出来。脂城一带大人吓唬伢们,就把青皮帮搬出来,再捣蛋的伢们一听立马乖。见冯鞠元一脸惊诧,韩尚文接着说:"去年因为码头上的生意,孙乡绅得罪了'青皮帮'。今年开春,'青皮帮'谋划要绑孙乡绅的票,老孙得信后吓得不敢出门,托人找到我,由我出面调停,他才破财免灾。"冯鞠元不禁一愣,缩回颈子,问:"还有这事!那你怎么跟'青皮帮'挂上钩的呢?"韩尚文又耍了几下酒杯,说:"实不相瞒,青皮帮如今的坐堂大哥赵九子是我表姐夫!"冯鞠元把身子往后靠了靠,盯着韩尚文一会儿,说:"尚文,那帮人还是少打交道为好!"韩尚文笑了笑,说:"这我自然心里有数!其实,赵九子跟你我一样,原本也是读书人,只是运气不好,连个秀才也没中,一气之下入了'青皮帮',算是找了条出路。"冯鞠元说:"中不了秀才就落草,这条出路选得奇!"韩尚文说:"要是朝廷早把科举废了,说不定赵九子还不会落草呢!"冯鞠元说:"这么一说,这事得怪朝廷?"韩尚文说:"不怪朝廷怪哪个?!"冯鞠元想了想,这事确实得怪朝廷,于是点了点头。

二人喝得酒意阑珊,摇摇晃晃地出了酒楼,悠悠荡荡地往西门走。本来不过二三里的路,因为脚下不吃劲,走走停停,停停走走,三更时分还走在半路上。不过,一路上,无论走或停,二人的嘴都没闲着。别看韩尚文醉得晕头鸡似的,嘴巴却把得住,该说的说,只字不提成婚的事,最后倒是冯鞠元忍不住了。冯鞠元是那种酒多话才多的人,有些话不借酒劲说不出来,酒劲上头,脑瓜一热,嘴巴一张,话就脱口而出了。韩尚文由着他说,也不搭腔。冯鞠元拍着韩尚文的肩膀,问:"尚文,我就鞠平这一个妹妹,你说我心疼不心疼?"韩尚文说:"心疼!"冯鞠元说:"晓得就好,你说实话,你是不是真心喜欢我家鞠平?"韩尚文拍着胸脯说:"真心!"冯鞠元说:"空口无凭,你、你、你赌咒!"韩尚文说:"赌就赌!"说着,双膝一软,扑通一声原地跪下,仰起脸来,冲着满天星斗,说:"老天爷在上,我韩尚文真心喜欢鞠平,若有二意,五雷轰顶!"冯鞠元摇头,说:"嗓门太小,老天爷听不见,重来!"韩尚文刚刚爬起来,又扑通跪下,亮开嗓门,说:"老天爷在上,好好听着,我,韩尚文,真心喜欢鞠平,若有二意,五雷轰顶!"冯鞠元哈哈大笑,一把把韩尚文抱住,说:"好妹夫!这样我就放心了!"韩尚文也笑,二人疯子似的笑了一阵,冯鞠元突然说:"尚文呀,我有一句话,你一定要记住!"韩尚文说:"请讲!"冯鞠元说:"鞠平从小受了不少屈,你一定要对鞠平好!"韩尚文说:"一定!"冯鞠元说:"好!有你这句话,不出夏天,我冯鞠元一定把鞠平嫁给你!"韩尚文说:"不急不急,我能等!"冯鞠元说:"你能等,我不能等!"

礼拜堂女学增办了一个夏季蒙学班,安牧师委托鞠平全权负责。头一回接下这么大的事,鞠平自然兴奋,更是认真。蒙学班里的伢岁数小,要操心的事实在不少。当过一阵子先生,鞠平有些经验,很想把这经验在蒙学班里推广,这样一来就更是繁忙了。

一大早,鞠平做好早饭,去喊哥嫂,喊了三遍,也没喊来。奉莲照顾毓秀,穿衣喂奶,把屎嘘尿,七事八事,总要耽搁一时半会儿。冯鞠元头天晚上吃多了老酒,赖在床上怕是一时半会也起不来。鞠平因急着去学堂,便不等哥嫂,盛碗饭坐在灶间独自吃起来,刚吃了几口,只听厨房纱门一响,哥哥鞠元走进来,脸拉得好长。

鞠平忙放下饭碗给哥哥盛饭,双手递过去。冯鞠元却不接,清了清嗓子。鞠平晓得他有话要说,想把那碗饭放到灶台上,没等鞠平转过身去,冯鞠元说话了:"今个你哪里都别去了!"声音不高,却很霸道。鞠平没吱声,冯鞠元接着说:"吃过饭,跟你嫂子一起进城。"鞠平还是不吱声,冯鞠元再接着说:"看看嫁妆,该买的就买吧。"鞠平说:"我不去!"冯鞠元眼一瞪,说:"不去也得去!"鞠平的脸唰地白了,当着冯鞠元的面,啪的一声把那碗稀饭摔到地上,黏糊糊的稀饭溅了冯鞠元一身,冯鞠元吓得连连后退。这时候,奉莲正好赶到,见地上一只碗摔得稀碎,一摊稀饭糊了满地,吃了一惊,还没等她发问,冯鞠元气得手直抖,指着鞠平,说:"死丫头,你想翻天?!"鞠平说:"我没本事翻天,我出家!"说着,解下围裙,出了大门。

鞠平所说的出家,其实是入洋教。脂城一带,私底下一直把安牧师称作洋和尚,把礼拜堂称作洋庙。因此,入了洋教就算当了洋和尚或洋尼姑,自然也算出家了。其实,对鞠平来说,走到这一步也是迫不得已,不管是洋和尚还是土和尚,总是好说不好听。这些年,虽说鞠平跟安牧师两口走得近,也尊重他们的教会,但是入教的事还没有考虑过。早在端午节之前,鞠平就想到这一招,这是没有办法的办法,是哥哥鞠元逼出来的办法。得知鞠平的处境,安牧师两口子深表同情,就问她有什么需要帮助的,鞠平说,我这事怕是哪个也帮不上!罗丝说,只要你入了教,上帝就会保佑你!鞠平说,让我想一想。那时候,鞠平之所以要想一想,是对哥哥还抱一线希望,也许哥哥会想通,不再逼她嫁给韩尚文。本来,这几天风平浪静的,鞠平稍稍放了心,以为事情已经过去,没想到哥哥冷不防杀了个回马枪。这一回,鞠平实在受不了了!

按说,在西门,入洋教不算稀罕事,旁人做了,西门人也许不会大惊小怪,鞠平做了,情形就大不一样了。不是说鞠平这大脚丫头在西门有多么扎眼,而是她把"出家"这事闹得风生水起,家喻户晓了。

入洋教的程序并不烦琐,鞠平从小就看过。人往十字架前一跪,当着牧师的面发一通誓,牧师洒几滴圣水在额头上,就算受洗了,也就成了上帝的小羊羔了。那天,鞠平在礼拜堂正正规规受了洗礼,就算正正规规"出家"了。之后,鞠平去把蒙学班的伢们安排好,跟罗丝告了假,便回家了。那时候,冯鞠元还在房里生闷气,奉莲一旁给毓秀喂奶,有一句没一句地在劝他。鞠平一进院门,便说:"哥,我的事你别操心了,我出家了,刚刚受了洗礼!"冯鞠元翻眼看了看鞠平,霍地站起来,抄起扫帚,劈头盖脸就打过来。鞠平一动不动,任由他打。冯鞠元怕是真气急了,下手也狠,一扫帚下去,扫帚秒子打断好几根。奉莲一见动起手来,赶紧把奶头从毓秀嘴里拔出来,毓秀没了奶吃,自不乐意,当下哇哇大哭。奉莲顾不了太多,抱着毓秀冲上去,一边拦着冯鞠元,一边喊:"鞠平,快跑!"鞠平不跑,头一直扛着,嘴角还带着笑。奉莲急了,喊:"鞠平你呆呀,还在那死扛着,打的不是你的皮肉呀？"鞠平就是不跑，就在那死扛着。奉莲见劝不动鞠平，转过来劝冯鞠元："她可是你亲妹妹，你怎下得了手呀！"冯鞠元不依不饶，说："别拦我，我非打死这个死丫头！"毓秀没见过这阵势，在奉莲怀里受了惊吓，哇哇地哭得更凶。奉莲又要哄毓秀，又要拦冯鞠元，实在顾不过来，索性撤身闪到一旁，跺着小脚冲冯鞠元喝道："不拦你，有本事你把她打死试试瞧！"这一喝倒是管用，冯鞠元顺势停下手来，借坡下驴了。鞠平不急不忙，理了理额前的乱发，掸了掸身上的扫帚秒子，然后，拎起井台上的一只铜盆，捡一截树枝，理直气壮地出了门。奉莲追上几步，问："鞠平呀，你拎着铜盆做什么？"鞠平头也不回，说："我跟街坊邻居说一声，让他们都晓得，我鞠平出家当洋尼姑了！"

　　这一回，鞠平可不是开玩笑。一出大门，便哐哐地敲响了铜盆，一边敲一边喊："老老少少，街坊邻居都听好，从今个起，我鞠平就出家了！"一路敲着一路喊，走上西津路，有意拐到"馋秀才"门前，哐哐敲两个，喊："蒋二先生，我出家了，你晓得吧！"蒋仲之被问得莫名其妙，说："这丫头，大热的天不在家歇着，肇什么事呢！"鞠平说："我真出家当洋尼姑了，往后你这铺子要是出个什么事，我来替你祷告，不用你担人情！"蒋仲之马上板起脸来，说："你这丫头胡扯巴拉，也不说些吉利话，我这小铺子能出什么事？！"鞠平说："那可不好说，吃鱼也会卡嗓子，喝凉水还有塞牙的时候呢！"蒋仲之摇摇头，怕是也晓得鞠平的厉害，挥挥手表示投降，埋头忙自己的买卖了。

　　鞠平并不罢休，一路喊到西津路十字路口，引来好多人围观。鞠平是个人来疯，人越多，喊得越欢，觉得不过瘾，又折回头来，一面哐哐地敲着铜盆，一面喊："街坊邻居都听着，我鞠平从今起出家了，麻烦互相转告一声，鞠平谢谢你们了！"说来也巧，鞠平正敲着铜盆喊着，迎面见韩尚文骑着马往西乡的路上去，鞠平斜插跑上前去，拦在马前，冒不失哐哐敲两下，把马吓得直尥蹶子，险些把韩尚文从马背上掀落。韩尚文勒住缰绳，说："啧啧，你这是干什么？"鞠平仰着脸，笑眯眯地说："韩师爷，你可晓得，我出家了！"说着，又哐哐敲两下，"真的，要是不信，你去问问！"韩尚文上下打量鞠平一番，脸上不尴不尬，干巴巴地笑了笑，说："晓得了，晓得了！"说着，打马上路,扬尘而去。

　　那时候,日头正毒。鞠平果真用了力气,来来回回走了两趟,嗓子都喊哑了。

第十五回　贪小利仲之惹祸端　融中西依玄定霍乱

自从入了伏天，脂城一带没有落过雨脚，脂河水连连下落，西湾里的芦苇和蒲草都卷了叶，点把火就能着。知县刘半汤设坛祈雨，杀猪宰羊，焚香烧纸，磕头作揖，热热闹闹地摆了两三回，只求来天边几絮淡云，清汤甩蛋花似的。有人说这场大旱几十年不遇，也有人说是百年不遇，几十年也好，百年也罢，遇上了只好硬着老颈挺着。刘半汤一趟趟挥汗体察民情，晒了一身痱子，到头来听到的全是民怨声声。无奈，老天当家的事，知县也没法子，只好耷拉着脑瓜跟百姓们一起干熬，私下里那两只耳朵怕是也没少遭罪。

说起来，与往年相比，陈依玄真是受罪了。因为大旱，脂河河水细了，北方的大船下不来，冰块运不到，他家的冰窖只好空着，冰镇西瓜吃不成，冰水也喝不上，只好自配了几种消暑败火的方子来祛暑。无奈之中，陈依玄测了一卦，说不到迎秋，脂城怕是没雨可下。陈依玄的卦很灵光，西门人只好忍着酷暑等雨了。西津渡码头上扎下一片大小船只，撅在那里有如渴死的河蚌。船动不了，人却能动，船上老老少少扛不住暑气，便上岸闲逛纳凉，这样一来，西门一带更是热闹了。

船民纷纷上岸，西门热闹起来"馋秀才"的生意越发地兴旺。这些天，蒋仲之忙得小腿转筋，却乐得合不拢嘴。那帮南来北往的船民，长年在河上漂着，大都是吃了上顿不想下顿的主儿，荷包里有俩钱，从来不会亏待自己的嘴巴，卤味正好是下酒的好菜，自然顿顿离不开了。头几天，不到晚半响,蒋仲之铺子里的卤味就卖个盆光碟净,早早就打烊了。自从做上买卖,蒋秀才眼光落到实处,心眼也变得越发地活络,见这上门生意好做,回家便催促赵氏多多备货。赵氏最得意听这话,仿佛银子在耳畔叮当作响。饺子好吃不论皮,萝卜好卖不洗泥,以往不敢拿出来卖的粗糙货,如今一上来就被抢个精光。这样的买卖,从未遇见,怕是老天爷开了眼,有意眷顾,不然哪来这等福气?既然如此,要是不珍惜,那就是呆瓜!于是,再粗糙的货色也敢备上了。

这一天,蒋仲之早早来到铺子,刚刚下了铺板,见一条壮汉捂着肚子找上门来。那壮汉二话不说,上来就把蒋仲之的胳膊攥住,下手很重,勒得蒋仲之牙直龇。蒋仲之被弄得莫名其妙,伸着老颈跟人家发火。壮汉火气更大,说昨晚吃了你家的卤味,兄弟几个上吐下泻折腾一夜,有两个已经爬不起来,你要说个明白,给个交代。蒋仲之终于明白怎么回事,摆开架势跟人家论理,说我家卤味吃的人多着呢,别人吃了都没事,偏偏你们吃了上吐下泻,那就不能怪我家卤味有毛病,只能怪你们的肚肠不争气。壮汉一听,怒目圆睁,指着蒋仲之的鼻子说,你卖坏东西吃坏了人,不认账不说,还不晓得说句人话,真是黑了心肠,看我不捶扁你!说着,举拳要打。正这时,呼啦啦,又有几个人捂着肚子跑来,一样地要来讨个交代,蒋仲之一见大事不好,好汉不吃眼前亏,想趁机溜掉,没承想被几个人上去掐住老颈按倒在地,七手八脚,一顿饱揍。这群人揍了蒋仲之还不解气,冲上去把铺子砸了个稀里哗啦,连门头上的"馋秀才"招牌也揭了下来。蒋仲之被揍得鼻青脸肿,趴在地上连声哼哼,眼看着人家在那招牌上一脚接一脚地踩,心疼得不行,却一毫办法也没有。

若是事情到此,蒋仲之吃个闷亏,捏着鼻子不吱声也就罢了。问题是,事情远远没有结束,而且越闹越大了。

蒋仲之捂着脸跑回家时,连急带怕,通身早已汗透。这样的事,蒋仲之头一回碰上,自然心里没底。一两个人吃坏肚肠不要紧,一帮人都吃坏了肚肠,一定是卤味有问题。蒋仲之思来想去,这问题一定出在赵氏备的货上。那时候,赵氏正在案子前剁肉,一把快刀在她手中呼呼生风,刀起刀落间,浑身膘颤。蒋仲之进门后,险些被一群苍蝇架走,凄歪歪地大叫一声大事不好。赵氏停下手中的快刀,见自家男人鼻青脸肿,厌沓沓地,以为跟人家干仗吃了亏,二话没说,提上快刀就去找人拼命。蒋仲之拦腰将她抱住,把前面的事一五一十说来,接着便问:"你跟我说实话,这几天你备的货有没有毛病?"赵氏眨巴眨巴眼,想了半天,说:"按说没有。"蒋仲之急得直拍腿,说:"亲姑奶奶哟,有就是有,没有就是没有,按说没有,到底是有还是没有?"赵氏撩起汗衫揩把脸,说:"这几天吧,东乡来人送了几头死猪,说是伏天热死的,要价便宜很,我就收下了。"蒋仲之问:"那猪真是热死的?"赵氏说:"我又没跟在猪屁股后头,人家说是热死的,就是热死的!"蒋仲之一听,顿时头就大了,追问:"照你这样讲,这几天卖的都是死猪肉?"赵氏不耐烦,把刀往案子上一剁,吓飞一群苍蝇,愤愤地喝道:"废话!不是死猪肉,难道是你的肉啊!"蒋仲之听罢,一屁股坐在门槛上,头耷拉到裆里,说:"完了完了,你这回可惹下大事了!"赵氏说:"放你的猪屁!卖肉是正正经经的生意,能惹什么事?照你这么说,老娘卖了这么多年肉,早该砍脑瓜了!"蒋仲之晓得跟这赵氏说不出名堂,捂着脸往外走。赵氏说:"你给我回来,鼻青脸肿地往外跑,也不怕人家笑话!"蒋仲之回过头来,叹口气道:"光是被人笑话也就罢了,这一回,怕是要吃官司了!"赵氏撇了撇嘴,说:"呔!几个人拉稀就把你吓得滴尿,真尿!"

正说着,忽听大门外一阵脚步声,接着大门被拍得哐哐生响,蒋仲之以为人家找上门来,吓得小腿直抖。赵氏实在看不惯胆小的男人,摇了摇头,提着快刀上前开门。门一开,却见几个县衙的官差站在那里。赵氏连连后退几步,问:"你们这是做什么?"官差说:"蒋二先生在吗?跟我们走一趟吧。"赵氏说:"他不得闲,我家还要做买卖呢!"官差说:"做买卖?你家的卤味吃坏了人,这买卖怕是做不成了!"赵氏说:"呔!不就几个人拉稀嘛,有什么大不了的?!"官差不耐烦,喝道:"有什么大不了的?你带着鼻子去闻一闻,西门都快成臭茅缸了!"赵氏还要啰唆,官差把眼一瞪,说:"既然你这妇人嘴不厌,那就一起去县衙说说吧!"蒋仲之见官差动怒,马上冲上来赔礼,说:"各位,别跟妇道人家一般见识,这事跟她无关,我跟你们走!"

第十五回　贪小利仲之惹祸端　融中西依玄定霍乱

099

不过两天的工夫，西门一带便有近百把人染上了拉稀。大大小小的茅厕人满为患，路边塘堰，房前屋后，草窠树丛，时时可见拉稀者出没的身影。一时间，暑气蒸腾，臭浪滚滚，群蝇乱舞，西门一带简直与臭茅缸无异。

知县刘半汤提审蒋仲之，蒋仲之如实供述。刘半汤揪着耳朵听完，吓得不轻。早前，脂城东乡呈报县里，说多日来出现畜瘟。不用说，蒋妻所收的死猪必是瘟猪，西门此疫便由那瘟猪而起无疑了。乡下的猪瘟，进城变成人瘟。知县刘半汤晓得大事不好，马上召集城里的大小郎中，连同教会的西医一起想办法，陈依玄自然也在特邀之列。

西门出了霍乱！这一点中西医家都不存异议。但是，至于如何疗救，分歧却很大。本来，刘半汤请中西医家来寻方救人，没承想中西医家坐而论道拿嘴皮子较量，当场争得脸红脖子粗。刘半汤的耳朵早就揪得通红，忍不住说："都别争吵，是骡子是马拉出来遛遛，能把拉稀的屁股给我堵住，就算本事大。"结果，中医西医，各施各法，试了两天，虽有效果，终不太好。刘半汤又把众医家召到一起商议应对之策。

陈依玄没有参与中西医家的争论，不是没话说，而是觉得没什么意思。在陈依玄看来，中西医家各有各的道理，若是合在一起，去粗存精，就更有道理。西门病人的症状大体一致，吐泻骤作，吐物腐臭，烦躁不安，口渴欲饮，加之小便短赤，舌苔黄糙，脉象滑数，中医断为霍乱暑热症无疑。治疗此症，古人多用清热避秽法，方用《霍乱论》中"黄芩定乱汤"加减。然而西门此疫，由瘟猪引起，有必要在源头上多加考虑，对症下药。一番思考之后，陈依玄提出西医中医应各展其长，中西结合，且治且防，得到一致认同。陈依玄开出一个方子："青龙定乱汤"。此方由古代治瘟名方"大青龙汤"而来，依据西门病人的症状，陈依玄保留定乱古方中君臣药，将方中佐使药做了加减，宜防宜治。刘半汤以为可行，督促中西医家联手，果然收效奇佳。

不几日，疫情得以控制，刘半汤松了一口气，为感谢陈依玄，亲笔写下："妙手依玄"四个大字，颜体风度，一丝不苟，甚是庄严端正。当天，命人做成金字匾额，敲锣打鼓送上门去，那阵势好不热闹。说起来，真正帮了大忙的还是老天爷。当天后半晌，西南天际漫上乌云，天将黑前，一阵腥风卷来,几声炸雷过后,天裂了似的,大雨瓢泼而降,昏天黑地的,直下了两天两夜。将西门一带满地的污秽,连同瘟神的魅影,一并冲进滚滚的脂河,荡然而去。第三天,雨过天晴,西门一带清风送爽,风和日丽,西津渡码头里,高高低低的白帆次第张开,远行而去了。

且说蒋仲之被关押之后,赵氏三番五次来求陈依玄出面,找刘半汤求情,把蒋仲之保出来。自从蒋仲之被捕之后,那赵氏仿佛变了一个人,按陈依玄的说法是,变得越来越像个妇人了。这话听起来虽刻薄,却是实情。不看僧面看佛面,陈依玄自然不能驳这个面子,便去求刘半汤。刘半汤刚刚得过陈依玄的帮忙,当然也不好驳陈依玄的面子,当下答应放人。本来,按大清律例,奸商肇事,后果严重,至少要处以杖责,陈依玄考虑到老秀才蒋仲之的屁股不吃打,便求刘半汤开恩,变通处罚,刘半汤心肠软,遂改为罚金若干,以示惩戒。尽管刘半汤口口声声说是给陈依玄面子,但陈依玄心里明白,不是自己面子大,而是蒋仲之福大,好在一帮人只是拉稀,若是出了人命,怕是蒋仲之这辈子也出不来了。

大清律例,秀才犯事,须先夺去功名再行论罚。蒋仲之从牢里出来,早没了秀才的斯文不说,连腰杆也直不起来,蔫茄子似的。一见面,蒋仲之便摇头叹道:"老蒋果然是斯文扫地,秀才帽子也没了,如今你我肩膀一般高了啊!"陈依玄附在他耳边,悄声安慰道:"你不是说过,秀才算什么,何必在乎?!"蒋仲之点点头,似乎宽慰许多,便询问陈依玄西门疫情结果。陈依玄如实相告,蒋仲之痛心疾首,连抽自己两个耳光,说:"我这班房坐得不亏,该!"陈依玄忙劝道:"事情业已过去,何必作践自己,往后小心从事就好!"蒋仲之连连称是,说:"我蒋某秀才不是了,可还是人!就冲这,我也要把'馋秀才'这块招牌再竖起来,把在西门丢下的脸皮捡回来!"

日上中天,白晃晃一片,蒋仲之出来之后,一时睁不开眼。赵氏早早等在门口,一见蒋仲之,顿时没了平日的强悍,哇的一声哭起来,扑上去将蒋仲之搂住,心呀肝呀地心疼半天。蒋仲之也不避人,苦命伢见着亲娘似的偎着赵氏,长吁短叹,鼻涕一把泪一把,哭得稀溜溜的。不晓得的人,还以为这对夫妻平日多么恩爱。陈依玄不忍看,低下头来,却见地上夫妻俩的影子混为一团,已分不清哪个是男哪个是女,不禁感叹,患难见真情,夫妻能做成这样,也算是福气了。

放了蒋仲之,刘半汤却把陈依玄留下来,请他喝酒。明知刘半汤醉翁之意不在酒,陈依玄也装作感激万分,心不甘情不愿地留了下来了。从上海回来小半年,还没有跟刘半汤好好叙过,酒过三巡之后,话题自然不少。本来,陈依玄以为刘半汤会跟他提偏方的事,没承想刘半汤只字没提偏方,却说到了凤仪。陈依玄不禁一怔。其实,在内心里,陈依玄一直没有忘记凤仪,如果说是因为思念,不如说是因为愧疚。从上海回来后,陈依玄收到凤仪托凤仙寄给他的信,信中并无过多花言,只问一句话,那天临别时,他赠的那句"近有官非"的话,到底是因测卦而来,还是他早就晓得。陈依玄没有回信,因为他无法解释,只是越发地愧疚。后来,因为心碧,陈依玄烦事填心,便把这事渐渐埋入心底了。

酒至半酣,兴致正浓。刘半汤说:"陈秀才,船娘凤仪代你受过,你可不能忘了人家!"这句话说得看似随意,实则话里有话。按陈依玄理解,至少有明暗两层意思,明里说凤仪做了他陈依玄的替罪羊,暗里却是说刘半汤帮了他陈依玄的大忙,说的是让他不要忘了凤仪,其实是提醒他不要忘了眼前这个恩公。陈依玄不呆,马上说:"感谢知县大人,您能把'秀才游行案'办成'妓子怂恿案',实在是高明,佩服佩服!"刘半汤领了人情,颇为得意,说:"断案断案,关键在断。比方说这个案子,从游行开始断,就是'秀才游行案',从游行之前断,那就是'妓子怂恿案'。一前一后,大不一样!"陈依玄点点头,说:"这么说来,此案不算是冤案了?"刘半汤说:"这话可不好说。冤不冤,还是看从哪断,从你这边断,凤仪代人受过,可比窦娥,当然是冤案。话又说回来,从她那边断,她怂恿是实,又供认不讳,就不算冤案!"陈依玄说:"原来如此,陈某长了见识!"刘半汤说:"断案本来就是狗皮袜子,没反没正,古往今来,皆是如此,哪里还算得上见识?!"陈依玄说:"陈某孤陋寡闻,惭愧,惭愧!"刘半汤说:"噫嘻!你看你,书是白念哩!"说着,举起一杯酒,一饮而尽。陈依玄嘬一口酒,想刘半仙说得没错,书是白念了。

酒足饭饱,日已西沉。刘半汤送陈依玄至衙门外,突然说:"凤仪人真不赖,可惜红颜薄命,如今关在省府罪犯习艺所!"陈依玄不晓得他葫芦里卖的什么药,便没搭话,只见刘半仙慢慢转过身来,说:"她也是个苦命人啊,无亲无眷的,抽空去看一眼吧。"陈依玄愣了一下,指了指自己,说:"我?"刘半汤把耳朵揪好长,说:"不是你是谁?去吧,见着她,代我问个好。我这个芝麻官也对不住她!"陈依玄却说:"刘大人,有这个必要?"刘半汤叹口气,说:"颜子曰:穷鸟入怀,仁人所悯。何况船娘乎?做人要厚道嘛!"这句话从刘半汤嘴里说出来,陈依玄觉得甚是好笑,刘半汤却冷着脸,说:"噫嘻!你看你,书是白念哩!"说罢,倒剪双手转身而去。陈依玄独自愣了半天,学着刘半汤的腔调咕哝一句:"书是白念哩!"乍听起来甚是滑稽,不禁放声大笑良久。笑罢,抬眼一望,朦胧可见西边天际残阳似血,揩一揩眼再看,手背却湿了。

  陈依玄悠悠荡荡地往家走,出西城门天色已晚,过了一里桥,上了西津路,走到二里街口,忽听身后有人喊他,转身一看是冯鞠元,于是停下来等他。冯鞠元紧走几步来到跟前,两个人站在路边说话,主要是冯鞠元说,说的都是办新学的事。陈依玄平日没有插手,此时自然也插不上嘴,只好不停地点头,不晓得点了多少,竟有毫晕了。冯鞠元说:"眼看快要开学了,抽空一起把学堂的账对一对,可好?"陈依玄咂咂嘴,又摇了摇头。冯鞠元问:"有事?"陈依玄说:"出门。"冯鞠元问:"去哪?"陈依玄说:"省城。"

第十六回　陈依玄自嫌拒同房
　　　　　　安牧师讲经遭绑票

　　仙芝最怕两件事,一怕心碧不哭不笑,二怕陈依玄用蜜蜂给心碧治病。这两件事犯冲,要想心碧会哭会笑,就得用蜜蜂治疗,陈依玄这么说,仙芝也只有这么信。都说偏方治大病,若不是亲眼所见,真不敢相信,被蜂针蜇了一段时间,不用敲铜盆,心碧会笑,也会哭了。笑得咯咯有声,哭得哇哇生响。每见心碧或哭或笑,仙芝心里就不是滋味,叹一声苦命的伢,寻寻常常的一笑一哭,你却要遭那么大的罪,何时是个尽头?! 如今,陈依玄拿蜜蜂蜇心碧,仙芝不再阻拦,不忍看,也不忍听,远远地躲开,暗自伤心抹泪。心碧是两个人的骨血,仙芝晓得,陈依玄给心碧治病也是出于疼爱,迫于无奈,为的是让心碧早日好起来。

　　自从有了心碧,陈依玄的变化都能看得见,往常油瓶倒了都不扶,走路都嫌双手沉,那么一个散淡的人,如今一心扑在心碧治病这件事上,可见用心。无论刮风下雨,雷打不动,一日一小治,三日一大治,忘吃忘喝都有过,这件事从不错过。本来,陈依玄就是一副单薄的骨架,如今显得更是清瘦,那双眼深深地陷在眼眶里,幽幽闪光。虽说夫妻二人不是双双钟情,恩爱有加,毕竟是表兄妹,血脉中藏着一份亲情,看着陈依玄平日寡言少语闷闷不乐,仙芝着实心疼,劝也劝不进去,便由他去了。

　　这么说,也并非仙芝对陈依玄没有看法,只是不好说,只能放在心底怄着。自从发现心碧有病后,陈依玄便搬进了书房一个人住,不再与仙芝同房。开始,仙芝以为陈依玄为给心碧治病,读书查药方便,便没多心,让阿金给他架好棕床,换上了里外新的被褥,生怕他睡觉吃了亏。可是,仙芝渐渐发现,其实并不是那回事。

　　夏至那天,天气晴好,仙芝让阿金把陈依玄书房床上的枕头被褥拿去拆洗,再换上薄的。阿金手脚利索,眼也尖,拆枕头时,发现陈依玄的枕头底有一本书。若是识字的女子,一看书名,怕是就会避让,免得一些尴尬。但是,阿金不识字,生性好奇,随手一翻,见书中画着好多图画,有男有女,有些竟是赤条精光的,当下吓得脸红心跳。要说好奇心着实害人,阿金看了那一眼后,心里又痒又麻,吃了大烟似的,总想再看一眼,于是又翻开看,看一眼合上,再翻开看,再合上,如是几回,汗都下来了。这时候,仙芝喊她帮忙洗头,连喊几声,阿金嘴上应着,腿却粘住似的一动不动。突然,仙芝顶着湿淋淋的头发走进来,大叫一声:"阿金,你耳朵借给铁匠了!"阿金吓一纵,丢下手里的书,赶紧用枕头盖起来。仙芝发现不对劲,走过来把枕头一掀,拿起书来一看,竟是《肉蒲团》,当下脸也红了。本来,仙芝想对阿金发火,转念一想,书是陈依玄的无疑,当面发火会让阿金多心,反倒给陈依玄脸上摸黑,自己脸上自然无光,于是淡然一笑,说:"这治病的医书,有什么好看!"说着扔下书,先自出了书房。阿金当然不知底细,以为逃过一训,暗自庆幸,迈着碎步帮仙芝洗头去了。

　　这件事,阿金未必太在意,仙芝却记在心里。仙芝识字,《肉蒲团》是本什么书,也曾有所耳闻。陈依玄毕竟是男人,读这种书的心思可想而知,不过是为了满足一个欲字。不过话又说回来,若是有了欲心,名正言顺的夫妻,他为何不与自己同房?宁愿看那淫书打发寂寞,难道是他嫌弃自己?仙芝想到这里,心里竟生丝丝妒意和怨气:难道我仙芝活生生一个女子,有模有样,不老不丑,竟抵不上一本死物?

　　当天晚上,待阿金带心碧睡下,仙芝稍稍收拾一番,来到书房。那时候,陈依玄正靠在床头灯下看书,灯光把他的影子投在帐子上,皮影戏似的。见仙芝进来,陈依玄忙把书塞到枕下。仙芝一袭素绸睡裙,玲玲珑珑,款款坐在床沿上,说:"什么好书,让我也看一眼?"陈依玄淡淡一笑,答非所问:"心碧睡了吗?"仙芝也答非所问:"让我看看,到底是什么好书?"陈依玄

第十六回　陈依玄自嫌拒同房　安牧师讲经遭绑票

有些不耐烦,支起身子,说:"杂书。"仙芝笑嘻嘻地,装出一脸的天真烂漫,说:"杂书才得味,我要看!"陈依玄略有不快,说:"不早了,歇着吧。"仙芝得寸进尺,索性趴在陈依玄的身上,伸手去抢书,陈依玄一把把书按住,说:"不早了!"这句话口气很重,在仙芝听来,掉地上怕是能砸一个坑。仙芝是知趣的人,不再追究那本书,也不离开,却把身子往床里挪了挪,顺势褪下鞋子,把两条腿抬到床上来,沉了沉身子,说:"啊哟,阿金手真巧,把这床收拾得喧腾很!"说着,便靠在陈依玄的身边躺下来,不偏不倚,一截玉臂搭在陈依玄的胸前。陈依玄没有动,只是轻声说:"早些歇吧。"口气还是沉沉的,只是带了些无奈。仙芝侧过身来,面向陈依玄,说:"好,歇吧。"说着,一撩被子,便把香香的身子滑了进去,说:"阿金真能,把被子晒得好香,你闻闻,一股日头的味道!"陈依玄把身子往里挪了挪,轻轻叹口气,说:"回房去歇吧。"仙芝说:"不,我就在这歇!"陈依玄说:"伢还要吃奶呢!"仙芝说:"睡前才喂过,撑得伢直打嗝,小肚子撑得跟小西瓜似的,这一饱怕是能撑到天亮。"说着,把身子贴向陈依玄,陈依玄怕黏上似的,马上往里挪,实在挪不动了,说:"你还是回去吧。不然,都歇不好!"这时候,陈依玄的口气变轻了,却多了几分乞求。仙芝从来没听过陈依玄用这种口气说话,不禁一怔,问:"我可能在这歇一夜?"陈依玄闭上眼,摇了摇头。仙芝支起身子,又问:"只一夜都不能?"陈依玄点点头,头点得很重,连带棕床跟着晃了晃。仙芝不再说话,晓得再说陈依玄也不会让她留下,轻轻掀开被子,下了床,脚踩在缎面鞋上,低下头来,轻声问道:"你怎打算? 往后……"陈依玄叹口气,说:"往后就这样过吧!"仙芝怯怯地问:"你嫌我?"陈依玄摇摇头,说:"我嫌自己!"仙芝听罢不禁打个冷战,侧过身子,眼泪竟流下来。陈依玄接着说:"我不想再有第二个心碧,我怕!"仙芝捂着口鼻,呜呜饮泣,圆圆的肩一耸一耸,在灯影里如球一般浮浮沉沉。陈依玄拍了拍床,说:"回房歇着吧。"仙芝站起身,趿着鞋一步步走到门口。在开门的那一刻,仙芝淡淡地说:"那本书,你看过就收起来,别放在枕头下,阿金不识字,但能看懂里面的画。"陈依玄说:"晓得了。"说罢,伸手将灯熄了,书房便漆黑一团。

那一夜,仙芝没有合眼,泪水打湿了枕头,天亮时,头疼心累,软得直不起头来,觉得这一夜好长好长,仿佛走过千年万年。如此漫漫长夜,何时才会是个尽头,仙芝简直不敢想了。只因心中藏着一份好强,从那天起,仙芝咬咬牙,便把这苦水一般的命认了。

天还没亮,陈依玄早早起来,洗漱已毕来到天井,便闻到一股浓浓的粥香。头天晚上跟厨子老沈打过招呼,今早要出门,想必老沈已准备早饭了。时已初秋,晨风中有丝丝清凉,陈依玄浑身为之一爽,去后院练了一趟五禽拳,额头沁出一层薄汗。这时,天光渐亮,蜜蜂们从蜂箱里飞出,嗡嗡作响。陈依玄回到前院,老沈已把早饭摆上桌。饭是葱油煎包配绿豆粥,两碟青绿小菜,一碟五层茶干,一碟酱蒸小毛鱼,咸鸭蛋一破两半,蛋黄红亮亮地冒着油。陈依玄却没有胃口,拿起筷子又放下,走到仙芝隔壁窗前,叫了声阿金。阿金还没起来,迷迷糊糊地应了一声,半天没有动静,陈依玄又叫了一声,这一声很高,没有把阿金叫起来,倒是把仙芝吵醒了。仙芝隔着窗问:"这么早,叫阿金有事?"陈依玄说:"让阿金把心碧抱给我。"仙芝说:"天将将亮,就要给她治?"陈依玄说:"趁早给她治了,我还要出门赶船。"仙芝哦了一声,问:"去哪里?"陈依玄说:"省城。"仙芝又哦了一声,问:"有事?"陈依玄说:"有事。"仙芝便不再问,传出窸窸穿衣的声响,陈依玄补了一句,说:"听说省城有个名医,去访一访。"仙芝说:"晓得了。"

其他事都能误,给心碧治病不能误,这是陈依玄的原则。此次去省城,陈依玄做了安排,来回路上各占一天,在省城办事耽搁一天,一共三天。临行前给心碧治一回,回来后当天也能补上,算起来中间只停一天,也不太要紧。不多时,阿金把心碧抱出来,陈依玄接过来,抱着心碧到了后院。在后院,陈依玄专设了一间作诊疗房,各样用具,一应俱全,实用方便。有了近半年的经验,陈依玄的手法已相当熟练,三下两下,只听心碧几声啼哭,治疗便结束了。这时候,天已大亮,陈依玄就着半个咸鸭蛋,喝了几口绿豆粥,提上箱子便出门赶船。仙芝看上去没有睡好,眼泡浮肿,抱着心碧,送他到大门口。陈依玄在心碧的小脸蛋上亲一口,心碧小嘴一咧,笑了。陈依玄心情顿时好了许多,捏了捏心碧的小手,转身就走。仙芝说:"心碧呀,跟你爹说，一个人出门要当心啊！"这话借着心碧来说，却是仙芝的心声，陈依玄自然晓得，停下来朝仙芝挥了挥手，算是作答，然后放快脚步朝西津渡而去。

从脂城到省城，走水路方便，坐船一天可以抵达，中途不用换船。以往，这条水路陈依玄每年都要走一两趟，因此并不陌生，只是平日去省城的船只有两趟，迟了怕是赶不上。陈依玄心里急切，脚下也快，出了自家巷口，来到十字路口，正要雇轿子，突然看见鞠平慌慌张张从礼拜堂的巷子跑出来。本来鞠平朝城里方向跑，抬头看见陈依玄，马上拐个弯跑到跟前，上气不接下气地，一时说不出话来。陈依玄晓得一定出了什么事，放下箱子，说："别急别急，慢慢说，一大早出了什么事？"鞠平捂着胸口，半天才喘过气来，说："安、安、安牧师被绑票了！"陈依玄一听，顿感头如斗大，问："什么时候？"鞠平说："安牧师前天出门去西乡讲经，一直没回来。本以为在西乡有事耽搁了，没承想今个一大早，在礼拜堂门口发现一包安牧师的衣物，还有一封信。信里说，安牧师在他们手上，准备好钱去赎人！"陈依玄问："什么人干的？"鞠平说："信上落款是蜡烛山青皮帮！"陈依玄咂咂嘴，说："麻烦了！"

蜡烛山的青皮帮在脂城一带闻名已久了，据说闹太平军的时候就有，后来一帮太平军的散兵游勇，遁入蜡烛山，相继加入青皮帮，青皮帮的势力由此大增。青皮帮对外的口号是反清复明，劫富济贫。所以，在脂城百姓心里，对青皮帮一半怕，又一半敬。官府也曾几次围剿，但那蜡烛山山高林密，又与莽莽大别山一脉相连，最终不仅没有剿掉，反倒让其势力渗透更广，就连西津渡码头上都有青皮帮的弟兄。官府明明知道，但抓不到把柄，终不能法办，只好得过且过，睁一只眼闭一只眼了。说起来，有现成的例子为证。前几年，陈依玄的舅舅，也是他的岳父褚云鹤突然收到青皮帮的讹诈信，张口就要笔巨款，若是不按期送达，家中必会遭殃。褚云鹤当时报了官，官府给他撑腰，便没当回事，没承想不过两天，褚家城里城外的店铺当天就有三处着火，所幸并无太大损失。褚云鹤最后不得不乖乖地把钱如数送去，这才免了一劫。由此，陈依玄算是领教过青皮帮的厉害了。

陈依玄跟着鞠平来到礼拜堂，罗丝正跪在十字架前祷告。上帝的人被绑票，自然要求上帝帮忙，陈依玄想，遇上青皮帮，只怕上帝也顾不上了。罗丝祷告已毕，把事情一说，跟鞠平所述相差无几。罗丝把那封信递给陈依玄，陈依玄接过信，展开一看，措辞有度，言简意赅，一笔行书，俊朗飘逸，颇似二王风范，只是入笔太草，收笔过重，失了精致，不过是出自读书人之手无疑。青皮帮竟有这等文人墨客，看来绝非一般的草寇，不得不慎重对待了。罗丝早已双眼哭得通红，问："陈先生，我们是不是要报官？"陈依玄说："安牧师在他们手上，信上说不许报官，还是不报为好。"罗丝很激动，说："我们是神职人员，是受大清朝廷保护的！"罗丝的心情可以理解，但是她不晓得朝廷若是能保护他们，也不至于出现这样的事了。自闹义和团以来，各地教案频发，此类绑票案也非一起两起，最终都是以官府向绑匪妥协而告终。这就是国情，洋人一时半会儿也搞不懂。陈依玄说："这事慎重为妥，不如等他们再来信，看看他们的意图再想对策。"罗丝觉得有道理，便点头答应。陈依玄拿着那封信，反复地看了几遍，总觉得那字迹有点眼熟，却又记不起在哪见过。于是，便去找冯鞠元一起辨认。

陈依玄从礼拜堂出来，抬头一看，碧空如洗，明晃晃的日头已上礼拜堂的尖顶。看来，此去省城，恐难成行，只好往后推一推了。按推测，冯鞠元这时候应该在学堂忙着，陈依玄穿过两条巷子，直奔旧木器场了。一进大门，陈依玄眼前一亮，原本乱糟糟的旧木器场，经过一番修缮改造，如今收拾得干净利落。粉墙黛瓦，窗明几净，院子居中砌了花坛，坛内一块灵璧石，石高过人，皱透漏瘦，坚贞清奇，石旁种了岁寒三友松竹梅，一周高低的盆景环绕，颇有几分雅气，可见冯鞠元花费了不少心血。

这时候，冯鞠元正带着几个校工，布置大大小小的桌椅板凳，迎接秋季开学。见陈依玄来了，冯鞠元高兴，以为他是作为股东前来察看，便领着他四处转一转，每看一处，指点一番，眉飞色舞，颇有几分得意。陈依玄晓得冯鞠元办事认真，自然放心，草草看几眼，便把冯鞠元引到一僻静处，把安牧师被绑票的事一说，冯鞠元当下吃惊不小。陈依玄把那封信拿出来，让他辨认字迹。冯鞠元接过信，对着日光看了两遍，说："这一笔字，起笔藏锋草草,收笔回锋用力过猛,味道像一个人的手笔。"陈依玄说:"我也眼熟很,就是想不起是哪一个?"冯鞠元紧锁眉头,拍了拍脑瓜,仰脸望着天,好像天上写着答案,突然说:"韩尚文!"陈依玄眼前豁然一亮,说:"一毫不错!"说罢,突然望着冯鞠元说:"韩尚文不是在西乡团练做师爷吗?怎会在青皮帮呢?"冯鞠元眨巴眨巴眼,说:"这家伙心深很,怕是早就入了青皮帮!"陈依玄问:"你晓得?"冯鞠元摇了摇头,说"我猜!"陈依玄拍了拍冯鞠元的肩,说:"鞠元啊鞠元,你差毫害了鞠平一辈子!"冯鞠元干干地笑了笑,说:"知人知面不知心嘛!"

第十七回　尚文赌气设计私晤
　　　　　　鞠平仗义冒死赴约

　　那一夜,陈依玄和冯鞠元在礼拜堂守着,都没敢睡,支着耳朵留心大门口的动静,等到天亮,只听见几回狗叫。罗丝以为青皮帮不想要钱,干脆撕票了,直吓得哭了。陈依玄和冯鞠元劝了半天,方才将她安抚平稳,接着二人各自回去补觉,留下鞠平陪着罗丝。几年来,鞠平跟罗丝处得融洽,情同母女,又似姐妹,偎在身边,让罗丝得了不少安慰。草草吃了几口早饭,罗丝撑不住,便回房歇着了。鞠平年轻,熬了一夜并不觉得累,洗把脸又精神起来。安牧师出事,罗丝让鞠平不要对女学的学生说,安排放假三天再说。罗丝怕是累着了,倒在床上便起不来了。闲坐无事,书也读不进去,鞠平本想也睡一会,靠着床头眯上眼,满脑瓜都是事,一时想到这,一时想到那,怎么也睡不着,于是轻轻出了门来,在院子里四处走。
　　礼拜堂是座四合院落,主堂坐北朝南,两边厢房对门,最前面是门房过道。厢房与主堂之间有曲尺走廊,由两排石柱撑着,每根石柱底下有一方花槽,种着各色的花草,四季花开不断。往年,花草由罗丝打理,如今交给了鞠平,按她自己的喜好,想种什么就种什么。鞠平喜欢菊花,因此走廊里除了几株残留的月季,最多的便是菊花了。虽已入秋,枝上花没开放,但翠叶丛中结了大大小小的花苞,看上去小心翼翼,怕见人似的。秋阳如春,清风从西湾里吹过来,带着熟稻的香味,提一提鼻子,有些醉人。鞠平来到走廊,来来回回走了几趟,把那些花苞差不多看了一遍,心情好了许多,于是坐下来,抬头看着主堂上高高的十字架,在心里念了声:"上帝保佑安牧师平安!"

韩尚文入了青皮帮,参与了绑架安牧师,鞠平是从陈依玄嘴里得知的。一想到那个满身狐臭的人,鞠平便一阵恶心。亏得自己没听哥哥鞠元的话,不然嫁给了韩尚文,那日子怕是生不如死了。韩尚文的家世,鞠平多少了解些,小商出身,独子守业,练过武,读过书,中过秀才,总的说来也算个能人,就是生性邋遢。前些年,他父母双亲相继过世,他一个人吃饱全家不饿,那邋遢的样子自不用提。说起来,一个人邋遢也不算大错,可是韩尚文心气却高,总想着有朝一日飞黄腾达。当初,安牧师请他来女学教识字,没教两个月,就不辞而别,去西乡团练做师爷,说到底不过是动动嘴皮子混口饭吃。人往高处走,水往低处流,另择高枝也不为过,好生在团练干下去,也是个营生,可才不到一年,他又入了青皮帮。退一万步说,入了青皮帮也不要紧,人总想有个如意的事做,可千不该万不该干起绑票,而且绑的还是洋人安牧师。真是一个忘恩负义的家伙,安牧师好歹做过你的东家,怎能下得了手?!想到这里,鞠平不禁恨得牙根生痒,若是韩尚文此刻就在面前,恨不得一口把他吃了。又一想,就他那一身狐臭,只怕没法下嘴,且饶了他也罢。不过,依她的脾气,冲他脸上吐几口唾沫,总是免不了的。

一晃到了正晌,鞠平去街上买来两碗馄饨,罗丝只吃了两口,便又躺下唉声叹气。鞠平却饿得心慌,呼噜噜一气把剩下的馄饨都吃了,才混个半饱。吃完涮过,鞠平这时有了倦意,于是就偎在罗丝身边,靠在被垛上眯起眼来,不多时便昏然睡去。鞠平正是做梦的年岁,大白天瞌睡来了梦也来。平日里,鞠平梦里所现大体差不多,少不了恩恩爱爱的事。这一回梦里却是安牧师被吊在一棵大树上,周围一群火红的狐狸不停地抖毛,撅着屁股放屁,直把安牧师熏得两眼流泪,长一声短一声地叫上帝。

就在这时候,礼拜堂的大门被拍得啪啪生响,罗丝先听到,惊得叫起来。鞠平惊醒,一骨碌爬起来,随手从门后抄起一把铁锹,蹑手蹑脚来到大门后,从门缝往外一看,竟是西津渡码头上讨饭的小哑巴。鞠平心跳平稳下来,胆子也壮了许多,隔着门没好气地说:"小哑巴快滚,不然我唤狗来咬你!"小哑巴不滚,却把脸贴到门缝上,呀呀咿咿地叫个不停。鞠平烦,说:

"这个小哑巴,不会说话就别说,咿呀半天,哪晓得你说什么?这是礼拜堂,要是饿了,你赶紧去找饭馆去!"小哑巴还是叫,拿头撞门,鞠平这回真生气了,突然打开门,小哑巴一时没防备,咕咚一声,跌在鞠平的面前,鞠平忍住笑,拄着铁锹,单手叉腰,门神似的,说:"快滚!"小哑巴爬起来,慢腾腾地从怀里掏出一封信来晃了晃。鞠平一怔,说:"给我看看!"小哑巴不给,一手把信藏在身后,一手比画着要吃的,鞠平不晓得是什么信,也不想跟小哑巴啰唆,抄起铁锹做出一个打人的架势,小哑巴吓得头一缩,丢下那封信,撒腿跑开了。

信想必是青皮帮让小哑巴送来的,不过不是韩尚文的手笔,是一封英文信。鞠平看不懂英文,赶紧拿去给罗丝,罗丝看罢,瞪着眼看着鞠平,好像不认识似的。鞠平不晓得怎么回事,就问。罗丝说:"上帝啊!这帮人太卑鄙!"鞠平晓得是安牧师写来的信,又追问。罗丝慢慢把信折起来,说:"太卑鄙!上帝会惩罚他们的!"鞠平以为安牧师遭遇不测,便问:"是不是他们把安牧师……"罗丝摇了摇头,摸了摸鞠平的脸,半天才说:"鞠平,你可能有麻烦了!"鞠平一下子跳起来,指着自己的鼻子,说:"我?我在这里好好的,能有什么麻烦?"罗丝闭上眼,轻轻地点了点头。

鞠平确实有麻烦了,这麻烦与安牧师有关。安牧师在信中说,他确实被青皮帮绑了,韩尚文确实参与,并且是主谋。韩尚文入了青皮帮后,坐上了第二把交椅。这封信就是韩尚文让他写的,以证明确有其事,要求有二:一是不得报官,这一点务必遵守。二是不要一两银子,但须得鞠平亲自去赎人。若不按此行事,后果自负。不过,考虑到韩尚文可能没安好心,安牧师在信中强调,一定要尊重鞠平本人的意愿,不得强迫,也不要劝说。若是鞠平不愿来,即便被撕票,他也不在乎,因为万能的上帝与他同在。

鞠平听罢,呆了半天,一声没吭,眼泪却流不停。罗丝上前紧紧地抱住鞠平,陪着她一起流泪,两个人哭得泪人似的。不用问,这事是冲鞠平而来。韩尚文之所以点名要鞠平去赎人,原因不说自明。这样一来,安牧师被绑倒成了鞠平的罪过。想至此,鞠平不哭了,抹了把眼泪便出了门。鞠平没有去找她哥冯鞠元,而是去找陈依玄。天近黄昏,陈家正准备晚饭,一院子菜香。鞠平一进门就喊："玄哥！"嗓门很大，陈依玄没出来，却把仙芝喊出来了。仙芝问："鞠平，你找他什么事？"鞠平装作很平静，说："我没事，是礼拜堂的事。"仙芝说："他又不信主，礼拜堂找他做什么？"鞠平说："找他自然有事！"仙芝冷冷一笑，说："那你说来听听。"鞠平说："这事还不能说。"仙芝说："什么事不能说？好事不背人，背人……"正说到这里，陈依玄从书房里走出来，说："你说得没错，不是好事，是安牧师被绑票了。"仙芝一愣，马上不吱声了。鞠平说："玄哥，又来信了。"陈依玄问："怎么说？"鞠平就把信的内容说一遍，陈依玄听罢，想了想，便对鞠平说："赶紧去找你哥，一会儿到礼拜堂见面商量。"鞠平答应着跑出门，陈依玄收拾好书桌，紧跟着也要出门。仙芝站在门前，不紧不慢地说："正在饭口上，这会儿还出去，饭还吃不吃？"陈依玄说："不吃了！"

韩尚文让鞠平亲自带钱去赎安牧师，头一个反对的就是冯鞠元。

在礼拜堂，当着罗丝和陈依玄的面，冯鞠元坚决不同意让鞠平去。韩尚文的用意，显而易见，就是为了报复鞠平拒婚，若是鞠平去了，肯定有去无回。毕竟是同胞兄妹，尽管平时让鞠平气得半死，冯鞠元内心里还是疼着这个妹妹。那韩尚文既然能做出绑票的事来，其他伤天害理的事怕是也能做出来。安牧师是好人，但是被绑了，算他倒霉。人都有倒霉的时候，既然倒霉了，那就认了，不能再把旁人也拉着垫背。这样说，并不是说他冯鞠元多么无情无义，试想想，换成哪一个，愿意把自己的亲妹妹往火坑里推？若是因为这事害了鞠平，他自己心里不忍且不说，也对不起九泉之下的爹娘！不过，冯鞠元是个仗义的人，他要替鞠平去赎人。凭着当年朋友一场，两个人又喝过那么多酒，不信他韩尚文不给个面子！陈依玄当然也不同意鞠平去，觉得冯鞠元说得有理，但还是不放心，要跟冯鞠元一起去见韩尚文。多一个人多一把力，也多一份面子！既然没有更好的办法，只好如此一试。当晚，冯鞠元雇好一辆马车，嘱咐车夫第二天一大早在礼拜堂门前候着。接着，冯陈二人各自回家歇着，鞠平陪着罗丝一起过夜。冯鞠元从旧木器场新学堂调来两个校工，让他们住在礼拜堂的门房守着，这才放心。

冯鞠元回到家,奉莲刚刚把毓秀哄睡下,和衣坐在床上,就着灯光做针线。冯鞠元洗洗上床,倒头便睡。奉莲觉得反常,便问是不是出事了。因为牵连到鞠平、安牧师的事,冯鞠元想瞒着奉莲。一是奉莲正在奶伢,怕她晓得后担心,二是怕妇人家管不好自己的嘴,到妇人堆里一传,对鞠平不利,于是便说:"马上要开学了,学堂的杂事太多,累很!"奉莲说:"吃过晚饭,仙芝过来聒了一会,说你跟依玄都去了礼拜堂,商量救安牧师。安牧师怎么样?不会出事吧?"冯鞠元见瞒不住,便说:"没事。明天我跟依玄一起赎人。"奉莲一听,惊得不轻,说:"你不能去!"冯鞠元问:"为什么?"奉莲说:"听说青皮帮个个都凶很,能生吃人,连洋人都敢绑,你送上门去,还能回得来?"冯鞠元笑了,说:"别听人瞎扯,绑票都是图财,把人都生吃了,哪个给他钱?!"奉莲嘟起嘴来,一把抱住冯鞠元的胳膊,说:"那我不管,反正你不能去!"冯鞠元最怕奉莲缠人,马上说:"好好,不去不去!"奉莲说:"秀才说话要算数!"冯鞠元说:"算数算数,不算数是小狗!"奉莲这才放心,宽衣解带,滑溜溜地贴着冯鞠元躺下了。冯鞠元攒了多日的困乏,头一挨枕头便打起鼾来,一觉呼到鸡叫,睁眼一看天已蒙蒙亮,便悄悄起身。没承想一只手却抽不出来,悄悄一摸才晓得,原来奉莲怕他偷偷溜掉,趁他熟睡,竟用裹脚布把两个人的胳膊拴在一起。冯鞠元当下哭笑不得,只有无奈摇头,轻轻解开自己腕上的结。奉莲奶伢要起夜几回,自然困乏,这时睡得正香。冯鞠元悄悄下床,轻开房门,脸没顾上洗,便去了礼拜堂。

来到礼拜堂,马车早已候在那里,不多时陈依玄也来到,与罗丝和鞠平告别后,冯陈二人上了马车,一路向西而去。从西门到蜡烛山不过二十五里,晴天白日,路也平坦,马蹄轻快,不过小半天,便到了蜡烛山脚下。按韩尚文信中的约定,钱要送到蜡烛山北坡一座破庙里。山路盘旋,上了北坡,走了好一会儿,却不见破庙。正在着急,一抬头见不远处坡头上有一山民头戴草帽,正用竹竿打板栗,便过去打听。山民听罢,说:"你们要是把我这板栗收了,我便带你们去。"冯鞠元当即很恼火,却忍住,笑呵呵地问:"好说好说,你看要多少钱?"山民头也不抬,说:"我这板栗可贵很,你们怕是买不起!"冯鞠元不禁一愣,问:"你这人真得味,不过一筐栗子,怎么晓得买不起?"那山民说:"我会算!我晓得你们该来的人没有来!"听到这句话,冯鞠元一愣,看了看陈依玄。二人正面面相觑,突然,那山民纵身跳下坡头,摘下草帽,叉腰立在面前,二人定睛一看,竟是韩尚文。

韩尚文说:"二位仁兄,尚文在此候了好久啊!"冯鞠元走上前去,故作亲热,说:"尚文,近来还好吧。"韩尚文说:"鞠元,你怕不是来跟我问好的吧。"冯鞠元说:"是啊,来给你送钱!"韩尚文微微一笑,说:"那得谢谢你!不过今个不能请你喝酒了。"冯鞠元说:"酒改日我请你喝,今个请你给我跟依玄一回面子,把安牧师放了吧。正好有马车,一路好回家!"韩尚文说:"二位仁兄都是西门有面子的人,按说这个面子应该给。不过,青皮帮有规矩,不按青皮帮的规矩办事,哪个的面子都不能给!"冯鞠元脸涨得通红,一时说不出话。陈依玄上前一步,说:"尚文,何必呢?好歹也是个读书人,总得讲一点仁义吧。"韩尚文听罢哈哈大笑,说:"仁义?依玄,我要是像你那样,找个有钱的岳父,不愁吃喝,只想玩乐,我也会讲仁义。可惜的是,我韩某没那福气啊!"这句话把陈依玄闷得不轻,不过陈依玄并不恼,由衷地说:"子非鱼,安知鱼之乐乎?"韩尚文说:"你的意思我晓得。不过,我也可以对你一句:你非我,安知我之仁乎?"冯鞠元这时缓过劲来,说:"尚文,都是脂城人,低头不见抬头见,来日方长,余情后补,先放人吧。"韩尚文一声冷笑,说:"闲话少说,你们回吧,让鞠平来赎人!"说着,一声呼哨,从树林中窜出一哨人马,各持刀枪,拥着韩尚文往大山深处而去。走了几步,韩尚文回过头来,把脸一冷,说:"明个一早,还在这个地方!"说罢,纵身上马,只一会便消失得无影无踪。

一路无话。回到西门,冯陈二人直接来到礼拜堂,把事情原原本本一说,罗丝自然急得哭,鞠平却自己拿了主意,说:"我去!"冯鞠元和陈依玄都劝她不能去,再想想办法。鞠平说:"不能报官,不能私了,还能想到什么好办法?那姓韩的心思我晓得,就要我去,我去就是好办法!"大家还要劝,鞠平说:"都别劝了,你们都是为我好,我晓得。可是我要是不去,万一那姓韩的借口撕票,安牧师有个好歹,那就是我的罪过了!"这句话倒是实话,冯鞠元觉得有理,陈依玄也这样看,一时都不说话。罗丝早就没话说,只顾着自己抹泪了。

第二天，鞠平早早起来去蜡烛山。冯鞠元和陈依玄不放心，也都跟着去了。来到山上相约的地方，早有韩尚文指派的一干人等在那里。那干人见冯鞠元和陈依玄跟着来，马上把他们拦住，只把鞠平放过。冯鞠元和陈依玄哪里肯依，便上前争辩，那干人一毫不客气，上来又推又搡。冯鞠元身子灵活，退几步倒是站稳了，陈依玄一时脚下不稳，趔趄两步差点扑倒，碎石子一绊，不留神却崴了右脚，疼得眉头抓着，撩开裤脚一看，肿得发面团似的。

这时，两个壮汉抬来一只竹轿，往鞠平面前一放，鞠平看了看，咬咬牙，一屁股坐上去，竟坐得竹轿吱呀直响。两个壮汉随即弯下腰，抬起竹轿，一路进山，三弯五绕地，不一会来到一座破庙前。鞠平下了竹轿，果见韩尚文站在庙门口。韩尚文一见鞠平来了，笑嘻嘻地迎上来。鞠平连连后闪，突然从腰间拔出一把明晃晃的剪刀，直抵在自己的喉咙上，说："不要过来！"韩尚文吓了一跳，马上停下，说："鞠平，别乱来！"鞠平说："姓韩的，你非得让我来，是什么意思？"韩尚文说："实话实说，我只想问你一句话。"鞠平说："问过之后，是不是放了安牧师？"韩尚文说："是！"鞠平说："红口白牙，说话要算数！"韩尚文说："说话不算数，天打五雷轰！"鞠平点点头，说："你问吧！"韩尚文说："鞠平，为什么你宁愿出家，都不愿嫁给我？"鞠平说："想听真话还是假话？"韩尚文说："当然听真话！"鞠平说："那我就说了。"韩尚文说："说吧！"鞠平说："你身上的狐味，我实在受不了！"韩尚文脸一寒，问："就为这个？"鞠平说："就为这个！"韩尚文吸了吸鼻子，低下头来，长长地叹了一口气，突然冲着里面大声说："弟兄们，放人！"说罢，几步便出了庙门，跨马扬鞭，向大山深处疾驰而去。

第十七回　尚文赌气设计私晤　鞠平仗义冒死赴约

第十八回　蒋仲之西门捡面子
　　　　　陈依玄省城探凤仪

　　自从坐了半个月班房回来，蒋仲之丢了秀才功名，却因祸得福，赢得了男人的地位。那赵氏因心中有愧，脱胎换骨似的变了一个人，在蒋仲之面前言听计从，百般温顺，老蒋说东她不敢说西，让她打狗不敢撵鸡，童养媳似的。在家休养半月，有赵氏悉心照料用情滋润，蒋仲之恢复元气，腰杆直了，心气活了，志气也涨起来，暗暗发誓，一定要把丢在西门的面子捡起来。这话蒋仲之没说，赵氏却能心领神会，明里暗里对男人一应顺从。要在西门捡面子，在蒋仲之想来，只有拾起老本行，接着做卤味。话又说回来，做买卖就怕砸了牌子，他那"馋秀才"的招牌做砸了，重起炉灶可不容易。在家抓耳挠腮想了两天，实在没辙，蒋仲之便想到陈依玄，抽了空闲，便去陈家寻主意。

　　陈依玄这些日子很少出门，在家安心疗养脚伤。好在伤筋未动骨，自己动手，灸敷搓拿，样样使上，又用花红、羌活、荆芥、防风、防己、透骨草、归尾、牛夕、川芎等几味药，配了一个方子，用豆槐枝做药引子，加盐煮了，每晚一泡，七八天便消肿。好歹能自由行动，吃喝拉撒方便多了，只是脚一着地还隐隐作痛，不能吃力。因之去省城的事只好一拖再拖了。

　　这一日，秋阳高照，风清气爽。蒋仲之来到陈家，见陈依玄正坐在天井里，伤脚跷在石桌上，悠悠然地看书。见蒋仲之来了，陈依玄欠了欠屁股，算是迎接了。蒋仲之晓得他崴了脚，也不见怪，在旁边石凳上坐下来。不一会儿，阿金泡了一壶毛峰送来，二人一边喝着，一边说话。蒋仲之先把在西门捡面子的想法说了,陈依玄听罢一笑,说:"到底是个读书人,蒋兄还是把面子看得很重!"蒋仲之长叹一声,说:"老弟,你有所不知啊!想我蒋某活了几十年,至今无儿无女,无成无就,上半辈子好不容易熬了个秀才功名,如今也被摘掉了。夜深人静之时,想一想,不免惆怅。回头一望,到了这个岁数,也只剩下一张脸面了。若是这张脸面也丢了,我蒋仲之岂不是白来世上走一遭?"说着,竟流出两行浊泪。

　　陈依玄听得颇有感触,推己及人,不禁想到自己身上,陪着感伤一回,于是说:"是啊,读书人若是脸面都不要了,用知县刘半汤的话说,书是白念哩!"蒋仲之心里越发坚定,说:"总之,这一回我是下狠心了!只是还请老弟多多帮扶啊!"陈依玄说:"你我多年的交情在那里,要是能帮上的,一句话的事!"蒋仲之面露喜色,说:"老弟你见多识广,杂书也读得多,请你帮我拿个主意,怎么才能把我丢了的面子贴回脸上来!"陈依玄一向爱动脑筋,素好出谋划策,于是来了精神,问:"蒋兄,主意还得你拿,点子我倒可以出几个,至于好不好使,全凭你定夺。不过,你可有个囫囵打算,不妨先说来听听,也好切入。"蒋仲之抖擞起精神,说:"哪里跌倒,哪里爬起来!以我的能耐和本钱,大事怕是做不成,打算在西门把卤味生意重新做起来。做买卖嘛,先得有招牌,当初那'馋秀才'的牌子做砸了,当务之急,先谋划一个招牌。"陈依玄端起茶来,放在鼻底闻着,并不喝,略想了想,说:"依我看,这招牌还用馋秀才!"蒋仲之一时生急,差点打翻了茶盏,说:"做砸的牌子还能用?"陈依玄说:"做砸的牌子也是牌子,用当然能用,关键就看怎么用!说起来馋秀才当初在西门一带,不说妇孺皆知,也算家喻户晓了,口碑还不错。后来出了事,闹得沸沸扬扬,全脂城都晓得有个馋秀才了。这名声不小,可不是花几个钱就能随便挣来的!"蒋仲之摇摇头,说:"别提了!只可惜这名声是个坏名声!"陈依玄说:"坏名声也是名声,总比没有名声好。做买卖做什么?古往今来,远的如陶朱范蠡、端木子贡、洛阳白圭、吕氏不韦等古人都且不说,就说本朝的乔致庸、胡雪岩、王炽等人,说到底,无论大小,做来做去还是经营名声!"蒋仲之听得入神,把身子往前挪一挪,说:"接着讲,接着讲。"陈依玄喝口茶润喉,接着说:"《易经》中说阴阳互换,亘古不变,阴即是阳,阳即是阴。道家老祖说福为祸所伏,祸为福所倚,都是这个道理,好坏不是一成不变的!就拿你的事来说,坏名声也不是没有用,问题是如何把这坏名声,变为好名声,一旦变成好名声,蒋兄你还愁面子捡不回来?!"这番话似乎点中了麻筋,蒋仲之兴奋起来,又往前凑了凑,不留神碰着陈依玄的伤脚,疼得陈依玄龇牙咧嘴叫半天。蒋仲之也不顾他,追着问:"老弟,你快讲讲,如何才把坏变好?"陈依玄揉了揉脚,定了定神,有意卖个关子,说:"天机不可泄露,附耳过来!"蒋仲之这回不敢往前凑,弓腰撅腚,伸长老颈,公鹅打架似的把耳朵递过去,陈依玄如此这般一说,蒋仲之听罢,一拍陈依玄的肩,说:"妙!"陈依玄被拍得一哆嗦,赶紧闪身子。蒋仲之咂咂嘴,还是不放心,说:"老弟,麻烦你再替我测一卦,看看其中可有玄机。"陈依玄自然答应,马上测了一卦,说:"从卦象来看,阴阳相谐,蒋兄你的背时已过,适宜甩开手脚大干了!"蒋仲之大喜,掏出一锭银子放在石桌上,陈依玄自然不会收钱,忙让他拿走,蒋仲之正色道:"规矩嘛,求了吉卦得付钱,图个吉利!"说罢,便告辞。

刚到门口,陈依玄又把他喊了回来,说:"突然想起来,在南京时,我见识过一家卤味铺子,在整个南京城赫赫有名,卤味做得绝色,食客摆队,凡吃过的无不夸赞。我有幸吃了两回,品出那配料里大有文章,好像除了常见的八角、桂皮、陈皮、丁香、山奈、花椒、茴香、桂叶、香茅、草果、良姜、甘草等佐料外,必有两味药材。正是这两味药提了卤味的鲜香,拴住了吃客的心!"蒋仲之忙问:"说得那么神,你到底可品出来是什么药材?"陈依玄微微一笑,说:"我陈某不敢说尝遍百草,舌头还是很灵光的,自然有把握。"蒋仲之说:"说来听听。"陈依玄说:"扶我起来,回书房写给你。"蒋仲之道:"太好了!别说扶你,背你我都巴不得的!"

三天后,一夜之间,西门一带的大街小巷挂起大红的横幅,上写:"馋秀才回来捡面子,三日内白白吃卤味"。西门人哪里见过这稀罕,大早起就互相打探,没有人能说出所以然来。日上三竿,一阵噼里啪啦的爆竹响过,蒋仲之的馋秀才卤味铺子在西门重新开张了。这时候,西门人才回过味来,便围拢过去看热闹。蒋仲之见人越聚越多,便把分好的卤味一包包地往人手上送,西门人吃过亏,哪里有人敢接他的卤味,一个个吓得往回跑。蒋仲之也不急,在铺子门口铺上一张草席,头戴一顶纸糊的高帽,上写"谢罪"两个大字,直挺挺地往上一跪,低着头一句话不说。就这么,一直到天将黑,除了几个调皮的伢们来捣蛋,没一个人过来尝一口。转天,蒋仲之依然跪在铺子前谢罪,一直跪到天黑还是没人赏光。当天晚上,蒋仲之实在沉不住气,又去找陈依玄,把两天的遭遇一说,陈依玄听罢,没有马上搭话。蒋仲之说:"老弟,我可是按你的主意,依计而行,跪也跪了,罪也谢了,白吃怎会没人买账呢?"陈依玄说:"没有买账才正常!你想想,当初那么多人拉稀跑肚,西门简直成了臭茅缸,如今过去没多久,谁还敢轻易信你馋秀才?"蒋仲之愁眉苦脸,说:"老弟,照你这样讲,到何时人家才能信呢?耽误工夫也就罢了,要命的是,我这老胳膊老腿的,俩膝盖跪得生疼,下半辈子还得走路啊!"陈依玄说:"精诚所至,金石为开。火候没到,看明个吧。"蒋仲之说:"明个要是不行呢?"陈依玄说:"俗话说,事不过三,明个是第三天,成不成总会有个说法的!"

到了第三天,蒋仲之一早就跪在铺子门前,眼巴巴地看着满街的人来来往往,却没有一个人赏光。蒋仲之心里七上八下,没有着落,两膝盖生疼,有心赌气爬起来算了,又一想,为了捡回脸面,前两天的罪都受了,到今个半途而废,岂不可惜?于是便咬咬牙忍着了。可巧的是,那两天秋风更劲,加之秋阳高挂,蒋仲之口鼻都燥得出了血,那份罪也够他受了。老蒋毕竟是秀才,暗暗默诵孟夫子的教诲:"天将降大任于斯人也,必先苦其心志,劳其筋骨,饿其体肤,空乏其身,行拂乱其所为,所以动心忍性,曾益其所不能……"如是数遍,果然觉得双膝疼退,浑身轻爽起来。

快晌午的时候,老远就听有人喊:"啊呀,这是什么味,香很,闻着口水直淌!"蒋仲之抬头一看,陈依玄一瘸一拐地来了,一边跟人打招呼,一边直直走向卤味铺子。这时,街上行人正多,一听陈秀才喊香,晓得是说馋秀才卤味,都朝蒋仲之看去。陈依玄来到铺子前,说:"蒋老板,家里来客,切三斤卤味。"蒋仲之说:"随便拿吧。"陈依玄说:"怎好随便拿,总得有个价钱!"蒋仲之说:"三日之内不要钱,白吃!"陈依玄装出一副大惊小怪的样子来,说:"还有这等好事!我来尝一尝!"说着,捧着一包卤味,当街一块一块往嘴里送,边吃边叫好,嘴角滴油也顾不上揩一把,不一会便把一包卤味吃了精光。这边嘴里还嚼着,那边又伸手拿起一包来。正这时,冯鞠元从官仓巷那边小跑着过来,一边跑一边喊:"依玄,什么好吃的,闷头紧吃,可要给我留着!"陈依玄说:"这馋秀才卤味真煞馋,还不快来!"话音刚落,只见鞠平和罗丝手拉手从礼拜巷走来,二话没说,上来就抓起一包,当场就吃。围观的众人一看,这几位西门有头有脸的人都吃上了,怕是不会有毛病,于是你一包他一包,不一会,两只大篮子便见了底,后来的几拨人眼巴巴地空手而归,没占到便宜,看上去失落得很。

蒋仲之长长松了一口气,身子一软,差点趴在草席上。陈依玄和冯鞠元赶紧搭手将他扶起,蒋仲之哆哆嗦嗦冲二位长长一躬,三人相视而笑,便心照不宣了。陈依玄拉着蒋仲之,悄悄说:"蒋兄,小弟在这里多说一句,你可别不爱听。"蒋仲之说:"老弟是我恩人,照直说吧!"陈依玄说:"饮食之事,良心事业。入口的东西,万万不能大意,义与利要分清,要是再砸了牌子,别说脸面捡不回来,怕是良心也糟蹋了!"蒋仲之把胸脯拍得嘭嘭响,说:"老弟放心,要是再有差池,我老蒋四脚着地,爬着给西门人当狗使唤!"

八月初,天择新学开学,仪式办得新颖体面。开学是大事,杨乐山由上海专程回来出席。杨乐山留洋回国,朝廷赐了举人出身,出面邀请知县刘半汤莅临也是顺理成章。此前,安牧师跟冯鞠元谈了一个晚上,有意把女学并入天择新学,设为女学部,教会成为天择新学的股东。这是大事,冯鞠元不敢做主,便找陈依玄和杨乐山沟通商量。陈依玄没有意见,杨乐山觉得新学就应有新思路,开门办学,有教无类,广纳股东,能为脂城多多培养人才,于是事情就算定下了。由此,鞠平也成了天择新学的人了。

等到七事八事忙完,陈依玄的脚伤也养得差不多了。虽说伤筋动骨一百天,陈依玄依仗年轻,并不在乎,不碍走路也就放心了。眼看中秋将至,省城之行实在不敢再拖,不然心里实在过意不去。其实,陈依玄去省城探望凤仪,并不是为了儿女私情,却是为了还一个人情。如今,陈依玄对男女之事失了兴趣,在凤仪面前把"君子"一直做下去,似乎更合心意。可巧的是,杨乐山也要回上海,说是途中转道省城会朋友,于是二人结伴而行。

一路无话。天将黑前,二人进了省城。因天色已晚,陈依玄不便去省府罪犯习艺所探视凤仪,便跟着杨乐山一起会朋友。杨乐山的朋友名叫孙安平,从日本留洋回来,现在省城一家报馆做事,看上去也是豪爽的人。旧友新朋,一见面便亲热得不行,免不了要小酌畅叙。省城依江而建,是座有名的江城,因之热闹处自然也在江边。三人来到江边一处叫作醉太平的酒楼,要了凭江而眺的雅间坐定,孙安平点好酒菜,一会儿便成一席,于是三人便对饮起来。陈依玄不好酒,三巡过后,便面红耳赤了。因怕扫了二人的兴致,要了一壶贡菊,以茶代酒陪着他们。杨孙二人的酒量相当,酒后的豪气怕是也能直上云霄,他们谈论的话题多是时事,陈依玄一旁听着,觉得比酒菜更是得味。朝廷刚刚颁布《仿行立宪上谕》,预备立宪,这话题自然成为焦点。之前,杨乐山途中跟陈依玄谈及这个话题,也看了杨乐山从上海带回的《申报》二版上刊登的《电传上谕》,因此听起来并不费力。孙安平说:"立宪要先预备,这相当于娶妻纳妾先得择好日子,听起来真是滑稽啊!"杨乐山说:"安平兄,你这句话真是戳到朝廷的命穴上了。不过,大厦将倾,随便找根棍子又怎能撑得住呢?再说,就鼓吹立宪的那群人,有几个是敢拼命护主的人,还不是为了拍朝廷的马屁,多捞一些好处?"孙安平说:"是呀,立宪终究是一场儿戏,只是还不晓得如何收场!"杨乐山有点激动,拿出报纸来,说:"你且听听,这《电传上谕》里怎么说:'时处今日,唯有及时详析甄核,仿行宪政,大权统于朝廷,庶政公诸舆论,以立国家万年有道之基。但目前规制未备,民智未开,若操切从事,涂饰空文,何以对国民而昭大信。故廓清积弊,明定责成,必从官制入手,亟应先将官制分别议定,次第更张,并将各项法律详慎厘订,而又广兴教育,清理财务,整饬武备,普设巡警,使绅民明悉国政,以预备立宪基础……'就这一堆话,在我看来,其中只有一句像人话!二位猜猜是哪句。"陈依玄不用猜就晓得,一定是"广兴教育"了。孙安平怕是也了解杨乐山,张口就说出这一句来。杨乐山大有初遇知己之感,又痛痛快快地与孙安平干了两三杯。

夜阑更深,三人出了酒楼,一路回到孙安平的住处,一边喝茶醒酒,一边谈论。突然,孙安平附在杨乐山耳边说了几句,杨乐山兴奋得大叫一声:"好!"孙安平看了看陈依玄,杨乐山说:"依玄是知己,这事不必瞒他。"陈依玄站起身来,说:"二位有要事谈,我且回避一下吧。"杨乐山一把拉住他,说:"当然有要事,不过,你不要回避,正好要找你商量。这里没有外人,长话短说。孙文在东京成立了同盟会,这个你也晓得,要在国内各地发展分会,省城这边安平已经着手操办了,脂城那里你可愿操心?"陈依玄早听杨乐山说过同盟会的事,也早料到杨乐山加入了同盟会,不过这事实在不是他的兴趣所在,又一想一口回绝毕竟不妥,便说:"操心倒是可以,不过,我是个散淡的人,怕是负不起这个责,误了你们的大事。"孙安平说:"不是我们的大事,是大家的大事。我们都是年轻人,应该联合起来,做一番事业。虽说头一回见面,觉得依玄兄是个聪明人,只要狠下心来,一定能办成大事!"杨乐山说:"安平说得对,关键是下不了狠心。"陈依玄叹道:"我天生是个下不了狠心的人!"杨乐山似乎有些不快,说:"依玄,几年不见,你怎变成这样?黏黏糊糊的,肉很!"陈依玄淡淡一笑,说:"我本来就是这样,谈不上变不变。要说变的,那是你!"杨乐山也笑,摇了摇头,不晓得是否定还是无奈,于是两个人都不再说话了。

第二天,陈依玄起来时,已是日上三竿。因头晚多喝了几杯,又睡得迟,杨乐山横三叉五地睡得正香。陈依玄没有惊动他,便直接去探视凤仪。走到街上,突然想起凤仪当初赠给自己的那只残月般的玉梳,心里有些温暖。毕竟这是头一回探监,陈依玄不晓得有没有规矩,却晓得空着手去不妥,便在街边买了几样点心,拎着点心走几步,又一想,点心之类的俗礼,看什么人都妥当,似乎表明不了自己的心意。当然,绫罗绸缎,金银珠宝,女子都喜好,不过在监里头怕是派用不上,想来想去,一时拿不定主意。突然一阵江风吹来,陈依玄脸上一阵发紧,由此得到提示,秋冬时节,女子皮肉娇嫩易皴,搽脸护肤的东西少不了,在监内怕是不好弄到,不妨买些带去。不巧的是,附近沿街几家铺子都没有,陈依玄索性走过几条巷子,终于在江边花市附近买到了。一共买了三样,三种香,陈依玄猜凤仪一定喜欢茉莉的。

省城罪犯习艺所是朝廷借鉴西方监狱新建的,内外不同于一般,报上曾有文章介绍,怕是维新革命后少有的成果之一了。习艺所设在城南,并不算远,坐上洋车,很快便到了。办理相关手续后,陈依玄坐在探视房静候。不多时,隔着窗子,远远地看见监差领着凤仪慢慢走来,越近看得越清,除了身上的囚服,竟发现她没有什么变化,心里悄安。这时候,铁门哐当一响,凤仪走进来,隔着铁窗一看是陈依玄,眼光一亮,嘴角动了动,随即便低下头来。陈依玄晓得她在哭,也不说话,等她抬起头来,便看见满眼是泪了。陈依玄怅然道:"让你受委屈了!"凤仪一听这话,马上又低下头去,呜呜地哭出声来,削肩一耸一耸地,伤心很。陈依玄不晓得怎么劝,觉得劝再多都是虚话,不如由着她哭,反倒好些。等到凤仪渐渐平静下来,陈依玄问:"还有多久?"凤仪没有抬头,伸出两根手指来,陈依玄晓得了,说:"两个月一晃就过去了。出去后有什么打算?"凤仪这才抬起头来,抹把泪,说:"能有什么打算,还不是回花船!"陈依玄心里酸酸的,眼眶发热,怕凤仪看见,把头扭开,说:"你早就说船上的日子过厌了,不如趁机做点别的好。"凤仪说:"那得有手艺。"陈依玄说:"手艺可以学嘛。"凤仪又低下头,叹口气,半天才说:"都这个岁数了,还能学什么呢?"陈依玄说:"在上海,看见大街小巷开了好多家照相铺子,看来是一种新时尚,又是营生,又有趣味!"凤仪说:"你说的照相我也照过,那是洋东西,怕是学不好!"陈依玄说:"没什么难的。不过一台机子,几张布景,对着人瞄准了,一按就照了。以你的聪明,又会弹琵琶又能拉胡琴,这不过是小菜,还能难倒你?!"凤仪这下被说笑了,低眉含羞,说:"那不是一回事嘛。"陈依玄说:"出来后,你就去上海学,我有朋友在那里,请他帮你联络,方便很!"凤仪点点头,接着哭。陈依玄说:"学成之后,自己开个铺子,自己做自己的主,那就顺心多了。到时候,你要是缺钱,我多少可以帮一帮忙。"凤仪听罢,突然哭得更厉害,上气不接下气的,似乎万千委屈一起降临,把陈依玄哭得手心里冒出汗来。这时,监差过来提醒时候已到。临走时,陈依玄说:"你托凤仙给我的信中说,你想知道,那天临别赠你那句话是测卦而来,还是早就晓得。我现在告诉

第十八回 蒋仲之西门捡面子 陈依玄省城探凤仪

125

你是……"刚说到这里,凤仪突然止住哭,摇了摇头,说:"不要说了!你能来看我,这辈子知足了!"陈依玄听罢,心里扑腾半天,走到街上还没平静下来。

余下半天,陈依玄去城里访问一位名医,悉心请教,指望能得到方子给心碧治病。那名医听罢心碧的病情,没出方子,却给了陈依玄一句话:"医家治病不治命。令爱得的不是病,是命!"陈依玄自然明白,遂告辞怏怏而去。转天,杨乐山由省城换船回上海,陈依玄返脂城。临别时,陈依玄拜托杨乐山打听学照相的事,杨乐山答应了,问他谁要学。陈依玄说:"算是一个朋友吧!"杨乐山笑,说:"算是一个朋友,这话说得有意思。若是没猜错,怕是一个多情女子吧。"陈依玄低下头来,说:"一个苦命的女子!"杨乐山拍了拍陈依玄的肩,不无感叹:"依玄,你啊你,年纪轻轻,对轰轰烈烈的事业没兴趣,却为一个女子操闲心,费解啊!"陈依玄笑了笑,说:"人生在世,有一人一事牵挂就够了,多了也烦!"

当天,陈依玄搭上船从省城回来,一路顺当。已近中秋,脂河上南北往来运粮的船只多起来。傍晚时分,船进脂城境内,两岸稻田金黄,芦花吐絮,一派田园秋色,宛如行在画中。陈依玄站在船头,心情轻松,精神也分外地好,觉不出旅途的劳累。船至西津渡,举目望去,从巢湖来的花船陆续到来了。一年一度,西门马上又将热闹起来了。

光阴似箭,一年又一年,日子过得真快!望了望晚霞中往来的白帆,陈依玄又低下头来看着脚下的河水,陡生感慨,子曰:逝者如斯夫。时光是留不住的,只是这日子一天天地过去,竟不觉察罢了。

【卷三】

第十九回　毓秀断奶煞费周章
　　　　　心碧照相口吐莲花

光阴似箭,日月如梭。不知不觉间,进了辛亥年。

正所谓,有生不愁养,一晃毓秀五岁了。这伢生得天真无邪,聪明可爱,一天到晚爹呀妈呀叫个不歇,小嘴跟蜜罐似的。冯鞠元和奉莲喜欢得不得了,尤其是奉莲,有事无事便把毓秀带出去,让毓秀给街坊邻居背诗。毓秀也不怯,小嘴巴巴地,从"鹅鹅鹅"背到"床前明月光",从"白日依山尽"背到"大漠沙如雪",摇头晃脑,顺顺溜溜,一个磕巴都不打。人家就夸赞,秀才家的伢就是不一样,将来一定也是秀才。奉莲笑得开心,说:"我家毓秀不做秀才!"人家就问:"那你家毓秀做什么?"奉莲笑而不答,拍拍毓秀的小脑瓜,毓秀马上小脸一仰,说:"我要做宰相!"人家又夸这伢将来有出息,奉莲心里如同抹了蜜。妇人们嘴碎,夸了毓秀的聪明伶俐,免不了说到陈家的心碧。心碧比毓秀大三个月,如今除了会喊爹妈,一句整话都不会说,更别说背诗诵文了。人比人能气死人,也能乐死人。当初,心碧落地七斤三两,人家都说七斤三两是富贵命,仙芝高兴得要死。后来毓秀落地六斤二两,短了一斤一两,奉莲觉得比仙芝矮了半截,脸上无光,满月后不好意思出门,生怕人家问。现在想想,七斤三两有什么用,伢又不是猪,重些多卖钱。说千说万,伢要的还是聪明!这话伤人,当然不能说出来,暗自高兴却是难免的。奉莲想,老天爷就是公平。

毓秀天资聪明自不用提,可这伢一天也离不开吃奶。冯鞠元说过好多回,要奉莲早早给毓秀断奶,奉莲不干。奉莲有自己的想法:一是怀伢的时候亏欠了伢,让伢多吃些日子的奶,做了补还;二是一旦断了奶,难免又要怀上,到时候一人带俩伢,一个不懂事,一个事不懂,家里没有帮手,难免遭罪。再者说,金水银水抵不上奶水,毓秀那样聪明,这两包奶是立了大功的。就这样,一拖再拖,毓秀的奶一直没断掉。因日子长了,奶水不足,奉莲隔三岔五还炖鸡汤煮猪蹄来催奶,总算保住供应了。

辛亥年三月,毓秀过了五岁生日,冯鞠元又催奉莲,趁着春暖花开给毓秀断奶。奉莲嘴上说好,心里却没当回事,毓秀一往怀里钻,奉莲就撩衣襟,毓秀就把奶头叼上了。冯鞠元为此大为恼火,不好对奉莲动手,拿鞋底子揍毓秀的屁股,毓秀吓得哇哇地哭。奉莲心疼,护着毓秀,说:"伢喝我的奶,又没喝你的奶,你凭什么打伢!"冯鞠元说:"一个男孩子,五岁了嘴里还噙着奶头,将来能有什么出息?!"奉莲说:"哪个说噙奶头就不能有出息?天底下,再大的人物,哪个不是噙着奶头长大的?你倒是断奶早,如今也没见飞黄腾达,不是还在西门混吗?"冯鞠元无言以对,气得牙齿直颤,说:"妇人之见,这伢非让你宠坏了不可!"奉莲不睬冯鞠元,搂着毓秀,说:"毓秀乖,说给你爹听听,你长大了做什么?"毓秀眼里的泪水还没干,心里正委屈,不想说。奉莲吓唬道:"毓秀,你要是不说,就给你断奶!"毓秀怕了,眼泪汪汪地说:"做宰相!"奉莲笑了,转向冯鞠元说:"你听听,你听听,伢多有志气,就这样的伢还能宠坏?!就这样的伢还不该多吃几天奶?!"冯鞠元无奈地摇头,气昂昂地走开了。

清明过后,冯鞠元去上海找杨乐山商量学堂扩建的事。第二天,奉莲突然发热,本以为是贪凉伤风,没有当回事,煎了一碗姜汤喝了,汗也发了,却不见好转。巧的是又赶上那几天行经,两个奶瓜一碰就疼得钻心,让鞠平进城抓了几服药喝了,又去西津渡码头买了几张跑江湖的狗皮膏药贴了,都不管用。等到冯鞠元回来时,奉莲已躺在床上爬不起来了。奉莲一病,奶水枯了,毓秀茶饭不思,也饿瘦了。冯鞠元顾不上旅途劳顿,赶紧去买了西药给她吃,烧退了,奶瓜还疼。冯鞠元实在没办法,赶紧去找陈依玄。

来到陈家,冯鞠元唉声叹气,把奉莲的病情一说,陈依玄还没吱声,仙芝却抢先说:"奉莲的奶瓜怕是叫毓秀掏空了,不得病才怪呢!伢都四五岁了,还不给他断奶,要等到多大?我家心碧抓过周就断了奶,不是长得好好的!"冯鞠元说:"早就让她给伢断奶,她不依,为这没少吵嘴。这回倒好,疼得她爬不起来了。"仙芝说:"当妈的都心疼伢,不过也不能太宠了,自古说,宠儿无……"陈依玄咳了一声,仙芝便把后半句话咽了下去。冯鞠元说:"奉莲那脾气,不吃亏不交乖,这回怕是老实了。不然也不会催我来找依玄想办法!"仙芝说:"女人家的病,他有什么办法?"陈依玄说:"妇人家的病,我虽钻研不多,可以查查典籍。不过,奉莲的病症不清楚,我还不好开方子下药。"冯鞠元说:"她只说奶瓜疼,一碰钻心疼。"陈依玄说:"妇人乳疼,原因很多,不能一概而论。她那里头可有肿块?"冯鞠元挠了挠头,说:"不晓得。"陈依玄说:"治病不能胡来,赶紧回去问问清楚!"冯鞠元马上回去,不多时又回来,说:"有肿块。两个奶瓜都有!"陈依玄正翻着医书,问:"肿块也有多种,是大是小,是软是硬?"冯鞠元摇头,说:"只说有肿块,其他不晓得。"陈依玄笑了,说:"不搞清楚会误事,赶紧回去摸一摸,摸仔细了,再来告诉我。"冯鞠元又跑回去,这回多费了些工夫,回来时一头大汗,说:"肿块不小,鸽子蛋大小,软中带硬。"陈依玄点了点头,想了想,问:"肿块靠前还是靠后?靠外还是靠里?"冯鞠元眨巴眨巴眼,说:"好像靠前,又好像靠后,好像又靠里又靠外。"陈依玄急了,说:"治病是大事,病症要拿稳,不能好像这好像那的。再回去摸一摸,一定要搞准了!"冯鞠元又跑回去,不多时便回来,低头叹气,说:"奉莲烦了,说摸一回疼得要死,再折腾还不如要她命,说什么也不让摸了。依我看,还是你亲自去瞧瞧吧。"陈依玄笑了笑,低下头来没说话。这时候,仙芝插话道:"别的病好瞧,奉莲得的那病,依玄怎好瞧?"冯鞠元说:"自古病不讳医,该怎瞧就怎瞧!"仙芝看了看陈依玄,似笑非笑,说:"号脉还差不多。"陈依玄把眼一瞪,说:"不号脉还能怎样?"一句话说罢,自己先笑了,接着仙芝和冯鞠元也都笑了。

  陈依玄跟着冯鞠元来到冯家,奉莲卧在床上,正疼得直哼哼。因为两家关系近,无须避讳,冯鞠元把陈依玄一直引到房里,让他坐在床沿上给奉莲看病。陈依玄也不拘礼,先行望闻问切。奉莲自称两个奶瓜侧边有肿块,鸽蛋大小,一碰就疼。陈依玄当然不好下手去验证,只能按她所说理解。奉莲还说,这些天嘴里苦干,小解短赤,很是受罪。陈依玄让她张嘴,见舌红苔薄,又把了脉,脉象弦紧,辨为肝郁化火之症,断为乳癖,以行气舒肝散火为妥,便开了一方"柴胡疏肝散",嘱以蜂房作药引。按方抓药,服了三剂,疼痛减轻,肿块渐小,继服三剂,便好如往常了。

因为得病,冯鞠元趁机吓唬奉莲,说陈依玄特地叮嘱,如不断奶,病会复发,复发难治,弄不好奶瓜都保不住。奉莲吃过奶瓜疼的亏,自然害怕,狠下心来给毓秀断奶,可没承想毓秀有奶瘾,又哭又闹,坚决不依。本来,听人说在奶头上涂辣子或鱼胆好使,奉莲一试,自己却先受不了辣或腥,赶紧洗了去。折腾了几天,没有断了毓秀的奶瘾,反倒自己吃了不少亏,两口子正无计可施,陈依玄给冯鞠元出了个主意:画马虎脸。这主意简单易行,大人和伢都不吃亏。马虎是脂城人吓唬孩子的说法,长什么样都不晓得,总之属凶狠狰狞那一类。所谓画马虎脸,就是用毛笔将妇人的奶头涂墨,以奶头为眼珠,在奶瓜上画两个大马虎眼,画得越吓人越好。伢小胆怯,见了马虎眼自然害怕,几个回合下来就消了吃奶的念头。冯鞠元觉得有理,回去便依计而行,研了浓墨,把奉莲叫进书房,关上房门,命奉莲解开上衣,奉莲以为冯鞠元大白天想好事,便笑骂他没出息,冯鞠元把原因一说,奉莲却觉得可笑,又一想也许有趣,不妨一试,这才解开衣襟,亮出两只白生生的奶瓜来。冯鞠元提笔抿墨,抖笔运腕画了起来。因不晓得马虎眼长什么样,画着画着便画不下去了,就问奉莲,奉莲也不晓得,说:"我又没见过马虎,估摸着跟钟馗那双眼差不多。"冯鞠元于是就照钟馗的眼来画,一笔一道,认真很。奉莲怕羞,又怕痒,捂着脸死笑,冯鞠元一边画,她一边笑,身子不停地扭来扭去,两只马虎眼画了半天,拿捏得冯鞠元一身大汗。画毕,奉莲对着镜子一看,两只马虎眼竟然一大一小,歪歪扭扭,不过,倒是狰狞可怕。

当天,毓秀又闹着吃奶,奉莲把他叫到跟前,突然把衣襟撩开,露出两个黑乎乎的大马虎眼来,毓秀见了,果然吓得不敢靠近,一屁股坐在地上,蹬着小腿哭咧咧地耍赖。奉莲也不劝,等他哭够了,就往毓秀嘴里抹蜂蜜。

蜂蜜是陈依玄开春摇下来的头茬蜜，自然香甜，毓秀得了好处，便不再哭闹。又过几日，毓秀渐渐馋上了蜂蜜，忘了奶瘾，从此算是离开奶头了。

　　开春，脂城第一家照相馆开业。开这家照相馆的不是别人，正是凤仪。凤仪刑满出来后，经陈依玄介绍去上海找到杨乐山。杨乐山头一回见到凤仪，便觉得这女子非同寻常，巾帼不让须眉，骨子里颇有侠气，尤为欣赏。于是便介绍凤仪到朋友开的照相馆做学徒。本来，人家不收女学徒，又嫌凤仪年纪大，杨乐山费尽口舌，人家才勉强收下。凤仪下了狠心争口气，勤勤恳恳当学徒，一年打杂，一年学艺，又帮东家白白干了一年，终于顺顺当当出师了。其间，杨乐山对凤仪经常关照，凤仪也常出入杨乐山的聚会，后经杨乐山介绍加入了同盟会。凤仪学徒出师，本想在上海找地方开铺子，杨乐山却力劝她回脂城，说将来有大事要办，至于什么大事，却没明说。凤仪也曾写信给陈依玄讨主意，陈依玄回了信，说照相馆在上海到处都是，并不稀罕，在脂城却是头一家，货卖稀罕，生意或许好做，于是凤仪便回来了。凤仪做了多年的船娘，也曾当红过，私下里攒了些积蓄，又变卖些金银首饰，置办设备，赁房雇人，也勉强够了。陈依玄本想出资相助，被她婉言谢绝。开业那天，场面自然热闹。头一家照相馆落户，脂城各界都很关注，有头脸的人都来捧场，冯鞠元和蒋仲之当然也在其中。出人意料的是，韩尚文也来了，送来了一对长颈的细瓷花瓶。如今韩尚文已是西乡青皮帮的老大，成了脂城方圆之内有头有脸的人物，一到场前呼后拥，阵势相当威风。当着众人的面，韩尚文对凤仪说："当年，你为帮我们穷秀才落了难，如今兴业，必要相助，当仁不让。往后你尽管大胆做生意，遇到什么事，有我韩尚文替你撑着！"本来，照相是新鲜事物，生意自然兴旺，加之这帮有头脸的人帮衬，凤仪自然如鱼得水了。

　　脂城不大，凡事总瞒不过人。仙芝早就得了信，一直想去瞧瞧。一是见识见识开照相馆的女老板，二是给心碧照相。怎奈一开春身上就不舒坦，只好在家卧床休养。仙芝害的不是什么大病，经水不调，不是早就是迟，不是短就是长，短时当天来当天走，长则小半月也不清爽。本想让陈依

第十九回　毓秀断奶煞费周章　心碧照相口吐莲花

133

玄开个方子调一调,因为陈依玄几年不跟她同房,懒得跟他说。

这天一大早,一场春雨过后,天空放晴,仙芝早早起来,在天井里走了几圈,觉得身上轻松许多。吃过早饭,仙芝换上一身藕荷色的单衣,映得脸粉粉的,自己觉得好看,便问阿金好不好看,阿金连赞好看,仙芝又问陈依玄。陈依玄正在教心碧说话,没有抬头,随口说了句好看。仙芝不高兴,说:"你不能赏光看一眼再说好不好?"陈依玄这才转过脸来,上下打量一番,说:"真好看!"仙芝问:"真心话?"陈依玄说:"真心话。你小时候就喜欢这藕荷色。这颜色抬人。"仙芝又不高兴了,说:"原来是借着衣裳抬人,我才好看。看来确实是你的真心话!"陈依玄愣了一下,说:"说这话你就是有意挑刺。你让阿金评一评,你问我衣裳好不好看,没问我人好不好看,我如实说了,反倒落你埋怨!"阿金听罢偷偷地笑,仙芝却认真了,说:"那我再问你,你看我穿这一身,到底是人好看,还是衣裳好看?"陈依玄学了乖,说:"衣裳好,人也好,俩好合一好,更好!"一句话,逗得阿金捂着肚子死笑,仙芝也笑。旁边的心碧见大人都在笑,跟着傻呵呵地笑了。这比陈依玄的夸赞实在,仙芝更高兴,抱起心碧亲了又亲,亲完了便说:"难得有这好天气,不如带心碧一起进城照相去。"陈依玄说:"好,你们去吧!"仙芝说:"一起去照张全家福多好!"陈依玄说:"我还有事要办,这回你先带伢去,全家福以后再照!"仙芝晓得劝不动他,便不再劝,带上阿金,抱着心碧进城照相去了。

凤仪照相馆开在城隍庙前街,两间门脸,楼上楼下,装饰时新,看上去就透着一股洋气。仙芝等人来到照相馆门前,正好碰上奉莲带着毓秀也来照相。说起来,虽说都住在西门,两家离得并不算远,仙芝碰见奉莲的机会却不多。原因当然有,一是二人都要带伢,各有各的事要忙,再有就是心碧天生痴呆,仙芝觉得跟奉莲肩膀不一般高,有意躲着奉莲。此番在这里碰上,躲是躲不过的,只好硬着头皮打了招呼。奉莲一见仙芝,便让毓秀喊大姨娘,毓秀脆生生地喊了。仙芝嘴上应着,脸却沉了下来。心碧不会喊人,仙芝自然不让心碧喊,奉莲眼皮活,自然识趣,便找个话题岔开了。因为天气好,照相的人多,仙芝和奉莲带着孩子,坐在楼下等候。心碧躲在仙芝怀里,木呆呆地倒是乖很。因头一回进照相馆,毓秀好兴奋,又见人多,便自发地背起诗来,一会儿鹅鹅鹅,一会儿床前明月光,一会儿松下问童子,惹得一屋子里的人夸他。仙芝刚刚心平气和,这一会儿脸色又不好看了。奉莲晓得因为毓秀的活泼,反衬了心碧的痴呆,让仙芝心里不舒坦了,便呵斥毓秀不要再背诗,毓秀偏偏人来疯,背得越来越欢,奉莲上去在他屁股上拍了两巴掌,毓秀哇的一声就哭起来,怎么哄也哄不好。

　　这时候,凤仪从楼上下来,款款来到跟前,晃着手里的糖果,笑着说:"哪家的宝贝这么委屈,是不是想吃糖呀?"毓秀一见糖,马上便不哭了。接着,凤仪站着跟她们说话,无外乎家住何处,姓甚名谁。奉莲和仙芝一一作答,凤仪听罢点点头,说:"原来是两个秀才娘子,贵客贵客!"奉莲说:"听口音你不是脂城人,你怎晓得我们?"凤仪微微一笑,说:"冯陈两家在脂城名气好大,要是不晓得,还能在这讨口饭吃?二位姐姐果然有福气,往后还请多多关照小店的生意!"仙芝也笑了笑,说:"老板太客气了。我们不过是守土待业的本地人罢了,说不上关照不关照。像老板你这样大老远跑来做照相生意,不是一般人的胆识!"凤仪又客套几句,便请他们一起上楼照相了。

　　楼上格局不大,却收拾得井然有序,洋气雅致。高高的落地窗,一尘不染,配着带流苏的纱缦,窗下一几双椅,都是红木底色,西洋样式,几上两只长颈的白瓷花瓶,有精致的绢花插在其中,姹紫嫣红。毕竟是头一回照相,心里都没底,心里免不了有些慌张,仙芝和奉莲便互相谦让。仙芝推着奉莲带毓秀先照,奉莲客气,非要拉着仙芝带心碧先照,两个人一拉一扯,让了半天也没有结果。凤仪笑着说:"既是好姊妹,就别客气了,趁着天好日头亮堂赶紧照。我来做回主,就让毓秀先照吧!"奉莲不好再说什么,便羞答答地抱着毓秀在落地窗前椅子上坐下。凤仪过来把娘俩的坐姿纠正一番,特别交代要往照相机子里面看,不能眨眼。奉莲答应着,便把毓秀的脑瓜子扶着往前看,毓秀哪里受得了约束,小脑瓜不停地扭来转去。凤仪回到照相机后面,把头伸进一块黑布里,看了半天,刚刚对好,毓秀的头又偏到一边去了,一来二去,折腾了半天,也没消停下来。凤仪着急,便装出一副威严来吓毓秀,说:"小家伙,这机子里有个老妖怪,你要是不老实,我就

第十九回　毓秀断奶煞费周章　心碧照相口吐莲花

放它出来咬你!"毓秀不相信,照样摇头晃脑,凤仪躲在机子后面,突然学了一声怪叫,吓得毓秀哇的一声哭起来,左哄右劝也安抚不好。奉莲生气了,照他屁股拍了几巴掌,下手并不重,毓秀却哭得委屈很,凤仪实在没法,又拿几块糖来哄半天,毓秀才算老实一会儿,好歹把相照了。

接下来,轮到仙芝抱着心碧照相,奉莲站在旁边观看。因为见过奉莲照相,仙芝心里有数,凤仪一说,她马上就明白了,倒让凤仙省了不少心。心碧看上去从容淡定,坐在仙芝怀里一动不动。奉莲在旁边对毓秀说:"你这个没出息的货,照个相跟上刑似的,看看人家心碧,老老实实地,乖很!"毓秀嘟着小嘴,躲在奉莲怀里,指着照相机,说:"老妖怪,老妖怪!"话音才落,就见心碧两眼紧盯着照相机,突然嘴里叽里咕噜说起来,两只小手不停地比画,至于说的什么却一句也听不明白。仙芝先是一愣,接着心里一喜,低下头来看着心碧,只见心碧小嘴呱呱地说个不停。一会儿笑,一会儿怒,一会儿喜,一会儿忧,如同说书演戏一般。凤仪也觉得奇怪,歪着头看着心碧,无奈地摇摇头,说:"刚才那位小公子又哭又闹,这会儿倒好,这位大小姐不哭不闹,却口吐莲花了!"仙芝冲凤仪抱歉地一笑,附在心碧的耳边说:"心碧乖,安稳一会儿,照完相再说!"心碧不乖,依然呱呱地说不歇,仙芝晓得一时哄不好,便把心碧的两只手捉住,对凤仪说:"师傅,我家伢就是喜欢说。她说她的,你照你的,照个好歹不怨你!"凤仪早已拿捏得一头汗,无奈何,只好把手里的皮球一捏,从一数到十,便把那生动的一幕照下来了。

仙芝抱着心碧从楼上下来,阿金在楼下早等得生急,问怎么照那么长时间。仙芝没说话,奉莲一旁插话说:"哎呀,你是没见识到,今个你们家心碧口吐莲花了!"阿金一喜,忙问:"可是真的?!"奉莲说:"哎呀,小丫头嘴巴巧很,带比带画的,叽里咕噜一嘴洋文。"阿金说:"真稀奇!心碧能说洋文,我怎不晓得?"仙芝微微一笑,冲了阿金一句,说:"你不晓得的多着呢!"阿金还不识趣,跟着问:"那心碧说些什么?"仙芝脸一寒,说:"说一段洋悟空三打白骨精!"这话听起来显然是气话,奉莲不好再说,阿金也不敢再问。一行人干巴巴地走到十字街口,奉莲借口回娘家一趟,抱着毓秀拐进旁边的巷子,仙芝把心碧递给阿金抱着,招手喊来轿子,便一路回西门去了。

回到家中,仙芝一脸的不快未消,正好陈依玄刚刚进门,一见便问缘由。仙芝就把心碧照相时吐莲花的事说了,陈依玄听罢很高兴,说:"这是好事,看来这丫头的病还能治!"仙芝听他这么一说,也渐渐高兴起来,说:"我就不明白,心碧平日里嘴笨很,张口蹦不出仨字,一看见照相机嘴巴怎么就溜很呢?你说那机子里会不会真有什么法力?"陈依玄想了想,摇摇头,说:"怕是心碧从没见过照相机,觉得稀罕,脑瓜受了刺激,话就多起来!"仙芝点了点头,说:"照你这样说,往后多带心碧去照相,天长日久,说不定心碧就能跟常人一样了!"陈依玄眨巴眨巴眼,说:"也许!"仙芝说:"过两天我还带她去试试瞧!"陈依玄说:"试试瞧!"

　　正说着,厨子老沈把饭准备妥了。吃饭的时候,仙芝突然说:"今个在照相馆,听那老板说话,好像认得你。"陈依玄点点头,说:"早就认得。"仙芝又说:"听口音她不是本地人,你怎么认得她?"陈依玄说:"说来话长。"仙芝说:"话再长,也总有个开头吧!"陈依玄说:"开头当然有,只是不知从哪里说起。"仙芝说:"想说总能捋出个头绪来。"陈依玄想了想,说:"这么说吧,她是一个朋友。"仙芝说:"这么多年,从来没听你提过,怎么突然冒出这样一个朋友来?"陈依玄说:"不仅是朋友,还算是恩人!"仙芝更糊涂了,放下筷子,说:"恩人?"陈依玄说:"恩人!"仙芝半天没吱声,把碗一推,打个嗝便走开了。

第二十回　刘半汤巧设谢民宴
　　　　　蒋仲之抗捐做干爹

知县刘半汤要在城里淮扬酒楼摆设"谢民宴",日子定在农历六月初六。

去年,刘半汤在脂城任期已满,本想换个地方混几年,没承想脂城各界都念他为政亲民,舍不得他走,一连三次联名上书给州府省府,居然把他留下连任。刘半汤又喜又悲,喜的是,为官一任,在百姓中留下了好名声;悲的是,在脂城再执一任,这辈子的仕途就算到头了。在脂城任上,刘半汤着实经历太多,脂城百姓鸡毛蒜皮的琐事且不说,光是国家大事就不少。远的不说,就说近两三年,光绪帝驾崩,西太后归西,宣统帝登基,国会请愿,抢米风潮,革命党起事,等等等等,桩桩件件,都可谓惊天动地。看样子,大清朝遇上多事之秋,天下大势何去何从尚不清晰,还是老老实实在脂城扎根混日子,得过且过了。

所谓"谢民宴",并不是刘半汤的发明,古已有之。谢民是个名头,宴会是个姿态,目的是博一个亲民爱民的好口碑,至于是不是谢民,则是另一回事了。其实,刘半汤此番邀请的都是本县各界有头脸的士绅,正是这帮人牵头把他留了下来。这些人,在刘半汤心里过了筛子,取舍都有斟酌,一点也不马虎。刘半汤一共定下三十个人,亲笔写了三十张帖子,代表三十张脸面,命人分别送去。西门一带,陈依玄和冯鞠元自然在被邀之列。本来,蒋仲之以为自己也会被邀,结果没有。说起来,蒋仲之如今发达了,算得上脂城的人物。自从馋秀才重新开张之后,蒋仲之立誓要捡回脸面,风味价钱货色一应做得地道,除了过去的卤品,又秘制脂城一绝脂河贡鹅,颇受青睐,因此店铺越做越大。如今雇了十多个伙计,相继在北门和南门开了分店,其声威可与脂城大名鼎鼎的老字号吴兴记相媲美。蒋仲之膝下无儿无女,不惜乎钱,一心乐善好施,脂城内外,凡是修桥补路扶贫济困的事,无论公私,只要晓得,或多或少都出些钱物,一件也不落下,因此颇受百姓尊敬。去年,县商会成立,吴兴记的大老板吴举人人老体衰,做了挂名的会长,推蒋仲之为副会长,主持日常事务。然而,如今知县的"谢民宴"竟不给他面子,失望之余,难免不满。

  当天晚上,蒋仲之摆了酒宴,把陈依玄和冯鞠元请到一起,酒过三巡,借着酒力,把心里话一一道出,不禁感慨:"一朝失足终生憾啊!没承想,这几年,我老蒋勤勤恳恳地做人做事,还是没有挣回一张脸来,要不然,刘半汤怎会不给我这个面子?!"冯鞠元笑道:"蒋兄,如今你生意兴隆,丢在西门的面子早就捡回来了,何必在乎刘知县给不给这个面子?"蒋仲之说:"老弟,你我都是读书人,道理不必多说。他刘半汤是脂城的父母官,一县之主,他不给我面子,就是脂城不给我面子啊!"陈依玄听罢,不禁摇头,说:"面子难道如此重要?蒋兄若不嫌弃,我把那张帖子给你,你去赴他知县的'谢民宴'好了!"蒋仲之喝下一口酒,摇摇手说:"不不不!依玄老弟,你是淡泊的人,可以不在乎,我在乎!自古有话,强扭的瓜不甜,争来的脸无光,你那帖子我断不能要。无请无邀,顶你的名觍着脸去,那不等于我老蒋拿热脸去贴人家冷屁股?"冯鞠元似乎听出些意思来,说:"依我看,知县事情多,可能忙中出乱,一时不慎把蒋兄漏了。不如由我和依玄出面去找刘半汤说说,让他补一张帖子也就是了!"蒋仲之听罢,没有作声,低下头来玩着手中的酒杯。陈依玄与冯鞠元对了一下眼色,便说:"也好。明天就去把这事办了!"蒋仲之端起酒来,双手敬上,说:"不愧是老朋友,敬二位一杯!"

  转天,早上一场小雨过后,消了几分暑气,添了一丝清凉。陈依玄和冯鞠元早早进城,来到县衙,见过刘半汤,寒暄过后,便把蒋仲之的事说了,没承想刘半汤听罢哈哈一笑,说:"实话实说,写请帖的时候,倒没有忘了他蒋仲之,只是我斟酌再三,觉得请他来不妥,便作罢了。按说,添客不添菜,大

第二十回 刘半汤巧设谢民宴 蒋仲之抗捐做干爹

不了多摆双筷子,况且二位秀才出面来说,我应该给个面子,只是这个面子不能给,为啥呢? 都是读书人,道理不用我说,自然明白!"陈依玄和冯鞠元对视一番,都摇头以示不明白。刘半汤微微一笑,说:"你看看,你看看,书是白念哩!"接着正色道,"他蒋仲之这些年做得不赖,改过自新,积德行善,本县都看在眼里,记在心里。不过,他千好万好,毕竟秀才的功名被撸了,如今不过是个商人而已!"冯鞠元眨眨眼,咽下一口唾沫,没有吱声。陈依玄清了清嗓子,说:"刘大人,你说得对,蒋仲之如今没了功名,但他还是脂城的百姓,当在庶民之列。大人既然设的是'谢民宴',他又为何不能参加呢?"刘半汤说:"我的大秀才,照你这么说,全县百姓都在庶民之列,要是都请来,怕是我这个穷知县当了裤子也请不起啊!"陈依玄还不罢休,说:"刘大人,老蒋受过委屈,特别看重面子,既然不能增补,就让他顶我的缺来赴宴如何?"刘半汤说:"那不能!"陈依玄问:"不就一顿酒嘛,有何不能?"刘半汤说:"这回,我请来的都是有功名的人物,他老蒋怕是入不了这个流!"陈依玄还想说什么,嘴张半天,竟没说出来。刘半汤指着他,说:"你看看,你看看,书是白念哩!"

从县衙出来,陈依玄和冯鞠元就如何给蒋仲之回话犯了愁,要把这事办圆满,撒谎是难免的,关键是这谎往哪里撒。一路上二人商量,蒋仲之把面子看得重,当以保住老蒋的面子为主,至于话怎么说,只好当面随机应变了。这时候,日头已经升起,暑气蒸人,二人蔫了秧子似的无精打采,松松垮垮一路走来,刚进西门城门洞,忽听有人喊,扭头一看,蒋仲之坐在一个茶摊前,面前一碗粗茶泡得淡如清水,怕是早就候在这里了。陈依玄和冯鞠元互换了个眼色,遂在茶摊前坐下来,一人要了一碗凉茶喝下,正寻思如何开口,蒋仲之却先说话了:"二位老弟,看来这一趟不顺啊。不过,我老蒋要谢谢二位,今个响午请你们去西津渡富春园喝两杯!"冯鞠元说:"蒋兄,事情是这样的……"蒋仲之一笑,摇了摇手,说:"这茶摊不是说话的地方,有话酒楼里说吧。这会儿还早,二位先去忙别的,我也正要去铺子里望望。响午酒楼见,不见不散!"说着,戴上凉帽,坐上自家的洋车,先自往西津渡而去。冯鞠元吧唧两下嘴,看了看陈依玄,陈依玄摇了摇头,说:"这也倒好,到时候,谎也不要撒了,实话实说吧!"

二人又喝了一会儿茶,醒了一会儿汗,差不多就到了晌午时分,遂起身奔西津渡而去。来到富春园,见蒋仲之已候在那里,酒菜已布好。无须寒暄,坐下来便执箸举杯,三杯两盏过后,冯鞠元看了看陈依玄,陈依玄晓得是让他说话,于是便开口道:"蒋兄,'谢民宴'你去不成了!"蒋仲之头扭向外,耳朵却听着,说:"结果我猜出来了,原因是什么?"冯鞠元怕伤了蒋仲之的自尊,插话道:"本来,刘大人倒是有安排,就是手下的人办事不力,疏忽了。"蒋仲之把头转过来,看了看冯鞠元,说:"可是真的?"冯鞠元说:"这还有假?不信你问依玄。"蒋仲之又转过来看了看陈依玄,陈依玄突然抬起头来,说:"蒋兄,实话实说吧,本来刘大人想到你了,觉得不妥。原因很简单,这回他邀请的都是有功名的人物,你的功名被撸了,所以没邀你!"蒋仲之愣住,呆呆地望着窗外半天,端起酒来,一饮而尽,把杯子一蹾,那撮山羊胡子突突直颤,说:"我老蒋不在乎他什么谢民宴,那算什么!今个我撂句话在这,有朝一日,他刘半汤拿八抬大轿来抬我,到那时我还不去呢!"说罢,又自斟一杯喝下,大喝:"伙计,算账!"伙计赶紧过来,怯怯地接过钱,蒋仲之冲二位拱了拱手,说:"我老蒋先走一步!"说罢,丢下冯陈二位,竟自大步跨出门去。望着蒋仲之的背影,冯鞠元叹口气,说:"真是没想到,老蒋的脾气越来越大了!"陈依玄冷冷一笑,说:"碰上这事再没脾气,他老蒋就不是男人了!"冯鞠元想了想,说:"怕是这样!"

谢民宴如期举行,客人们如约而至。当是时,但见人头攒动,济济一堂。刘半汤的芝麻官做得特别,事情办得也别致,大热天把这帮有头有脸的人请来,却设了一场独菜宴,一共四桌,每张八仙桌上只摆一大盆青菜烩豆腐,酒也没有,清茶代之。青菜烩豆腐,暗喻他刘半汤为官做人清清白白。茶是河南信阳毛尖,乃刘半汤家乡特产,自然含情带意,想必在座的心里都明白。陈依玄当场就想笑,这刘半汤真能做得出来,私下里跟冯鞠元咬耳朵,这顿谢民宴怕是不好吃啊!果然,宴至中途,刘半汤站起来说话了,先是一番感谢,感谢脂城百姓,感谢在座诸公,等等。实实在在,说得一群有头有脸的人都很感动。最后,刘半汤说,朝廷最近手头紧,拟开新政,辛丑赔款,训练新军,凡此种种,都少不了花银子,因之省府下了指示,要各州县增捐加税。自古捐税惹民怨,官文下发多日,就是推行不下去,尤其脂城商户,尽皆躲避,抵抗有加。本县实在没招使了,还望在座各位捧场,在百姓中多多美言,好让我刘半汤尽了责,能在脂城再混几年。说罢,一躬到地,屁股撅着,半天不起。本来,满场乱哄哄的,这一鞠躬倒像点了诸位的哑穴,顿时鸦雀无声,你看我我看你,满场只见大大小小黑黑白白的眼珠转来转去。这时候,刘半汤缓缓直起身来,四下望一望,众人都低下头来。刘半汤怕是心里有数了,说:"诸位贤达,我刘某奉命给朝廷办事,朝廷要办,我不得不办。我要是办了,诸位也别埋怨!"说罢,转身捂着肚子上茅厕去了。

赴过谢民宴,陈依玄和冯鞠元一起回西门。陈依玄一路想着刘半汤宴会上的表演,一路笑。冯鞠元也跟着笑,说:"多亏老蒋没来,来了还不要多丢些银子!"陈依玄说:"不来,该他丢的银子也得丢,你没听刘半汤说,朝廷要办他就得办!"冯鞠元点点头,说:"看来这一回朝廷的刀子磨得有毫快,怕是老百姓的日子不好过了!"陈依玄说:"只鸡尺布,并计起捐,碎物零星,皆要摊税。老百姓的日子不好过,朝廷的日子就不好过。自古如此,不信等着瞧!"

二人边走边议,不觉间出了西门,迈过一里桥,来到二里街,抬眼便看见樟树掩映下馋秀才的招牌。冯鞠元说反正闲来无事,不如去看看老蒋。陈依玄本来不想去,架不住冯鞠元又拉又扯,便跟着去了。来到铺子前,却不见蒋仲之,跟伙计一打听,说蒋仲之去城里商会议事去了。既然是议事,怕是一时半会儿回不来,冯鞠元便拉上陈依玄到家中小坐。二人正走到福音巷口,却见一辆亮瓦瓦的洋车迎面过来,冯鞠元眼尖,说:"那不是老蒋的洋车嘛。"话音才落,车子已到跟前停了下来,蒋仲之下车便说:"二位老弟,刘知县太黑心,你们看看,这一回加了多重的捐税!"说着,便拿出几张官文来,递到二人眼下。二人早就晓得这回事,凑趣顺便扫一眼。蒋仲之抖着山羊胡,说:"就这几项算下来,比往年翻了近三番。骨头缝里也要剔二两肉,这刀子也太快,还让不让买卖人活了!"陈依玄说:"这是朝廷的旨意,怕不是七品知县能做主的事!"蒋仲之把眼一瞪,见四下无人,悄声说:"知县做不了主正好。这两天,商会上下商议好了,与其让官府扳倒骗了,倒不如自己阉了卵蛋!从明天起,这脂城上下,就有他刘大人的好看了!"冯鞠元说:"捐税如此重,实在过分!不过,布衣黔首,能给他什么好看?"蒋仲之身子往后一斜,神秘一笑,说:"等着瞧!"说着,便匆匆去了。冯鞠元望着蒋仲之的背影,说:"官逼民反,看来乐山兄说得对,山雨欲来风满楼啊!"陈依玄苦笑,说:"脂城百姓还算老实,听说外地早就闹起抗捐了!"冯鞠元说:"好!闹点事出来,总比这不死不活的要强毫些!"

  转天,天将蒙蒙亮,厨子老沈父子照例去西津渡露水市上买活鱼活虾。陈家旧例,顿顿离不开鱼虾,且非鲜鱼活虾不得下锅。老沈走后,陈依玄早早起来,先在后院打了一趟五禽拳,差不多天亮的时候,便把心碧叫醒,给她治病。如今心碧长大了些,一见把她往后院带就闹,又踢又抓,连哭带叫。为此,陈依玄专门做了一把椅子,高靠背带扶手,回回都要把心碧先放在椅子里,从头到脚一一捆上系牢,跟上刑似的。仙芝和阿金都不敢看,陈依玄也不让她们看。一开始还让小结巴帮忙,后来熟练了,一个人做起来也还顺手。

  按说,心碧到了开蒙识字的年纪,却一句整话还不能说。对心碧,仙芝又心疼又烦,虽是亲生骨肉,日久天长,早失了耐心。陈依玄却有耐心,每天早上都要教心碧,一字一句地教。功夫不负有心人,心碧已经能说出三四个字一句的话了。这一天,陈依玄要教心碧五字一句的话,这句话是:"日头出来了"。陈依玄说了两遍,心碧呆呆地不张嘴,陈依玄哄了半天,心碧只能说"日头出"或"日头出来",就是说不好"日头出来了"。陈依玄口干舌燥,急得一身是汗,心碧还是说不好。

  就在这时候,大门哐当一声响,只见小结巴噔噔地跑进来,大喊:"街上罢市了!"陈依玄抬起头来,只听小结巴又喊一句:"街上罢市了!"话音才落,心碧脱口而出:"街上罢市了!"虽说吐字不清,却能听明白。陈依玄一愣,继而心中大喜,蹲下来说:"心碧乖,再说一遍!"心碧不说,傻呵呵地笑。

陈依玄把小结巴叫过来,说:"小结巴,再说一遍!"小结巴以为陈依玄不相信他的话,憋红了脸说:"街上真罢市了!"话音刚落,心碧接着便说:"街上真罢市了!"这一回却是六个字,陈依玄又喜又惊,对小结巴说:"再说一遍!"小结巴说:"不信你问我爹!"心碧接着说:"不信你问我爹!"正说着,只见老沈喘着粗气进门了,说:"买卖人造反了!买卖人造反了!"心碧也跟着说:"买卖人造反了!买卖人造反了!"陈依玄这才想起问个究竟,老沈说:"一大早去西津渡,露水市上一个人也没有,折回头走到西门这边一看,个个店铺门板都不下,敲门一问,说是商会安排罢市抗捐!"陈依玄马上明白,这怕是老蒋昨个所说的"好看"了。老沈说:"没鱼没虾,晌午饭只好将就了,只是还不晓得要罢几天市呢!"陈依玄笑了笑,说:"罢就罢吧,将就几天是几天吧!"说罢便将小结巴和心碧一起带到后院,让小结巴喊话给心碧学。小结巴喊一句,心碧学一句,陈依玄喜欢得不得了,大喊仙芝快来看。仙芝刚刚起床,头还没梳,以为出了大事,趿着鞋就往后院跑,只听小结巴喊一句:"我要吃米糖!"心碧跟着说:"我要吃米糖!"小结巴说:"我要吃好多米糖!"心碧说:"我要吃好多米糖!"仙芝扳着手指一数,心碧竟能说出七字句的话来,当下惊喜交加,搂着身旁一棵柿子树,竟呜呜地哭起来。

从这天起,陈依玄足不出户,与仙芝一起,陪着小结巴教心碧学说话。小结巴没有上过学,肚子里没墨水,尽说些吃吃喝喝鸡呀狗的,没个正经。仙芝觉得太俗,让陈依玄赶紧编一套学话课本,陈依玄很以为然,熬夜编了一套,有五言绝句,如"白日依山尽"等十首;有七言绝句,如"两只黄鹂鸣翠柳"等十首,还有四言的《千字文》片断。因小结巴不识字,陈依玄先把小结巴教会,再让小结巴带心碧。小结巴已经十五六岁,口齿也比小时流利许多。到了第三天,心碧已经能把五言四句的《登鹳雀楼》背下来了。对陈家来说,这可不是小事,尤其是仙芝,只当是天大的喜事。晚饭后,仙芝特意给心碧洗过澡,换上新裙子,香喷喷地在正房堂屋坐定,便把老沈和阿金一起叫来,听心碧背诗。陈依玄在一旁指挥,先由小结巴背一遍,接着让心碧背,头一遍心碧漏了一句"欲穷千里目",仙芝一旁提醒,第二遍再背,就顺顺当当了。仙芝兴奋得手拍得生疼,老沈和阿金听不懂诗,只当心碧的病治好了,也跟着高兴,啪啪啪地拍手。平日里,心碧都是阿金带着睡,这天仙芝非得自己带心碧睡,阿金也高兴,说:"我可以好好睡个安稳觉了!"

第四天一大早,陈依玄起床后去打拳,老沈又去西津渡,看看能不能买到新鲜的鱼虾。等到陈依玄打完拳,给心碧治完病之后,老沈乐呵呵地回来了,一进门裏带着一股鱼腥气,陈依玄问:"外面复市了?"老沈点点头,把篮子一亮,说:"今个有鱼虾吃了!"心碧正在背诗,马上丢下诗,跟着说了句:"今个有鱼虾吃了!"老沈就笑,说:"真乖,我这就给你做去!"心碧又学了一句:"我这就给你做去!"陈依玄也笑。

早饭吃过,陈依玄便潜心给心碧编新课程,才写了几页,只听门外一阵洋车铃铛响,隔着书房的窗子一望,蒋仲之春风满面地进了天井。陈依玄放下笔迎上,落座之后,蒋仲之捋了捋山羊胡子,说:"今个复市,你晓得吧?"陈依玄点点头,说:"官府让步了?"蒋仲之抿嘴一笑,点点头。陈依玄笑着拱拱手,说:"蒋兄为脂城百姓办了一件大好事,敬佩敬佩!"蒋仲之连忙还礼,说:"不敢不敢!办这事我也有私心。不瞒你说,就算如今买卖不做了,我老两口后半辈子吃喝也不犯愁。问题是我咽不下这口气!"陈依玄说:"还是为了刘半汤没请你?"蒋仲之又笑了笑,摇着脑瓜说:"依玄老弟,还记得我那天在酒楼说过的话吗?"陈依玄点点头,问:"刘知县拿八抬大轿去抬你了?"蒋仲之说:"那倒没有,不过他刘半汤昨个后半响竟屈尊登门了,好话说了一筐箩!"陈依玄冲他伸出一个大拇指,说:"捐税的事,刘知县答应怎么办?"蒋仲之说:"如今我才晓得,原来当知县也不快活。他说,先复市让百姓过日子吧,捐税的事,拖一天算一天,实在不行,大不了打上包袱回河南去,家里还有几亩田哩。你想啊,都是读书人,都讲道理,我老蒋能眼看着人家丢了乌纱帽不管吗?我就跟他说,依玄说过,坏事也能变成好事,关键看你怎么变。他揪着耳朵问,咋变?我就说,捐税加三倍,像脂城这样的富庶之地都难办,怕是哪个县也扛不下来。古话说得好,法不责众,都完不了税,大哥不说二哥,上头能拿你怎样?再说,你在脂城连任是百姓联名保下的,又不是你求来的,民心所向,腰杆还不硬起来?论年纪,你刘大人比我还长几岁,怕是也吃不了几年皇粮俸禄,不如给脂城百姓留个好名声。我这么一说,他头点得像捣蒜。我又跟他讲,刘大人,若是把这事办好了,将来你丢了饭碗,我蒋某人把你当作亲爹老子来养着!刘半汤一听这话,马上眼泪下来了,拉着我的手说,老弟啊,你又仁又义,仁义双全,跟你一比,我的书算是白念哩!"说到这,蒋仲之摇摇头,竟长长地叹了一口气。陈依玄也跟着叹了一口气,说:"人活着,都不容易!"

正这时,仙芝扯着心碧的手走进来,让她叫:"蒋伯伯好!"心碧叫了声:"蒋伯伯好!"蒋仲之素知心碧天生痴呆,口齿不利,突闻她说出完整的话来,忙问:"伢病好了?"陈依玄说:"说起来,这得感谢你!平日里,一句话教半天她不会说,那天早上一听街上罢市了,张嘴就说出来了!"蒋仲之说:"真有这奇事!"仙芝接过话说:"那还有假!我家心碧不仅能说出整话,这几天还学会背诗呢。"说着,又让心碧背诗,心碧也不扭捏,张嘴便背了一首,蒋仲之喜得哈哈大笑,俯身抱起心碧,说:"乖丫头,看来跟我老蒋有缘,往后就给我老蒋做干女儿了!"陈依玄还没答话,仙芝答道:"承蒙蒋老板看得起,我家心碧高攀了!"蒋仲之说:"这话说得见外了。想我老蒋能有今天,还不是当初多承依玄帮忙?眼看着我也是黄土埋半截的人了,膝下无儿无女,心里也慌。只要你们两口子舍得,我巴不得的!"仙芝说:"这事可不是玩笑,还是回去跟嫂子商量商量为好!"蒋仲之一晃脑瓜,说:"好大事!我家大事小事由我定,这个干女儿,我认定了!"仙芝说:"既然这样,那就择个日子,让心碧给您和嫂子磕头改口。"蒋仲之说:"今个就是好日子,晌午就摆酒认亲,我这就去安排!"说着,不容商量,便匆匆而去。

脂城的规矩,认干亲要有仪式,讲究的人家更是一毫不能马虎。焚香放爆竹已毕,双方家长坐在一起,旁边有请来的客人见证。仪式名堂多,大致分"钻裆再生""剪发归宗""改口认亲"等几步,如唱折子戏一般。干爹干妈坐上座,干妈弓起双腿,膝上搭一块红绸布,让伢从干妈裆间钻出来,比喻干妈再生了伢一回,从此相当于亲生了。之后,干爹亲手剪下伢的一绺头发带走,伢给干爹干妈磕头,磕完头便改口叫干爹干妈,干爹干妈应了,在伢脖子上挂一把长命锁,金的也好,银的也罢,总之是保伢长命富贵,末了还要给伢备一副银碗银筷,意思是从此吃一家饭,便是一家人了。

仪式本来是个过场,因为看得重,蒋仲之安排得尤其仔细。安排好酒楼之后,蒋仲之又把冯鞠元两口子请来做证人,三家人坐在一起,自然欢乐非常。仪式开始,蒋仲之两口子并肩坐上座,赵氏乐得合不拢嘴,两眼眯成一条缝,不留意竟看不出来。因为体胖,由蒋仲之帮忙,赵氏费了半天劲才把两腿弓起来,早有人递上一块红绸布,搭在赵氏双腿上,如同搭起一顶帐篷来。仙芝抱过心碧,让心碧从红绸子下穿过去,心碧一时不情愿,直往仙芝怀里钻,众人七嘴八舌,左哄右劝都不听。这时,毓秀人来疯,突然从奉莲怀里挣脱出来,蹿上去便从赵氏两腿间钻进去,惹得众人大笑。且说心碧见毓秀钻了,煞是好玩,也跟着钻进去,两个伢躲在红绸子底下玩,喊也不出来,众人又哄劝一番方罢。奉莲趁机说:"蒋老板,干脆把我家毓秀也认了吧,一儿一女,热闹!"蒋仲之高兴很,拍着赵氏的肩,说:"好!有儿有女,咱也儿女双全了!"

　　这顿饭自然吃得香,酒也喝得欢。蒋仲之心里畅快,酒喝得顺溜,菜没上齐,便晕晕乎乎了,因跟陈依玄坐在相邻,悄声说:"依玄,如今你我是亲戚,如同一家人,我得跟你说实话。"陈依玄问:"什么实话?"蒋仲之嘻嘻一笑,说:"你可晓得,他刘大人为什么屈尊登门来求我老蒋?他不是怕我,也不是怕商会,更不是怕罢市!"陈依玄问:"他怕哪个?"蒋仲之搂着他的颈子,热烘烘的嘴贴在耳边,说:"他怕青皮帮!"陈依玄不禁一惊,未等多问,蒋仲之接着说:"尚文够义气,托他办事,马上就办,办得好,办得让人放心!"陈依玄想了想,才说:"那是,那是!"蒋仲之又说:"这世道,帮比官可靠!"陈依玄点点头,又说:"那是,那是!"

第二十一回　着新衣奇服惹非议
　　　　　　放河灯神火烧倭船

　　鞠平换上一身新衣,独自在房里打量半天,上上下下,前前后后,都满意。这身新衣,新在样式,上身是白洋布西式对襟高领短袖衫,下身黑斜纹直筒长裤,脚上是短皮靴,靴帮上有指甲大的铜钉,别有英武之气。这不男不女的样式,在脂城只有两个女子敢穿,除了鞠平,就是凤仪。凤仪从上海带回来的不仅有照相,还有穿着打扮。凤仪的打扮在别人看来不男不女,过分扎眼,在鞠平看来却洋气得很,头一回见着就眼馋。前天,鞠平从凤仪那里借了衣服做样子,由罗丝陪着到洋布庄扯了布,请城里的裁缝照样子做了这一身,一大早上拿回来,便急着穿上了。

　　自教会学校并入天择新学后,天择新学成立了蒙学部,鞠平一直在那里做事。因新学外聘了各科先生,鞠平不再兼识字课。一边帮着哥哥鞠元料理杂务,一边读书。经过韩尚文绑架安牧师那件事后,哥哥鞠元明里不再逼着鞠平嫁人,暗中还是替她着急,这一点鞠平自然能看出来。不过,人各有缘,缘由天定,鞠平倒是心里坦坦的。

　　头天,鞠平跟罗丝约好,一起去城里照相。照相如今成了脂城人的时尚,年轻人见面就问照相了吗,可见那份热情。罗丝在新学兼教英文课,下课后便在路口等鞠平。二人见面,说着笑着便进城了。算起来,鞠平和罗丝一起照相,这已是第三回了。因来得多,见面勤,跟凤仪成了熟人,都觉得凤仪人不赖,大方健谈,乐与相处。凤仪为人活络,晓得她们是教会的人,又在新学做事,明里暗里对罗丝和鞠平多几分尊重,两好搁一好,都开心。

　　来到照相馆,正好凤仪空闲,照了相,又一起呱一时,便到了上客的时候。因头两回照相都是罗丝付账,这一回鞠平执意要还她人情,便争着付账,罗丝不肯,两个人客气了半天账还没结成。凤仪在一旁看着笑,实在看不下去了,便从中调解,说:"都别争了,这个账哪个都不能结,算在我头上。不过,你们得答应我,把你们的相片挂在小店橱窗里,给我撑撑面子!"鞠平本来不大愿意,觉得把相片放在橱窗里供人观赏总归不妥。罗丝却高兴很,不跟鞠平商量,便满口答应下来。鞠平晓得,罗丝倒不是想占几个钱的便宜,只是觉得开心,既然她话已出口,驳了罗丝的面子不好,于是便答应了。

　　正这时,忽听门外人声嘈杂,接着进来一帮人,为首者前脚刚跨进门,便喊:"老板可在?"这一喊,声如洪钟,凤仪刚刚起身迎上,那人已到面前。鞠平抬头一看,原来是韩尚文,心里不禁咯噔一下。自从上回韩尚文逼婚不成,鞠平跟韩尚文没再见过,偶尔听得三言两语,晓得他成了青皮帮的老大,走到哪都前呼后拥,走到哪都受人尊敬,连知县刘半汤都怕他几分。不过,鞠平并不记恨韩尚文,也不怕他,有时想起韩尚文在蜡烛山那座破庙里的样子,似乎能隐隐嗅到狐臭,只想笑。此时,韩尚文也看见了鞠平,先一愣,接着笑着点点头,倒也大大方方。鞠平也一笑,自然没话说。倒是罗丝认出韩尚文后,顿时生起气来,不能原谅他曾绑架安牧师,瞪他一眼,拉着鞠平就往外走。韩尚文一时有些尴尬,面子上很不好看,又不便多说,便跟凤仪说起话来。

　　鞠平跟罗丝回到西门礼拜堂小坐一会,便去新学做事,刚出巷口,迎面碰上仙芝抱着心碧走来,阿金拎着大包袱紧跟在后面,看样子要回娘家。这几年,鞠平跟仙芝不再像小时候那样亲,不是不想亲,是亲不起来。仙芝怕是早就晓得鞠平暗中惦着陈依玄,只是碍于情面没有点破罢了。毕竟是邻居,平日里见面,招呼还要打,说几句不冷不热的话也是常理。见仙芝走近,鞠平停下来,先开口招呼:"仙芝姐,回娘家呀?"仙芝笑,说:"在家闷着烦很,听戏去。"鞠平说:"去城隍庙,还是会馆街?"仙芝说:"哪好去哪。"鞠平说:"就是!反正戏台子多,有的挑!"说到这,正想走,仙芝突然拉住她,上上下下瞅一遍,说:"啧啧!这一身真新式,洋气很,老远地看,还以为是个男人呢!鞠平呀,上街可要当心,别让人把你抢了去!"鞠平笑,胸脯一挺,说:"放心,没人敢抢我,只有我抢人!"本是话赶话,说者无心,听者有意,仙芝的脸马上寒下来,半天没接话,无端地对阿金发火道:"阿金呀,还是赶紧叫轿子,在那瞪眼死看,也想穿一身洋装等人抢?"阿金不敢再逗留,拎着包袱赶紧招手唤来轿子。鞠平自知嘴上失误,但话已出口,又收不回,独自懊恼一回。仙芝上了轿子,阿金看了鞠平一眼,冲她使了个眼色。鞠平一笑,便不再往心里去,只当没有发生过一样了。

走到新学巷口,忽见一干人呼啦啦地叫着朝西津渡跑,一打听才晓得西津渡出事了。原来日本洋行的"日昌号"货轮从芜湖驶抵西津渡,船上竟悬挂日本国旗,码头上的人看不惯,不让它靠岸,双方僵持不下,日本船员动手把码头上的人打伤了。甲午之后,日本船来脂城不稀罕,贩来各种洋货,让脂城的商家吃了不少亏。年前商会组织过商家抗议洋货的游行,鞠平带着学生参加过,嗓子都喊哑了,最后官府不管,也就不了了之。如今日本人越发猖狂,竟动手打伤人,着实令人气愤。鞠平觉得事件重大,小跑着来到新学,进院门时恰与冯鞠元迎着个正着。冯鞠元见鞠平一身不男不女的打扮,皱了皱眉,说:"慌慌张张干什么?"鞠平说:"西津渡出事了!日本人的船挂着日本国旗,进了西津渡,跟码头上的人打起来了,伤了人!"冯鞠元说:"内河行船,挂日本国旗就无理,还打伤人,简直欺人太甚!"鞠平说:"城里好多人都去抗议了,我们也把学生拉出去吧!"冯鞠元想了想,说:"我去看看形势,回来再说。"说着便跨出门去,走几步又回过头来,说,"看看你穿得像什么,还不回去换下来!"鞠平头一歪说:"我喜欢!"鞠元晓得再说也没用,便匆匆往西津渡而去。

正好在课间,学生正在做体操,鞠平一进来,惹得学生围着她看新鲜,七嘴八舌,议论纷纷。几个年轻的先生都夸鞠平这一身有英气,鞠平听罢甚是得意。也有上了年纪的先生对此嗤之以鼻,鞠平全当没看见。不多时,冯鞠元急匆匆跑回来,把西津渡的情况一说,先生们群情激愤,嚷着要去抗议。冯鞠元说:"各位,我们天择新学凭什么叫新学,就凭我们的校训:务实求新,兴国安邦。如今日本人把国旗挂到家门口,还打伤了我们的同胞,我们还捏着鼻子不吭声,何谈兴国,何谈安邦?!"大家都赞同,揎拳捋袖地要去抗议。冯鞠元说:"码头上已经闹起来了,人多容易出乱子,小学部的伢们太小,留在校内不能动,中学部的全体出动,列队出发!"说罢,把鞠平拉到一旁,说:"你在这里好好守着,哪也不许去!"鞠平不干,说:"我要去!"冯鞠元说:"你去了,小学部的伢们哪个管?"鞠平说:"让别人管!"冯鞠元说:"就你!"鞠平说:"凭什么就是我?"冯鞠元看了看,说:"你看看你这一身,像什么样子!"说罢便走到院子里招呼中学部学生列队去了。鞠平满心不服,却没办法,眼巴巴地看着冯鞠元率众出了院门,一路喊着口号而去。

  鞠平心里藏不住事,想着西津渡上的热闹,心里如同长草一般,因看护学生,又不敢走。正这时,恰好安牧师两口子来送英文课本,鞠平便将学生托付给他们,一路小跑而去。半途中,遇见蒋仲之领着几个伙计也往西津渡去。蒋仲之扫了鞠平一眼,说:"鞠平,你这身打扮真洋气,像个假小子!"鞠平说:"洋气就像假小子?蒋二先生,你这是夸人还是骂人?"蒋仲之说:"怎会骂你呢?我要留着口水骂日本人呢!"鞠平说:"蒋二先生,你把伙计都带出来,家里的生意不做了?"蒋仲之说:"傻丫头,人都跑到码头上去了,还跟哪个做生意?"鞠平说:"就是,日本人实在可恨!"蒋仲之说:"鞠平,你身上穿的是洋布吧?"鞠平说:"扯布的时候,我就问过了,这不是东洋布,是西洋布。不信你摸摸!"蒋仲之连忙躲开,说:"不摸不摸,不是就好!"

  西津渡人山人海,一时找不到冯鞠元等人。鞠平拼命从人缝里挤进去一看,一条大火轮泊在河中,把河道堵得严严实实,上写"日昌号",火轮上太阳旗高高地挂起,迎风哗啦啦直抖。几个日本船员端着长枪,正与岸上的人默默对峙。鞠平小时候听陈依玄讲过甲午海战的事,晓得日本人不好惹,突然大喊一声:"日本船滚回去!"这一声很尖,像刀子一样劈开码头上的沉默,紧接着,许多个拳头举起,跟着喊:"日本船滚回去!日本船滚回去!"顿时喊声如潮,一波一波,怕是要把西津渡震翻了。

突然，人群中一阵骚动，中间自动分出一条路，鞠平抬眼望去，只见韩尚文带着几个人快步走来。韩尚文边走边脱衣服，到了河边只剩短衣短裤。有人拉过来一条小船，韩尚文纵身跳上小船，箭一般划去，借着大船掩护，不多时便绕到日本火轮的背后，悄悄接近后，从腰间掏出一把飞刀，抬手一甩，只见一道寒光，日本火轮上的旗缆登时断开，太阳旗唰地掉落下来。随即，岸上欢呼一片。

这一幕并不太久，鞠平却看得惊心动魄，一直为韩尚文捏把汗。小船折回岸边，韩尚文纵身上岸，扬长而去。鞠平呆呆地看着韩尚文的背影，一时竟缓不过神来。突然，有人拍了她一下，回身一看是冯鞠元。冯鞠元压低声音说："傻丫头，还不赶紧回去！"

"日昌号"事件后，日商要求县衙查办"飞刀人"，知县刘半汤晓得是韩尚文所为，因惧青皮帮的势力，又恨日本人的张狂，借口生病避而不见，一拖再拖，一直拖到第四天。这一天是七月十五。

七月十五是中元节，又称鬼节。脂城的俗例，七月十五放河灯。放河灯一为祭奠，二为祈福。月上中天，盏盏河灯漂于河面，点点灯火，映着水波，闪金耀银，顺流而去，那景象美不胜收。河灯式样有多种，花鸟鱼虫，瓜果百蔬，家畜家禽，等等等等。总之天上飞的，地上跑的，河里游的，只要有模有样，都能做出一模一样的河灯来。在西门，河灯做得最好的，不是哪家的巧妇，而是陈依玄。陈依玄做河灯的手艺不是祖传，是从书上学来的，不单是样子逼真，且会自动划水。很多人跟他学，只学会做样子，却学不会里面的机巧。这些天里，陈依玄早早备好了材料，给心碧做河灯，那心思一看便知，是为心碧祈福。除了做往年的几种灯，陈依玄特意设计一种蜜蜂灯，不仅会自动划水，还能从水面飞起来，在家里试了几回，心碧看了喜欢得很。

这一天，陈依玄正在家中做灯，冯鞠元来了，跟他说起"日昌号"的事。陈依玄那天并没在场，觉得日本船太没规矩，对韩尚文的义举，大大地赞扬一番。冯鞠元说："'日昌号'停在西津渡不走，一定是在等着县衙查办结果,照这样僵下去,万一朝廷过问,怕刘半汤顶不住呀!"陈依玄说:"如今各地起事不断,朝廷怕是没心思管这等闲事。况且刘半汤是个属鸡的官,会划拉事,说不定他自有办法。"冯鞠元说:"话虽这么说,不怕一万就怕万一,万一他划拉不好,往后日本人胆子更壮,到时候西津渡就没安生日子了。依我看,不如借机把事情做到底,让日本人心里有个怕!"陈依玄说:"小打小闹惹人嫌,伤筋动骨才让人怕,办这事得有好办法!"冯鞠元说:"听说'日昌号'上装有洋油,你看是不是用火?"陈依玄说:"油怕火,办法当然好,只是如何点着呢?"冯鞠元说:"这得你想办法,你要是没办法,那就没办法了。"陈依玄想了想,说:"办法倒是有。"冯鞠元说:"说来听听。"陈依玄说:"附耳过来。"冯鞠元把头凑上去,听陈依玄一说,顿时双目放光,说:"好!"陈依玄说:"好是好,只是这事你我都做不了,要有得力且放心的人去做才好!"冯鞠元眨巴眨巴眼,说:"人嘛,我来想办法,你就放心筹办吧!"

　　陈依玄把一切都准备妥当,已到晚饭时候。刚刚放下饭碗,冯鞠元匆匆赶来,约陈依玄马上一起去凤仪照相馆。仙芝正给心碧换衣裳,听说他们要去照相馆,说:"黑灯瞎火的,这时候去照相?"陈依玄说:"有事情要商议。"仙芝说:"那么多的茶楼酒楼不去,什么要紧的事非得去照相馆商议?怕是心里系着那个老板娘吧。"冯鞠元笑了笑,说:"事情要商议,老板娘也要见,两不误!"仙芝一脸不高兴,对陈依玄说:"心碧七等八望候这么多天,衣裳都换好了,你还带不带她去放灯?"陈依玄看了看心碧,说:"我有事,你和阿金带她去吧。"说罢,摸一摸心碧的头,跟着冯鞠元出了门。

　　来到照相馆,凤仪早就候在门口。来到楼上,见韩尚文带着几个弟兄早坐在那里,陈依玄心里有数,这是冯鞠元的安排。刚刚坐下,又听门响,凤仪下去,不一会儿领着蒋仲之来了。众人坐下来,也不寒暄,由陈依玄把步骤一一做了说明,韩尚文及其弟兄点头表示领会。蒋仲之已把两桶洋油和几支喷水枪买好,喷水枪是竹子做的,陈依玄一一试了试,感觉顺手,便放心了。一切落实妥当,抬头望窗外,一轮明月已升上对街的楼顶。韩尚文站起来,率他的弟兄出了照相馆。又过一会儿,陈依玄、冯鞠元和凤仪一起,奔西津渡而去。

来到西津渡,已是月上中天,但见河边人影绰绰,河中灯火丛丛,月光灯影,把脂河两岸映得分外妖娆。"日昌号"的船头有两盏灯火,几个船员在甲板上饮酒作乐。正这时,只听有人喊一声"玄哥",扭头一看,是鞠平。鞠平拎着两盏河灯,来到近前,说:"玄哥,刚刚看见仙芝姐带着心碧放灯,没看见你,以为你不会来呢!"陈依玄说:"仙芝和心碧来过?"鞠平说:"早就来过,放过灯就回了,这时候怕是已到家了。"陈依玄点点头,不再说什么,鞠平却来了兴致,非让陈依玄看看她做的灯好不好,陈依玄应付一声"好",鞠平不满意,缠着他再看,冯鞠元看不过去,喝道:"二十多岁的大姑娘了,还像伢们似的,好好放你的灯去吧!"鞠平反驳道:"人家让玄哥看,又没让你看,你发哪门子火嘛!"冯鞠元说:"去去去,我们还有事呢!"凤仪马上过来调解,拉着鞠平的手,说:"走,我陪你去放灯。"

正这时,韩尚文领着几个弟兄抬着东西来到河边。按计划,先把两桶洋油打开,分装几坛,韩尚文命几个青皮帮弟兄,各持一把竹子做的水枪,搭上两只小船,悄悄地朝日昌号船尾划去。然后,陈依玄放出几盏"蜜蜂灯",吸引日昌号上船员的注意。果然,"蜜蜂灯"一放出,引得那几个船员大呼小叫着围上船头观看,兴致甚浓。那几个弟兄将船靠近,用水枪吸着洋油,把日昌号上上下下喷了个仔细,竟没被察觉。等那几个兄弟回到岸上,一干人躲在僻静处等待时机。这时,一片薄云遮月,四周突然暗了下来,陈依玄赶紧把那盏特制的"蜜蜂灯"的引信点着,瞄准日昌号,只见一道白光一闪,那盏灯贴着水面朝着日昌号直直射去,眨眼间,贴近了日昌号,突然一柱烟花从灯身上喷出,烟火足有丈余,瞬间便把日昌号点着了,等到船头的船员发现,火势已起,不多时便浓烟滚滚,火光冲天。

陈依玄回到家中,月已西斜,满院的清辉,如水似银。仙芝的房里亮着灯,窗纱上有两个人的影子,一高一低,墨染一般,清晰可见。陈依玄侧耳一听,仙芝在和阿金说着什么,叽叽咕咕,颇为神秘。这时,听见响动,阿金便出来开门,见是陈依玄,低下头一声不响,抱着心碧去睡了。陈依玄倒没在意,因一晚的折腾有些乏倦,想洗洗歇着,却被仙芝拉住。仙芝说:"坐下,有件事跟你说说。"陈依玄不坐,说:"有事说吧。"仙芝说:"这事一两句话说不完,你一副立等要走的架势,让我怎说?"陈依玄只好坐下来,看了看仙芝,说:"赶紧说吧。"仙芝不紧不慢,关上房门,悠然抱着双臂靠在门上,这才说:"依玄,你我分开有几年了,这样下去不是办法。这些日子,我想了又想,你还是纳房妾吧。"陈依玄不禁一怔,从神情上看,仙芝怕不是说笑,一时揣摩不出她的意图来。仙芝接着说:"人呢,我看好一个,就是阿金。"陈依玄腾地站起来,板着脸说:"瞎搞嘛!"仙芝不睬他,自顾自地说:"阿金十二三岁买回来,一直跟着我,和我处得如同姐妹,秉性脾气我都晓得,老实本分,又有眼色,模样也不差,除了不识字,没什么不好。毕竟知根知底,总归比那些外头女人让人放心!"陈依玄听出仙芝话里有话,无奈地摇头,说:"仙芝,纳不纳妾,我自有考虑,你就别操这份心了!"仙芝叹口气,突然竟抹起眼泪来,说:"你说这话太没良心!我年纪轻轻,又不是七老八十,你竟和我分房,碰都不碰我。不碰就不碰吧,我也晓得你的心,亏了我一个人不要紧,不能亏了你陈家。要不然,我也不会犯贱操这份腌臜心。你是个读书人,可听过见过,天底下有几个女人像我这样,不到三十就张罗给男人纳妾的?说来说去,还不是为了心碧!伢命苦,爹妈不能跟她一辈子,既然你不愿跟我再生一个,就跟阿金生个一儿半女,将来心碧有个亲人做伴,好歹也不孤单!"陈依玄被仙芝说得心里一阵阵发紧,慢慢低下头来,想了想,说:"仙芝,你的心我晓得了,心碧的病,我正想法子治,也许会有好转。至于纳妾的事,我如今没那份心思,往后别再提了!再说,阿金也是苦出身,跟了我,怕是糟蹋了!"说着,起身开门要走。仙芝用身子堵住门,并不抬头,说:"我跟阿金说过,她也点了头。过两天让人把西厢房拾掇拾掇,择个日子你们就圆房吧!"说罢,转身扑到床上,呜呜地哭起来,好不伤心。陈依玄看了看仙芝,本想劝她几句,却又不知如何开口,长长叹口气,狠了狠心,便回书房去了。

第二十二回　　寂寞少妇替夫纳妾
　　　　　　　西门杂家自烹乌鸡

在脂城,大大小小的戏台有几处,出名的两处,一处在城隍庙,一处在会馆街。往年入秋,各路戏班纷纷进城,小七戏黄梅戏泗州戏,梆子坠子花鼓等等一应登台,直到来年正月十五方歇。期间,各路戏班都会拿出看家的本领,争一个高低,较一个上下,如此一来,热闹便可想而知了。说起来,在脂城这也算是旧俗,因着赛戏,戏子敛一些糊口的钱财,百姓饱一回耳目的福,两全其美。按说,城里有那么多大小戏台已够热闹,可蒋仲之偏偏凑热闹,以商会的名义,出资在西津渡搭起戏台,请来大大小小的戏班,轮番登台。由此,西津渡更是热闹了。

蒋仲之请戏班,原因有三。一是因脂河下游遭了秋涝,决了几处堤,泥石俱下,淤堵河道,官府下令整饬水路,责令大小的花船不许进入。至此后,花船在脂城西津渡绝迹,脂城人少了许多乐趣。蒋仲之为此想做件好事。二是这一年商会组织抗捐税成功,商家减了负担,荷包里有了盈余,都很高兴。再者,日昌号被烧之后,正赶上国内时局动荡,各地起事不断,朝廷无心过问,省府差人来查一回,知县刘半汤缩着脖子不搭理。省府见查不出名堂,走个过场给日本人瞧瞧,得了个"不明神火从天而降烧之"的结论,便不了了之了。对脂城来说,这也是桩喜事,庆贺一番自有道理。

西津渡的戏台于八月初八开了头锣,前两天唱的是梆子坠子花鼓之类,仙芝没去,第三天起唱脂城本地的小七戏,仙芝还不去。每到晚上,声声丝竹管弦,阵阵梆子锣鼓,驾着秋风由西津渡飘然而来,却撩不起她的兴致。仙芝不去,阿金心里痒得猫抓似的,却只好忍着。其实,仙芝是爱戏的人,逢戏必看,是在娘家就养成的习惯,久听成迷。就拿小七戏来说,凡上中下三路的唱腔都烂熟于心,不管是上路的山腔,下路的水腔,还是中路的和腔,只一句便能听出好赖。

仙芝不去,不为别的,心里烦。这些天,为陈依玄和阿金圆房的事,仙芝伤透脑筋。上回跟陈依玄说过之后,陈依玄嘴上说不愿意,心里怎样想,仙芝并不晓得。不过,仙芝晓得陈依玄是男人,正当壮年,心里少不了想女人。以阿金的模样和年纪,陈依玄不愿纳她为妾,一定是心里有人。陈依玄心里有人,这一点仙芝早就看出来,过去只是鞠平一个,如今又添了照相馆的凤仪。一个疯丫头,一个骚船娘,一对狐狸精,烦死人。不过,仙芝不怕,打定主意不让这两个狐狸精进家门。毕竟男人纳妾有规矩,捉不住她仙芝的错,即便陈依玄想纳妾,她正房这一关总归绕不过去,不管哪一个,她仙芝不点头,陈依玄胆子再大也不能带回家来。总之,西屋照样拾掇,家什物件照样置办,车到山前必有路,人心都是肉长的,他陈依玄总有动心的时候。

八月十五这一天,吃过晌午饭,知县刘半汤差人来请陈依玄去看病,说是老毛病犯了。陈依玄正要出门,仙芝嘱咐他早些回来一起吃中秋团圆饭,陈依玄答应着便出了门。前脚陈依玄走,后脚仙芝把厨子老沈叫来,吩咐他晚上多准备几个菜,老沈晓得一家人的口味,不必多问,便领着小结巴上街买菜去了。

天井东南角一株桂树,蓬冠如伞,高过瓦檐,满枝碎花开得正旺,一院子花香袭人,似乎把午后的秋光都染香了。心碧跟着阿金摘桂花,一边摘一边闻,样子好憨。阿金一边摘花,一边教心碧数数,摘一朵数一个数。阿金倒是卖力,教了一遍又一遍,心碧就是数不过十,急得阿金直跺脚。仙芝看着心碧一脸的呆痴,心中颇不是滋味,不禁叹口气,说:"阿金,让心碧自己玩吧,过来我帮你梳头。"阿金觉得奇怪,说:"大小姐,往常都是我服侍你梳头,怎敢让你给我梳,可别脏了你的手!"仙芝说:"往常是往常,今个是今个,我就要帮你梳!"阿金心里自然欢喜,过来偎在仙芝怀里,笑道:"大小姐,我明明看着,今早日头是从东边出来呀!"仙芝也笑,扯了扯她的耳朵,说:"死丫头,嘴油很!日头从哪边出来我不管,我今个就要给你梳头。唉!梳了这个头,你就成人了!"阿金先一愣,突然转过头来,说:"大小姐,你……"仙芝刮一下阿金的鼻子,说:"可晓得今个是什么日子?"阿金说:"不晓得,八月十五呀。"仙芝说:"八月十五是中秋,中秋之夜,花好月圆啊!"阿金似乎还不明白,仙芝贴在她耳边说:"今个晚上,给你们圆房!"阿金听罢,顿时脸红到耳根,捂着脸直摇头,刚散开一头乌发,眨眼间便乱得疯子似的。仙芝晓得阿金害羞,看着她笑,任由她摇去,等她停下来,又说:"阿金呀,今个是你大喜的日子,还想要什么,就跟我说。做女人一辈子就这一回,心里要过得去,不然会委屈一辈子!"阿金又摇头,仙芝晓得她不好意思开口,说:"这么多年,你我情同姐妹,你不说,我也不会亏待你。现成的想拿就拿,没有的往后再置办,总之别人家嫁女儿该有的,你都不会少!"阿金还是摇头,仙芝说:"阿金呀,别摇了,老摇让我怎么梳?这个头要梳好,梳不好不吉利!"阿金马上不摇头了,脸却一直红着,直到梳好头,脸上的红潮尚未褪去。

　　仙芝给阿金梳好头,又去桂树下摘了两捧桂花,一捧交给阿金收起来,晚上泡水洗澡,另一捧让阿金拿去,撒在西屋新床上的大红鸳鸯被下。阿金不解,仙芝叹口气说:"这么多年你还不晓得,他喜欢桂花香!"阿金没再说话,低着头去了。这时候,老沈和小结巴买菜回来了。老沈忙着做饭,仙芝把小结巴喊过来,领着他到书房去,把那张床上的被褥卷起来,再把床板抽了。做好这一切,天色近晚,不多时,陈依玄回来吃饭了。

　　因是中秋团圆饭,菜比往常多了许多,陈依玄倒没在意。饭前,仙芝提出要喝酒。酒是脂城米酒,前两天就备好了,泡了桂花,一开坛便浓香四溢。自从分居之后,仙芝每晚不喝几杯,就睡不好,久而久之,养成晚上喝酒的习惯。陈依玄平日里不陪她喝,睁只眼闭只眼,由她喝去。本来,陈依玄不想喝酒,因为过节,不想扫兴,又禁不住仙芝左哄右劝,只好端起酒来喝了几杯。陈依玄酒量不大,喝着喝着,眼睛就迷糊起来。仙芝站起来,说:"依玄,你是当家人,大过节的,我敬你一杯!"陈依玄晓得躲不过,便喝了。酒杯刚放下,仙芝又哄着心碧说:"心碧,你爹天天给你治病,操碎了心,你也敬一杯吧!"心碧不懂敬酒,嘴里咬着一块肉,傻呵呵地犯呆,仙芝代她举起杯来,对陈依玄说:"伢敬的酒,你得喝!"陈依玄笑了,说:"别的酒可以不喝,心碧的酒当然要喝!"说罢,下巴一仰,灌将下去。多喝了两杯后,陈依玄有了酒意,连连叫唤头晕。仙芝却不饶他,趁机让阿金过来敬一杯,阿金不好意思,仙芝瞪她一眼,阿金便扭扭捏捏地过来敬酒。陈依玄揉了揉眼,说:"阿金,这几年带心碧辛苦啊!这杯酒该我敬你才对!"阿金低下头没说话,仙芝说:"什么你敬她她敬你,你们俩一起喝两杯都有了!"陈依玄说:"喝就喝!"说着,先自一饮而尽,顺手还亮了亮杯底。仙芝见陈依玄还有几分清醒,便把厨房的老沈和小结巴叫过来,一人各敬他一杯。果然是酒壮怂人胆,陈依玄突然来了豪气,竟不拒绝,一一饮罢后,便显出头重脚轻来。这时候,仙芝说:"好了,不要再喝,我扶你去西屋歇着吧!"陈依玄摇摇手说:"不要你扶,我自己走,回书房!"仙芝说:"书房的床上霉了,拆下来晒了,你先在西屋歇吧!"陈依玄晕头晕脑地说:"秋天还上霉,我怎不晓得?"仙芝说:"你不晓得的事多着呢,赶紧去吧!"

仙芝将陈依玄扶到西屋新床上躺下,替他脱下衣裳,便听他打起呼来。这西屋由她精心收拾过,新床新被新家具,一看便是洞房的格局。仙芝看着陈依玄躺在大红的鸳鸯被下,心里颇不是滋味:天底下还有哪个女人如此犯贱,费尽心机撮合自己的男人跟别人鸳鸯共枕?想至此,仙芝不禁叹口气,轻轻关上门。阿金正在灯下叠心碧的衣裳,仙芝回房拿来一套粉红绸子新睡衣,递给阿金,说:"赶紧去洗澡吧,过后我送你去西屋!"阿金红着脸低下头来,又一番扭捏,仙芝突然不耐烦,瞪着眼低声喝道:"都三更半夜了,还不赶紧去!"阿金红着脸转身去了。仙芝看也不看,在背后冷冷地嘱咐一句:"别忘把桂花泡水里。"

仙芝牵着心碧的手到天井看月亮。满月如盘,高高悬于中天,月宫的桂树和玉兔清晰可见,好一个花好月圆,好一个良宵美景。此时此刻,这一切都与自己无关,仙芝的心里顿时五味杂陈。本来,仙芝想给心碧讲一讲嫦娥的故事,又怕心碧听不懂。本该听故事的年纪,却听不懂,伢的命好

第二十二回 寂寞少妇替夫纳妾 西门杂家自烹乌鸡

苦。老天呀,让心碧的病换到我身上多好,傻乎乎地什么也不想,心里也就不烦了!心碧不懂事,更不懂当妈的心,指着月亮叽里呱啦地口吐莲花,仙芝听不明白,由她说去。说着说着,心碧累了,连连打几个哈欠。因平日都是阿金带心碧睡,瞌睡来了,心碧就要找阿金。仙芝哄她说:"心碧呀,今晚跟妈睡!"心碧不依,要死要活非要找阿金,仙芝生气,在她屁股上狠狠拍了两巴掌,心碧就哭,仙芝也陪着哭。明月之下,一方天井,娘儿俩哭得伤心一片。心碧哭累了,慢慢睡着,仙芝的眼泪却没完没了,抹也抹不尽。

　　仙芝把心碧抱回房里睡下,阿金的澡也洗好了。灯光下,出水的阿金清香附体,粉红绸子睡衣底下藏着千娇百媚,楚楚动人,活脱脱一个画上走下来的小美人。仙芝看罢,不禁心尖一颤。阿金低着头,一声不吭,站在那里百般扭捏。仙芝过去在她头上轻轻搭上一方红盖头,阿金浑身一颤。仙芝说:"阿金,恭喜你了!"阿金还是不吭声,任由仙芝牵着手,慢慢地朝西屋走。来到西屋门前,仙芝轻轻推开门,把阿金牵到床前,扶她在床沿上坐下,然后轻轻揭开她的红盖头,只见她的脸比盖头还红,浑身抖得越发厉害。仙芝拍了拍她的肩,一口气把两只红烛吹灭,出门后又将门锁上才放心。回到自己房中,仙芝越想越伤心,扑到床上,一肚子的委屈,翻江倒海般涌起,却不敢哭出声来。

　　天刚蒙蒙亮,陈依玄被阿金哭声惊醒,扭头见阿金坐在床沿抹泪,顿时明白,原来头晚那一场酒竟是仙芝设的局。陈依玄气得面色铁青,穿好衣裳便去找仙芝,却打不开门,气得他大叫仙芝开门,门打开了。仙芝站在眼前,面色蜡黄,一脸的泪痕,一看便知一夜无眠。本来,陈依玄想发一通火,一见仙芝的眼神,却忍住了,只说了一句话:"你呀你!"仙芝倚着门框,目光呆滞,悠悠地说:"我?我是为你好,为你陈家好,为心碧好!"陈依玄摇了摇头,什么也不想说,转身走了。

　　这一天,陈家的日子都不好过了。仙芝又急又气病倒了,卧床不起,阿金觉得受了大委屈,没脸做人,整日哭哭啼啼。陈依玄除了给心碧治病,五禽拳也不练了,杂书也不看了,闷头在书房里唉声叹气。厨子老沈不晓得出了什么事,一天三顿饭,冷了热,热了冷,端上来又端下去,却没人动筷子,也跟着叹气。只有心碧,独自跑到桂花树下,一边摘花,一边闻,一边数数,摘一朵花数一个数,总是过不了十。不过,心碧看上去倒是快乐,数着数着,常常一个人傻呵呵地笑,不晓得笑什么。

又是一夜无眠,打个盹,天就亮了。陈依玄早早起来,打算给仙芝看病。生气归生气,仙芝的心,陈依玄还是理解的,无论如何,不能跟她一般见识。夜里上茅房时,陈依玄听到仙芝在房里呻吟,还不停地嗳气打嗝,怕是这回病得不轻。近一年来,仙芝的气色一直不好,初始两颊及鼻洼处起了黄褐斑,过些天额头和下巴上又生出暗疮来。仙芝本来是圆脸,如今两腮陷下去,看上去倒成了长脸。身上不舒坦,脾气也见长,仙芝动不动就发火,三天两头把阿金训得哭鼻子抹泪的。若是仅仅阿金受罪倒也罢了,厨子老沈也不得安生。仙芝整天叫着嘴里没味,顿顿饭都怪老沈烧的菜清淡无味,样样少不了拿去回锅,加酱加辣,一家人躺得舌头伸不出来,她还嫌没味。依陈依玄的观察,仙芝的病是因情志失调所致。暴怒伤肝,思虑伤脾,以致气机逆乱,气滞血淤。妇人以血为本,以气为用,气滞血淤,不得病才是怪事。春上,陈依玄也曾给仙芝配过一剂"天萝清斑汤",用天萝筋、姜蚕、白茯苓、白菊花各二钱,珍珠母四钱,加玫瑰花三朵,红枣十枚,煎浓收汁,早晚两次饭后服用,定了十天的疗程。仙芝服过之后,果然两颊有了红润,额上的暗痤消了不少。陈依玄又配了十天的药,让仙芝接着服,没承想仙芝突然发怒,一把将药拨到地上,噘着嘴说:"这药我吃了也白吃,你就别费心了!"陈依玄不恼,说:"有病就要吃药,眼看再追一剂你脸上就干净了,何必发火呢!"仙芝说:"生斑长疮都在我脸上,算我活该,最好再长一脸麻子,反正你又不稀罕看一眼!"陈依玄晓得仙芝话里的意思,无言以对,只好无奈地摇头。

这时候,冯鞠元急匆匆地来了,一进房里就把门关上,说:"出大事了!"陈依玄吓一跳,忙问:"一惊一乍的,出什么大事!"冯鞠元说:"刚刚接到乐山兄的信,说同盟会打算在武汉起事!"陈依玄接过信来一看果然不假,说:"大事,绝对大事!"冯鞠元说:"乐山兄信中说,他已经赶往武汉,让我们带些人去支援武汉,壮一壮声威!"陈依玄皱了皱眉,说:"你想去?"冯鞠元点点头,说:"我想去见见世面!"陈依玄说:"武汉我也没去过,真想去见见世面。可惜家里走不开啊!"冯鞠元说:"依玄,你本来是多么洒脱的人,怎么突然恋起家来?"陈依玄叹口气,把仙芝逼他与阿金圆房的事一说,冯鞠元听罢哭笑不得,连连摇头,说:"既然如此,何不趁这机会离开,过些日子再回来,到那时,仙芝消了气,阿金也缓过神,事情也就过去了!"陈依玄说:"你说得在理,不过,我一走,心碧的病就治不成了!"冯鞠元说:"我说了你别介意,心碧的病是胎里带来的,并不是急症,来回不过十天半月,怕是也耽误不了多少。"陈依玄想了想,说:"鄂地是李时珍的家乡,历代出名医,不知可有神方妙药能治心碧的病!"冯鞠元说:"武汉是南北大码头,一省首府,开埠又早,自然藏龙卧虎!"陈依玄低下头来,捏着眉心,半天才下了决心,说:"我陪你去!不过,我可不管你们革不革命的事,只想给伢寻医问药,顺便散散心!"冯鞠元说:"去就好,人多势众嘛!"陈依玄说:"不过,马上走不了。仙芝病了,我要给她配些药,不然总不放心!"冯鞠元说:"好,我也要把新学的事安排妥当,后天一大早动身!"

冯鞠元走后,陈依玄去给仙芝看病,来到仙芝床前,先把要去武汉的事说了。仙芝也不问干什么去,就说:"腿长在你身上,想去就去,哪个能管得住你!"一句话,把陈依玄噎得够呛。不过,陈依玄却不生气,拉过她的手,帮她诊脉,仙芝不让,说:"不要你管,让我病死才好,正好称了你的意!"陈依玄由着她发火使气,硬捉住她的手把过脉,心中有了数,便去张罗着给她配药。仙芝的病出在气血失常,必得气血双补,用乌鸡丸最为妥当。乌鸡丸的方子传世较多,药铺里也能买到,可陈依玄素来对药铺的成药不放心,打算亲手来做。根据仙芝的病状,陈依玄选了《集验良方》中的制法。一番准备之后,陈依玄让老沈上街买一只乌鸡,三斤以上最好,老沈答应后便去了,不一会儿便拎着一只白毛乌鸡回来了。但见这只鸡白羽桑冠,缨头绿耳,乌皮乌肉,五爪毛脚,胡须丝毛,可谓"十全"。陈依玄用手一掂,鸡好沉。

当晚,陈依玄亲自动手做乌鸡丸。乌鸡丸的做法讲究很多,陈依玄自然一丝不苟。头一步,乌鸡不能宰杀,所谓入金失药性,须得水中闷死,以保余气归血,鸡血不失,然后去毛及腹中杂碎,留下鸡胗,一并洗净,再装回鸡腹中。称艾叶、蒿子各四两捣碎,一半填进鸡肚,一半留作备用。然后把鸡放进一只大砂锅里,将备用的艾叶和蒿子撒进去。再称一斤香附子,分成四份,用淘米水加上酒和醋一起泡上,等到第二天取出晒干备用。接下来一步最要紧,用童子尿做药引。童子尿入药,历来医家都以七岁以内的男童尿为上品,最好是早上第一泡。对此,陈依玄自然深信不疑。毓秀不满七岁,正好合用。头天晚上,陈依玄便上门打了招呼,要冯鞠元把毓秀早上头一泡尿留着。

一夜无话。转天一大早,陈依玄便打发小结巴拿上大碗去端毓秀的童子尿。小结巴去了半天空手而归,说毓秀早起一时没尿。陈依玄等不及,想必秋燥尿少,便调了一碗蜂蜜水,让小结巴送给毓秀喝,毓秀喝了蜂蜜水,不多时就尿了一大泡。且说小结巴捧命似的端着尿往后走,进巷口时一不留神差点跌跤,一碗尿洒了一干二净。小结巴怕陈依玄等得生急,自作聪明,找了个僻静处,掏出小鸡鸡朝碗里撒了一泡尿,急颠颠地端回来。陈依玄接过来,见尿色焦黄有浊气,又放下鼻底闻了闻,皱了皱眉头,突然问:"小结巴,这是毓秀的童子尿吗?"小结巴支支吾吾半天答不上来,陈依玄说:"毓秀才六岁,怕是不敢吃生蒜,这尿里怎会有股蒜味?小结巴,过来让我闻闻你的嘴!"小结巴不敢过去,吓得脸色煞白,陈依玄心里顿时明白八九分,呵斥道:"混账东西,这治病的东西怎能乱来?"厨子老沈在灶间听见,晓得小结巴惹了祸,抓起一根柴棒来打,小结巴吓得拔腿就跑。陈依玄忙拦住老沈不要追打,老沈转过身来赔罪。陈依玄无奈,只好带上一罐蜂蜜,亲自去了冯家,给毓秀喝了一碗蜂蜜水,半天才等来一泡童子尿。虽说是第二泡,总归是童子尿,只好退而求其次了。

陈依玄将毓秀的童子尿端回来,倒入装着乌鸡的砂锅中,又添水将鸡淹没约两寸许,然后拿到灶间去煮。风箱呼嗒,炊烟袅袅,不多时,肉香药香便飘满天井。约莫半个时辰,砂锅中汤水熬干,陈依玄将乌鸡取出来,趁热剔了骨头,将乌鸡肉和药一起捣烂做成鸡肉饼,上锅用文火焙干,再研为粉末待用。接下来便是配药。取熟地四两,当归、白芍、人参、鳖甲各三两,生地、白术、黄芩、牛膝、柴胡、丹皮、知母、贝母、秦艽各二两,地骨皮、干姜、胡索、黄连各一两,另取川芎三两五钱和白茯苓二两四钱。以上诸味,该炒的炒,该炙的炙,该泡的泡,之后连同晾干的香附子及焙好的鸡肉饼一起研成细末,用醋、酒、蜜三样一起调成糊,至此基本大功告成。余下的事就是把药糊抟成药丸。抟药丸是个细致活,药房一般用模子,陈依玄不用,全靠手上拿捏轻重,眼里分清多少,抟出的药丸粒粒如桐子大小。药丸大小关乎剂量和药力,不可大意,让别人帮忙,陈依玄自然不放心,独自一个人从后半晌开始忙活,忙完后扶腰起身,朝窗外一望,夜空墨蓝,月已西坠。

陈依玄长长地伸个懒腰,将乌鸡丸装入一只瓷罐,送到仙芝房中,嘱咐她每天用温酒服五十粒。仙芝不睬他,用被子捂着头,一声不吭。陈依玄晓得她在生气,不多打扰,便写了张字条贴上,方觉得妥当。回到书房,收拾行李,一切忙妥,和衣躺下不多时,便听鸡唱五更,赶紧起来洗漱已毕,拎着行李便出了家门。

第二十三回　依玄遇险生死未卜
　　　　　　　仙芝贪杯红杏出墙

　　脂城临湖近江，河流广布，因之水汽浓重，秋冬多雾，日出前方圆之内，烟笼雾罩，若有相遇，三五步内辨不清嘴脸，连人影都湿漉漉的。那天，陈依玄披烟挂雾地如约来到西津渡，天刚蒙蒙亮，冯鞠元早就候在船亭，一头一脸的水气，眉毛胡子上水珠子直滴。本来，陈依玄以为只有冯鞠元一个人，走近了一看，亭下还有两个水嗒嗒的人影，再近些便看清楚，是韩尚文和凤仪，带着大箱子小包袱，一副出门的架势，便晓得不是送行，而是同行。见陈依玄一脸惊异，韩尚文说："依玄，没想到我们会来吧？"陈依玄一笑，说："意料之外，情理之中。"韩尚文说："怎么个'意料之外情理之中'？"陈依玄一指凤仪，说："她来意料之外，你来情理之中。"韩尚文和凤仪相视而笑，陈依玄也跟着一笑，三人便心照不宣了。

　　其实，陈依玄所言自有原因。当初，凤仪去上海学照相后，陈依玄与她常有书信往来，只言片语中，便知凤仪已追随杨乐山入了同盟会。据后来凤仪透露，她回脂城开照相馆，正是杨乐山有意安排。杨乐山让凤仪回脂城，以开照相馆为掩护，把脂城同盟会分会建起来。说到脂城同盟会分会的事，杨乐山原指望陈依玄能挑起大梁，可是陈依玄对此不感兴趣，只好让冯鞠元来办，但冯鞠元因操心新学，精力不济，所以一直拖着。此后凤仪的出现，正好解了杨乐山的燃眉之急。所以，凤仪出来革命是情理之中的事了。至于韩尚文虽是秀才，却是尚武之人，又入了青皮帮，但凡是革命，他总归有兴趣，至于革哪个的命他未必计较。况近来他与凤仪过从甚密，不仅是革命需要,怕是还有男女的勾当使然。一个曾经的船娘,一个如今的青皮帮,年纪相仿,又谈得来,可谓志同道合了。

正想着,忽听得一串车铃响,抬头间,一辆洋车疯了似的破雾而来,吱呀一声,急停在跟前,陈依玄定睛一看,竟是蒋仲之,不禁一惊:这老蒋难道也要去革命?冯鞠元上前拉住蒋仲之,说:"老蒋,你可来了,就候你一个!"蒋仲之一脸歉意,说:"都怪我家那肉婆子,说是给我算过命,出门要带桃枝辟邪,我这边急等着出门,她非要去折桃枝,雾大,看不清,爬高上低的,差点没把她跌个半死!咄,这婆子把我当成伢们了!"韩尚文说:"老蒋这话明明是得好卖乖,让人眼馋,我倒想有人把我当伢们,可惜没有!"说着,看了看凤仪,凤仪没接话茬,指了指船,说:"赶紧上船吧!"

一行人登上船,相继落座,冯鞠元挥手一指前方,船家便撑篙摇桨开了船。船不大,大大小小的行李摆上,舱里便没有下脚处。陈依玄跟蒋仲之坐在船尾,凤仪坐舱内,左有冯鞠元,右有韩尚文。河面上水气阴冷,秋风带雾,湿乎乎地打人,凤仪一手抱着包袱御寒,一手捏着丝绢捂住鼻子。韩尚文似乎看出她怕冷,却没在意她被熏着了,便把粗毛的外衣脱下来递给凤仪,凤仪不接,哆嗦着嘴唇,连连说不冷。冯鞠元看不过去,说:"尚文,人家凤仪洋气,受不了你身上那味,还是别难为她吧!"韩尚文一听,瞪一眼冯鞠元,执意要给凤仪披上,凤仪拗不过,又怕韩尚文难堪,只好强忍着披上,却把鼻子捂得更紧。陈依玄和蒋仲之都看明白了,都不说,只是笑。这时,韩尚文探头从舱里钻出来,一屁股挤坐在船尾,望着陈依玄和蒋仲之,问:"我身上真有味?我怎闻不出来?"陈依玄笑了笑,没有搭话,蒋仲之说:"自屎不臭,你当然不觉得。说出来不怕你生气,我都受不了,别说女人家!"韩尚文眨巴一下眼,抬起胳膊闻了闻,说:"依玄,你说这是不是病?"陈依玄点点头,说:"不算大病,却是难症!"韩尚文说:"那就麻烦你帮我治治。为这,我可吃过大亏!"蒋仲之:"鞠平的事吧?"韩尚文叹口气,说:"事情过去几年了,说了也无妨。当初,鞠平不愿嫁给我,就给我一句话,说受不了我身上的味!当时我以为她心里有人,不愿嫁我,如今想来却是真的!"蒋仲之说:"这倒是头一回听说,不过真要治一治,不然回回被你熏够呛,又不好说!"又冲舱里挤了挤眼,说,"况且也得为人家凤仪着想!"韩尚文双手抱拳,说:"那就拜托依玄了!"陈依玄说:"我不敢答应你根治,但可以试试!狐臭乃湿热之邪,郁于腋下,化生浊气,溢散于外。古往今来,偏方验方很多,无外乎外治内疗,能根治者却少之又少。不过,秋冬正是治这病的好时节!"韩尚文说:"等从武汉回来,就请你给我治一治!"陈依玄说:"正好我随身带着银针,等靠了岸就可以治!"韩尚文说:"多谢!"陈依玄一笑,说:"多年的朋友,何必言谢,只要你下回能给我个面子足矣!"韩尚文一脸尴尬,说:"实在对不住!当年在蜡烛山,一时被鞠平那丫头气晕了头,才得罪了你跟鞠元,如今都过去了,不提也罢!"蒋仲之说:"就是,就是,老朋友嘛,不提也罢!"

小船轻快,不多时,回头一望,脂城已没入重重雾中。水路途中,日出雾散,两岸秋色萧瑟,看久了自然无趣。众人说了一会儿话,蒋仲之提议让凤仪唱一曲来解闷,凤仪也不扭捏,用手自拍着板眼,张口清唱一曲:

"秋风清,吹不得我情人来到。秋月明,照不见我薄幸的丰标。秋雁来,带不至我冤家音耗。只怕秋云锁巫峡。又怕秋水涨蓝桥。若说起一日三秋也,不知别后有秋多少。"

凤仪倚在舱门唱曲,凝望河水,并不看任何人。陈依玄低头听着,却觉得凤仪盯着他似的。这并非陈依玄自作多情,明明这歌声里别有意思,让他不得不这么想。好在韩尚文和蒋仲之一旁不时鼓掌赞赏,让陈依玄躲过一时的尴尬,只是偶然与冯鞠元的目光相碰,反倒有点不自在了。只听凤仪接着唱:

"孤人儿怕的是秋又来到。怕的是金风儿又将窗子敲。怕的是明月儿又将奴颜照。怕的是寒蝉聒噪。怕的是黄叶飘摇。怕的是促织儿呼雌也,一声声叫到晓。"

一曲终了,没承想凤仪起了兴致,不请自唱,一曲接着一曲,也不嫌累。歌声驭风涉水,洒一路清音,一行人乐得逍遥。陈依玄想,一行人如此去革命,倒是新鲜有趣,算是不虚此行了。长话短说,不觉间已到了晌午时分,船至巢湖。一行人上岸草草吃过午饭,又换上小火轮,傍晚时分,便到了省城。按计划,他们到省城之后,当晚要与省城的同志会合,转天一起赴武汉。于是,上岸就近找了一家旅店,因全是商人打扮,入住倒也顺利。凤仪是独身女子,自然一人独住单间。本来冯鞠元安排韩尚文跟蒋仲之住一间,他跟陈依玄住一间,没承想蒋仲之不干,非要跟陈依玄住一间,说是有事要谈,二话没说便把行李拿着先入为主了。冯鞠元不好强求,只好硬着头皮跟韩尚文住在一起了。

住下来,吃了饭,天色已晚。陈依玄跟蒋仲之回到房里歇息,一边品茶,一边闲话。陈依玄悄悄说:"蒋兄,这一趟有你同行,实在没有想到,难道蒋兄也是……"蒋仲之嘿嘿一笑,说:"依玄老弟,实话实说,革不革命我不在意,我这趟出来办点私事,顺便散散心!"陈依玄长叹一声,说:"这倒是和我想到一处了。我这趟出来,一是为心碧寻医问药,二是躲着仙芝。唉!这个妇道人家,非要给我纳妾!"蒋仲之正剔牙,一听"纳妾"二字,马上来神了,说:"纳妾是好事呀,那女子是哪个?"陈依玄说:"还能是哪个,阿金呗。"蒋仲之咂咂嘴,说:"阿金那丫头好,有模有样,又懂得人情世故,做妾再好不过。贤妻美妾,难道你不想?"陈依玄说:"不想!至少现在不想。我现在想的只是赶紧把心碧的病治好,心碧不好,我也没那份心思啊!"蒋仲之一口把牙签吐了,拉着陈依玄的手,说:"依玄,实不相瞒,我正想说这事。眼看我也五十朝上的人了,一直没有后人。这两年,我家那肉婆子一直催我娶个小,好歹生个伢续上香火。可是一直忙生意,不得闲,又没有合适的。前不久,听人说湖北一带遭了灾,卖儿卖女的多,肉婆子就让我去花钱买一个合适的回来,说湖北女子勤快能干,买回家来也放心。我这一趟正是办这事,如今听你这么一说,我倒改了主意!"陈依玄说:"我说我的,你买你的,为何改了主意?"蒋仲之往前凑了凑,说:"依玄,你我是好兄弟,又认了干亲,我实话实说,阿金那丫头我早看上了,既然你不想纳她做妾,就让给我做小,你看如何?"陈依玄一愣,半天才定了定神,说:"按说,也没什么不妥。虽说年纪相差大些,也不离谱,只要阿金愿意,我当然同意。不过,阿金是仙芝从娘家带来的丫头,这事我不好开口提,最好找仙芝说说,摸一摸底为妥。"蒋仲之高兴,说:"好!回去就办这事,要是成了,你我就是亲上加亲了！"

正说着，韩尚文急忙忙地推门进来，嚷着要陈依玄给他治狐臭。陈依玄也不推辞，从行李中取出银针来，一边煮针，一边让韩尚文脱衣躺下来。那韩尚文不脱衣裳便罢，衣裳一脱，顿时房内臭味弥漫，蒋仲之被熏得直叫脑仁疼，赶紧把窗子一一打开来，好在韩尚文身强体壮，不惧秋风，倒也无事。陈依玄煮好了银针，先在韩尚文的腋窝脉动处取"极泉"做主穴，又取"合谷"和"三阴交"做配穴，一一施针，得气后留针，一边不时捻针，一边静静旁观。

就在这时，突然有人敲门，陈依玄开门一看是冯鞠元。原来，冯鞠元要出门去联络省里的同志，商量下一步去武汉的事。这个同志不是别人，正是杨乐山的朋友，在省城一家报馆做事的孙安平。因陈依玄与孙安平曾有过一面之交，冯鞠元想让陈依玄一起去见面，免得唐突。陈依玄答应了，约莫时候到了，将韩尚文身上的银针一一取下，便与冯鞠元一起出了旅店。

省城虽大，陈依玄来过数次，并不陌生，坐上洋车，不一会便来到孙安平的住处。孙安平住在临江的一座独院，院子不小，高高低低的房子，大大小小的树木，相处混杂，颇显阴森杂乱。此前，杨乐山信中给过冯鞠元一个暗语，敲门时要先问三声"大舅妈在家吗？"若是回答："不在，带丫头回娘家去了"，就算暗语对上了。若是其他的回答，都不能算。冯鞠元把脸贴在门上，问："大舅妈在家吗？"院内没有应声，又问了一句，果然听见有脚步声响，第三句刚说出口，只听里面有人大喊："有官兵，快跑啊！"

陈依玄一听，顿时脑瓜里嗡的一声，竟呆呆地不知如何是好，转眼一看，冯鞠元兔子似的已经跑出一两丈开外。

冯鞠元、凤仪、韩尚文及蒋仲之等四人转道返回脂城已是三天之后。那时，省城官府搜查革命党的风声正紧，不时传来武汉起事的消息，有说起义成功，有说起义夭折，有说事情还在闹，总之众说纷纭，没有定论。四人商量之后，不敢再去武汉，心里七上八下，定不下神。更让四人不安的是，陈依玄下落不明，生死未卜，究竟是被官兵捉去，还是跳到江里被水卷走了,冯鞠元不能确定。当时,一听到"有官兵"的喊声,冯鞠元想也没想,便像受惊的兔子似的掉头就跑,甚至都没来得及拉陈依玄一下,跑到江边,回头一看陈依玄颠颠地跑着,还没到巷口。紧接着,一队官兵叫喊着追上来,冯鞠元情急之下,纵身跳入江中。所幸深秋江水枯瘦,江面不宽,冯鞠元拼命游到了对岸,总算逃过一劫。然而,陈依玄却不见了踪影。人生地疏,风声甚紧,不敢太多打听,只好看他陈依玄自己的造化了。

话又说回来,若是陈依玄果真跳江被江水冲走,倒也让人心安了,至少不会被官兵捉了活口。就凭陈依玄那弱不禁风的小身板,怕是熬不住官兵的酷刑,也许没等上刑,早就不打自招把几个同伙都交代了。这个意思是韩尚文说出来的,其他人没表态,冯鞠元心里也没底,一路上越想越觉得韩尚文言之有理,不禁心中更是发虚了。

好在返程一切顺顺当当,回到西津渡已是深夜,四人不敢马上回西门,由韩尚文做主,连夜赶往蜡烛山避一避,那里是青皮帮的地盘,倒是放心。在蜡烛山避了三天,韩尚文亲自下山,到城里打听到可靠消息,说武汉三镇光复,革命党成立了中华民国军政府,官兵一直围困武汉,至于结果尚不得而知。不过,脂城似乎风平浪静,县衙也没多大动静,刘半汤一如往常,一大早就去馄饨摊上吃馄饨,吃完照例要加半碗汤,总之一句话,看不出有什么不妥当。冯鞠元等人这才放心,纷纷回到脂城西门。

当晚,冯鞠元回到家中,把省城的遭遇一说,奉莲差点被吓个半死,缓过来神后又庆幸,搂着冯鞠元生怕他跑了似的。冯鞠元捧着脑瓜,愁眉不展,不知如何跟仙芝交代,奉莲开始埋怨,说安安生生在家办学多好,非要闹什么革命,这回倒好,没革掉人家的命,差点把自己的命搞丢了,如今依玄没下落,看你跟仙芝如何交代!冯鞠元开始还忍着,见奉莲嘴巴不歇,唠叨没完,气得把桌子一拍,一下子便把奉莲震住了。奉莲晓得冯鞠元真恼了,便收了埋怨,替冯鞠元出主意,说陈依玄生死未卜,还是先瞒着仙芝为好,就说陈依玄在武汉寻医问药,要耽误些时日才回。冯鞠元觉得人命关天,纸里包不住火,万一陈依玄回不来,到时反倒落仙芝埋怨,不如爽性直说更好。奉莲当不起冯鞠元的家,也不再多嘴,由他去了。

本来,冯鞠元心虚,又值三更半夜,想让奉莲陪他一起去陈家,说话时好有个帮衬,没承想奉莲搞死不干,还埋怨说:"仙芝可不是省油灯,你把人家男人诓出去革什么命,如今生不见人死不见尸,还不晓得人家怎么骂呢!你自己做的事,自己去受,我才不去灌一耳朵腌臜,让人家朝脸上啐唾沫呢!"冯鞠元无奈,又怕听她再啰唆,便硬着头皮独自来到陈家。

秋高风紧,院冷宅静,黑灯瞎火,冯鞠元站在陈家门前有点犹豫,想转身回去,又一想躲过初一躲不过十五,早迟免不了这一遭,索性连连拍门。厨子老沈住在耳房,听到门响,便起来开门。冯鞠元问:"仙芝在吗?"老沈说:"刚熄了灯,怕是歇着了。可要喊她?"冯鞠元想了想,说:"算了。明个早起再来吧。"老沈说:"也好。"正这时,只听仙芝隔着窗子说:"是哪个?这时候来怕是有事,到堂屋坐吧。"说罢,便见房里点起了灯。冯鞠元跟着老沈来到堂屋客厅坐下,不多时,仙芝穿戴整齐来了。冯鞠元看了她一眼,马上便低下头来。仙芝似乎感觉到不祥,上前两步,问:"依玄呢?他怎么没回来?"冯鞠元不敢抬头,叹口气,仙芝有些怕,忙问:"出什么事了?赶紧说呀!"冯鞠元支吾半天,才把事情经过一说,仙芝听罢,顿时呆住,眼泪一下子就出来了。冯鞠元说:"仙芝,你别着急,说不定过几天依玄就回来了。"仙芝一声不吭,只是抹眼泪,突然冲到冯鞠元面前,抓住冯鞠元的衣裳说:"鞠元,依玄他是不是没有了?你说实话!"冯鞠元说:"我说的是实话,不是被官兵捉了,就是跳进江里了!"仙芝哽咽着说:"这有什么两样!革命党被官兵捉了,脑瓜还能保住?他天生就不会水,跳进江里还不是送死?你呀你,你把他害了!"说罢,便放声大哭。阿金闻听,披衣跑来,一脸的狐疑却不敢多问。仙芝只顾哭得伤心,高一声低一声地叫着依玄呀依玄,冯鞠元实在听不下去,叹着气离开了陈家。

回到家,冯鞠元又不放心,奉莲晓得不妙,也不问。吹了灯,两口子躺在床上,长一声短一声,一替一口地叹气。不知不觉,天色见亮,冯鞠元正闭目胡思乱想,忽听大门被敲得哐哐生响,以为是官兵来捉拿,吓得裤子来不及系,便跳上窗子。这时就听门外有人喊:"鞠元,开门!"冯鞠元听出是仙芝,便放了心,让奉莲去开门。不多时,仙芝进来,双眼红肿,一脸的铁

第二十三回　依玄遇险生死未卜　仙芝贪杯红杏出墙

青,并不啰唆,见面就说:"鞠元,收拾收拾,陪我一起去省城!"冯鞠元说:"就走?"仙芝点点头,说:"趁早还有船。"奉莲说:"他才回来,歇两天再去吧。"仙芝说:"我倒想让他歇两天,就是不晓得我家依玄在哪里受罪!"奉莲还要说什么,冯鞠元把她拦住,对仙芝说:"走就走吧!"

仙芝和冯鞠元来到西津渡,正好赶上一趟船。一路无话,二人来到省城,找家旅店住下之后,便一起出去打听消息,一连打听三天,打听来打听去,都说跳江寻死的天天有,被官府绑去砍头的天天有,革命党被抓的也是天天有,总之没有什么好消息。头两天,仙芝还哭鼻子抹泪,第三天就不哭了。那天晚上,二人准备转天返回脂城,仙芝突然有了好脸色,约冯鞠元一起去吃饭,说是感谢他这几天陪着。二人来到江边一座小酒馆,找了个僻静的雅间坐定,点了菜后,仙芝执意要喝酒,冯鞠元晓得仙芝能喝几杯,便陪她喝。两个人边喝边说,越喝话越多,开始还说些安慰话,喝着喝着就说到小时候,来一句往一句,多少年前的事,陈谷子烂芝麻,说得跟在眼前似的。仙芝话多,说到动情处,不免伤感。冯鞠元见仙芝有了酒意,便劝她不要再喝,赶紧回旅店歇着。仙芝酒后任性,还要喝,非要冯鞠元陪着。仙芝自小任性,如今又有酒劲撑腰,性子自然更犟,冯鞠元万般无奈,只好耐心陪着。仙芝喝起酒来不拘性,左一杯右一盏的,频频跟冯鞠元对饮,多亏冯鞠元酒量好,不然陪不起。仙芝直喝得两腮通红,双眼迷离,若不是店家催促打烊,还不知要喝到什么时候才罢。

从酒馆出来,冯鞠元尚有几分清醒,仙芝走起路来已脚下无根。好在人生地不熟,又是晚上,便不在乎旁人说三道四了。冯鞠元扶着仙芝回到旅店,送她到房里,正要走开,仙芝突然把他拦住,说:"鞠元,这两天我老是做梦,说依玄回不来了!"冯鞠元说:"别想太多,依玄聪明,又见过世面,不会有事!"仙芝摇摇头,说:"临来那天,天没亮,我去安福寺烧香求菩萨,香老是截火,点了三回才烧完。当时我心里就凉半截。还是不甘心,又求了一签,签上说凶多吉少啊!"说着,又长叹一声,"这就是命,是他的命,也是我的命!"冯鞠元也很难过,说:"仙芝,这个时候多往好处想吧。"仙芝说:"依玄回不来,我受苦熬煎且不说了,只是我家心碧就可怜了,无兄无姐,缺弟少妹,又天生害呆病,将来的日子怎么过!"说着便抹泪,冯鞠元心尖也被碰了一下,劝道:"早点歇,明天还要赶路呢!"说着又要出门,仙芝紧紧抓住不放,说:"鞠元,我问一件事?"冯鞠元说:"说吧。"仙芝说:"你和依玄是好朋友吗?"冯鞠元说:"这还用说。从小到大,我俩从没红过脸!"仙芝突然一笑,说:"我看不是!"冯鞠元说:"你喝多了,尽说酒话。"仙芝说:"我酒是多喝了些,可没说酒话。我问你,你跟他要是好朋友,明明晓得他跑不快,怎么不让他先跑?"冯鞠元说:"我当时吓蒙了,没想那么多!"仙芝说:"这是实话,我信!那时候,你要是想多了,怕是也被捉住了,你说是不是?"冯鞠元以为她讥讽自己,脸上一阵阵发烫,便没吱声。仙芝却换成平和的口气,说:"有时候做事,没必要想多,想多了反倒做错了!"冯鞠元说:"承你晓得我!"话音才落,仙芝突然逼过来,说:"我晓得你,你能晓得我吗?你说你跟依玄是好朋友,你晓得我们夫妻过的是什么日子吗?你晓得我们夫妻分开几年吗?"冯鞠元摇头,仙芝接着说,"我晓得你不晓得!你还不晓得,我夜里常常梦见你背着我到处跑,像小时候那样,就这样……"说着,饿虎扑食似的便去搂冯鞠元的颈子,冯鞠元吓得头一缩,一时没站稳,倒在床铺上。仙芝就势坐在他身边,说:"你再背我一回好不好,现在就背,就现在!"说着,扑上去紧紧搂住冯鞠元的颈子,冯鞠元浑身一颤,不晓得是酒力使然,还是房里太燥,顿感脉管贲张,一腔子血直往脑门涌来,气都喘不匀了。

第二十三回　依玄遇险生死未卜　仙芝贪杯红杏出墙

173

第二十四回　表至情鞠平剪秀发
　　　　　　识时务半汤揭屋瓦

　　鞠平病倒了，高烧三天三夜，水米不进，满嘴燎泡，一会儿喊玄哥，一会儿骂贱人，中了邪魔似的。说起来，鞠平这场病注定躲不掉。自从陈依玄失踪之后，鞠平茶饭不思，日夜不眠，一连好几天，天天往西津渡跑，坐在码头上等从省城来的船，天黑也不晓得回家，冯鞠元去找过几回，回回都要劝半天。这一天，天将黑的时候下了秋雨。一开始雨不大，丝丝绵绵的，后来起了风，雨点子又大又密，鞠平浑身淋个透湿，冻得直打哆嗦，硬撑着在那等。奉莲打着伞把她找到，死拉硬拖，好歹回到西门，她却不愿回家，非要到礼拜堂去。奉莲拗不过她，便由她去了。鞠平来到礼拜堂，罗丝赶紧把她让到里屋换衣裳，又煮了热汤让她喝下，当晚在礼拜堂住下，半夜便发高热，服了两片西药也没退烧，把罗丝急得直叫上帝。

　　这场病害得鞠平半个月没缓过来，人瘦得走了样。奉莲几次劝她搬回家住，她不听，冯鞠元也来劝，她还是不听，冯鞠元就发火了。本来，听说陈依玄是因陪冯鞠元出了事，鞠平对冯鞠元一肚子的不满，如今他倒反过来发火，鞠平自然不服，当下就借茬哭闹起来。边哭边说，前前后后，难听话说了一大堆，把冯鞠元气得脸乌青，差点动手扇她耳光，多亏罗丝和安牧师从中劝解，方才罢休。

　　九九重阳，天气晴好。一大早，鞠平醒来便听见罗丝在院子里忙着。安牧师去省城教区办事还没回来，这几天都是罗丝一个人料理礼拜堂的事，前前后后，忙个不得歇。鞠平强撑着起床，推开窗子闻到秋风中一股发糕的甜香。九月九吃发糕,是脂城的旧俗。发糕要用新米碾粉,用酵头发面,加糖、果脯、芝麻、青红丝一起,用笼屉盛上,架在锅上大火蒸,热气上来,香味也出来了,鞠平小时候最馋这东西,一气能吃两三块。本来,这些天鞠平嘴里发木,一直没有胃口,一闻到发糕的味,顿觉两腮生津,舌头也活泼起来。就在这时,一声门响,罗丝捧着两块发糕进来。那发糕想必是刚从街上买回来,正冒着丝丝热气。如此知心知意,不能辜负,鞠平心里一阵热乎,赶紧洗漱,美美地吃了一块发糕,顿觉精神好了许多。院中菊花开得正好,阵阵清香飘过来。罗丝突然来了兴致,给鞠平弹琴听,一支接一支地弹,鞠平倚着窗框出神地听着,只觉得心里好净,举目望窗外,白云如绸,天色好蓝。

吃过午饭,鞠平觉得身上有了力气,便邀罗丝一起去香炉岗采药枣回来做香包。香炉岗不远,若在平时,两个大脚女人说着笑着就到了,因鞠平身子虚,走几步就喘,此番却走得艰难。鞠平挽着罗丝的胳膊,好不容易才到,出了一身虚汗,手脚软得抬不起来了。正是药枣透熟时节,漫坡秋黄之中点点紫红,煞是显眼。罗丝怕累着鞠平,让她在柏树林中歇着,自己拎着篮子去采药枣。鞠平也不犟,靠着一株老柏树坐下,看着罗丝一惊一乍地摘药枣,捡了金子似的。药枣是脂城人的叫法,大名叫山茱萸,是一味避邪的药,这些都是小时候陈依玄教给鞠平的。那时候,陈依玄喜欢去岗上采药,鞠平常常跟在他屁股后面跑,因此认得好多草药,也晓得好多药性功用。比如说药枣,叶子能治霍乱,根须能祛虫,果子温中止痛理气,做"十全大补丸""六味地黄丸"都少不了,做成香包带在身上可以驱毒辟邪。想到这些,自然想到陈依玄如今不知在何处,不禁又流下了泪来。一阵秋风吹过,柏树林沙沙作响,鞠平头靠柏树闭上眼,忽闻到一股柏叶的清香,又想到那年在此打柏叶给陈依玄做柏叶枕的情景来,心里又添一番酸楚。

罗丝手脚快,不多时采了半篮子药枣,拎过来给鞠平看,却见鞠平眼角潮了,便劝:"鞠平,别难过了,上帝会保佑他!"本来鞠平还能忍住,不料这话一说,再也忍不住,偎在罗丝的怀里,竟放声大哭起来。罗丝紧紧地搂着她,由着她哭,直到日头西坠。

回到西门,天还没黑。刚走过西津路口,见厨子老沈领着小结巴匆匆走来,小结巴怀里抱着一只大公鸡,鸡脖子上还系着一片火纸。公鸡脖子上系火纸,这鸡就叫招魂鸡。鞠平一怔,忙问:"老沈,你这是做什么?"老沈叹口气说:"后半晌有人从省城捎回口信,说打听出来大少爷已经被官府害了!"鞠平说:"瞎讲!"老沈哭歪歪地说:"人家说得有名有姓,身材长相年纪也都对得上!"说着又摇头叹息,说,"唉!你自己进去看吧,我得赶紧把这招魂鸡抱到西津渡去引一引,这会儿大少爷的魂怕是就要回来了!"

鞠平一口气跑到陈家,跌跌绊绊进了大门,抬眼一看,天井里搭起了灵棚,正中摆着陈依玄牌位,两边挑着长明灯,中间香炉里烧着香,仙芝、心碧和阿金都戴着孝,正哭作一团。哥哥冯鞠元忙前忙后帮着操办。本来还心存侥幸,以为陈依玄会平安无事,如今看来是真的回不来了!这个念头只一闪,鞠平如同被抽去筋骨一般,凄惨惨喊一声:"玄哥啊——"随后身子一软,便昏了过去。

鞠平醒来时已是第二天早饭后。冯鞠元一早去陈家帮忙去了,罗丝陪着奉莲守着鞠平。鞠平一睁眼便哭,哭累了,歇一会儿,接着再哭。奉莲和罗丝一旁劝也劝不好,都陪着她掉眼泪,毓秀不晓得出了什么事,也跟着哭。快到晌午的时候,鞠平不哭了,说想一个人躺一会儿。罗丝这才放心,赶紧回礼拜堂去了。奉莲要去做饭,离开时多了个心眼,把毓秀留下来陪鞠平。

秋阳高挂,阳光擦着房檐照进来,正好落在窗下的梳妆台上。梳妆台上有一只针线笸箩,笸箩旁边斜放着一面镜子,镜子反射一片圆圆的光,落在床帐顶子上,月亮一般。鞠平撑着支起身子,把毓秀叫到身边,拉着他的小手,说:"毓秀乖,把镜子递给姑姑好不好?"毓秀听话,跑到梳妆台前,踮起小脚把镜子拿过来,递给鞠平。鞠平接过镜子一照,见镜子里的自己,面容憔悴,头发蓬乱,不禁叹了口气,扭过头来,见毓秀正忽闪着一双大眼看着自己,便问:"毓秀,姑姑丑不丑?"毓秀摇着小脑瓜,说:"姑姑漂亮!"鞠平想笑,却没笑出来,说:"姑姑哪里漂亮?"毓秀挠了挠头,没吱声,伸手摸了摸鞠平铺在枕上的秀发。鞠平说:"姑姑的头发漂亮?"毓秀点点头,鞠平说:"毓秀真聪明,姑姑的头发就是漂亮,小时候就有人夸过。"毓秀问:"是哪个夸过?"鞠平说:"你猜。"毓秀歪着脑瓜,想了想,说:"晓得了,是先生!"鞠平勉强笑了笑,又叹口气,说:"算是先生吧,只是这先生不在了!"说着,不禁又流出眼泪来。毓秀说:"姑姑,先生夸你,你为什么还哭啊?"鞠平说:"姑姑再见不着这个先生了,往后再也没人夸姑姑了!"毓秀认真起来,说:"姑姑不哭,我长大了当先生,夸你可好?"鞠平噙着泪,点点头说:"毓秀真乖!"毓秀说:"姑姑也乖,不哭了!"鞠平揩了眼泪,说:"毓秀,把针线笸箩里的剪刀拿来给姑姑。"毓秀便把剪刀拿给鞠平。鞠平接过剪刀,慢慢靠着床头坐好,说:"毓秀,姑姑想喝口水,你去给姑姑端来吧。"毓秀一面答应,一面迈开小腿去了。

鞠平左手抓住头发,在脸上拂了拂,长叹一声,自言自语道:"心都死了,还要头发做什么?!"说罢,右手抄起剪刀,大把大把地剪头发,剪一把,扔一把,天女散花似的。剪刀钢火好,不久前又磨过,虽说手上没有力气,剪起来却不费劲,等到毓秀把水端来时,鞠平已经把头发扔了一地,剩下一头的乱发茬,荒草似的。毓秀进门一看,吓得不轻,把碗一扔,掉头就跑,边哭边喊:"姑姑变鬼了,姑姑变鬼了!"

奉莲正在厨房烧饭,闻声赶来,推门一看,也吓一纵,扑上去夺下鞠平手里的剪刀,说:"鞠平啊,何苦跟自己过不去呢? 你把自己糟蹋成这样,还怎出门?!"鞠平冷冷一笑,说:"就我这样,出不出门也无所谓了!"奉莲心疼,坐在床沿上,拉着鞠平的手,说:"鞠平,听嫂子一句话,你是念书识字的人,凡事要想开些,日子还长着呢!"鞠平叫了声"嫂子!"便搂着奉莲又哭起来,奉莲也陪着哭,摸着鞠平的头,说:"不要紧,日子还长,头发还会长!"

这些日子,刘半汤没少揪耳朵,心里慌。

武汉三镇光复,共和政府成立,这是多大的事,脂城百姓未必清楚,知县刘半汤心里却明白八九分:看来要变天了! 武汉成立中华民国军政府鄂军都督府,宣布改国号为中华民国,将宣统三年改为黄帝纪元4609年,以军政府名义通电全国。紧接着,长沙、九江、太原、西安、贵阳、杭州纷纷宣布

177

独立。有传闻说,本省咨议局也有独立的意向,正暗中审时度势,尚不知何时行动。一方起事,举国哗变,冰冻三尺非一日之寒,共和风暴势不可当,看来这个穷知县怕是也做不长了!不过,刘半汤毕竟是刘半汤,心里慌,脸上却不露出来,照例一大早去摊子上吃馄饨,吃完馄饨加半碗汤。别看他天天吃馄饨,脑瓜却不混沌。这破官本不是娘胎里带来的,做不成大不了卷铺盖回河南老家种地去。况县上有府,府上有省,省上还有朝廷,天塌下来先压高个子,上面低头,下面哈腰,如此罢了。有了这个主张,刘半汤更是从容淡定了。

这一天,刘半汤吃完馄饨,喝了汤,揩了嘴,迈着方步正想回县衙,只见一个身影闪过,拦住了去路,定睛一看是韩尚文。在脂城,韩尚文是刘半汤最不愿见到的人,只要见面,总会有事,不论大小,都不会是好事。不过,刘半汤不敢惹韩尚文,晓得这家伙不是手无缚鸡之力的秀才,而是什么事都能干出来的青皮帮老大。韩尚文人高马大,堵在刘半汤面前,突然斯斯文文地行了一个礼,说:"学生请刘大人中午一起吃酒,还请赏光!"刘半汤马上揪了揪耳朵,晓得这顿酒不好吃,便说:"美意心领,酒就不吃了,我身上老毛病又犯了,忌酒啊!"韩尚文递过一张帖子,说:"刘大人,这顿酒无论如何你都要赏光,不然,我可不好交差啊。"刘半汤接过帖子一看,落款处写着"杨乐山恭候",不禁一愣。杨乐山这个人,刘半汤曾打过几回交道,早就看出不是一般的人物,很可能是革命党。于是便说:"杨先生咋有空回来?"韩尚文突然压低声音说:"他要急着见刘大人,有事相商!"刘半汤左右看看,便问:"啥事恁急?"韩尚文说:"国家大事!"刘半汤听罢脸一下子白了,揪了揪耳朵,不再多问,说:"中午见!"韩尚文说:"恭候!"

说起来,杨乐山此次回来有两件要紧的事要办,一是冯鞠元写信给他让他设法打探陈依玄的消息,若是被官府捉去,尽快营救;二是武昌举事成功,各地纷纷响应,他要回来推动脂城起义。杨乐山先到省城,通过各种关系打探陈依玄的消息,一无所获,只好作罢。不过,却得到另一个重要消息,省咨议局有意独立,正在等待时机,于是便赶回脂城,图谋起义,以呼应省城。一回到脂城,杨乐山便召集冯鞠元、韩尚文、蒋仲之等人一起聚到凤仪的照相馆商议,最后达成一致决定,以和平方式光复脂城为上策,重点放在劝降刘半汤。

这些刘半汤当然不晓得,不过刘半汤也算个人精,心里能揣测出八九不离十。眼下的国家大事还能有什么?说千说万,离不开起义和独立这回事!刘半汤揣着那张大红帖子回到县衙,一时竟坐立不安起来。起义是什么?独立又是什么?还不是跟朝廷对着干,造朝廷的反!想想自己多年来吃着朝廷的俸禄,如今要造朝廷的反,刘半汤心里有说不出的味道。子曰:君使臣以礼,臣事君以忠。若是做不到,书就算白念哩!身为朝廷命官,起身造反,那就是不忠啊!可话又说回来,那些业已起义或独立的官员,哪个没吃过朝廷的俸禄?哪个不是读了一肚子诗书?既然他们能做,为何我刘半汤不能?若是一意孤行效忠朝廷,万一革命党举事成功,脂城迟早要破,到时候自己岂不是成了罪人?难难难,罢罢罢,且走一步看一步吧。总之一句话,活了大半辈子,这个亏是不能吃的!这么胡思乱想着,总觉得嗓子眼里发干,不停地喝茶,再不停地跑茅厕。因近日着急上火,滴淋的毛病犯了,意急尿潴,滴滴答答,不畅不爽,来来回回跑了不下十趟。此时抬头见日头已上中天,赴约的时候也就到了,赶紧换下官服,穿上便装,悄悄从后门出了县衙。

按帖子上约定,刘半汤来到西津渡富春园酒家,韩尚文早等候在门前,引他上楼进了雅间,果然见杨乐山候在那里。在座的还有冯鞠元、蒋仲之和凤仪。刘半汤顿时明白赴了鸿门宴,后脊梁一阵发凉,马上便镇静下来,冲杨乐山等人施礼,杨乐山等人忙起身还礼已毕,竟一片沉默。刘半汤冲在座一笑,说:"走了半天路,饿了,赶紧上菜!"杨乐山冲韩尚文使了个眼色,韩尚文便喊伙计上菜。不多时,酒菜上来,刘半汤没待相让,便自己斟了杯酒,吱的一声喝下,声落杯干,落杯执箸,不紧不慢,撵了只虾子放在嘴里,舌头只打个滚,便吐出壳来,众人一看,虾仁已去,虾壳完好无损。这时,刘半汤慢慢说:"杨先生,你的一番美意,我不能辜负,酒我喝了,菜我吃了,有事请讲吧!"杨乐山说:"好!刘大人果然豪爽,那我们就打开天窗说亮话吧。如今天下大变,共和之势不可阻挡,本省和脂城迟早要走上共和。

本来，我们已经跟巡防营、团练和青皮帮沟通好，打算效仿武昌，武力夺城，但考虑如此一来，会伤及脂城百姓，因此才约刘大人来一叙。常言道，识时务者为俊杰，刘大人是聪明人，想必定能审时度势，站到革命这一边来，如此百姓有幸，脂城有幸！"刘半汤一直望着桌上的那只虾壳，静静地听着，心里早有了主意，便由着杨乐山说，至于他说些什么，过不过耳朵也就无所谓了。

待杨乐山说完，刘半汤这才抬起头来，拿起那只虾壳，笑呵呵地说："各位，我这个知县如今就像这虾壳，里头早就没有仁了。天下大势，我看得明白，也愿意站在共和这一边。不过，我刘某毕竟吃了多年朝廷的俸禄，大小还算大清的官。俗话说，在啥山上唱啥歌，做一天和尚撞一天钟，还请各位缓一缓，给我一个台阶下，只要省城宣布独立，我刘某马上请各位入主县衙，如何？"杨乐山看了看众人，把桌子一拍，说："好！既然刘大人深明大义，就依你这一回！"刘半汤笑了，站起来又斟上一杯酒，举起来，说："各位，承蒙关照，这杯酒我就敬大家了！"说着，下巴一仰，一饮而尽。

正在这时，韩尚文的一个弟兄急慌慌地跑来，把韩尚文叫出去。不多时，韩尚文回到雅间，进门就大喊一声："省城独立了！"大家一起看向韩尚文，韩尚文把手里的报纸一抖说："这是刚从省城带回来的报纸，你们看，我省咨议局昨夜宣布独立！"杨乐山抓过报纸，仔仔细细看了一遍，然后递给刘半汤。刘半汤接过报纸扫了一眼，不声不响，喝下杯中酒，才说："各位，刘某先走一步，回去收拾收拾，各位吃好喝好，就请到县衙来吧，我在门口恭候！"说罢，摇摇晃晃地出了门，不知是多喝了酒，还是走得急，下楼时竟绊了一下，险些摔下楼去。

回到县衙，刘半汤把一班杂役用人喊来，拿出钱来，或多或少，一一打发了。好在刘半汤一直独身在外为官，家眷没有随来，倒是省了许多麻烦。刘半汤独自前前后后转了两圈，摸摸这，看看那，觉得一切都已妥当，便回大堂，把官帽官服穿好，把官印抱在怀里，冲着北方双膝跪下，自言自语，说："朝廷啊，这么多年，我刘某的俸禄没白吃，做这个芝麻官，自觉上对得起朝廷，下对得起百姓。如今共和大势已定，刘某只好对不住了，在此最后一拜,算是赔罪,也算告别了!"说罢连磕三个头,着地有声。就在这时,门外一阵嘈杂,刘半汤晓得杨乐山等人已赶来共和了,于是慢慢起身,揉了揉膝盖,长长叹口气,之后,突然变出一张笑脸,迎出门去。

果然,杨乐山领着一帮人打着共和光复的标语,乌压压拥在大门前,凤仪把照相机搬来,正给大家照相留念。刘半汤急急上前把门打开,引众人进了县衙。杨乐山拉着刘半汤的手,说:"刘大人,你是脂城光复的功臣,共和的功臣啊!"刘半汤连连摇手,说:"不敢不敢!我还没造反哩,咋能算功臣!"说着,搬来一把竹梯子,靠在房檐上。杨乐山不知何意,刘半汤说:"既然是造反,我不能白担个名声,好歹也要有所作为才是!"说着,竟爬上梯子,从房檐上揭下一片瓦来,随手扔到地上,摔个粉碎。众人见了,又是一阵大笑。

不一会儿,各方人士越聚越多,杨乐山当场做了脂城光复的演说之后,命韩尚文爬上房顶挂上共和的旗子。那旗子是一面十八星旗,为事先仿照武汉军政府的军旗所制。此时刘半汤突然想起什么,忙拦住,说:"且慢!"杨乐山一愣,问:"为什么?"刘半汤竟一脸不好意思,说:"旗子一挂就算共和了,趁着还没共和,容我先照张相。我好歹在这县衙坐过,一来做个留念,二来也给家乡人看看我的风光!"杨乐山笑了笑,点头应允。刘半汤迈着方步,坐在大堂上,端端正正,一脸的威严,那神情如同升堂断案一般。杨乐山看着,笑着摇头,悄悄关照凤仪说:"这个刘半汤真得味,多给他照几张!"

照了相,刘半汤站起来,冲到门前,手一挥,说:"赶紧挂旗子吧!"话音才落,只见韩尚文轻如猿猴,纵身爬上屋顶,把旗子高高挂起。此时,秋风正紧,那旗子扑啦啦飘起来,如舞长袖。刘半汤仰脸看着,顿时心里五味杂陈,嘴上却说:"好!好!"

第二十四回 表至情鞠平剪秀发 识时务半汤揭屋瓦

第二十五回　风雪夜依玄回西门　腊月八仙芝现喜脉

脂城光复，改天换地。各界有头脸的人纷纷出现，频频集会，共商脂城前途。省军政府下来一位督办，监理成立了脂城军政分府，推杨乐山为革命党北伐军脂城总司令，皆无异议。本来，杨乐山提议由冯鞠元任副司令，当场都没异议，没承想转天一伙青皮帮的兄弟手执明晃晃的斧头，上街起哄，拦路滋事，声称要再度革命，另立山头，成立第二军政府。杨乐山晓得其中用意，也晓得青皮帮的势力不能得罪，只好改任韩尚文为副司令，青皮帮马上就安稳了。这件事安排妥当后，其他的就顺理成章了。冯鞠元为民政长，蒋仲之和凤仪分别为正副参事长。本来刘半汤打算回河南老家种田，行李都收拾好了，却被杨乐山拦住了。考虑到刘半汤在脂城百姓中口碑不错，杨乐山有意挽留他做司法长，刘半汤当时没答应，想了一夜，第二天便答应了。说倒不是想做什么官，只是怕回了河南，再吃不上脂城的虾皮馄饨了。这话是真是假，无须探究，分明他那两只耳朵被揪得通红，如同刚出锅的卤味一般了。就职大会上，杨乐山专门安排了一个仪式，追认陈依玄为革命烈士，带领大家一起脱帽缅怀一番，气氛搞得隆重庄严，不在话下。

突然间，脂城仿佛脱胎换骨，陡增添了许多生气，富绅大户，平头百姓，都像换了天似的。西门人好热闹，如此一来，难免又要热闹一回。剪辫子，贴标语，街头巷尾，一派革旧布新的气象。蒋仲之任了参事长，自然发挥职能，以商会的名义，请来各路戏班，在城隍庙、公馆街、西津渡三处戏台上轮流上演,白天晚上不歇场,接连唱了十来天,直到一场大雪突然降临才草草罢了。

辛亥年的第一场雪,来得突然,落得急切。雪花如絮,从午后开始飘,不到傍晚脂城内外便白茫茫一片了。西门一望,高高低低的房舍披了素服,大大小小的树木顶上银冠,只有礼拜堂屋顶上高高的十字架,迎风傲雪,肃然而立,于一片皑皑之中,越发显得突兀了。

奉莲顶着一头的雪花把毓秀从新学接回家,见鞠平的房门还关着,不禁叹息。自剪糟了头发后,鞠平一直窝在家里,大门不出,二门不迈,连新学和礼拜堂也不去了。一天到晚,愁眉苦脸,唉声叹气。为这事,奉莲跟冯鞠元说过多回,凭鞠平的性子,冯鞠元也没点子,只好由她去了。说起来,奉莲真心疼鞠平,总是担一份心:好好的一个人,天天关在房里,早迟闷出毛病来! 想至此,奉莲便对毓秀说:"瞧这雪下得多欢,快去喊姑姑出来看看!"毓秀正觉得一个人玩雪无趣,马上便去敲鞠平的房门。鞠平在里头问:"是毓秀吧,可有事?"毓秀一惊一乍,喊道:"姑姑姑姑,下雪啦!"不一会儿,房门开了,鞠平扶着门框,抬眼往外看了看,说:"哦,这下子干净了!"毓秀说:"姑姑,你陪我一起玩雪吧!"鞠平说:"毓秀自己玩吧,姑姑怕冷!"毓秀不依,硬拉着鞠平往外走。鞠平身子尚未复原,经不起毓秀死拽,脚下一不留神,滑倒在雪地里,捎带着把毓秀也拖倒。奉莲正在屋檐下扑打身上的雪,见鞠平滑倒,吓得不轻,生怕出事,赶紧跑过去扶她,没承想鞠平躺在雪地上不起来,展开四肢,突然咯咯地笑个不停。毓秀也跟着笑,鞠平便抓起雪来往毓秀身上扔,毓秀也抓起雪来往她身上扔,姑侄俩你来我往闹将起来,好不欢喜。奉莲见鞠平多日来终于露出笑脸,心里仿佛一块石头落了地,情不自禁,也抓起雪来凑热闹,三个人你扔来他扔去的,一时间弄得天井里雪团乱飞,欢声一片。

玩罢闹罢,鞠平鼻尖上沁出汗来,两腮起了红晕,捂着肚子连叫好饿。多日来,鞠平头一回叫饿,奉莲听了自然高兴,忙系上围裙进厨房生火烧饭。鞠平看了,抢先一步去夺奉莲身上的围裙,笑着说:"嫂子,你歇一歇!"奉莲心里喜欢得不得了,嘴里却说:"鞠平啊,你身子瓢,天寒地冻的,手怎

第二十五回 风雪夜依玄回西门 腊月八仙芝现喜脉

能沾凉水？饭还是我来烧！"鞠平不让，说："嫂子，这么多天我躺得够够的，动一动总比躺着强。再说我又不是纸糊的，身子再瓤，烧顿饭总不妨事！"这时毓秀一旁插嘴道："姑姑病了要好好歇着！"奉莲拍拍鞠平的手，说："我做饭，你烧火。"话说到这里，鞠平便不再坚持，依了奉莲，坐进灶后取柴生火。不多时，雪花狂舞中，冯家的烟囱里便炊烟袅袅了。

屋外雪花纷纷扬扬，铺天盖地，屋内姑嫂二人一个灶前一个灶后，各司其职，边忙边说，倒也轻快。奉莲只说烧饭的事，有意挑些话让鞠平高兴。鞠平晓得嫂子的用意，嘴上一一应和，心里自然感激。论烧饭的手艺，奉莲自知比不上鞠平，但因为心诚，又想将就鞠平的胃口，便做得加倍仔细，也加倍虚心，加多少水，放多少盐，是炒还是炖，一一都讨鞠平的主意。鞠平心里感着奉莲的情，该说的说，不该说的不说，要紧的地方点一下，生怕伤了奉莲做嫂子的自尊，说到底不过是一顿饭，孬吃好吃都是吃，自然不会认真。如此一来，姑嫂二人两相将就，说说笑笑，饭菜已妥。菜有三样，一样是冬笋炖肉，一样是酱蒸小毛鱼。冬笋是雪前从香炉岗上挖来的，小毛鱼是从脂河里捞来的，都是本地鲜物，一个爽胃，一个下饭。还有一样是鸡蛋羹，蛋少水多，蒸得又嫩，撒了葱花，滴了香油，权当汤来吃了。因冯鞠元做了军政分府的民政长，在外应酬多，所以不等。三个人围着火桶，望着漫天飞雪，吃着喷香的晚饭，别有一番意趣。鞠平心里宽了，饭量长了，一连吃了两碗饭，又喝了半碗鸡蛋羹，才觉得饱了。放下碗筷，又夸嫂子饭菜烧得香。奉莲明明晓得是夸她，嘴上谦辞，心里却美得不行。

大雪通亮，天黑得迟。吃罢洗罢，才到掌灯时分。鞠平陪着奉莲一面烤火一面逗着毓秀玩，不知不觉有了倦意，禁不住连打几个呵欠。奉莲忙劝她趁早歇着，鞠平也不犟，先把房里生了火桶，然后洗洗准备躺下。正这时，大门一响，奉莲以为是冯鞠元回来了，便去开了门，却见罗丝顶着一头的雪站在门前。罗丝一脸的欢喜，说："上帝啊！好消息，好消息！"奉莲笑问："上帝给你金子还是银子了？"罗丝却故作神秘，说："一起到鞠平房里说！"说着便拉着奉莲一起来到鞠平房里。鞠平见罗丝表情异于平常，也追着问是什么好消息。罗丝这才压抑着喜悦，说："陈依玄回来了！"鞠平和奉莲都一怔,你看我我看你,不敢相信。罗丝又说:"陈依玄回来了!"鞠平听罢,脸色马上变了,说:"你哄人吧。"奉莲也说:"这事可不能开玩笑!"罗丝一脸认真,说:"怎会开玩笑呢!刚刚跟安德森一起回来,正在礼拜堂坐着说话呢,赶紧跟我一起去看!"鞠平这时才信了,顾不上穿外衣,拉起罗丝就往外跑。

　　陈依玄确实回来了。能活着回西门,莫说鞠平意外,怕是陈依玄自己也意外。说起来,陈依玄能回来,真应了那句老话,命不该绝。出事那天晚上,冯鞠元先跑出几丈远之后,陈依玄才明白怎么回事,便跟着跑。但陈依玄自幼是个斯文性格,脚下不趟,加上天黑路不熟,没跑几步便被官兵追上,拿个正着。事后才晓得,原来那时官府早已收到革命党起事的风声,正在加紧严查。因孙安平结交的一个人本是个吸大烟的主儿,被官府的探子收买,将孙安平供出,官府突查孙家,从一批信件中得知,当晚有各县的革命党来此聚会,便潜伏下来张网缉拿。被关起来之后,陈依玄过了三回堂,每一回都难免受些皮肉之苦,不过陈依玄一口咬定自己不是革命党,也没有同党可供。别看陈依玄外貌文弱,骨子里却硬,既不求饶也不喊疼,回到牢里照样练他的五禽拳。可巧的是,官府捕获的革命党中,有一位外县的人士,姓程,名一宣,是个老资格的革命党,因省城方言里"程"和"陈"不分,"宣"和"玄"同音,叫起来两个人的名字就一样了。且说这位程一宣,跟陈依玄外貌差不多斯文,年纪差不多大小,却是个暴烈的性子,因他在官府早有案底,晓得逃不过这一劫,过堂时便破口大骂,直把朝廷上下官府内外骂得狗屎不如。如是几回,官府定了案,便将他拉到江边砍了头。程一宣被害之后,一传再传,便传成了陈依玄被害,仙芝托人打听到的便是这个消息了。武昌举事成功,接着全国各地相继响应,省城咨议局顺应潮流也宣布独立,如此一来革命党不再是罪人,成了功臣。又过了些日子,待省军政府平稳下来,便派人进牢里一一核查,凡革命党人放出来评功受赏,可是查到陈依玄的时候,他依然一口咬定自己不是革命党。人家劝他说如今革命党不是罪人,是功臣,陈依玄认死理,说本来就不是革命党,再吃香跟我没关系!人家无奈,既不是革命党,那就是一般罪犯,只好又将他关了起来。话

第二十五回　风雪夜依玄回西门　腊月八仙芝现喜脉

说这一天,放风的时候,省城教区总会的洋牧师照例进监牢施教传道救赎灵魂,陈依玄趁机跟这位牧师攀谈几句,得知这位牧师跟脂城礼拜堂的安牧师熟识,便私下求他带个口信给安牧师,让安牧师设法救他。上帝的人都守信,保证把话带到。恰好安牧师正在省城教区总会办事,得了这个口信,托教区总会的人出面,跟省军政府一番沟通,称陈依玄是本教教民。省军政府很给洋人教会面子,让教会出具担保文书,将陈依玄保了出来。然后,陈依玄便与安牧师结伴回到西门。因途中从安牧师口中得知,西门人都以为他已遇难,如今黑灯瞎火,三更半夜,又飘着大雪,突然出现怕会引起不便,更担心会吓着仙芝和心碧,所以才先到礼拜堂歇息,再想办法。

且说鞠平迫不及待来到福音堂门前,却突然停下,不敢进去,掩着面嘤嘤地哭。这时奉莲赶到,帮鞠平系上头巾,劝她不要哭。鞠平不禁劝,越劝哭得越伤心,身子不停地抖。罗丝把她搂在怀焐一会儿,鞠平这才止住哭,由罗丝拉着她的手,一步步地进了礼拜堂。走进礼拜堂的时候,鞠平一直低着头,直到听见陈依玄的说话声,这才慢慢抬起头来,再看已是两眼的泪。陈依玄笑着,轻轻叫了声鞠平。只这一声,鞠平一下子受不了了,仿佛被勾了魂去,不顾旁人在场,直扑过去,将陈依玄紧紧搂着,头伏在他肩上,放开声哭将起来,是喜是悲,听不出来,只是那声声挠心拨肠的,将奉莲勾得一起抹眼泪。等揩干泪,抬眼一望门外,漫天的大雪下得欢很。

鞠平痛快地哭过了,转脸便破涕为笑。坐下来,一句撵一句地问陈依玄,受没受苦,遭没遭罪,吃什么喝什么。陈依玄该说的说,不该说的不说,也都一一应付过去。接下来,一起商量陈依玄如何回家。鞠平性子急,说:"回就回吧,你自己的家有什么不好回的!"陈依玄还是担心吓着仙芝和心碧。安牧师出个主意,让罗丝先去陈家跟仙芝说一声,做个铺垫为好。陈依玄点头同意,鞠平不等商量,便自作主张跟罗丝一起去了。

因大雪封路,虽打着灯笼,却一时找不到路,鞠平和罗丝手拉手出了门,只好参考着两边的树,深一脚浅一脚,取中而行。不多时来到陈家巷口,正要进去,突然从巷子里走出一个人来,等到近前,鞠平把灯笼挑起,一看竟然是哥哥冯鞠元。鞠平不禁一愣,心想:三更半夜,冰天雪地,哥哥怎么会在陈家呢？

正想着，只听冯鞠元说："是鞠平吧，大雪天，三更半夜做什么去？"鞠平说："玄哥回来了，去跟仙芝姐说一声！"冯鞠元随口喝道："疯丫头，胡说！"罗丝说："是真的！"冯鞠元这才信了，嘴里呼呼地喷着热气，说："依玄他真回来了？"罗丝说："在礼拜堂跟安德森说话呢！"冯鞠元说："我去看看！我去看看！"

虽说事先打了招呼，做了铺垫，陈依玄回到家，仙芝还是吓个半死。惊喜之余，不免落泪。心碧睡着了，倒是无所谓。阿金一觉醒来，听见陈依玄说话，以为见了鬼，吓得用被子蒙着头，浑身发抖。老沈虽说年纪大，经见过的不少，却也惊得半天合不上嘴，口水差点淌下来。只有小结巴从容淡定，说他早就晓得大少爷会回来，因为那天去西津渡放招魂鸡，那只鸡一直打鸣。招魂鸡打鸣，说明魂还没走，魂没走就说明人还活着。所以这些天，天天夜里梦见大少爷回家了，如今一看，果然不假。

无论怎么说，陈依玄能平安回来，便是陈家的大幸，一家人自然欢欢喜喜。一连几天前来看望的人络绎不绝，有真心问候的，有来看稀罕的，前脚走一批，后脚又到一拨，门槛子差点踩平了。杨乐山、蒋仲之、韩尚文、凤仪等都相继来过，连刘半汤得知后也登门一叙了。冯鞠元那天夜里跟陈依玄在福音堂见过一面，第二天一早便去省城参加军政府民政培训，到年根才能回来。毕竟做了县民政长，忙是自然的。就这样，随着天气晴好，陈依玄平安回来的新鲜感也伴着积雪融化了。由此，陈依玄终于过上了寻常的日子。

陈依玄照旧独自睡书房，早早起床，打五禽拳，给心碧治病。算起来两个多月没见心碧，耽搁了治病，陈依玄竟觉得心中极愧。心碧虽说痴呆，却还认得陈依玄，一声声喊爹，亲得很。陈依玄感动非常，抱着心碧，在牢里没淌下来的眼泪，再也忍不住了。说起来，如今世上最让陈依玄挂心的人，便是心碧了。在牢里，陈依玄想得最多的是心碧，梦见最多的也是心碧。心碧天生痴呆，陈依玄觉得是自己的错。这个错是大错，一个无法修正的大错,毁了一个人的一生。而这个人是心碧,自己的亲生骨肉啊!

转眼到了腊月初八。这天早上,陈依玄给心碧治过病,到了吃早饭的时候,却不见仙芝。仙芝自小怕冷,在娘家娇生惯养,逢冬赖床,早饭都是阿金端到房里去。陈依玄对此早已习惯,并不觉得有什么不好。陈家的早饭,老沈从不马虎,样样做得讲究,有陈依玄爱吃的五层豆干,也有仙芝爱吃的红心咸鸭蛋,因是腊月初八,八宝粥自然也少不了。正值化雪,天气阴冷,老沈把仙芝的早饭单独放在灶上焐着,等着阿金给仙芝送去。阿金先打了热水端到房里服侍仙芝洗漱,然后再把早饭给她送去。这时候,陈依玄已经吃过,正准备教心碧识字,却见阿金原封不动又把早饭端了回来,接着便听见仙芝在房里干呕起来,一声接一声,难过很。陈依玄皱了皱眉头,问阿金:"她病了?"阿金目光躲闪,说:"不晓得,都呕了好几天了。"陈依玄听罢,不禁一怔,说:"我去瞧瞧!"

仙芝歪在床边,头伸在床外,对着一只痰盂一声接一声地呕着。陈依玄推门进来,仙芝以为是阿金,看也不看,便:"跟老沈说,别煮咸鸭蛋,一闻那味我就烦!"陈依玄咳了一声,仙芝这才抬起头来,两眼泪汪汪的。陈依玄说:"病了?"仙芝慌忙低下头来,说:"不晓得!"陈依玄便坐在床沿上,把仙芝的左手捉住,手指搭在寸关尺上,轻轻一按,便觉指下脉来流利,如盘走珠,寸微关滑,如雀啄手,依次跳动。陈依玄不禁心里一紧,将仙芝左右两腕又各把了一两回,均如前无疑,顿时脸色煞白。仙芝正呕得难过,见陈依玄脸色难看,以为有大不好,忙追问。陈依玄并不说话,盯着仙芝的眼,目光像锥子一样,似要穿进她心里去。仙芝慢慢把目光挪开,只听陈依玄冷冷一笑,不阴不阳地道:"脉来流利,如盘走珠,滑脉也!"仙芝不晓得什么滑脉涩脉,只想晓得好不好。陈依玄慢慢站起来,转过身背对着仙芝,望着窗外,说:"滑脉者,喜脉也!"仙芝登时便红了脸,也不分辩,只把头埋得更深。陈依玄当下心里明白了八九分,只觉太阳穴突突直跳,愤然甩门而去。

仙芝现了喜脉,从脉象上看,左缓右疾,寸脉跳动稍弱,右手尺脉偏大,极有可能怀的是个丫头,且关上脉跳两动两止,可见已有两月左右。陈依玄当然明白，这一切跟自己没有一毫关系，若说有关系，那便是自己戴上绿帽子了。按常理，女人红杏出墙，男人免不了一番打骂，至少也要逼问一番，可陈依玄不想那样。事已至此，闹起来又有何用？伤人也伤己，丢的是自己的脸。话又说回来，毕竟是男人，再想得开，心里有道坎子还是过不去。

连着几天，除了给心碧治病，陈依玄便一头扎进书房不出来。仙芝来敲过几回门，陈依玄不见。这天晚上，陈依玄正在逼着自己读书，仙芝又来敲门，陈依玄不开，她便一直敲个不停。陈依玄无奈，便问："可有事？"仙芝说："我想跟你说一说。"陈依玄说："有什么好说？不说也罢！"仙芝说："还是说说吧！不说你难受，我也难受！"陈依玄想了想，说就说吧，一痛了百痛，倒也痛快，于是便开了门。仙芝进来后，并不坐下，靠在书桌的一端，低着头，说："依玄，事已至此，我不想瞒你。我做了对不住你的事！"陈依玄不吱声，眼睛盯着书，却一个字也看不进去。仙芝捂着胸口呕了几声，接着说："这伢是鞠元的！"

陈依玄不禁浑身一抖，手里的书险些掉了下来。此前，陈依玄曾想到过是冯鞠元，依据是冯鞠元和仙芝小时候曾经有过相好的意思，冯家还曾托人提过亲。况且以仙芝的性子，在西门乃至脂城也只有冯鞠元才能入她的眼。但是，陈依玄又不愿是冯鞠元，毕竟他们是自小的好友，情同手足。如今仙芝亲口所言，便千真万确了！陈依玄顿时呆愣如泥塑，脑子如洗似的空白一片，接着千般滋味破堤般齐涌上来，无以言表。仙芝叹口气，说："不怪鞠元，是我不守妇道！"说着便哭，又不敢哭出声，憋得肩膀直颤，许久才平和下来，接着说："你出事之后，我不放心，就让鞠元陪我去省城找你，打听了两三天，都说你被官府害了，我开始不信，后来听人家说得有鼻子有眼的，就信了。你我是表兄妹，从小一起长大，跟一母所生差不多，况又做了多年的夫妻，听说你被害了，当时跳江的心思都有。可是，又想，既然你不在了，我要再没了，心碧不就成了孤儿吗？哪个来疼她教她护她？这么一想，我又劝自己要活着，不为别的，为了心碧！说到心碧，真让人伤心，伢天生那样，孤孤单单一个人，要是能有个弟弟或妹妹，也让人放心些，将来

第二十五回 风雪夜依玄回西门 腊月八仙芝现喜脉

189

我们老了,也有人关照她!话又说回来,这么多年,你不愿跟我同房,晓得你让心碧的病吓怕了,也不难为你,有心把阿金给你做小,好歹生一个,可是你又不愿意!你心里怎么想,我不晓得,我心里怎么想,怕是你也不晓得。听说你被害了,我当时心凉透了,我自己且不说,只是觉得心碧更可怜了。当时,我就想这事哪个都靠不住,只有靠自己,得赶紧再生一个,生男生女都不要紧,总归是心碧的亲人。你晓得我的性子,不是个能将就的人,即便你不在了,我也不会改嫁往前走一步,更不想让心碧受那个屈。说到底,我好坏也是个女人,也想要了面子,想趁你离开不久怀上,将来外人只当是你的遗腹子,给你我都讨个好名声,也成全心碧有个弟弟或妹妹。所以就……唉!这些不说也罢,说起来像是给自己开脱,其实都是实情,信不信由你!"说罢又哭。

陈依玄许久没有吱声,一腔子愤怒,一肚子无奈,最后憋成淡淡的一句话,说:"这么多年,你还惦着鞠元?"仙芝又红了脸,侧过身去,干呕了两声。陈依玄明白了,冷冷一笑,把书合上,不再说话,伸手取过纸笔,一笔一画地写了一个字"你"。仙芝偷看一眼,不晓得陈依玄是什么意思,正在琢磨,却见陈依玄又写了一个"你"字,仙芝一时糊涂了,陈依玄接着又写一个"你"字。仙芝正要说话,陈依玄突然掷笔,沉着脸说:"回去吧,我要歇了!"仙芝眼泪顿时又涌出来,扶着桌子慢慢跪下来,说:"依玄,我晓得你恨我,瞧不起我,只怪我一时糊涂,没想到你会活着回来。事到如今事,要杀要剐,要打要骂,要休要弃,都由你,我没一句怨言。只求你看在心碧可怜的分上,容我把肚子里这个伢生下来!"陈依玄听罢,啪地一拍桌子,看也不看地上跪着的仙芝,起身就要出门。仙芝以为陈依玄要去找冯鞠元算账,急忙抱住陈依玄的腿,哭着央告道:"这事不怪鞠元,是我不好,千万别去找他,万一闹出来,两家都不安生,脸面都丢不起啊!"一番话提醒了陈依玄,愣愣地站着,想拔出腿却拔不出来,只好放低了声音说:"我要憋死了,你让我出去透透气可好?!"仙芝还不信,死死地抱着陈依玄的腿。陈依玄叹口气,说:"放心吧,在西门,我也要这张脸!"仙芝这才松开手来,接着坐在地上嘤嘤地哭。

腊月寒夜,冷彻透骨。陈依玄走出家门,上了脂河十里堤,心里长了草似的乱成一片,竟不觉得冷。说起来,陈依玄算是凡事能看得开的人,拿得起也放得下。然而仙芝和冯鞠元做出的这事,实在让他拿不起,也放不下了。一边是夫妻,一边是好友,如同两把剑在他的心头不停地搅动。古人说伤人最深是至亲,陈依玄博览群书,正史野史、传奇稗志无所不涉,读过不少荒唐故事,不料想这等荒唐事竟落在自己的身上。陈依玄不是不讲理的人,对仙芝和冯鞠元不满自不用提,不过也反省自己。当初若不跟冯鞠元一起出门,他就不会出事,这一切怕是都不会发生。话又说回来,若是仙芝和冯鞠元当年没有那一段,这种事怕是也不会发生。且当仙芝所言可信,若是他不跟仙芝分房住,这几年又生了伢,怕是仙芝也不会做出这种事来。退一万步说,若他和仙芝不是表兄妹,生出的心碧不是天生痴呆,他和仙芝就不会分房。总之,一件事连着一件事,哪件是因,哪件是果,因因果果,果果因因,越理越没有头绪了。

　　沿着脂河十里堤一路走着,不知不觉,来到新学门前。正是寒假,新学大门紧闭。大门前有一片空地,正对着脂河,放眼一望,月下的河静静东流,泛着淡淡的清辉。陈依玄心中陡生无尽凉意,如堕冰窖之中,不禁一颤。月已西沉,更深人静,陈依玄摆开架式,凝神聚气,意守丹田,打起了五禽拳,驱赶脑瓜里的杂念,可是来来回回打了几趟拳,薄汗上身,还是不能平复心中乱象。陈依玄缓缓收式,一屁股坐在门槛上,紧紧地抱着头,欲哭无泪。突然,一阵沙沙脚步声,由远及近,陈依玄抬起头来,见一个人影朝他走来,忙站起来问:"哪个?"只听那人说:"我!"陈依玄马上听出来是鞠平,不禁一惊,便问道:"腊月寒天,三更半夜你怎么在这?"鞠平说:"在福音堂跟罗丝呱闲话,出门时看见一个人影朝这边走,觉得像你,就跟来看看。"陈依玄哦了一声,说:"不早了,回去歇吧。"鞠平说:"玄哥,三更半夜你出来走,有烦神的事吧。"陈依玄说:"没有! 出来转转!"鞠平叹口气,说:"我晓得你为什么事烦神!"陈依玄故作轻松,说:"我能有什么事烦神!"鞠平说:"你在为我哥和仙芝姐的事烦神!"陈依玄不禁打了个寒战,原来鞠平也晓得了这事,于是说:"好冷! 你回吧,我也回了!"说着,丢下鞠平,疾步走开,头也不回一下。

第二十五回　风雪夜依玄回西门　腊月八仙芝现喜脉

第二十六回　陈依玄暗施堕胎方
　　　　　　　冯鞠元明定娃娃亲

　　陈依玄花了两天半的工夫配了一剂堕胎方。下这个决心之前,陈依玄已原谅了仙芝,一则是他相信仙芝对心碧的良苦用心应不虚假,情有可原;二则是他不想把事情闹大,甘心吞下这个哑巴亏,戴上这顶绿帽子。树活一身皮,人活一张脸,要想在西门活着,这张脸还是要的。但是,陈依玄却不能原谅仙芝肚子里的伢。自家田里种上旁人的苗,想一想,心里总不免疙疙瘩瘩。

　　古来医家所传的堕胎方可谓林林总总,大多离不开那几味药,或猛或绵,依人而定。陈依玄参考古方,选了几味药,颇费一番心思。红花、生牛膝、天花粉都有堕胎的大能,当然做君药,丹参能落死胎,益母草可催胞衣不下,二味做臣药来用也恰当,再佐使归尾、赤砂糖,方子便全妥了。不过,凡药都有三分毒,如此虎狼之药自然会伤了仙芝的身子。毕竟夫妻一场,又念她是心碧的生身母亲,不可过于无情,思量再三,又配了一方滋补调理汤备用。

　　药配好后,陈依玄还不放心,想试一试药力。堕胎方事关人命,找人来试,显然不妥,陈依玄便想到畜生。畜生比人,生养之本大体无异,药上加减即可。这天一早,陈依玄给心碧治过病之后,便把小结巴喊来,让他去街上寻一条怀崽的母狗来。小结巴不敢多问,便领命去了,不多时便用骨头诱一条母狗来。那母狗身子壮硕,毛若黑缎,眉心和四爪皆白,拖着浑圆的肚子,伸着一条红舌,馋相十足。陈依玄早把那药掺在半盆肉汤里,让小结巴端到门外喂狗。那黑狗见了肉汤，如赴盛宴，不一会便吃个精光，卷着尾巴跑了。陈依玄又吩咐小结巴，这两天里要盯着这条狗，若发现有什么变化便如实报来。小结巴虽不晓得是为何故，却觉得甚是好玩，便欣然应了。第二天傍晚，小结巴匆匆跑来报告："那黑狗肚子瘪了！"陈依玄让小结巴拿根骨头把狗引来，一看果然，便很满意。

如今方子有了，也验过药力，如何让仙芝服下，陈依玄却犯了愁。若是明说，仙芝断不肯服这方药；若是强逼，依仙芝的性子，非出大乱子不可。不过，陈依玄倒是不急，怀胎四个月之内这方子都有大效，不妨慢慢寻找机会。时已大寒，天寒地冻，因害伢又怀着心事，仙芝嘴里生苦，茶饭不香，身子便弱不少，不留神便受了风寒，连日带夜，咳嗽不停。陈依玄觉得时机有了，何不借机把那堕胎药煎好拿给仙芝，借口是治咳嗽的药，哄她服下？当日晚饭后，陈依玄亲自去灶间，一番忙活，煎好药，倒出来，趁热端着给仙芝送去。药汤不过半碗，陈依玄手上却似有千斤重，一路走一路抖个不停，来到仙芝房门前，忽听仙芝和阿金正在逗心碧说话，便停下来，凝神屏气地听。

仙芝说："心碧，想不想要小弟弟？"心碧说："想！"阿金问："那心碧要小弟弟做什么呢？"心碧说："吃！"仙芝嗔道："傻丫头，就晓得吃！小弟弟不是吃的，是陪心碧玩的！"心碧马上说："玩！"于是阿金和仙芝都笑了。接着，阿金问："心碧，你可晓得小弟弟在哪里？"心碧说："不晓得！"仙芝说："在妈肚子里，你来听听！"心碧便听，说："没！"阿金就笑，说："心碧不急，再过几个月就有了！"心碧不依，嚷着说："我要我要！"仙芝就哄她，说："心碧听话，小弟弟在妈肚子里藏着呢，等他长大了，就会出来了，就能陪心碧玩了！"心碧怕是听不明白仙芝的话，哭闹起来，说："我要弟弟，我要弟弟！"接着阿金和仙芝一起哄了半天，也没哄好。仙芝被吵得心烦，便让阿金把心碧抱走。阿金只顾着抱心碧出来，猛一拉门，没料到陈依玄端着药碗站在门口，心碧在她怀里手脚乱舞，闹个不休，冷不防把陈依玄手中的药碗碰掉地上，叭嚓一声，细瓷碗碎得稀碎，药汤洒溅一地，苦味一时弥漫开来。

阿金这才看见陈依玄站在面前，又见药碗摔碎，不禁一惊。陈依玄一时竟手足无措,被揭穿了似的,心中忐忑不已,脸隐隐地发热。阿金对心碧嗔道:"瞧瞧你,把药打洒了!"说着,把心碧递给陈依玄,忙拿起扫帚清理一地的碎瓷。心碧依然哭闹,边哭边嚷:"我要弟弟!我要弟弟!"陈依玄把心碧搂在怀里,抱出门,说:"心碧乖,不闹,爹带你找弟弟。"心碧自然不依,连抓带挠,闹个不停。陈依玄脑瓜一转,便有了主意,将心碧抱回书房,从柜子里将针灸穴位的小人模子拿出来。那小人模子是早先从上海买回来的,大小尺许,精工木胎,做得逼真。心碧一见,马上抢在手里抱着,含了两眼的泪花,笑得开心很。陈依玄看着心碧,顿时心软下来,看来那堕胎药再也用不上了。

自从得了那个小人模子,心碧便一直叫它弟弟,一时不肯离手,吃饭睡觉都要抱着。仙芝心里怎么想,陈依玄不晓得,他自己心里却有一种说不出的滋味。若说陈依玄心里的软弱处,那就是心碧了。心碧已虚六岁,本该入学开蒙,可她越发地显出痴呆相。陈依玄觉得可怜,便越发地心疼她。眼看着已至年根,街上分外热闹,这时候伢们最得势,插花放烟,玩耍嬉戏,疯得要死。看着别人家的伢在外玩得快活,陈依玄想到心碧关在家里,实在可怜。因为痴呆,怕人家笑话,仙芝一直不让阿金带心碧出门,天天关在院子里,抬头是一方天井大的天,低头是院子大的地,一天到晚,面对着的就是这几张老面孔,想想实在难过。

这一天,吃过早饭,陈依玄要领着心碧一起上街看热闹,仙芝不让,陈依玄非去不可,为此两口子拌了几句嘴,仙芝自知拗不过他,只好妥协,便由他去了。吃过腊八饭,就把年来办,脂城人过年是从腊八开始,过了小年就是年根,年味更是浓厚。大街小巷,吵吵嚷嚷,呼买叫卖,耍把式卖艺,处处透着喜庆热闹。心碧头一回见这情景,乐得哇哇直叫,见什么都稀罕,步子都挪不动。陈依玄有意宠着心碧,由着她玩,看着心碧高兴,自己也高兴。

本来,在西门耍了一圈,时候已不早。陈依玄想心碧好不容易出来一趟,爽性带她进城里转一转,好好开心一回。刚到二里街,忽听有人喊,陈依玄四下一望,从人缝里看见蒋仲之坐在锃亮的洋车上正冲他招手。蒋仲之做了脂城军政分府的参事长后,明显发福,越发有派头。陈依玄本想打个招呼就过去了,没承想蒋仲之下了洋车,把他拉住,说有事相商。陈依玄只好跟着蒋仲之,来到一僻静处谈事。蒋仲之随手给心碧买了些吃食,让她一个人在旁边玩。有了吃食,心碧一时倒也乖巧。

蒋仲之和陈依玄谈的是关于阿金的事。自从陈依玄出事,接着脂城光复,七事八事一忙,蒋仲之想娶阿金做二房的事一直耽搁了。陈依玄还是那句话,阿金是仙芝从娘家带来的丫头,只要阿金点头,他自然没意见。蒋仲之心里有数,跟陈依玄约好,年后去找仙芝提亲,还望陈依玄在一旁多打圆场,陈依玄表示一定配合。接着,蒋仲之又提到想请陈依玄出山到参事会做事,既是帮忙,也趁机在军政分府里谋份差事。陈依玄晓得蒋仲之一番好意,不过素来贪清静,不愿出去做事。蒋仲之不免又劝了一番,陈依玄还是婉言相拒,蒋仲之见他态度决然,便不再劝。就在这时,陈依玄突然一回头,不见心碧,顿时急得脸色煞白。蒋仲之晓得心碧是陈依玄的心肝宝贝,万一出事,自己也担过,忙跟着一起找了半天,却不见心碧的影子。陈依玄嘶着嗓子喊,人多嘈杂,没有回应。此时,已近响午,街上越来越热闹。陈依玄沿街边喊边找,蒋仲之一边劝陈依玄不要着急,一边跟着找,找到后半晌,还是没有找着,把陈依玄急得眼泪都下来了。

天将黑时,街面上冷清下来,还是没有心碧的下落。陈依玄丢了魂似的不说,仙芝更是哭鼻子抹泪的。先是猜想心碧被人拐走,后来又想心碧一副痴呆相不讨人喜,怕不是被拐,许是不认路,胡乱跑到哪里去了。腊月寒天,若有好心人收留倒也罢了,万一跑到荒郊野外,一个六岁的伢,又不懂人事,岂不活活冻死!女人心思重,越想越多,越想越伤心,哭得背过气去几回。阿金一边陪着哭,一边忙着给她抹胸拍背掐人中,好一通忙活。蒋仲之觉得心碧走失跟自己有关,负疚不已,写了好多张寻人告示,差人满城贴了,等待音信。鞠平得知后,也来到陈家,不劝不是,劝也不是,望着陈依玄伤心,也陪着抹眼泪。

老沈早把晚饭做好,端来端去,热了冷冷了热,没有人动筷子。仙芝边哭边数落陈依玄不该把心碧带出去,陈依玄有错在身,只好忍着,由她说

195

去。就在这时,忽听有人敲门。陈依玄不等小结巴开门,自己先跑上去,开门一看,见冯鞠元站在门前,怀里抱着心碧。陈依玄一把抢过心碧抱在怀里,眼泪止不住地流。仙芝听见动静,也跑出来,把心碧接过来,又亲又怨好半天,听冯鞠元把前后一说,竟没想到有如此巧上加巧的事。原来,因冬天水瘦,冯鞠元搭船从省城回来,途中不顺,很晚才到西津渡。登岸后,因为内急,躲到一间破房子后小解,听到里面有个伢在哭,伸头朝里一看,见两个叫花子正在烤火,旁边一个伢,看不清面孔。只听两个叫花子议论,一个说:"这伢真是可怜,怕是个孤儿!"另一个说:"看穿戴有模有样,不像孤儿。一看就是个小孬子,怕是家里不想要了,有意丢了她!"冯鞠元一听马上想到心碧,推开破门进来,仔细一看,果然是心碧。仔细一问才晓得,原来这两个叫花子在西门街上讨饭时遇见心碧,他们走到哪,心碧跟到哪,一直甩不掉,后来天色已晚,又不见有人来找,便把她带到这里。冯鞠元见两个叫花子都是上年纪的人,所言并不荒谬,便给了几个钱答谢,把心碧带了回来。

心碧平安回来,陈依玄自然心宽不少,但是对冯鞠元却很冷淡。冯鞠元陪陈依玄在书房稍坐一时,便告辞。出门前,陈依玄突然说:"这两天得闲,我跟你说件事!"陈依玄的口气不容推辞,冯鞠元似乎觉出点什么,便说:"好!哪天一起喝两杯。"陈依玄说:"别等哪天,就明晚吧!"冯鞠元说:"明后两天军政分府那边还得料理料理,怕是不得闲!"陈依玄说:"不得闲也得闲,就明晚!"冯鞠元一愣,说:"什么事这么急?"陈依玄冷冷一笑,说:"不急不行啊!仙芝怀上了!"冯鞠元半天没有吱声,慢慢低下头来,突然抽了自己两个嘴巴,然后起身跌跌撞撞地走了。

那天晚上,在西津渡满园春酒楼的雅间里,冯鞠元和陈依玄相对而坐,闷头喝酒。话不需说,都在各自心里,举杯间一个眼神,便各自心领神会了。不多时,二人都喝多了。冯鞠元喝多是有意为之,陈依玄喝多是酒量有限。

喝多了之后,冯鞠元脱下自己的一只鞋,扑通一声跪在陈依玄面前,双手捧鞋递给陈依玄,又把脸伸给陈依玄。陈依玄酒醉心明,晓得冯鞠元这是负荆请罪,讨他的处罚,当时真想拿起鞋子朝冯鞠元的脸上狠抽几下,但是手伸出去又收回来,闭上眼,长长叹口气。事到如今,即便将他打死又有何用!况冯鞠元一个大男人长跪不起,足见已悔愧难当了。毕竟是自小的好友,亲如兄弟,让他自己懊悔去吧。冯鞠元跪了半天见没有动静,晓得陈依玄下不了手,便抄起鞋子抽自己的脸。那是双半旧的棉鞋,底子磨得溜光,抽在脸上尤其响亮。虽说是自己的脸,冯鞠元下手毫不留情,啪啪地抽,边抽边说:"无耻!无耻!"陈依玄一直闭着眼,听着啪啪的声响,响一下,心里紧一下,像是抽在自己身上似的。直到抽了十几下,陈依玄实在听不下去了,上去一把夺下冯鞠元的鞋子。冯鞠元这才慢慢抬起头来,两腮发紫,看似打得不轻。陈依玄说:"快过年了,脸弄坏了,怎么见人?!"冯鞠元说:"我没脸了,见不见人也无所谓了!"陈依玄说:"鞠元,你这又何苦呢?脸打烂了,事情也改不过来!从今个起,这事就算过去了,不再提了。仙芝一心想把伢生下来,就让她生吧。总之你知我知仙芝知,这个哑巴亏我认,是尿我喝了,是屎我吃了,只是从今往后,你我再没有兄弟情分了!"说罢,慢慢站起身,要往外走。冯鞠元慌忙起来拦住,说:"依玄,你不想打我的脸也就算了,我这张脸也不配你打。好歹我比你年长几个月,请你容我说几句。自小到大,你我亲如兄弟,如今我做了对不住你的事,后悔话说千句万句也没用,请你给我一个补过的机会!"陈依玄停下来,看了看冯鞠元,说:"又不是做买卖,不必了!"冯鞠元说:"依玄,你不要多想,我是真心实意啊!"陈依玄没有吱声,又坐下来。冯鞠元说:"昨个我一夜没合眼,前前后后想了个遍,朋友妻不可欺,我一时糊涂,酒后无德,犯了大忌,就算拿我这条命给你,还是对不住你!说起来,你我兄弟多年,我晓得你疼心碧,一直顾虑心碧的将来。人寿不过百年,你我总有老的那一天,可是心碧的路还长,你陪不了她一辈子。依我看,不如给心碧和毓秀定个娃娃亲吧,心碧将来有个照应,你也了却一桩心事!"陈依玄听罢,顿时火气冲头,突然站起来,说:"鞠元,你可怜我是不是?可怜心碧是不是?心碧虽是个孬子,在我心里也是宝贝!你以为这样就能抵销前面的账?"冯鞠元晓得自己没说明

第二十六回 陈依玄暗施堕胎方 冯鞠元明定娃娃亲

白,忙又掌自己的嘴几下,说:"依玄,你别误解!说起来,这件事并不是如今才提起。你可记得,当初仙芝和奉莲刚怀上伢的时候,你我就有约定,两个伢若是一男一女,不问丑俊,不分贵贱,都要做亲家!"陈依玄慢慢点点头,说:"确有这话不假!当时不过是一句戏言!"冯鞠元说:"依玄,你不是个食言的人,就别让我食言了,这桩婚事就定了吧,要不然,在你面前,我一辈子也抬不起头来!"陈依玄眯起眼,看了冯鞠元半天,说:"鞠元,你如此急切,不会是想拿自己儿子的将来,偿还自己的孽债吧?!"冯鞠元脸一寒,仿佛被揭了皮似的,说:"依玄,这么多年你应该晓得,我冯鞠元不是个心眼灵光的人,一棋看不了三步。话又说回来,就算像你所说,我不堪为人父,要拿毓秀的将来抵偿孽债。可你是聪明人,总不会眼睁睁地看着心碧将来无依无靠吧?!"此话一出,正中陈依玄心中的软处。陈依玄像被抽了筋似的,浑身一紧,慢慢低下头,想了好一会儿,接着长叹一声,说:"按理说,依我家心碧那样,能定这门亲,我是巴不得的。可是你我心里都明白,定了这门亲,就委屈毓秀一辈子啊!算了,你欠的你还欠着,别把伢的身家搭上!"冯鞠元说:"伢们都还小,哪个也不晓得将来会怎样,或许心碧能治好,或许毓秀没出息,到时候哪个攀哪个还不好说呢!"陈依玄看着冯鞠元的眼睛,半天才说:"冯鞠元啊冯鞠元,既然你把话说到这地步,那就按规矩办吧!"冯鞠元说:"好!这两天就办!"陈依玄接着又说:"不过,丑话说在前头,这事跟那事无关!"冯鞠元连连点头,说:"晓得,晓得!"

　　从酒楼回到家时,奉莲正坐在床上做针线。冯鞠元洗漱之后便上了床,随口把定娃娃亲的事跟奉莲说了。奉莲以为他酒后玩笑,便说:"八老爷不在家,九(酒)老爷当家。咱家毓秀怎能跟他家心碧定亲?!"冯鞠元说:"怎就不能?这话早就说过,男子汉大丈夫,不能言而无信!"奉莲见他一脸认真,才晓得不是玩笑,说:"当初只是随口一说,说说笑笑就过去了,如今怎么能当真?!退一万步说,就算毓秀将来再没出息,也不至于讨个孬丫头。"冯鞠元说:"当初说这话时你也在场,也点头说好的,怎好反悔呢?!"奉莲立刻涨红了脸,扔了手里的针线,说:"当时我确实在场,可说这话时,伢还在肚子里,猫不是狗不是的,哪个晓得他家心碧会是个孬子?要是晓得,打死我也不会同意!"冯鞠元说:"指腹为婚嘛,本来就要担风险。将心比心,要是咱家毓秀有毛病,人家如今反悔,你又怎么看?!话又说回来,说过的话收不回来,吐过的唾沫还能舔起来?"奉莲气得眼泪汪汪,指着他说:"你怕是猪油糊了心,你要是把这门亲定了,等于把毓秀一辈子毁了,那我也就不活了!"说罢,便抹起了眼泪。冯鞠元不再多说,由她去哭,只蒙上头自顾自睡去。奉莲自然不依,伸手把被子掀开,非要跟冯鞠元说个明白。冯鞠元心里正烦,哪里容她胡闹,只一推,便把奉莲推倒在地,摔了个结实,疼得奉莲躺在地上放声大哭起来。

鞠平刚刚睡去,忽听奉莲大哭,马上穿衣起床前来看个究竟。听奉莲把事情一说,鞠平也觉得这事不妥,马上站在奉莲一边数落冯鞠元,说:"哥,朋友归朋友,伢是伢,怎么能把伢的身家幸福搭上去呢?"冯鞠元正在气头上,冲鞠平说:"死丫头,你少多嘴,把自己的事管好就省心了!"一句话把鞠平闷得眼泪汪汪。

虽说奉莲一直吵闹,毕竟胳膊拧不过大腿,冯鞠元还是定下办事的日子。按脂城的规矩,定娃娃亲讲究"一媒二保"。男家女家坐下来,立下婚约文书,媒人、保人都要鉴名画押,一式两份,男女双方各执一份,除此还要摆酒设宴,庆贺一番。冯鞠元请的媒人是蒋仲之。一个是干女儿,一个是干儿子,如今又结了姻亲,蒋仲之自然乐得接受,虽不明白冯鞠元为何同意这桩婚事,却不好打听,不免心存猜疑,当下备了两份厚礼示贺。本来,冯鞠元想请杨乐山做保人,但杨乐山临时要去南京公干,便请刘半汤做保人。刘半汤自称年纪已大,又是外乡人,做娃娃亲的保人不妥,便推荐韩尚文。冯鞠元不愿请韩尚文,三番五次央他务必给个面子,刘半汤只好勉强答应下来。因奉莲不赞同这桩婚事,气得病倒在床,前前后后,只有冯鞠元一个人忙。不过,因有现成的规矩,依规行事,虽说多些麻烦,他一个人应付过来,倒是一切都没耽误。于是,这桩娃娃亲顺顺当当地定下来了。

日脚飞快,转眼过到正月十五。这一天,蒋仲之突然来找冯鞠元,把想娶阿金为妾的事说一说,冯鞠元觉得是好事,蒋仲之便托冯鞠元做媒,按陈依玄的提醒,找仙芝去说。若是旁事,冯鞠元没有二话,只是这事一时让他有些为难,有话又说不出口,便硬着头皮答应下来。当天吃罢晚饭,冯鞠元来到陈家。为了避嫌,冯鞠元先去书房见陈依玄,说明来意。陈依玄听了,明白不是借口,便指了指仙芝的房门,说:"这事我晓得,你过去说吧。"冯鞠元一脸尴尬,说:"不方便的,还是把她叫出来说吧。"陈依玄眼盯着手里的书,头也不抬,说:"她害伢害得厉害,身子不得劲,你也该过去看看!"话说到这种地步,冯鞠元没了退路,再推辞便显得心虚,只好又硬着头皮来到仙芝的房里。

仙芝的房门开着,冯鞠元朝里一望,见仙芝正歪在床上,于灯下跟阿金说话。当时二人正说到高兴处,见冯鞠元突然来了,一时有些忙乱。冯鞠元并不进门,在门口一把椅子上坐下,说:"正好阿金在,我先给你道喜了!"阿金一愣,仙芝也一愣,说:"这话从哪里说起?她有什么喜?"冯鞠元就把蒋仲之要娶阿金的话一说,阿金当下就红了脸,低下头去。仙芝许久没有吱声,看着阿金说:"这里没有外人,蒋老板那人你也晓得,合不合适你自己定,我不逼你!"阿金只是低着头,扭着身子说:"大小姐,我听你的!"仙芝拉过阿金的手,叹口气,说:"按说,我真舍不得你离开这个家,可是命里该你留不下来,如今到了该出嫁的时候,也就不强留了。蒋老板人是个好人,如今又有钱有势,虽说年纪大些,也不是什么大妨碍,反倒晓得疼人。再说了,做二房,名分不好,面子上受些委屈,可如今已是民国,时兴新式,名分不名分的倒无所谓。况他前头无儿无女,将来你能给他生个一儿半女,家早迟还是你当的。这样想来,倒是门好亲!"阿金还是低着头,说:"大小姐,我听你的!"仙芝点点头,便对冯鞠元说:"既然这样,阿金觉得如适,那就回蒋老板话,亲事定了。不过,我一时还舍不得阿金,等到迎秋才给他。"冯鞠元晓得仙芝的意思,要留阿金到秋天服侍她坐月子,便对阿金说:"既然如适,你还有什么心思都说出去,我好一起带去。"阿金扭捏半天,说:"别的没有,只是要在西门另置一处房子,离大小姐近些!"仙芝晓得阿金的意思,说:"那倒也是,还是单住称心,哪个也听不惯那个赵氏吼!"冯鞠元会意一笑,说:"这事好办,蒋老板不缺钱,置处房子只似小菜一碟!"仙芝说:"阿金没有别的，事情就定了吧！"说罢，仙芝抚了抚肚子。冯鞠元看了看仙芝，不再说什么，马上起身，又过去跟陈依玄打了招呼，这才离开陈家，直直给蒋仲之回话去了。

第二十六回　陈依玄暗施堕胎方　冯鞠元明定娃娃亲

第二十七回　依玄隐居迫于无奈
　　　　　　　奉莲小产事出有因

　　春暖花开,仙芝怀胎五月,腰圆显怀,慵慵懒懒。陈依玄实在看不惯,借口放蜂子,便从家里搬出,住进香炉岗上的棚屋。仙芝明明晓得陈依玄有意躲避,却不好阻拦。陈依玄将心碧一起带去住,这让仙芝大为不满。为此两人叮叮当当拌嘴,陈依玄坚称要为心碧治病,还要教她识字,名正言顺,仙芝只好由他去了。

　　正应了那句话,无心插柳柳成荫。本来养蜂是为心碧治病,不料因陈依玄用心,蜜蜂来到陈家异常兴旺,年年分箱,如今由当初的六箱分出二十来箱,摆开来颇具规模了。香炉岗北接脂河湾,南望蜡烛山,东西两面又有万顷良田,春夏秋三季花香不断,确是放蜂的佳处。岗脚下有一平坦的高处,花草覆地,背风向阳,周边杂树稀疏,旁边溪水叮咚,是理想的蜂场。心碧来到此处,如入自由之境,玩得疯了似的不亦乐乎。陈依玄抽得闲空,陪心碧一起疯,疯累了,便躺在草地之上,花香之中,一起看天上的云朵来去,如同成了仙似的,其乐融融。

　　照例,陈依玄每天坚持给心碧用蜂针治病。自来香炉岗住下,心碧突然开了窍似的,每到治病时,不再哭闹挣扎,让陈依玄大为欢喜。这一天,给心碧治过病,正好小结巴送来早饭,父女俩吃了,陈依玄又教心碧识字,之后便领着心碧到岗上摘花。有了上回走丢的教训,如今陈依玄特别警醒,专门在心碧的手脚腕上各系上了铜铃,只要心碧一动,上下铜铃便叮当作响,听到铃声,便知心碧无恙。这一日,父女二人伴一路铜铃叮当,沐着春日暖阳,一边嬉戏,一边采花,好不欢快。岗上花盛,陈依玄手巧,编了花环花冠给心碧戴上,直把心碧扮成百花仙子了。将到晌午时,忽听有人喊。那嗓门粗大,陈依玄回头一望,见韩尚文站在棚屋前。

　　说起来,韩尚文近日没少到香炉岗来走动,不为别的,只为找陈依玄治狐臭。这一回,陈依玄改用蜂针为他治,主穴极泉,辅穴合谷和三阴交,穴位不变,针换了,效果便大变,只针了三五天,韩尚文自觉狐臭渐淡,又追针几天,臭味渐消,便好如常人了。和往常不同,这一趟,韩尚文身边没带随从,独自一人骑马而来,捎来两斤好酒、几样卤味,说是一起喝几杯。韩尚文是个喜怒形于色的人,陈依玄看得出他遇上什么事了。

　　此时花香阵阵,暖风熏人,林中鸟儿啁啾,身后溪水叮咚,恰如桃源之境。野外小酌,没多讲究,就在棚屋外,支起一块木板,摆上酒菜,一边赏着远近的春色,一边举杯对饮。韩尚文素来好酒量,陈依玄不敢与他攀比,小口呷着酒,又拿些蜂蜜来解酒,倒也能陪得下来。韩尚文闷着头喝酒,不多时,两斤酒便下去一半。陈依玄晓得韩尚文无酒不说话,有酒话不少,耐心等他自己说来。果然,又喝了三两杯,韩尚文便找到了话题。身为脂城军政分府的副司令,见闻自然不少。从民国成立,孙文就职,到清帝退位,袁世凯夺权,韩尚文一路说开去,酒多话多,说到后来,竟一肚子怨气,说:"呔!这革命革到如今真没意思!"陈依玄以为他说酒话,随口问道:"你堂堂副司令,日子过得有津得味的,怎说没意思?"韩尚文又灌下一杯酒,说:"你不晓得,如今这脂城军政分府搞得乌七八糟,天天怄气,这副司令不做也罢!"陈依玄听出其话中有话。不等他乱猜,韩尚文接着说:"实不相瞒,我跟杨乐山尿不到一壶里去啊!本来,他正我副,就让我憋得慌,可是鞠元偏偏也跟他合伙排挤我。老蒋是棵墙头草,风吹两边倒,更是指望不上,你说让我如何是好?!"陈依玄没料到原来小小军政分府还如此复杂,庆幸自己没有去蹚那一池浑水。韩尚文性格粗糙,好勇斗狠,杨乐山想必不会喜欢,况有冯鞠元从中作梗,韩尚文的日子怕是不好过。想到此,陈依玄便说:"依我看,互相承让,总能相处得好,毕竟还是多年的朋友嘛!"韩尚文冷笑几声,摇了摇头,说:"朋友?天底下没有永远的朋友!杨乐山离家早,往

第二十七回　依玄隐居迫于无奈　奉莲小产事出有因

常相处不多,且不说他。老蒋虽是旧友,如今是个商人,也不怪他。就说鞠元吧,从当年读书到革命前,我和他无话不说,凡他托我所办之事,无不举力而为,如今为了一个副司令的位子,竟与我针尖对麦芒,跟仇人似的!"陈依玄微微一笑,说:"人嘛,胸怀大一些,看得开!"韩尚文突然来了豪气,说:"我韩某怕哪个?!万变不离其宗,不管怎样变,将来靠的还是手里的家伙!"说着,做一个持枪的姿势,说,"手里有枪,心里不慌!"陈依玄虽不解其意,还是连连点头。韩尚文将身子往前挪了挪,压低声音说:"依玄,你跟鞠元情同手足,如今又结了儿女亲家,看在你的面子上,我且放过他。不过,你要劝劝他,看清时局,不然没有好果子吃!"陈依玄揣测韩、冯二人积怨已深,微微一笑,说:"尚文,如今他是民政长,我是一介草民,怕是人微言轻,劝不好啊!不过,听我一句话,都是读书人,相处多年,低头不见抬头见,以和为贵啊!"韩尚文已有七分酒意,突然搂着陈依玄的肩膀,说:"依玄,你是好人,真正的朋友。将来等我发达了,有事尽管来找我!"陈依玄连连谢过,顿觉得乏味许多。

这时候,日已西斜。时候不早,韩尚文牵过马来告辞。陈依玄抱着心碧送到路口,韩尚文突然站住,说:"依玄,还有件事我想问你!"陈依玄说:"想问就问吧,只要我晓得的,知无不言,言无不尽!"韩尚文说:"你可晓得凤仪如今跟哪个相好?"陈依玄先一愣,接着笑道:"不是跟你吗?上回去省城,一路上我早就看出来!"韩尚文摇摇头,说:"我没那福气!"陈依玄一愣,韩尚文说,"实话实说,我确实追了她一段,可是凤仪看不上我。本来我以为她嫌我有狐臭,没承想等你把我治好了,她却说她已心有所属!"说着,紧盯着陈依玄,问,"你猜那人是哪个?"陈依玄被他盯得有些心慌,忙说:"猜不着!"韩尚文怅然道:"杨乐山!听说下个月他们就要办喜事了!"陈依玄一怔,随即又点了点头,说:"意料之外,情理之中啊。俗话说萝卜白菜各有所爱,男女之事强求不得!"韩尚文抬头望了望天,说:"我怕是喝不上他们的喜酒了!"一句话说得意味深长,陈依玄忙问:"难道你要出门?"韩尚文叹道:"脂城这地方待不下去了!"

话音才落,小路拐弯处树丛一阵响动,一个身影闪出。韩尚文习武出身,耳灵眼尖,闪身之间便拔出枪来,大喝一声:"哪个?"只听那边答道:"我!"韩尚文叫一声:"鞠平!"陈依玄抬头望去,果然见鞠平挎着一只篮子,脚步轻巧,如风拂柳般,一路走来。韩尚文轻声自语道:"天将黑了,这丫头上岗来做什么?!"没待陈依玄说话,鞠平已经来到近前,脆生生叫声玄哥。韩尚文脸上掠过一丝醋意,翻身上马,说了句:"依玄你好福气!"便打马而去。

自陈依玄住到岗上,鞠平隔一两天便来一趟,带些亲手做的吃食来,陪陈依玄说一会儿话,方才回去。这个春早,鞠平陪罗丝去脂河西湾里挖荠菜,回来做荠菜丸子,一共做了六十,一半是香油炸,一半清蒸。这两样都是陈依玄喜欢的口味,鞠平每样各带上十个,便上岗上来了。许是一路走得急,鞠平额头鼻尖沁出了细汗,便把头巾摘下来,图个凉快。鞠平的头发尚未长好,前不遮额,侧不掩耳,参差之处清晰可见,看上去像假小子,透着几分俏皮可爱。一坐下来,鞠平便把荠菜丸子从篮子里拿出来,催着陈依玄趁热先吃清蒸的那一半,油炸的那一半不怕凉,不妨留着。因中晌喝了酒,陈依玄还没有胃口,本不想急着吃,可鞠平捧着丸子在面前,紧逼着不容推辞,便强撑着吃了两三个。幸好心碧在旁,胃口又好,余下的全喂给她吃了。这时候,小结巴提着食盒送来了晚饭,陈依玄看也没看,便打发他原样带回去了。

天色已暗,鞠平并不急着走,陈依玄便催她趁早回去,鞠平却说等月亮出来再走更好。心碧疯了一天,早累得乏了,吃饱后便酣然睡去。夜色降临,陈依玄点起灯笼,不一会便招来一群蠓虫,嗡嗡地朝灯笼上撞。鞠平站起来,四下里看了看,说:"这里真好!"陈依玄说:"好也谈不上,只是图个清静!"鞠平说:"玄哥,这清静你打算享受到几时?"陈依玄说:"能享几时是几时!"鞠平说:"家不要了?!"陈依玄说:"这里也是家!"鞠平说:"这里怎么是家?"陈依玄说:"饿了有饭吃,困了有床睡,怎么不是家?"鞠平说:"那孤单了呢?"陈依玄说:"孤单了,有心碧,还有这些蜜蜂!"鞠平便不吱声了。

时值三月十六,戌末亥初,月轮圆满,升起东方,银辉一泻,岗上渐渐亮堂起来,远近的树木花草便如乳洗一般。陈依玄提着灯笼,到棚屋里装了两罐鲜蜜放进鞠平的篮子里,说:"时候不早,赶紧回去吧!"鞠平靠在棚屋

第二十七回 依玄隐居迫于无奈 奉莲小产事出有因

205

门前一棵树旁,仰脸看月亮,突然说:"今晚我不回了!"陈依玄以为听错了,便说:"你说什么?"鞠平又说:"今晚就住在这!"陈依玄笑了笑,说:"要是怕,我送你,早回早歇!"鞠平走进棚屋,一边收拾,一边说:"来之前,我就想好了,今晚就住在这陪你!"陈依玄赶紧摇头,说:"你还是赶紧走!"鞠平犟,说:"等了二十多年,就等这样一个晚上,我不走!"陈依玄叹口气,说:"鞠平,如今我够烦了,你就别逼我了!"鞠平突然哽咽,半天才说:"你烦,我也烦!你看我这样,人不人,鬼不鬼的,为了哪个?!"陈依玄转过身去,仰面长叹,说:"鞠平,你还是个姑娘,不能这样!"鞠平上前一把抱住他,眼泪汪汪地说:"我不管!"陈依玄不禁浑身一颤,灯笼一下脱了手,就地打了几个滚,轰的一声,火苗子蹿起好高。

樟树花香的时候,有几件事接连发生。因省都督统一军政,撤销各地军政分府,杨乐山升迁至省里任职。脂城设立民政署,有杨乐山在后边撑腰,冯鞠元如愿就任脂城一把手县知事兼民政长,蒋仲之改任财政长,刘半汤依然做司法长,兼理警务。新设教育长一职,由脂城商会老会长、吴兴记的大老板吴举人担任。由此,一个萝卜一个坑,大小位置都占上了。只有韩尚文的副司令成了空衔,一时赋闲,整天喝得像晕头鸡似的。其次,蒋仲之定下秋后纳阿金为妾,下了聘礼,事情办得大张旗鼓,一点也不遮掩。之后,在西津渡先开了一家大酒楼,名叫共和大酒楼,又开了一家浴池叫佛临池,可谓是三喜临门。此外,天择新学变更股东,陈依玄退出,蒋仲之和吴举人入股,正在筹划在东门设立分校。

这些事在西门都算大事,自然广为人知。然而,还有些小事,西门人未必在意,比如说奉莲小产。

自给毓秀断了奶,奉莲一直准备着怀伢,可是冯鞠元一天到晚忙东忙西,回家没正点,出门没准时。毕竟怀伢不比针线活儿,两口子少有合上卯榫的时候,奉莲的肚子只能荒着。正好赶上过年,冯鞠元得闲,两口子风风火火赶集似的把事情做了,一出正月,奉莲月红值时不至,便晓得怀上了。虽说是第二胎,还是喜事,奉莲抽空跟冯鞠元说了,没料想他只说句晓得了便过去了。奉莲晓得他忙，只当他的高兴藏在心里，也不在意。因有怀毓秀的经验，奉莲这回从容淡定许多，该干什么干什么，自己不娇气，肚子也争气，倒没遭什么罪。

　　时气多变，奉莲她妈不慎受了风寒卧病在床，奉莲不放心，把毓秀交代给鞠平，每天一大早回城里娘家看望服侍，天将晚时再回西门。头几天，奉莲都在晚饭前赶回家，倒是平安顺当。这一天，因为落了春雨，天黑得早些，没过西城门便看不清脚下的路了。按说，走了多年的路，奉莲并不怕，凭着记性往前走也错不了。出了城门，借着街边店铺的光，奉莲觉得身后有个人跟着，回头一望却没有，心里不禁发毛，想起前几天做的一个梦，梦中她爹说想她了，难道是爹的魂在跟着？这样一想，奉莲脚下就有些打战，步子也乱了。拐个弯，前面便是一里桥。桥是青石桥，半月拱，上桥是坡，下桥也是坡。奉莲晓得雨天坡滑，有意放缓了步子，一步一趋探路似的往上走，加了几倍的小心。上坡的时候，突然打了一个闪，奉莲一眼看见桥那头有个人影，接着又打一个闪，那人影却不见了，不禁纳闷。正这时一声春雷，奉莲一惊，脚下一滑，便跌了个结实，骨碌碌地从桥上滚了下来了。

　　好在奉莲还能爬起来，一瘸一拐地摸到家，浑身早淋得透湿。鞠平见了吃惊不小，忙扶她进房，打来水给她洗洗，又帮她换了干衣。之后，奉莲倒在床上就睡，鞠平问她缘故，她也不说。到了后半夜，奉莲开始发烧，浑身滚烫，止不住发抖。偏巧冯鞠元有事在外一夜未归，鸡鸣五更，鞠平起来小解，听见奉莲哼哼，赶紧过来看，以为她淋雨受寒，忙生火熬了一碗红糖姜汤，服侍她喝下，发了一身透汗，好歹烧退了些，浑身却散了架似的酸疼。鞠平做好早饭，端到床头来，奉莲一口也不想吃，又昏昏地睡了一时，突感小肚子绞疼，忍也忍不住，强撑着起来坐在马桶上，不一会儿，下头止不住地流，拿草纸拭过一看，竟是泗红的血水。奉莲顿时明白，怕是动了胎气，赶紧让鞠平去城里请个老先生来看。老先生诊了脉，开了保胎的方子。连吃三服，钱花了，胎还是没保住。奉莲伤心不已，一连几天，哭得稀溜溜的。

　　无奈何，奉莲安心卧床将养，鞠平有意回报奉莲当初待她的情分，凡生冷大腻不现饭桌，洗洗涮涮不让沾手，肩挑手提全都代劳，贴心服侍，真心真意，比亲姊妹不差毫些。奉莲心里熨帖好些，自不用提。

冯鞠元近来春风得意，三十出头做了县官，凡事便多几分信心。本来，虽说也觉得惋惜，冯鞠元并没把奉莲小产太当回事，留着青山在不怕没柴烧，年纪轻轻的，不怕没伢怀。可是奉莲总是跟他说那晚遇到的事如何蹊跷，一遍两遍，冯鞠元没在意，说多了，冯鞠元也觉得不对劲了。按奉莲所说，当晚她发觉有人跟踪，从西城门一直跟到一里桥。那么跟踪她的人会是哪个？跟踪的目的又是什么？冯鞠元反反复复想，有生以来，他冯家在脂城没与人结过仇怨，若是非说有，也能勉强找出来，一个是陈依玄，另一个是韩尚文。陈依玄这怨结的原因自不用说，毕竟给人家戴上绿帽子，如今证据就在仙芝的肚子里。与韩尚文结怨是因为当初争夺副司令的位子，怨气自然会有些的。陈依玄素来清高散淡，如今又结了儿女亲家，应该不会跑出来跟踪。韩尚文虽说性情粗莽，胆大妄为，跟自己争位子闹得不开心，但是好歹是脂城军政分府的副司令，也是有头有脸的人，想必也不会做出这种下作事来。这么一想，冯鞠元觉得怕是奉莲害伢后体弱心虚，一时看花了眼，自己把自己吓唬了。于是便不再想这事了。

眼看小月子即将坐满，奉莲下身沥沥淅淅，浊红不净，担心身子虚亏，便让冯鞠元去抓一服药来调理。冯鞠元也觉得必要，便去城里找那位老先生开方子。因上回老先生开的保胎方没能保住胎，奉莲便不相信他，死活不用老先生的方子，催着冯鞠元去找陈依玄开方子。陈依玄当初治好奉莲的奶瓜，博得了她的信任。冯鞠元也晓得陈依玄能开出调理的方子来，却不愿去。自从那事出来之后，冯鞠元在陈依玄面前抻不直腰杆，因此怕跟陈依玄见面。可是那事一直瞒着奉莲，当着奉莲的面，这话还不能说，只好先答应下来，想一拖再拖，拖过了事。不承想奉莲认真，见了就啰唆，啰唆起来没完，冯鞠元实在受不了，宁愿去见陈依玄，再也不愿听她啰唆。

这一天晚半晌，冯鞠元恰好没有公干，带上随从，拎上一包好茶，便上了香炉岗。说起来，自陈依玄住到香炉岗以来，冯鞠元头一回来看望。冯鞠元如今行动不比往常随便，出行必有三五随从荷枪护卫，那阵势倒也威风。因晓得陈依玄素来清高，看不惯这些俗人做派，上得岗来，冯鞠元便让随从散在周围守候,独自一人朝棚屋走去。棚屋前,心碧独自坐在门前玩石子,见了冯鞠元,一脸痴相,招呼也不晓得打一个。冯鞠元不禁暗自替毓秀难过,之后,有意大声说:"心碧,你爹呢?"心碧傻呵呵地笑,并不说话,冯鞠元又问了声:"你爹呢?"正这时,陈依玄从棚屋探出头来,见是冯鞠元,先是一愣,接着淡淡地说:"来了。"冯鞠元点点头,顺势坐在旁边的石凳上。陈依玄放下手里的活,过来陪着坐下,说:"县太爷公务繁忙,怎得闲来?"冯鞠元晓得这话带刺,也不见怪,说:"好久没见,想你啊!"陈依玄一笑,说:"不敢当!"冯鞠元把茶叶递上,说:"今年的新茶,你尝尝。"陈依玄没接,看了看石桌,冯鞠元便顺手把茶叶放在石桌上。陈依玄说:"你怕不是专程送茶来的,有事就说,要是没事,我去忙了,这两天蜜多。"冯鞠元赶紧说:"上个月奉莲小产了,将将满月,想开个方子调理调理。她那性子你晓得,别的先生信不过,非得让我来请你开方子!"陈依玄听罢,笑了笑,说:"冯司令果然不同寻常,看来你可没闲着啊!"冯鞠元听罢,脸一热,寡寡地说:"瞧瞧,你这是什么话。"陈依玄不再发难,说:"小产调理,非同小可,因人而异,不能凭你这么一说,我就随便开方子。"冯鞠元说:"那怎么办才好?奉莲身子虚,出门怕闪了风。要是你得闲,请你到家瞧瞧自然最好!"陈依玄说:"那也不必,只要两样确定,就能出方子。一是什么原因致其小产,二是满月后身上是否干净。"冯鞠元说:"听奉莲说,那天她摸黑从娘家回来,赶上下雨,走到一里桥,总觉得有人跟踪,受了惊吓,跌了一跤,又淋了雨,回来就发烧,吃了药,胎也没保住。"陈依玄点点头。冯鞠元接着说:"在家静养一个月,如今身上还不断红,夜夜睡不安生,横三竖五的,烦很!"陈依玄又点了点头,想了想,说:"奉莲自小体弱,气血不旺。之所以受惊吓,怕是因气血两虚,神不能守,恍惚失断。既然小产,血必亏耗,其气无所依附,才会烦渴燥热,睡卧不宁。"冯鞠元连连点头,说:"就是就是!"陈依玄说:"方子有现成的,宋代太平惠民合剂局的'逍遥汤'和'四物汤'为最好,被尊为妇科'二圣',历来为医家看重。妇人气病宜逍遥,血病宜四物。依奉莲的情形看,用'四物汤'合适些。"说罢,起身拿来纸笔,写了一个方子递给冯鞠元。冯鞠元接过一看,只有当归、熟地黄、川芎、白芍四味,便问:"就这些?"陈依

第二十七回　依玄隐居迫于无奈　奉莲小产事出有因

玄说:"四物汤当然只有四味,多一味少一味都不能叫四物汤,也就不金贵了!"冯鞠元听罢便放了心,将方子装好,抬头一看,日已西坠,在天边映出一片红。

正要起身告辞,一旁玩耍的心碧忽然高兴地叫起来,撒开小腿,一边喊着,一边朝岗下跑去。冯鞠元不晓得出了什么事,扭头一看,小路上走过来一个女子,挎着篮子,那穿着打扮甚是眼熟,再一看不是别人,正是鞠平,当下一惊,又看陈依玄却淡定从容,无所谓一般。

这时,鞠平已来到棚屋前,抬头见冯鞠元在,先是吃了一惊,脸一红,接着便镇定下来,冲他笑一笑,放下篮子,抱起心碧进棚屋去了。冯鞠元本想喊住鞠平训斥一番,可见陈依玄面无表情,话到嘴边又咽了回去,气得他转身告辞。正要离开,陈依玄突然说:"且慢,有件事要跟你说!"冯鞠元以为他要说鞠平的事,便说:"还有什么好说的,我都看见了!"陈依玄说:"不是鞠平的事,是你的事!"冯鞠元皱了皱眉头,说:"我?"陈依玄说:"本来,这件事我不想说,可是既然晓得,不说良心又过不去。"冯鞠元一愣,忙问:"什么事?"陈依玄说:"韩尚文来过。"冯鞠元说:"跟我何干?"陈依玄并不看他,只看着西天的落日,说:"他让我劝你看清时局!"冯鞠元一脸不屑,哧地一笑,说:"还有呢?"陈依玄说:"不然,你将来没有好果子吃!"冯鞠元听罢,慢慢点点头,说:"哼!"说着就走,走了几步又停下来,转过身,看了看棚屋门前的鞠平,说:"依玄,在我心里,你可是个君子啊!"陈依玄笑了笑,胸有成竹地说:"我晓得你的意思!"

一路无话。回到家中,冯鞠元还在生气,奉莲不晓得便问,冯鞠元发了一通火。奉莲便明白是为鞠平,耐心劝慰一番,冯鞠元心里方才平复下来。正要吃晚饭,忽然有手下的随从跑来报告,说韩尚文不辞而别,带走十几个人,卷走了十几条枪,留下一封信。冯鞠元大惊,接过信来一看,方才信以为真。信中,韩尚文自然要发一些牢骚,什么此处不容爷自有容爷处,什么有朝一日自来讨个公道之类,冯鞠元并不在意。在信的末尾,韩尚文写道:"代问夫人金安,并请转嘱,往后切勿独行夜路!"看罢,冯鞠元恍然大悟,不禁浑身一抖。

第二十八回　肉婆子贪吃害怪病
　　　　　　　褚仙芝忍痛诞心瑶

　　入夏之后,赵氏害了病,人越来越瘦,肚子越来越大,怀揣六甲似的,茶饭不香,面色焦黄,呃出来的浊气如粪缸般恶臭。蒋仲之带她看遍城里大小先生,吃遍了中药西药,还是不见好。陈依玄也被请去诊了,断为滞胀,也开了方子,吃了三五服,没见效果。将到迎秋,原本肥硕的赵氏只剩下皮包骨,越发地虚弱了。毕竟是结发夫妻,共苦共难多年,蒋仲之看着心疼,却无计可施。到了这一步,赵氏倒是看得开,一面不让蒋仲之为她再花冤枉钱,一面催促蒋仲之赶紧把阿金娶过来,好让她安心闭眼。蒋仲之这才觉出赵氏从未有过的贤良,如今过上了好日子,她却没有享受的福,甚为遗憾。

　　说起来,赵氏跟着蒋仲之确实没有享到什么福。她本是东门赵屠户家女儿,虽胖,长得也还有模有样。当年嫁过来时,蒋仲之不过是一个穷秀才,图的是他有朝一日飞黄腾达,没承想他久试不第。这赵氏也是个好强的人,不怨蒋仲之,放下身子开肉铺,一心供他读书,只可惜后来科举废止了。多亏蒋仲之醒悟早,听了她的劝,做起买卖,又逢上好运气,生意兴隆。吃喝不愁了,有头有脸了,只是膝下无一儿半女,总是遗憾。论起来,没儿没女,不怪蒋仲之,还怪她赵氏。当年赵氏曾怀上过一胎,四个多月时正赶上过年,肉铺生意好,只图挣钱,没日没夜地忙,不留神累掉了。按说,累掉就累掉了,年纪轻轻再怀也不迟,可是小月子里又没有好生将养,受了寒气,坐下滑胎的病,从此再怀不上,为此没少伤心掉泪。好在蒋仲之看得

211

开,又一直惧她三分,这日子才过下来。近几年,日子好起来,赵氏自知没有生养的能耐,又感于蒋仲之不弃不离的情义,明里暗里张罗着给他纳妾,为蒋家续上香火。一开始,蒋仲之磨不开脸,一拖再拖,后来经不住她唠叨,就答应了,只是一时没有合适的人。去年秋天,湖北遭水灾,灾民过来卖儿卖女,赵氏就催蒋仲之去买一个黄花姑娘回来,不料蒋仲之私底下看上了阿金,知根知底的当然更好,赵氏满意,便实心实意地张罗,又是下聘礼,又是办酒席,忙前忙后,一句怨言都没有。毕竟是大老婆,为小老婆忙得像婆婆似的,旁人看起来是犯贱,她自己却心甘情愿。这一切,蒋仲之都看在眼里,晓得她的心意,越发觉得可贵,越发惋惜不已。

这一天,赵氏自觉大限将至不久于人世,便把蒋仲之叫到床前,拉着他的手,泪眼婆娑,交代两件事。一是有两坛子私房钱埋在后院墙边桃树底下,一是她要看着阿金进了蒋家门才好闭眼。两坛子钱埋在那里跑不了,蒋仲之自然不必担心,至于马上把阿金娶过门,却让他为难,因为仙芝有言在先,只能在秋后才给。赵氏说,仙芝留阿金不过就是想让阿金侍候她坐月子,你赶紧去乡下花钱给她买个称心的老妈子,不比阿金强?蒋仲之觉得有道理,况赵氏也是将死之人,就这一点盼望,还是让她满意为好,于是便去找仙芝商量。

蒋仲之出了家门,本想直接去陈家,又想未免唐突,便去找冯鞠元这个媒人,偏巧冯鞠元不在脂城。蒋仲之想了想,便来到香炉岗找陈依玄,开门见山把事情说了,陈依玄听罢,颇为同情。本来,陈依玄不愿回家,更不愿跟仙芝啰唆,可蒋仲之再三恳求,不好回绝,便答应下来。蒋仲之又是鞠躬又是作揖,感激得不得了,倒让陈依玄觉得欠了他许多似的。于是只好陪着蒋仲之去找仙芝。

正是晌午,仙芝刚刚吃了饭,正挺着大肚子在天井里来回地踱步消食,一手在前抚肚,一手在后撑腰,看上去像把行走的茶壶。算起来,即将临盆,多走多动倒是必要。当着蒋仲之的面,陈依玄和仙芝都做出往常夫妻的样子,倒是看不出生分。陈依玄不绕弯子,把蒋仲之的想法一说,仙芝是个明理的人,晓得不是蒋仲之性急纳妾,而是为了却赵氏一桩心愿,便把阿金叫来,当面把话一说。阿金还是那句话:"大小姐,我听你的。"仙芝得了这话,拍着肚子说:"阿金点头了,让依玄择个最近的日子吧。"陈依玄答应着,把蒋仲之和阿金的生辰八字一合,认定后天就是好日子。仙芝一听,笑了,说:"后天也太近了,嫁妆怕都来不及置办!"蒋仲之马上说:"再远几天,我家老婆子怕是闭不上眼啊! 至于嫁妆,你就别烦神了,我让人去办,不过是花钱的事!"仙芝点头,便不再说什么。

  从陈家出来,陈依玄跟着蒋仲之去看望赵氏,毕竟相识一场,如今看一回少一回了。来到蒋家,蒋仲之把仙芝答应的事情一说,赵氏终于开了笑脸,激动之下,长长地呃出一口恶浊之气,熏得近前的陈依玄一阵头晕。坐下来,说了些安慰的话,陈依玄又给赵氏把了脉,之后把蒋仲之叫到门外,说:"从嫂子的舌苔来看,虽是灰苔,但灰中见润,还没到黑苔;从脉象上看,浮大但不散,沉取尚可见,明明还有生机,不至于到了末日,不妨再治治瞧!"蒋仲之说:"治了几个月,一天不如一天,怕是没得救了。"陈依玄说:"这些日子,我一直在想嫂子的病根在哪。按说,前头我的方子也算对症,剂量也不小,怎么会没有一点效果呢?!"蒋仲之叹道:"依玄,这不能怪你,她也吃过别的先生的方子,都没用。唉,只怪她自己没有长寿的福!"陈依玄说:"蒋兄,承你理解,我就放心了。不过,我总觉着,嫂子这病并不是绝症,只要找到病根,还能治!"蒋仲之摇摇头,说:"算了! 她那身子折腾不起,也不想让她再遭罪!"陈依玄说:"蒋兄,毕竟是一条命,说句不好听的,死马当作活马医,不妨试一试!"蒋仲之略想了想,说:"你有什么好法子?!"陈依玄说:"好法子不敢说。人嘛,肚肠连着嘴,所以才有病从口入的说法。听说嫂子一直喜欢吃猪蹄猪耳猪头肉,可有这回事?"蒋仲之说:"是哟,她就好那一口,自家做这买卖,平常往日吃起来方便,都吃了几十年了!"陈依玄点了点头,又想了一会儿,说:"蒋兄,你可相信我?"蒋仲之马上点头,说:"这还用说!"陈依玄说:"那好! 我写个方子,你让人去办,赌一赌运气!"蒋仲之一跺脚,说:"好! 死马当作活马医!"陈依玄马上写了个方子递给蒋仲之,蒋仲之接过一看,上面却写着"香油两斤,芝麻糖两斤",不禁一愣,问:"就这?"陈依玄说:"就这! 不要去药铺,直接去菜市,越快越好!"蒋仲之将信将疑,半天下了决心,让人带着方子火速去办,不多时便将香油芝麻糖各两斤买了回来。陈依玄闻了闻香油,又尝了尝芝麻糖,以为都好。

按陈依玄的吩咐,先吃三两芝麻糖,隔一个时辰,再喝三两香油,又隔一个时辰,再吃三两芝麻糖,如此这般,先吃芝麻糖后喝香油,只到把两斤香油和两斤芝麻糖全都用了。不过,之前先吃一味药:山楂丸,之后再服一味药:巴豆。蒋仲之拼上一赌,也不问缘由,便嘱人赶紧去买来,陈依玄一一验过,这才放心。

赵氏早把自己断为不治,听说让她又喝香油又吃芝麻糖,以为是临终宽她的心,更是不肯。蒋仲之坐在床沿上,拉着她的手,含泪劝半天,又哄她说是托人从外面求来的偏方,专治大病,方才答应下来。有道是好死不如赖活着。赵氏听说是从外面求来的偏方,眼前看到一线生机,人也来了精神,一丝不苟,遵照陈依玄所嘱,又喝香油,又吃芝麻糖,准时得很。毕竟多日没有进食,又卧床不动,赵氏吃下不到一斤,只觉得腹内又腻又胀,肚肠要爆了似的,难过得她又号又哭,后悔不该听信陈依玄,再遭这番罪。蒋仲之实在看着不忍,差人赶紧把陈依玄接来。陈依玄来了一看,却说不要紧,还要接着吃。那赵氏一听,差点没呕出来,再不信什么偏方正方,咬紧牙关绝不开口了。

这时已是第三天,也正是蒋仲之娶阿金的吉日。一大早,吹吹打打,花轿去陈家接阿金,日出三竿,忽闪闪花轿回到蒋家门前。听见门外炮仗一响,蒋仲之晓得吉时已到,只好慌慌张张迎亲去了。此时,赵氏在床上胀得翻身打滚,生不如死。陈依玄取出银针,在她足三里和内关二穴上施针镇痛,赵氏方才稍稍安宁下来。然后,陈依玄取来巴豆汤,哄她说可以消食煞胀,赵氏信以为真,咕咚咕咚几口便喝下。不多时,只听赵氏腹中咕噜噜一阵响,好像群蛙齐鸣,又似旺火煮粥。陈依玄便问她是否内急,赵氏脸憋得发紫,咬着牙关不停地点头。陈依玄忙避到门外,让老妈子将马桶送进去。那赵氏早已憋得要命,待陈依玄出了门,赶紧让老妈子扶她下床,解带宽衣,坐上马桶,上下一运气,腹中仿佛万流涌动,又似大河决堤,刹那间耳气一背,眼前一黑,一股秽物伴着响屁喷涌而出,震得马桶声如擂鼓。只听赵氏舒坦坦大叫一声:"哎哟我的妈哎——"接着,只见那老妈子捂着口鼻,颠着小脚跑出来,一出门,便大口干呕起来,直呕得眼泪汪汪,半天才说:"通了!通了!"这时正好吹来一阵风,一股恶臭破窗而出,陈依玄被熏得脑门子生疼,赶紧远远躲开。

此时,前院里一阵炮仗响起,接着笙管齐奏《百鸟朝凤》,想必是蒋仲之和阿金正在拜堂。一边是赵氏排粪,一边是老蒋拜堂,这两口子倒是各得其乐,陈依玄想到此不禁想笑,正这时见老妈子扶着赵氏颤颤歪歪地出门来。赵氏一见陈依玄,笑着说:"真痛快啊!"陈依玄说:"痛快就好,不过还得调养调养,赶紧躺着去吧。"赵氏说:"前院又是放炮又是奏乐,听起来像是拜堂,我想去看看!"陈依玄摇了摇头,说:"嫂子,你腹中刚刚排空,最好不要乱动,不然会出人命!"赵氏不敢犟,吓得马上回房躺下了。

过了几天,又吃了陈依玄的两服调理药,赵氏上下通畅,能进些素食流质,精神好了许多。蒋仲之见赵氏起死回生,又新纳了阿金,更是高兴,便请陈依玄到家来小酌,一是庆贺二为感谢。陈依玄不好驳他的面子,应邀而至。席间蒋仲之便问:"依玄,你到底用的是什么方子治好你嫂子的怪病?"陈依玄说:"你晓得的,就是香油和芝麻糖。"蒋仲之说:"平生头一回见识,还有这样治病的,神医呀!"陈依玄一笑,说:"神医不敢当!说实在的,当时没有你蒋兄那句话,我也不敢赌这一把,好在有效,都是嫂子福大命大啊!"蒋仲之说:"依玄你太过谦,这里没有外人,说说你怎想起用这奇方?!"陈依玄说:"说奇也不奇。还是那句老话,病从口入。嫂子一直爱吃猪蹄猪耳之类,这些东西上的毛茬不易褪净,自然会连肉吃下去。你也晓得,毛发这东西不好消化,也不好排泄,会粘在肠壁上,日积月累,肠内毛发越积越多,好比一根管子堵了,总不顺畅,自然要出毛病!话又说回来,肠道在腹内,看也看不见,摸也摸不着,要从肠道里清除毛发,掸子用不上,镊子不能使,怎么清呢? 说到这,还得说到我家心碧,有一回心碧吃糖,不小心弄到头发上,难过得直哭,当时心碧说了一句话:糖坏,粘毛!"说到这里陈依云先自笑起来,蒋仲之也跟着笑,说:"这伢真能!"陈依玄颇为自豪,接着说:"正是伢这句话提醒了我,为何不用糖来粘呢? 你想想,又粘毛又好找又能

第二十八回 肉婆子贪吃害怪病 褚仙芝忍痛诞心瑶

入口不伤人的,怕是只有糖。要说糖,脂城的芝麻糖是最粘的,一扯都能拉出丝来,用它肯定不会错。当然,糖能粘毛发,也可能粘肠道,所以还要配上香油润滑。糖粘了毛,油润了滑,这还不够,还得想法子导出来,所以才用巴豆来收拾。巴豆这东西,味辛性温,入胃大肠二经,历来当泻药使。如此一来,还怕不通?!"

蒋仲之听得入神,频频点头,连连叫好,遂请出赵氏来敬酒。赵氏有心感谢陈依玄,因身子尚虚,不敢喝酒,便让蒋仲之代为感谢。蒋仲之一时高兴,多喝了几杯,酒劲上头,便把不住分寸,又把阿金也喊来敬酒,要陈依玄当面喊阿金二嫂。陈依玄跟阿金本是主仆,又有当初纳妾未成的前因,此时此景自然尴尬。陈依玄端着酒杯,杵在那里,喊也作难不喊也作难。蒋仲之酒老爷当家,不依不饶,逼着他喝下三杯才罢。

阿金出嫁后,仙芝身边少了一个人,不免感到几分孤单来。蒋仲之花钱雇来一个老妈子,姓周,娘家在东门,夫家在南门,论起来跟赵氏还是远亲。因赵氏是心碧的干妈,仙芝抬举她,比着心碧叫她周妈。周妈不过四十来岁,身量大,手脚趱,做事也不惜力,只是心糙,仙芝虽说有些不满意,眼看将要临盆,只好将就,每每念及往日阿金的仔细和贴心,不免伤感。好在阿金在脂城无亲无故,诚心把陈家当着娘家,常过来看仙芝,仙芝一见,拉着阿金的手,天黑了才放她回去。好在蒋仲之在西门给阿金置了房子,就在官仓巷里头,离陈家不远,倒也方便。

算起来,仙芝该在八月十五前后临盆,可是到了八月二十还没动静。阿金天天都来看一趟,比仙芝还急。仙芝嘴上说不急,心里急,想知道是小子还是丫头。心碧准月准天出生,是个丫头,这个小东西赖在里头不想出来,怕是儿子了。有了这个念想,倒是不急了。心里坦荡,日子好过,到了八月二十九这天一早,仙芝觉得腰杆酸重,大腿根生硬,吃过晌午饭,肚子又坠坠地疼,晓得时候到了,便早早躺到床上。正好阿金赶来,见这阵势,一面打发周妈去寻接生婆,一边叫小结巴去香炉岗找陈依玄,一边又让老沈赶紧烧热水备着。一时间,陈家内外,好一阵忙乱。

因是第二胎,仙芝并不害怕,只是肚子阵阵疼得难过。生心碧时顺产,不过一顿饭的工夫,仙芝料定这回也不会太久,不料想直到天将黑,肚子除了坠疼,并无别的动静。仙芝有些怕,接生婆却坦然很,说:"伢来早来迟,都是观音菩萨定下的,当妈的急不得!"话虽这么说,仙芝还是急得直哭。阿金也急,过一会儿便出门看一下,总不见陈依玄回来,便骂小结巴不懂事,怕是又跑哪里玩耍去!正这时,小结巴气喘吁吁地跑回来,说大少爷不回来!阿金就问为什么,小结巴说不晓得。阿金便让小结巴再去找,仙芝忍着疼说:"不要去了,他回来也帮不上忙,让他忙他的去吧!"阿金便作罢了。

说起来,该着仙芝受这番罪,挨到三更,突然肚子大疼,折腾出一身汗来。接生婆上前摸了说:"伢没进盆,还早!"阿金看着心惊胆战,包了个红包,央求接生婆快想主意。接生婆一笑,说:"生伢这事,没有好主意。非得要个主意,那就记住别做那事!"一句话又把阿金说得脸红。仙芝疼得实在受不了,便一声接一声地大叫,接生婆听不下去,便从怀里摸出一丸大烟土来,化了水给仙芝喝下,这才好些。眼看到了四更天,除了疼,仙芝的肚子还是没有动静,接生婆也纳闷,挽起袖子,脱下顶针,又洗了手,说:"我来探一探!"说着,一只手便从仙芝腿间伸进去,仙芝疼得又一阵大叫。只一会儿,接生婆拔出手来,没有吱声,洗了手,把阿金拉到外头,说:"伢不孝啊!"阿金问:"怎么回事?"接生婆说:"屁股朝外,倒生!"阿金听了叹口气,止不住流眼泪,忙问接生婆有没有好主意,接生婆想了想,问:"保大保小?"阿金一听这话,晓得事情重大,不敢拿主意,便悄悄把老沈和小结巴叫来,让他们速去香炉岗找陈依玄,就说出大事了!

且说陈依玄见老沈父子深夜赶来,一脸的惊恐,一问才知仙芝难产,也不多想,便穿衣起来,抱着心碧,跟着老沈父子赶到家中。陈依玄先问了接生婆原因,又摸了摸仙芝的肚子,确认胎位后,开了一方"佛手散"。传世的"佛手散"方子有多种,其中《医宗金鉴》中收的是催产方,可治横生倒生,交骨不开。此方中有三味药,当归、川芎和益母草。当归、川芎二味家中都有备,只缺益母草,忙命老沈提着灯笼去药铺敲门,不多时便买回来,拿去煎

第二十八回 肉婆子贪吃害怪病 褚仙芝忍痛诞心瑶

了,给仙芝服下。半顿饭的工夫,仙芝肚子有了动静,接生婆上去一番助力,还是生不下来。接生婆跑过来跟陈依玄连连怨道:"真是秀才娘子,死活锁口,是个蛋也孵不下来!"陈依玄一听,想必仙芝心里有愧,不能放松,以致难产,如此下去,耽误久了,怕是会出人命,于是便把众人都喊出来,独他一人进去,附在仙芝耳边说:"不管怎样说,伢都是陈家的人,放心生吧,不然会害两条命!"仙芝听罢,长长地出了一口气,身子软了下来。陈依玄转身出来,命老沈找来一只大爆竹来。众人不晓得何用,也不敢问。老沈将爆竹拿来,陈依玄让众人到天井里静静候着,不要出声。这时候,隔窗听见仙芝独自在房里哼哼,一声连一声好不痛苦。陈依玄悄悄来到窗前,轻轻打开一扇窗,将大爆竹放在窗台上,点燃捻子,闪到一旁,只听嘭的一声,震得窗棂生响,房瓦直颤。众人都吓不轻,正在愣神,只听房内仙芝一声大叫:"我的妈哎——"众人赶紧往房里去,接生婆伸头一看,大叫:"生了,生了!"

陈依玄松了一口气,揉了揉太阳穴,这才觉出累了。天井东南角的桂花香气正浓,提了提鼻子,顿时精神清爽许多。这时阿金扶着门框,伸出头来说:"恭喜大少爷,又得一个千金!"陈依玄微微一笑,举头一看,东方既白,房檐的瓦楞上,秋露浓重,外面怕是又落了大雾。

仙芝又生个丫头,多少有点失望,却还开心,取了名叫心瑶。这名字由何而来,陈依玄不晓得,不过觉得丫头叫这名合适,跟心碧的名字放在一起,倒是像姐妹。心瑶出生后,陈依玄还回到香炉岗,有阿金和周妈服侍月子,倒是用不着他。转眼心瑶即将满月,仙芝托老沈带话给陈依玄,让他回去一趟,商量办满月酒的事。说起来,让陈依玄回来商量办满月酒,仙芝也是迫于无奈。仙芝晓得陈依玄心里不满,本不想让陈依玄操这份心,但满月酒是招待外人,外人不晓得心瑶是冯鞠元的种,面子上还得陈依玄来撑着。自从生下心瑶,冯鞠元还没露过面,奉莲倒是来过,拎着两包红糖,一篮子鸡蛋,另有一把玉锁。这是往日邻里情分,亲家的礼节,看不出有冯鞠元的情义在里头。奉莲怕是还不晓得心瑶是冯鞠元的种,不然不会孬头巴叽在那死夸,非说心瑶的眉眼像陈依玄。仙芝心里扑腾着,脸上不敢露出来,嘴上还得应承,说一会儿话,提心吊胆的,拿捏出一身汗来。

陈依玄本来不想回去,可心碧吵着要回家跟"弟弟"玩,只好答应下来。说是商量,其实是告知,陈依玄晓得这一点,只带着耳朵听一下罢了。脂城的风俗,满月酒做前不做后,日子分单双,男做单,女做双。心瑶八月二十九生,满月酒提前一天,定在九月二十八。酒楼定在蒋仲之的共和大酒楼,蒋仲之让阿金带话来,说无论多少桌,都包在他身上,算是贺礼。事情一一定下,两口子便没话了。这时候,周妈抱着心瑶过来,让陈依玄看看,陈依玄只好接过来抱着,仔细地看了看。头一眼看心瑶,陈依玄竟看出心碧当初的影子来,越看越喜欢,由不得在心瑶的小脸蛋上亲了两口,周妈在旁边看了,对仙芝说:"瞧这当爹的,喜欢很!"仙芝竟脸一热,陈依玄抬起头来,说:"自己的伢,怎能不喜欢!"仙芝听了,看了陈依玄一眼,便低下头来。周妈接过话说:"是的哟,看你这么亲,没丫头的人家还不馋死?!"

满月酒本来预备五桌,结果来了十桌的客人。两家的亲戚自然都到。陈依玄素来人缘好,往常行过礼的,人家都来还礼。再有一帮故交,少不了来喝杯喜酒。凤仪随杨乐山去了省城,刘半汤回河南老家探亲还没回来,不然更是热闹。蒋仲之算是半个东家,一早就来到酒楼张罗。因公务忙,冯鞠元赶来稍迟。当时奉莲正陪着仙芝一起逗心瑶,见冯鞠元进门,便喊他过来看,冯鞠元只好过去。奉莲一惊一乍,说:"这伢没满月时看着像依玄,你看这眉眼,越看越像。"冯鞠元垂手站着,探头看了看,心里长草似的,忙说:"像,像很!"仙芝一旁看了看冯鞠元,突然将心瑶递给他,说:"你这个当官的来抱一抱,让伢沾沾你的光!"冯鞠元一时手足无措,奉莲一旁看了,说:"你瞧你,抱就抱吧,冻不着烫不着,怕什么?!"冯鞠元搓了搓手,定了定神,接过心瑶捧着,却抱不好。奉莲就笑,对仙芝说:"笨很! 就晓得天天在外瞎忙,抱伢都不会!"说着又从冯鞠元手里接过心瑶抱在怀里。这时正好心瑶醒了,哇哇地哭起来。仙芝便接过来,躲到一旁喂奶。冯鞠元这才如卸了一身甲似的轻松下来。

脂城规矩,男客女客分席而坐,各占几席。男客这边,陈依玄陪着,蒋仲之做知客;女客这边,仙芝陪着,阿金做知客。都是常来常往,再有老蒋和阿金照应,自然不会怠慢。酒宴开席,一时间杯盘叮当,觥筹交错,好不热闹。本来,因想到陈依玄酒量有限,怕他不愿喝酒,扫了大家的兴,仙芝就劝他说:"主不喝,客不饮,不想喝也要混着,好歹做个样子!"陈依玄一笑,说:"伢的满月酒,我当然要喝!"仙芝见陈依玄这么应承,便放心了。席过一半,只见陈依玄喝得脖子都红了,依然兴致正浓,一桌一桌地敬酒。仙芝看见,怕陈依玄喝多了,借酒闹事,到时大家都难看,便让阿金赶紧去劝。阿金不晓得仙芝的心思,说:"大喜事,他高兴喝就让他喝,不然都扫兴!"仙芝想了想,觉得还是不能让陈依玄喝多,说:"你又不是不晓得,他本来就没酒量,喝多了伤身子!"阿金说:"你瞧他高兴那样,我可不敢去劝!"仙芝说:"你不去我去!"说着,把心瑶交给阿金,便去劝陈依玄。

这时候,陈依玄正好在冯鞠元那一桌上敬酒,那一桌除冯鞠元外,还有蒋仲之等人。陈依玄敬过众人之后,直直走到冯鞠元面前。未等陈依玄说话,冯鞠元马上站起来,说:"恭喜恭喜!"陈依玄一笑,说:"同喜同喜!"蒋仲之有些酒意,说:"今个是你依玄的喜事,怎么同喜呢!"陈依玄意味深长地说:"我的喜事,也是他鞠元的喜事!"冯鞠元顿时有些慌,强作镇静,干干地笑。蒋仲之较真,马上说:"依玄,你是你,他是他,放在一起,这话怎么说嘛?"正这时,仙芝恰好走过来,忙抢过话来说:"蒋老板,这话还不晓得,我们是儿女亲家,怎说也算是一家人,一家人的喜事,还不是同喜?"蒋仲之一拍脑瓜,说:"是是是!老酒吃多了,把这个茬给忘了!"仙芝笑道:"又喝多,看我马上跟阿金告状,回去当心你的耳朵!"一桌人哄地笑开,蒋仲之连忙拱手讨饶。仙芝借机把陈依玄拉到一旁,小声说:"少喝!"陈依玄晓得仙芝担心自己喝多,便说:"尽管放心,今个是伢满月。这么多人面前,你的脸能丢,我的脸也能丢,伢的脸丢不起!"说着,打了个酒嗝,摇摇晃晃,又去与众人喝将起来。

正这时,鞠平风风火火地来了,一进门,先奔女客这边来,仙芝只好过去接着。鞠平见过心瑶,抱了抱,随了一份礼,是一副银镯子。奉莲正好坐在旁边,说:"瞧瞧,这么好一副镯子,可见鞠平看心瑶比毓秀都要重!"这本是替鞠平长脸的一句话,没想到却似打了仙芝的脸,仙芝马上顺嘴回一句,说:"毓秀是男孩,用不上镯子,你要再生个女孩,鞠平怕是要送两副。"这也本是一句无心的话,却不偏不倚正揭了奉莲小产的伤疤,奉莲当时脸就寒下来。鞠平自然看出来,马上说:"就是,明年这个时候,嫂子生个龙凤胎,银镯玉佩,一样送一副!"在座的女客都跟着打圆场,说得奉莲满意了,脸色才变过来。

这边女客正说得热闹,男客那边也似闹翻了天,拉拉扯扯,吵吵嚷嚷,没完没了地拼酒。陈依玄哪有量,早喝得晕头转向,一不留神跌倒在地。鞠平一看,马上跑过去。陈依玄喝红眼了,被人扶起来,尚未站稳,又端起酒杯跟冯鞠元拼酒。冯鞠元酒量大,还有几分清醒,举杯跟陈依玄对饮。蒋仲之手舞足蹈,伸着颈子做监督,裁判哪个杯中没干,哪个酒没斟满,如同公堂断案一般。其他人看着有趣,自然跟着喝彩。这时鞠平突然走上前来,众人一惊,本以为她会拦冯鞠元,没料到她却一把将陈依玄的酒杯夺下,道:"都别喝了!"一桌子人大眼瞪小眼,没敢吱声。冯鞠元瞪了鞠平一眼,有些尴尬,放下杯子,说:"就到这吧!"说着,率先走了。蒋仲之晓得鞠平不好惹,怕生出没趣,马上附和,众人也相跟着离座。陈依玄趔趔歪歪地说:"别走,喝!"鞠平扶了陈依玄一把,轻声说:"借酒浇愁愁更愁!"陈依玄一摇三晃地,伸着颈子说:"我要喝!"

仙芝抱着心瑶,看着陈依玄和鞠平站在一起,一搀一扶,好不亲近,半天没说话,心里却闷闷地生气。正好这时阿金过来,嘻嘻嘴,说:"瞧瞧,真喝多了!"仙芝正没处撒气,寒着脸说:"不是一家人不进一家门,让你劝你不劝,你家老蒋也跟着起哄闹,这回好,他丢了人,你们都快活了!"阿金觉得委屈,说:"话不能这么说,哪个也不想这样,大喜日子,都是图个高兴嘛!"仙芝说:"图高兴,两口子回家高兴去!"阿金被噎得眼泪都出来了,本想辩解几句,不料仙芝抱起心瑶气咻咻走了,头也不回一下。

第二十八回　肉婆子贪吃害怪病　褚仙芝忍痛诞心瑶

第二十九回　树威风老妻训小妾
　　　　　　　平纠纷老蒋施小计

　　因受了仙芝几句数落，阿金心里委屈，几天没去陈家走动。这天一大早，正好赵氏打发用人李妈来找她回城里的家，说是有一堆针线活要做。阿金晓得做针线活只是借口，让她去无非是显示一下赵氏的威严。自从阿金嫁到蒋家之后，赵氏一直摆着老大的架子。阿金看不惯，想方设法回避，可那赵氏似乎有意捉她的空闲，一会儿这，一会儿那，总有事来烦。阿金一肚子不满，却没一毫办法，本想跟蒋仲之抱怨，又怕蒋仲之多心，暂且忍了，心中不免暗忖，幸亏当初提出在西门置房，不然住在一起，低头不见抬头见，还不晓得她会玩出多少猴呢！

　　来到城里，赵氏见她疲沓沓地打不起精神，就问缘由。毕竟仙芝算是娘家人，阿金不好对赵氏说仙芝的不是，就编些理由来搪塞，就说身上乏，不得劲。这话本无心，赵氏却听出许多故事来，以为她让蒋仲之种上了，一半欢喜一半惊讶，就说："这才多久，就害上了？"阿金红着脸摇头，赵氏又想多了，便板起脸来，说："阿金，不是我说你，老头子那岁数，熬不过你年轻，夜里不能由着性子死疯！"这没头没脑的几句，把阿金说得一头雾水，又不好辩解，便不吱声。赵氏往常找不到人使嘴，又见阿金一说就脸红，闷头不吱声，怕是一个软柿子，马上得了势，想借机树老大的威风，接着唠叨："阿金，蒋家如今不是小门小户，规矩是有的。你既过了门，有些话还是说在前头为好。你也晓得，把你娶过来，不是看的，也不是玩的！"阿金正在使剪子裁布，听她唠叨，咬着嘴唇不吱声，心里乱，剪子便不听使唤，一时没把握好,一剪子下去,上下两层裁过了边,生把两块好缎子料给毁了。赵氏一见,心疼得不得了,说:"瞧瞧你!这不是钱买的?你这一剪子就毁两块缎子,往后这个家交给你怎放心?跟你说,你是来生伢的,不是来败祸这个家的!"阿金本来就一肚子气,几句话太狠,这实在忍不住,回了嘴:"又不是我想来!"赵氏哪是省油的灯,见她回嘴,马上火更大,说:"哟哟哟,你还起性子了!不是你想来,那是我请你来?就算我请你来,我比你大,你要叫我声姐,说你几句就不能受了,叽叽地对嘴,这样下去,往后还不得把你供起来?哼!丫头身子,倒长了小姐脾气,要是不想来,现在就走!"阿金也是有性子的人,在仙芝面前能忍,在赵氏面前却不能,把剪子一撂,霍地站起来,说:"走就走!"一边说着,一边竟出了门。赵氏没料到阿金敢反了,紧追着几步,说:"走吧!有脸你走了就别回来!别说天底下,就脂城方圆内,四乡八镇,能生能养的多的是,不过花几个钱!"阿金几步已到门外,一边抹泪,一边回了西门。

回到官仓巷,阿金进家后便扑到床上哭了一回,越哭越伤心,本想等蒋仲之回来跟她诉诉委屈,可左等右等却不见回来,便多了心,以为蒋仲之回了赵氏那里。那肉婆子能说出那些恶毒的话,怕是老两口早有沟通,有意让赵氏说出来,压她的威风。想到这里,阿金更是伤心,觉得自己突然成了无依无靠的人,后悔不该嫁到蒋家来做妾。已是晌午,阿金心里难过,想来想去还是去跟仙芝说说,不然这日子真没法过。这么想着,便拾掇拾掇,打起包袱,出了门。

因两眼哭得通红,阿金怕碰上熟人,便挑小巷走,刚出官仓巷口,偏巧赶上放午学的时候,只见鞠平从新学里出来,老远就喊她,阿金只好放慢了步子等鞠平过来。鞠平比阿金大一岁,两人往常说得来,便当着姐妹相处。鞠平腿脚趔,几步就赶上来,见阿金双眼红得兔子似的,忙问:"怄气了?"阿金低头不语,把头巾拉得更低。鞠平说:"这包袱挎着,是回娘家还是出远门?"阿金还是不吱声,不停地吸溜鼻子,还没等鞠平再问,又哭起来。鞠平晓得她心里有委屈,便拉着她的手,来到一僻静的墙根处。见四下无人,阿金一下子扑到鞠平怀里,痛快地哭起来,边哭边把赵氏说的难听话学了一遍,鞠平听了气得脸发青,说:"这个肉婆子,吃屎长大的,说话真臭!你阿金有模有样,年纪轻轻,嫁给一个半大老头子,本来就够委屈,她还拿这不三不四的话伤人。说什么她大你小,如今是民国,讲究的是平等,大小肩膀都一般高!你且别哭,我陪你找那肉婆子评理去!"说着便拉着阿金一起走。阿金晓得鞠平胆壮,怕她生事,便缩着身子不走。鞠平急得跺脚,说:"阿金啊阿金,你性子太瓢,不受气才邪怪!你还看不出来,那肉婆子有意想煞一煞你的威风。我说句话放在这,这一回你要是赢不下来,往后你就别想抬头,还不晓得她怎么拿捏你!"阿金被这话刺中疼处,又掉了一回眼泪,说:"鞠平姐,要是真过那样的日子,我就不活了!"鞠平说:"呆啊你!你不活,她也不会掉一滴眼泪,他老蒋有钱,照样能娶新人。你要是不活了,就等于便宜了他们!"阿金没有鞠平的脑瓜灵光,一时没了主意,只是哭。鞠平说:"哭什么你,眼泪不值钱!如今还是想法子跟那肉婆子斗一斗,还要斗赢!"阿金一边啜泣,一边说:"我也想赢,可怎能斗过他们两个?"鞠平想了想,说:"你要听我的,保管你能赢!"阿金低头想了想,突然仰起脸来,说:"只要不受这窝囊气,我听你的!"鞠平抱着阿金的肩,贴着她耳朵如此这般一说,阿金点点头,说:"我听你的!"鞠平说:"千万要沉得住气!走好这一步,下一步就好走了!"阿金点点头,挎着包袱便朝陈家走去。

来到陈家,一进门,便看见仙芝正坐在檐下给心瑶喂奶,没等仙芝说话,阿金便将包袱一丢,一屁股坐在天井里,放声哭起来,双肩直抖,胸脯直颤。仙芝赶紧摘了奶,把心瑶交给周妈,过来扶阿金,阿金不起来,就势在地上打滚,哭着喊着不想活了。仙芝吓得不轻,好言好语劝半天,阿金这才平和下来,把赵氏那些话传了一遍,不免又加油添醋。仙芝本来看见阿金这般伤心就心疼,又听这些难听话,马上气得脸煞白,呼呼喘气,半天才说:"这老壳子太欺负人!你好歹是从我家出嫁的,算是我家的人,不看僧面看佛面,她怎能说这些屁话来!"说着,把脚跺几下,又说:"阿金,你别伤心,先在家里住下,我看他蒋家可来要人。只要蒋家来人,看我说难听话给他们听!"阿金点头,抹着眼泪进房换衣裳去了。

且说蒋仲之正晌午回官仓巷宅里,没有见着阿金,便想起一早赵氏来找她去做针线,以为在城里的家中,便匆匆赶去,来到家里却见赵氏一个人气鼓鼓地拉着脸。没等他问,赵氏便说道:"瞧你干的好事!千挑万拣的,竟娶个祖宗进门!"蒋仲之一听,顿时明白老妻和小妾闹了别扭,便说:"平日里见不着,这磨屁股的工夫就闹起来了,到底为什么?"赵氏说:"为什么?这话你问她去,别问我!"蒋仲之有点烦,说:"她不在,你在,我不问你问哪个?!"赵氏也不服气,说:"你看你,刚过门的你护着,我这黄脸婆子你就不心疼!"蒋仲之眼一瞪,说:"一进门就见你跟吃了枪药似的,前因后果也不说,反倒怪我!"赵氏也委屈得不行,抹着眼泪把前前后后一说,蒋仲之听罢,便明白八九分,说:"往后,你嘴上也留个把门的,别什么话都往外呛!"赵氏一听,马上火了,说:"我的嘴怎么了?我又没骂她爹妈祖宗!我大,她小,说她几句都不能?你还想让我把她顶在头上不成?怪不得人家说男人喜新厌旧,这才睡上几天,就成心肝宝贝了,我这吃苦受罪过来的人倒成了臭狗屎了!"说着便坐在地上撒泼,拍着大腿号起来:"我的老天啊,这日子可怎么过啊!"蒋仲之如今不比过去,早就不怕她胡闹,先忍了一时,见她没完没了,突然大喝一声:"够了!"只这一声,赵氏马上安生下来。蒋仲之叹口气,轻声说:"老婆子,你也该息息性子了,好好过日子不好吗?如今都是一家人,别分什么你大她小的,非要争个你强我弱的有意思吗?阿金才来,有不懂的,你说也应该,可是不能欺负人。你我都是五十多岁的人了,好日子还有多长?前半辈子受苦,这后半辈子还要怄闲气,想想亏不亏?"赵氏被说得两眼直翻,低着头不吭声,倒显出几分可怜来。蒋仲之无奈地摇摇头,拿起礼帽便要出门。赵氏见了,忙问:"你这去哪?"蒋仲之没好气地说:"还能去哪,把人找回来!"赵氏嘟着嘴,说:"吃过饭再去吧。"蒋仲之头也不回,甩过一句:"气饱了!"

　　蒋仲之从城里来到西门,料定阿金回了陈家,买了几样果子点心带上,这才赶往陈家,边走边编一套说辞应对。其实,蒋仲之心里有数,家有妻妾,如同一槽双驴,迟早是要生出是非来的。阿金年轻不说,单是那肉婆子的性子,无论跟哪个在一起,吵架拌嘴总是难免。说起来,肉婆子心地不坏,只是操了几十年的砍肉刀,做不来细致的事,道不来婉转话,伤了人她自己还不晓得。豆腐渣上雕不成花,她就那么一个人,半辈子共苦共难都过来了,休了她也于心不忍。不用说,相比之下,蒋仲之心疼阿金多一些,一是阿金是他看入眼的人,二来年轻小妾总比老妻好亲热。况且还指望着阿金传宗接代,自然要体贴一些才好。

这么想着,不多时便来到陈家。蒋仲之一进大门,见院墙边晾着一绳尿褯子,明明一院子腥臊,却大声嚷道:"哎呀,这院里好香!"连说几句,没人应答,甚是无趣。走进天井,便喊:"仙芝可在家?"仙芝晓得他会来,这才迎出来,一见面就说:"哟,蒋老板,不年不节的,拎着东西来,有事啊?"蒋仲之厚着脸皮,笑眯眯地说:"来接人!"仙芝不开笑脸,说:"接人?接哪个?"蒋仲之晓得仙芝有意说这话,便说:"接阿金!"仙芝头一歪,说:"阿金?接阿金做什么?"蒋仲之说:"接她回家!"仙芝一阵冷笑,说:"回家?回哪个家?"蒋仲之说:"回我家。"仙芝说:"为什么回你家?"蒋仲之说:"她是我家人嘛!"仙芝板起脸来说:"你家人把她赶了出来,如今她不是你家人了,我正打算给她找个婆家嫁了,要不就把她卖到外地去算了!"蒋仲之笑了笑,说:"仙芝啊,我晓得你说气话,都怪我家那肉婆子不会说话,得罪了你和阿金!不过,你也晓得,一个锅里使勺子,磨牙拌嘴也免不了,往后摸透了各自的脾气就好了!"仙芝嘴一撇,说:"哎哟,那可不好说,我家阿金从小门小户出来的,攀不起你蒋家的高枝。你蒋家拿她无所谓,我家可还当她是个人!好歹她跟了我十几年,我一直把她当亲妹妹看待,在你蒋家天天受气,万一有个三长两短,对不起她不说,也对不起自己良心!"蒋仲之脸涨得通红,半天才说:"仙芝,你这话等于打我的脸啊!我家那肉婆子你也晓得,刀子嘴豆腐心,乌唇骡子卖个驴价钱,折就折在嘴上。实不相瞒,就在来之前,我把她好骂一顿,也算给阿金出了口气!"仙芝低下眼帘,瞄了蒋仲之一眼,见他额头汗珠子直闪,怕是难为得差不多了,便说:"蒋老板,当初是你托媒人来,巴巴地要娶阿金,既然娶过去,又想要伢,就对她好些。说句不好听的,杀猪还要先养肥呢!"蒋仲之连连点头,拍着胸脯说:"上有天,下有地,我在这红口白牙说句话,往后要是再有这一出,我老蒋伸脸给你打!"仙芝笑了笑,说:"蒋老板,你把话说到这一步,我也没话说了。你且坐下歇着,容我去问一问阿金,看她是什么意思。"蒋仲之一边揩汗,一边点头。仙芝进了房,不一会儿出来了,说:"好可怜,阿金这回气得够呛,躺在床上爬不起来,让我带句话,说她哪也不去,只想寻死!"蒋仲之晓得仙芝跟阿金串通好了,有意刁难,便说:"那可不能依,麻烦你劝劝她,让她好生歇着,晚上我再来接她!"仙芝说:"蒋老板,你一个大忙人,又是公又是私的,何必亲自跑来跑去的!"蒋仲之一愣,眨巴眨巴眼,仙芝接着说:"俗话说,解铃还须系铃人,你说是不是?"蒋仲之后背一阵发凉,点点头,说:"晓得了!回去我就叫那肉婆子来,好好给你和阿金赔个不是!"仙芝笑了笑,说:"我们是干亲,赔不赔都不要紧。关键是阿金,她心里抹不平呀!"蒋仲之连说:"晓得了!"

当晚,赵氏亲自打着灯笼来接阿金,仙芝当然不会饶她,早备了一肚子难听话,见了面,一句也不留,全都泼给赵氏听了。赵氏虽说不是省油的灯,在仙芝面前觉得理亏,又受了蒋仲之的压制,只得忍气吞声,是屎是尿全都兜着了。阿金倒是没说什么,哭哭啼啼地,只说想寻死。赵氏又急又怕又委屈,差点给仙芝跪下来。得饶人处且饶人,仙芝见把赵氏拿捏得差不多了,便唱起白脸,劝阿金跟赵氏回去,好好过日子。末了还抬举赵氏一回,当面让阿金对赵氏多多尊重,不管怎么说,她大你小,凡事不能任性,总之不能丢了陈家的脸,说得赵氏感激不尽。

阿金体体面面回到蒋家,蒋仲之自然高兴,免不了百般殷勤,万般体贴。赵氏这一回吃了败仗,心里不服,却不敢再放肆。说起来该着阿金得势,入冬后就怀上伢,如此一来,她便成了蒋家的宝贝,凡事说一不二。蒋仲之一半看她的面子,一半看伢的面子,事事都顺着她,说长不还短,要星星不递月亮。日子过得称心如意,人也滋润许多,加上背后有仙芝撑腰,鞠平出主意,阿金便自由起来了。有一回,一起说闲话,议论各自的将来,鞠平说不管做大做小,女人还得有自己的事做,年轻时靠男人吃饭还好,老了就靠不住了。阿金从赵氏的今天看到自己的将来,觉得可怕,便跟鞠平讨主意。鞠平是个直性子,又满脑瓜的新思想,一五一十说了,阿金如获福音,眼界宽了,心也大了。

这天晚上,落了小雪,阿金拥着火桶一面嗑瓜子一面等蒋仲之,左等右等,却不见回来,一个人生急,瓜子也嗑不香,捧着腮胡思乱想。不知怎么就想到城里的赵氏,想她此时是不是也很无趣。赵氏身边有两个老妈子,说不定这会儿正一边陪她说话,一边给她揉肩捶背。她一个人凭什么有两人服侍,我怀着伢算是两个人,却一个使唤的也没有?看来这老蒋对人还是另眼相看的,原来我还是没赢啊!这么一想,阿金心里像进了寒风,阵阵冰凉,似乎火桶也不暖和了。

蒋仲之披一身雪花回来时,二更已过。阿金寻个茬子,有意怄气,蒋仲之千哄万劝也不好。上了床,阿金裹着被子独睡,不让蒋仲之碰她一下。蒋仲之当晚老酒吃个薄醉,色心蠢蠢,痒得如猫抓似的难忍,央告到将近三更,阿金便提出约法三章来。一是往后不得回城里的家住,二是如今怀伢身子不便,把服侍赵氏的老妈子要一个来服侍她,三是往后生意上往来账目她要晓得,还要把新学的股份转到她名下。蒋仲之酒醉心明,一条一条都听得明白。这头两条都是小事,自然没有问题,第三条虽说过分些,也能接受。阿金大字不识几个,怕是也看不懂账本,生意如同长流水,大账小账全看怎么做,做出一本糊涂账给她,她也未必看出鼻子眼来。至于新学的股份,不是大本钱,转给她也没什么大不了。蒋仲之心中暗自好笑:阿金啊阿金,真不懂事,等到将来,这一切还不都是你和伢的?想到这里,二话不说,一一答应下来。阿金称了心,才放蒋仲之进了被窝,一番情浓意浓,自然不在话下。

自从立下约法三章,阿金便追在屁股后头让蒋仲之逐条执行,不依就闹。蒋仲之迫不得已,只好按章而行,逐一落实。连日来,蒋仲之必于天将黑前回到官仓巷,怕是没工夫进城里住,这头一条算是做到。每晚回来,蒋仲之都会把当天的账目一一报来,出出进进,损益盈亏,终归只是个数,阿金听个囫囵,却稀里糊涂地落个满意。至于新学股份转让,要开股东会才能办,阿金明白一时难定,也不勉强,让蒋仲之立字为据,拿给鞠平验过为真,暂且放下不提。只有服侍她的老妈子还没要来,阿金大为不满。

这件事不是蒋仲之有意不办,而是另有想法。说起来,赵氏跟前那两个老妈子并不是赵氏要来的,也是蒋仲之有心安排。赵氏是吃过苦的人,过日子不娇气,自己手脚利索,本不想要人侍候。蒋仲之整日在外奔忙,很少着家,怕赵氏一个人在家生急,回头来跟他搅屎,便花钱寻两个老妈子来,一是帮忙做做家务,二是陪她说说闲话,宽心解闷,打发时光。按说,只要蒋仲之开口,从赵氏那里要一个老妈子过来,未尝不可。可阿金和赵氏有了积怨,如今这样做,生怕让赵氏多心,招来偏一个向一个、轻一个重一个的闲话来,惹一肚子气太不划算。与其从赵氏跟前要一个来,还不如花钱去寻,两边都安生。凭良心说,蒋仲之给阿金找老妈子是用心的,不像给赵氏找得那么随意。这个老妈子找来,不仅眼下服侍阿金,将来还要服侍伢,自然不能马虎。多大年纪,什么长相,人品如何,害不害病等等都有考虑。正因有这些条条框框,蒋仲之托人城里城外寻了半月也没有结果。不过,蒋仲之并不急,宁缺毋滥,这才是要紧的。阿金毕竟刚刚怀上,人又年轻,迟一两天日子也能过。

　　这些本是心里话,蒋仲之不愿跟阿金说,可阿金逼得死紧,蒋仲之就说了。不料阿金一听,不仅不担他的人情,还一脸的不快活,说:"哼!果然是个体贴的人!当初你有心给她一个人寻两个,如今怎么就没心给我和伢寻一个来?我要是不提,怕是你还想不到!整天就晓得哄我,说对我如何如何好,原来全是假话!"蒋仲之赶紧辩解一番,说:"放心,马上托人给你寻三个来!"阿金说:"我不要三个,就要一个。外面再好我也不要,就要她跟前的!"蒋仲之说:"这又何必,从哪里寻来的不都一样使唤?"阿金说:"再寻人要花钱!"蒋仲之嘴一撇,说:"小钱,该花就花!"阿金说:"小钱也是钱,是钱就该珍惜。当年我家要是有几个小钱,也不至于把我卖给人家使唤!"蒋仲之晓得话多了,还是劝:"此一时,彼一时。如今你跟了我,不在乎这些小钱了。她跟前的人你别要,我让人尽快给你寻来就是!"阿金脸一寒,说:"好吧,要这么说,我不要了!就这么混着过,反正伢是你蒋家的伢,有个好歹我也不在乎!"蒋仲之一听便知她是赌气,说:"不过一个老妈子,何必非要跟她争?"阿金说:"不是我非要跟她争,是她做得过分。你想一想,她有手有脚,能走能动的,有多少事要忙,一个人使唤两个老妈子,不是糟蹋钱粮吗？话又说回来，就算家里不缺钱，也不能不把钱当钱。旁人不说，她几十岁的人了，自己也该晓得。不晓得持家过日子，还有脸做老大！"蒋仲之听罢，终于明白这才是阿金心里话，不禁心中一寒，无奈半天，说："阿金，都是一家人，不要计较太多。你还年轻，心要放宽！"阿金噘起嘴来，说："我的心本来就宽，不然早被人气死了，还能有今天给你蒋家怀伢?!"蒋仲之叹口气，说："好了，别话不说了，明个我就去要一个来！"阿金说："要不要随你，强扭的瓜不甜，你别为难，我不稀罕！"蒋仲之看了阿金半天，说："你啊你，原来怎么没看出来你是这样呢！"阿金本来躺着，一听这话，马上坐起来，说："我怎么了？替你操心着急还有罪过？你说说清楚！"蒋仲之浑身一抖，晓得捅了马蜂窝，赶紧钻进被窝蒙上头睡了。阿金不睡，嘤嘤地哭。蒋仲之心里烦，也不想劝，由她哭去。

　　转天，蒋仲之忙完，回到城里，跟赵氏商量，要一个老妈子给阿金使唤，赵氏二话没说就同意了，蒋仲之自然高兴，留下来陪她吃饭。饭桌上，赵氏突然说："家里这两个老妈子年纪太大，跟着我还过得去。她年轻，又怀着伢，怕是合不来，不如花几个钱再去寻个年轻的好，也能多跟几年，将来带伢也放心！"蒋仲之随口说："我也是这么想，可是她不干，非要家里的！"赵氏一怔，说："我就奇怪，有肉非得吃豆腐，她图什么？"蒋仲之说："说是多寻一个人来糟蹋钱！"赵氏一听，马上放下碗，说："这话听着不对味，原来是嫌我使唤人糟蹋钱！要是这么说，我一个也不给！"蒋仲之后悔自己话多，恨不得撕自己的嘴，耐着性子说："不就是个老妈子嘛，给她一个，我再给你寻一个。她年轻，又怀着伢，别跟她一般见识！"赵氏说："她年轻怎样，她怀伢又怎样，总归是小的，不能拿我这个大的不当回事。三天两头折腾来折腾去，我看她是想当这个家！"蒋仲之烦，说："越扯越远，说老妈子的事，扯到当不当家做什么！"赵氏说："明摆着嘛，不说也是这样！"蒋仲之火了，一拍桌子，说："什么这样那样的，哪个也别想，这个家我当！"赵氏不敢吱声，委屈得眼泪下来了，怨道："你这个老东西，十天半月不回来一趟，好不容易回来，冷热不问，只晓得冲我发火！"蒋仲之心软下来，轻轻拍着她的背，哄她说："老婆子啊，我晓得你委屈，可是我不冲你冲哪个，哪个让你我是患难夫妻啊!"赵氏抹着泪,心里委屈,却说不出口,叹口气才说:"我一个妇道人家,不懂大道理,凡事你自己有把握就好!"蒋仲之说:"晓得!"赵氏又叹一声道:"我命真苦哟!"蒋仲之替她拢了拢耳边的鬓发,说:"你命有什么苦?说到底,你是大,她是小,这个老天也改不了!"赵氏扑哧一声笑了,嗔道:"你心里有我就够了!"接着站起来,又说:"这两个老妈子,你挑一个吧。"蒋仲之摆摆手,说:"你看着办吧。"赵氏听罢,扭着小脚去了,不一会儿,便领来一个姓李的老妈子来。蒋仲之一看,晓得赵氏用了心。相比之下,这位李妈稍稍年轻,做事利索,看上去也顺眼,于是便点头同意了。

　　吃过饭,又一起喝了茶。见时候不早,蒋仲之便领着李妈回西门。路上,蒋仲之对李妈仔细交代一番,回去跟阿金如何说如何做。李妈是过来人,一听就明白,满口答应下来。来到官仓巷,蒋仲之把李妈带给阿金过目。阿金见果然要来了人,看上去又顺眼,自然高兴,悄悄问蒋仲之:"这下割了她的肉,不会又吵得鸡飞狗跳吧?"蒋仲之说:"怎么会呢,一说她就答应了,要哪个给哪个,一毫不打坝子。"阿金哧哧地笑过,撇撇嘴,说:"我还不晓得她,难缠很!在她面前,你怕是磕头作揖的!"蒋仲之头一甩,说:"瞎说!不信你问李妈。"说着,便把李妈喊来,说:"李妈,说说你是怎么来的?"李妈看了看蒋仲之,微微一笑,慢条斯理地把前前后后一说,竟跟蒋仲之所言不差毫分。阿金虽说将信将疑,挑不出话来说,也就罢了。

第三十回　怀身孕鞠平伤风化
　　　　　　　施家法鞠元下毒手

　　转眼将到年根。杨乐山和凤仪的喜事一拖再拖,终于定在腊月二十在省城举办,喜帖托人带来,冯鞠元、陈依玄、蒋仲之、刘半汤四人都在被邀之列。附带还有一封信,嘱托冯鞠元悉心安排,冯鞠元遵嘱将喜帖一一送到。蒋仲之和刘半汤都答应去喝喜酒,陈依玄却不去,原因没说,只托冯鞠元把礼金带去。冯鞠元不好勉强,安排好公务,早一天与蒋仲之和刘半汤结伴搭船去了省城。杨乐山和凤仪的婚事办得热闹,新式男女,郎才女貌,欢欢喜喜,自不用提。因有杂事,三人在省城盘桓两日,于腊月二十三小年当晚回到西津渡。天寒地冻,舟车劳顿,蒋仲之便邀冯鞠元和刘半汤去共和楼小酌几杯,解乏驱寒。二人自然欢喜,跟着来到酒楼,饮个薄醉,晕晕乎乎,暖暖和和,各自回家。

　　冯鞠元回到家中,毓秀已入睡,奉莲坐在火桶边做针线,有心无肝地。见他回来,便往火桶里加了几块炭,将火拨旺,一团温暖便升起来。冯鞠元脱下衣帽,挨着奉莲坐下,一边烤火,一边说婚礼上的见闻。本来,因喝些小酒,又小别几日,冯鞠元心存恩爱的念头,说些开心的事,讨奉莲欢心,以便下一步做事,不承想不见她欢喜,却听她叹气,于是便问:"快过年了,你叹什么气?"奉莲扭头看了看厢房,说:"不晓得该不该说哟!"冯鞠元一听,便晓得一定是鞠平的事,问:"那疯丫头又怎么了?"奉莲拿起火钳,朝火桶里看一眼,脸被映得通红,声音也小了,说:"我说了你可别恼!"冯鞠元说:"她的事,我要恼早就该撞墙了!"奉莲想了又想,吧唧一下嘴,说:"算了吧,还是不说好!"冯鞠元急了,说:"怎么回事,吞吞吐吐的!"奉莲眨巴眨巴眼,似乎下了决心,把嘴贴在冯鞠元的耳边,小声说:"鞠平怀上了!"冯鞠元似乎没听清,道:"再说一遍!"奉莲说:"鞠平怀上了!"冯鞠元的脸一下子拉下来,眼都圆了。奉莲见冯鞠元那张脸冷得可怕,身子往后挪了挪,说:"这几天老见她呕,问她可是受凉了,她说不是,逼紧了,她说怀上了,还不让我跟你说。这可是大事,不说不好……"冯鞠元还没听完,腾地站起来,一脚便把火桶踢开,径直去开门。奉莲马上扑过去将他抱住,压着嗓子,说:"半夜三更的,吵得四邻不安,脸上也不好看,有话天明再说吧。"冯鞠元哪里听得进,一转身将她摆脱,打开门来到厢房前,气冲冲抬起脚来,正要将门跺开,突然又放下来,想了想,折回来进屋,对奉莲说:"她可说是哪个的?"奉莲摇摇头,叹口气,说:"明摆着的,还用问!"冯鞠元点了点头,咬着牙说:"你去,把那死丫头给我叫来!"奉莲劝道:"明个再说吧。"冯鞠元不依,一瞪眼,说:"去!"奉莲无奈,磨磨蹭蹭地去了。

未婚先孕,这在脂城内外四乡八镇都是稀罕,多少年出不了一回。光绪年间城里一个货郎家的丫头跟个戏子一起做了这等丑事,结果被施了家法,沉进了脂河,至今那一大家子还抬不起头来!如今堂堂县知事的家里出了如此伤风败俗的事,这脸该往哪搁?!冯鞠元恨得牙根生痒,肝肠生疼。其实,平日里,冯鞠元尽管对这个妹妹少有好脸色,心里还是疼几分。说起鞠平,除却婚姻大事不让人省心,其他都还让人满意,尤其做事有主见,又有股泼辣劲,冯鞠元尤其欣赏。可是,正因她太有主见,太泼辣,才难管束,跟陈依玄不清不白这么多年,一直不能了断,说也说不得,劝也劝不进,没少让他烦神。本来,冯鞠元以为鞠平只是剃头挑子一头热,日子一长自然会了结,没承想却埋下了孽根。正如奉莲所说,不用问,这是陈依玄作的孽。若说此前冯鞠元因给陈依玄戴了绿帽子,心里总觉得欠了陈依玄的,此时此刻冯鞠元却觉得吃了大亏。别的不说,鞠平还是个没出阁的姑娘,往后日子还怎么过?这辈子还怎么抬头?此时,冯鞠元想到他爹临终时写给他的字,一股辛酸顿时泛上心头,一时羞愧难当,牙关咬得格格生响。陈依玄啊陈依玄,我一直把你当兄弟,一直把你当君子,没承想你也是俗人,也是下流坏子。你毁了鞠平,也毁了这个家!"

不多时,奉莲回到堂屋,鞠平跟在后面,低着头一声不吭。冯鞠元先自坐下来,看了看鞠平,忍了又忍,低声喝道:"跪下!"鞠平不跪,依然低着头,双手不停地摆弄着头巾。冯鞠元又喝道:"跪下!"鞠平还是不跪,还是不停地摆弄头巾。冯鞠元忍无可忍,一拍桌子,把灯火震得突突直跳,喝道:"我叫你跪下!"鞠平无动于衷,没听见似的,奉莲却慌了,笑着上前劝道:"有话好好说嘛,大腊月的,跪下像什么!"冯鞠元一挥手,瞪了奉莲一眼,说:"出去!"奉莲怕出事,站在鞠平身边,说:"你说你的,我又不碍事!"冯鞠元又喝一声:"你出去!"奉莲不敢再顶嘴,扶了扶鞠平。鞠平扭头一笑,说:"嫂子,你出去吧。"奉莲又扶了扶鞠平,叹口气,这才退了出去。

冯鞠元慢慢站起来,说:"跪下!"鞠平抬起头来,不急不慢地问:"凭什么要我跪下?"冯鞠元冷冷一笑,说:"凭什么?做了不要脸的事,你自己晓得!"鞠平也跟着冷冷一笑,说:"哥,我做了什么不要脸的事?"冯鞠元咬牙切齿,说:"煮熟的鸭子嘴硬,非让我点出来吗?"鞠平侧身靠在墙上,歪着头,说:"晓得了,是不是说我怀伢的事?"冯鞠元顿时脸发烫,嘴唇哆嗦半天,才说:"你、你、你还有脸说出口!"鞠平倒是坦然,说:"哥,这有什么不好说出口的?你不是革命党吗?你们不是天天鼓吹人生来自由吗?不是口口声声说人人平等吗?我问你,我怀伢是不是我的自由?你这样训我是不是不平等?"冯鞠元被问得哑口无言,稳住架子,说:"外面是外面,家里是家里,两码事!"鞠平说:"那好,不说外面,就说家里的事。要是非说我这是不要脸的事,那我问你,你就没有做过?"冯鞠元听罢,像被当头抽了一闷棍,眼前一阵发黑,半天才稳住神,窜上去举手就打。鞠平一毫也不怕,头伸过去,说:"给你打!给你打!反正你是哥,打我名正言顺,你又是男人,有的是力气,你还是县官,打一个老百姓也没人管你!不过,你打死我,你得抵罪,这不是我说的,都是你们革命党说的!况且,就算你打死我,事情还是事情,良心还是良心!"

冯鞠元的手像突然中风似的慢慢放下来,气得浑身发颤,盯着她半天才说:"鞠平啊鞠平,你真让我伤心!"鞠平说:"我没让你伤心,是你自找伤心。我正睡得好好的,你让嫂子把我喊起来,这能怪我吗?再说,就算我做了不要脸的事,我敢认这个账,喜欢就是喜欢,不会隐三瞒四地掖着藏着,更不会低三下四给人赔不是!"鞠平说这些,尽管绕着弯子,冯鞠元还是能听出来,句句都在揭他的短,戳他的伤疤。冯鞠元没料到鞠平竟对他藏着这份心思,看来这个妹妹白疼了,一腔子的怒火腾地蹿上来,再也压不住,弯腰脱下一只鞋来,劈头盖脸打将过去。鞠平性气犟,也不躲,挺着颈子任他打。这时,躲在门外的奉莲听到动静,赶紧推门进来,上前将冯鞠元拦腰抱住,大喊:"鞠平快跑!"鞠平犟劲上来,不仅不跑,还把头伸过来给冯鞠元打。因奉莲拼命抵着,冯鞠元伸手够不着,抬起腿来直踹过去,不偏不倚,正中鞠平的小肚子,只听鞠平嗷的一声惨叫,捂着肚子在地上打起滚来。奉莲吓得失态,一面哭着扶鞠平,一面数落冯鞠元。冯鞠元的火气未消,上来还要打,奉莲怕出大事,扑过去护着鞠平,稀里糊涂也挨了一顿拳脚。这时,隔壁房里的毓秀被惊醒,光着屁股爬起来一看,家里乱作一团,吓得大哭不已。

　　冯鞠元胸中的火气依然不消,从床头摸出毛瑟枪,直奔香炉岗去找陈依玄。此时已是三更外,寒星点点,北风嗖嗖,天地间越发地冷,因肚里有酒力胸中有火气,冯鞠元竟不觉得。早前的积雪未尽,冻得酥脆,踩上去咔嚓咔嚓如嚼豆子似的,一路生响。夜深人静,那声音传得好远。不多时,来到香炉岗上棚屋前,冯鞠元用脚踩几下门,只听里面有人问:"哪哪哪个?"冯鞠元一听,不是陈依玄的声音,却是小结巴,便问,小结巴磕磕绊绊半天才说明白,原来因陈依玄担心天冷让心碧挨冻受屈,一进腊月便搬回家中住了,留他在这里看守蜂箱。既然陈依玄不在,冯鞠元也不耽搁,提着枪转身从岗上下来直奔陈家,正急步前行,忽然树丛中蹿出一个黑影,冯鞠元大吃一惊,正要拔枪,脚下打滑,身子一歪,便滚落旁边的干沟里。这时,只听"汪汪"两声犬吠,像两梆碎锣似的在寒夜中回响,原来是条野狗作弄人,冯鞠元气得不禁大骂野狗无礼。

　　不过,这一摔倒是让冯鞠元清醒许多,爬上来,坐在沟坎上喘了喘气,定了定神,突然觉得三更半夜去陈家不妥。找到陈依玄又能怎样,真要一枪把他崩了？要不骂他一顿打他一顿，那又有何用？如今伢在鞠平的肚子里怀着，就算把陈依玄剁了喂狗，冯家该丢的脸还是丢了！小不忍则乱大谋啊！鞠平的肚子安生，冯家这个脸面才能保住。从长计议，还是先行把鞠平肚子摆平才好！想至此，冯鞠元便迈开大步，踩一路脆响，往家中赶去。

　　回到家中，只听鞠平躺在床上长一声短一声地叫疼，奉莲陪在旁边，帮着又拍又揉也无济于事，直急得眼泪汪汪。见冯鞠元回来，奉莲便把他拉到一旁，埋怨道："你这个二性子，如今闹成这样，早晓得不跟你说！你脚下没轻没重，把她踹得下身见红，滴个不尽，前后换了两回裤子了，怕是伢保不住了！"冯鞠元哼了一声，说："那野种，保不住更好！"奉莲说："她可是你妹妹，怎能这样心狠？你没见她哭得伤心，寻死觅活的，就她那性子，这回非出大事不可！"冯鞠元心里烦，怒道："能有什么大事，大不了她去死，死了倒落个干净！"这一声很大，奉莲赶紧上前捂他的嘴，冯鞠元不耐烦，一把将她推开，奉莲连连退了好几步，若不是扶住门框，差点一屁股坐在地上。

　　冯鞠元转身进房，和衣躺下，强闭上眼，满脑瓜都是陈依玄的样子，一时睡不着，索性坐起来，把前前后后的事理了理，渐渐有了主意。此时，窗外一声鸡啼，展眼一望，窗纸已白。

　　陈依玄是在家中被县警捉去的。这天是腊月二十五，陈依玄照例早起，练过五禽拳，喝过陈氏三泡茶，正要给心碧治病，三个县警闯进来，不由分说将书房里里外外搜了个遍，又将陈依玄绑上，推着就走。老沈一见，吓得不轻，赶紧喊仙芝。仙芝素来逢冬赖床，如今夜里又要哺育心瑶，自然起得更迟，听说县警将陈依玄捉去，赶紧起床，匆匆梳洗已毕，小步快走，直奔冯家去找冯鞠元。

　　仙芝之所以找冯鞠元，自有道理。一是冯鞠元一县之首，县警捉人，他自然晓得缘由，也帮得上忙。二是冯鞠元曾是陈依玄的好友，又是心瑶的亲爹，有这层关系，这个忙他应该帮。要紧的是，仙芝总觉得这事跟冯鞠元有关。自从晓得冯鞠元和她的事之后，陈依玄对冯鞠元态度大变，明摆着不再把他当朋友待,时时处处都寻他的茬,冯鞠元不得不忍着,这都能看得出来,若是不然,凭什么一个县知事要看一个放蜂人的脸色？至于两个男人私底下达成什么,仙芝不晓得,也不愿打听,总之想必有事。就拿心碧和毓秀定娃娃亲的事来说,冯鞠元明明晓得心碧是个孬子,还答应跟毓秀定亲,其中必有隐情。俗话说虎毒不食子,冯鞠元不傻不呆,难道甘心情愿把自己的儿子往火坑里推？再说,陈依玄虽是斯文人,为人和善,但也是男人,脑瓜灵光,远非冯鞠元所能比,明明晓得冯鞠元给他戴了绿帽子,他能咽下这口气?!

正走之间,见蒋仲之坐着洋车迎面过来,便上前拦住,把陈依玄被抓的事一说,请他想想办法搭救,蒋仲之听罢连连摇头,说这事难办,趁早去找冯鞠元试试瞧吧。仙芝不敢犹豫,又奔冯家去了。奉莲正在吃早饭,冯鞠元却不在,一打听才晓得,冯鞠元一夜未归,说是在办什么案子。仙芝心里明白了几分,也不耽搁,叫辆洋车便奔城里县署去。腊月天,热闹集,大街小巷挤得水泄不通,本来一顿饭的路,走了半个时辰还没到,急得仙芝屁股底下如长草一般,坐不安稳。因早起匆忙,没来得及给心瑶喂奶,两个奶瓜胀得生疼,四周全是眼睛,隔着棉衣不好下手揉,难为得直想掉眼泪。

好在车夫路熟,绕过几条小巷,终于来到县署门前。如今的县署就是当年的县衙,如今的冯鞠元就是当年的县太爷了。仙芝来到县署门前,正要进去,却被门警拦住,说什么也不让进。仙芝本来想使性子大闹,只要冯鞠元在里头,谅门警也不敢拿她怎样,可又一想,毕竟是来办事,使性子不如使钱顺当,于是便掏出几个钱,悄悄塞给门警,门警心里有数,将钱暗中掂了掂,嘴一歪便放她进去了。仙芝边往里走边想,这革命来革命去的,原来跟过去没什么两样,还是八字衙门朝外开,有理没钱别进来,如此想来,革这回命管个屁用！就说县署里头,除了多了一面十八星旗,又把冯鞠元革成了知事,并没看出与过去有什么不同。正想着,只见眼前一个告示牌,上前一看便晓得冯鞠元在那间房里,于是快步走去。

冯鞠元坐在一张大桌子后面,见仙芝急忙进来,先是一愣,接着便站起来,说:"来了!"仙芝并没答话,一直走到桌前,问:"依玄在哪?"冯鞠元答非所问:"哎呀,一大早,忙得脚板不着地!"仙芝又问:"依玄在哪?"冯鞠元示意她声音小些,低下身来,说:"关起来了!"仙芝眼瞪得溜溜圆,双手扶着桌案,说:"他犯什么事?"冯鞠元眨眨眼,说:"通匪!"仙芝气得直拍桌子,说:"他一天到晚在岗上放蜂子,街上不,家不回,心里除了蜂子就是书,哪有心思通什么匪?!"冯鞠元倒了杯水,递到仙芝面前,叹口气说:"我也这么说,可有人举报就得查,况且省都督亲自过问,我也不得不办呀!"仙芝呼呼地喘着气,一股股热气直扑到冯鞠元的脸上去,说:"他通什么匪?"冯鞠元说:"韩尚文!"仙芝早听说韩尚文因跟冯鞠元不和,携枪带人跑了,如今城里城外贴满了告示,正在缉拿,沾上这事可不得了,只是不明白陈依玄跟韩尚文怎么互通,便说:"捉贼见赃,捉奸拿双,既然有人举报,说他通匪有什么证据?"冯鞠元笑了笑,拿出一封信,往仙芝面前一扔,说:"这信是从他书房里搜出来的,你看看就晓得了!"

那信共两页,纸是粗笺,字是行草,虽说零乱,倒也看得明白。信的抬头写道:"依玄兄如晤",落款是:"尚文字",由此可见是韩尚文写给陈依玄的无疑,接下是几句客套话,再下面便是内容,大意是:愚于某年某月某日从脂城出发,共带走十多人枪,先行躲在蜡烛山中避风,再图未来大计,望勿念。良禽择木而栖,贤臣择主而侍。脂城那群无能昏庸之辈,少情寡义,嫉贤妒能,唯私为亲,不可为伍也。如今天下大乱,此处不留爷,自有留爷处,恰广东有一远亲,曾是新军里的人物,如今得势,拟投奔他去。士为知己者死,女为悦己者容。弟永世不望兄之无私相助,他日凯旋,把酒临风,共图大计,云云。

仙芝看罢,若有所思,半天没有吱声。冯鞠元倒剪双手,不住地摇头叹气,说:"人证物证,铁证如山。依玄啊依玄,你好糊涂啊!"仙芝慢慢抬起头来,说:"我怎么没从信里看出什么铁证?就算这信是真的,信中虽称兄弟,这又有什么不可以,你们当年在一起,哪个不是口口声声,兄长弟短的。再说,他韩尚文说他带人携枪跑了,又没说是依玄让他这样做的,况依玄一个平头百姓也不晓得你们官场上的事。还有,韩尚文说他投亲靠友,一旦发达把酒临风,也没什么不妥。当年你们这帮读书人在一起,动不动就是喝酒,又是共图大计,又是共话未来的,算你在内,哪个不是一身疯劲?!"冯鞠元不紧不慢,耐心十足,说:"那不一样,当年是当年,如今是如今。当年是革命前,那时候都是读书人,没有分别,如今是革命之后,共和社会,就有了分别!"仙芝眨巴眨巴眼,半天才喃喃道:"鞠元,革命前后,别人我没看出有什么分别,你倒是大不一样了!"冯鞠元讪讪一笑,说:"也许是吧。为官一任,身不由己啊!"说罢,颇有一派县官的样子。仙芝叹口气,低头想了想,说:"鞠元,你和他是多年的朋友,曾经亲如兄弟,如今又是亲家。眼看就过年了,帮帮忙,赶紧把他放了吧!"冯鞠元挠了挠头,说:"你这不是让我为难吗?实在是不好办呀!"仙芝说:"真不好办?"冯鞠元说:"真不好办!"仙芝咬了咬嘴唇,冷笑一声,说:"照直说,要使多少钱,你说个数吧!"冯鞠元脸一拉,正经道:"这可不是使钱能办的事!"仙芝说:"那是什么事?总不会是公报私仇吧?!"冯鞠元没料到仙芝会说这话,一时语塞,仙芝又说:"冯知事,帮不帮这个忙,你看着办!你晓得,我仙芝做过对不起他的事,这一回就算拼上命,我也要救他,不然,心不安!"说罢,转身就走,到了门口,又转过身来,说:"唉!早上出来急,忘了喂伢,这会儿怀里胀得生疼,伢在家怕是饿坏了!"冯鞠元干干地一笑,说:"那好,慢走!"仙芝又说:"伢长得快很,一天一个样,哪天抱到这里来,给你看看!"冯鞠元刚堆一脸的笑,就此僵住了,半天舒展不开。仙芝也不再多言,扭头便出了门。

　　从县署出来,仙芝料定陈依玄被捉是冯鞠元设的局,心里凉了半截。抻开来想,这里头也有自己的责任,自是后悔不迭。人啊人,哪个又能长前后眼呢?哪个又能看透人心呢?越想越多,竟越发地恨自己。出西城门,过了一里桥,前面便是二里街,在街拐角,迎面看见阿金挺着肚子站在街边看热闹,小嘴不停地嗑着瓜子,脚下吐了一地瓜子壳。因心里有事,正想躲过去,不料阿金眼尖,一眼看见,喊着朝她走来。仙芝只好迎上两步,两个人拉着手说几句话,阿金见她一脸愁容,眼圈起潮,料定有事。仙芝也不瞒她,把事情一说,阿金突然一拍大腿,说:"会不会跟鞠平有关?"仙芝一愣,问:"鞠平怎么了?"阿金附耳说:"鞠平怀上了!"仙芝一惊,说:"真的?"阿金说:"那还有假,她亲口跟我说的。前天被她哥踹了肚子,正在家躺着,我

第三十回　怀身孕鞠平伤风化　施家法鞠元下毒手

239

刚刚才去看过她!"仙芝想了想,说:"那也跟依玄被捉扯不上。你看,一个算通匪,一个是通……"才说到这里,忽然心里豁然,顿时周身像长了刺一般,嘴张半天,说:"不,不早了,赶紧回去喂伢了!"

回到家,喂了伢,奶不胀了,心也不慌了,主意便想出来了。阿金的小嘴不是只会嗑瓜子,也能说出意想不到的话来。阿金说得没错,看来陈依玄被捉去确实跟鞠平有关。这些年来,陈依玄跟鞠平丝丝连连,外人不晓得,仙芝晓得,阿金也清楚一二。按说,因为鞠平,陈依玄被抓,仙芝本该生陈依玄的气,可是仙芝非但不生气,反倒觉得突然轻松许多。往常,因为冯鞠元,仙芝对陈依玄总抱着几分愧疚,如今听说陈依玄让鞠平怀上了,顿时觉得跟陈依玄扯平了,从此互不相欠。话又说回来,既然如此,解铃还须系铃人,从鞠平入手怕是最妥。想至此,没等吃饭,仙芝便让周妈收拾几包红糖,又打了两罐槐花蜜,一起摆在篮子里,亲自拐上就去了冯家。奉莲见仙芝趔着身子进门,先是一愣,接着便笑着说:"仙芝,大晌午的,你拐一篮子东西,怕是走错门了吧。"仙芝也笑,说:"听说鞠平不舒坦,过来瞧瞧!"奉莲脸一寒,说:"听哪个瞎扯,鞠平好好的,没什么不得劲,就是受点寒!"仙芝晓得奉莲有意护着家丑,也不揭穿,顺着她的话说:"就是,腊月寒天,受凉可不好,我去看看!"一面说着,一面快步来到厢房门口,门也不敲一下,推门便进去了。

鞠平正躺在床上将养,突见仙芝进来,惊得不轻。本以为仙芝是来找她算账,没承想仙芝将篮子放下,笑脸盈盈,侧身坐到床沿上,扶着她不让起来。鞠平这才放下心来,歪着身跟仙芝说话。头几句都是人情往来的话,姐姐长妹妹短的,自不用提,接着仙芝叹口气,说:"鞠平啊,你可晓得依玄被县署捉去了?"鞠平一听,忽地坐起来,不防动了肚子,疼得牙直龇,忙问:"什么时候?为什么?"仙芝又扶她躺好,拉过她的手,把事情一五一十说了,直说得双眼含泪,哽咽不止。鞠平听罢,当下也急得掉泪,挣着起来去找冯鞠元。仙芝说:"鞠平,跟你说说,我心里好受些。如今你身子不好,在家好好歇着吧!总之一句话,你放心,就算拼上这条命,我也要救他出来!"说着,匆匆而去。

仙芝走后,鞠平哪里还能躺得住。从仙芝的话里话外,鞠平听得明白,料定陈依玄被捉是因哥哥冯鞠元公报私仇,有意陷害。如今冠上通匪的罪名,若不及时相救,一旦送往省里,怕是有去无回了。鞠平的性子本来就急,遇上这事,心里更是着了火似的,趁着奉莲在灶间忙,悄悄溜出门去,强撑着来到街上,叫了洋车,一路直奔县署而来。那门警早就认出鞠平,晓得是知事妹妹,岂敢得罪,乖乖放行。鞠平携风带火,匆匆来到冯鞠元的房门前,恰冯鞠元正要出门。因走得急,鞠平没有梳洗不说,竟忘记换上棉鞋,腊月天只穿一双旧单鞋出门,大脚板越发地突兀,实在狼狈。冯鞠元当然没有好脸色,说:"看看你像什么样子!慌慌张张地,来干什么?"鞠平全不在乎,喘了口气,开门见山,说:"放了他!"冯鞠元晓得"他"是指陈依玄,一跺脚,说:"废话!通匪罪名,事关重大,你说放就能放?!"鞠平一副不讲理的架势,说:"他是不是通匪,我不管。我只要他平平安安地回家过年!"冯鞠元说:"不行!"鞠平突然摆出一副耍赖相,说:"不行也得行!只要你把他放了,我不让你丢脸;要是不放,我一定让你把脸丢尽!"冯鞠元后退两步,打量鞠平,咬牙切齿,气得说不出话来。鞠平捂着肚子,说:"哥,你不是怕我丢你的脸吗?不是让我滚出这个家吗?只要放了他,我马上离开脂城,借口我都想好了,就对外人说我出去求学,我走得合情合理,你脸上又有光彩!"说到这里,鞠平捂着胸口,缓了一口气,接着说:"哥,你做过什么,旁人不晓得,你晓得,我也晓得。实话告诉你,来之前,仙芝姐找过我,该说的都说了,就那些事,我也不再啰唆。要是你不放他,我就到省城去找报馆。民国共和,一个革命党占了人妻,还要灭口,这样的锦绣文章,怕是人人都喜欢看!"说着,转身出门。冯鞠元咬着牙喝道:"死丫头,你,你敢……"鞠平扶着门,扭过头来,说:"哥,你晓得我性子坏,自小死犟!"说罢一笑,露出一对米粒似的虎牙来。冯鞠元看着,不晓得眼前这个妹妹是可爱还是可怕了。

第三十一回　设酒宴依玄泯恩怨
　　　　　　伤别离鞠平赠青丝

　　腊月二十八,陈依玄从县署警号出来,没有回家,直接去了西门澡堂佛临池。理发,洗澡,搓背,修脚一应做了,陈依玄清清爽爽躺下,喝几口热茶,便打发跑堂的去请蒋仲之来,恰好蒋仲之就在澡堂做结算,不多时便来了。一见面,二人相互拍了拍对方的肩,话不多说,便心照不宣了。蒋仲之差人去西津渡共和大酒楼订一桌酒席,为陈依玄压惊。陈依玄也不客气,提出要求,一是要把冯鞠元请来,二是不要再有旁人,就三个老朋友一起。蒋仲之晓得冯陈二人之间结了怨,正想寻机替他们解开,当下点头应允,命人去请冯鞠元。又说了一会儿闲话,见天色已晚,二人便起身往西津渡去了。

　　本来,蒋仲之担心冯鞠元不会来,陈依玄却胸有成竹,说他一定会来。果然,二人来到酒楼雅间坐下,刚刚喝了一沏茶,冯鞠元便来了。陈依玄一见冯鞠元进门,马上笑着站起来打招呼,好像什么也没有发生过一样,冯鞠元似乎早有意料,也如往常一样应和。倒是蒋仲之没有料到场面竟如此和谐,看着二人一唱一和地,不知说什么才好,便招呼二人坐下来,一起喝酒。没有外人,无须客套,三人把盏,各尽其兴。几巡下来,陈依玄不胜酒力,早已面红耳赤,双目迷离了。蒋仲之怕陈依玄借酒发挥跟冯鞠元闹起来,便找个借口,说阿金这两天不舒服,要赶紧回去。冯鞠元想必看出蒋仲之有意中止酒席,倒是没说什么,却听陈依玄说:"蒋兄,家里有事,你先回吧,我跟鞠元再喝几杯!"蒋仲之说:"依玄,马上就过年了,喝酒的机会多,依我看今个这酒就到这吧,早早家去歇吧!"说着冲冯鞠元使了个眼色,冯鞠元站起来,说:"也好,改日再聚!"陈依玄一把将冯鞠元拉住,却对蒋仲之说:"蒋兄,你先走一步,我和鞠元有话要说!"蒋仲之见陈依玄态度坚决,坐下来,说:"既然有话,赶紧说吧,我等你们!"陈依玄摇了摇头,说:"这是我跟鞠元的私话,你还是先走吧。"蒋仲之还要劝,冯鞠元说:"蒋兄,你放心回吧!"蒋仲之犹豫一会,说:"既然这样,那我先走,二位说说话,酒就不要再喝了!"陈依玄说:"放心吧!"蒋仲之叹口气,只好先自走了。

　　蒋仲之离开之后,冯鞠元坐回桌前,盯着一桌的菜,却不说话。陈依玄把酒斟上,端起来,突然说:"干!"冯鞠元还是不说话,也斟上酒,端起来,没等陈依玄说话,一饮而尽。陈依玄叫了一声好,也喝下杯中酒,又斟了一杯,冯鞠元也斟上酒,二人又喝下。冯鞠元放下杯子,说:"你不是有话要说吗?请吧!"陈依玄说:"喝下这杯再说!"说着,又端起酒来,冯鞠元陪着喝下。这时,只听陈依玄说:"鞠元,真没想到你能放我回家过年啊!"冯鞠元说:"你没想到的还多着呢!"陈依玄微微一笑,说:"不过,有一样我能想得到,我晓得你为什么放我!"冯鞠元看了看陈依玄,说:"晓得就好!"陈依玄摇摇头,说:"说心里话,你这样做,我并不怪你。不过,希望你不要难为鞠平!"冯鞠元听罢,啪地一拍桌子,说:"这是我冯家的事,跟你无关!"陈依玄说:"按说跟我无关,可是如今跟我有关了。至于为什么有关,我不说,你也晓得!"冯鞠元当下脸涨得发紫,双手按着桌子,稳了稳神,说:"依玄,没想到你竟是个混蛋!"陈依玄冷冷一笑,说:"原本不是,如今是!"冯鞠元腾地站起来,端起一杯酒,朝着陈依玄脸上泼过去,陈依玄既不躲,也不恼,说:"瞧瞧你,这不是糟蹋酒嘛!"冯鞠元哼了一声,说:"帮你洗洗脸!"陈依玄用袖子揩一把脸,说:"鞠元,如今你我都别提什么脸不脸的话了!你我还有脸吗?还是那句话,对鞠平好些,你也不吃亏。"说到这里,看了看冯鞠元,笑眯眯地说:"有生不愁长,心瑶慢慢就要长大啦!"冯鞠元听罢,不禁一愣,无奈地摇头,狠狠地摜了杯子,抬腿便走了。陈依玄突然放声大笑,笑过之后,又拿过酒壶,自斟自饮两杯,方才摇摇晃晃地站起来,回家去了。

　　冬夜静寂,天井里横竖铺着几道光亮,花格子似的。仙芝的房里有灯,窗纱上印着仙芝的影子,是侧身,线条分明。陈依玄突然想去仙芝的房里看看。这个念头很霸道,久久盘桓不去。许久以来,陈依玄头一回想进仙芝房里去,去做什么也不晓得。陈依玄扶着墙摇摇晃晃地来到仙芝的房门前,并不敲门,用肩膀一顶,门便开了。此时,仙芝正坐在床沿上给心瑶喂奶,见陈依玄突然进来,先是一惊,接着便说:"晚半晌打发老沈去城里接你,没见你人影。出来了也不回家,去了哪里?"陈依玄说:"喝酒去了!"仙芝给心瑶换了一只奶吃,噘起嘴来喷道:"一家人心里七上八下的,你倒有心喝酒,喝就喝吧,又喝得跟晕头鸡似的!"陈依玄一屁股坐在床沿上,笑了笑,说:"你不晓得,这酒一定要喝。可晓得是跟哪个喝?"仙芝也不看他,摇着头说:"跟哪个也不能喝到这时候!"陈依玄凑过嘴,贴着仙芝的耳边说:"跟鞠元喝的!"仙芝一愣,往后挪了挪身子,低下头说:"酒味重很,别熏着伢!"陈依玄往外挪了挪,说:"跟鞠元喝,一时半会自然没完,不过,如今我跟他,喝的是酒,咽下的是怨啊!"仙芝翻了翻眼,捋了捋心瑶头顶的胎毛,说:"回来就好,早去歇吧!"陈依玄却不动身,突然伸出手来,说:"我来抱抱心瑶!"仙芝把心瑶搂得更紧,转过身去,说:"你喝多了,明个再抱吧!"陈依玄拍了拍手,说:"抱抱!"仙芝又说:"赶紧去歇着吧!"陈依玄依然伸着手,响亮地打了个酒嗝,说:"抱抱!"仙芝皱起鼻子,抱着心瑶赶紧躲开,陈依玄忽地站起来,先一步堵在门前,说:"抱抱!"仙芝晓得躲不开,便问:"非要抱抱?"陈依玄说:"抱抱!"仙芝看了看心瑶,慢慢把心瑶递给陈依玄,双手一直张着,生怕陈依玄把心瑶摔着。陈依玄抱过心瑶,笑了,说:"心瑶,给爹笑一个!"心瑶不笑,陈依玄又说:"乖!给爹笑一个!"心瑶还是不笑,陈依玄大为不快,脸便沉了下来。仙芝劝道:"伢睡着了,别折腾了!"陈依玄不听劝,说:"来,笑一个!"心瑶眯着眼,不睬他,陈依玄突然摇着心瑶,大声叫道:"笑一个!"心瑶被吓得哇的一声哭出来,仙芝吓得赶紧上去抢心瑶,陈依玄不给,轻轻亲了亲心瑶的额头,轻下声来,说:"心瑶乖,笑一个,就一个!"这时,心瑶突然睁开眼,小嘴一咧,甜甜地笑了。陈依玄大喜,叫着:"笑了!笑了!"仙芝也不多看,伸手抢过心瑶,抱在怀里,赶紧走开了。

转过天来,因酒醉不浅,吃过早饭,陈依玄还打不起精神来。仙芝让老沈做碗酸梅汤,加了蜂蜜,给陈依玄醒酒。陈依玄喝了汤,顿感清爽许多,便来到天井里伸展腰身,转脸之间,见仙芝抱着心瑶从房里出来,突然想起头天晚上的事,其他记不大清,只记得心瑶冲他一笑,于是便问仙芝。仙芝说:"还好意思说!酒老爷当家,没轻没重的,差毫把伢吓掉魂!"陈依玄晓得自己醉了,酒后失态极有可能,自觉惭愧说:"醉了,醉了。"仙芝撇撇嘴,说:"酒醉心明!"陈依玄挠挠头,问:"这话什么意思?"仙芝说:"你自己晓得!"陈依玄想了想,不再说什么,伸手从仙芝怀里接过心瑶,不料刚把心瑶抱在怀里,心瑶便咧开小嘴笑了,陈依玄赶紧说:"瞧瞧,她又笑了!"仙芝也奇怪,指着心瑶的小鼻子,逗她说:"小丫头,精很,就晓得讨好人!"陈依玄呵呵一笑,意味深长地说一句:"父女有缘啊!"仙芝愣了一下,脸像被刮了一下,接过心瑶回房去了。

这时候,老沈过来说,街上有几户人家想请陈依玄写对子,问他可得闲。写对子是陈依玄的喜好,往年没少给人家写,便说得闲。于是老沈便去回话去了。陈依玄站在天井里,抬头望天,不禁感慨,一到写对子的时候,这一年就过去了!

大年三十,晚半晌飘起了雪。鞠平出门去福音堂,本想拐到陈家去看一看,走到巷口,又犹豫起来,远远地朝陈家看一眼,不禁叹息。事到如今,她跟陈依玄的事已经瞒不住,仙芝已经晓得,再见面总免不了难堪。倘是仅仅自己难堪也罢了,怕是抵上面让陈依玄也跟着难堪。

这时候,正好罗丝从城里回来经过,二人便挽着手去了福音堂。那天,鞠平跟哥哥冯鞠元达成协议,陈依玄出来后,她便离开脂城。冯鞠元这一回下了狠心,要求鞠平,没有他的允许,不能回来。更不许跟陈依玄再有联系,如若不从,被他晓得,照样把陈依玄拿下,关进监号去。鞠平晓得哥哥的意思,咬牙答应下来。如今陈依玄已经出来,她不能食言,定在年后初八去省城。多亏安牧师和罗丝两口子帮忙,介绍她去省城读女师,写好推荐信,又给鞠平出具教民身份文书,好歹图个方便。鞠平谢过安牧师和罗丝两口子,面子上一副无所谓,心里却如吞了黄连。待把相关事项约定,不知不觉,已是掌灯时分,远远近近,辞岁的爆竹次第响起。

　　说起来,鞠平本不想如此,却不得不如此。这无奈不是出于她本人,而是出于好多人。一是陈依玄,若是她不离开,哥哥冯鞠元早迟还会找茬收拾他;二是仙芝,如今仙芝已晓得她鞠平怀了陈依玄的伢,往后自然不会给她好脸子,陈依玄在家的日子更不好过;三是她冯家一家,哥哥冯鞠元不用说,脸比命都要紧,嫂子奉莲是个好人,却唯夫是从,自不用说,侄子毓秀虽说尚小,已听得懂闲话,这些天就不愿跟她亲近了。当然,最最要紧的还是肚子里的伢。这伢命大,冯鞠元那一脚竟没有伤到他,如今安安稳稳地守在肚子里。在西门要想生下这个伢怕是妄想,退一万步说,就算生下来,一个野种,将来伢在人面前怎么抬头?还是出去吧,如今只好走一步算一步了。

　　心里装着一团乱麻,鞠平这个年过得疙疙瘩瘩。七上八下。往年喜欢热闹,今年偏偏怕热闹,年也不去拜,戏也不去听。独自躲在房里躺着,七想八想,有夜无日的,一晃便到了大年初七。脂城的旧俗,讲究"七不行,八不归",说的是大年初七以前算在年里,应在家团圆,不出远门,初八已算年外,即便回家也不算过年了。因此,过了初七,行商坐贾,学子游人,以及吃百家饭的手艺人,该出门的便可以打点行装,登船搭车上路去了。

　　当晚,城里和西津渡都有大戏,从日暮始,咿咿呀呀,咚咚锵锵,不绝于耳,想必戏子们得了好处,唱得卖力,罢戏时已近三更。鞠平迷迷糊糊,隔窗听见街上散戏归来的脚步,杂乱无章,一时散了神,再也无法入睡,索性起来,把东西又查看了一遍。在床头的樟木箱底,发现当初剪下的几绺头发,便想起洋书《迦茵小传》里迦茵和亨利分别时,剪下一绺头发赠予亨利的故事,不禁唏嘘一番,心里好酸,便躺回床上,拥枕含泪,直到窗纸透白,心里还是一片乱七八糟。

　　一串车铃响,头天雇好的洋车已候在门外。鞠平赶紧起来,梳洗之后,站在天井里把这住了二十多年的家多看几眼。奉莲起早做好热饭端过来,鞠平一口也吃不下,拎上行李包袱便出门了。冯鞠元没露面,只听他在房里一声接一声咳嗽,不晓得是受了风寒还是有意而为。奉莲心软,总归舍不得,有心相送,鞠平说什么也不让,独自抹泪上了洋车,头也不回就走了。因在大年后,早起雾大,西津路上显得空荡冷清,似乎除了低头拉车的车夫,这世上便没有人了。鞠平心头不禁阵阵难过。不多时,来到西津渡,洋车停在船亭前,鞠平提着行李正往船亭去,忽见有个人影直直朝她走来,近了再看,是陈依玄。怕是早就候在这里,脸冻得黢青,眉毛胡子都结了一层霜。鞠平顿时头一晕,行李包袱脱了手,直愣愣地站在那里一动不能动,一句话没说,捂着脸呜呜地哭了起来。陈依玄也不说话,将行李包袱拎着上了栈桥。

这时,天刚放亮。船家敲着船帮吆喝开船,鞠平还站在栈桥上不上船,陈依玄将行李包袱拿上船,又折回来,把一个包裹递给鞠平,说:"这些钱用得着的!"鞠平不接,却掏出一个小荷包来,放在心口焐一下,再递过去,说:"打开看看!"陈依玄接过荷包打开,见是一绺头发,先是一愣,接着脸上一阵抽搐,赶紧把荷包贴身揣进怀里。鞠平说:"这个可用得着?"陈依玄笑了笑,说:"这个也用得着!"鞠平脸红了,低下头来。陈依玄又把钱塞进鞠平手里,鞠平接过来。这时船家又催,陈依玄摆了摆手,转身先上岸了。鞠平上了船,坐下来便捂着脸,头也不抬一下。

水声响起,船开了。鞠平晓得陈依玄已在岸上站着,那绺头发就揣在他的怀里。这个分别像雾中的脂城一样有些模糊不清,却又如在眼前,触手可及,只是不晓得何时才再见了。

【卷四】

第三十二回　长大成人毓秀乖张
　　　　　　　豆蔻年华心碧花痴

　　民国初立,共和肇生,天下却不大太平。先是袁大总统登基,惹了一场二次革命,接着是北洋政府分裂,闹什么府院之争,招来"辫子军"入京。正所谓你方唱罢我登场,那边还没消停,这边护法战争开打,接着直皖开战,未几直奉交锋,来来往往,折腾个没完没了。民国十五年(1926),外界传言又要北伐,到底何时是个头,没人晓得。世道不宁,人心不古,且不说大千世界,寰宇之内,也不说泱泱大国,华夏九州,单说脂城这块巴掌的地方,不过十多年,便是另一番天地,另一种世态。人还是原来的人,心未必是原来的心了。

　　说到这里,冯鞠元最有切肤之感了。因民国本省首任都督兼民政长柏公是同盟会员,与杨乐山交情甚笃,有这座靠山,冯鞠元在脂城做官自然得意。可是次年二次革命失败,柏公流亡日本,杨乐山失势,带上凤仪躲到上海去了,省都督兼民政长易人,倪公上任。冯鞠元不得不掉头巴结新主子,然而没过两年,倪公被解职,又来了个张公任督军,张公屁股没焐热,马公又走马上任,接着是王、吕、姜、陈等诸公走马灯似的,来来去去,好不热闹。上头易主子,下头自然要换脑子,不然就要换位子。一个主子一个主意,政令变来变去,捐税越摊越重,百姓怨言越来越多,县官便越来越难做,常常到月开不了支,吃了上顿望下顿。冯鞠元不得不伤精耗神,刚届中年便满头花白了。有时候,冯鞠元也烦,真想甩手不干,可是又一想,好歹是个县官,熬到这一步也算出人头地,说不干就不干了,实在可惜,只好忍了。话

251

又说回来，他冯鞠元能忍下来，旁人却未必。先是刘半汤借口侍奉双亲回了河南老家，接着吴举人自称年老体衰不能胜任，拍拍屁股走人，蒋仲之碍于面子多撑了几个月，后来实在忍不住，借阿金生二胎的机会，也辞了职。冯鞠元晓得强留不得，任由各自去了。冯鞠元真不明白，冒死革命，换来一个县长，如今成了鸡肋，扔舍不得，啃没有肉，无奈何也！

令冯鞠元烦恼的还不只是官场，家里也有事让他烦神，不是别的，是毓秀。毓秀如今十八九岁，外貌随了冯鞠元，生得高大英武，仪表堂堂，脑瓜却比冯鞠元灵光，读书优异，十五岁时以全县第二名的成绩，考进了省立第六师范，冯鞠元和奉莲自然高兴。奉莲是女人，嘴碎，人前人后少不了夸赞。冯鞠元嘴上不说，暗地里发誓一定要让毓秀到北京读书，将来还要留洋，把冯家光宗耀祖的担子压在毓秀身上。眼看着毓秀一天天长大，性情却变得越来越乖张。有时一天到晚闷声不响，三棍子打不出一个响屁来，有时嘴像漏勺似的，呱啦呱啦说个不停，有时整天愁眉苦脸，有时突然兴奋得像猴要把式似的。一时晴一时阴，忽而阎王忽而小鬼的，没有正形，冯鞠元不免担忧起来。最令冯鞠元头疼的是，毓秀从师范毕业，不思深造，有事无事，常往香炉岗上跑，跟陈依玄混在一起。

说到陈依玄，这些年冯鞠元跟他很少打交道，不是没机会，是不愿意。既因为仙芝，也因为鞠平，甚至还有心瑶。两个男人之间若夹着一个女人，往往不好相处，何况三个？当然，毕竟都是西门人，又曾经要好，见面也不至于跟仇人似的，招呼还要打，话还要说，只是各自心里垒起一堵墙。如今，陈依玄在香炉岗上的事业搞得热闹，除了原本的土蜂，还从南京引进了一批洋蜂，几年下来滚雪球似的，分出一两百箱，雇了十来个人，放蜂摇蜜，还带了几个徒弟，听说一概免费，包吃包住，出师时还送几箱蜂。此外，陈依玄跟福音堂安牧师合伙办了一家普益社，又在香炉岗周边开荒，种粮种菜种药材，专门周济穷人。冯鞠元一直不明白，陈依玄到底图的是什么，心里便不大买账。不过，话又说回来，冯鞠元不买账，不等于旁人不买账，莫说在西门，就是放眼脂城方圆四乡八镇，如今没有不晓得陈依玄的，没有不把他当作大善人来看待的。远的不说，单说儿子毓秀，这小子就对陈依玄佩服得一塌糊涂,得闲就往香炉岗上跑,回来就把陈依玄挂在嘴上,好几回流露出来,要跟陈依玄一起搞什么新式乡村,差点把冯鞠元气得吐血,恨不得扇他几个大嘴巴。

　　开春,报上说北伐军已经打过来,连克湖南湖北,正进入江西江苏。北伐是好是坏,冯鞠元心里没底,隔些日子就跑省城一趟,想摸清底细,把自己官场的路子铺平垫稳,可是传说只是传说,没人能给个准信,心里越发地虚了。这一天,冯鞠元从省城无功而返,刚进家门,便听奉莲说毓秀这两天没回家。不用问,便晓得跟陈依玄混在一起。此前,冯鞠元听说,毓秀跟几个同学一起加入了陈依玄的普益社,本以为年轻人好奇贪玩,图个热闹,便睁只眼闭只眼没有干涉,没承想如今到了如此地步,方觉得事态严重,于是顾不上歇一歇,便撵到香炉岗上来。

　　时值仲春,花香鸟语,万物蓬勃,香炉岗上好不热闹。远远地,见毓秀正撅着屁股摆弄蜂箱,冯鞠元便气不打一处来,二话不说,上去劈脸给了毓秀两巴掌,拉起毓秀就走。毓秀挨了打,性子死犟,挣着不走,父子俩便拉扯起来。毓秀如今身强体壮,有把力气,冯鞠元一时不能制伏,几个回合下来,累得呼呼直喘。陈依玄闻讯赶来,见父子俩正撕扯在一起,难分难解,忙上前劝。冯鞠元正找不着出气的地方,见了陈依玄,一把将他推开,说:"我家的事不要你管!"陈依玄说:"本来我不想管,可毓秀如今是我们普益社的人,在我面前,我不能不管!"毓秀本来还有点蒙,突然醒了似的,梗着颈子,冲着冯鞠元大吼一声:"我不要你管!"这一声嗓门很粗,冯鞠元不敢相信是从毓秀嘴里喊出来的,愣了一下,手也松了。毓秀趁势甩开他,拎起衣裳,犟驴似的跑开了。冯鞠元向前追了两步,晓得追不上,便停下来,转身对陈依玄说:"往后,我管我儿,你别掺和!"陈依玄说:"他是你儿,也是我女婿,一个女婿半个儿,这事我非要管!"冯鞠元气得眼直瞪,说:"陈依玄,如今你在脂城好歹也算个人物,说这话也不嫌寒碜,八字没一撇,就扯上女婿了!"陈依玄说:"一点也不寒碜!那婚约白纸黑字写着,你的手印在上头按着,有媒有保,你还能赖得掉?!"冯鞠元一听,又悔又恼说:"求你行行好,给我冯家留个好苗吧!"陈依玄冷冷一笑,说:"根好,苗才好。是不是好苗,眼下还不好说!"冯鞠元说:"只要不跟你在一起混,就不会错!"陈依玄说:"既然这么说,你最好把他手脚锁上。哼,只怕你锁不住啊!"冯鞠元说:"我冯家的事,你别烦神!"陈依玄点点头,说:"不过,你管不好自家人,可别怨我!"冯鞠元冲陈依玄瞪了一眼,转身走了。

毓秀一去三天未归,冯鞠元嘴上说由他去,心里还是七上八下。奉莲揪心扯肠,哭鼻子抹泪,长一声短一声地叫着毓秀,嚷着不想活了。自那一年小产之后,奉莲再也怀不上,看过好多先生,吃过好多药,也不管用。如今年纪越来越大,怀伢越来越无望,这辈子怕是只有毓秀这一株独苗,自然看得比命都重。到了第四天,冯鞠元再撑不住了,动了手中的权力,把县警撒出去,找了一天,还是找不到。冯鞠元急得团团转,两口子商量来商量去,觉得还是要找陈依玄。冯鞠元跟陈依玄赌气,自然不愿去,奉莲只好亲自去了。来到香炉岗,找到陈依玄,奉莲把事情一说,陈依玄闷头想了想,说:"放心回去吧,今个晚上他回家吃晚饭!"奉莲不相信,说:"三四天不见人影,你怎晓得今个晚上就回来了!"陈依玄呵呵一笑,说:"你晓得的,我会算卦嘛!"

奉莲回家把话说给冯鞠元听,冯鞠元也将信将疑,无奈只好苦等。果然,天将擦黑,毓秀回来了,进门一句话没有,松松垮垮地靠在门框上,二流子似的。冯鞠元一见那副不争气的样子,心里的火腾地就上来了,上去又要打。奉莲自然不愿意,拦住冯鞠元,一顿鬼冲:"伢回来了,不问寒不问暖的,你又发什么疯?难道还想把伢逼走?!"冯鞠元见奉莲护短,掉转矛头,回道:"你这妇道人家,把伢宠成这样,如今还护犊子,伢非毁在你手里不可!"奉莲一听这话,又气又伤心,说:"说这话你真没良心,为了你冯家我操心受累不提,如今却落你埋怨。伢又不是我从娘家带来的,我护他还不是为了你冯家好。你要是非要打,连我一起打死算了,省得让你烦,正好腾个窝,让你再纳个能生能养的,给你冯家养个好苗!"冯鞠元气得脸乌青,话自然也不好听,说:"混账女人,越说越不像话,早晓得你是这样,当初把你休了!"奉莲听了,立马扑上去,揪着冯鞠元的衣领,说:"瞧瞧,狐狸尾巴藏不住了,到底说了实话!如今你有出息了,当了县官,心也花了,看不上我这黄脸婆子了!我跟你说,今个你要是不休了我,你就不是男人!"冯鞠元也不相让,说:"你以为我不敢!"说着,便要去找纸笔写休书。奉莲嘴上说"你休你休",手上却缠着他不放,冯鞠元被闹得骑虎难下,用力一搡,奉莲连连后退,脚下一时没根,一屁股蹾在地上,顿时放声哭闹起来。

　　本来,两口子拉拉扯扯地闹,毓秀一直靠在门框上,一声不吭,看大戏似的。这时候,见奉莲吃了亏,鼻涕一把泪一把,哭得伤心,毓秀突然红了眼,像牛犊子似的猛冲上去,双手掐住冯鞠元的颈子,直抵到后墙上,憋得冯鞠元直翻白眼。奉莲本来还在地上撒泼,一见毓秀下了狠手,赶紧爬起来,去掰毓秀的手。毓秀手掐得死紧,奉莲哪里能掰得开,急忙哭求:"毓秀,快松手,他是你爹啊!"毓秀似乎才认出是他爹,慢慢松开手来。冯鞠元一屁股坐下来,嘴张得像瓢似的,捂着胸口呼呼喘气,奉莲忙着给他捶胸拍背。毓秀倒是平静,看了看冯鞠元,又看了看奉莲,一声不吭,甩开两条长腿走了。奉莲一见,丢下冯鞠元,赶紧追出门去,早不见了毓秀的影子。此时,夜幕四合,奉莲拖着哭腔,冲着巷口喊了半天,见没有应声,便抹着泪回去了。

　　这一年春天,脂城一带风调雨顺,花期抻长,最得益的算是陈依玄了。花好,蜂勤,割出来的蜜比往年多出一两成。去年冬天以普益社的名义又买下一片荒地,年后雇人开了。岗脚下二十亩是旱田,打算种药,选定了芍药桔梗半夏三样,靠脂河西湾的三十多亩,用水方便,一概改为水田种稻。一切安排妥了,请安牧师和罗丝去看过,都很满意。

　　按说,样样顺心如意,这个春天过得舒坦才是,可是陈依玄的心里还是疙疙瘩瘩的,因为心碧。这些年,陈依玄一直把心碧带在身边,又是治病,又是教导,心力没少费,虽说能说能笑,也懂些事,但毕竟是个孬子,与同龄人相比,就显出愚钝来。因为孬,没有伢来陪她玩,陈依玄就养了两条狗陪她,一黄一黑。狗不嫌人孬,终日与心碧形影不离,倒是落得欢喜。然《素问》有云,女子二七天癸至,这是老天的安排,自然躲不过。陈依玄虽是当爹的,因为懂医,早就操到这份心。心碧头一回来月红,陈依玄不好教她,把她送回家,让仙芝教。一块骑马布,仙芝教她半天,她还是使不好,气得仙芝眼泪直淌,把她饱打一顿。心碧哭着跑回岗上来,血淌到裤脚,把鞋都染红了。陈依玄晓得仙芝没有耐心,无奈之下,想了个办法,亲手缝了一条带夹层的内裤给心碧穿,好歹能抵挡过去。

自从有了心瑶之后,仙芝对心碧渐渐疏远了,疼还是疼,却没有原来热乎。父母也是人,偏心也是常情,陈依玄并不怨仙芝。说起来,心瑶确实惹人疼,不是因为跟心碧比,而是这丫头天生有人缘。心瑶如今十多岁,出落得干净漂亮,不仅聪明伶俐,小嘴也甜,见人就喊,沾蜜带糖的。在西门一带,人见人爱,没有不喜欢的。本来,因为是冯鞠元的种,陈依玄心里一直有个疙瘩,可一听心瑶叫他爹,声如莺燕,心里便熨帖了。在岗上两天不见便想,于是回家的次数也多起来。

若是仅仅这些,倒也罢了。老天让心碧生成孬子,却没有把她心灵之门全都关上,独留下男女这一扇。男大当婚,女大当嫁。如今心碧已经虚岁二十,也到了懂事的时候。这一天,陈依玄进城办事,本想带心碧一起去,又想中途要去两家铺子结算蜂蜜的账,多有不便,便把心碧托付给在蜂场帮工的小结巴,叮嘱再三,才放心去了。在城里办完事,陈依玄买了几样零食,分成两份,一份给心碧,一份给心瑶。过西门时,顺便回去看看心瑶。正好心瑶刚刚从学堂回来,一见陈依玄,高兴得不得了,拉着他,爹长爹短地亲不够。陈依玄也高兴,自然多陪了心瑶一时,天将晌午,才匆匆回香炉岗去。春阳大暖,陈依玄回到岗上,见小结巴晒着日头睡得正香,却不见心碧的影子,赶紧前前后后找了一遍,也没见着,顿时急得脸色大变,又一想,平日里心碧跟狗形影不离,只要找到狗,就能找到心碧,于是唤狗。狗耳朵尖,不一会,一黑一黄两条狗摇着尾巴跑来了。陈依玄拿着一根骨头,问狗:"想不想吃?"狗耷拉着舌头,尾巴摇得死欢。陈依玄又问:"心碧在哪?"狗一听这话,扭头就跑,陈依玄便跟着狗跑,一直跑到岗后的一条小河边。远远地便听见心碧在笑,陈依玄紧走几步,抬头一看,心碧脱了小褂子,顶在头上,站在一棵小树旁,一边说着,一边鞠躬。说一句,鞠一躬,一连鞠三次,陈依玄看明白了,心碧在跟那棵小树玩拜堂的游戏,当即头嗡的一声,眼前一片发黑,本想上去训她几句,可又怕吓着心碧,便缓了缓。这时,狗先跑到河边,汪汪叫了两声,心碧见狗回来了,就对狗说:"小黑小黄,拜天地,放炮!"狗摇着尾巴冲着岸上叫,心碧揭开头上的小裰子,回头看见陈依玄,呵呵一笑,说:"爹,你看,我拜堂了!"陈依玄强忍着怒气,说:"心碧乖,赶紧穿上衣裳,看爹给你买了好吃的!"心碧一听有了吃的,衣裳也不穿,转身就跑来,陈依玄说:"不穿衣裳不给吃!"心碧乖乖地穿上衣裳,跑过来,一把将陈依玄手里的零食抢过去。陈依玄叹口气,看着心碧那副傻相,心里不禁一阵发冷。

  人比万物,自循天道。花花草草都有春天,何况是人?心碧虽孬,毕竟是人,也有七情六欲,到了这个岁数,管是管不住的。如此下去,迟早会出事丢丑啊!陈依玄想来想去,领着心碧回家,找仙芝商量,把心碧在河边跟小树拜堂的事一说,仙芝一听,叹口气,说:"女大不中留,把她嫁了吧!"陈依玄说:"嫁了自然好,只是心碧那样,又怎么放心呢!"仙芝说:"丫头就这命,总比到时候丢人现眼强!"陈依玄本是给别人拿主意的人,如今自己没了主意。倒是仙芝果断,说:"反正,咱跟冯家有婚约,早迟都得办!"陈依玄说:"冯家不是过去的冯家,鞠元也不是过去的鞠元了,就怕他们会反悔啊!"仙芝说:"白纸黑字,有媒有保,还能反悔?!这事耽误不起,赶紧去找蒋老板,让他去跟冯家说!"陈依玄想了想,别无好办法,说:"试试瞧吧。"

  当晚,陈依玄左手拎着四只猪蹄子,右手提着一罐鲜蜜,去官仓巷找蒋仲之,一路走一路发愁。凭良心说,且不论冯鞠元两口子会不会同意,单把心碧和毓秀放在一起,陈依玄自己也觉得不般配,心碧跟毓秀不是差一点,简直是天壤之别,硬把心碧嫁给毓秀,着实对不住毓秀。毓秀不单单生得一表人才,且又聪明有主见,这样的年轻人在脂城内外也不多见。陈依玄最为欣赏的是,毓秀满脑子新鲜想法,令他仿佛看到自己当年的影子。因有婚约这层缘故,陈依玄对毓秀自然更看重几分,差不多当作亲生来看待了。自从冯鞠元来闹了一出之后,毓秀来得更勤,似乎有意跟他爹对着干。陈依玄晓得毓秀比他爹还犟,私下劝毓秀,做人要以德为先,虽说已是民国,不讲究父为子纲,可是还要理解当爹的心。此外,年轻人当学则学,不能耽误学业。这样说话,毓秀自然能听得进去,慢慢把心放在学业上了。

来到官仓巷,正好蒋仲之和阿金都在。一见陈依玄拎着四只猪蹄子,蒋仲之便明白了。陈依玄进门坐下,闲聊几句,便把来意说了,蒋仲之听后,沉吟片刻,低头不吱声,阿金插话了。如今阿金已生下一男一女,儿女双全,在蒋仲之面前说话腰杆也硬。前年赵氏得了急症不治而去,阿金自然转正,家政大权尽落手中,日子过得称心,人也胖了,腰身和脸越发地圆,说话做事也越发有魄力。阿金道:"哎呀,这是好事!心碧虚二十,说起来也能出阁了!"蒋仲之还是闷头不响,陈依玄晓得他为难,也跟着叹气。阿金看不下去,推了蒋仲之一把,说:"好歹说句话,按着葫芦不开瓢,你到底是什么意思?"蒋仲之啧啧嘴,说:"事是好事,只是如今这话不好开口说啊!"陈依玄正要说话,阿金又抢了话头说:"你是媒人,又是两个伢的干爹,有什么不好开口?再说,当初定了婚约,还摆了酒席,西门一带哪个不晓得。你要是觉得不好说,我去说。如今他冯鞠元做了县官,不能说话不算数,吐口唾沫还能舔起来?!"蒋仲之不敢跟阿金顶嘴,又怕她添乱,忙说:"我去,我去!"阿金说:"说去就去,趁天还早!"说着,把灯笼递过来,蒋仲之接过灯笼,便出门了。

蒋仲之走后,陈依玄跟阿金说些闲话,从心碧说到心瑶,从心瑶说到学堂,说着说着,说到鞠平身上。阿金说:"今个早上去西津渡,在福音堂门口碰到罗丝,说鞠平来信了,过几天要回来!"阿金这句话说得无心,陈依玄却听着有意,不禁一惊,随口附和道:"是吧,没听说。"阿金接着叹口气,说:"鞠平真够犟,一去十来年,中间也不回来一趟,不晓得在外过得怎样?如今是一个人,还是成了家?"说着望了陈依玄一眼,陈依玄马上把脸转向门外,说:"不晓得。"阿金又说:"一个性子一个命,鞠平自小好动,就是奔波的命!"陈依玄说:"怕是。"

正说着,蒋仲之打着灯笼回来了,一进门就摇头。阿金迎上去,说:"你别死摇头,到底冯家怎么说?"蒋仲之不慌不忙地坐下,喝了口茶,望着陈依玄说:"鞠元和奉莲两口子都在,一起商量了,说有婚约是事实,得认账,只是伢还小,过几年再谈婚论嫁为好!"陈依玄点点头,嘴上说"晓得了",心里却早凉了半截。阿金说:"毓秀比心碧小几个月,也快二十的人了。远的不说,就说脂城里外,十六七岁成亲多的是,依我看冯家这话就是借口!"蒋仲之说:"话也不能这么说,冯家自然有冯家的道理,也不能说人家有意!"阿金胸脯一挺说:"冯家有什么道理?要我说,别看冯鞠元当了县官,就是不讲理的人。就拿鞠平来说,是他亲妹妹,竟把她逼到外地漂了十几年,你说讲理不讲理?!"蒋仲之看了看陈依玄,又瞪了阿金一眼,说:"瞧瞧你,正说两个伢的婚事,怎么又扯到鞠平身上去了!"阿金说:"鞠平也是他冯家的人,一棵秧子结不出两样瓜,从她身上就能看出来,冯鞠元不讲理!"蒋仲之无奈地摇头,转对陈依玄说:"瞧瞧她,嘴碎很!"陈依玄得了回话,也不久留,借口时候不早,便告辞了。

来时的路上,心碧的事让陈依玄烦神,回去的路上,又多了鞠平的事,心里更烦。鞠平要回来,说突然又不突然,这一天早迟会来。十三年来,陈依玄多次去省城找鞠平,不晓得是鞠平有意躲他,还是安牧师给的地址有误,总之一回也没有见着。也写过信,如石沉大海,杳无音信。陈依玄晓得鞠平犟,她不想见,自有道理,只好忍着,等她回来。当然,还有那个未曾见面的伢。算起来,那伢该十三岁了。十三年啊,鞠平一个人带着伢是怎么过来的?陈依玄想一想,觉得一定好难好难,不禁心里阵阵发酸。

回到家里,仙芝正等得心焦。未等她问,陈依玄便把冯家的回话一说,仙芝当下就急了,跟阿金一样,一口咬定冯家借口拖着不办。陈依玄当然也明白,不过又没办法,便说:"毓秀是个好伢,怕是心碧没这福气啊!"仙芝说:"总不能这样就罢了,不管怎讲,有婚约在,就有抓手,得闲我找奉莲说去!"陈依玄说:"奉莲又不当家!"仙芝说:"哪个当家我找哪个,两口子总有一个当家的!"陈依玄说:"其实,说不说结果都一样,说了惹闲气,不说倒清静!"仙芝说:"那不行,这不明不白的,把心碧撂在半路上怎么办?"陈依玄说:"心碧的事,再想办法吧!"仙芝说:"事到如今,还有什么好办法?"陈依玄叹口气,说:"治!"仙芝撇撇嘴,说:"治什么治,从小治到今,伢没少受罪,还不是那样?!"陈依玄说:"过去是过去,这回不一样!"仙芝又说:"桥归桥,路归路。伢的病你照治,话我还得去说!"

第三十三回　仙芝劝婚以情动人
　　　　　　鞠平还乡惹是生非

　　仙芝心里搁不住事,转天去找奉莲说心碧和毓秀的婚事。两个女人都怀着护犊子的心,自然谈不拢,眼看要谈僵,仙芝怕做成夹生饭,让了一步,找个借口离开冯家,进城去找冯鞠元。
　　来到县署大门前,正要进去,见冯鞠元夹着皮包,急忙忙地出来。仙芝便躲在一棵樟树后,等冯鞠元一出大门,便喊了一声。冯鞠元一怔,扭头见是仙芝,赶紧走过来,问:"有事?"仙芝点点头,冯鞠元说:"什么事?"仙芝说:"伢的事。"冯鞠元似乎明白,眨眨眼,说:"正有事出门,改天再说吧。"仙芝说:"我只问一句话,马上把心碧和毓秀的事办了,你可同意?"冯鞠元说:"不是跟老蒋都说了嘛。伢还小,还想让他深造,过几年再说!"仙芝说:"办了事也不耽误深造!"冯鞠元说:"怎么会不耽误呢？成了家,小两口守在一起过日子,能不分心?"仙芝说:"只要把事办了,毓秀还跟原来一样,该干什么就去干什么!"冯鞠元说:"既然这样,那又何必要办事呢?"仙芝叹口气,说:"把事办了,心碧就算出过门的媳妇了。再丢人现眼,总比做姑娘好看些。"冯鞠元说:"听你这话,是想把担子推给我冯家!"仙芝说:"毕竟当初有一纸婚约,不推给你冯家,还能推给哪个?"冯鞠元急了,说:"这、这、不是讹人嘛!"仙芝摇摇头,说:"不是讹你,是求你!"说着,眼泪下来了,"实话实说,心碧配不上毓秀,急着把她嫁出去,也是迫不得已。说来说去,也是为了心瑶。心瑶十三四岁了,眼看着一天天懂事,家里有个孬子姐姐,丢人现眼的不说,对她总归不好!"说着,越发地伤感,竟哭出声来。冯鞠元想了想,叹口气,说:"别哭了,等我回去跟奉莲商量商量再说!"仙芝说:"你回去跟奉莲说,毓秀娶了心碧,就是个名声,毓秀还是自由身,将来另娶另纳,我家也不管!"冯鞠元点点头,说:"我晓得!"仙芝说:"你赶紧忙去吧。天热了,我去给心瑶买双单鞋!"冯鞠元本来已经转身迈步,一听这么说,便停下来,掏出几块大洋递过来,说:"不晓得伢喜欢什么样式的,你代我买一双吧。"仙芝把他的手推开,说:"你有这个心意就够了,我买了就跟伢说是你买的,不是一样?"冯鞠元坚持把钱递过来,说:"那不一样,你买是你的,我买是我的!"仙芝只好接了钱,只听冯鞠元又说:"心瑶念书可用功?"仙芝说:"用功很。学什么会什么,先生说她天生是个女秀才!"冯鞠元笑了,点点头,说:"由小看大,这伢是个好坯子,好好培养!"仙芝笑一笑,便朝街上走去。

仙芝在城里转了半天,才遇上合意的单鞋,是洋货。先给心瑶买了一双,是用冯鞠元给的钱买的,因为钱还富裕,又买了一顶凉帽,也是洋货。这是冯鞠元对心瑶的心意,一点也不能打折扣,仙芝暗暗替心瑶高兴。买了鞋子出了店,仙芝又想到心碧,同样是自己生的伢,一个聪慧,一个痴呆,一个多一个人疼爱,一个让一家人犯愁。别人不说,就她这个当妈的,竟然都忘了给她买单鞋凉帽。这样一想,觉得心碧实在可怜,赶紧折回去,又给心碧买了单鞋和凉帽,都是一样的洋货,心里这才舒坦一些。从城里回来,已快晌午了,仙芝的心情比来时清朗许多。从冯鞠元的话里,仙芝能觉察到,冯鞠元基本同意给毓秀和心碧办事了,只是要回去周旋一番。在这一点上,仙芝对冯鞠元比陈依玄更有把握。人和人就是不一样,一家人未必一条心,在一起过一辈子,还不如一夜夫妻情深,心存默契。天底下的事,真是说不透。

回到家里,心瑶正好放学回来,仙芝赶紧把单鞋凉帽拿给她穿。那是双白皮鞋,大圆口,带襻,心瑶穿在脚上,左看右看都喜欢,凉帽是白纱布帽,荷叶边,戴在心瑶头上,更显出一张洋娃娃似的脸。见心瑶高兴,仙芝也高兴,几次想说是冯鞠元买的,想了想总归不妥,还是忍了。

吃罢晌午饭,心瑶去了学堂,仙芝本想在床上歪一会,合上眼满脑瓜是事,桩桩件件都跟心碧有关,晓得睡不好,便起来拾掇一番,出门朝香炉岗去了。此去两件事,一是把给心碧买的单鞋凉帽送去,二是跟陈依玄说一下冯鞠元的态度,也好让他放心。不管怎么说,在心碧的事上,两口子还是一条心的。

来到香炉岗,洋车无法上去。仙芝吩咐车夫在岗下候着,独自扭着小脚,一摇三摆地去见陈依玄。陈依玄正在侍弄蜂箱,一群蜜蜂围着,嗡嗡地飞。仙芝怕蜇,不敢靠近,远远地问:"心碧呢?"陈依玄听见了,直起身来,扭头见是仙芝,愣了一下,说:"睡了!"说罢,一指棚屋,便接着忙。仙芝转身去棚屋,果然见心碧睡得脸红扑扑的,口水淌了一摊,上去替她揩了口水,却摇不醒,以为她犯春困,由她睡去。正好得闲,便出来跟陈依玄说话。

陈依玄忙得一头汗,一毫没有想歇下来的意思。仙芝朝前上了几步,靠在一棵树上,说:"我今个进城了。"陈依玄也不看她,嗯了一声。仙芝接着说:"眼看天热了,给伢们一人买双单鞋。"陈依玄又嗯了一声。仙芝挪到另一棵树边靠住,说:"赶巧在街上碰上鞠元,顺便把心碧和毓秀的事说了。"陈依玄听到这里,停下手里的活,直起身来,看着仙芝。仙芝说:"鞠元没说行,也没说不行,只说回去跟奉莲商量商量。"陈依玄没吱声,又转过身去接着忙。仙芝又换一棵树靠住,说:"不过,从他话音里能听出来,这事怕是能定下来。"陈依玄只是听,也不回头,仙芝说:"这事定下来,就得做准备,该置办的要置办,不然到时手忙脚乱。"陈依玄还是不吱声,仙芝:"丫头再孬,也是丫头,旁人嫁丫头怎么办,咱也怎么办,横竖不能让人看笑话!"陈依玄正要把蜂箱盖上,手上一时没把握好,惊了一箱蜂子,轰的一声飞起来,炸了窝似的。仙芝吓得连连后退,远远地站定,望着陈依玄的身影,不晓得他到底是什么意思,顿时觉得无趣,于是看了看天,说:"这丫头太能睡了,我去把她弄醒,让她试试鞋子,要是不合适,也好去换。"这时,陈依玄突然说:"还早呢,不到天擦黑她醒不过来!"仙芝说:"瞧你怎晓得?"陈依玄说:"给她吃了药!"仙芝问:"伢病了?"陈依玄说:"没病,怕她乱跑!"仙芝一惊,说:"你给她吃药,就是让她睡?"陈依玄说:"她不睡,不得安稳。"仙芝说:"你、你、你就这样治她的病?"陈依玄说:"那有什么好法子!"

仙芝叹了口气，想了想，没再说什么，把单鞋凉帽留下，下了香炉岗。车夫早已等得生急，未等仙芝坐稳，身子一弓，便箭似的跑开来。日头偏西，仙芝一路想着心碧，又是心疼又是无奈，心里像堵了千年万年似的，闷得难受。走过西津路口，突然想找阿金说说。如今，在西门只有阿金可以说说心里话了。

来到官仓巷口，仙芝付钱打发车夫，独自来到蒋宅，上前正要打门，门却先自开了，迎面便见阿金匆匆地出来。阿金见仙芝站在门口，先是一惊，接着便笑了，上前拉住仙芝的手，要往房内走。仙芝说："瞧你张张皇皇的，出门怕是有事吧。"阿金一惊一乍地说："啊呀你还不晓得，鞠平回来了！"仙芝一愣，问："什么时候？"阿金说："将将到！"仙芝点点头，只听阿金又说："听说还带回来一个伢，齐肩高了。"仙芝没接阿金的话，却说："那你去吧，我也赶紧回家，心瑶也要放学了。"阿金也不强留，二人手拉手一起出门，阿金问："大小姐，你可有事？"仙芝摇摇头："从香炉岗上下来，路过巷口，顺便过来看看。"阿金说："你去香炉岗了？有事？"仙芝说："看看心碧。"阿金突然站住，问："心碧的事，冯家怎说？"仙芝低着头，说："没怎说，等他们回话！"阿金说："大小姐，别嫌我多嘴，夜长梦多，这事要追紧，心碧嫁了，你也省心！"仙芝没说话，只是长长地叹口气。

二人边走边说，不觉出了巷口，又站着说几句，各自松开手，阿金朝北拐去冯家看鞠平，仙芝朝南拐，头也不回地回家去了。刚进大门，见灶房里没有动静，伸头一看，厨子老沈坐在灶后独自叹气，一问才晓得原来是为小结巴的婚事犯愁。小结巴三十多岁，依然没有成家，几年来托媒人说了好多家，不是嫌沈家穷，就是嫌小结巴人丑，都没成。前不久又托人说了脂城西乡一个跛脚丫头，本以为可以成亲了，没承想人家嫌小结巴年纪大，又变了卦。仙芝听罢，也跟着叹气，不疼不痒地安慰几句，便催老沈赶紧烧饭。正说着，只听门外一阵脚步声，回头一看，心瑶果然回来了，未等进门便嚷着："妈，毓秀家来客了！"仙芝佯装没听见，自顾收拾饭桌，心瑶便追上来，拉着她的胳膊，说："毓秀姑姑回来了！"仙芝浅浅一笑，说："晓得了。"

第三十三回　仙芝劝婚以情动人　鞠平还乡惹是生非

鞠平回西门，带回两个伢，一大一小，都取的是洋名。大的叫小摩西，十二三岁，小的叫小约翰，还在牙牙学语。小约翰太小，看不出模样随哪个，小摩西大致模样长出来，细看眉眼随了冯鞠元，举止神态却有陈依玄的影子。

那天，冯鞠元晓得鞠平回来，有意回家迟些。一进门，鞠平怀里抱着一个伢，身后跟着一个伢，从房里迎出来，亮堂堂地叫声哥。冯鞠元当时脑瓜嗡的一声，愣了好半天，才勉强点了点头，一句话也不说。鞠平把躲在身后的小摩西喊过来，让他喊舅舅。小摩西有点怯生，靠在鞠平身上，用冷淡的眼神看着冯鞠元。鞠平说："喊舅舅！"小摩西腼腆，半天叫了声："舅舅。"声音不大，却也能听得清。冯鞠元第一眼看见小摩西，被敲了麻筋似的，浑身一颤，点点头，转身进了书房，砰的一声摔上了门，震得窗户纸哗啦啦地响。奉莲看不过去，赶紧过来打圆场，说："唉！听说又要打仗，县里的事情太烦神，一天到晚没好脸，别睬他！"鞠平抚着小摩西的头，也没说什么，只是笑了笑。

十多年没见，鞠平似乎没怎么变老，反倒显得更精干了。说起来，冯鞠元对鞠平回来并不意外，对鞠平带回来一大一小两个伢却吃惊不小。尤其是那个小摩西，那副若有所思的眼神，看似空洞无物，其实深不可测，看不出到底在想什么，这就是陈依玄的眼神！多年来，冯鞠元讨厌的就是这种眼神，怕的也是这种眼神。自从鞠平离开西门，这十多年中，冯鞠元不止一次想到过鞠平回来的情形，也不止一次想象过小摩西的样子，但是，如今的一切都超乎他的想象。鞠平不仅带回了小摩西，还带回另一个叫什么小约翰。又是摩西，又是约翰，全是洋人的名。鞠平啊鞠平，你叫我跟人家怎么说？你让我在脂城还怎么抬起头？！

冯鞠元在房中暗自生气，奉莲赶紧张罗晚饭。鞠平本是个闲不住的人，自然要帮手。姑嫂二人相帮着下厨，有说有笑，倒也高兴。晚饭将好，毓秀听说姑姑回来，赶紧跑回家，进门拉住姑姑，问这问那，没完没了。鞠平见毓秀长大成人，一表人才，自然也高兴，忙喊小摩西过来喊哥，小摩西见了毓秀，倒不怯生，脆生生地叫了声哥。毓秀见小摩西生得可爱，拿出做哥哥的样子,陪着小摩西去玩耍了。

不多时,晚饭已妥,一家人坐定,却不见冯鞠元出来。奉莲去喊了两回,没出来。毓秀也去喊了两回,还没出来。鞠平站起来,说:"我去喊!"说着,便走到书房门前,也不敲门,冲着里面说:"哥,吃饭吧!"里头没有应声,鞠平接着又喊了几声,只听冯鞠元说:"你们先吃吧,我马上来!"鞠平答应着,回到饭桌前,刚把筷子拿起来,冯鞠元便来了,在正位上端端正正坐定,拉着脸,开会似的,一下子搞得举座不欢。奉莲忙对毓秀说:"姑姑带两个弟弟回来,也算大喜事。头一顿饭,要热闹热闹,喝几杯!"毓秀率先响应,起身去拿酒,冯鞠元用筷子敲碗,道:"喝什么酒!"毓秀也不惧,顶嘴道:"姑姑和弟弟回来,高兴嘛,当然要喝!"冯鞠元把筷子重重拍在桌上,说:"不喝!"毓秀也来性子,说:"你不喝,我们喝!"冯鞠元大喝一声:"你敢!"这一声,没有吓住毓秀,却把小摩西吓得不轻,忙躲在鞠平身后。毓秀满脸涨得通红,非要挣去拿酒不可。奉莲怕父子俩又闹起来,忙劝道:"毓秀呀,不喝就不喝吧,你姑和弟弟都不是外人,往后有得喝!"毓秀这才怏怏地坐下来。这时,鞠平站起来,说:"嫂子,不提酒我倒忘了。从省城给我哥带两瓶酒,不晓得好不好,打开尝一尝!"说着,便去将酒拿来,一边走,一边把酒打开。第一杯酒倒好,双手递给冯鞠元,说:"哥,长这么大,头一回给你买酒,请赏光尝一尝!"冯鞠元塌着眼皮,不吭声也不接酒,鞠平双手伸着,晾在那里,收也不好,放也不好。奉莲站起来,接过酒杯,放在冯鞠元面前,说:"瞧你这人,鞠平大老远带来的心意,你好歹也接着!"鞠平也不恼,接着给奉莲斟了一杯,双手敬上,奉莲自然接了。这时,毓秀说:"姑姑带来的好酒,我也尝尝!"鞠平笑了,说:"毓秀,你还要念书,酒就别喝了!"毓秀说:"平常我不喝,今个高兴嘛!"鞠平笑了笑,给毓秀斟了半杯,又给自己斟了一杯,然后端起来,说:"哥,嫂子,毓秀,这么多年在外,让你们挂心了,这杯酒,我敬你们!"说着,一仰颈子喝了下去。奉莲和毓秀也都喝了,独有冯鞠元不喝。奉莲实在忍不住了,用胳膊肘拐一下冯鞠元,说:"酒好香,你快尝尝!"冯鞠元还是不喝,睡着了似的。鞠平好尴尬,毓秀看不下去,伸手把冯鞠元面前那杯酒端过来,一饮而尽。冯鞠元气得一下子跳起来,上去要打毓秀,奉莲

第三十三回 仙芝劝婚以情动人 鞠平还乡惹是生非

赶紧拦住,一边把冯鞠元往外拉,一边让毓秀赶紧跑。毓秀不跑,稳稳地坐定,伸手把酒瓶拿过来,给鞠平斟上一杯,自己又斟一杯,说:"姑,我陪你喝!这一杯,我敬你!"说着,吱溜一声喝了下去。鞠平当时眼泪就涌出来,什么也不说,喝下杯中酒,拉起小摩西,回了厢房。

一顿饭草草收场,不欢而散。鞠平把小摩西和小约翰哄睡下,夜已深。隔窗见冯鞠元的书房里亮着灯,便轻轻走过去,敲了敲门,里头没有动静。鞠平轻声说:"哥,有事跟你讲!"冯鞠元说:"明个再讲。"鞠平说:"有人托我给你捎封信!"冯鞠元说:"哪个的信?"鞠平说:"在省城,我碰见凤仪了,她托我带封信给你!"冯鞠元马上打开门,接过信来拆开,就着灯看了两遍,脸色稍转,口气也软和许多,问:"她还说什么?"鞠平摇了摇头,说:"看她那样子,好像好忙!"冯鞠元点了点头,说:"晓得了,你去歇吧!"鞠平并不走,依然低着头站着。冯鞠元问:"还有事?"鞠平说:"哥,我晓得我回来你不高兴,你看不惯小摩西,怕我娘儿俩给你脸上摸黑。不过,你放心,我敢回来,肯定有我的打算。伢的身世西门人晓得的不多,你也别作难。有什么风言风语由我来挡。反正,过不久伢他爹就回来了!"冯鞠元不禁一愣,看了鞠平一眼,说:"你说什么?"鞠平说:"我在外头嫁人了。过些日子,伢他爹就回来了!"冯鞠元又惊又恨,眨了眨眼,半天才问:"哪里人?"鞠平说:"到时候你就晓得了。"说着,转身出门了。冯鞠元闭上眼,摇了摇头,一屁股坐了下来。

转天,是礼拜天。吃过早饭,毓秀领着小摩西出门去玩耍,鞠平嘱咐几句,抱着小约翰去了福音堂。见家里没有旁人,冯鞠元便把奉莲叫到书房来商量仙芝找他说的事。说是商量,其实他已拿定主意,尽快给毓秀和心碧的喜事办了。说起来,冯鞠元下这个决心并不容易。一是毓秀时常跟他作对,不循正道,越来越让他失望。借机正好给他点教训,让他尝点苦头,将来或许会好起来。二是为了心瑶。仙芝说得不错,心瑶一天天长大,要有一个好环境。平心而论,冯鞠元对心瑶越来越喜欢,虽不敢表现在明处,心里时常想着,几天见不着就想,有时有意借视察的名义到学堂去看一眼,平常听人夸心瑶,心里暗自欢喜不已。眼看着岁数越来越大,奉莲的肚子怕是指望不上了,所以冯鞠元对心瑶更是看重,不管怎么说,明也罢暗也罢,心瑶毕竟是他冯鞠元的骨血。有这两方面的原因,冯鞠元下了狠心。

奉莲没有料到冯鞠元突然又同意办喜事了,当时就跳起来,说:"前些日子才商量好不办,今个怎么又变卦了呢?别的不说,你替伢想想,就心碧那副孬相,你让毓秀将来的日子怎么过!"冯鞠元说:"日子好坏是他自己作的,你没见这伢越来越不成器吗?整天在外跑,书也不好好念,这样下去,早迟会出乱子。给他成亲,也好让他收收心,总比在外浪荡学坏强!"奉莲说:"年轻人哪不喜欢东跑西颠的,你也是打年轻过来的,怎就认定伢会学坏呢!"冯鞠元手一摆,说:"就他那张皮,我算把他看透透的,狗屎糊不上墙!你也别护着,这事就定了!"奉莲气得眼泪直冒,说:"冯鞠元,这么大的事,不能你一句话说定就定了,如今是民国了,讲究婚姻自主,好歹总该跟伢商量商量吧!"冯鞠元说:"民国不民国,我比你晓得。再是民国,我还是他老子。老子定的事,就算定了。我这就去让老蒋给陈家传话过去,择个日子就办事!"说罢,不再啰唆,抬腿就要出门。奉莲心里过不去,说:"事情没说清楚,你不能走!"一边说,一边将冯鞠元的衣襟拉住,冯鞠元使劲往外挣,奉莲拼命拉,一拉一扯,一下子把冯鞠元的前襟撕开一条大口子。冯鞠元气得两眼直瞪,用劲一搡,将奉莲搡到墙拐子里,然后衣裳也不换,便夺门而去。

奉莲一屁股坐下来,呜呜地哭,鞠平正好从外面回来,闻声赶到,将奉莲扶起。奉莲不等她问,便一把鼻涕一把泪地控诉起来,怎来怎去,前前后后,把事情说了,非让鞠平评理。鞠平晓得哥哥鞠元向来霸道,自然没有什么理可评,只好一味劝奉莲。奉莲捉住这个机会,把多年来的委屈和辛酸,一并倾倒出来,只把鞠平听得泪眼婆娑,心绪许久不得平复下来。鞠平说:"嫂子,别再伤心了。这事我哥做得不对。别说是你,换我也不能答应!说来说去,婚姻大事,个人是最后一关。如今是民国,只要毓秀不愿意,哪个也没办法!"一句话点醒了奉莲,也不再哭,抹把眼泪,抓住鞠平的手,说:"鞠平呀,毓秀可是你亲侄子,你不能眼看着他跳火坑,赶紧想个好法子。"鞠平说:"车到山前必有路,到时候自然有法子!"

第三十四回 陈依玄初见小摩西 刘半汤求助蒋仲之

进了四月,花期渐尽,蜂事不再繁忙,陈依玄轻闲许多。因怕心碧长期服药睡出毛病,每天吃过早饭,陈依玄便领着心碧在香炉岗上四处转转,调剂生理。这一天,父女二人正在转悠,远远地看见两个人影朝岗上走,一大一小,一高一矮,急匆匆地,不多时来到近前,原来是毓秀带着一个男孩上来了。

陈依玄只看一眼,觉得这男孩子似乎在哪里见过,问:"毓秀,这伢是哪个?"毓秀说:"小摩西。"陈依玄一愣,直直地看着小摩西。毓秀接着又补了一句,说:"我姑家的。我姑回来了。"陈依玄并不接毓秀的话茬,向前走了一步,看着小摩西。毓秀说:"小摩西没见过放蜂子,我带他来见识见识!"陈依玄这才缓过神来,笑了笑,说:"好!"话音才落,只见心碧跑过来,见到小摩西,上去要拉,吓得小摩西赶紧躲到毓秀的身后。陈依玄喝住心碧,说:"心碧,人家是客人,不能那样!"心碧呵呵地傻笑,一转身先朝棚屋跑去。

陈依玄领着毓秀和小摩西一起来到蜂箱前,问小摩西:"想看什么?"小摩西微微一笑,没说话。毓秀跟陈依玄商量,说:"让他见识见识蜂王,好不好?"蜂王最怕打扰,轻易不能给人看。陈依玄说:"好!"一边说,一边取来纱帽给小摩西戴上,又找来一只烟桶,点着一把柏叶,然后闷上,打开一只蜂箱,用一把破扇子扇烟桶,一股浓烟扑向蜂箱,一群蜜蜂嗡的一声飞起来,乌压压的一片。陈依玄趁着蜂子飞开,将蜜格子一一拿开,找到蜂王,指给小摩西看。毓秀本以为小摩西不敢,扶着他看,没承想小摩西并不怕,伸着头直往里挤。过了好一会儿,烟桶里的烟将没了,陈依玄赶紧把蜜格子摆好,盖好蜂箱,又领他们一起到棚屋坐坐。还没进门,心碧一下子蹿出来,捧着一碗蜜,直直地递给小摩西,吧唧着嘴说:"甜!"小摩西看了看碗里的蜜,又看了看心碧,没敢接。陈依玄说:"吃吧,槐花蜜!"小摩西这才伸手接过蜜,舀了一勺放进嘴里,便笑了。心碧问:"可甜?"小摩西点点头,心碧高兴很,又去舀了一碗来,递给小摩西。陈依玄说:"心碧,这一碗给毓秀吧。"心碧护着碗,怕人抢了似的,不停摇头。陈依玄把脸一沉,又说:"心碧听话!"心碧这才很不情愿地把碗递给毓秀。毓秀也不见怪,忙笑道:"我不吃!"陈依玄笑了笑,说:"吃吧,陪着小摩西。"毓秀这才伸手接过来,陪着小摩西吃蜜。吃过蜜后,小摩西便跟心碧一下子熟络起来,心碧要拉着他的手,他也不躲,跟着心碧去玩了。

这时候,棚屋里静下来。陈依玄问毓秀:"你姑还好吧?"毓秀说:"还好。"陈依玄说:"十来年没见着了,变样了吧。"毓秀说:"我姑走的时候,我七八岁,我记着那时候的样子,跟现在差不多。"陈依玄笑了笑,长长地出了口气,又问:"就他们娘儿俩回来?"毓秀说:"还有一个小表弟。"陈依玄点点头,没再说什么,起身进了棚屋,装了两罐蜜,放在一只竹篮里,递给毓秀说:"这蜜带回去,给你姑尝尝。"毓秀说:"一罐就够了。"陈依玄说:"这蜜新鲜,放不坏,慢慢吃吧。"毓秀不再客气,接过竹篮,喊小摩西回去。小摩西跟心碧在树林里玩得正疯,不愿意回去,陈依玄说:"反正又没事,让他玩一会吧。"毓秀便放下竹篮,坐下来跟陈依玄说话。

毓秀素来崇拜陈依玄,也爱跟他说话,天文地理,野史传说,甚至偏方秘方,话题说不尽。一老一少,直聊得漫无边际,不知不觉,快到响午时分。这时候,小摩西跟心碧也玩乏了,正好跑回来。毓秀领着小摩西正要走,心碧不干,拉着小摩西不让走,陈依玄好说好劝半天也不管用,于是便拉下脸来,呵斥心碧。心碧噘着嘴,赌气跑进棚屋里去了。陈依玄冲毓秀摆摆手,示意快走。

陈依玄送到岗下,突然想起毓秀和心碧的婚事,想探一探毓秀的口风,问:"毓秀,你爹最近可跟你说过什么事?"毓秀说:"我爹那人你也晓得,很少在家,好不容易碰上,看见我跟仇人似的!"陈依玄又问:"什么事都没说过?"毓秀摇着头说:"他跟我没话!"陈依玄点点头,说:"晓得了。"毓秀似乎觉出什么,问:"叔,你说的是什么事?"陈依玄淡淡一笑,说:"没什么,随便问问。赶紧回吧。"毓秀挠挠头,拉着小摩西走了。

陈依玄站在路口,目送他们好远,心里涌起一股说不出的滋味。头一眼,他便认定,这个叫小摩西的小男孩,是他的儿子。那眉眼,那神态,曾在他梦中无数次出现过。相比之下,鞠平的样子,倒是越来越模糊了。毓秀说鞠平没什么大变化,陈依玄不敢相信。对一个女人来说,十多年的光阴,不会不留下痕迹,更何况鞠平一个人出门在外,还带着孩子!想到这里,陈依玄心里隐隐泛起愧意,手脚阵阵发凉,叹口气,背起手朝棚屋走去。

来到棚屋前,没等进门,便听到里头乒乓作响,紧走几步推门一看,心碧正在摔东西,满地都是碎碗破碟。陈依玄没有马上喝止,静静地站在门口看着。说起来,这不是头一回,陈依玄已经不觉得奇怪。从去年开始,心碧的脾气变得越来越躁,一旦碰上不高兴的事,都会发疯。这也是陈依玄给她用药,让她睡觉的原因之一。陈依玄查了许多的医书,没有找出原因,反倒让他越来越不安,如此下去,心碧将来怎么办?一想到这里,陈依玄不免要想到毓秀,将心比心,设身处地想一想,怎能忍心把心碧嫁给毓秀!话又说回来,就算冯家同意,毓秀也屈从,以心碧这副孬相,嫁到冯家,能有好日子过?看来,当初跟冯鞠元定娃娃亲的事,就是一件蠢事,明明晓得冯鞠元当时心里有愧,想借此弥补自己的过失,自己竟答应下来,本以为占了多大便宜,其实上了冯鞠元的当啊!

心碧摔罢东西,累了便停下来,呼呼地喘着粗气。陈依玄说:"心碧,你为什么要摔东西?"心碧嘟着嘴,说:"我要跟小摩西玩!"陈依玄:"小摩西要回家,回家找他妈。"心碧不管这些,还是说:"我要跟小摩西玩!"陈依玄说:"心碧,往后不许再摔东西了,好不好?"心碧说:"我要跟小摩西玩!"陈依玄晓得跟心碧说不明白,叹口气,便去做饭。等把饭端上来,却找不着心碧了。陈依玄晓得心碧一定下了香炉岗,赶紧去找,一路追下去,过了五里庙的桥头,果然见心碧站在路口。陈依玄心头一阵火冲上来,抬手要打,心碧突然啊的一声哭起来,一边哭一边喊:"小摩西,小摩西!"陈依玄的手不忍落下,上前哄道:"心碧乖,先回去吃饭,吃过饭爹带你去找小摩西,可好?"心碧脸上转得快很,扑哧一声又笑了,说:"好!"陈依玄拉着心碧的手往回走,没走几步,心碧又不愿走了,说:"爹背!"陈依玄晓得心碧懒得走,可背着这么大一个姑娘,自己的身板确实吃不消,可不背,心碧便赖着不走,无奈何只好蹲下身来。心碧咯咯地笑着,伏在陈依玄背上,说:"爹跑,爹跑!"陈依玄只好弓着腰跑,没跑几步,累得直喘,实在跑不动了,心碧还催:"爹跑!"陈依玄咬了咬牙,又跑了几步,眼前一片金光闪现,身子一晃,父女俩一起倒在地上。陈依玄躺在地上呼呼地喘气,心碧却咯咯地笑。

回到岗上,陈依玄看着心碧吃饭,自己却没有胃口。料定心碧吃过饭后必定还要闹着找小摩西,陈依玄趁机把催眠的药掺进一碗蜂蜜水里。为了让心碧睡得快些,多加了药量。果然,心碧狼吞虎咽地吃过饭,嘴一抹,便嚷着要找小摩西。陈依玄指着蜂蜜水,说:"心碧,喝了这碗蜂蜜水再去找!"心碧摇着头,拍着肚子说:"饱饱!"陈依玄故意拉下脸来,说:"不喝不带你去!"心碧无奈,这才端起那碗蜂蜜水,一口气喝干,把碗一放,拉着陈依玄往外走。陈依玄晓得不走不行,也晓得要不了多久,心碧的瞌睡便会上身。父女俩出了门,陈依玄有意放慢脚步,不出所料,还没走下岗,心碧的眼皮就抬不动了,不停地叫:"爹,困!"陈依玄说:"来,爹背!"心碧伏在陈依玄背上,陈依玄背起心碧,走了几步,便听见心碧轻轻的鼾声。

陈依玄将心碧背回棚屋,服侍她睡下,自己便躺在门前树荫下的竹椅里歇着。身上觉得乏,眼睛合上,脑瓜却闲不下来,小摩西和鞠平的影子不停地闪来闪去,拉洋片似的。想着想着,陈依玄迷迷糊糊睡着了,做了一个梦。梦里鞠平拉着小摩西的手从香炉岗下慢慢走来。鞠平明显地老了,脸上有了皱纹,腰身也不再直,头发花白,看上去像个老太婆。陈依玄伤心很,不敢迎上前,躲在大树后面偷偷地流泪,哭啊哭,直哭得泣不成声。就在这时,有人摇了一下,陈依玄打了一个激灵,睁眼一看,面前站着蒋仲之。

蒋仲之道:"依玄,你这是怎么了,眼泪汪汪的?"陈依玄揉了揉眼,说:

"怕是日头晒的。你怎这时候来了?"蒋仲之不再追究,笑一笑,说:"我来给你报喜!"陈依玄一愣,蒋仲之接着说:"晌午前,鞠元来找我,同意尽快把毓秀跟心碧的喜事办了,让我带话给你,赶紧准备准备吧!"陈依玄听罢,慢慢沉下脸来,没有应声,却叹了口气。蒋仲之说:"冯家都答应了,你还叹什么气!"陈依玄说:"按说是喜事,可我总是担心!"蒋仲之说:"称心如意了,你又担什么心?"陈依玄说:"唉!我家心碧没这福气啊!"蒋仲之说:"这话从何说起?"陈依玄没作解释,却说:"蒋兄,你是媒人,麻烦你给冯家带句话,这门亲事就算了!"蒋仲之一下子站起来,问:"退亲?"陈依玄点点头,说:"毓秀是个好伢,前途远大,心碧这副样子,配不上他,不能耽误人家伢!"蒋仲之捻着胡子想了想,说:"这是大事,可要跟仙芝商量?"陈依玄摇摇头,说:"回头再跟她说。"蒋仲之点点头,说:"依玄,你是明白人,这样做利人利己,我也赞成,只怕仙芝不一定同意呀!"陈依玄说:"仙芝的话由我来说,说明白了,想必她能同意!"蒋仲之说:"也好!"

二人又说了一会话,蒋仲之告辞,陈依玄送到岗下。蒋仲之正要上洋车,突然又转过身来,说:"瞧瞧我,还有件事差点忘了,刘半汤从河南老家来了,说一定要见你一面!"陈依玄说:"我怕是走不开,心碧,离不开我!"蒋仲之咂咂嘴,甚是惋惜,说:"刘半汤这人不错,好不容易来一趟,不见怕是不太好。"陈依玄想了想,说:"好!等心碧醒了,我把她送回家,让仙芝看着。"蒋仲之笑了,说:"好久没一起喝几杯了,今晚一定要好好热闹热闹!"陈依玄点点头,正要转身,只听蒋仲之又说:"晚上在共和楼,不喊鞠元,就我们仨!"

刘半汤这趟来脂城,一是为治病,一是为谋生。病还是老毛病,在老家河南吃了不少药,没有见效,熬得越来越重。至于谋生,却是迫不得已。自从前些年离开脂城回到老家,刘半汤诸事不顺。先是父母先后亡故,接着家里一些薄产又被不争气的儿子吃喝嫖赌败霍精光,他那苦命的老伴气得一命归西,自己的老毛病也犯了。眼看着在家乡日子没法过,这才借了些盘缠到脂城来求助。

一顿酒只喝到五成上,三个人的话都让刘半汤一个人说了。许是上了岁数,心里积事太多,又一路车马劳顿,刘半汤已是半醒半醉,絮絮叨叨,老奶奶似的,尽说车轱辘话。好在事虽多,却不杂,陈依玄和蒋仲之总算听得明白,只好放下筷子倾听。蒋仲之跟刘半汤岁数相近,心灵容易相通,早被刘半汤打动,不停地拍着刘半汤的肩膀,陪着一唉三叹。这些年,陈依玄心里也攒了不少苦处,又没处说,这时候被刘半汤的叹息勾出来,便低下头来,暗自伤感,自不用提。

这时候,蒋仲之打断刘半汤的话,说:"老刘,当初我老蒋有言在先,你为脂城百姓出过力,只要用得着我的,我一定鼎力相助。今晚没外人,当着依玄的面,我老蒋撂下一句话,只要你老刘愿意,往后的日子我包了!"刘半汤自然感动,双泪流下,嘴唇哆嗦,说:"有你这一句话,我心里舒坦多了。不走了,这把老骨头就埋在脂城了!"说着,起身要给蒋仲之作揖,蒋仲之忙起身扶他坐下,免不了又一番感叹。刘半汤说:"老蒋,虽说我上了年纪,可也不能坐吃等死,况无事可做也着急。想来想去,还得寻个事做才好。"蒋仲之问:"你可有打算?"刘半汤说:"说起来也没什么打算。不过,凡事得量力而为,我这把年纪,大事情做不了,有个小事做就好。"蒋仲之揉了揉脸,说:"这样,你就在共和酒楼管账房可好?"刘半汤马上把身子一车,连连摇头,说:"不!不!不!这事太大,担不起责任不说,我也不在行!"蒋仲之又说:"那就到澡堂去卖牌子吧。"刘半汤又摇头,说:"我这辈子最怕跟钱打交道,这活我也干不了!"蒋仲之想了又想,一拍大腿,说:"干脆到我家去,给我家两个伢做私塾先生吧!"刘半汤一听,马上拱手道:"老蒋,如今都是民国了,时兴新学,我肚子里这些陈货早馊了,拿不出手,可别耽误孩子的前程!"蒋仲之犯了难,眉毛抓着,一时没主意。

陈依玄在一旁听着,一直没有说话,这时候突然道:"今年我在南乡滩里摆了几十箱蜂子,正好没人看!"声音不大,却字字真切。没等蒋仲之缓过来,刘半汤忙上前抓住陈依玄的手,说:"好!正合我意!"蒋仲之笑了,点点头,说:"这倒是个好事。看蜂子不累人,闲来无事,又能四处看看风景,正好养老!"刘半汤也连连称是。蒋仲之说:"依玄,老刘到你那去,所有开销都由我付!"陈依玄手一挡,说:"他为我做事,让你出钱,外人晓得还不骂我!"蒋仲之说:"既然这样,你退一步,我让一步,你我各认一半!"陈依玄脸一拉,说:"没有这个道理,老刘是我请去帮忙的,又不是吃闲饭。退一万步说,就算吃闲饭,我也管得起!"蒋仲之脸涨得通红,说:"照你这么说,我什么忙也没帮上,那我说过的话,岂不等于放屁嘛!"刘半汤夹在中间,早已坐立不安,赶紧站起来,冲二人拱了拱手,说:"二位,你们的诚意,我老刘心领了,今生今世,永志不忘。要是为这事抬杠,我老刘的脸真没处放了。要不这样,我到依玄那里看蜂子,活一天,吃他一天,等到我死了,后事就拜托老蒋了。二位以为如何?"这话一说,老蒋先笑了,说:"好!就这么定了!"

接下来,三人又喝了几杯酒,说了一会儿话,不知不觉,就说到刘半汤的病上来了。刘半汤早些年曾得到过陈依玄给他的偏方,在脂城时吃了管用,回到老家却不见效了。陈依玄看了刘半汤的舌苔,又问了刘半汤的症状,然后把脉,之后说了句:"不管用就对了!"刘半汤一愣,说:"依玄,药可是按你给的方子抓的!"陈依玄说:"一方治一病,偏方也不是万金油。你现在的病变了,病变方也要变!"刘半汤一听,吓得嘴直哆嗦,忙问:"可厉害?"陈依玄说:"再不治就没得治了!"一句话,把刘半汤和蒋仲之都吓得目瞪口呆了。

刘半汤老毛病出在小便上。四十岁前后,刘半汤不慎染上膏淋症,小便频急,混浊不清,白如米泔,稠如膏糊,上沫如油,便时刺痛。陈依玄当年给他断为气虚肾亏,湿浊下注,膀胱宣化失司之故,开的方子是参照《丹溪心法》中的"萆薢分清饮"所定。在当时,此方对症,自然效果甚佳。可是,刘半汤回到河南后,家中事故频发,操劳过度,以致夜眠不安,神疲乏力,病情转化成尿浊症。膏淋与尿浊同中有异,尿痛者为淋,不痛者为浊。所以,除原方外,要辅以滋肾通关丸,合方共治。又因刘半汤年高气坠,陈依玄又考虑加入益气健脾的黄芪、白术、山药等,以补益中气。

陈依玄开好药方,又劝慰刘半汤一番。之后,酒罢宴终,刘半汤跟蒋仲之一起回蒋宅暂歇一晚,转天再去香炉岗上。陈依玄别了蒋刘二人,独自回家。

此时,不过二更,仙芝的房里还亮着灯。陈依玄打门,老沈开了门,仙芝听到响动,便隔窗发问。陈依玄应了一声,便朝仙芝的房里走去,走到门前,见心碧已经睡了,随口说道:"她睡了才安稳!"仙芝哼了一声,说:"伢本来就孬,你又照死下猛药,还能有好?!"陈依玄不跟她抬杠,说:"到书房来,有事跟你讲。"仙芝说:"什么要紧的事,在这不能说?"陈依玄说:"一两句话说不清,别吵了伢睡觉。"说罢,转身先自走向书房,点亮灯,仙芝这才跟着来了。进了书房,陈依玄关上门,仙芝嗞地笑了,一声长叹,说:"咱们这两口子,难得这样!"陈依玄没接这话茬,指了指椅子。仙芝坐下,道:"有事就说吧。"陈依玄低下头,看着脚下,一口一口往外喷酒气。仙芝急了,说:"真肉!半夜三更的,让人家来闻你的酒气呀!"陈依玄摸了摸耳朵,软塌塌地说:"我让老蒋把亲退了!"仙芝似乎没听清,把头伸过去,问:"什么?"陈依玄又说:"我让老蒋把亲退了!"仙芝听罢,翻了翻眼,说道:"老酒吃多了吧,满嘴胡话!"陈依玄抬起头来,盯着仙芝的眼睛,板起脸,说:"我没喝多,这事我考虑好些天了,也跟老蒋说过了。回来跟你说一声!"仙芝腾地站起来,大叫:"你糊涂啊!"陈依玄示意她小声,接着说:"我这样做是为心碧好!"仙芝脸色蜡白,眼泪也出来,咬着牙道:"放屁!"陈依玄依然镇静,说:"你想想,毓秀和心碧,放在一起合适吗?不合适吧!既然不合适,心碧嫁过去,能有好日子过吗?在自己娘家,心碧有个一差二错,都能包涵,要是嫁到婆家,人家还能包涵吗?不包涵,就会给心碧气受,到时候看着更心疼!况且,心碧一拿不起针线,二下不了厨房,自身不顾,怎能做好媳妇?所以……"仙芝上前狠狠地推了陈依玄一把,说:"不要说了!"说着,摔门而出。陈依玄跟上来,仙芝又推他一把,说:"回你的香炉岗去!从今往后,心碧的事不要你管!"

陈依玄呆呆地站在廊下,看着仙芝进了房,熄了灯,接着听见仙芝嘤嘤地哭。仙芝一定伤心,这一点陈依玄晓得,但是陈依玄更明白,自己的做法是对的。因晓得仙芝的脾气,一时怕是无法说通,陈依玄想了想,便出了门。本来,陈依玄想马上回香炉岗去,走到西津路口,越想越觉得退亲的事得抓紧,不然仙芝一旦闹起来,事情就不好办了,到时候害的还是心碧。想至此,便暗下决心,转天再催老蒋一回,以防有变。

此时三更已过,去往香炉岗的路上,早无人迹,更有灯火,偶尔一两声狗吠,还躲在杂草深处。正走之间,忽觉身后有一个身影跟着自己,于是便放慢脚步,等那身影近了,只听那人轻轻咳了一声。陈依玄以为是熟人,正要打招呼,却听那人轻声问道:"请问可是陈先生?"陈依玄一听声音陌生,便答道:"是我。"那人突然一把抓住他,附在他耳边说:"跟我来,有事相谈!"陈依玄顿时脊梁处冒出冷汗来,却不敢作声,乖乖地由那人牵着,来到西五里庙一处偏僻的破草房前,推门进去一看,原来灯下还有一黑衣人等候在那里。黑衣人起身迎上来,说:"陈先生,没吓着你吧!"陈依玄定睛一看,这人有点眼熟,一时记不起姓甚名谁,正这时,只听黑衣人说:"不识得了?我,西津渡贩沙的李家,老三!"陈依玄一下子想起来,原来是李家老三,笑了笑,问:"老三,多年没见,一时记不得了。半夜三更的,找我有什么事?"李老三说:"韩团长派我们来找你!"陈依玄一时摸不着头脑,问:"哪个韩团长?"李老三说:"北伐军第七军先遣团,韩尚文团长。"陈依玄这才恍然大悟,记起李老三早年跟着韩尚文入了青皮帮,忙问:"尚文现在哪里?"李老三轻声道:"现在不能讲,不过,不久你就能见到他!"陈依玄还想多问,李老三掏出怀表看了看,说:"我们悄悄回脂城,是为了搞侦察,任务完成,得连夜坐船走。话不多说,韩团长给你一封信,看了自然明白。"说着,递过一封信,陈依玄接了,见上面的字迹,果然是韩尚文的手笔。再抬头时,却见二人已快步走出门外,不多时便没入沉沉夜色之中。

第三十五回　一封信依玄解心结
　　　　　　两家媒半汤逞能耐

　　陈依玄十多年来有两个的心结，一是鞠平在外过得如何，另一个是韩尚文在外混得如何。如今这两个心结被韩尚文的这封信一一化解了。韩尚文的信写得很长，估摸足有万言，字迹放纵，一气呵成。能看出来，韩尚文在执笔之际，有好多话想说。

　　韩尚文带人携枪逃离脂城后，先上了蜡烛山。那里是青皮帮的地盘，有人有枪，日子倒也能过，只是迟迟跟在广东高就的张姓老表联系不上，按打听来的地址，写去多封信，均无回音，这样一过就是五六年。说起来时间不长，可是韩尚文却受不了了，见局势平静，便悄悄下山，去省城暗中寻访。那位远房老表家本在城省经商，一打听才晓得，人家几年前就把生意挪到上海去了，具体在上海什么地方，都说不准。就这样一连去了好多趟，皆无音信，只好又回到山上。韩尚文是个牛性子，认准一条：只要房子在，就能等到人。等到了年根上，韩尚文又悄悄去了省城，索性在附近租房住下来。左等右盼，大年过后，还没见人，眼看快到清明，韩尚文料定，人可以搬家，祖宗不能不认，总归要回来祭祖的。于是又等，可偏偏清明过了，也不见人。韩尚文又急又闷，一个人跑到饭馆，要了一盘红烧螺蛳，借酒浇愁，一斤酒喝下，便携着醉意回去歇了。不承想到了后半夜，肚子死疼，接着上吐下泻，本来粗粗壮壮的人，不过两个时辰便折腾得脸色焦黄，软面条似的。等到天明，实在撑不住，便去附近找郎中，郎中问明原因，料定是吃螺蛳中毒，不敢接手，劝他赶紧找西医，说吃西药来得快。韩尚文只好又雇了车，来到江边的教会医院,一进门便捂着肚子大喊:"来人!来人!"话音刚落,从里面走出一个护士,将他扶进来,让他好生等着。韩尚文哪里等得,便说:"小大姐哎,我实在受不了了!"那护士一听,扑哧一声笑了,说:"听口音你是脂城人吧!"韩尚文正受折磨,冲她一句:"脂城人怎搞,不带害病啊!"护士不恼,还是笑,说:"不急哟,这就去喊个医生来,还是你们脂城老乡呢!"韩尚文哪管老乡不老乡,摆着手道:"快去吧!"护士一去,不一会儿,便来了一个医生。韩尚文抬头一看,觉得眼熟,再一看,叫道:"鞠平!"鞠平这时也认出韩尚文,不免慌张,忙问:"你怎么在这里?"韩尚文说:"出来办事,不小心吃坏了肚子!"鞠平马上问明病因,开了药,又亲自取了药给韩尚文服下。因药对症,又适当加了量,到了后半晌,韩尚文的病就止住了。

人到中年,陈依玄早就洞明,人间悲欢,往往就出于一个"巧"字。可韩尚文信中所言,更是巧中之巧。那一天,韩尚文的肚子止疼,脑瓜子开始翻腾起来。在蜡烛山上那几年,韩尚文不敢进脂城,也没心思打听脂城的闲事,鞠平离家到省城求学一事,并不晓得。此番一见,顿时觉得神清气爽,当天就约了鞠平一起吃饭,鞠平也不拿搪,爽快地应了下来,并邀韩尚文到她家里去。韩尚文一听鞠平有家,心里凉了半截,只好硬着头皮答应了。来到鞠平的家,一进门见到一个伢,五六岁的样子。鞠平对那伢说:"小摩西,喊舅舅!"韩尚文一愣,鞠平又笑着说:"你算娘家人,按脂城的规矩,伢该喊你舅!"韩尚文的头嗡的一声,半天才说:"这伢是……"鞠平随口说:"我家伢!"韩尚文不吭声了,直到吃完那顿饭,韩尚文也没说过几句话。送他出门时,鞠平主动说:"我家小摩西才六岁,认得好多字呢!"韩尚文忙道:"伢聪明!"接着又说:"怎没看见伢他爹?"鞠平叹口气,说:"伢没爹!"韩尚文一愣,虽不好再问,倒也摸透了鞠平的现状,心里又渐渐温暖起来。

从那以后,韩尚文在省城的日子不再焦急,等不着人的时候,便去看鞠平。对鞠平谎称在省城做买卖,鞠平也不多问,依然有说有笑。慢慢地,韩尚文也晓得了鞠平的情况。来到省城后,由安牧师介绍,鞠平在女师读书,生下伢后,便转到教会医院做护士,因以往有些基础,加上好学勤学,很快转为实习医生。就这样,转眼就是多年。

很快到了端午节,那家远房亲戚终于回来了,韩尚文终于打听出那位老表的下落。原来这位老表在广州从军后,颇受陈将军的器重,派他前往日本学习军事两年,回国后被陈将军委以重任,如今已升任师长。这个消息让韩尚文大喜,当天便买了第二天晚上的船票。临行前,约鞠平和小摩西一起吃饭,吃过饭,又一起去照相留念。

陈依玄虽说没有看见那张照片,可以想象他们三人在一起的样子。正是怀揣那张照片,韩尚文踏上了去广东的旅程。到了广州,顺利找到张师长。亲戚之间,没太多客套,韩尚文把来意一说,张师长大喜,说有人有枪,正是革命所需,速带人枪来,来了就给营长,过两年再提团长。韩尚文自然高兴,小住几日便回来带人。途经省城时,特意住了几天,把给鞠平和小摩西的礼物送去,也把广州的喜讯说了。鞠平为他高兴,破例陪他多喝了几杯,多少有点醉意。韩尚文酒壮英雄胆,旧话重提,把当年如何攀亲未成的事说了,鞠平只是呵呵地傻笑,说:"哪个让你有狐臭嘛!"韩尚文说:"依玄已给我治好了,不信你闻!"鞠平闻了闻,小摩西也闻了闻,都没有闻到。韩尚文突然低下头,叹口气,说:"可惜太迟了,治好有什么用!"鞠平不笑了,慢慢站起身,拉起小摩西就走。韩尚文追上去说:"鞠平,你说是不是太迟了?"鞠平说:"我也不晓得,回去跟伢商量商量,明个给你回话!"

转天,韩尚文一大早就起来了,紧走快赶到鞠平家门口,正要敲门,门却开了。鞠平闪身出来,轻轻带上门,说:"夜里跟伢说话太迟,让伢多睡一会。"韩尚文急得直搓手,问:"商量得怎么样?"鞠平抿嘴一笑,低下头,悄悄说:"伢说不迟!"韩尚文伸手要拉鞠平的手,鞠平一把挡开,说:"不过,伢说,男子汉要干大事才对!"韩尚文点点头,说:"鞠平,你放心,当初绑了安牧师逼你上山,我都没强迫你,如今我等得。等到我在广州站住脚,就来接你和小摩西!"鞠平点点头,说:"常来信!"

之后的事情,韩尚文在信中语焉不详,不过也蜻蜓点水,做了交代。韩尚文带着人枪,辗转到了广州后,在张师长手下做了营长。因多年来熟读兵书,又做过青皮帮的老大,韩尚文带兵自有一套,转过年来便被提为团长。任了团长后,韩尚文马上请假回了省城,鞠平说话算数,两人在教堂办了婚礼。第二年,小约翰就出生了。小约翰出生后,韩尚文把鞠平娘仨接到广东住了一阵,可是小摩西和小约翰不服南国水土,三天两头害病,鞠平只好带伢回到省城。去年,北伐誓师,韩尚文自然要带兵打仗。今年开春,北伐军连破数城,一路向北,势如破竹,眼看就要打到省城。韩尚文便写信给鞠平,让她速回脂城。因为一旦开战,省城必成战场。于是,鞠平这才回来了。

看到这里,陈依玄恍若大梦一场,原来鞠平一直躲他另有原因。不过,陈依玄是个明白人,不怨鞠平,也不怨韩尚文,只叹自己。这时候,陈依玄明白了韩尚文派人送这封信的用意,一是为了解释不是有意想夺朋友所爱,实为情之所至,两相情愿;二是写信可以把握轻重详略,有些话要比当面好说些。韩尚文果然粗中有细啊!不过,令陈依玄高兴的是,韩尚文信中还说,"小摩西这伢,随了陈兄的聪明淡泊,真诚善良,我韩某喜欢,必将他视为己出。为给鞠平在西门留个好名声,求陈兄千万不要认小摩西这个儿子。切切!"

陈依玄把信拿起来,一页一页伸向灯火苗,像上坟烧纸似的,一片片白纸,化为灰烬,轻轻飘落。看着看着,仿佛看见光阴埋没的那些旧事,恩怨情仇,千百思绪,纠结一起,如绞似煎,心头一颤,一汪眼泪禁不住流了下来。只是,不晓得这眼泪为何而流。

此时,几声鸡啼传来,抬眼一望,外面天光已白,林中鸟雀欢唱。陈依玄只觉得脑瓜晕晕乎乎,却没有一毫睡意,起身到岗上转一转,又到蜂箱处看一看,见天色大亮,便下了香炉岗,直奔蒋家。尽管这一夜让他仿佛经历了一生一世的坎坷,但要办的事,他依然记得清。一是找老蒋,让他赶紧去冯家退亲;二是把刘半汤接到岗上来,毕竟说过的话要兑现。倒不是非得要刘半汤看蜂子不可,不过是给他一个吃饭的借口。刘半汤混到这步田地,这辈子也不容易。其实想一想,哪个人一辈子容易?!

蒋仲之早起头一件事便是跑茅厕,蹲下身来长吁短叹。因上了年岁,蒋仲之添了便秘的毛病,进一回茅厕没有小半个时辰出不来,服了陈依玄给的方子,也不见大好。正在这时候,陈依玄来了。阿金是个急性子,隔着屋山,催他好几回。其实,陈依玄为何事而来,蒋仲之早已猜出八九分,心里也急。可人急屎不急,一毫办法也没有。

因怕阿金啰唆,蒋仲之无奈之下提腹收肛,草草了结。洗漱已毕,来到客厅,见陈依玄一脸憔悴,晓得他一宿没得好睡,便让他放心回去歇着。陈依玄不放心,又把事说一遍。这一说,偏巧让隔壁梳头的阿金听见了,披头大仙似的,捉着梳子过来问:"多好的亲事,为什么要退?这不是犯糊涂吗?"陈依玄又把理由一说,怕将来心碧受气吃亏。阿金说:"女子就是菜籽命,嫁哪长哪。心碧嫁到冯家,他还敢不给她一口饭吃?再说,两家离得近,冯家给心碧一毫气受,我们娘家人也不愿意!"阿金如今嘴碎,陈依玄也怕她三分,嘱咐老蒋几句,拉着刘半汤就要走。阿金不干,拦住他问:"这事大小姐可晓得?"陈依玄赶紧央求道:"阿金,这事你千万不能跟仙芝说,不然就砸了!"阿金好为难,说:"哎呀,这么大的事,不让大小姐晓得,到时候她来我家问罪,我可担不起!俗话说,宁掘百座坟,不拆一家亲。你让老蒋做这事,不是作孽嘛?话又说回来,我们有家有口有后人,可怕老天报应!"

本来,蒋仲之准备动身了,听阿金这么一说,顿时有些迟疑,说:"依玄,你看是不是缓一缓,跟仙芝再商量商量!"陈依玄说:"商量过了,就这么办!"阿金一旁听着,不好对陈依玄说不是,却对蒋仲之发威:"我跟你说,这伤天害理的事,你不能干。你要是去了,将来伢要有个好歹,我跟你算账!"蒋仲之左右为难,急得直咂嘴,说:"依玄,是不是你自己去说,反正不远,不过几步路。"陈依玄脸色本来煞白,这时突然变红,说:"蒋兄,你是媒人,跑一趟也应该!"阿金插话说:"媒人保成不保散,天底下都是媒人连亲,哪有媒人拆亲的!"陈依玄实在受不了了,瞪了阿金一眼,说:"好!这事不麻烦你们了!"说着大步走出去,刘半汤一旁拉也拉不住。蒋仲之很少见到陈依玄动怒,也觉得不妥,忙过来跟刘半汤一起将陈依玄拉回来。阿金觉到自己话多了,便噤了口,闪到一旁,紧给蒋仲之使眼色。蒋仲之晓得她的意思,挥手让她躲开。

陈依玄坐下来,不停地喘气,接着咳嗽,早有家人倒水来给他压了压,

第三十五回　一封信依玄解心结　两家媒半汤逞能耐

半天才平复下来。蒋仲之拉着陈依玄的手,一面为自己辩解,一面劝慰。一旁的刘半汤看不下去了,突然说:"依玄,这事我去办!"陈依玄和蒋仲之都看着他,只听刘半汤接着说:"反正我刘某这把年纪了,上头两个老人都走了,身边老婆子也没了,下面有个儿子也不争气,不怕报应!"陈依玄和蒋仲之还没说话,躲在门外的阿金听见了,忍不住又进来,说:"刘先生,你不怕报应倒罢了,你可能保心碧一辈子有好日子过?"陈依玄早就气不顺,腾地站起来,正要发火,蒋仲之忙把阿金推出门外。阿金一边出来,一边说:"好好好,我不多嘴,我去找大小姐说去!"说着,随手将头发一绾,一阵风似的去了。

陈依玄叹口气,说:"按说,我也可以去,可我有难言之隐啊!刘兄,马上就去,不然要乱!拜托!"说着一躬到地。刘半汤赶紧将他扶起,转身出门,蒋仲之一咬牙也跟出了门,走了几步,又被刘半汤拦住,说:"仲之,你别去,不然,阿金回来不好交代!"蒋仲之揉了揉脸,说:"好吧,你先去,万一不行,我再去!"

刘半汤走了之后,蒋仲之陪着陈依玄喝茶,有意将话题挪开,说些时新的话题,说着说着,就说到北伐的事上来。蒋仲之误打误撞,却把陈依玄的心又戳了一下。没待蒋仲之说完,陈依玄便低下头来,捂着脸伤心半天。正这时,只听门外有人说话,声到人到,仙芝跟着阿金气呼呼地闯进来,前脚跨进门,便大声喝道:"哪个敢拆了这门亲,我就跟他拼命!"陈依玄慢慢抬起头来,见仙芝头没梳,脸没洗,衣裳也没穿整齐,便淡淡地说:"你来搞什么?"仙芝说:"我来看看哪个敢作孽!"陈依玄晓得跟她说不通,赶紧把话题岔开,问:"你来了,心碧在哪,她可会乱跑?"仙芝说:"这不用你烦神,我把她锁房里了!"陈依玄一时找不出话来抵挡,只好由着她了。

正这时,门外又有响动,众人一起转过头去看,只见刘半汤火急火燎地进来了。见仙芝在场,刘半汤先是一愣,接着笑一笑。陈依玄用眼神示意,刘半汤果然老辣,一句话让大家都明白了。刘半汤说:"天生一对,地作一双。这两个孩子该是夫妻,谁也拆不开啊!"蒋仲之忙问:"怎么回事?"刘半汤坐下来,像升堂似的正了正衣襟,说:"鞠元不愿意退!还让我带话来,说喜日子择好了,就在这月二十八!"蒋仲之说:"不是玩笑?"刘半汤掏出一张红纸封,拆开递过来。蒋仲之接过来一看,上面果然写好了吉时良辰。众人都呆了,独仙芝长长松了一口气,撇了撇嘴,和阿金相搀着梳洗去了。

陈依玄站起身来,拉起刘半汤就走,蒋仲之送到大门外,一脸的愧疚。陈依玄本打算抄近路领刘半汤上香炉岗,有意从官仓巷向西,拐到福音巷。刚到巷口,刘半汤突然说换洗衣裳丢在蒋家,便折转回去讨。陈依玄只好停下来,靠墙根站着等他。这时候,远远地见一女子从福音堂走出来。巷子不宽,陈依玄低头想着心事,并没在意,突然听到一声:"玄哥!",便像被电了似的,打了个激灵。

在西门,叫他陈依玄"玄哥"的人,只有一个。这久违的声音,在他心底里早已蛰伏多年,只一刹那便苏醒过来。陈依玄慢慢抬头一看,眼前正是鞠平。鞠平怀里抱着一个伢,身边跟着小摩西。十多年没见面,突然逢上,远没有想象的让人激动,像昨个刚见过似的,平平常常。令陈依玄没想到的是,鞠平看上去似乎也很平静。

陈依玄有意立直身子,笑了笑,说:"听说你回来,没得闲过去看看!"声音很沉,略带沙哑。鞠平也笑了,说:"这不见面了吗? 一早去跟安牧师两口子讲事情,正要回家,在这碰上真巧。"陈依玄说:"巧!"一边说一边上下打量鞠平,果然如毓秀所言,鞠平变化不大,略显胖了,只是眼角多了皱纹,眼神也没了当初的清澈。于是说:"胖了一毫毫。"鞠平一下红了脸,身子一扭,把小摩西推到前面,说:"叫,舅舅!"鞠平有意把"舅舅"咬得很重,小摩西叫了声舅舅,转向鞠平说:"我见过这个舅舅,他是养蜂子的!"陈依玄想起韩尚文信中嘱他不要认小摩西,心里颇不是滋味,想笑却没笑出来。鞠平抚着小摩西的头,红着脸对陈依玄说:"一晃伢都这么大了。"陈依玄说:"我们老了,伢就长大了!"鞠平又把怀里的伢换只手抱着,说:"这伢才两岁,还有……"陈依玄打断她的话,说:"都晓得了。"低下头,顿了顿,接着说:"尚文给我来信了,前前后后,写了好长!"鞠平哦了一声,抿了抿嘴唇,低下头来不再说什么。陈依玄的手有些蠢蠢欲动,突然伸过去,摸了摸小摩西的头,说:"回吧!"鞠平抬起头,长长地看了他一眼,拉着小摩西正要走,陈依玄对小摩西说:"舅舅的蜂蜜可好吃?"小摩西点了点头。陈依玄说:"有空常来,舅舅教你养蜂子可好?"小摩西又点点头。

正说着,只见刘半汤拎着大包小包的东西,一步三挪地追上来。陈依玄挥了挥手,转身迎着刘半汤走过去。此时,日头已升过福音堂的尖顶,官仓巷里半明半暗,陈依玄扭头回望,鞠平领着小摩西,沿着巷子一边的荫凉,匆匆朝东去了。

第三十六回　毓秀抗婚冯家大乱　凤仪归来风生水起

因凤仪的那封信,冯鞠元的心情突然好起来了。信中说,凤仪受杨乐山的委派,近日将回脂城,有事与他相商。至于什么事,凤仪信中称不便详述,须得面谈。以冯鞠元对杨乐山的了解,他之所以让凤仪亲自前来共商,想必不会是小事。平心而论,这些年,冯鞠元独自在官场里混,忍辱负重,茫然一片,加之偏居脂城一隅,早就看不清方向。此番凤仪到来,说不定会带来新的转机。一连好多天,每晚必去西津渡去看一看,盼着凤仪早点到来。

一夜大雨下得透彻,拂晓雨过天晴,空气清新,却带着一股子土腥。头天接到凤仪的电报:"明日抵脂"。冯鞠元一夜激动难眠,早早起来,草草吃过早饭,正要出门,却被奉莲横身堵住了,不用问就晓得还是为毓秀的婚事。自打冯鞠元自作主张定下毓秀与心碧的婚期之后,奉莲天天追在屁股后头吵,冯鞠元早打定了主意,答应了仙芝,又定下了婚期,哪里肯依。遇上这种时候,奉莲最大的本事就是哭闹,一把鼻涕一把泪,边哭边数落,说来说去,还是那几句话:"冯鞠元啊冯鞠元,你是猪油蒙了心,还是脑瓜子进了水?陈家托人来退亲,你还偏不退,非把自己的骨肉往火坑里推,安的是什么心?!"冯鞠元不睬她那一套,能躲就躲,躲不过就耗,任她闹去。可这一回,奉莲一不哭,二不闹,拉着脸挡在门口,说:"我再问你一回,退不退?"冯鞠元也没好脸子,回道:"喜期都择好了,退什么退!"奉莲二话不说,突然从袖子里亮出一把剪刀,直抵在自己颈子上,说:"冯鞠元,你要是不退这门亲,我就死给你看!"若是鞠平有这举动,倒让人害怕,冯鞠元晓得奉莲下不了狠手,突然笑了,抱着双手,说:"好!让我看看!"如此一来,奉莲倒愣住了,一时不晓得如何是好。趁这空当,冯鞠元打算挣着出门,可就在这时,毓秀摇摇晃晃地出现了。单看毓秀那张阴沉的脸,冯鞠元便晓得,这个门怕是不好出了。

说起来,毓秀早就晓得自己跟心碧定了娃娃亲,可他根本没当回事。莫说是他,在西门,任是哪个也都觉得心碧配不上他,这话说出来,怎么听都像是笑话。前些年上学的时候,也有同学拿这事跟他开玩笑,毓秀心里坦然,也不恼。可是前不久,突然听说冯鞠元把日子择好,马上要他娶心碧,毓秀傻眼了,当面跟冯鞠元理论起来。冯鞠元早准备好一套说辞回他,说:"你不是喜欢跟陈依玄在一起吗?不是喜欢放蜂子吗?不是要搞什么乡村建设吗?那好,跟心碧成了亲,你就成了陈家的女婿娇客,天天住那里,我也不管你!"毓秀说:"我喜欢陈叔又不是喜欢心碧,本来就是两码子事!婚姻是我自己的事,你凭什么包办?"冯鞠元说:"凭什么?凭你是我儿,凭我是你老子!"一句话把毓秀闷住了。论扯皮,毓秀自然不是冯鞠元的对手,回回都败下阵来。不过,冯鞠元晓得,这个不争气的毓秀不会罢休。

果然来者不善。毓秀上前把奉莲拉开,横身将门堵上,说:"我再说一回,这门亲事,我不干!"冯鞠元心里尽管打鼓,可架子还得端着,说:"你不干不行!我答应了,事就得办!"毓秀说:"你答应是你的事,跟我没一毫关系!"冯鞠元眼一瞪,说:"放肆!你是我儿,我是你老子,怎讲跟你没关系?!"毓秀说:"你是老子不假,可老子也不能包办一切。如今是民国,讲究婚姻自主,你堂堂一个县长,岂能不守国法?况且知法犯法,我可以告你!"这一句话把冯鞠元气得双手直抖,半天才说:"好你个孽种!"说着,随手抄起一根棍子,没头没脸地打过来。毓秀根本不怕,见棍子过来,不躲不闪,连挨三棍之后,大叫一声:"够了!"冯鞠元不睬他,举棍又打。说时迟那时快,毓秀伸手将棍子抓住,父子俩各执一端,像两位大侠似的,开始较劲。别看毓秀尚还单薄,毕竟少年之勇,又在盛怒之下,自然有一把子力气,冯鞠元几次想把棍子夺下来,满脸涨红,还是没有得逞。

奉莲在一旁吓得不轻,一时忘了哭闹,只犹豫片刻,便扑过去站在毓秀这边,帮忙夺棍子。若是毓秀一人,冯鞠元尚能抵挡一阵,母子二人齐上阵,不过两个回合,冯鞠元的棍子便脱了手。手中没棍子,冯鞠元大为恼火,折身回房四下寻武器,合手的没有,只好将就着拿一把鸡毛掸子来,举手又打。毓秀不跟他打,一手叉腰,一手执棍,左拨左挡,一一化解,冯鞠元舞得鸡毛乱飞,也不得近身。

正在这时,恰好鞠平从福音堂回来,一见这阵势,赶紧上前相劝。奉莲见有人助威,马上又哭闹开来,拉着鞠平来评理。鞠平晓得是为毓秀的婚事,上来就站在奉莲母子这一边,对冯鞠元说:"哥,要是别的事,我就不多嘴了,可毓秀一辈子的大事,我不能不说几句。这事是你做得不对,明明不合适,非要包办,到头来不仅害了我们家毓秀,还害了人家心碧!"冯鞠元孤立无援,一肚邪火正无处撒,瞪了鞠平一眼,道:"你少啰嗦,管好自己的事吧!"鞠平被呛得满面通红,却不退缩,说:"我的事自然我管,毓秀的事也要毓秀来管,这门亲不能结!"这话正对奉莲的心思,马上响应。冯鞠元举着鸡毛掸子,冲过来要打鞠平,鞠平忙躲,把怀里的小约翰吓得哇哇大哭。毓秀看不过去,上前使了一个绊子,冯鞠元踉跄一下,扑通一声趴在地上,鸡毛掸子也脱了手,飞出去好远。奉莲见惹了事,一边去扶冯鞠元,一边让毓秀赶紧走开。毓秀临走时撂下一句话,说:"爹,你要是再逼我,我就去登报,跟你断绝父子关系,我说到做到!"冯鞠元慢慢从地上爬起来,一手揉着膝盖,一手指着毓秀,咬着牙关说:"孽障!就是登报,你也逃不出老子的手心!"

那天,冯鞠元因跌破了膝盖,没有去县府办公,在家卧床生闷气。天将傍晚,冯鞠元一瘸一拐地出了家门,要了辆洋车去西津渡接凤仪。船准时准点,冯鞠元顺利接到凤仪,安排她在城里一家客栈住下,便一起去吃饭。凤仪见他走路一瘸一拐的,便问缘故。冯鞠元本想倒一倒肚子的苦水,但又顾及家丑不可外扬,便忍了,借口来时路上不小心跌了,倒赚了凤仪几许歉意。

在饭馆,二人边吃边聊,冯鞠元对凤仪和杨乐山的情况便有所了解了。自从在省城官场失势之后,杨乐山携凤仪躲到了上海滩,一边与人合伙办报,一边韬光养晦,等待时机,不承想这一等便是七八年。民国九年(1920)春,杨乐山偶遇一位多年未见的老朋友,相谈甚欢,无意中得知正在谋划成立共产党,参与政事。杨乐山本来对民国北洋政府一肚子不满,听说要组建新党参政,正中下怀,不惜出钱出力,谋划准备。民国十年(1921)夏,中国共产党成立,杨乐山和凤仪积极加入。眼下,国共合作北伐,凤仪带着组织的任务,回脂城开展工作。说起中共,冯鞠元虽不陌生,但也仅限于道听途说,其他不甚了了。不过,既然见多识广的杨乐山夫妇都加入了,想必中共自有其魅力。平心而论,此时的冯鞠元倒不在乎中共如何,在乎的是凤仪能不能带来新的转机。

因在上海生活多年,无论是穿着还是神态,凤仪看上去都要比过去更洋气,纸烟不离手,一支接一支,丹唇皓齿间,吞云吐雾,似乎烟瘾不小。等到过足烟瘾,凤仪问道:"鞠元,这年些,你这个县官大老爷做得如何?"冯鞠元听罢,苦笑摇头,说:"一言难尽啊!你也晓得,时下军阀的芝麻官不好当啊,没有靠山更难,要钱没钱,要权没权,要不是还落个名声,真是一毫意思也没有!"凤仪微微一笑,身子前探,悄声说:"如今军阀当道,你在这做个县长也没意思,不如加入中共,一起干一番大事业!"冯鞠元也把身子往前一探,问:"共产党给权给钱吗?"凤仪一愣,随即马上摇头,说:"眼下共产党给不了钱,也给不了权,但能给信仰!"冯鞠元问:"又是革命?"凤仪说:"是!"冯鞠元想了想,说:"辛亥那年,也是革命,说推翻清朝,革命成功,老百姓就能过上好日子,结果好日子没见着,革命成果都攥到那几个军阀手里,我们岂不是白忙?"凤仪说:"共产党就是要把军阀手里的革命成果夺回来,分给百姓!"冯鞠元低头沉思一会儿,又叹口气,说:"要我看,这事难!"凤仪说:"正因为难,才需要很多人一起做嘛!"冯鞠元又想了想,突然站起身来,说:"不早了,你一路辛苦,早些回去歇吧。"

凤仪也不勉强,先自起身往外走。冯鞠元走到饭馆门口,伙计追上来问:"冯县长,你挂在这里的账都大半年没结,老板让我问问你,什么时候……"冯鞠元摸了摸口袋,说:"跟你老板说,再宽限几天!"伙计说:"冯县长,老板说了,小本生意贴不起啊!"冯鞠元抓了抓耳朵,说:"晓得了,尽快!"

将凤仪送到客栈住下,冯鞠元独自回西门。本以为凤仪能带来好消息,没承想却是来劝他加入共产党。这些年,冯鞠元在官场里没混出什么大名堂,却有不少切实的心得,党不党无所谓,关键看主子,主子得力,官就好做。也就是那句俗话,不怕你不会,就怕站错队。如今依凤仪所言,共产党既不能给钱,又不能给权,加入了又有何用?还不是照样活受罪?

这么一想,冯鞠元顿时颇感失望。回到家门前,又不想进去,逡巡多时,便朝官仓巷蒋宅走去。此去不为别的,只为借钱。说起来,这已不是头一回找蒋仲之借钱了。多年来,虽说做了县官,冯家的进项并无多大改善,因交际多广,迎来送往,人情花费倒是添了不少,加之官俸不厚,又不能按时开支,常常入不敷出,寅吃卯粮。在旁人眼里,做了脂城县官,怕是一肥缺,冯鞠元又不能说不是,只好强作欢颜,打掉牙齿往肚里咽。也曾想从哪里捞些油水,补贴家用,可想来想去,却找不到合适的下手机会。奉莲是女人家,不管挣钱的事,却管花钱的事。前两年,奉莲一直唠叨,眼看毓秀一天天长大,在后院再起一幢房子,冯鞠元也觉得应该,却一直没余钱。奉莲身子不好,一直想寻个用人来帮手,可是算一算一年下来要不少钱,便作罢了。为此,冯鞠元始终觉得对不住奉莲。话又说回来,若仅仅是家里困难也就罢了,县里办公也常常缺钱,按省里规定,县里设有三个科,一个科两个人,可是就是这几个人,常常连喝茶的钱都没有。按说,脂城本是个富庶之地,可是近年来到处打仗,捐税年年涨,全都要交到省里,县府没沾着一点油水,却落了不少百姓的怨言,纵使浑身是嘴,却没处说理去。

来到蒋家,见院里亮着灯,敲门半天,却无人应。冯鞠元索性大喊两声,这才有用人来开门,进去一看,原来蒋仲之在陪阿金打麻将,为凑人手,连老妈子也上阵了。见冯鞠元来了,老蒋很高兴,忙拉他坐下打两圈。冯鞠元晓得阿金打麻将有瘾,这一遭躲不过,只好坐下来。本来,冯鞠元对打牌没有兴趣,心思飘着,手气也背,两圈下来,一牌没胡,却让阿金赢个痛快。最后算账,冯鞠元把双手一摊,说:"老蒋啊,你得先借钱给我,我才能给阿金结账。"蒋仲之说:"牌桌上的账,有钱算账,没钱就烂了!"冯鞠元说:"牌桌上的账也是账,愿赌服输,该认就认。况且,你不借我钱,我的日子也过不下去了!"蒋仲之明白了,问:"要多少?"冯鞠元说:"这一回怕是要不少。一是外头的账,零零星星,算下来也不少;二是马上要给毓秀办喜事,少不了花钱,你多拿些吧!"蒋仲之听罢没有吭声,看了看阿金。本来,阿金听说借钱,脸上不高兴,待听说是为给毓秀和心碧办喜事用钱,马上笑了,说:"这钱得花,我这就给你拿去!"

已过三更,冯鞠元从蒋家借钱回来,见自家院里还亮着灯。进门一看,灯光是从鞠平的房里传来,侧耳一听,里面好不热闹,像是在商量事情,于是悄悄走过去看,刚走到窗前,不小心绊到一只盆,哐当一声,里面马上安静下来。冯鞠元怕落个偷听的名声,马上咳嗽一声,奉莲先走出来查看,冯鞠元问:"三更半夜不睡,叽咕什么呢?"奉莲说:"没什么!"冯鞠元晓得问不出名堂,也不多问,先自回房歇着了。

一夜无话。转天,冯鞠元早早来到县府,忙完手头的杂事,便打算去安排办喜事的事项。眼看喜期即将到来,该办的还没办。按说,这事由奉莲来张罗最合适,可奉莲反对这门亲事,根本不睬他,只好自己亲力亲为了。正要出门,忽然听门房来报,有人找,隔着窗子一看,是仙芝,赶紧让人请进来。

仙芝进来并不坐,直接走到冯鞠元的面前,把一个红绸子包裹放在桌上,说:"这些钱你拿去用!"冯鞠元往后一闪,说:"你这是搞什么?我不缺钱!"仙芝说:"早上,阿金到我家串门,说你昨晚去她家借钱了。"冯鞠元也笑了笑,说:"一时手头紧,过一阵就好了。钱你拿回去!"仙芝说:"这钱是给毓秀办喜事用的。"冯鞠元说:"给毓秀办喜事,是我家的事,怎么能用你家的钱?!"仙芝说:"给毓秀办喜事,也是给心碧办喜事,这钱怎么不能用?"冯鞠元说:"我家是男方,男方娶亲就该花钱,这是规矩,没有用女方钱的道理!"仙芝说:"规矩也是行出来的,不是一成不变的。心碧嫁过去,让你们冯家吃亏了,我心里一直过意不去!"冯鞠元一听,立马拉下脸来,说:"仙芝,你要这样说,这钱更不能要!毓秀跟心碧的亲事,有婚约在先,好歹都是伢的命,谈不上哪个吃亏占便宜!"说着,便把钱塞给仙芝,仙芝不接,冯鞠元随手把钱扔过去,当啷一声,钱掉在地上。仙芝弯腰把钱捡起来,说:"鞠元,你别误会。我不是要拿这钱买你的人情,只是一片心意。我晓得,别说是这些钱,就是一座金山银山也抵不上伢一生的幸福!这些年,你的情况我晓得,千头万绪的,本来就不容易,如今还要为钱作难,不值得!话又说回来,钱是什么东西?钱就是花的,不花要它做什么?你别犟,也别多想,就算这钱是我借给你,可好?"

　　冯鞠元低下头来,半天不语,仙芝把钱放在桌上,转身出门,他竟也不抬头望一眼。

第三十六回　毓秀抗婚冯家大乱　凤仪归来风生水起

第三十七回　喜期将至毓秀逃婚　兵临城下尚文发难

就在喜期前两天，毓秀跑了。

给毓秀出这主意的不是别人，正是鞠平。当时，鞠平提出这主意，毓秀同意，可奉莲没点头。毕竟母子连心，毓秀虽说十八九岁，又生得人高马大，可在奉莲眼里，还是个伢，舍不得让他一个人出门。可如今冯鞠元跟毓秀业已闹僵，父子俩都跟犟驴似的，一个不让一个。若是不跑，依冯鞠元的脾气，毓秀这个亲非成不可，不然，一家都不得安生。思前想后，掂来量去，万般无奈，奉莲也只好赞成，只是心里跟猫抓着似的。

因要离家独闯世界，毓秀非常兴奋，骚狗子似的蠢蠢欲动，心早就野了。尤其听鞠平把外面的世界描绘得精彩处处，更是心向往之，急不可耐，恨不得抬腿就走。俗话说穷家富路，出门总得盘缠，荷包空着，出门是会受屈的。冯家这些年日子过得紧巴，奉莲没存下积蓄，从前倒是有一笔私房钱，平日里零敲碎打，加上自己这个药罐子，早都贴进去了。鞠平多年在外，又带着两个伢，手头也没活泛钱。韩尚文在广东将将得势，平时供娘儿仨生活，倒没问题，大钱也是没有的。奉莲急了，要把娘家陪嫁的金银首饰拿去当了，毓秀不干，说那陪嫁的物件，孬好都是传家的宝贝，哪能随便当了？就算自己出门讨饭，也不能拿去换钱。奉莲再没有别的法子，急得直抹眼泪。鞠平倒是沉着，说："我去借！"

在西门，有闲钱的人家有，可是跟冯家有点关系，能张口借钱的却不多。鞠平要去借钱，有两个去处，一是福音堂的安牧师两口子，二是去蒋家找阿金。按鞠平的心思,头一个想到的是找安牧师两口子。多年来,鞠平没少麻烦他们,如今再去找他们借钱,于心不忍。这样一来,只好去找阿金了。奉莲听说鞠平要找阿金借钱,吓得不轻,马上说:"阿金是仙芝的人,让她晓得不得了!"鞠平说:"嫂子,你当我是孬子,还能跟她说让毓秀跑?!"奉莲晓得自己话说得多余,马上赔个不是,这才放下心来。

来到蒋家,见了阿金,鞠平就把借钱的事说了。因念旧情,又是头一回,阿金当即答应了,接着随口说:"前天晚上,你哥鞠元来借钱,说是办喜事用,你这回借钱是做什么?"鞠平听罢,马上顺着她的话茬说:"我哥娶儿媳,我娶侄媳。我这当姑的,不能不表示心意。"阿金开玩笑说:"那是那是,你是姑,娶侄媳可得做大方些,不然往后回娘家,没人接着,说不定还唤狗咬你呢!"鞠平也笑,说:"就是。我还是趁早把回娘家的路铺平了,把狗也喂熟了!"

二人有说有笑,看上去倒也其乐融融。阿金嘴碎,正好鞠平送上门来,自然有说不完的话。鞠平心里急得焦干,却不好意思催她拿钱,只好赔着应付。阿金从鞠平怀里接过小约翰,一边逗着一边夸,还把小约翰跟自己的两个伢比。鞠平赔着笑脸,一来一往应答,免不了要把阿金家的两个伢夸赞一番。突然,阿金附在鞠平耳边问:"这伢他爹是做什么的?"鞠平也不惊讶,淡淡地说:"扛枪的!"阿金惊得眼睛嘴巴都圆了,一惊一乍地说:"啊哟,原来你靠上了大树呀!"鞠平笑了笑,说:"算不上什么大树,不过是个团长。"阿金说:"团长是大官啊!这么大的官,你怎么还缺钱?"鞠平说:"远水不解近渴,我在这里,他在广东,山高水长的,一时周转不过来。"阿金点了点头,问:"他是哪里人?"鞠平说:"你认得的。"阿金又瞪圆了眼,指着自己的鼻子,说:"我,我认得?"鞠平却很平静,说:"你认得!"阿金低头想了一会儿,说:"我认得的人,也就是西门方圆左右的,当兵的,真想不出是哪个?你说!"鞠平拍了一下阿金的小胖手,笑着说:"还是这老毛病,打破砂锅纹(问)到底。今个我就不说,急死你!"阿金拉住鞠平的手,央求道:"鞠平,跟我说嘛。你看看,伢都抱上了,还有什么不好意思说的!"鞠平轻叹一声,正色道,说:"阿金,别问了,过一阵,他就回来,你一见自然晓得!"阿金撇了撇嘴,便不再追问。鞠平站起来,说:"时候不早了,赶紧拿钱来!"阿金这才想起,笑道:"瞧瞧我,只顾说话,差点忘了正事。你要多少?"鞠平说:"你要是不怕我赖账,就多拿些,三十块大洋吧。"这个数目让阿金吃了一惊,说:"喝喜酒,要行这么重的礼?"鞠平说:"娘家就这一个亲侄子,礼轻拿不出手!"阿金咂咂嘴,一边去取钱,一边说:"乖乖!团长太太就是有底气,说话邦邦硬!"

　　鞠平借钱回来,奉莲已把毓秀的行李包袱收拾妥当。这时,天刚擦黑,趁着冯鞠元还没回来,奉莲和鞠平一起送毓秀到西津渡搭船。毓秀此行,路线是商量好的。因南方正在打仗,鞠平让他一路向北,直奔北京城,先投奔鞠平的一个朋友孙小姐。孙小姐原在省城教书,后来随夫迁到北京。那孙小姐笃信基督,跟鞠平是结拜姐妹。鞠平写了一封信,让毓秀带上,信中一再恳求孙小姐多多关照,并请孙小姐帮忙给毓秀联系,投考一所大学,这样方才放心。

　　来到西津渡,船尚未开,站在栈桥边,奉莲拉着毓秀的手,一边抹眼泪一边叮嘱,保重身子,慎交朋友,小心说话之类的车轱辘话。毓秀低头听着,早不耐烦,也不吱声。鞠平也免不了叮嘱几句,让毓秀只管发愤,考上大学,到时候由她来供养,一切尽可放心。毓秀发誓,一定不辜负姑姑的一片苦心,争取混出个模样回来。

　　正在这时,突然听见有人叫:"鞠平。"三人忙转脸去看,灯火之下,只见陈依玄正从栈桥走上岸。奉莲当即吓得不轻,赶紧把毓秀拉到暗影里,挡在身后。鞠平倒是平静,问:"玄哥,你这是从哪块回来?"陈依玄隔着栏杆,有气无力,说:"前几天,有几箱蜂子生了毛病,本想去南京买些药,半路上遇到打仗,又跑回来了!"鞠平说:"是北伐军吗?打到南京了?"陈依玄点点头,说:"听说马上就要打到脂城来了!"鞠平说:"可是真的!"陈依玄说:"怕是!"奉莲这时碰了碰鞠平,意思不让她多说,鞠平也晓得,可是陈依玄似乎很想说说,便从栏杆外跨过来,于是便看见躲在暗处的毓秀,问:"毓秀,大包小包的,你要出远门?"毓秀没吱声,奉莲赶紧说:"马上要办喜事,我让他去省城买些东西!"陈依玄点了点头,说:"去买东西,又不是卖东西,待不上几天,这大箱子小包袱的,不嫌麻烦!"奉莲一时无言以对,更为慌张。陈依玄似乎看出名堂,叹口气,走上前对毓秀说:"男子汉大丈夫,趁着年轻,以事业为重,其他的都可以放一放!"说罢转身走开了。

陈依玄走后,奉莲刚刚松了一口气,突然一拍大腿,说:"不得了,依玄看出来了,他回去一说,毓秀怕是走不成!"鞠平说:"不会!"奉莲说:"怎么不会?"鞠平说:"他能看出来,回去不一定说!"奉莲问:"你怎晓得?"鞠平说:"我猜!"毓秀说:"不管他,反正马上就要开船了!"话音才落,只听一声笛鸣,奉莲也不再唠叨,直把毓秀往船上推。毓秀上了船,鞠平挽着奉莲,站在岸边望着船慢慢远去,不免也伤感一回。

且说冯鞠元当晚因商量应对北伐军,耽误些时候,回到家已是三更。北伐军打过来已成定局,有人主张跑,有人主张和。冯鞠元想来想去,还是留下来,走一步看一步。北伐军伐的是军阀,与一个小小县官有什么关系。做了十多年的县官,冯鞠元自认为一没瞒上欺下,二不贪赃枉法,除了欠一屁股烂账,什么都没有。凭他什么军来了,总得讲理,不能把他怎么样。再者,喜期业已定下,还要给毓秀办喜事。这是冯家的大事,一毫不能马虎。

累了一天,又有这么多事烦神,本想洗洗歇了,可一进门发现情况不对。原本毓秀挂在外屋的衣裳不见了,门后柜子里的两双鞋也没了踪影,再到毓秀的房里一看,各样日常应用的东西一概不见了,当下便明白大事不好。于是,匆匆过去问奉莲。虽然熄了灯,躺在床上,奉莲心里总是惦着毓秀,根本睡不着。冯鞠元猛地推门进来,把奉莲吓得一惊,赶忙点灯。冯鞠元一脸的愠色,问:"毓秀呢?"奉莲低下头,说:"不晓得。"冯鞠元大叫道:"衣裳鞋子都不见了,你一个大活人在家,怎么会不晓得? 说实话,他到哪去了?"奉莲见瞒不过,索性说:"跑了!"冯鞠元一听,火气更大,一把将奉莲拉起来,问:"跑哪去了?"奉莲说:"三更半夜死叫,嗓门大有理啊?! 伢上北京去了,正在路上,你看着办吧!"说罢,一口吹了灯,倒头便睡。冯鞠元听罢又急又恼,又将奉莲拉起来,说:"你给我说清楚,这是哪个的主意?"许是下手重了些,奉莲疼得直叫,一边挣扎,一边说:"是我的主意!"冯鞠元说:"就你,头发长见识短,怕是想不出这主意来。我问你,是不是鞠平出的主意?"奉莲还是一口咬定:"是我！这事跟鞠平没关系！"越是这么说,冯鞠元越是不信,于是丢下奉莲,来到厢房,一脚踹在门上,叫道:"鞠平,你给我起来！"

鞠平带着两个伢睡得正香,一下被惊醒,听出是哥哥,晓得必是为毓秀的事来问责,赶紧披衣下床来开门。冯鞠元一见,二话不说,将她拉到堂屋,又把奉莲喊来,摆出审问的架势,说:"你们两个听好,毓秀跑了,是哪个出的主意?"奉莲抢先说:"是我！"冯鞠元不睬奉莲,又说:"我再问一遍,是哪个的主意?"鞠平慢慢地往前一步,说:"是我！"冯鞠元听罢,点点头,呼地站起来,冲上去就要打鞠平,奉莲正好站在二人中间,见势不好,一头顶过去,正中冯鞠元的小腹。冯鞠元没有防备,哎哟一声,捂着肚子坐在了地上。奉莲趁空将鞠平推出门外,把门闩上,发了疯似的指着冯鞠元说:"冯鞠元,我跟你夫妻多年,忍你多年。往常事事都依你,可伢的婚事我不能依。毓秀是你儿,也是我儿。我让伢跑,是为伢一辈子好。今个我倒要看看,你可能把我吃了！"

冯鞠元没有爬起来,坐在地上,低下头,一声不吭,霜打了似的,叹了一口气,突然说:"奉莲啊奉莲,你好糊涂！"说着,竟像娘们似的,呜呜地哭起来。

农历四月二十八,毓秀和心碧的喜事没办成,北伐军却打来了。北伐军第七军二师先遣团如同包包子似的,不紧不慢,有褶有皱,将脂城团团围住。原驻扎在脂城北门外吴山庙小营盘的守军和县团防不敢抵抗,闻风而逃。没费一枪一弹,脂城拿下,北伐军省了事,百姓也免得遭殃,倒成就一桩好事。团长韩尚文率部驻扎下来之后,先不急于见鞠平和两个伢,命人到县府送去劝降书,并命县长冯鞠元前来见他。冯鞠元本打算去见,可一打听才晓得是韩尚文率部围城,当即气得双手直抖,说什么也不愿去。韩尚文也不好惹,一怒之下,命人将冯鞠元绑到军营来。

因一路打杀过来,韩尚文人瘦毛长,更显得邋遢,眼珠布满血丝,眼角嵌着两粒眼屎,豌豆似的,一脸的连鬓胡子如同猪鬃,乱得没有头绪。冯鞠元见了,也不惧怕,一副大义凛然。韩尚文先围着冯鞠元转了一圈,然后让人给他松了绑,待左右退下,这才关上门,眯着眼笑了笑,说:"冯大县长,老话说三十年河东,三十年河西。如今不过十多年,河东河西就分明了。想当年,你怕是没有想到会有今天吧!"冯鞠元也笑了,说:"韩团长,你想搞什么就直说吧,还绕什么弯子!"韩尚文挠了挠胡子,说:"我记得,冯县长你不是急性子,如今怎么变了?看来官场真是害人,好端端把一个人都改了啊!不过,我想搞什么,你心里大概也清楚吧。"冯鞠元说:"你麾下有兵,手里有枪,要杀要剐,悉听尊便!"韩尚文哼了一声,说:"北伐军是正义之师,是讲道理的,或杀或剐,要看你犯了多大的罪,到时自有发落。这事先不谈,依我看,先谈谈你我的过去吧。"冯鞠元冷笑一声,说:"韩团长,不提过去也罢!当年你卷走枪支,带走人,早有备案,这笔账还跟没你算呢!"韩尚文听罢,哈哈大笑,说:"我的冯大县长,这笔账你怕是不能算了。当年你们联手把我架空,逼我出走,我要是不带走人和枪,早叫你等把我给做了,也就没有今天!你可晓得这叫什么?这就叫命!这个命,是革来的,所以也叫革命!"说到这里,韩尚文冲着墙拐子,大声吐了一口痰,接着换了口气,说:"鞠元,不是我说你,当年一起读书时,你就太老实,老实人是不能革命的,就算进了革命队伍,也不会成功!"说到这里,走过来拍了拍冯鞠元的肩膀,问:"携枪带人,连夜逃走,要是你,你敢吗?"冯鞠元翻了翻眼,说:"我不敢,更不会。因为那叫无耻!"

韩尚文一听这话,脸马上冷下来,说:"什么叫无耻?当年,为了做官,你和老蒋等人一起孤立我、排挤我,那不叫无耻?"冯鞠元说:"当年没有哪个排挤你,都是上头的安排。你也好好反省自身的毛病,一心只想掌权!"韩尚文说:"这话让你说对了,我就是想掌权。男人嘛,手里没权,那还有什么意思?!"冯鞠元摇了摇头,说:"韩尚文啊韩尚文,你真变了!"韩尚文说:"不是我变了,是这世道变了,而你又不变,所以才看不懂!"冯鞠元连连拱手,说:"好好好,你我不要再费口舌了。如今你就说要把我怎么样吧!"韩尚文说:"把你怎么样,还要调查之后再论。从现在起,只好委屈你在这里住下来了!"冯鞠元说:"随你!"韩尚文点点头,冲门外叫了声:"来人!"两个士兵走进来,一边一个,架起冯鞠元就走。

韩尚文看着冯鞠元的背影,笑了笑,狠狠地吐了一口痰,这才命人去西门接鞠平娘儿仨。鞠平爱干净,韩尚文自然晓得,赶紧洗漱更衣。不多时,鞠平带着两个伢来了,一家人见了欢喜自不用提。不过,待随从走开后,鞠平马上板起脸来,悄悄问:"听说你抓了我哥,可有这回事?"韩尚文点点头,鞠平说:"赶紧把他放了,我嫂子在家哭得泪人似的!"韩尚文摇了摇头,鞠平问:"为什么不放?"韩尚文说:"放不放,我说了不算,要看他的表现。北伐军有军法,得按军法办!"鞠平说:"照你这么说,他还活不成了?"韩尚文说:"有可能!"鞠平腾地一下站起来,说:"我哥那人你也晓得,就是脾气犟,虽说做了多年穷县长,不坑民不害人,辛辛苦苦,没有功劳也有苦劳吧?"韩尚文说:"身在军中,我也是不得已而为之啊!"鞠平说:"我且问你,你们一路打过来,都是这么办的?"韩尚文点点头,说:"一路杀了好多县长!"鞠平听罢,愣了愣,突然冲上前拉住韩尚文的衣领子,说:"你要是敢杀他,我就跟你拼命!"韩尚文突然哈哈大笑起来,捏着鞠平的鼻子说:"瞧把你吓得!哎呀,毕竟还是一奶同胞亲啊,你不恨他了?"鞠平说:"我恨不恨他是我们兄妹的事,外人不能把他怎样!"韩尚文说:"我还算外人?"鞠平捶他几下,说:"你就是!到现在我还没跟我哥嫂说我嫁给你呢。"韩尚文说:"说不说都一样,早迟都会晓得!"鞠平说:"既然这样,你还不赶紧把他放了!"韩尚文有些为难,说:"那不行。先得关他几天,不然不能服众!"鞠平想了想,点点头,说:"自家人,不能让他受委屈!"韩尚文说:"那还用说!"鞠平不放心,说:"我要去看看!"韩尚文说:"好,我陪你去!"

韩尚文陪鞠平来到关押处,冯鞠元正坐在墙角生闷气。鞠平上前叫声哥,冯鞠元抬头见鞠平抱着伢来了,以为是韩尚文把她抓来,腾地站起来,大声喝道:"韩尚文,你还是男人吗?你跟我的过节,要杀要剐随你,不要把我妹和伢牵扯进来!"韩尚文听罢,哈哈一笑,也不多说,伸手从鞠平怀里把小约翰抱过来,一边逗小约翰,一边指着冯鞠元说:"小约翰,这个人是哪个?"小约翰刚刚会说话,嘬了小嘴,说:"揪揪(舅舅)。"韩尚文说:"伢真乖!那告诉舅舅,我是哪个?"小约翰咧嘴一笑,说:"爹。"韩尚文说:"听不清,大声说!"小约翰攒足劲,大喊:"爹!"韩尚文美美地应了一声,又在小约翰的脸蛋上亲了两口。冯鞠元早就一头雾水,看了看鞠平,又看了看韩尚文。鞠平把小约翰抱过来,说:"哥,尚文是他爹!"话音刚落,只见冯鞠元顿时两眼发直,摇一摇,晃三晃,扑通一声,倒在地上。鞠平吓得大叫,韩尚文倒是冷静,掐住冯鞠元的人中。不一会儿,冯鞠元便醒过来,有气无力,嘴唇像烫着似的,不停地哆嗦,说:"你,还有你,都给我滚!"说罢,满眼汪泪,伤心之状,自不用提。

转天,韩尚文安排好军务,带上鞠平和伢以及一排警卫,到香炉岗拜访陈依玄。一哨人马,浩浩荡荡,好不威风。因晓得陈依玄看不惯权势,烦他摆势子,来到蜂场外,便命警卫排停下,分散在周围保卫,只带着鞠平和两个伢一起进了蜂场。陈依玄听到动静,早就出了棚屋,站在门前树下观望,瘦长的身子,像株竹子似的,看上去让人心疼。小摩西眼尖,腿脚也趯,率先跑上前去。陈依玄上前迎了两步,韩尚文正好到了跟前,一把将陈依玄抱住,大喊一声:"依玄兄,我好想你啊!"一句话,说得陈依玄双眼都湿了。

在门前树荫下各自落座,鞠平带着两个伢坐在一起,韩尚文挨着陈依玄坐,一手拉着陈依玄,一手搂着他的肩,不管不顾,说了好多感叹的话,让人插不上嘴。趁他喝茶的工夫,陈依玄淡淡地说:"尚文兄,你的信我收到了。"说罢浅浅一笑,意味深长。韩尚文盯着陈依玄的眼睛,一句话不说,紧紧握着陈依玄的手,仿佛千言万语,尽在其中。这时候,小摩西跑过来,缠着陈依玄带他去看蜂王。鞠平说大人正在说话,伢们不许胡闹。小摩西不干,死缠不放。陈依玄便站起来,带着小摩西去看蜂王。小约翰本来坐在鞠平怀里玩,听说要看蜂王,马上嚷着也要去。陈依玄随手从鞠平怀里抱起小约翰,一手拉着小摩西,朝蜂场去了。那时候,日头已上中天,透过斑驳的树荫,一大两小的身影,一路走着,显得和美。鞠平看着有些着迷,韩尚文看了看鞠平,鞠平也看了看韩尚文,二人目光碰了碰,便各自挪开了。

此时,香炉岗上樟树女贞花香正浓,阵阵袭人。鞠平触景生情不免忆起往事,心里涌起淡淡的忧伤。因韩尚文就在眼前,怕他看出不妥,便闭上眼将心中的念头驱赶。没承想事与愿违,那念头却固执得很,像生了根似

第三十七回 喜期将至毓秀逃婚 兵临城下尚文发难

299

的。韩尚文似乎并没在意鞠平,站起来四下观望,不时赞叹陈依玄的眼光,选了这么好的地方居住,也是福气。鞠平没接他的话,只把一方绢帕在手里揉来揉去,一时也停不下来。

　　恰这时,陈依玄领着小摩西和小约翰回来了,拿来一罐蜜,分给小摩西和小约翰吃。小摩西高兴,话也多,偎在陈依玄身边,问这问那,那份亲近自不用提,看得韩尚文眼馋。韩尚文不停地搓手,突然对鞠平说:"瞧瞧,我们家小摩西跟依玄兄有缘啊,不如让他认依玄兄做干爹吧。"这话听起来是说给鞠平听的,其实是给陈依玄传信息。鞠平笑了笑,说:"那当然是好事,只是不晓得人家可嫌弃!"陈依玄笑了笑,说:"这个干儿子我认了!"韩尚文哈哈一笑,说:"那好,按脂城规矩,今个就摆酒设宴,把这事定了!"鞠平却说:"酒宴就免了,就在这里,让伢当面磕头改口算了!"韩尚文摇摇头,说:"这是大事,还是按规矩来。我要让脂城人都晓得,我们家小摩西,成了依玄兄的干儿子!"正说到这里,小摩西突然跑到鞠平面前,问:"妈,你们说什么呢?"鞠平说:"让你给依玄舅舅当干儿子,你可愿意?"小摩西反问:"要是认了,往后我能天天来看蜂王吗?"鞠平怕是没有料到这话,一时语塞。韩尚文接过来答道:"当然可以,只要你愿意!"小摩西点点头,吃了一勺蜜,望着陈依玄说:"干爹,好甜!"说罢一笑,一双细长的眼睛眯成一条缝了。

第三十八回　因旧故仲之遭讹诈　被释放鞠元害大病

韩尚文率部占领脂城之后，蒋仲之本想去拜见，可是听说他将冯鞠元关了起来，便不敢去了。相识多年，蒋仲之晓得韩尚文的脾气，讲义气，也记仇。当年他和冯鞠元一起排挤韩尚文，韩尚文心里一定记着一笔账，如今他把冯鞠元关了起来，怕是对自己也不会客气。接下来，小摩西认陈依玄做干爹，韩尚文摆酒设宴，脂城有头脸的人差不多都请去了，唯独没有请蒋仲之。不请倒也罢了，酒宴也没摆在蒋仲之的共和大酒楼，偏偏选在吴兴记酒楼。共和大酒楼属脂城酒家之首，脂城名流办大事都在此。韩尚文选在吴兴记，怕是有意而为。蒋仲之自忖大事不好，只好坐等观望。

这一天，蒋仲之突然接到韩尚文的请柬，邀他去军营共议军事。买卖人不知兵不晓阵，为何要邀我去商议军事？难道是场"鸿门宴"？蒋仲之越想越怕，晓得这一劫怕是躲不过。这该如何是好！当晚，辗转反侧，唉声叹气，搅得阿金也睡不安。不过，阿金倒是沉着，说："拽直不如抻直，敬酒不吃还等着吃罚酒？邀你去你就去，还能把你吃了？况且，过去多年的事，人家未必放在心上，就你自己吓唬自己。要是真记仇，早派人把你抓去，跟冯鞠元一样关起来，还犯得着给你下请帖?!"其实蒋仲之也想到这一层，只是心里没底。经阿金这么一说，也只好如此。

在生意场上混迹多年，蒋仲之晓得，不管好人歹人，见面有礼，情补三分。转天一早，蒋仲之特意备了几坛酒和几斤茶。酒是脂城当地封缸米酒，茶是当年明前新茶，都是能拿得出手的好东西。出门前，蒋仲之心里发虚,跟阿金把后事交代一番,搞得好像生死离别似的。阿金看不惯,嗔道:"不就见个团长嘛,看把你吓的!"蒋仲之无奈一笑,便坐上洋车,去见韩尚文。

韩尚文部驻扎在老县衙,为了车马方便,拆了围墙,另开了一道门。门前守卫荷枪而立,煞是威严。蒋仲之来到近前,呈上请柬,卫兵看过放行。来到院内,不远处又有第二道岗,卫兵又看了请柬放行,再往里走是第三道岗,卫兵看了请柬,这才引他来到韩尚文的团部门前。蒋仲之正想抬腿进去,却被卫兵拦住,让他在门外等候。卫兵进去通报,蒋仲之只好乖乖地等候。说实话,三道岗下来,蒋仲之心里开始扑腾,不禁暗自捏了把汗。如今韩尚文有人有枪,大权在握,自然得罪不起。但愿他能念及当年的情谊,放自己一马。蒋仲之站在门外的日头下面,额头出了一层汗,手心里也潮乎乎的。等了约有半个时辰,里头还没动静。蒋仲之觉得情况不妙,小腿不禁发抖。

就在这时,卫兵出来通报,让他进去。蒋仲之脚下发软,揩了一把汗,扶着门框迈进门,抬头看见一个背影。虽说穿着军服,扎着皮带,单从那副宽厚的腰身,还能认出正是韩尚文。蒋仲之向前挪了一小步,亲切地叫了声:"尚文!"韩尚文没有动,蒋仲之又叫了一声,韩尚文还是没有动,蒋仲之明白了,赶紧改口,说:"韩团长,一向可好!"话声才落,韩尚文果然慢慢转过身来,并不起身,嘴角挂着笑意,冲蒋仲之点点头,说:"蒋老板,一向可好?"蒋仲之忙说:"托团长的福,一切照旧。"韩尚文做了个请坐的手势,蒋仲之就近在旁边的椅子上坐下,只放了半个屁股,身子前倾,一副谦恭。韩尚文命人上茶,之后就把他撂在那里,自顾自地擦那把锃亮的手枪,里里外外,格外仔细,好像把玩心仪的物件。蒋仲之本想寒暄几句,再把带来的酒和茶奉上,见人家不正眼看他,只好把话咽了回去,心里越发不安起来。

终于,韩尚文把枪擦好,装进枪套,站起身来,走到蒋仲之面前。蒋仲之往后缩了缩,不敢看韩尚文。韩尚文突然说:"蒋老板,最近生意如何?"蒋仲之如实答来,说:"虽不及往年,日子尚还能过。"韩尚文听罢,嘿嘿一笑,话锋一转,说:"蒋老板,今天请你来,有一事相求啊!"蒋仲之忙说:"韩团长尽管吩咐,只要我老蒋能办的,一定尽力!"韩尚文说:"蒋老板,你是脂城商会会长,又是大老板,这个事你一定能办!我部一路北伐至此,人倦马乏,各样军需不足,请蒋会长出面募些钱粮,你看如何?"蒋仲之听罢,面有难色,一时没有回答。韩尚文似乎不急不躁,坐下来,随手拔出枪来,又开始擦,一下一下,颇有耐心。蒋仲之寻思一番,晓得这事不办不行,便说:"韩团长吩咐的事,我老蒋尽力去办!只是……"韩尚文突然插话,说:"北伐大计,战事紧张,有劳蒋老板从快为好。给你三天,两万大洋!"蒋仲之还想说什么,韩尚文突然把枪往桌子上一拍,说:"蒋老板,我还有军务要处理,恕不多陪。三天后,我会派人跟你联系!"说罢,转向门外喊道:"送客!"蒋仲之不敢多言,只好灰溜溜地出来。

　　出了军营,蒋仲之长叹一声,晓得这回遇上麻烦了。按说,以他商会会长的面子,凑一笔钱来,应该没有问题。但问题是,韩尚文只给三天,还要两万大洋,这就是逼人啊!不过,明明晓得是逼人,还是得办,不然,就韩尚文那脾气,肯定没好果子吃。蒋仲之回到家,把前后经过跟阿金说了,接着就是唉声叹气。阿金说:"不要紧,我找鞠平去!"蒋仲之忙拦住,说:"找鞠平也没用,姓韩的有人有枪,根本不认人。他连鞠元都敢关,还把哪个放在眼里?!"阿金想了想,说:"那怎么办?难道非得让姓韩的逼得跳河!"蒋仲之叹口气,说:"跳河还不至于,不过他交代的事要办。韩尚文那东西一向手黑,不然,日子不得好过!"说着,就往外走。阿金心疼他,让他吃过午饭再去,蒋仲之摇了摇头,说这事不办好,什么也吃不下。

　　蒋仲之来到商会,从柜子里取出花名册,仔细查看,脂城内外大大小小几百家商户,真正能拿出钱的并不多,统共不过二十来家。就这二十来家,每家拿出百十块大洋怕是不作难,一下子拿一千块大洋,估计够呛。至于那些小商小贩小铺子,赚的都是血汗钱,让他们拿钱也不忍心。就算他们愿意,能出个十块八块就不错了,就这还不晓得到猴年马月才能兑现。这么一算,缺口不小,蒋仲之急得挠头,把花名册揣上,去找商会副会长吴子炎。吴子炎是吴举人的长子,年轻有为,经营的吴兴记酒楼和鸭油包子享誉脂城,名声并不比"馋秀才"小多少。论起来,在脂城的大小商人中,蒋仲之最看好的就是吴子炎。此人脑瓜灵光，为人活络，主意也多。蒋仲之一直想寻机与其合作，去年二人曾商量合伙开一家钱庄，后因打仗，事情便撂下了。

　　来到吴兴记，正赶上上客，蒋仲之嫌吵，又怕碰上熟人，便让跑堂的把吴子炎叫出来。跑堂的认得蒋仲之，不敢怠慢，马上去了，不一会，吴子炎乐呵呵地走过来，说："蒋老板，进来尝一尝鸭油包子吧。"蒋仲之摇头，一把将吴子炎拉到街角僻静处，把韩尚文交办的事一说，吴子炎听罢不仅不惊，反而微微一笑。蒋仲之说："你晓得了？"吴子炎摇摇头，看着蒋仲之半天，说："不可能吧。"蒋仲之说："怎么不可能，前脚从他那出来，后脚就来找你了！"吴子炎又把蒋仲之看了看，说："昨个韩团长把我们几个叫去，叙了半天，说的都是如何让百姓安居乐业，不许给商户添麻烦。对了，韩团长还拍胸脯说，北伐军是正义之师，绝不扰民，违者军法从事。至于要钱的事，一个字也没提啊！"蒋仲之说："跟你没说，可跟我说了。三天，两万大洋军费，分文不能少！"吴子炎低下头，看着自己的脚尖，想了想，说："蒋老板，你是兄，我是弟，有几句话不知当说不当说。兵荒马乱的，脂城这些商家赚点钱不容易啊！你是大老板，不能什么钱都想赚，你说呢？"蒋仲之明白吴子炎误会自己的意思，忙说："子炎，你以为我想趁火打劫，发战争财？你把我老蒋当什么人了？"吴子炎说："晓得你蒋老板不是那种人，要不然，大家怎么会选你当会长呢！"蒋仲之有口难辩，还想解释一番，吴子炎不想听，借口店里忙，转身就走，走了几步，又转过头来，说："蒋老板，有空来吃包子！"

　　蒋仲之被撂在那里，愣了半天，慢慢回过味来。难怪吴子炎误解，原来韩尚文早就下好套子，逼我老蒋往里钻啊！蒋仲之不禁倒吸口冷气，狠狠抽了自己两巴掌，暗骂："蠢蠢蠢！"不过，此时蒋仲之倒觉得轻松许多，不就是要钱吗？我给！韩尚文啊韩尚文，你堂堂一个团长，麾下有兵，手里有枪，要钱就直接说嘛，我老蒋岂敢说不给，何苦跟我玩兵法呢！这是三十六计里的哪一计？借刀杀人还是趁火打劫？是笑里藏刀还是欲擒故纵？是釜底抽薪还是假道伐虢？要我看都不是。你这一招，三十六计里没有，名字叫公报私仇！

车过西门城门洞,忽听有人喊,蒋仲之抬头一看,陈依玄拎着东西正朝西走。蒋仲之忙让车夫停下,跟陈依玄打招呼,说:"依玄,进城了?"陈依玄亮了亮手里的东西,说:"心碧嘴馋,吵着要吃包子。看你愁眉苦脸的,有什么事吧。"蒋仲之本来想把韩尚文设计害他的事说一说,话到嘴边又咽下去了,改口叹道:"早上被狗咬了一口!"陈依玄信以为真,说:"狗咬也不是小事,回头我给你开个方子,服三天就好!"蒋仲之说:"好,得闲我去讨。"陈依玄说:"我先走,不然包子凉了腥!"蒋仲之说:"赶紧回吧。"

　　回到家,蒋仲之把事情一说,阿金又急又气,跺着脚抹泪。蒋仲之说:"别气了,气坏了身子自己吃亏。他要钱,咱给!"阿金说:"又不是仨两个小钱,两万块大洋还不得把家底掏空了?!"蒋仲之说:"平安是福,保命要紧。先把共和大酒楼抵给钱庄,至少也能值一万块大洋。家里现洋,都拿出来凑一凑。"阿金说:"家里只有千把块,还差好大一截,哪里填补?!"蒋仲之说:"我去借!"阿金说:"张嘴就借,这一大笔,找哪个借?"蒋仲之说:"在脂城,如今我老蒋只有去找依玄帮忙了!"阿金听了,又哭起来,说:"酒楼当了,家里空了,往后这日子还怎么过呀?"蒋仲之过去安慰她,说:"乡下还有两百亩水田,一年两季租子,日子还能过!"

　　当天晚上,蒋仲之提着灯笼上了香炉岗,来到陈依玄的住处,隔门听见里头有个女人在说话,仔细一听口音,是凤仪。凤仪如今是共产党,在脂城成立了共产党支部,组织农会,减租减息,一时搞得风生水起。有一次,竟把火烧到蒋仲之头上来。前几年,阿金鼓动他在脂城南乡置了两百亩水田,一起租给佃户耕种,一年午秋两季,坐地收租。如今农会大兴减租减息,一帮新老佃户,把蒋家团团围住,逼着蒋仲之就范。蒋仲之开始还不太情愿,凤仪出面一劝,也就想开了,减就减,总比没有强。不过,阿金可想不开,差点气个半死,亏得蒋仲之劳心费神地劝,慢慢心里才平和下来。

　　见蒋仲之突然来访,陈依玄以为是来讨治狗咬的方子,忙把配好的药拿来给他。蒋仲之不能说不要,只好接过来。陈依玄说:"老蒋,你来得正好,凤仪正在筹划成立脂城百业工会,你也帮忙出出主意!"蒋仲之说:"凤仪呀,你真闲不住,如今有个农会就够热闹了,还搞什么百业工会!"凤仪开

第三十八回　因旧故仲之遭讹诈　被释放鞠元害大病

玩笑地说:"蒋老板,百业工会成立后,再有行业上的不公,我们可就不客气了。虽说是老朋友,到时候可别怪不给面子哟!"蒋仲之一脸苦笑,连连拱手,说:"别说是百业工会,就是万业工会我老蒋也赞成。反正,从今往后我也不是老板了,跟百业万业的也不搭界!"陈依玄笑道:"老蒋,别在凤仪跟前哭穷,人家又没说要共你的产,看把你吓的!"凤仪也笑,说:"就是,难道你蒋老板想加入我们无产阶级?"蒋仲之正色道:"这回真要破产了,所以才来跟依玄借钱救急啊!"陈依玄忙问:"怎么回事?"蒋仲之叹口气,说:"一言难尽,找机会再说。赶紧拿钱吧!"

冯鞠元被关了十天,县长的位置早被人顶替。接二连三的事故,仿佛几记闷棍,将人高马大的冯鞠元放倒,大病一场。奉莲前前后后服侍,辛苦自然难免。因为韩尚文关了哥哥冯鞠元,鞠平一直觉得怪对不住的。如今冯鞠元病倒,吃了安牧师给的西药,也不见好转。鞠平就跟嫂子奉莲商量,找陈依玄来看看。冯鞠元和陈依玄闹僵,多年不相往来,奉莲担心陈依玄不来。鞠平不信,说:"自古治病救人,不论恩仇,我看玄哥不会那么小气!"奉莲说:"那你去试试吧。"

鞠平把小约翰交给奉莲照看,牵着小摩西,出门去香炉岗。小摩西顽皮,听说要去找干爹,快活得直蹦,拉着鞠平直往前跑。母子二人来到西津路口,正赶上百业工会搞游行,大呼小叫标语口号,浩浩荡荡,一路朝西津渡去。鞠平看见凤仪在队伍里,本想喊她,又怕她听不见,便没喊。等游行队伍过去,后面过来一个人,不紧不慢的。小摩西眼尖,大叫:"干爹!"鞠平定睛一看,果然见陈依玄从城里方向不紧不慢地走来。小摩西从鞠平手里挣脱,边喊边跑,眨眼间就跑到陈依玄跟前,一下子把陈依玄抱住。陈依玄也高兴,将小摩西抱起来,在空中抛两下,逗得小家伙咯咯地笑。鞠平看着父子俩亲热,也笑,笑着笑着,不觉眼泪出来了,轻叹一口,赶紧揩干眼泪。

陈依玄抱着小摩西来到鞠平跟前,鞠平就把冯鞠元的病情说了,陈依玄皱了皱眉,没有吱声。其实陈依玄早听说冯鞠元放出来后就病倒了,本以为是惊吓郁闷所致,歇几天就好,没料到会越来越重。鞠平说:"玄哥,麻烦你去看一看,开个方子。"陈依玄还是没吱声。鞠平说:"晓得你们两个闹得僵,可毕竟曾经兄弟一场,你就伸伸手吧,救命要紧!"陈依玄点点头,抱着小摩西朝冯家走。小摩西不干,闹着去香炉岗看蜂王,鞠平吓他也不听,气得鞠平抬手要打。陈依玄赶紧护着,哄他说蜂王飞走还没回来,到了晚上才能见到。小摩西信以为真,这才安生下来。

　　来到冯家,鞠平隔着门帘喊了一声:"哥,玄哥来看你了。"陈依玄晓得这一声是给冯鞠元报信,好让他有个准备。话音才落,奉莲迎出来,挑帘将陈依玄让进房内。冯鞠元躺在床上,早没了往常的虎虎生气,明明晓得陈依玄来了,眼也不睁一下。陈依玄坐到床边,问:"觉得哪块不好?"冯鞠元没吭声,奉莲接过话来说:"一天到晚叫唤闷,心口疼!"陈依玄点点头,让鞠平把窗帘拉开,迎着亮光,只见冯鞠元嘴唇暗紫,面带青斑,眼圈乌黑,让他张嘴,又见舌面紫暗,如同吃了桑葚一般,再把脉,指下脉涩且弱,不禁一惊。鞠平和奉莲赶紧跟上来问病情如何。陈依玄慢慢站起来,先自来到外屋眨巴眨巴眼,半天才说:"真没想到鞠元也会得这病!"这句话一说,奉莲吓得脸色煞白,两腿直晃。鞠平忙问:"病得可重?"陈依玄点点头,说:"不轻!"奉莲一下子站不住了,双腿一软瘫在地上哭起来,边哭边说:"老天爷啊,伢在外头不得回来,家里他又病成这样,叫我一个女人怎活哟!"鞠平也顾不上劝她,追着陈依玄问:"可能治?"陈依玄想了想,说:"试试瞧吧。"

　　冯鞠元确实病得不轻。陈依玄断定是血瘀,此症多因长期七情郁结,气虚不运所致,气滞血瘀,百病丛生。治此症宜行气疏血,以通为补。陈依玄引用明代太医龚廷贤《寿世保元》中的"利气丸"方子,嘱鞠平去药房抓药,及早服下。鞠平不敢怠慢,马上就去办。陈依玄还不放心,又嘱咐奉莲:"药只能治病,不能治命,鞠元心里想不开,神仙也没法子。多劝劝他吧!"奉莲千恩万谢,送他出门时,说:"鞠元那犟脾气,你别跟他一般见识。"陈依玄淡然一笑,说:"不会,病人嘛!"

　　从冯家出来,日已西坠。陈依玄不禁感叹,人生如戏,人人都要演一出,由不得自己,至于演个什么角儿,却是自己的事。远的不说,西门这些人,哪个不是如此?冯鞠元、蒋仲之、韩尚文、鞠平、杨乐山、凤仪,等等等

第三十八回　因旧故仲之遭讹诈　被释放鞠元害大病

307

等,包括自己。往后的戏怎么唱,哪个晓得呢?

正走之间,忽见心瑶怀里抱着一摞书,正从礼拜堂巷子里一蹦一跳地出来,两条小辫子来回甩动,煞是可爱。陈依玄看着心里宽敞好多,便停下来等她。心瑶十三四岁,已出落得亭亭玉立,玉人似的。从前年起,心瑶开始跟礼拜堂的安牧师和罗丝学英文。这是陈依玄的主意,仙芝不同意,说一个丫头学洋文没有用,再说将来也不能把她送到外国去。陈依玄不跟仙芝抬杠,带心瑶来到礼拜堂,让她跟罗丝学了几次。罗丝能说能唱,教得活泼,心瑶自然喜欢,天天要学。仙芝不让,她就闹,如愿才罢了。

陈依玄叫了声心瑶,心瑶听见,马上跑过来。陈依玄接过她怀里的书,帮她拍后背,让她喘口气。心瑶偎在陈依玄身边,小嘴说个不停。陈依玄笑眯眯地听,不停地点头。心瑶说:"爹,我有英文名字了,安牧师给我起的。"陈依玄问:"那好,叫什么?"心瑶说:"cherry!"陈依玄说:"琦蕊,好听!什么意思呢?"心瑶歪着脑瓜,说:"樱桃!"陈依玄笑了,捏了一下她的小鼻子,说:"好!我们家心瑶真像个小樱桃!"心瑶挽住陈依玄的胳膊,摇了摇,说:"对了,我请安牧师给姐姐也取了一个英文名字,叫 Angel!"陈依玄说:"安琪,这什么意思?"心瑶指了指天,双手又比画一下翅膀,说:"天使!"陈依玄明白了,没有吱声,拉着心瑶的手,说:"不早了,回家吧!"

陈依玄送心瑶回到家门口,仙芝正站在门口等候。心瑶缠着让陈依玄进来,陈依玄不放心心碧,要赶紧回香炉岗。仙芝说:"进来吧,自己的家,搞得像客人似的。正好有事跟你说。"心瑶吃吃地笑,陈依玄只好进屋坐下来,仙芝说:"迎秋,心瑶要升中学了,我不想让她在脂城上。"陈依玄说:"去哪?"仙芝说:"省城。我打听好了,钱也带过去了,托人在办。"照实说,这个主意陈依玄没有料到,不过却合陈依玄的心思。陈依玄晓得,没有不透风的墙,仙芝所以要带心瑶离开脂城,是因为心瑶渐渐长大,怕她听到风言风语,晓得自己的身世,到时候不仅大人难堪,孩子也受伤害。所以,陈依玄马上说:"好事!不管怎么说,省城比脂城大,出去也能见见世面。不过,伢这么小,一个人在外,总不放心!"仙芝说:"哪个不这样想呢。所以我过去陪她。正托人租房子。"陈依玄点点头。仙芝接着叹口气,说:"说起来,我陪心瑶去省城,倒是不放心心碧。那丫头……"陈依玄赶紧插话,说:"心碧你尽可放心,有我。"说着,站起身来,说:"眼看天黑了,我得赶紧回岗上去。"仙芝没再挽留,也不再说什么。

陈依玄回到香炉岗,吃过饭,服侍心碧睡下,想起心瑶说的洋名"天使",不禁阵阵心酸。因毓秀逃婚,心碧没有嫁出去,陈依玄怕她四处乱跑出洋相,就将她接回香炉岗,依然天天用药,让心碧吃了就睡,醒了就吃,如今长得白白胖胖,吹了气似的变了形。由心碧自然想到心瑶,一姐一妹,放在一起比一比,一个痴呆一个伶俐,真是天差地别。于是便更觉得对不住心碧了。

就在这时,外面一阵马蹄声脆,陈依玄赶紧出来,见三匹马已到眼前,借着月光一看,是韩尚文带着两个随从。三人下马,随从立在门外守护,韩尚文随陈依玄进屋。落座之后,陈依玄问:"这大晚上的,有事?"韩尚文说:"刚刚收到命令,明个我要率部北上,特来辞行!"陈依玄说:"这一去怕是要不少日子。鞠平他们娘儿仨一起走?"韩尚文说:"妇孺随军多有不便,他们留在脂城。往后,你还要多多关照!"陈依玄说:"那是当然,尽可放心。"韩尚文说:"听鞠平说,你去给鞠元看病了,情况如何?"陈依玄如实说来:"病不轻,但能治,只是心病求医不如求己,还得他自己想开才好!"韩尚文听罢,叹口气:"鞠元这人你也晓得,自小就想不开!实不相瞒,我们一路除掉不少军阀的县官,对他算是客气了。关他十天,一是公事公办,二来也趁机给他点教训!"陈依玄笑了笑,说:"鞠元的病不是一天两天就害上的,日积月累啊!"韩尚文说:"毕竟是同窗,你多费心,给他治一治,不然,鞠平也跟着操心着急!"陈依玄说:"尽管放心,自古以来,医家救人,不计恩仇!"韩尚文拍了拍陈依玄的肩膀,伸出一个大拇指。陈依玄只一笑,便去端来两盏茶,遂把话题岔开了。

吃了茶,韩尚文说:"依玄,还有件事拜托你。"陈依玄:"只要我能办,尽管说。"韩尚文说:"我逼老蒋拿出两万大洋,这事你可晓得?"陈依玄点点头。韩尚文得意一笑,说:"这老家伙真听话,我那么一说,他真办了,两万大洋,三天,一毫都不差,看来他家底不薄!"陈依玄本想说老蒋跟自己借钱的事,话到嘴边又咽下。韩尚文说:"辛亥年脂城光复后,为了争权夺利,他跟鞠元不顾情义,合伙排挤我,逼得我不得不离开军政府,当时把我气得杀他们的心都有。十多年过去了,如今想一想,真得感谢他们,要不然哪有我韩尚文的今天!"陈依玄晓得他们之间的恩怨,不便评论,只好一笑。韩尚文接着说:"其实,我并不想讹钱,就是吓唬吓唬老蒋。如今这口气也出了,心里舒坦多了!眼看明天队伍要开拔,所以我想把钱还给他。"陈依玄说:"尚文啊尚文,你把老蒋吓得差点没上吊!"韩尚文哈哈一笑,说:"这就对了,让他长个记性!"说着从口袋里掏出一张银票,说:"两万大洋,一分不少,都存在钱庄!"陈依玄看了看银票,说:"既然这样,你亲自还给老蒋不是更好!"韩尚文摇摇头,说:"切记!现在不能给他,要在他最难的时候给他!"陈依玄说:"那又何必?"韩尚文掂了掂手里的马鞭,诡然一笑,说:"老蒋钱心重,让他急一急,往后也许会淡泊一些!"

　　时候不早。韩尚文看了看表,起身告辞。陈依玄拿出两罐鲜蜜给他带上,留着路途消渴下火。韩尚文也不客气,跨上马,说声再会,便下了香炉岗。月光下,三人三骑,伴着嘚嘚的马蹄声,眨眼间便没了踪影。

【卷五】

第三十九回　鞠元初愈性情大变
　　　　　心瑶长大省城读书

　　服了陈依玄的几剂方子，又经一夏调养，冯鞠元的病情好转，入秋便停了药。害了一场病，如今冯鞠元仿佛脱胎换骨似的，性情大变，身上那股犟劲没了，一下子变软和了，尤其对鞠平娘儿仨随和许多。正因为冯鞠元变了，奉莲越发体贴，劝他不要一天到晚窝在家里，出门走走，腿迈开了，心里也敞亮。冯鞠元晓得这个道理，就是不愿意。还是鞠平看透他的心思，怕出门人家问这问那，惹他心烦，就劝他去学堂走一走。如今虽不是县官，还是学堂的股东。这个主意称了冯鞠元的心，于是常去天择新学走动，渐渐精神还原，气色生动起来。

　　为此，奉莲和鞠平都很高兴。人吃了亏，家和睦了，看来这场病害得值。姑嫂俩私下商量，寻个时机请陈依玄来家吃顿饭，一是感谢他给冯鞠元治病，二是缓和他跟冯鞠元之间的僵局。事情定下，奉莲把这意思跟冯鞠元说了，冯鞠元默认，于是由鞠平出面，果然把陈依玄请来了。一顿饭下来，虽不能说冯陈二人尽释前嫌，和好如初，至少面子上要比先前好多了。

　　自从冯鞠元被罢了官，冯家忌讳谈论时局政治，奉莲和鞠平大多说些家长里短，生怕什么话刺激了冯鞠元。这一天，一家人围在一桌吃晚饭。鞠平随口提及韩尚文来信，信中除了报平安，还提到时局，说国共两党如今闹翻了，上海武汉都在捕杀共产党，说不定脂城也要动手。奉莲怕冯鞠元不高兴，冲她挤眼，鞠平会意，马上不再提这事。没料到冯鞠元却突然追问："真有这事？"鞠平说："真有。报上也提到。"冯鞠元长吁一口气，说：

"看来要出大事了!"说罢眉头又皱起来。奉莲忙说:"管他大事小事,跟咱不搭界!不提这事,讲些别的。"鞠平突然想起什么,说:"一早上街,听说仙芝要带心瑶到省城上学,不晓得可是真的。"冯鞠元当即一愣,手上一抖,筷子差点戳进鼻孔里去。奉莲好打听事,追着问:"脂城现成的中学,穿州过府,大老远跑到省城搞什么?"鞠平说:"人往高处走,水往低处流。省城毕竟是省城,大码头自然有大码头的好处。"奉莲说:"那可不一定。远的不说,就说你吧,倒是在省城待好些年,如今不是又跑回来了?"本是话赶话,不曾想刺到鞠平的疼处,噎得鞠平半天没吱声。好在灯光不太亮,看不清鞠平的脸色。奉莲话说在兴头上,自然没在意,接着评价说:"仙芝自小被宠坏了,神一出鬼一出的,想到哪是哪,她自作主张,依玄能同意?"鞠平还没缓过来,自然不会接话,冯鞠元却突然打了一个嗝,说:"吃好了。收拾吧。"说着,起身离开饭桌,走到天井葫芦架下,倒背着双手,举头望天。

一轮明月刚好升上屋脊,在青瓦白墙上洒一抹清辉。葫芦架上浸了露水,湿答答的,躲在里头的秋虫唧唧地叫个不歇。冯鞠元转过身冲屋里说:"我出去转转!"奉莲正在收拾碗筷,忙问:"可要灯笼?"冯鞠元说:"大月亮照着,路不黑。"奉莲就说:"早回早歇!"冯鞠元已走到门外,说:"晓得了!"

往常,晚饭后冯鞠元也出来走一走,不是朝学堂方向,就是朝西津渡方向。学堂方向路短,西津渡方向路长。兴致好时去西津渡方向,兴致不好去学堂方向。这时,冯鞠元先朝学堂方向走,走了几步,又折回来,然后又折回去,如此徘徊几趟,最后朝陈家院子走去。

冯鞠元好久没有去过陈家。不是不想,是不敢,总觉得背后有好多双眼盯着。在病床上躺几个月,冯鞠元想明白了,一时之错,无法弥补,切不可一错再错。不然,心累啊!说起来,这一回去陈家,也是迫不得已,毕竟是心瑶的亲生父亲,仙芝要带心瑶去省城上学,他不得不去看一看。十多年来,虽说心瑶没有叫过他一声爹,可在心里他倒是以爹自居的。为了冯陈两家的名声,也为了心瑶将来做人,他和仙芝不敢让心瑶晓得这个秘密。其实,在脂城,晓得这个秘密的只有两个人,一个是陈依玄,一个是鞠平。好在这两个知情者都不会把秘密公开,他和仙芝的名声才得以保全。从这一点上来看,鞠平懂事,陈依玄厚道。

来到陈家,冯鞠元敲门,老沈开门,引他来到堂屋。仙芝正在收拾行李,包袱箱子摆了一地。见冯鞠元突然来了,仙芝先是一愣,接着便说:"这大晚上的,有事?"冯鞠元说:"听说心瑶要去省城读书,好久见不着,过来看看。"仙芝说:"有空也能回来!"冯鞠元说:"总不比在西门方便。"仙芝一笑,说:"方便有什么用,这么多年,天天在西门,也没见你来见几回!"冯鞠元听出这句话里有话,是在埋怨自己,便低下头,缓了缓,说:"你去陪着伢?"仙芝说:"伢还小,我不陪,怎放心!"冯鞠元说:"其实脂城也有中学,大老远去省城多遭罪!"仙芝说:"省城毕竟是省城,总比脂城要好些。再说,伢慢慢懂事了,早离开脂城为好,免得生出是非!"说着,瞟了冯鞠元一眼,只这一眼,冯鞠元便晓得仙芝的意思了。俗话说没有不透风的墙,有关心瑶的身世,瞒过一时,瞒不过一世,西门一带人多嘴杂,万一让心瑶听到不该听的闲话,里外都不好。想至此,冯鞠元轻叹一口气,说:"你辛苦了!"仙芝也叹一声,说:"本来就是苦命的人啊!"说到这里,冯鞠元突然觉得无话可说,起身要走。仙芝说:"你不是来看伢吗?没看着就走?"冯鞠元一阵干笑,又坐下来。仙芝冲着里屋喊:"心瑶,快来,鞠元大伯来看你了。"只听里屋一阵响动,不一会,心瑶便活泼泼地跑来了。

心瑶相貌身段都随仙芝,如今已有美人的韵致。冯鞠元看着,心里欢喜,脸上却不敢露出来。心瑶上前叫声大伯,冯鞠元只好端出大伯的样子来应承,本来想说的好多话,竟一句也说不出来了。仙芝说:"心瑶,快谢谢大伯,大晚上来看你!"心瑶上前谢过,马上便跑开,站在天井里问老沈:"我爹和我姐什么时候回来?"只听老沈说:"二小姐,别着急。小结巴去接了,过一时就到!"仙芝看了看冯鞠元,冯鞠元明白,起身回家去了。

冯鞠元回到家,小摩西和小约翰都睡了,奉莲和鞠平姑嫂二人坐在灯下说话。见冯鞠元进来,奉莲说:"转了这半天,怕是转到西津渡去了吧。"冯鞠元随口说:"就是。"奉莲说:"怕是累着了。"冯鞠元说:"累了。"奉莲赶紧起身服侍他洗漱,之后问他还看不看书。冯鞠元摇摇头,说:"睡吧。"奉莲以为他真累了,于是便熄了灯。

一夜无话。转天一早,冯鞠元起来后,草草吃过早饭就出门。奉莲以为他出去转转,也不过问。冯鞠元出门后,从街上叫了一辆洋车,直奔西津渡。来到西津渡码头,并不靠近,远远地看。此时,脂河上水波不兴,河面笼着一层薄雾。开往省城的小火轮正冒着青烟,泊在码头里。栈桥边围着好多人,辞行的送行的,乌压压一片。陈依玄一家也在其中,仙芝一手拉着心碧,一手拉着心瑶,陈依玄站在旁边,小结巴挑着行李,一起等着上船。冯鞠元本以为心瑶会回头看一看,老颈都望酸了,也没看见。想了想,觉得自己好笑,便离开码头,上了洋车,直接去了学堂。

　　一个上午,冯鞠元就觉得恍惚,紧揉太阳穴也不管用,将要放学的时候,突然鞠平跑来,说蒋仲之不行了。冯鞠元当下吃惊不小。自从被韩尚文讹钱后,老蒋过得郁闷,慢慢就得了病,吃药调养一直不断,没想到突然就不行了。冯鞠元慌慌张张来到蒋家,没进门就听院里有哭声,当下心里凉了半截。等到进去一看,蒋家乱了。阿金领着两个伢一个劲死哭,过来帮忙的人手足无措,不知如何是好。安牧师两口子早先来了,正在里屋抢救。冯鞠元自知帮不上忙,更不敢添乱,赶紧出门去找陈依玄,刚出门,迎面看见陈依玄匆匆赶来了。

　　陈依玄进来一边给蒋仲之诊脉,一边问明情况,然后取出银针,在蒋仲之的手、头、颈、胸,各施一针,不多时,就听蒋仲之鸣的一声,双眼慢慢睁开,接着连咳几声,吐出一大团浓痰。有人大喊:"过来了!过来了!"冯鞠元松了一口气,挤到床边,拉着蒋仲之的手,一直摇,却一句话也说不出来。

　　陈依玄来到外屋,阿金忙问蒋仲之的病情如何。陈依玄说:"谢天谢地,幸好只是痰迷心窍,一时晕厥,暂时没有大碍。"阿金放心了,连连感谢。陈依玄拿出娘家人的势子来,说:"阿金,往后安安生生过日子,别再跟他吵架拌嘴的,老蒋上了岁数,经不起折腾!"阿金又委屈又羞臊,接着哭不歇。鞠平将她拉到一旁相劝,自不用提。冯鞠元也不放心,问陈依玄:"老蒋怎么会害这病?"陈依玄看了看冯鞠元,说:"跟你一样!"冯鞠元有些尴尬,说:"你看你,问的是他,你怎么说起我来了。"陈依玄说:"你们两个一样,都是心病!"冯鞠元点点头,说:"看来,老蒋也没活明白!"陈依玄笑了笑,说:"想活明白难啊！"

二人一起走出蒋宅，来到官仓巷，陈依玄把冯鞠元拉到僻静处，说："听说国共闹翻了，各地都在抓共产党，杀了不少！"冯鞠元说："乐山在上海不会有事吧？"陈依玄说："还不晓得。前些天凤仪回上海了，一直没有音信。"冯鞠元抬头望望天，说："这世道真乱！"

第四十回　得银票仲之心病消
　　　　　失夫君凤仪斗志涨

　　蒋仲之确实害了心病。这心病跟钱有关,也跟阿金有关。自从被韩尚文逼走那两万大洋之后,蒋仲之的日子着实不好过。先是自己跟自己较劲,悔不该当初帮着冯鞠元得罪韩尚文,留下这条怨根,差点被害得倾家荡产。如今这个闷亏吃了又没处说,只好憋在心里,日久天长,就憋出毛病来了,胸闷心悸,唉声叹气,茶饭不思。开始,阿金还劝他,后来阿金烦了,反倒数落他,借着破财的话茬,把过往的陈谷子烂芝麻都翻出来,点点滴滴,归结一点,老蒋太没用太窝囊,连累一家大小跟着受罪。两口子之间,这话搁在往常,蒋仲之不过付之一笑,偏偏是这时候,蒋仲之受不了。毕竟年过六十,心里脆弱,身子一下子就垮下来了。
　　陈依玄能看透蒋仲之的心,自然能号准蒋仲之的脉,也有把握治他的病。先开了两剂调养的方子,蒋仲之服了,茶饭能进,只是依然闷闷不乐。无论怎么看,如今都算是蒋仲之最难的时候了,陈依玄想起韩尚文临行前的交代,打算把银票交给蒋仲之。那天,吃罢晚饭,陈依玄带着银票来到蒋家,先给蒋仲之把了脉,看了舌苔,觉得已无大碍,便放心了。之后,就坐在床畔跟蒋仲之说话。蒋仲之心中不快,几句话过后,就闭上眼,唉声叹气。阿金在一旁陪着叹息。这时候,陈依玄掏出银票,说:"蒋兄,你睁开眼看看,这是什么?"蒋仲之不睁眼,说:"又是补药?不吃了,再吃也不管用!"陈依玄微微一笑,说:"不是补药,不过比补药管用!"蒋仲之还是闭着眼,摇头,说:"不管是什么,我不要。"这时,阿金端灯过来一看,说:"银票!"蒋仲之还是不睁眼,说:"依玄,我老蒋不能再跟你借钱了,再借我也还不起!"陈依玄说:"不是我借钱给你,这钱就是你的!"蒋仲之一副苦笑,把头歪到一旁,说:"依玄啊依玄,我晓得你为我好,可是我还没糊涂,你就别烦神了,早些回去歇着吧。"陈依玄说:"真是你的!是尚文临走托我带给你的,你好好看看,两万块大洋,一分不少!"蒋仲之这才睁开眼,将信将疑,看了看银票,又看了看陈依玄,说:"可不能开玩笑啊!"陈依玄让阿金把灯端近,把银票伸到蒋仲之眼皮底下,蒋仲之一看,果然不假,忙问:"不是玩笑?"陈依玄就把事情来由一说,蒋仲之听罢,两眼发直,嘴角抽动,突然呃的一声,背过气去。阿金吓得大叫,陈依玄倒是不急不忙,一手掐住他的人中,一手托住他的头,只一会,蒋仲之缓了过来,长长地吐了一口气,骂了一句:"尚文啊尚文,猪弄的你把我老蒋当猴耍啊!"骂罢,竟呜呜地哭了起来。

这一招果然有奇效。过了两天,蒋仲之便能下床行走,把共和大酒楼从钱庄赎回来,交给阿金全权打理,自己躲在后面做参谋。这么多年耳濡目染,阿金对酒楼那一套也不陌生,又有蒋仲之参谋,干得有劲,一天到晚,跑前跑后,忙得脚底板不着地,还落个满心欢喜。

中秋将至,蒋仲之让阿金在共和大酒楼安排一桌酒席,答谢陈依玄和冯鞠元的关心。阿金晓得陈依玄白天要在香炉岗上忙,有意安排在晚上,蒋仲之觉得妥当,便点头同意。本来,蒋仲之有意请大家一起饮酒赏月,不料当天却下起小雨,多少有些扫兴。

那天晚上,蒋仲之早早来到共和大酒楼恭候客人。冯鞠元先到,陈依玄却迟迟不来。眼看一桌菜,冷了热,热了冷,却总不见人到。正在焦急之时,忽听楼梯响动,小结巴一身泥水跑进来,直直走到冯鞠元身边,把一张纸条塞给他。冯鞠元晓得小结巴说话费劲,也不多问,把纸条在灯下展开,看罢脸色大变。蒋仲之忙问:"出事了?"冯鞠元把纸条撕得稀碎,也不说话,拿起雨伞就往外走。蒋仲之追上几步,又问:"依玄出事了?"冯鞠元说:"回头再说吧。"说着,便跟小结巴一起,直奔香炉岗而去。

确实出事了,不过不是陈依玄,是杨乐山,消息是凤仪带回来的。半个月前,凤仪回上海开会。本来信中约好,杨乐山接船,可是船到码头却不见杨乐山。凤仪正在焦急之时，杨乐山报馆的一位同志匆匆来到，将她带到一家僻静旅馆，告诉她，因叛徒出卖，杨乐山被国民党抓捕秘密杀害。也许杨乐山早有预料，给凤仪留下几样东西，其中有两封信，一封给凤仪，一封给陈依玄和冯鞠元。凤仪不敢在上海多留，马上转道省城，在省城与组织接上头后，这才悄悄返回脂城。

这一趟回来，凤仪更加憔悴，双眼布满血丝，纸烟吸得更凶。陈依玄把信递给冯鞠元，冯鞠元接过来，凑到灯下来读："鞠元、依玄如晤，久未谋面，甚念。自今春始，国共关系破裂，北伐果实被窃，我党多位同志被害。乐山信仰坚决，不惧白色恐怖，决意斗争到底。在此有两事相托：一是凤仪身世悲苦，性格刚烈，如今投身革命，在脂城还望二位贤弟关照；二是乐山在天择新学所持股份如数转给凤仪，持退与否，均由凤仪主张。二位贤弟，想当初一起畅谈，每必心潮澎湃，而今形势黑暗，此信恐成绝笔，不免感慨万端。但愿来生再相见！乐山于沪上。民国十六年秋。"

读罢杨乐山的信，冯鞠元半天没抬起头，眼泪在眼眶里打转，陈依玄手捧两腮，低头不语。凤仪深深吸了一口，又把烟缓缓吐出来，说："晓得你们两个很难过，我也很难过。可是难过又有什么用呢？！"冯鞠元抹了一把眼泪，对凤仪说："按乐山信中说的办，新学的股份转给你，我同意。"陈依玄说："我也同意。至于老蒋，我找他谈，估计也不会反对。"话刚说到这，就听门外有人说："哪个提到我？我来了！"话到人也到，只见蒋仲之推门进来。原来，冯鞠元走后，蒋仲之猜到必然有事，放心不下，便一路找来。冯鞠元把杨乐山的事一说，蒋仲之听罢，又恨又叹，当即表态同意。

凤仪起身谢过，说："三位兄长，凤仪与你们相识多年，也算是老朋友，往后还请多关照！"蒋仲之说："理所当然！"冯鞠元说："义不容辞！"陈依玄没有马上表态，却问："你有什么打算？"凤仪说："我想把新学的股份退掉！"老蒋问："退它搞什么？大家一起做事多好！"凤仪咬了咬嘴唇，把烟掐灭，说："南昌起义后，乐山就意识到笔杆子不如枪杆子，打算回脂城成立一个赤卫队，如今乐山牺牲，他未竟的事业，我要替他完成。所以，我想要一笔现金，托人去买枪！"蒋仲之听罢一惊，扭头看了看冯鞠元，冯鞠元半张着嘴,转过脸来看陈依玄。陈依玄想了想,说:"股不能退!"凤仪说:"为什么?"陈依玄说:"当初为了办新学,乐山花费好多心血。如今,他人不在了,新学的股份留着,好歹也算一个念想。"冯鞠元和蒋仲之都点头。陈依玄接着说:"至于成立赤卫队,要多少钱?"凤仪说:"在省城,我跟组织汇报过这事,组织上建议,此事重大,得分步走,先小后大,前期至少要有二十条枪,加上弹药,算下来也得五六千块大洋。"陈依玄点点头,说:"这笔钱,我来拿!"凤仪说:"那不行,这是我们共产党的事,不能让你破费!"陈依玄说:"你说过,共产党是为普天下老百姓做事,我是老百姓,所以就是我的事!"蒋仲之点点头,说:"有自己的队伍,就不怕人家欺负,我算一份!"冯鞠元想了想,说:"算我一份!不过,你们晓得,我手头紧,依玄先替我垫上吧。"本来凤仪还想推辞,见陈冯蒋三人一再坚持,便接受了。

　　蒋仲之突然想起酒楼里一桌酒菜还没动,便催大家一起去共和酒楼。来到酒楼,命人把菜重新热了,四人坐下来,头一杯酒洒在地上,敬祭杨乐山,然后边吃边谈,仿佛回到了当年。此时,雨驻云散,月光渐渐露出来。窗外,脂河蜿蜒东去,如乳洗过一般,朦胧可爱。凤仪触景生情,想起当年做船娘的往事,不禁泪眼婆娑。如果当初不认识陈依玄,就不可能认识乐山,没有乐山,也就没有我凤仪的今天。想到这,不禁悲从心来,伏在桌上呜咽起来。陈冯蒋三人一时手足无措,不知如何劝她才好。

　　就在这时,忽听码头上传来阵阵骚动。凤仪马上止住哭,跟着陈依玄走到窗前,只见月色下西津渡码头人喊马嘶,一片骚乱。陈依玄说:"看样子,又过兵了!"蒋仲之也挤到窗前,一边看一边摇头,说:"这世道别想过好日子了!"冯鞠元说:"脂城怕是又要变天了!"凤仪说:"怕是!"

第四十一回　遇兵痞心碧遭污辱　报恩情结巴娶痴女

确实又过兵了。近几年来，军阀混战，脂城一带常有散兵游勇出没，偷抢扒拿，坑蒙拐骗，糟蹋女人，无恶不作。不过，此次过兵，不是别人，却是韩尚文率部而来。韩尚文部在脂城并没停留，当天夜里便上了蜡烛山。据码头上的人说，此次韩尚文手下人马少了大半，个个灰头土脸，松松垮垮，看样子像是吃了败仗。

次日一早，消息便在脂城的大街小巷传开了。鞠平上街买了锅贴饺和辣糊汤，回来又拌了两个小菜，这才喊哥嫂一起吃饭。街头传闻，鞠平也听到了，不晓得真假，心里阵阵发虚。既然途经脂城，竟不回家一趟，看来情况不太乐观。鞠平晓得韩尚文要脸面，不免又替韩尚文担心起来。奉莲悄悄问鞠平："听说尚文带兵回来了，吃了败仗？"鞠平没吱声，默然咬着一只锅贴饺。奉莲接着说："他手下那么多兵，怎会吃败仗呢？"冯鞠元听不下去，接过话茬道："胜败乃兵家常事，没什么大不了！"奉莲撇嘴，说："都成了败兵，还没什么大不了？！"冯鞠元好久没有发过火，听她这么一说，再也忍不住，把筷子往桌上一拍，说："吃饭！"奉莲马上不吱声了。

其实，此时冯鞠元也在替韩尚文担心。一场大病过后，冯鞠元对韩尚文已不抱什么成见，加上鞠平这层关系，已往的过节，更没有什么解不开的了。说吃过早饭，冯鞠元先去学堂转一转，然后便去香炉岗找陈依玄。陈依玄和韩尚文关系亲近，也许晓得一些底细。来到香炉岗，见蒋仲之和凤仪正跟陈依玄谈得投机。见冯鞠元来了，蒋仲之赶紧招手让他坐下，四个人凑到一起,不约而同,话题自然说到韩尚文。说来说去,一致认为韩尚文吃了败仗是肯定的,但是败到什么程度,还不好说。不过,陈依玄认为,韩尚文可能不仅仅吃了败仗,还有别的原因。胜败乃兵家常事,以韩尚文的性格,别说是吃个败仗,哪怕刀架老颈上,也不会灰溜溜的。蒋仲之说:"会不会又跟人家闹翻了,带着人枪跑了!"冯鞠元看了看陈依玄说:"三十六计走为上,这个倒是尚文的惯技!"陈依玄笑了笑,说:"怕是这样!"凤仪却不吱声,若有所思。

正说着,由蜡烛山方向飞奔几骑人马,快如闪电,蹬起尘土飞扬,绕过脂河西湾,直奔香炉岗而来。陈依玄脱口而出,说:"尚文来了!"话音才落,那几骑人马已到岗脚下,头前的枣红马上正是韩尚文。

韩尚文来到近前,甩蹬下马,扔了马缰,提着马鞭,气宇轩昂,倒是看不出败军之象。一见四人都在,韩尚文先哈哈大笑,说:"四位都候在这里,可是等着给我尚文接风啊!"陈依玄和冯鞠元没吱声,蒋仲之也不吱声,凤仪迎上前,说:"接风倒是没想到,替你担心倒是真的!"韩尚文说:"担心?是不是以为我吃了败仗?"凤仪说:"就是!"韩尚文又哈哈一笑,说:"我韩某败仗没吃,倒是当了逃兵!"陈冯蒋三人相视一笑。韩尚文坐下来,才把缘由一一道来。

说起来,韩尚文此番返回脂城也是迫不得已。民国十六年春,国共合作分裂,国民党实行清党,在全国捕杀共产党。韩尚文的上司张师长原为国民党左派,后加入中共,自然也在被捕之列。韩尚文受其连累,在军中屡遭排挤,若是旁人也许忍耐,可韩尚文忍不下。此地不留爷,自有留爷处,一气之下,悄悄带上自己的人马溜之乎也。此次重上蜡烛山,韩尚文打算联络原来的青皮帮,组建自己的队伍,以图东山再起。

听到这里,陈依玄说:"这想法倒是跟凤仪很像,她正想拉自己的队伍。"凤仪说:"枪杆子里出政权!"韩尚文冲凤仪伸出大拇指,说:"对!手里没有枪,说话不灵光!"陈依玄说:"既然这样,依我看,不如你们一起干更好!"韩尚文看了看凤仪,又看了看陈依玄,点了点头。凤仪站起来,朝韩尚文伸出一只手。那只手又小又白,韩尚文粗黑的大手握上去马上就看不见

323

了。韩尚文说:"辛亥年秋天,一起坐船去武汉时,我就晓得,你我一定有合作的机会!"陈依玄笑了笑,说:"尚文,当时你想的怕不是这种合作吧?"韩尚文哈哈一笑,未置可否。凤仪被说得不好意思,两颊都红了。

眼看已到晌午,蒋仲之先回酒楼安排酒饭,韩尚文由冯鞠元陪着回家见鞠平和伢们。陈依玄把心碧托给小结巴照看,嘱咐他一定要按时给心碧服催眠药。小结巴连连答应,陈依玄这才放心,跟着众人一起来到共和大酒楼,给韩尚文接风洗尘。席间,韩尚文借着酒力,跟冯鞠元和蒋仲之一一道歉,冯蒋二人表示理解,三人言归于好。之后,边喝边议,好不热闹。凤仪和韩尚文都是爽快人,自然谈得投机,等待时机,在脂城干几件大事。

吃过饭,陈依玄担心心碧,赶紧回了香炉岗。天色还早,陈依玄本以为心碧还在睡,进来一看却不在,小结巴也不在。喊了两声,无人应,又唤狗,小黑小黄也没见踪影。陈依玄急了,跑到岗上树林里去找,也没见着。于是赶紧下来,正走之间,见一个人慌慌张张跑上来,近了一看是小结巴。小结巴满脸是血,衣裳也撕开几个大口子,一见陈依玄,放声大哭。陈依玄晓得出事了,赶紧让小结巴慢慢说。不料小结巴越急越结巴,只说一个字:"兵、兵、兵……"陈依玄见他半天说不明白,便让他带路去找。小结巴便带着陈依玄往岗南坡跑,跑了三四里,来到一处草丛,只见心碧衣衫不整,躺在那里哭。陈依玄顿时一阵晕眩,险些跌倒。到这时,陈依玄已差不多明白出了什么事,心里暗骂:"畜生!"

陈依玄将心碧背回来,给她服了药,让她睡下,这才把小结巴叫过来,问个详细。小结巴此时还没缓过神来,磕磕绊绊,连说带比画,费了半天劲,总算把事情原委说明白了。原来,陈依玄进城后,吃过中午饭,心碧便嚷着要出来玩。小结巴责任在身,拦住门不让她出来,心碧就发火,又抓又挠。小结巴不跟她一般见识,又受不了打,便哄心碧,可以带她出去玩,但一定要听话,心碧当时答应了。可是,不承想,心碧一出门就变卦,疯了似的往南跑,一边跑,一边笑。小结巴吓得不轻,赶紧跟后就追,一气跑了三四里地也没追上。就在这时,突然,从旁边的草丛中钻出三个人,扛枪带刀的,拦住了去路。小结巴一看就晓得是打散的兵痞,不好惹,上来拉着心碧走开。可是心碧不晓得,犟着不走,还冲着三个当兵的笑。这时,三个兵痞四下望一望,互相使了个眼色,其中一个冲上来,用枪顶住小结巴,另两个扑上去,架住心碧朝草丛深入而去。小结巴本想救心碧,刚一动弹,头上便狠狠挨了一枪托,顿时晕了过去。等到小结巴醒来的时候,三个兵痞已经没了踪影,只见心碧衣不遮体,躺在草地上哭。小结巴傻了,不知如何是好,这才掉头跑回来找陈依玄。

陈依玄听罢,好似天塌了一般,抱着头欲哭无泪。一个孬丫头,又受了这般侮辱,传扬出去,将来怎么办?跟仙芝又如何交代?一轮明月升起,香炉岗上一片静寂,朦胧中仿佛孤岛一般。陈依玄靠在棚屋前的树根前叹息。小结巴犯了大罪似的,坐在角落里一个人发呆。陈依玄并不怪小结巴,让他去拿酒。不多时小结巴把酒拿来,垂手立在一旁,服侍陈依玄。陈依玄指了指对面的竹椅子,小结巴这才坐下。陈依玄本不贪酒,量又不大,不多时便喝成了晕头鸡。小结巴扶着他在树下竹床上躺下,不敢走开。陈依玄并不睡,借着酒力,想着自己走过的半辈子,心里百感交集,不禁呜呜地哭起来。小结巴在一旁急得直搓手,却不知如何是好。陈依玄哭了一会,不哭了,开始唱。当年在上海躲难时,陈依玄天天泡在戏园子里,最爱京戏《空城计》中"我本是卧龙岗散淡的人"那一段。京戏本要京腔京韵,唱出来才地道有味。可陈依玄酒喝多了,丢了京韵,竟用脂城"小七戏"里的寒腔,还改了词,乍听有几分滑稽,再听却声声悲凉,寒意透骨:

> 我本是香炉岗散淡的人,
> 养蜂子陪丫头不问古今。
> 起得早睡得迟心满意足,
> 不料想老天爷妒我三分。
> 一桩桩一件件从不如意,
> 总教我陈依玄操心烦神。
> 早晓得有今日如此命运,
> 我陈某倒不如孤家寡人。

明月夜三更时我面对着苍穹,

啊呀呀,老天爷饶了我这可怜的人!

刚刚唱罢,只听棚屋门响动,扭头一看,心碧揉着眼,慢腾腾地走来,拉着陈依玄的手,说:"爹,再唱!"陈依玄问:"你想听?"心碧点点头。陈依玄就接着唱,当唱到最后一句时,心碧啊的一声哭起来。陈依玄一把将心碧抱在怀里,陪着心碧一起哭。小结巴早被唱得心欲碎,此时再也撑不住,蹲下身来放声大哭起来。

一夜无话。转天,陈依玄醒来,天已大亮。一睁眼,见心碧坐在床前。陈依玄以为心碧饿了,忙起来做饭。没承想心碧一把将他拉住,说:"爹,你再唱!"陈依玄一时莫名其妙,问:"唱什么?"心碧说:"唱昨晚上唱的!"陈依玄这才模糊记起昨晚的事,苦笑道:"爹喝醉了,瞎唱!"心碧不愿意,缠着他唱。陈依玄晓得拗不过她,一边忙着做饭,一边唱。唱的是原本的戏文,拿腔拿调,唱完了竟出一头汗。心碧听罢,直摇头,说:"不好听!"说着,便走开了。陈依玄愣了一下,闭上眼想了想,竟记不起来当时怎么唱的了。

就在这时,厨子老沈慌慌张张地来了,身后跟着小结巴。陈依玄忙问:"老沈,这一大早来,可有事?"老沈沉吟一时,上前一步,说:"心碧的事我晓得了,这事怪我家小结巴,你愿打愿罚,随你!"说着把小结巴往前一推,小结巴扑通一声跪在陈依玄面前。陈依玄忙拉他起来,说:"小结巴也不想这样,怎么能怪他?!"老沈叹一声,说:"你不打不罚,那是小结巴的福气。不过,小结巴的责任还在。说起来,要是毓秀不跑,给他们成了亲,也许不会出这事。如今心碧遇上这事,将来怎么办?"陈依玄叹口气,说:"不晓得。"老沈定了定神,壮了壮胆,说:"按说,这个时候我不该来提这事,可是想来想去,还是说一说,万一有不对的地方,你多包涵!"陈依玄又点点头,说:"都是一家人,有话直说吧。"老沈说:"我家小结巴也是三十岁的人了,至今没有成家,不晓得可能高攀心碧!"陈依玄一下子端直身子,盯着老沈半天,说:"老沈,这是你的意思,还是小结巴的意思?"老沈说:"是他的意思,也是我的意思。"陈依玄又想了想,说:"这可是大事,得想透了!"老沈说:"我在陈家干了大半辈子,不想透也不敢跟你张这个嘴!"陈依玄说:"既然这样,这事就定了吧。"老沈说:"要不要跟仙芝商量商量?"陈依玄长长松了一口气,说:"我自有分寸。"老沈说:"陈家在西门也算名门大户,我沈家再穷,也不能给陈家丢脸,一切都按规矩来,择好喜期,明媒正娶。"陈依玄说:"日子就定在月底吧。要是缺钱,你言语一声。"老沈说:"这钱是我沈家该花的,哪能用陈家的?!"陈依玄说:"大差不差,过得去就好。如今这年月,过日子不容易,能省就省吧!"老沈说:"晓得,晓得!"

当天,陈依玄给仙芝写信,只说要给心碧办婚事,其他没提。仙芝接信后,转天就回来了。因为前头有毓秀逃婚那一闹,仙芝对心碧的婚事不抱什么期望,如今跟小结巴结亲,明明心里不满,却又觉得是没有办法的办法,只好接受了。本来,陈依玄想草草办了完事,仙芝坚持按脂城的规矩办,说孬丫头也是丫头,嫁丫头就得体体面面的。陈依玄晓得犟不过她,只好由她折腾。本来沈家在脂河西湾里有老房子,陈依玄和仙芝都嫌远,怕心碧住过去放心不下。于是两口子商定,在沈家老房子拜堂成亲,三天回门后,便让小两口一起住在香炉岗上。老沈父子俩都没异议,事情就算定下了。

心碧和小结巴的喜事如期操办。一大早,阿金就过来帮忙给心碧梳洗打扮。虽说嫁给小结巴,不出西门,可仙芝还是不放心,左叮咛右嘱咐,嘴皮子磨坏了,心碧一句也没听进去,坐在那里睡着了,无奈之下,仙芝只好叹气。脂城的规矩,迎亲宜早不宜迟,日头一出,门外传来乐班的吹吹打打,接亲的花轿来到了。心碧听见动静,马上醒来,吵着要去看热闹,仙芝又哄又劝又吓唬,半天才把她稳住。这时,一阵鞭炮响,吉时一到,新人上花轿,阿金赶紧把盖头给心碧顶上,心碧嫌遮眼,伸手把盖头扯下来。仙芝生气,抬手就给她一巴掌,心碧哇的一声哭起来。陈依玄闻声赶来,慢声细语地哄,心碧这才把盖头顶上,然后由陈依玄背着,穿过天井,上了花轿。一上花轿,心碧的嘴就咧开了,手舞足蹈,哈哈地笑,坐在轿子里使劲摇晃。迎亲的轿夫晓得她是个孬子,有意逗她,把花轿颠得欢。心碧更觉得好玩,哇哇地尖叫,仙芝看不下去,气得直跺脚,阿金把她拉进房里,眼不见心不

第四十一回　遇兵痞心碧遭污辱　报恩情结巴娶痴女

烦了。

　　陈依玄站在门口,看着花轿忽闪忽闪地远去,听着心碧傻呵呵地笑,心中五味杂陈,过往的一幕幕浮现眼前,随之眼泪也下来了。

第四十二回　遭天灾脂城遇饥荒
　　　　　抢官仓鞠元被缉拿

自从入秋,脂城周边大旱,四五个月无雨,秋粮绝收,入冬后西津渡上挤满了逃荒的人。一帮脂城有头有脸的人,联名上书县府,开仓赈济饥民。县府称南京有令,官粮不许妄动,一律送往北方支援打仗。有头有脸的人都碰了一鼻子灰,落个无趣,陈冯蒋三人自然也在其中。礼拜堂的安德森牧师带着上帝的旨意,牵头倡议脂城各界捐献,在西津渡施粥,然而毕竟杯水车薪,半个月不到,就做不下去了。

这一天,安牧师在西津路口碰见陈依玄,说起这事,急得连呼上帝。一个洋人都在为脂城百姓操心,陈依玄暗自敬佩。那天,陈依玄正巧进城办事,顺便拐到凤仪的照相馆,把安牧师的事说给她听。凤仪听了,只说了一句:"机会来了!"至于什么机会来了,凤仪没说,陈依玄也没问。

脂城官仓设在西津渡附近,官粮存在这里,图的是运输从水路进出方便。头天,冯鞠元、凤仪、蒋仲之一起来到香炉岗,跟陈依玄商量学堂改建的事。老房子要修,新校舍要建,一桩一件,商量半天,最后都定下了。于是一起闲谈,冯鞠元随口提到,他过去在县府的一个同僚说,次日有三百担官米要装船北运。凤仪一听,马上一拍桌子,说:"脂城百姓饿肚子过冬,自家的米还往外运,哪有这个道理!"冯鞠元说:"运到北方也是喂军阀,让他们吃饱了打仗,最后遭殃的还是百姓!"蒋仲之叹气,说:"自古以来,兴,百姓苦,亡,百姓苦啊!"陈依玄用手指在桌上画着,说:"三百担米不算多,不过,要是分给灾民,也能过几天饱日子!"凤仪说:"不能让他们运走!"蒋仲之说:"那是官粮,咱们说的不管用!"凤仪说:"咱们说的不管用,百姓说的管用!"冯鞠元说:"你的意思是?"凤仪说:"百姓种的粮,当然百姓吃!"陈依玄蘸了茶水,在桌上写了一个"共"字,凤仪说:"对!"三个人相视一笑,都说:"好!"

当夜,几个人做了分工,凤仪联络农会和百业工会,陈依玄和冯鞠元结伴赶往蜡烛山找韩尚文。如今韩尚文在蜡烛山成立了三省边区工农独立军,请他率部前来助阵。本来,蒋仲之也想跟着上蜡烛山,看看韩尚文在山上混成什么样。毕竟上了岁数,多有不便,陈依玄劝他回家,观察官仓里的动静。蒋仲之无奈,只好作罢。——安排妥当,马上分头行动。农会和百业工会,都是凤仪一手操办,联系起来自然方便。韩尚文一直跟凤仪商量在脂城干几件大事,想必得到消息,自然会按计划行事。

且说蒋仲之回到家里,并不睡觉,泡上一壶浓茶,那架势打算通宵不睡了。阿金催他几回,他说有事,阿金也不再管他,先自己睡了。蒋家就在官仓巷,与官仓只隔两道围墙,从蒋家楼上看去,官仓里的动静一目了然。说来也怪,活了几十岁,蒋仲之头一回觉得如此兴奋,比小时候偷人家瓜果还要过瘾。人一兴奋,就不停地喝茶,茶喝多了就不停地撒尿。阿金在里屋迷迷糊糊中听到马桶不停地响,就问怎么回事,蒋仲之竟阴阳怪气地说:"快活!"阿金骂句老不正经,便又睡去。鸡唱三遍,官仓里果然有动静,但见灯笼挑起,人影往来,将一包包的大米往马车上装。蒋仲之人老,眼神还好,竟看见三座大仓里还存着不少大米。于是,一一记下。

天还没亮,蒋仲之出了家门,按约定来到香炉岗,陈依玄和冯鞠元已从蜡烛山回来,不多时,凤仪也来了。当面都把情况一说,事情办得都顺利。蒋仲之把官仓的情况一说,凤仪眼睛发亮,说:"这一回可以大干一场,开仓放粮!"正说着,只听一阵马蹄声响,四人忙出门去迎,果然见韩尚文率一干人马来到岗下。韩尚文听凤仪把情况一说,也觉得可以大干一场,但又不放心县里的团防营。凤仪说:"团防营里有自己人,一切都有安排,等我们把事情办完了,他们才出来!"韩尚文点头,把自己的人分成三队,一队用装了石头的大车将西城门堵上,一队埋伏在官仓附近,另一队随他一起候命。

为了不连累更多人,陈依玄、冯鞠元和蒋仲之三人都不出面,各自回家等候消息。一切安排妥当,天已蒙蒙亮,一行人急忙奔官仓而去。

来到官仓门前,韩尚文打了一声呼哨,埋伏在官仓附近的兄弟蹿上去,将官仓的大铁门撞开。官仓的护卫正睡得稀里糊涂,睁眼见一干人携枪带刀地闯进来,吓得哇哇直叫,还没摸到枪,便被韩尚文的手下一一拿下。凤仪也不怠慢,爬上官仓的守望台,哐哐哐,敲了三梆锣。紧接着,只听四周锣声四起,眨眼间,一群群百姓,从四面八方朝着官仓奔来。韩尚文让手下人把打开的官仓交给农会和工会,然后赶着两辆装好米的马车直奔蜡烛山去了。临走前,在官仓的围墙上贴了标语,落款为"蜡烛山三省边区独立军"。

脂城官仓被抢,影响甚大,南京政府下令追查,并调来省城驻军助阵。既然摆明了是韩尚文所为,自然会找韩尚文算账,可是蜡烛山山高林深,驻军搜了几天没有结果,只好作罢。后来查出此事跟凤仪有关,便去抓凤仪,没料到凤仪早跟韩尚文一起上了蜡烛山。既然上面追得紧,县府就得有交代,于是便把冯鞠元抓起来,罪名是通匪。此前,韩尚文怕此事闹大,会连累家人,早把鞠平和两个伢接到山里。不然,怕是也逃不过这一劫。

冯鞠元被抓捕后,奉莲急得不行,赶紧找陈依玄和蒋仲之商量救人。陈依玄一时没招,蒋仲之更无计可施,可怜奉莲只好哭鼻子抹泪。因担着通匪的罪名,冯鞠元被羁押得很严,陈依玄想去探望,花了钱也没看成。没过几天,传出要将冯鞠元押往南京的消息,陈依玄有点坐不住了。若是真的押到南京,怕是凶多吉少,当晚测了一卦,卦象却是大吉,这才稍稍安心。

转天,一大早起来,陈依玄想去冯家跟奉莲说说吉卦的事,好让她放心。刚到西津路口,听说昨夜安牧师被绑票,赶紧拐到礼拜堂一问,才晓得竟是韩尚文干的。陈依玄大为不解:韩尚文又唱的哪一出?正疑惑时,罗丝拿出一封信,信是韩尚文所写无疑,大意是让罗丝去找县府报案,要县府立马放了冯鞠元,不然就撕票。原来韩尚文目的在此。不过,连累人家安牧师,这一招着实阴损。然而,再一想只有这一招方才有效。自民国成立,各地屡屡发生洋票案,每每都是政府妥协,这一回怕是南京政府也不敢得

第四十二回 遭天灾脂城遇饥荒 抢官仓鞠元被缉拿

罪洋人。

安牧师被绑后,省城报纸就发了消息,接着英国领事和教会一起找政府救人。相持几天之后,南京政府怕事情闹大,只好下令把冯鞠元放了。不过,韩尚文并不马上放安牧师,又提出要政府支付五万大洋。官府不想就范,无奈英国领事和教会一起施压,官府只好付钱,把安牧师赎了回来。

安牧师回来那天,陈依玄提着两罐蜂蜜去探望。因为冯家兄妹,安牧师当了两回洋票,且都是韩尚文干的。人家一个洋人,带着上帝的旨意来传教,不招哪个不惹哪个,做了两回洋票实在冤枉。看来,不是上帝没有眷顾这位牧师,就是安德森自己倒霉。不过,此次回来,安牧师似乎并不生气,好像做一回洋票像积了大德似的,陈依玄不解,以为上帝的人心胸果然博大,不禁暗暗佩服。安牧师悄悄附在他耳边说:"上帝保佑,这一回,我是自愿的!"陈依玄说:"自愿?"安牧师见他一头雾水,便把事情经过一一道来。

冯鞠元被抓后,韩尚文和鞠平很快就得到消息。鞠平当然着急,韩尚文更急,晓得是自己连累冯鞠元,便设法营救。因虑及官府看守严密,不敢武力劫狱。后来,韩尚文灵机一动,决定"以人换人"。于是,拿谁来换回冯鞠元成了一个关键问题,这个人不仅重要,找来还要方便。韩尚文想来想去,就想到安牧师。这事跟鞠平一说,鞠平觉得不太厚道,但又没有更好的法子,只好试试再说。不过,鞠平提出,不能像上回那样硬绑,最好跟安牧师沟通,看他愿不愿到山里来扮演几天洋票,待救出冯鞠元,再将他平安送回。韩尚文以为妥当,便让鞠平亲笔写一封信,细说详情,望安牧师看在上帝的分上,配合救人。当夜,韩尚文派人把信送到礼拜堂安牧师手中。安牧师对鞠平一向关心,晓得她有了难处才开口求助,于是便决定配合。救出冯鞠元后,韩尚文又跟安牧师商量,说山上的日子过得清苦,手头又紧,他想跟官府谈判,要些大洋,请安牧师在山上多当几天洋票,安牧师自然答应了。

说到这里,安牧师神秘地一笑,说:"这是上帝的旨意!"陈依玄也笑了笑,暗暗想到,如此看来,要感谢上帝了。

第四十三回　过大年心瑶添心事　返西门毓秀养洋猪

虽说赶上灾年,过了腊八,西门一带还是渐渐热闹起来。有钱没钱,回家过年,就这一个借口便足够了。省城女中放寒假,仙芝带着心瑶搭小火轮回到西门。只这几个月,心瑶见长,跟仙芝差不多高矮,出落得更是清秀水灵,一身时新的打扮,看上去甚是招眼。仙芝晓得心瑶出众,心里自有当娘的自豪,逢上熟人就打招呼。人家自然会夸心瑶,长得越来越俊,学问越来越高。心瑶羞得低眉颔首,直往仙芝身后躲。仙芝嘴上说伢脸皮薄,书越念越没出息,心里却越发把心瑶看重。

回到西门后,心瑶不愿窝在家里,一早就跑到香炉岗上,黏着陈依玄,爹长爹短地叫,有说不完的话。学校的见闻,同学的故事,省城的风景,一样一样都跟陈依玄说。陈依玄喜欢,支着耳朵听,心瑶说什么他都说好,把心瑶引得话更多些。心碧见心瑶回来,快活得要死,缠着心瑶跟她睡。心瑶晓得心碧嫁人了,多有不便,哄她说不回去娘会打人,心碧这才放过她。小结巴过去一直喊心瑶二小姐,这回见了,一时改不了口。心瑶就笑他,说:"姐夫,你该叫妹妹才对!"一句话把小结巴说得脸通红,结结巴巴,舌头更是不利索了。

不知不觉,转天便是小年。脂城习俗,小年做米糖孝敬灶王爷,头几天家家户户熬麦芽糖稀,西门上空弥漫着一股暖暖的甜香,馋得人流口水。仙芝晓得心碧和心瑶都喜欢吃米糖,年年都做两笸箩存着。今年从省城回来迟,厨子老沈事先没有生大麦芽,糖稀自然熬不成。仙芝上街去买糖稀,刚拐到西津路上,正好碰见阿金。听说仙芝要买糖稀,阿金说不如由她让酒楼的厨子多熬一罐,省事又省心。仙芝跟阿金向来不客气,说好转天一早去取,也不耽误小年做米糖。

小年那天一早,仙芝下厨炒米,打发心瑶去蒋家拿糖稀。马上就能吃上米糖,心瑶自然欢喜,高高兴兴地出了门。来到官仓巷口,迎面走来一个高高大大的年轻人,梳背头,穿洋服,戴墨镜,走路外八字,一摇一晃,觉得熟悉,等走过来一看,像是毓秀。这时候,那人已走到跟前站住,摘下墨镜,心瑶一看,果然是毓秀。毓秀笑道:"二小姐,不认得我了!"心瑶也笑,说:"老远看你戴个大墨镜,打扮得跟洋人似的,哪个敢认?"毓秀上下打量心瑶一番,道:"大半年不见,长成大姑娘了。听说你去省城上中学了,什么时候回来的?"心瑶说:"都回来好多天了。你不是去北京念大学了吗?什么时候回来的?"毓秀说:"昨个夜里。"心瑶问:"北京好大吧?你去皇城看了吗?你们大学生上街游行吗?"毓秀没吱声,双手插在裤兜里,抬头看灰蒙蒙的天,不停地点头。心瑶又问:"那你们什么时候开学?"毓秀又把墨镜扣在眼上,说:"不去了!"心瑶吃了一惊,问:"为什么呀?上大学多好呀!"毓秀又把墨镜摘下来,说:"这世界乱成一锅粥,天天打仗,念书有什么用?"这个问题心瑶没考虑过,自然回答不上来,于是又问:"不上大学,那你做什么?"毓秀又把墨镜戴上,说:"养猪!"心瑶以为听错了,追问:"做什么?"毓秀说:"养猪!"心瑶一听,扑哧一声笑出来。毓秀一脸严肃,说:"不是玩笑,真的!"说着,转身走了。心瑶收了笑,望着毓秀高大的背影,半天才缓过神来。

心瑶从蒋家拿了糖稀回家,心瑶脑瓜里全是毓秀戴着墨镜走路的样子,还有毓秀说话时似笑非笑的神气。毓秀说他不上大学而养猪,那神情那口气,似乎不是说养猪,而是要做一件惊天动地的大事。对此,心瑶既不解又着迷,想晓得又不敢晓得,稀里糊涂走到家门口,不留神被门槛绊了一下,差点把一罐糖稀给摔了。仙芝早候得焦急,一见心瑶像掉了魂似的,说:"你这丫头,有这大半天,到南京也跑回来了!过罢年,你都十七了,也该学点规矩,还跟伢们似的到处去疯!"心瑶本来想说路上遇到毓秀,可又觉得这是自己的秘密,便随便找个借口搪塞过去了。

米糖做好,先敬了灶王爷,仙芝就喊心瑶来吃。心瑶心里有事,吃了两块就不吃了,非要去香炉岗。仙芝拗不过她,拿了一包米糖让她带去给心碧吃。来到香炉岗,心瑶把米糖交给心碧,心碧有米糖吃,也不再缠她,自顾自地吃得有滋有味。这阵子,因为大旱,陈依玄正为明年春天的花期发愁,没有花,哪有蜜?这道理明白得很。就在这时候,心瑶来了,陈依玄心里开朗许多。可是又见心瑶脸上露出愁容,不晓得她遇上什么不顺心的事,就问,心瑶支支吾吾的,也说不清楚。突然,心瑶正儿八经地问:"爹,你说是养猪好,还是上大学好?"陈依玄想了想,说:"都好!"心瑶问:"为什么?"陈依玄说:"老天造人是有分工的,都去上大学,没人养猪,哪有肉吃?反过来说,都去养猪,不上大学,没人做学问,人不是倒退了吗?!"心瑶捧着腮,想了一会,突然高兴起来,说:"晓得了!"

父女俩正说着,突然听到门外有人说话,陈依玄没有听出是哪个,心瑶听出来是毓秀,马上站起来开门一看,果然见毓秀戴着墨镜,裹着一身寒气进来了。毓秀摘下墨镜冲心瑶一笑,就在那一刹那,心瑶的心怦怦地跳得好急,嗓子干得要命,脑瓜也乱了。

毓秀进来,挨着陈依玄坐在火桶边,心瑶本来也在火桶边烧火,毓秀坐下后,她不敢过来了,站在窗下听毓秀和陈依玄说话,手脚冻得猫咬似的,还是不舍得离开半步。毓秀没有跟陈依玄说北京,也没说大学,只是说养猪。心瑶发现,毓秀说到养猪两眼放光,眉飞色舞。陈依玄似乎也被打动,也跟着大谈养猪的好处,两人谈到投机处,不停地大笑,跟捡到金子似的。心瑶不晓得有什么好笑,也跟着笑,不知不觉,天色渐晚了。

本来,心瑶要趁天亮回家,得知毓秀留下吃饭,也不想走了。陈依玄担心天黑路不好走,催她几回,她就是不动身。毓秀说,吃完饭一起走,正好送她回家。陈依玄觉得也好,便不再说什么。小结巴跟随他爹老沈多年,耳濡目染,练就一手好厨艺,不多时便做好一桌菜。心瑶正是长身子的时候,胃口正好,往常看见这一桌好菜,心中早就馋虫出没了。可因毓秀在座,心瑶却忍了又忍,端着淑女的架子。陈依玄温了一壶酒,跟毓秀对饮。

毓秀的酒量随他爹冯鞠元,半斤八两不在话下,酒量壮酒胆,酒风自然豪放,让心瑶大开眼界,打心底里又多了一份佩服和仰慕。

　　时候不早,毓秀陪心瑶下了香炉岗回西门。腊月夜寒,呵气成霜,心瑶竟觉不出一丝冷。一路上,毓秀自然又谈及养猪话题。毓秀说,此次他不是一个人从北京回来的,还带着约克夏。心瑶一听,以为是个女子,心头不禁一沉。毓秀说,约克夏是一头猪,不是一般的猪,是种猪,还不是一般的种猪,是洋种猪。这洋猪原产英国约克郡,全身白毛,皮质嫩红,耳朵竖立,体长肩宽,最大能长到五六百斤。最厉害的是这洋猪一窝产十多头猪崽。毓秀打算用约克夏跟脂城一带的母猪杂交,利用杂交优势,一生二,二生三,过不了多久,他将成为远近闻名的养猪大王。借着酒力,毓秀口若悬河,每到激动处,或振臂高呼,或歌以言志。总之,在那个小年夜,毓秀的一举一动、一言一行,一点点地将心瑶的芳心俘虏了。

　　回到家,仙芝早等得焦急,免不了又数落心瑶一顿,捎带着把陈依玄埋怨一通。心瑶不作解释,钻到自己的房里,再也不出来,气得仙芝唉声叹气。那一夜,心瑶晓得睡不好,索性不睡,熄了灯,坐在被窝里,隔窗望着天上点点寒星,毓秀的一举一动、一颦一笑,回味无穷,直到鸡唱五更,她才迷迷糊糊地睡了。不久,做了一个梦,梦见自己去了北京,在皇城那里遇到了戴着墨镜的毓秀,然后他们手拉手回到西津渡,在他们身后,有一群叫作约克夏的大白猪。大白猪们个个精神抖擞,跟毓秀一样,都戴着神气的墨镜。

第四十四回　叹如今无知结孽缘
　　　　　　悔当初有意除怨根

　　转眼间,大年已到。脂城旧俗,年节里亲朋多方走动,显得热闹亲近。冯鞠元近年来一直走霉运,懒得见人,整天窝在家里。好在如今家里有了新事物,供冯鞠元打发无聊的日子。这新事物不是别的,正是毓秀带回来的那头洋公猪约克夏。冯鞠元围着约克夏转来转去,发现这家伙确实与脂城当地的猪大为不同:当地猪黢黑,人家一身白毛,透着粉红的皮肉;当地猪耳朵大,可总是耷拉着,跟受气包似的,人家那耳朵也不小,小扇子似的支棱着;当地猪除了大肚子,看上去跟狗差不多,人家架子大,往那一站跟牛犊子似的,头一抬,威风凛凛。同样是公猪,当地猪卵包比鸡蛋大不了多少,人家那卵包跟两个大茄子似的,比牛的卵包都不差毫些!

　　本来,这些年,冯鞠元对毓秀这个不争气的儿子一肚子不满,因为约克夏的到来,如今情况大变。接连的挫折,让冯鞠元变得审慎,不再意气用事,因此对毓秀也有了新看法。在得知毓秀不想念书而要养猪的时候,冯鞠元一没发火,二没责骂,更没动手打人,而是平静地点了点头。这个头点得意义非常,是冯鞠元对毓秀前所未有的肯定,也是当爹的对儿子的最大支持。从此,父子俩可以坐下来,平心静气地谈心了。毓秀虽说只在北京燕大农科读了半年的书,其见识和言谈,让冯鞠元不得不另眼相看。不晓得毓秀的口才随哪个,颇有煽动性,有时冯鞠元不知不觉地被这小子的几句话打动,不禁暗自佩服。儿大不由爷,女大不由娘,长江后浪推前浪,看来这小子真的长大成人了!

说起来，家中一连串的变化，最开心的是奉莲。冯鞠元变温和了，毓秀回到身边了，父子俩不再像以往那样，跟两头犟驴似的对着干，一家三口的小日子过得有商有量，和睦轻松。心里畅快，饭量就长，年前过到年后，奉莲胖了，气色大好，看上去年轻几岁。过了正月初三，西津渡搭起戏台，天天有戏，黄梅、小七、梆子轮番唱。奉莲不挑戏，只要唱，就去听。正月初八，吃罢晌午饭，冯鞠元要去学堂筹办新学校舍修缮的事，早早出了门。奉莲梳洗一番，照例去西津渡听戏，一出门碰上阿金也去听戏，两个人便结伴而行。时候尚早，二人也不搭车，漫不经心地走。两个女人一起嘴巴不会闲着，说来说去，离不开家里那些事。若在往常，奉莲不爱提这话茬，如今家里和睦，心里敞亮，这话茬直往嘴边跑。说着说着，就说到毓秀身上了。阿金说："听说毓秀带回一头洋猪，可是真的？"奉莲说："真的哟，它叫约克夏。"阿金咂咂嘴，说："乖乖，猪还有名字，真洋气！"奉莲很自豪，说："就是，得闲来我家，我带你看看约克夏！"阿金说："好！得闲去开开眼界！"

说到这里，路也走过大半。阿金说："记得毓秀比心碧小一岁，岁数不小了，可有人提亲？"奉莲说："儿大不由爷，我家毓秀又是新式人，婚姻自主。"阿金听罢，马上想起毓秀曾经逃婚，看了奉莲一眼，说："就是就是！"奉莲也想到这事上，二人相视一笑，便不往下说了。这时，只听咚锵咚锵开场锣鼓响起，抬头一望，戏台就在眼前了。

听了一场小七戏《雪梅观画》，奉莲心里滋润，踩着戏里的板眼，高高兴兴回家烧晚饭。进门见房里无人，到后院一看，毓秀跟心瑶在猪棚里，围着约克夏有说有笑，好不热闹。见奉莲进来，心瑶当即脸通红，打声招呼便要走。奉莲一向喜欢心瑶，就劝她多玩一会，心瑶不肯，扭着小腰，一溜跑开了。奉莲望着心瑶的背影，问毓秀："这丫头有事？"毓秀说："她来看约克夏。"奉莲笑了笑，好似自言自语，道："眼看着这丫头长成大姑娘了！记得仙芝是辛亥年入秋害的喜，转年生的她，属鼠，过完新年虚十七了！"毓秀点点头，说："是。"奉莲接着说："人的命天来定，说不清道不明。就说仙芝吧，生了俩丫头，一个孬子让人心烦，一个跟仙女似的让人眼馋！"毓秀听罢，笑了笑，突然说："妈，可想心瑶到咱家来？"奉莲一时没明白毓秀的意思，问：

"想有什么用？人家有爹有妈,怎会到咱家来?!"毓秀开玩笑似的说:"我娶她过来啊!"奉莲睖了他一眼,道:"伢哩,你真有那福气,妈明个就去安福寺烧高香!"毓秀一拍胸脯,说:"您等着当婆婆吧!"奉莲听罢,叹一口气,说:"按说,两家知根知底,倒是合适,只怕是有缘无分哟。当年你跟心碧定亲,临近喜期,闹那一出,早把仙芝两口子的心伤透了,人家这回还会同意?"毓秀捋了一把大背头,自信地说:"事在人为!"

吃罢晚饭,毓秀去打听在西津渡建配种站的事,冯鞠元在灯下拨着算盘算学堂的账。奉莲忙完家务,偎着火桶嗑瓜子,忽然想起毓秀和心瑶的事,想跟冯鞠元说说。奉莲说:"晚半晌心瑶来了。"冯鞠元说:"有事?"奉莲说:"来看约克夏。"冯鞠元说:"噢。"奉莲:"有生不愁长,这丫头转眼长成大姑娘了!"冯鞠元说:"就是。"奉莲说:"哎呀,心瑶这丫头越长越水灵,看着心里就舒服!"冯鞠元抬起头来,看了奉莲一眼,没有吱声。奉莲吐出两片瓜子皮,说:"唉!我要有这么个丫头多好!眼馋哟!"冯鞠元笑了笑,说:"眼馋也没法子,等下辈子吧!"奉莲说:"那可不一定!"冯鞠元说:"怎么不一定,难道你还有本事生一个?"奉莲嗔他一句,说:"毓秀今个问我,可想心瑶到咱家来。我说想,就怕人家不干。你猜毓秀怎么说?"冯鞠元问:"怎么说?"奉莲说:"毓秀说,他要把心瑶娶过来。一个媳妇半个女,这样不就儿女双全了嘛！对了,依我看,毓秀跟心瑶真般配,虽说毓秀大心瑶五六岁,也不离谱,再说咱家毓秀一表人才,在脂城数得着……"刚说到这,冯鞠元突然把算盘摔在地上,说:"混账!"奉莲被吓得一颗瓜子没放进嘴里,掉进火桶,叭的一声,冒出一股烟来。

奉莲说:"瞧瞧你,两口子在家说说闲话,你这是干什么?"冯鞠元脸色铁青,气得直喘,说:"闲话也分轻重,这种闲话能说吗?"奉莲觉得委屈,说:"这话还有什么轻了重了的？男大当婚,女大当嫁。一家女百家求,同不同意是人家的事,背后说说还能犯下大罪了?!"冯鞠元怕是意识到自己的失态,定了定神,马上缓和口气,说:"闲话嘛,也不犯什么罪,只是不合适!"奉莲得理不让人,追问:"有什么不合适?"冯鞠元说:"别的不说,当年毓秀跟心碧定的娃娃亲,结果毓秀跑了,把人家晾那了,依玄两口子心里还不记一辈子？再说，心瑶还在上中学，咱也不能耽误人家前程啊！"奉莲听这些话有道理，但心里还是不舒坦，说："就算是这样，你也该好好说，发什么邪火？瞧瞧你，心平气和才几天，如今又开始发猪头疯了！"说着说着，眼泪下来了。冯鞠元自知理亏，马上过来帮她擦眼泪，又哄了几句，奉莲才算罢了，弯下腰来帮着满地找算盘珠子。

　　那一夜，冯鞠元一夜难眠。毓秀要娶心瑶，这话要是奉莲随便说说也就算了，若是毓秀有心如此，那真是作孽啊！心瑶跟毓秀虽不是一母所生，却都是他的骨血，算是亲兄妹，若是真要成亲，岂不是乱伦?！可是，这话不能跟奉莲说，也不好跟毓秀说。冯鞠元晓得，毓秀死犟，认准的事，不会轻易言弃。看来眼下只有一条路，想方设法，不让他们成！

　　那以后几天，冯鞠元开始留心。借口来看约克夏，心瑶一天跑来好几趟，跟毓秀有说有笑，没完没了。不说别的，单看心瑶的眼神，秋波涟涟，情意绵绵，冯鞠元晓得这丫头怕是堕入情网不能自拔了。冯鞠元越想越后怕，想了两天，没有主意，忍不住要去跟仙芝商量。当晚，冯鞠元趁饭后散步的机会，拐到陈家，开门见山，把事情跟仙芝说了，仙芝听后，又惊又恨，气得直跺脚。先是埋怨毓秀，把心碧坑了不说，如今又来害心瑶，接着又骂心瑶不懂事，偏偏喜欢这样的人。冯鞠元劝她，怨也好，骂也罢，最终不是办法。两个伢不晓得是兄妹，又不能跟他们明说，眼下要紧的是赶紧想法把他们拆散才好！仙芝揩干眼泪，咬咬牙，说："不争气的丫头，看我回来好好治她！"冯鞠元说："依我看，心瑶这丫头性子像她姑鞠平，死犟！可别闹大了，万一传出去不好！"仙芝瞪了他一眼，说："都到这步田地，还有什么好不好?！我家的事你别管，管好你家的事就省心了！"冯鞠元被呛得无言以对，灰溜溜地回家去了。

　　这天是正月十四，陈家偌大的院子冷冷清清，偶尔住在耳屋的老沈干咳几声。月色姣好，天井里，檐影树影重重叠叠，似梦似幻。仙芝坐在灯下等着心瑶回来，心里盘算如何治治这丫头。这时，只听大门外一阵响动，接着是老沈开门的声响，仙芝松了一口气，晓得是心瑶回来了。

　　心瑶看上去心情很好，进门后跟仙芝打声招呼，便朝自己房里去。仙芝忍了又忍，轻声将她叫住。心瑶转过身来，问有什么事，仙芝也不答话，先自走向自己的房间，心瑶满心不情愿，只好跟着进去。进房后，仙芝把门窗统统关上，沉着脸看着心瑶，心瑶见这阵势，一时心虚，不敢吱声。仙芝看着地上的一只蒲团，突然说："跪下！"声音不大，却霸道。心瑶愣了愣，似乎没听清。仙芝又说："跪下！"心瑶这回听清了，却犟着不跪，说："凭什么让我跪？"仙芝不容分辩，一脚正踹在心瑶的腿弯处，心瑶扑通一声，便跪了下来。

本来，仙芝心里早有盘算，以为来一个下马威，便将心瑶震住，给她一个教训，也便于将来调教。可是没承想心瑶一毫也不惧，挺胸昂首，好有理似的，问："我怎么了？"仙芝见她那副倔头犟脑的样子，果然像鞠平，心里更气，说："你自己干的好事，你自己清楚！我问你，这阵子你整天在外头死疯，都到哪里去？又跟哪个在一起？"心瑶并不隐瞒，说："我去毓秀家看约克夏，这又怎么了？"仙芝说："一头臭猪，不是花不是朵，有什么值得你一天几趟去看？！"心瑶说："那是洋猪！"仙芝说："洋猪也是猪！死丫头，你记着，从今往后，不许你再踏进冯家半步，更不许跟毓秀来往！"心瑶说："凭什么？我就去！"仙芝见她顶嘴，说："你敢！再去就打断你的腿！"心瑶霍地站起来，说："就去！就去！就去！"这一幕大大出乎预料，仙芝一下愣住了，见心瑶要往外走，赶紧跑过来想要堵住门。心瑶身子灵活，抢先一步开了门，跑回自己的房里，反手把门死死闩上。仙芝敲不开门，生怕心瑶一时想不开，便隔着门央求，半天才听心瑶说："放心吧，我不会寻短见！不过，往后我的事，我自己做主！"

仙芝心里顿时透凉，忍不住泪如雨下，又不敢放声哭，只好捂着嘴呜咽，仿佛有一肚子的辛酸，再也无法承受了。

第四十四回　叹如今无知结孽缘　悔当初有意除怨根

341

第四十五回　慈母训女有苦难言
　　　　　　严父教子无计可施

　　说起来,心瑶有如今的性格,跟她一向受宠有关。从小至今,仙芝时时处处依着她,生怕委屈了她。陈依玄常不在家,偶然见了也是捧在手心里宠着。又因天生聪明伶俐,西门一带人见人夸,早就养成孤傲的心气,加之冯家的血性,如此一来不长成犟丫头倒是邪怪了。仙芝也是自小被宠出来的犟脾气,如今在心瑶面前却犟不起来。正因为如此,仙芝不敢跟心瑶比犟,只好另做打算。

　　按仙芝的想法,只要心瑶跟毓秀见不上面,日久天长,慢慢就冷淡了。本来,省城女中定在正月底开课,仙芝想带心瑶提前回省城,这是没有办法的办法,冯鞠元也觉得可行。过了正月十五,仙芝收拾好行李,去香炉岗跟陈依玄交代家里的事,打算转天就带心瑶走。陈依玄以为心瑶读书辛苦,不如让她在家多玩几天,到时候再走也不迟。仙芝一听这话,气不打一处来,说:"再玩这死丫头就废了!"陈依玄不晓得其中的原委,以为母女二人闹小别扭,就劝她别跟伢一般见识。仙芝本想跟陈依玄说说心瑶和毓秀的事,又一想毕竟心瑶不是陈依玄的骨血,怕他看笑话,便忍住了,还是坚持要走。陈依玄晓得仙芝的脾气,多说她未必听进去,便答应转天一早送母女俩去西津渡码头。

　　若是一切都按仙芝的打算往前走,倒也罢了,问题是头一步没迈开,便又出了岔子。不用说,这岔子自然出在心瑶身上。那天,心瑶见仙芝大包小包地收拾东西,就意识到什么,还没等她问,仙芝就跟她说早做准备,转天回省城。心瑶明明听见,却当耳旁风,该干什么还干什么,丝毫没有要走的意思。仙芝看着当然作气,说:"跟你说多少遍,还不赶紧收拾收拾。"心瑶看也不看仙芝,说:"不用收拾了。我不去省城上学了!"仙芝以为听错了,走上前问:"你说什么?"心瑶突然转过头来,冲着仙芝大声叫道:"我不去省城上学了!"这一嗓子如同炸雷,直把仙芝惊得张着嘴愣了半天,等她缓过神来,心瑶已戴上帽子,正准备出门。仙芝突然像疯了一般,冲过去拦住门,说:"死丫头,哪里也不许去!"心瑶犟劲上来了,硬要往外冲,仙芝就是不让她走,母女俩于是纠缠在一起。心瑶一时走不脱,突然转身回到房中,拿着一把剪刀对着自己的喉咙,说:"让我出去!"仙芝先是不肯放,心瑶把剪刀抵在皮肉上,叫道:"让我出去!"仙芝这回不敢再犟,只好放她出去。看着心瑶一步一步走出过天井,出了大门,仙芝突然放声大哭。老沈正在厨房准备晚饭,听见动静,忙跑出来,问了两声,仙芝也不理他。老沈晓得事情不小,便把灶下的火灭了,赶紧去香炉岗找陈依玄去了。

陈依玄回到家里,仙芝还哭个不歇。等仙芝哭够了,陈依玄才问缘由,仙芝这回忍不住了,把心瑶跟毓秀的事一五一十都说了。陈依玄也大惊不已,先劝了仙芝一会,然后出门去找心瑶。按仙芝所说,心瑶去了冯家,陈依玄直接去冯家。来到冯家,见冯鞠元和奉莲两口子正在吃晚饭,陈依玄问:"心瑶来没来?"奉莲不晓得原因,笑着说:"往常天天来,就今个没来。"冯鞠元一见陈依玄脸色难看,便晓得出事了,忙说:"也许进城看花灯去了。"陈依玄又问:"毓秀在哪里?"冯鞠元说:"毓秀在西津渡搞了个配种站,一早赶着约克夏就走了,这时还没回来,怕是还在那里。"陈依玄听罢,转身就走。冯鞠元把碗一推,对奉莲说:"我跟依玄一起去看看!"奉莲说:"心瑶跟毓秀在一起不会有事,犯得着你们两个大人去找!"冯鞠元也不理会,紧走几步追赶陈依玄去了。

陈依玄和冯鞠元结伴而行,先是一前一后,后来又肩并肩,各自揣着一肚子难言之隐,闷头前行。路程过半,冯鞠元忍不住了,问:"依玄,两个伢的事你晓得了吧。"陈依玄没吱声,自顾自地低头往前走,冯鞠元便明白陈依玄已经晓得,不禁叹口气,说:"作孽啊!"说罢,狠狠抽了自己两巴掌,声音脆亮。陈依玄咳了两声,说:"这是何必呢!就算把脸打破又有何用?还是想法子把事情办妥要紧!"冯鞠元当然也这么想,只是没有好法子,于是又叹道:"说千说万,都怪我家那不争气的毓秀!"陈依玄说:"话也不能这么说,毓秀也好,心瑶也罢,两个都是好伢!男大当婚,女大当嫁,摸着良心想一想,他们又有什么错?!"说到这里,也叹口气,道,"唉!怪只怪老天错把他们托生成兄妹啊!"冯鞠元不停叹气,说:"报应啊!"

正说着,月光之下,忽见迎面两个人影,走近了一看果然是毓秀和心瑶赶着约克夏,正有说有笑地往西门而来。冯鞠元正想冲上去喝问,被陈依玄一把拦住。陈依玄故意咳了两声,说:"是毓秀吧。"毓秀这时已看清陈依玄,说:"依玄叔,这么晚你来有事。"陈依玄说:"我跟你爹一起散步,正好转到这里。"毓秀说:"我以为你来接心瑶呢。"陈依玄笑道:"她又不是三岁毛伢,不用我操心。不过,时候不早,你们赶紧回去吧。"毓秀说:"好,这就回了。"陈依玄拉着冯鞠元转身先往回走,来到冯家门前,才对冯鞠元说:"年轻人,你越激他们,他们越跟你对着干!"冯鞠元点点头,请陈依玄进家坐了一会,毓秀和心瑶紧跟着就到了。陈依玄有说有笑,只当没发生过什么,然后对心瑶说:"心碧病了,吵着要找你。"心瑶说:"什么病?可要紧?"陈依玄说:"有爹在,还能有什么要紧,给她服了药。怕是她想你了,赶紧跟我一起去看看,要不然,这一夜她也睡不好!"心瑶一向心疼心碧,马上跟着陈依玄回香炉岗了。

来到香炉岗上,心碧早就睡着了。陈依玄忙给自己打圆场,说:"这个心碧,心瑶不在,你一声一声叫,心瑶来了,你倒睡着了!"心瑶看了看心碧,小声说:"让她好好睡吧。"陈依玄点点头,说:"时候还早,一起外面赏月好不好?"心瑶说:"好!"

十五的月亮十六圆,这句老话自然成了陈依玄的话引子。陈依玄带心瑶来到岗顶上,一轮满月已近中天。陈依玄望着月亮,问心瑶:"可记得嫦娥的故事?"心瑶说:"当然记得。小时候听爹讲过好多遍了!"陈依玄笑了笑,说:"爹老了,记不得了。不过,嫦娥怪可怜的!"心瑶说:"为什么说她可怜?"陈依玄说:"一个女子,一只兔子,在那么远的地方,岂不可怜!"心瑶想了想,说:"这么说,是有点可怜!"陈依玄问:"可晓得她为什么会这么可怜?"心瑶说:"因为后羿没跟她在一起呀!"陈依玄说:"那你可晓得后羿为什么没跟她在一起?"心瑶说:"因为嫦娥成了仙,后羿没有成仙。对不对?"陈依玄说:"对,也不对。"心瑶问:"为什么呢?"陈依玄说:"一个成仙一个没成仙,这话是对的。可成不成仙并不要紧,要紧的是他们两个本来就不该在一起。"心瑶说:"为什么?"陈依玄说:"老天没有安排!"心瑶问:"爹,真有老天安排这一说吗?"陈依玄点点头,说:"有!"心瑶突然咯咯地笑起来,说:"我不信!"陈依玄问:"那你信什么?"心瑶说:"毓秀说,要信德先生和赛先生!更要信自己!"陈依玄半天无言以对。心瑶似乎早就看透陈依玄的良苦用心,突然问:"爹,您是不是想跟我说,我不应该跟毓秀在一起?"陈依玄说:"心瑶,你长大了,眼下应该以学业为重啊!"心瑶说:"我晓得!不过,不去省城上学,一样可以学到有用的东西!"陈依玄问:"这话听哪个说的?"心瑶说:"毓秀说的!爹,您不是总说毓秀有见识吗?"陈依玄顿时哑口无言了。心瑶轻轻叹口气,举头遥望明月,失望地说:"爹,真没想到你也……"

　　陈依玄晓得未必能说到心瑶心里去,又不能点破她和毓秀的兄妹关系,只好先放一放,再想办法。时候不早,陈依玄怕仙芝在家担心,赶紧把心瑶送回家,看着心瑶回房歇了,这才放心。之后,又去劝仙芝,心急吃不成热豆腐,事已至些,还是耐着性子等着心瑶醒悟,不然弄出大事来,怕是不好收场。仙芝嘴上答应着,心里还是放不下,自然又是一夜不得合眼。不过,辗转反侧一夜,仙芝倒想出一个法子:既然拖不走心瑶,就让冯鞠元赶紧把毓秀撵走,只要他们两个不在一起,往后再想法子。

　　转天,仙芝早早起来,见心瑶睡得正香,悄悄把房门锁上,这才放心出门去找冯鞠元。因怕奉莲在场有些话不好说,仙芝便去新学等冯鞠元。往常冯鞠元早早便去新学管事,仙芝晓得这一点。来到新学,果然见门开着,进去一看,冯鞠元袖着双手,正在院中来回踱步,一张长脸铁青,怕是一夜没睡。见仙芝来,冯鞠元似乎一毫也不惊讶,先进了房里。坐下来后,仙芝把心瑶拿剪刀要挟的事一说,冯鞠元叹口气,说:"侄女随姑,心瑶这丫头跟鞠平当年一模一样,死犟!"仙芝说:"先不管伢随哪个,事到如今,还是想法子把两个伢分开为好。"冯鞠元揉了揉眼,说:"一夜没合眼,也没想出好法子。"仙芝顿了顿,说:"我倒有个法子,你看可好?"冯鞠元说:"赶紧说来听听。"仙芝说:"心瑶死犟你也晓得,硬来怕是会出大事。"冯鞠元点头,仙芝接着说:"不如想法子把毓秀撵走!"冯鞠元听罢,屁股底下着火似的,腾地站起,来回踱了几步,说:"毓秀也不是省油灯,想撵他怕不容易!"仙芝早看出来他为难,说:"怎么不容易?是你舍不得,还是怕奉莲跟你闹?"冯鞠元哑哑嘴,没答话。仙芝慢慢站起来,说:"毓秀是你儿子,心瑶是你丫头,手心跟手背,哪轻哪重你自己掂量吧!"说罢就走。冯鞠元追上两步,说:"容我想想嘛。"仙芝也不睬他,几步走到大门口,一转弯便不见了。

　　平心而论,要撵毓秀走,对冯鞠元来说,这确实是个难题,仿佛天底下最棘手的事。他自己不舍得,又怕奉莲跟他闹。可仙芝说得对,一儿一女,手心手背都是肉,不将他们拆开,万一他们一时糊涂做出什么事来,岂不糟践伦常,违背天理,让冯家祖宗八代蒙辱?!事已至此,心瑶的家他当不了,只有将毓秀撵走。毓秀是男人,撵他出去闯荡几年,说不定还能成就一番事业,就算一事无成,将来也许还会有翻本的机会。心瑶是女孩子,一旦毁了,怕是一辈子也翻不了身了!不过,如何才能将毓秀撵走?如何让奉莲不跟自己闹呢?

第四十六回　谋私奔情定脂河湾
　　　　　　　遭检举避难蜡烛山

　　仙芝和心瑶闹翻了,原因是仙芝看她太紧。除了睡觉,心瑶走到哪,仙芝就跟到哪,跟屁虫似的,寸步不离。心瑶开始还跟她吵,后来见吵也没用,便不吵了,索性把自己关在房里怄气,连着两天不吃不喝,叫人不应,敲门不开,把仙芝急得一时没了主意,可怜巴巴地坐在门口独自抹眼泪,暗自感叹。

　　俗话说,知女莫若母。仙芝晓得跟心瑶来硬的行不通,便设法怀柔。心瑶自小心眼灵光,若施一般雕虫小技,被她一眼看穿,岂不前功尽弃?仙芝自知肚子里点子不多,就把陈依玄找回来商量。陈依玄抓耳挠腮半天,仙芝急性子,说:"瞧瞧你,给别人出主意一个接一个,跟冒泡似的,临到自家的事,半天憋不出半个响来!"陈依玄也不生气,接着抓耳挠腮,那样子跟害了大病一样难过。仙芝看不下去,说:"你别烦神了,不然耳朵怕也抓脱了皮!依我看,你给心瑶配服方子,让她喝了就能听话!"陈依玄瞪了仙芝一眼,说:"你这不是要害伢吗?那种药能随便吃?!"仙芝说:"这不好,那不好,你倒想个好主意来!"陈依玄低头踱了几步,突然说:"心瑶不是一直想要辆脚踏车吗?给她买一辆!"仙芝立马站起来,说:"亏你想出这主意!女孩子家骑着那东西,像个什么样子?别说脂城,就是在省城,有几个规矩女孩骑那东西?"陈依玄说:"你那是老眼光了,如今时兴这个。报上说上海滩上,大户人家的女孩子,都骑那车子上街,风光很!再说,依心瑶的脾气,她看不上眼的东西,别指望哄好她!"仙芝想了想,说:"就算这主意可行,在脂城到哪里买去?"陈依玄说:"前天进城办事,听说吴举人家大孙子从上海带回一辆脚踏车,如今玩腻了,正想出手。我去看看,真有这回事,把它买来,也许能把心瑶哄住!"仙芝叹口气,说:"试试瞧吧。"陈依玄不敢怠慢,马上就进城去了。

　　那辆脚踏车是西洋货,凤头牌,尚有八九成新。陈依玄不好讨价还价,二话没说就买下了。因为不会骑,推着走老是磕腿,于是便雇了一辆洋车拉着回西门。一进院门,陈依玄便将脚踏车推进天井,一边把车铃打得丁零零响,一边喊着心瑶出来。不承想,喊了半天,心瑶没有反应。仙芝急了,上前敲门,说:"心瑶,赶紧出来看看,你爹给你买了一车脚踏车,西洋货!"心瑶还是不搭腔,仙芝落个一脸尴尬。陈依玄不急不忙,走到门前,故意对仙芝高声道:"心瑶怕是不想要脚踏车。依我看,还是赶紧退给人家吧!"话音刚落,房里有了动静,只听心瑶说:"爹,是什么牌子的?"陈依玄说:"好像叫凤头。"心瑶说:"等一等!我就来!"仙芝看了看陈依玄,长长松了一口气。不多时,心瑶打开门,从房里出来,连问车子在哪里。陈依玄往天进里一指,果然见一辆脚踏车亮闪闪地耀眼。因两天没有吃喝,心瑶脚下有点发飘,跌跌撞撞跑到脚踏车前,看看这,摸摸那,终于露出笑脸来。陈依玄说:"可满意?"心瑶点点头,正想推着车子走,突然眼前一阵发黑,差点跌倒,幸好被陈依玄一把扶住。仙芝心疼得不得了,说:"两天米水不沾牙,怎有力气骑?还是先吃饭吧。"陈依玄也劝道:"反正这车子是你的,吃饱了,才有力气。"心瑶点了点头,仙芝马上对厨房喊:"老沈,赶紧把饭菜热好端来,心瑶饿了!"

　　不多时,老沈将饭菜端上来,心瑶草草吃过饭,便要去骑车。仙芝不敢拦她,只好叮嘱陈依玄跟着。原来心瑶在省城女中早就偷偷学会骑车,一出门便跨上车,一路骑去,陈依玄追不上了,只好大喊多加小心。仙芝是小脚,自然也追不上,看着心瑶飞驰而去的背影,又怪陈依玄,说:"瞧瞧你的好主意!这下倒好,有了脚踏车,想跟都跟不上了!"陈依玄却很放心,说:"大白天的,不会有事。"仙芝说:"有事就来不及了!"

　　且说心瑶骑着脚踏车,沿着西津街,一路狂奔。在脂城,脚踏车本来就是稀罕物,又是一个女孩子骑着,那就更稀罕了,引得路人大呼小叫,一帮伢们追着看。心瑶自不理会,使劲蹬着车子,冷风过耳呼呼作响。不多时,便来到西津渡,见毓秀正在配种站前犯呆,便喊他。毓秀马上迎上来,问她这两天到哪里去了。心瑶也不解释,刹住车,跳下来,两腮绯红,呼呼喘气。毓秀问:"哪来的脚踏车?"心瑶说:"我爹买的。你来试试。"毓秀说:"我不会!"心瑶说:"不如你把约克夏送回家,我在这里等你,然后一起到西湾里练车去!"

毓秀自然欣喜,牵上约克夏就走。心瑶嫌慢,让毓秀骑在后座上。约克夏架子大,背着一身膘,自然走得慢。毓秀随手在路边折了一根柳枝,狠抽几下。约克夏恼了,竖起耳朵,狂奔起来。心瑶高兴得咯咯直笑,把车子踩得更欢了。不多时,便来到冯家,将约克夏关进猪圈。心瑶骑车带着毓秀,一路朝脂河西湾去了。

脂河西湾是个月牙湾,湾地平缓,大片芦苇沿水线而生。芦苇遇冬枯干,棉絮似的芦花,白茫茫一片,倒是成了河湾难得的装点。因干旱多时,水退滩长,硬邦邦的,分外开阔平坦,倒是练习骑车的好地方。练习之前,心瑶先做了示范,然后又告诉毓秀几个要点。毓秀聪明,自然领会,由心瑶帮他扶着,很快便能骑行几步了。又练了几回,心瑶可以脱手,毓秀便能单独骑行了。

于是,两个人便坐在芦苇丛边歇息。此时,落日西沉,瘦瘦的脂河水面,泛着红红的光晕。毓秀抹着额上的汗,突然问:"这两天怎么没见你?是不是病了?"心瑶摇摇头,轻轻叹口气。毓秀说:"又是你妈看着?"心瑶点点头。毓秀说:"为什么?"心瑶看着脂河水面,说:"你晓得!"毓秀听罢,低下头来,便不再问了。心瑶望着茫茫的芦花,说:"我不去省城读书了!"毓秀问:"为什么?"心瑶说:"我要跟你在一起!"毓秀突然站起来,向前走了两步,又退回来坐下,说:"你爹你妈可同意?"心瑶说:"我自己的事,我做主!"毓秀折了一枝芦苇在手上摆弄,半天不说话。心瑶也折了一支芦苇摆弄两下,见毓秀不说话,用芦苇扫了一下毓秀的头发,说:"你不想?"毓秀突然扔了芦苇,一把抱住心瑶的肩,直直地盯着心瑶的眼睛,说:"想!"心瑶红着脸,说:"我妈一天到晚跟看贼似的,烦死人!要是能远走高飞就好了!"毓秀被这话吓了一跳,却强作镇静,盯着河面,喃喃地道:"你敢?"心瑶说:"我敢!你可敢?"

正这时,突然,芦苇丛中一群水鸟扑棱棱飞起,腾起一片芦花飞起,二人一惊,扭头一看,芦苇丛的另一端站着一个人。毓秀正想上前去看个究竟,却见那人转身走了,远远望去,那背影像是冯鞠元。

心瑶说:"是哪个?"毓秀板着脸,摇摇头,说:"时候不早了,去家!"

正月十八,脂城城隍庙灯会收尾,按规矩要唱一夜大戏,全城百姓都往那里挤,从天黑闹到天亮。偏偏就在当晚,西津渡周边大小十余家商铺遭劫,共和大酒楼也未能幸免。不仅财遭劫,还被放了一把火,火借风势,烧到天明才被扑灭,只剩下一副楼架子。蒋仲之急火攻心,当即晕将过去,亏得陈依玄救得及时,只是醒来后嘴歪眼斜,竟不能说话了。

当天,县府派人缉察是何人所为。西门一带,议论纷纷。有人说是流窜的散兵干的,有人说是巢湖来的湖匪干的,也有人说是蜡烛山韩尚文手下的人所为。说法不一,均无凭据。其他说法,冯鞠元不敢保证,但敢保证不是韩尚文所为。有凤仪在,相信韩尚文不会干这种混账的事。这件事本不该冯鞠元多操心,无奈久久盘桓不去,想着想着,一个念头在脑际一闪,把他自己也吓了一跳。

说罢中午饭,冯鞠元跟奉莲说学堂有事,早早出了家门,奉莲见他愁眉苦脸的样子,以为学堂有事烦神,也不多问。其实,冯鞠元并没去学堂,直直走到脂河边,上了河堤一路向西。路过脂河西湾,便在干裂的河滩上来回走了几趟。河滩上一道道纵横交错的脚踏车轱辘印子,依然清晰,仿佛刻在他心里一般,实在抹不去。冯鞠元长叹一声,仰望苍天,只觉一阵晕眩,赶紧闭上眼,稳了稳神,便朝香炉岗走去。

到了这种时候,心里有话,也只能跟陈依玄说说了。陈依玄见他气色不好,以为他害病了。冯鞠元摇头,说心里闷。接着,两个人就坐下来说话,都晓得对方心里装着心瑶和毓秀的事,都避而不提。捉住共和楼遭劫的话题,你一言我一语,一声接一声地叹气。喝了几盏茶,冯鞠元要走,陈依玄送他,将要分手的时候,冯鞠元突然问:"依玄,依你看,尚文他们在蜡烛山,将来可有希望?"陈依玄想了想,说,"尚文也好,凤仪也好,他们都是走南闯北见过世面的人,不像你我,一直窝在脂城。既然他们认准那样干,想必是有希望。"说到这里又想了想,说:"反正,至少比你我这样干耗着强!"冯鞠元点点头,不再说什么,举手与陈依玄道别。陈依玄在背后说:"你的气色不好,怕是上火了,回去泡点菊花喝吧!"冯鞠元一边答应一面往前走,并不下香炉岗,七弯八绕,来香炉岗西坡他爹娘坟前,扑通一声跪下来,磕了三个头,然后坐在坟前,看着日头西坠才回家去了。

已是掌灯时分,饭菜摆在桌上,冯鞠元无意吃饭,却让奉莲备酒。自从上回害病以后,冯鞠元一直忌酒,奉莲就劝他不要喝。冯鞠元把眼一瞪,奉莲不想惹他心烦,便乖乖地去了,不多时将酒拿来。冯鞠元自斟自饮,一口菜没吃,喝下七八两。奉莲一旁看着,怕他喝多了伤身,劝他不要喝了。冯鞠元也不犟,起身进了书房,反手把门关上,铺纸研黑已毕,并不马上提笔。双手撑着书桌,低头想了好久,抬起头时,双眼蒙泪,长叹一声,然后有意用左手执笔,在纸上写下一行歪歪扭扭的字。写罢,冯鞠元将笔一掷,将纸小心叠好,揣进怀里,然后出门。奉莲问:"黑灯瞎火的,出去做什么?"冯鞠元说:"随便走走,散散酒气!"奉莲嘴一噘,说:"不让你喝,你不依,这会又要散酒气。不如等毓秀回来,让他陪你!"冯鞠元说:"家门口的路,走不丢!"话声才落,人已到门外了。

冯鞠元前脚出门,后脚毓秀回来了。毓秀一进门,一脸欢喜,嘴里哼着小曲。奉莲看出毓秀高兴,猜测一定是跟心瑶有关,便问。毓秀一向跟奉莲贴心,也不隐瞒,把他跟心瑶定情的事说了。奉莲听罢自然欢喜,寻思托人到陈家说媒。先说找蒋仲之最合适,可是如今蒋先生卧病在床,又不能说话,怕是当不成媒人。于是又说找阿金,只是不晓得家里有病人,阿金愿不愿意。要是阿金不干,只好找礼拜堂的安牧师两口子,这对洋夫妻向来跟陈家走得近,请他们做媒当然合适,只是不晓得洋人可会做这种事。奉莲自顾自地说,说来说去,差点把自己说糊涂了。毓秀在一旁冷笑,说:"如

第四十六回 谋私奔情定脂河湾 遭检举避难蜡烛山

351

今是民国,不兴那老一套!"奉莲说:"提亲保媒,这一套搁哪个时代都不老!"毓秀又冷笑一声,说:"别提了,过去我又不是没经验过,一媒二保,还是娃娃亲呢,结果不还是黄了?所以,这回我自己做主!"奉莲晓得毓秀有主见,又不好硬顶,只说跟冯鞠元商量商量再定。

于是娘儿俩于灯下候冯鞠元回来,可左等右等,眼看已过三更,却不见人。奉莲担心冯鞠元酒后出事,让毓秀赶紧去找。毓秀跑遍西门几条街没寻着,回来一说,吓得奉莲当下就哭了。奉莲一哭,毓秀也害怕,急得在屋里直打转。正在这时,只听门外有匆匆脚步声,二人赶紧迎出来,果然见冯鞠元慌慌张张地进来,那样子像是出了大事。没等奉莲问,冯鞠元赶紧将门闩上,说:"毓秀,你赶紧收拾收拾,准备逃吧!"毓秀一头雾水,问:"我、我为什么要逃?"奉莲吃惊不小,忙问:"伢惹事了?"冯鞠元叹了口气,说:"散步的时候,碰见过去县府的一个熟人,听他说有人检举毓秀参与了西津渡劫案,县府正准备过来抓人了!"毓秀一听,大怒,说:"哪个混账东西诬陷我!"冯鞠元苦着脸,说:"这世道跟哪个讲理去!当初县府非说我参与抢官米,硬把我关了起来!听话吧,赶紧出去躲躲!"毓秀犟着不动,奉莲又急又怕,早吓得浑身哆嗦,抓住毓秀的手,央求道:"伢哩,听你爹的吧,官府不讲理,你爹吃过哑巴亏,你不能再那样!"冯鞠元瞪了奉莲一眼,说:"你别啰唆了,赶紧去替伢收拾收拾!"奉莲抹着眼泪去了。见毓秀还犯犟,冯鞠元说:"毓秀,如今这世道,要是被抓去,有理说不清,吃苦受罪不说,你这一辈子就完了!"毓秀见冯鞠元一脸的无奈,心里不禁也打起鼓来,不敢再犟,说:"那我往哪里躲?"冯鞠元说:"依我看,最好你先上蜡烛山,投奔你姑姑姑爷。县府这边,容我想想办法,搞停当了,你再回来也不迟!"毓秀想了想,便不作声了。

说话间,奉莲已将毓秀的行李收拾停当,又备些钱让毓秀带上,捉着毓秀的手,一边流泪一边叮嘱没完。冯鞠元看着生急,便催毓秀快走。毓秀犹豫不定,说:"我走了,约克夏怎么办?我要带它一起走!"奉莲一拍大腿,说:"呆呀你,猪金贵人金贵?哪有逃难还带着猪的?!你放心去,我会把它养好!"毓秀还是不动身,又说:"这一走,不晓得什么时候才回来,好歹也跟心瑶说一声!"冯鞠元敲着桌子,说:"三更半夜,怎好去叫人家的门?!"奉莲也转过来劝毓秀,说:"你先走吧,过后你再写信给心瑶,还怕她不明白?!"毓秀想了想,还是不死心,非要去陈家见心瑶一面不可。正这时,忽听街巷传来声声犬吠,汪汪汪,由远及近,一声紧似一声,顷刻间整个西门的大狗小狗都跟着叫起来。冯鞠元慌忙到窗前查看一回,说:"怕是县府的人来了!"奉莲听罢登时吓得脸色煞白,哭求毓秀赶紧走。毓秀无奈,一边气呼呼地骂人家冤枉他,一边拎上行李,匆匆从后门逃了出去。

第四十六回　谋私奔情定脂河湾　遭检举避难蜡烛山

第四十七回　劫案未了邻里结怨
　　　　　　人生失意鞠元疯癫

　　果然,次日脂城内外贴出县府的通缉告示,称经知情者检举,正月十八夜西津渡劫案疑是冯毓秀等人所为。现冯犯等已畏罪潜逃,县府正着手缉拿,知情通报者有赏,知情瞒报者同罪。据县府专案人员透露,从检举信的字迹判断,疑为检举人有意用左手书写,动因不明,或许内中另有隐情。

　　当天,县府派人来将冯鞠元和奉莲两口子找去训问,二人咬定不知毓秀去向。耽搁到晚半晌,见问不出名堂,县府并不难为他们,勒令有信必报后,将他们放回来。不过,县府却将约克夏牵走,说是充当证物。两口子再三说猪不通人事,跟它无关,县府不予理睬,强行将约克夏扣押下来。

　　回到家,冯鞠元倒是没什么,奉莲又急又怕,一下子便病倒了。到了夜里,浑身发热,尽说胡话。冯鞠元去礼拜堂跟安牧师要了几丸祛热的洋药,给奉莲服下。退了热,清醒之后便哭,长一声短一声地叫着毓秀。冯鞠元劝不好,就吓她说当心县里来人,奉莲胆小,马上噤声,止不住呜咽。过了两天,奉莲头晕目眩,恶心欲吐,虽穿着棉衣,从后骶骨到后脑勺,一线寒气不绝,即便躺着依然胸闷气短,心悸耳鸣,四肢冰冷。冯鞠元晓得奉莲病得不轻,不敢耽搁,赶紧去香炉岗请陈依玄来诊治。陈依玄来到冯家,问清病情,见奉莲舌苔暗腻,又把了脉,脉象两尺显弱,断为受惊伤肾所致,须安魂魄,定惊悸,镇冲逆,于是开了一方:紫石英、茯苓各五钱。冯鞠元疑惑,问:"她病得要死不得活,就用这两味?"陈依玄说:"就两味!"冯鞠元抖了抖方子,表示怀疑。陈依玄说:"紫石英上能镇心,下能益肝,安魂魄,定惊悸,茯苓主胸肋逆气,惊邪恐悸。两药相伍,病可除。"冯鞠元方才信了,准备出门去抓药。陈依玄又说:"治病药不在多少,不施一药便能治病才算高妙。比如奉莲,只要把毓秀找回来,往她跟前一站,怕连这两味药也不用了!"冯鞠元看了看陈依玄,二人目光一碰,赶紧收回来。陈依玄不再多说,于是二人便心照不宣了。

陈依玄出了冯家,并没有马上回香炉岗,想拐到自家去看看。自毓秀走后,心瑶要去县府替毓秀喊冤。那天她跟毓秀在城隍庙听戏,罢戏后又逛夜市,之后又到西湾芦苇滩说悄悄话,直到天亮才回去,毓秀根本没有时间参与作案。这话本可作为证言,仙芝怕这话传出去丢人,说什么也不让她去,将她锁在家里。心瑶就跟仙芝闹,不吃不喝,寻死上吊,吓得仙芝不敢离开寸步。仙芝有苦说不出,只是唉声叹气,默默抹泪,眼见着一天天黑瘦下来。陈依玄也劝过几回,说得口干舌燥,心瑶那犟丫头根本听不进去。按说,心瑶是仙芝跟冯鞠元造的孽,陈依玄能原谅他们已属大度,对心瑶的事可以睁只眼闭只眼,不闻不问,可是陈依玄儿女心重,一想起心瑶喊他爹的娇巧模样,就由不得不管了。

进了天井,老沈正端着两盘冷菜进厨房。见陈依玄,老沈马上凑上来,晃了晃手里的菜,不停地摇头,说:"赶紧劝劝二小姐,两三天米水不进,身子架不住哟!"陈依玄当然晓得,径直来到堂屋,见仙芝蜷在心瑶房间门口一把圈椅里,像只病猫似的。见陈依玄来了,仙芝眨眨眼,有气无力地说:"死丫头,还是不吃不喝啊!"陈依玄想了想,走到门前,敲了敲门,说:"心瑶,有好消息了!"里面还没动静。陈依玄接着神秘地说:"毓秀有消息了,快开门,我跟你讲!"仙芝听了马上站起来,上前拦住陈依玄,想问个究竟。陈依玄向她挤挤眼,仙芝似乎明白了。这时候,里面果然有了动静,只听心瑶问:"可是真的?"陈依玄说:"爹骗过你?"心瑶顿了顿,说:"等等!"过了片刻,门开了,只是一条缝。心瑶说:"快讲,毓秀现在哪里?"陈依玄故意放低声音,在心瑶耳边嘀咕一番。心瑶听罢,噘着小嘴说:"爹,你是我最信赖的人,可不能骗我!"陈依玄说:"爹骗哪个也不能骗心瑶!你要是不信,我把毓秀他爹找来,你可以当面问他,是他跟我讲的。"心瑶想了想,说:"我要亲自问问他!"仙芝瞪了一眼陈依玄,陈依玄倒是平静,说:"你先洗漱吃饭,我这就去找他来。"心瑶点头答应,陈依玄向仙芝使了个眼色,一边让老沈赶紧准备饭菜,一边出门去找冯鞠元。

冯鞠元刚刚从药铺抓药回来,洗好瓦铫子,正准备生火煎药,见陈依玄急匆匆来了,忙问何事。陈依玄附在冯鞠元耳边,把哄骗心瑶的事说了,求他配合,把戏演下去。冯鞠元一听,咂咂嘴,说:"依玄,这不太好吧!"陈依玄说:"心瑶生来就犟,三天米水不沾牙,身子搞垮了,可是一辈子的大事。你我一起演个戏,不为别的,就是哄她起来吃饭,有什么不好?"冯鞠元说:"当着伢的面,红口白牙,明明骗伢嘛!"陈依玄掸了掸衣袖,说:"鞠元,明人不说暗话,你想一想,从心瑶出世,你骗伢骗得还少吗?"冯鞠元愣了愣,两颊发热,说:"将来万一这话戳穿了,在伢面前如何是好?"陈依玄说:"走一步算一步,先救伢的命要紧!"冯鞠元长长出了一口气,把手中的瓦铫子放下,隔窗跟奉莲打声招呼,便和陈依玄一起去了。途中,陈依玄又把如何演戏如何说辞,与冯鞠元对了一遍,均无破绽,这才放心。

心瑶洗漱已毕,并不吃饭,坐在饭桌旁,直勾勾地盯着门外,单等冯鞠元来了问个究竟。这时,陈依玄陪着冯鞠元来了,心瑶马上站起来,陈依玄故作神秘,让仙芝把门关上。心瑶小声问:"冯伯,你相信毓秀参与抢劫吗?"冯鞠元说:"我不信!知子莫若父,我的伢我了解。他是被人冤枉的!"心瑶咬牙切齿,骂道:"不晓得是哪个混账东西,做这缺德的事,不得好死!"冯鞠元脸上一阵发热,偷眼看了看陈依玄。陈依玄扭过脸去,仙芝马上接过话来,说:"心瑶,冤枉就冤枉了,骂也没用,只要毓秀没事就好!"心瑶半天才平和下来,问:"毓秀真的有消息了?"冯鞠元看了仙芝一眼,小声答道:"真的!"心瑶又问:"他真去了省城?"冯鞠元点点头,压低声音,说:"这话万万不能对外人讲!毓秀临走的时候一再交代,担心官府去省城追查。"心瑶点头,又问:"那毓秀说没说他住在省城哪块?"冯鞠元说:"暂时还不敢定居,三天两头换地方。过些时候,风平浪静,就能定下来了。"心瑶叹口气,说:"那他怎么不给我写信?"冯鞠元说:"他哪敢写信,写信容易被查,不等于告诉人家去抓他吗?"陈依玄接过话来,说:"毓秀见过世面,脑瓜灵光很!"心瑶似乎信了,说:"那跟他怎联系上呢?"冯鞠元凑到心瑶跟前,说:"毓秀说了,风平浪静之后,他会到省城女中找你!"心瑶突然叫道:"真的?"冯鞠元说:"伢哩,我都这个岁数了,还能哄你!"心瑶这回信了,终于开了笑脸,叫了声:"我的妈啊,饿死我啦!"说罢,端起饭来就吃,一边狼吞虎咽,一边对仙芝说:"让老沈再炒一盘臭干子!"仙芝听了,又气又喜,马上朝厨房走去。

陈依玄送冯鞠元到大门口,冯鞠元抹一把额头的冷汗,苦笑一声。陈依玄说:"没想到你鞠元也会编故事,编得圆满啊!"冯鞠元说:"为了伢,别说编故事,就是拿命也得给啊!"陈依玄笑了笑,说:"看你一头汗,这回真辛苦了!"冯鞠元说:"我就是苦命人,大半辈子都是听别人使唤,人家怎使,我就怎做。也算鞠躬尽瘁,鞠躬尽瘁啊!"说着,挥了挥手,回家给奉莲煎药去了。

转天一早,冯鞠元刚刚起来,正准备给奉莲煎药,忽听有人敲院门,过去开门一看,陈依玄拎着大包小包站在门口。冯鞠元问:"要出远门?"陈依玄笑眯眯地说:"昨个晚上,心瑶就吵着要回省城上学。瞧,我送她们娘儿俩去西津渡搭船!"冯鞠元听罢也笑了,说:"好事好事!"陈依玄说:"你的功劳可大了!想不想也送一送?"冯鞠元搓搓手,说:"伢想通了就好,我就不送了,还要给奉莲煎药。"陈依玄笑了笑,说:"可有话要带?"冯鞠元说:"嘱咐心瑶,安心念书!"陈依玄说:"就这些?"冯鞠元说:"就这些。"陈依玄一笑,拎着东西去了。

奉莲服了三剂陈依玄的方子,身上大好,只是一想到毓秀心里不是滋味。得亏冯鞠元近来分外体贴,用心劝慰,这才一天天开朗起来。因脂城一带久旱无雨,进了二月,天地提早回阳,手脚不受拘束,下床走走,人也精神起来。这一天午后,日头暖好,奉莲带着半荷包瓜子出了门,沿西津街往东,一边嗑着瓜子一边看街景,来到官仓巷口,见一堆人围着,好不热闹。多日不出门,见到人多分外亲切,奉莲踮着碎步凑上去听。原来是一帮闲人在议论西津渡劫案的事。提到劫案,自然要提到毓秀。有人说,冯家好歹也算书香门第，冯鞠元又做过县官，家教严格，毓秀不会做那种事。有人说，那可不一定，书香门第也不都出好人，秦桧还是大宰相呢，照样坏得流脓。那冯家小子穿洋服戴墨镜，整天赶着洋猪买猪种，一看就不是个好东西！本来，奉莲生性软弱，不是惹是生非的女人。若是其他话，说不定就忍了。可是听见说毓秀的坏话，奉莲忍不住，就跟人家吵。奉莲体弱，嗓门不高，又是孤身一人，自然吵不过人家，末了，像只受伤的兔子，自己抹着眼泪回家了。正好冯鞠元刚刚进门，奉莲就把原委说给他听。冯鞠元听罢，叹口气，什么也不说，一头扎进书房里，半天也不出来。

奉莲左思右想，心里装着这个委屈实在难受。十月怀胎，一朝分娩，一把屎一把尿，辛辛苦苦将他养大，到头来却给她这当娘的挣来这名声，奉莲越想越不是滋味。其实，奉莲坚信毓秀是被冤枉的，可如今找不到证据不说，人又跑了，这不等于自认罪名吗？于是奉莲就怪冯鞠元不该让毓秀跑，可转念又想，要是毓秀不跑，被县府捉去，不管有没有犯事，吃苦怕是免不了的。依毓秀那犟脾气，到里头还不给打得皮开肉绽？想到这里，奉莲又觉得毓秀跑是对的。可是这打劫的恶名，实在让她受不了。从人家的议论来看，毓秀的名声在脂城内外算是糟蹋了。难怪阿金这些日子见面连招呼也不打了。西津渡劫案，蒋家差点倾家荡产，阿金心里有恨也能理解。别说是阿金，这事搁在哪个身上都高兴不起来。提及阿金，多年相处下来，奉莲自认还是可以说说心里话。如今到了这一步，不如登门把话说透，心结打开，将来也好相处下去。晚饭时候，奉莲跟冯鞠元商量，一起去蒋家一趟，把事情说说。蒋家是事主，只要蒋家相信毓秀清白，外人再议论也就不怕了，身正不怕影子斜，有朝一日真相大白，自然会堵住那些臭嘴巴。冯鞠元觉得有道理，又不想惹奉莲不高兴，就点头答应了。

草草吃过晚饭，冯鞠元打着灯笼，奉莲拎着两样点心去蒋家。说起来，蒋家日子过得也不易，劫案一发，生意没了指望，全靠乡下田租养家。阿金是吃过苦的女人，晓得不敢坐吃山空，不仅辞了用人厨子，还早早让两个伢们辍学，打发到省城商号当学徒，以备将来有条生路。蒋仲之本来不同意耽误伢们学业，可自从偏瘫在床之后，家里全由阿金说了算，也只好由她去了。蒋家的境况,冯鞠元自然晓得,然而自己泥菩萨过河,眼睁睁地帮不上忙,只有心里替他们惋惜了。

来到蒋家,阿金正坐在床沿上帮蒋仲之揩脸,见冯鞠元和奉莲,脸立马拉下来。蒋仲之不能说话,眼神还好,一边呜呜地叫,一边用手比画,示意让座。冯鞠元朝前凑了凑,坐在床边,拉了拉蒋仲之的手,算是问好。奉莲不好上前,就在门边的凳子上坐下,赔着笑脸找阿金说话。阿金借故有事在忙,装聋作哑,带理不睬的,让奉莲好生尴尬。冯鞠元给奉莲使个眼色,奉莲只好低头忍着。好在阿金总算忙停当了,这才坐下来,没好气地问:"黑灯瞎火,你们两口子来有事?"奉莲赔着笑,说:"没什么事,过来看看!"阿金说:"如今我家被害成这副穷样子,还有什么好看的!"奉莲被噎得直翻眼。冯鞠元马上说:"阿金,我们来是想跟你和老蒋说说,劫案的事跟我家毓秀无关。"奉莲说:"就是。我家毓秀是被冤枉的!"阿金说:"冤不冤枉,官府晓得。告示上白纸黑字,写得明白!"奉莲一时无言以对,眼巴巴地望着冯鞠元。冯鞠元清了清嗓子,说:"话也不能这么说,告示上也只是说我家毓秀有嫌疑,并没定论。"阿金哼了一声,说:"脚正不怕鞋歪,没有犯案,跑什么跑?!"一句话把冯鞠元直接封口。奉莲急得两眼含泪,拖着哭腔说:"毓秀冤枉,毓秀冤枉!"这时候,蒋仲之又呜呜叫起来,一只手在空中乱摇,阿金晓得那是不让她多说,便闭了嘴。冯鞠元慢慢站起身,扯了奉莲一把,两口子灰溜溜地出了蒋家。回到家,两口子坐在灯下,相对无言。冯鞠元一声接一声叹气,奉莲一把鼻涕一把泪,看上去要多伤心有多伤心。

一夜无话。天刚麻麻亮,冯鞠元便起来,翻出两刀火纸和一坛酒,放在一只篮子里扛着,去香炉岗给爹娘上坟。来到坟前,点了纸,祭了酒,又磕三个头,之后趴在地上哭起来。哞哞地,声如牛嚎,惊了远近树丛中的鸟,扑棱棱朝远处飞去。冯鞠元一边哭一边想着自己大半辈子的经历,苦辣酸甜咸,算是五味俱全了,如今到了如此地步。越想越伤心,越伤心,眼泪越多,决了堤似的,怎也止不住。哭累了,冯鞠元坐起来,捧起酒坛子摇。酒差不多还有半坛,在坛子里发出哗哗声,似嘲笑又似引诱。冯鞠元不停地摇着酒坛子,仿佛要摇出人生的真谛来。这时,日头渐渐升起,四周的树木

第四十七回　劫案未了邻里结怨　人生失意鞠元疯癫

投下一道道黑影,像层层篱笆将他围在正中。冯鞠元突然长叹一声,嘴对了坛口,仰起头来,咕咚咕咚,一口气将酒喝个干净。那酒是鞠平当初从省城带来孝敬他的,是好是坏,冯鞠元无心品鉴,顿觉头晕目眩,晃悠悠站在那里,竟辨不清方向来。于是,顺着岗坡,歪歪斜斜地朝下走,一边走一边高喊:"冤枉啊!冤枉啊!"正叫着,突然脚下石头一绊,身子往前一栽,顺着岗坡骨碌碌地滚了下去。晕眩中,冯鞠元只觉得飘飘然正坠入无底深渊,连同过往的荣辱,一起堕落下去,无穷无尽。

那天,冯鞠元被早起的捡粪人救起,昏迷三天三夜,奉莲哭了三天三夜。陈依玄用药施针,使尽浑身解数,总算把他的小命保住了。不过,小命捡回来,脑瓜却摔出毛病,从此后,冯鞠元便疯了。西门人常见他蓬头垢面,双目通红,站在西津路口,不是喊些没名堂的疯话,就是恶语骂人。至于为什么事,骂什么人,都不晓得,只好远远地躲开。陈依玄试着给他治过,冯鞠元不干,药不吃,针也不让扎,逼急了,指着陈依玄的鼻子骂。奉莲愁得要死,不知如何是好。陈依玄却似乎明白,说:"看来他想疯,就由他去吧。"说罢,又怕奉莲不明白,补了句:"疯了,人自在!"

第四十八回 杀洋猪脂城祈甘霖
　　　　　　　断后路依玄出西门

　　进了雨水节气，脂城一带滴雨不落，大旱延续，脂河水一天天枯瘦，眼看将要断流，西津渡口搁浅一片大小船只，桅斜帆落，如同一池残荷，早没了往常热闹。脂城一帮有头有脸的士绅联名上书县府，大旱当前，速拿对策，不然贻误春耕，后患无穷。本来，下不下雨是老天爷的事，县府自然无计可施，况南京有令，当下以剿共为要务。既然官方无辙，民间便想到城隍庙的神仙。祈神求雨，不过杀猪宰羊，磕头烧香，对脂城来说并不陌生，操持起来倒是顺手。可猪杀了，羊宰了，头磕了，香烧了，苦等几天，却不见一滴雨下。东门的算命先生孙瞎子一直在城隍庙后街摆摊，得知此事，掐指一算，说这回大旱几十年不遇，祭神非得一样特别的东西，不然不灵光。于是，就商讨拿什么祭神，有人说要真金白银，有人说要童男童女，讨论来讨论去，都不易实现，终没结果。突然有人提到毓秀从北京带回来的洋猪约克夏。孙瞎子点点头，说，洋猪虽说还是猪，那是漂洋过海来的，神仙好新鲜，怕是管用！

　　因约克夏被县府扣押，一众人去县府交涉。县府正为饲养约克夏发愁，如今既然众民来求，不如做个顺水人情，既解了饲养之忧，又为民祈雨做了贡献，也算一举双得了。于是可怜约克夏的命运就被定下了。为慎重起见，此次祭神的日子又找孙瞎子算了，孙瞎子算过之后，说二月十五是惊蛰。天地回暖，春雷始鸣。这一天，雨公雷公都醒了，求雨自然灵光。

　　这些事陈依玄并不晓得。自从把心瑶劝回省城读书后，仙芝一直没有来信，陈依玄不放心，抽空去省城探望。本想速去速回，可因水路不通，旱路又多周折，途中盘桓两天，昨个傍晚才回到西门。因路途劳累，又受了风寒，回来后浑身发热，陈依玄自煎了发汗药吃了，打算好好歇上几天。二月十五早起，礼拜堂的安牧师急匆匆地来，进门时光光的脑门撞在门框上，动静不小，把陈依玄吓了一跳。安牧师顾不上疼，见了陈依玄，连呼上帝。陈依玄晓得一定有事，忙问。安牧师就把众人要拿约克夏祭神求雨的事一说，陈依玄听罢大惊，顾不上疲惫，跟安牧师一起匆匆赶去解救。

对陈依玄来说，这事确实是大事。自从毓秀把洋猪约克夏带到脂城，陈依玄便对毓秀刮目相看，大赞其为脂城做了一件大好事。别的不说，单看那约克夏的身架，就晓得是个好种。好种出好苗，万物同理，有了约克夏这个种，不出几年，脂城一代的本地土猪都能改良，也算脂城百姓的福气。当初，毓秀在西津渡办种猪站，头一个站出来支持的就是陈依玄。安牧师对此也大为赞赏，把来自英伦的种猪约克夏看作自己的老乡，有事没事就去看几眼，聊解思乡之念。因此，一听说要杀约克夏，安牧师就急了，晓得自己一人无力救猪，才赶来请陈依玄出马。

二人匆匆下了香炉岗，边走边商量，直到进了城也没商量出好法子。不过，二人达成一致，无论如何都要把猪保下来，至于用什么法子，只好见机行事了。且说二人进城，直奔城隍庙，远远就听得锣鼓喧天。那阵势怕是祭祀马上就要开始，于是加快脚步。安牧师身高腿长，步子又急，陈依玄小跑着才能跟得上。城隍庙前，早有黑压压一群人围着。安牧师率先拨开人群，陈依玄紧跟着挤进去。庙前台阶下，约克夏脖子上套着麻绳，拴在一根石柱上。一块红绸子披在它身上，看上去像耍把戏一样。安牧师叫了声："约克夏！"约克夏呆乎乎地左瞧右望，似乎还不晓得大祸临头。安牧师上前对主事说："请你们把约克夏放了。"主事说："放了它，拿什么祭神！"安牧师说："我来帮你们祷告，请上帝帮忙！"周围的人一听，不禁大笑。有人说："洋和尚，上帝是你们洋人的上帝，脂城只有老天爷！"安牧师脸涨得通红，却不生气，说："既然这么说，那这约克夏也是洋猪，拿洋猪敬老天爷，也是不灵的！"有人说："孙瞎子说了，天上的神仙好新鲜，说不定也想开开洋荤呢!"一句说,又引起一阵大笑,安牧师落个无趣,抬头望着陈依玄。陈依玄晓得这时候说话,必然会引来反对,略想了想,走上前对四周拱了拱手,说:"各位父老,按说,眼前大旱,求雨是当务之急。不过,依我看,老天该下雨就会下,该不下雨还是不下,杀不杀洋猪都是一样!"有人说:"你陈大少爷有吃有喝,自然不管下不下雨,我们老百姓可等不及了。"陈依玄说:"话不能这么说,大灾在前,我看着也着急。可是急归急,再急也得讲理。在场的各位父老,哪个敢出面保证,杀了这头洋猪就能求来雨!"众人你看我我看你,都没有接话。陈依玄接着说:"各位父老,从长远看,脂城有这头洋猪是好事,有了它,本地猪种改良,受益的是百姓。家家户户的猪长得又大又肥,逢年过节碗里也能多几块肉,这岂不是福气! 不过,话又说回来,如今老天作难,大旱当前,死马当作活马医,祭一祭神也没有什么不可以。依我看,要是非得敬老天爷洋货,不如拿纸活来祭,别说洋猪,就连洋马洋牛都能扎出来,多几样老天岂不是更喜欢!"众人听罢,纷纷议论,有人说可行,有人说不行,都看着主事。因为碍着陈依玄的面子,主事一时拿不定主意,不免一番犹豫。就在这时,有人喊道:"孙瞎子说的,辰时一刻是吉时,马上就到,准备祭神吧!"主事抬头看看天,果然日头越过城隍庙的东山墙。于是对陈依玄一抱拳,说:"陈先生,对不住了,民心不可违,我得办事了!"陈依玄和安牧师还要争辩,主事一甩袖子,跳上台阶,大喊:"吉时已到,祭神!"

　　锣鼓骤然响起,四条壮汉上前去逮住约克夏,约克夏此时似乎明白大事不好,摇着大脑瓜不停地反抗。怎奈毕竟一猪难敌四人,一根麻绳很快将约克夏绑成大粽子一样。此时,大个子屠夫甩掉外衣,伸手抽出一把明晃晃的尖刀,朝刀刃上喷了一口酒。风大,屠夫臭嘴里喷出的酒水溅了陈依玄一脸。陈依玄不忍去看,长长叹了一口气。就在这时,只见人群一阵骚乱,有人大喊着冲进来,陈依玄一看,竟是冯鞠元。冯鞠元披头散发,目中无人,直奔约克夏,到了近前,将那四条壮汉推开,一把将约克夏搂住,嘴里不停大叫:"冤枉啊,冤枉啊!"人群顿时大乱,锣鼓也歇了下来。主事见一个疯子来捣乱,命人将他赶走。冯鞠元一身疯劲,挣脱开来,突然冲到大

363

个子屠夫跟前,趁其不备,一把夺过尖刀,冲着众人大喊:"都别过来!"陈依玄怕他做出疯事,正想上前劝说,冯鞠元拿起尖刀一通乱戳,吓得陈依玄只好躲开。主事慌了,命人上前制伏,连喊几声,却没人敢上前。冯鞠元挥刀割断约克夏身上的麻绳,一边拿刀对着众人,一边赶着约克夏,大摇大摆,冲出了人群。陈依玄松了一口气,看了看安牧师,安牧师笑了笑,在胸前画了十字,说:"上帝保佑!"

疯子冯鞠元大闹城隍庙,携走约克夏,在脂城内外引起不小的轰动。消息传到县府,县府拿疯子没办法,只好不了了之,只是那头洋猪约克夏还是被强行带走。陈依玄跟安牧师商量,最好由安牧师出面跟县府交涉,保住约克夏。县府晓得安牧师的分量,自然会给他面子,最后由安牧师出资,将约克夏买回去饲养,事情才暂时平息。

也许是冯鞠元大闹一场,得罪了神仙,过了惊蛰,脂城依然无雨。因此,冯鞠元便成了罪人,挨骂自然少不了。好在一个疯子,骂他也没用,只是苦了奉莲,听着街坊闲言碎语,不免伤心。陈依玄有空去看看,宽慰几句,奉莲很是感激。其实,奉莲的苦,不仅仅在冯鞠元疯了,还在不晓得毓秀在蜡烛山上如何。这事不敢跟人说,只好埋在心里。

忽然有一天夜里,毓秀悄悄潜回西门,在香炉岗陈依玄处与奉莲见了一面。奉莲见着毓秀,又高兴又伤心,拉着毓秀的手始终不松开。陈依玄在一旁看着,心里热乎乎的。可惜的是,毓秀没敢见冯鞠元,怕他出去乱说。不过,毓秀说,他特别感谢他爹逼他上山。因为上山之后才明白,原来自己追求的就是这种生活。令陈依玄最为高兴的是,毓秀私下里跟他说,鞠平已经告知毓秀,他与心瑶原本是兄妹。毓秀虽然觉得惊讶,却表示理解,为有心瑶这个妹妹而高兴。不过,毓秀还没把握,心瑶得知这个消息后,会不会认他这个哥哥。

本来,毓秀还想见一见约克夏,但实在不太方便,便作罢了。如今,约克夏由安牧师雇人饲养,隔三天牵到西津渡,免费为四乡八镇的母猪配种,深受欢迎。陈依玄亲眼所见,那约克夏不愧是洋猪,雄风甚健,一天忙下来,依然精神抖擞。毓秀听了,甚是欣慰。

毓秀给陈依玄带来凤仪的一封信。信中说,由凤仪介绍,韩尚文于年初加入中共,与江西方面取得联系,如今已将原队伍改成中国工农红军蜡烛山支队。准备在周边开展减租减息,组织起义。信的落款是:司令韩尚文、政委孙凤仪。就在那天夜里,陈依玄做了一个梦,梦中凤仪跨上白马,手提双枪,穿行于山林之中,十分威风。

刘半汤在脂城东乡帮陈依玄看蜂子,旧病复发,陈依玄给他把过脉后,只是摇头。刘半汤自知来日无多,突然改了主意,要回河南老家,说这把老骨头还是跟父母老伴埋在一起为妥。陈依玄不好违逆其意,便雇人将他护送回去。钱是蒋仲之掏的,不让他掏就翻脸。

心碧嫁给小结巴后,乖了许多。小结巴成了女婿,陈依玄自然更是放心,便把养蜂的事交给他。小结巴说话不利索,学手艺却机灵。陈依玄倍感欣慰,正在考虑找个合适的时候,将他多年来研究的偏方,集结成册,传给小结巴。

因为大旱,脂城一带百花迟开,蜜蜂挨饿,损失不小,陈依玄很是着急。正在这时,韩尚文差人送信来,说山里风调雨顺,花草繁盛,春意正浓。蜡烛山是大别山的余脉,想必是个好去处,于是陈依玄拿定主意进山。不过这不是小事,陈依玄跟小结巴说了,小结巴不晓得该不该去,建议陈依玄测一卦,陈依玄笑了笑,摇摇头,说有些事不用卦,要用心。小结巴不懂二者的区别,不敢多嘴,老老实实去西津渡雇骡车。本来,小结巴扳着手指算过,三辆足够,陈依玄却要五辆。小结巴不明白,自然要问。陈依玄说,三辆装蜂子,两辆装家当。小结巴磕磕绊绊问,家当都拉上,难道不回来了?陈依玄遥望蜡烛山方向,默不作声。小结巴没有再问,乖乖地去西津渡了。心碧听说要出门,高兴得直蹦,拉着陈依玄马上就要走。陈依玄摇了摇头,自言自语道:"这丫头真是急性子!"

当天晚上,陈依玄趁黑去蒋家,一是再给他把把脉,开个方子,二是算是跟他话别。可是把过脉,开过方子,陈依玄却不好开口跟蒋仲之说去蜡烛山的事,直到最后,才说自己要出远门。蒋仲之不能说话,比画半天,陈依玄也不明白,阿金明白,说:"他问你去哪?"陈依玄想了想,说:"山里。"蒋仲之点点头,又比画一番,阿金说:"他问你干什么。"陈依玄说:"透透气!"蒋仲之点点头,再比画一番,阿金说:"他问你要去好久。"陈依玄木呆半天,摇摇头,说:"不晓得!"蒋仲之愣了半天,没再比画,突然眼泪下来了。陈依玄握着他的手,说:"多保重!"说罢,起身便走,再不敢回头。出门后,一抹眼,手背潮了。本来,陈依玄想顺便去冯家看看冯鞠元,可是到冯家门前,却犯了踌躇,想了想,跟一个疯子不知说什么才好,不见也罢。不过,想到奉莲一个女人持家不容易,备了一些大洋,连同一封信,从冯家门缝里塞了进去。

陈依玄办完这一切,在西津街来来回回走了几趟,边走边想。从少时到如今,无论荒唐和正经,无论浅薄与深沉,一幕幕往事恍若就在眼前,如同一摞书,一卷卷打开,又轻轻合上,再整整齐齐码好。除了抖落些尘埃,仿佛一切如故。陈依玄在街上没遇上什么人,倒是有几条狗,冲他吠几声,便钻进巷子里去了。夜深了。陈依玄掸了掸衣袖,朝着夜色一声轻叹,便朝香炉岗走去。在他的身后,老旧的西门沉入一片茫茫夜色之中。

一夜无话。

转天一早,陈依玄换上一身新衣,带上心碧和小结巴,拉上蜂箱和家当,一路直奔蜡烛山而去。那是初春的一个早上,日头将将升起,脂城西门一带一如往常,礼拜堂屋顶的十字架,依然高高矗立,西津渡码头上一片搁浅的船只桅杆如麻,了无生气。陈依玄领着三辆骡车,从香炉岗下来,经过脂河西湾,朝蜡烛山而去。在他的身后,一群蜜蜂嗡嗡地飞着,状若云团,势不可当。一片晨光之中,远远望去,仿佛千军万马,甚为壮观。